国家社科基金重大招标项目
上海市促进文化创意产业发展财政扶持资金项目

文化观念流变中的英国文学典籍研究
British Literature midst Changes in the Idea of Culture

总主编：殷企平

卷 二

文化观念萌芽时期的英国文学典籍研究

The Idea of Culture in British Literature: Volume Two — Beginning

李公昭 刘庆松 等著

上海外语教育出版社
SHANGHAI FOREIGN LANGUAGE EDUCATION PRESS

图书在版编目（CIP）数据

文化观念萌芽时期的英国文学典籍研究 / 李公昭、刘庆松等著. -- 上海：上海外语教育出版社, 2020 (2022重印)
（文化观念流变中的英国文学典籍研究）
ISBN 978-7-5446-6557-5

Ⅰ.①文… Ⅱ.①李… Ⅲ.①英国文学－近代文学－文学研究 Ⅳ.①I561.064

中国版本图书馆CIP数据核字(2020)第191057号

出版发行：**上海外语教育出版社**
（上海外国语大学内） 邮编：200083
电　　话：021-65425300（总机）
电子邮箱：bookinfo@sflep.com.cn
网　　址：http://www.sflep.com
责任编辑：许进兴

印　　刷：苏州市古得堡数码印刷有限公司
开　　本：710×1000 1/16 印张 35.75 字数 547千字
版　　次：2020年12月第1版 2022年8月第2次印刷

书　　号：ISBN 978-7-5446-6557-5
定　　价：128.00 元

本版图书如有印装质量问题，可向本社调换
质量服务热线：4008-213-263 电子邮箱：editorial@sflep.com

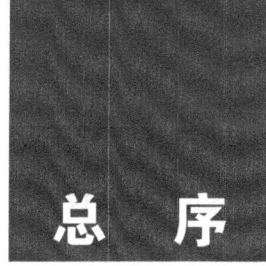

总　序

学界对于"文化"观念的研讨方兴未艾,在过去的几十年中,专门探究"文化"的论著可谓汗牛充栋,可是在英国的语境中梳理文化观念发展轨迹的工作,一直不尽如人意。最令人遗憾的是,这些工作多着眼于抽象的理论概念梳理,或者说观念史的演绎,而较少介入文学典籍的研究。我们认为,文学典籍的研究实在不可缺席,因为它能提供对文化状况的细腻、丰满的把握,并且有助于充分阐释文学典籍在引领文化走向、塑造共同价值方面所发挥的作用。偏重抽象的理论概念梳理,忽视文学典籍的研究,这种不合理倾向有其背景,即学界对所谓"大观念"有一种痴迷。如克利福德·格尔茨(Clifford Geertz, 1926—2006)所说,当今世界常常会"有一种大观念(grande idée)的突然流行",而且"一些观念往往带着强大的冲击力突现在知识图景上。顷刻之间,这些观念解决了如此众多的重大问题,似乎向人们允诺它们将解决所有的重大问题,澄清所有的模糊之处"。[①] 姑且不论这种言论是否真有道理,我们至少不难想到,所谓"流行的大观念"必须是恰当的,否则不可能解决问题,遑论"重大问题",也不可能澄清模糊认识,遑论"澄清所有的模糊之处"。由此可知,对文化观念的研讨,必须做到恰当,而这个"恰当"离不开对文学维度的深入研究。

撇开上述缺憾不提,现存相关研究的时间跨度也不甚理想,不是局限于某个时代,就是拘囿于少数代表人物。即便在这种被框定的范围内,不少专论也是貌似举其荦荦大端,却难免标举不全,甚至有严重的破绽。例如,莱斯利·约翰逊(Lesley Johnson)的《文化批评家:从马修·阿诺德到雷蒙德·威廉斯》(*The Cultural Critics: From Matthew Arnold to Raymond Williams*, 1979)一书虽然较多地讨论了英国历史上的一些文化批评家,但充其量只是文化理论意义上的断代史,而且在论及19世纪的文化批评家时,只是浮光掠影

---

① 克利福德·格尔茨:《文化的解释》,韩莉译,南京:译林出版社,2014年,第3页。

地涉及托马斯·卡莱尔(Thomas Carlyle,1795—1881),并且完全忽略了查尔斯·金斯利(Charles Kingsley,1819—1875)。再如,杰弗里·H. 哈特曼(Geoffrey H. Hartman,1929—2016)在《文化的重大问题》(*The Fateful Question of Culture*,1997)中追溯文化主义的思想源头时,虽然具体讨论了马修·阿诺德(Matthew Arnold,1822—1888),但是对卡莱尔和约翰·罗斯金(John Ruskin,1819—1900)等重要作家的分析过于简短。又如,西蒙·杜林(Simon During,1950—)编纂的《文化研究读本》(*The Cultural Studies Reader*,1999)收录了各路名家有关"文化研究"的作品,但其中提到阿诺德和威廉·莫里斯(William Morris,1834—1896)等文学/文化思想家的寥寥无几且着墨轻浅。

相对而言,雷蒙德·威廉斯(Raymond Williams,1921—1988)的《文化与社会:1780—1950》(*Culture and Society: 1780—1950*,1958)和《漫长的革命》(*The Long Revolution*,1961)是迄今为止最详细也最经典的关于英国文学的文化主义传统的研究。威廉斯最重要的发现是,19世纪思想史的一个重要产物是关于文化观念演变的假说。不过,他的研究有一个缺陷,即在选择研究对象时轻视乃至漏掉了许多对19世纪文化观念发展史做出重要贡献的文学家,如沃尔特·司各特(Walter Scott,1771—1832)、简·奥斯汀(Jane Austen,1775—1817)和艾尔弗雷德·丁尼生(Alfred Tennyson,1809—1892)等;就文化观念在20世纪的发展而言,其所涉作家则更加不够全面。同时,威廉斯仅侧重对文化观念的发展做宏观把握,虽然旁征博引,但是较少对具体文本做细致的研究。

在观念史研究方面,特里·伊格尔顿(Terry Eagleton,1943—)的《文化的观念》(*The Idea of Culture*,2000)和《文化》(*Culture*,2016)是两部绕不开的力作。《文化的观念》在梳理了各种文化观念之后指出,无论在前现代还是后现代时期,文化都与社会生活密切相连。该书的最大优点是指出在19世纪初,"文化观念开始从'文明'的同义词转变成它的反义词",[1] 并对这一转变过程做了分析。在《文化》中,伊格尔顿进一步对上述过程做了饶有趣味

---

[1] Terry Eagleton,*The Idea of Culture*,Oxford: Blackwell,2000,9.

的描述,并精到地指出"文明如今只关乎事实,而文化却追问价值"。① 伊格尔顿的观点超越了阿瑟·O. 洛夫乔伊(Arthur O. Lovejoy,1873—1962)、昆廷·斯金纳(Quentin Skinner,1940—)和以赛亚·伯林(Isaiah Berlin,1909—1997)等人,但是后三者的贡献也都具有里程碑意义。洛夫乔伊在《存在巨链——对一个观念的历史的研究》(*The Great Chain of Being: A Study of the History of an Idea*,1936)中指出,在西方思想传统中存在一些基本的"观念单元"(unit-ideas),即"在个体或一代人思想中起作用的、或多或少未意识到的思想习惯",而观念的最具活力的部分,往往活跃在富有想象力的著作中。② 这一论断实际上为本丛书的文学典籍③ 研究提供了学理上的依据。在洛夫乔伊工作的基础上,斯金纳进一步指出,"观念单元"并非固定不变的,因此更有价值的工作是追溯这一概念定义在具体历史语境中不断发生的变化。④ 伯林则认为不能把观念局限在具体的历史环境中,因为伟大的观念具有自身的生命力。⑤ 所有这些研究都能为我们提供借鉴,但它们毕竟不等同于本丛书立足于文学典籍所做的研究。

本丛书名为"文化观念流变中的英国文学典籍研究",关键词为"文化观念"和"文学典籍",因此有必要先对此二者做以下界定:

1) 本丛书所说的"文化观念",是限定在文学典籍视域中的文化观念,特指文学典籍中所体现的、具有针对现代文明的批判内涵的、支配一个民族总体生活方式的思想观念。在西方思想语境中,"文化"一词的含义有其逐渐展开与深化的过程,其基本脉络是从物质走向精神、从个体走向社会两种向度的延伸和转变。早在 18 世纪,欧洲启蒙思想家们就从社会变迁和历史发展的角度,直接或间接地论述了"文化"与"文明"这两个概念以及它们在语义上既紧

---

① Terry Eagleton, *Culture*, New Haven and London: Yale University Press, 2016, 10.
② 诺夫乔伊:《存在巨链——对一个观念的历史的研究》,张传有、高秉江译,邓晓芒、张传有校,南昌:江西教育出版社,2002 年,第 5 页。作者 Lovejoy 现在多译为"洛夫乔伊",本书亦取此译法。外国人名翻译常因人因时而异,本丛书多遵循现行规范,对已出版的文献则尊重原状,如实著录。后文同类情况不再一一说明。
③ 关于"文学典籍"的含义,请参见本序下文中的定义。
④ Quentin Skinner, "Meaning and Understanding in the History of Ideas," *History and Theory* 8, no. 1 (1969): 35 - 36.
⑤ 贾汉贝格鲁:《伯林谈话录》,杨祯钦译,南京:译林出版社,2011 年,第 24 页。

密相连、又相互抵牾的关系。在英国,"文化"(culture)一词最早使用于1420年,① 但是其语义跟如今广为使用的"文化"不尽相同。不过,在18世纪之前的英国,文化观念虽然还未正式形成,但是其内涵早已处于孕育期,并经历了漫长的萌芽/生发阶段,这一现象在文学作品中尤为明显(这也是本丛书着眼于文学典籍的原因之一)。自19世纪以降,由于卡莱尔和阿诺德等人的不懈努力,"文化"一词越来越具有针对现代文明的批判内涵,因而常被用来指涉人类完善自身的一种状态或过程,或者指涉人类精神领域的实践和成果,更指涉个体和社会大众的生活方式。广义的观念史,常常也被译为思想史,与英文 history of ideas 或 intellectual history 对应,而狭义的观念史则类似范畴史或概念史。本丛书取其折中,在宏观层面上力求通过对文学典籍文本的整理与阐释,辨梳文化观念的关键词如何借由文学典籍文本意义的衍射,来反映其思想内涵和发展过程的复杂性、多样性和矛盾性;同时也在微观层面上着力于描述文化观念及其范畴,以及它们对文学典籍生成的潜在规定和形塑影响。

2) 本丛书所说的"文学典籍",是指受到"文化观念流变"这一关键词限定的、在文化观念流变中发生重要作用的文学典籍。它有别于文学经典,是一个比文学经典宽泛的概念;它不限于单纯的文学作品,而是拓展到与文化观念相关联的文学领域。凡是与文学相关的、在阅读史和社会发展史上有重大影响的、具有重大文化价值的文献,都是我们考察的对象。因此除了文学作品,它还包括文学批评著作、文学理论著作、文学流派宣言、文学刊物中的特写、文学传记,甚至包括文学翻译著作。所有这些典籍,既延续着本土文化的血脉和基因,又吸纳着外来文明的元素和精华。总之,文学典籍具有文化史和思想史的坐标原点价值,反映着一个广阔的领域,包孕着一个民族的历史、文化、风俗、道德、思想等多重文化观念,以及文学赖以作为媒介和手段的、记录着丰富文化资料的语言文字。

本丛书题目中的"文化观念流变"即"文化观念史"。顾名思义,本丛书侧重于"文学典籍"和"文化观念史"这两个关键词的互补、互释与互证:一是在

---

① "culture," in *Oxford English Dictionary*, 2nd ed., on CD-Rom (v. 4.0), Oxford: Oxford University Press, 2009.

欧洲思想史的背景下,在英国文化观念的系谱学演进历史中,来探讨英国文学典籍的生成、表现和发展;二是从英国文学典籍的整理、重释与研究入手,捕捉相关文本细节所衍射的文化观念以及它们所构成的思想语义场。这一研究不仅需要分析把握文学作品的细节,也需要把目光投向中西方近年来文化史研究的相关知识学背景。在设计框架和推进落实的过程中,我们注重文学作品的文本细节与相关文化理论的契合与互释,以期通过文本细读和观念细察,在爬梳文化观念流变的过程中勾勒作家、作品的"点",文学思潮与社会思潮的"线"以及英国社会变迁的"面",使三者深度结合,进而在整体感知与微观"厚描"之间保持一种思想上的张力,呈现一种学科互涉的知识学新景观。

近年来,新文化史研究在西方史学界方兴未艾,其研究思路为文学、社会学、心理学等关联学科的发展提供了新的范式借鉴。剑桥大学历史学者彼得·伯克(Peter Burke, 1937—)致力于历史学与社会科学的沟通,采用跨学科的视角,在传统文化史研究的对象、方法和视域等方面多有挖掘,开拓了新的研究空间。在伯克看来,文化史在20世纪下半叶的复兴,得益于"内部研究"和"外部研究"两种方法的有机结合。前者"着眼于在本学科范围内来解决一系列问题",而后者则更倾向于"把历史学家的实践跟他们所生活的时代联系在一起"。[1] 伯克认为,以往文化史研究成果斐然,但"遗漏了某种难以捉摸却又非常重要的东西",而新文化史倡导的内部研究路径恰恰提供了一种"弥补手段",即强调"复数形式'文化'的整体性",这在一定意义上克服了"当前历史学科的碎片化状态"。[2] 与此不同,外部研究对当下学科拓展的意义则在于"它将文化史的兴起与政治学、地理学、经济学、心理学、人类学和'文化研究'等领域中发生的广泛的'文化转向'联系了起来",使得新文化史的研究兴趣"日益"转向了"特定群体在特定时代和特定地点所持有的价值观"。[3]

什么是新文化史视域中的文化?伯克认为,在人文社会学科"文化转向"的大背景下,"要把什么东西说成不是'文化',反倒变得愈来愈困难"。[4] 关于

---

[1] 彼得·伯克:《什么是文化史》,蔡玉辉译,北京:北京大学出版社,2009年,第1页。
[2] 同上,第2页。
[3] 同上。
[4] 同上,第3页。

如何以新文化史的视角观照文学典籍所折射的观念生成与变迁,伯克的《什么是文化史》(*What Is Cultural History?*,2004)一书不无启发作用。在伯克看来,经典是指"某一特定文化里的'经典书写'和'文化书写'",也就是指"所有具有读写能力的读者拥有的'共同知识及其联想物'";文学作品和"文化术语"的"经典化",其目的在于帮助读者以阅读为阶梯,以沉淀观念为思想进路,成为"新文化体里的好公民"。① 对此,我们所要加以补充的是,任何真正的文学典籍——不一定是人们刻板印象中的"经典"——都是一种文化书写。

在国内学界,早在1998年,常金仓就指出,文化史研究的目的就是"从大量的事实中捕捉、发现、确定文化现象"。② 2011年,黄兴涛在《文化史的追寻——以近世中国为视域》一书中把文化史研究定位为一种"研究省思"。③ 在他看来,所谓"省思",即指一种包含三个层面的"深度追求":

其一,一般性研究聚焦于"相对单纯的文化人物和事件",虽然"综合度相对较低","却是进一步深化研究的基础"。④

其二,文化史研究更重要的命题在于"从各文化因素和门类的相互联系的视野中找出一些有意义的、相通相贯的共像和问题",进而"揭示文化内部各因素的关系实态",由此研究者务必具备"广博的知识储备和把握文化整体的能力"。⑤

其三,文化史的研究理路应该是从"文化与社会政治、经济的互动关系"和"对具体的文化现象和问题的解析中"展现"对文化时代精神的揭示及其文化社会功能的把握"。⑥

可以说,上述"深度追求"呼应了彼得·伯克的一个重要观点,即文化史研究应从"辩证的角度考察文化与社会之间的关系"。⑦ 此外,上述三个层次的梳理还凸显了当下文化史研究"更注重揭示思想观念、文化价值的社会化过程、对社会的渗透和影响"这一趋向,⑧ 这无疑对本丛书的思路设计和细节推进具

---

① 彼得·伯克:《什么是文化史》,第164页。
② 常金仓:《穷变通久:文化史学的理论和实践》,沈阳:辽宁人民出版社,1998年,第39页。
③ 黄兴涛:《文化史的追寻——以近世中国为视域》,北京:中国人民大学出版社,2011年,第1页。
④ 同上,第4页。
⑤ 同上。
⑥ 同上。
⑦ 同上。
⑧ 同上,第5页。

有启发作用。

在西方知识学系谱中,观念史与文化史关联密切,其研究成果和范式特质在西方学界积淀已久。在伯克看来,"1800 年至 1950 年这一时期可称为文化史的'经典'时代",这一时期的文化史学家更多关注的是"艺术、文学、哲学、科学等学科中杰出作品的'典范'",这些经典作品也由此构成了观念形成与观念传播的"伟大传统"。① 在中国学界,较早引入观念史研究的学科是政治学和历史学。在《观念史研究:中国现代重要政治术语的形成》一书中,金观涛、刘青峰将观念史研究定义为"研究一个个观念的出现以及意义演变的过程"。② 在他看来,"观念"一词"最早源于希腊的'观看'和'理解'",观念即指"人用一个(或几个)关键词所表达的思想"。③ 人们通过这些特定的关键词来"表达某种意义",并在与他人沟通的过程中"使其社会化",从而"形成公认的普遍意义",以期在更为广泛的社会语境中"建立复杂的言说和思想体系"。④ 金观涛、刘青峰认为:一方面"观念作为意识形态的组成要素,比意识形态更基本",研究者"只有厘清观念的起源,才能理解意识形态的形成和演变";另一方面,"观念作为用关键词表达的可社会化的思想",研究者要分析其形成和变迁,"就必须去探讨表达该观念的关键词的出现,并分析其在不同时期的意义"。⑤

文化观念的内涵非常丰富,其梳理需要一种跨学科的知识积淀和学术视野。在历史学家爱德华・帕尔默・汤普森(Edward Palmer Thompson,1924—1993)看来,"'文化'是一个笨重的词,它把如此多的属性纳入一个平常的包裹,实际上可能混淆或掩饰了应该在它们之间加以辨别的东西"。⑥ 在伊格尔顿眼中,"'文化'最先表示一种完全物质的过程,然后才比喻性地反过来用于精神生活"。⑦ 汤普森对文化观念的分析提醒我们应注意文学研究和文化研究在内涵与方法之间的平衡,而伊格尔顿的观点则启发我们应整体把握"文

---

① 彼得・伯克:《什么是文化史》,第 7 页。
② 金观涛、刘青峰:《观念史研究:中国现代重要政治术语的形成》,北京:法律出版社,2009 年,第 3 页。
③ 同上。
④ 同上。
⑤ 同上,第 5 页。
⑥ 爱德华・汤普森:《共有的习惯》,沈汉、王加丰译,上海:上海人民出版社,2002 年,第 11 页。
⑦ 特瑞・伊格尔顿:《文化的观念》,方杰译,南京:南京大学出版社,2003 年,第 2 页。

化"一词在内容语义上的流动性,注重物质层面和精神生活的互释关联。

随着文化史研究领域的深化与拓展,"观念的文化史"研究也以其"杂糅"的特质松动了传统文学研究的学科边界束缚,在一定意义上实现了文化与文学在观念聚焦中的有机贯通。为进一步实现这种贯通,我们选择了以下10个关键词来勾勒文化观念的主要内涵:"转型焦虑""愿景描述""共同体形塑""审美趣味""心智培育""文学语言的创造""民族良心""道德伦理传统""工作/生活方式"和"秩序诉求"。这些内涵的萌芽、生长、成熟、拓展和裂变都可以在相关时期的文学典籍中得到印证。本丛书内容还涉及另外一些关键词,如"进步""财富""身体""性别""认同""地理""景观""精神""物质""阅读""传统""记忆"和"情感"等。可以说,对上述关键词在文学典籍中的复现进行重点研究,有助于重新勾勒文化观念在文学史中的嬗变轨迹。近年来,西方学界也有不少从文化史的视角来研究文学的尝试,蒂姆·阿姆斯特朗(Tim Armstrong)的《现代主义:一部文化史》(*Modernism: A Cultural History*, 2005)即是一例。作者将文学上的现代主义和社会历史语境重新进行深度连接,从时间、新媒体、市场、消费、身体、自我、政治美学、感知、科技、种族、他者、帝国、审美情趣等文化史研究视角勾勒了现代主义的知识形态和文学谱系。在阿姆斯特朗看来,现代主义与现代性互为主体,近来的研究趋势是"将现代性放在文化范畴中","放在一切受文化影响的人类活动中来加以规定和诠释"。[①] 随着"后现代"和全球化的演进,学科"公认的界限已被打破","代之而起的是互为交融和相互关联",在这样的社会与知识语境中,"我们所理解的文化领域是由各种互为关联的活动所组成"的,因此,"对现代主义的研究势必与文化领域紧密相连"。[②]

在研究过程中,我们得益于人类学家格尔茨和新历史主义批评家斯蒂芬·杰伊·格林布拉特(Stephen Jay Greenblatt,1943—)提供的成果,前者的"厚描"理论和后者的"自我形塑"理论对于提升本丛书理论高度依然具有很重要的学理价值。在盛宁教授看来,所谓"厚描",即"把人置于他所处的环境

[①] 蒂姆·阿姆斯特朗:《现代主义:一部文化史》,孙生茂译,南京:南京大学出版社,2014年,序第1页。
[②] 同上。

之中、对他和他所处文化机制的关系反复加以描述",而"自我形塑"则意味着"在阐释文学作品所可能包含或表现的历史意义时,必须将文学作品纳入某种特定历史时期的生活范式"。① 格尔茨、格林布拉特和阿姆斯特朗的观点似乎都印证了一种新研究范式的出现,这种范式转型恰如彼得·伯克所言:"思想的创新常常是在躲避边界警察和跨进其他领土时取得的成果。"② 朱丽·汤普生·克莱恩(Julie Thompson Klein, 1944—)在《跨越边界——知识、学科、学科互涉》(*Crossing Boundaries: Knowledge, Disciplinarities, and Interdisciplinarities*, 1996)一书中指出,科际整合与知识碰撞已经成为一种新的学术潮流,"学科互涉"和"边界跨越"的趋势引领了传统研究的自我创新,有效地推动了人文社科领域中很多新概念和新范式的诞生。克莱恩在对文学的学科互涉问题进行了知识谱系考察之后,进一步指出,文学与历史是一种"毗邻关系",新历史主义既是一种"特殊的实践",也是一种"普遍的趋势",在很多学术著作中所体现的"不同联系和定位的融合"反映了近年来"知识的重大转向",这个转向意味着文化已不再是一个"单纯、连贯、整体性的系统",而是一个"倾向性、碎片性、冲突性的领域"。③ 克莱恩同时强调:"文学文本是历史、社会、政治和经济环境的产物,这些东西一度被认为是'外在于'文本,而现在必须将文本重新纳入其中。"④ 本丛书的撰写及前期研究也遵循了类似的思路。

雷蒙德·威廉斯指出,"文化"一词在19世纪的社会语境中蜕变出一种新的含义,既意味着"对自然成长的照管""社会智性之发展"以及"艺术的整体状况",也包括"物质、智性、精神等各个层面的整体生活方式"。⑤ 本丛书借鉴威廉斯对文化的这个定义,侧重从文学典籍的生成语境出发,考察文化观念与"整体生活方式"在文学作品中的互动,分析文化观念、语义变迁、话语转型和文学生产的深层关联,以期推动文学与历史学、社会学等相关人文学科之间的对话,通过点、线、面结合的跨学科研究,尝试深化对英国社会/文化的整体性

---

① 盛宁:《人文困惑与反思》,北京:生活·读书·新知三联书店,1997年,第151页。
② 彼得·伯克:《什么是文化史》,第136页。
③ 朱丽·汤普森·克莱恩:《跨越边界——知识、学科、学科互涉》,姜智芹译,南京:南京大学出版社,2005年,第200页。
④ 同上。
⑤ 雷蒙·威廉斯:《文化与社会:1780—1950》,高晓玲译,长春:吉林出版集团有限责任公司,2011年,第4页。

把握,推动"静态"的传统文学研究走向一种更具流动感的文化"实践"。

　　前文提到,本丛书内容涉及的关键词之一是"进步",意在指涉"进步"的异化和社会转型。在经历了19世纪相对漫长的一个稳定期的基础上,欧洲主要国家在20世纪初进入了相对的"太平盛世"。以法国为例,社会有机体虽然"有着各种弊端",但其"总体表现还算令人满意"。① 一方面,国家"体制似乎逐步稳固,国家的经济、殖民和外交地位尚未遭到挑战";另一方面,"法兰西文明的魅力又将大量的文人与艺术家引向了在当时堪称光明之城的巴黎",② 整个法国呈现出一种活力和自信。在奥地利作家斯蒂芬·茨威格(Stefan Zweig, 1881—1942)看来,"太平盛世"意味着"一切都那样稳固,在自己的位置上不可动摇","在既有的秩序中,一切都不会变"。③ 这是一个"理智的时代",理性是生活的主宰,"一切极端的、暴力的事情都不可能发生"。④ 这种"太平盛世"似乎赋予了生活一种"真正的价值",也是"大众一致的生活理想"。⑤ 茨威格显然把握到了那个时代最深层的社会心理结构——"人们深信自己一生都能阻止任何厄运闯进生活",这类想法如此普遍,如此深入人心,既代表了一种"令人动容的信念",又意味着社会心态上一种"巨大而危险的自负"。⑥ 在当时的很多欧洲人看来,时间的车轮刚刚驶过了几十年,"一切邪恶和暴力均被消灭","对于这种不断'进步'的坚信"在当时已经变成一种近乎牢不可破的"宗教信仰","普遍的繁荣已经越来越明显,越来越迅速,越来越丰富",以致"人们相信这'进步'已胜于相信圣经"。⑦ 在画家威廉·冈特(William Gaunt,1900—1980)的眼中,此时的英国"生活费用不高,而且日渐兴旺",似乎和法国一样,也在经历着一个"镀金的时代";但是与这种"兴旺"相伴而生的却是一种"虚假的娱乐升平",人们情绪浮躁,精神领域里有很多东西"显得分外空洞,没有风

---

① 米歇尔·维诺克:《美好年代:1900—1914年的法国社会》,姚历译,长春:吉林出版集团股份有限公司,2017年,第378页。
② 同上。
③ 斯蒂芬·茨威格:《昨日世界:一个欧洲人的回忆》,史行果译,北京:作家出版社,2017年,第2页。
④ 同上。
⑤ 同上。
⑥ 同上,第3页。
⑦ 同上。

骨,也缺乏目标"。①

通观18世纪以来的欧洲社会历史,"进步"是对人们生活产生最大影响的观念之一,可是在进入20世纪之后,这一观念却面临着语义的分裂和多重的思想纠缠。人们既崇尚享乐却又"焦灼不安",因为前面有一个"并不理解的过去",而后面却必须要面对一个"难以应付的未来"。② 不仅是英国,整个欧洲当时都面临着社会与文化转型的问题。社会转型必然带动文化观念的变化,而文化观念的变化也势必触发牵引社会转型的进程,这两者以何种方式在文学作品中构成了一种相互形塑的逻辑关联? 这也是本丛书力图聚焦的一个问题。在社会学中,转型的"型"是一个"结构的概念",它包含三个层面:"社会与自然的关系""社会内部人与人的关系"以及"社会与其自身心理的、精神的和思想的关系"。③ 在社会学家看来,所谓"转型",也就是从一种结构类型向"另一种通常是更为高级的结构类型"的转变。④ 从社会与自然的关系来看,传统社会指的是"自然形成"的社会;从社会内部人与人的关系来看,传统社会指的是"各种各样自然形成的有机体、共同体社会";而从社会与自身关系来看,传统社会则是建立在心理、精神和思想三重维度上的"具备某种心理原型和共同心理的神圣社会"。⑤ 就此意义而言,社会转型也就是指"从自然形成的、神圣的共同体社会向文明创造的、世俗的政治社会的结构转型"。⑥

可以说,社会转型是现代社会学对历史进程的一种描写和判断,而"转型社会"则是指"介于传统社会与现代社会之间、处于结构性转型中的社会"。⑦ 对这种转型的回应就是一种文化,而且常见于文学典籍之中。社会转型是一个十分缓慢的过程,其漫长的轨迹则留在了文学作品里。前文所说的"太平盛世"和"镀金时代"并非一蹴而就,而是经历了几个世纪的准备阶段,而文学典籍在每个阶段都有相应的回应,这就是本丛书要从中世纪写起的原因。

"太平盛世"和"镀金时代"这两个词的内涵非常丰富,不仅概括了英、法两

---

① 威廉·冈特:《美的历险》,肖聿译,南京:凤凰出版集团,2005年,第238—239页。
② 同上。
③ 路杰:《转型社会的权威认同》,北京:国家行政学院出版社,2015年,第12页。
④ 同上。
⑤ 同上,第17页。
⑥ 同上。
⑦ 同上。

个主要欧洲国家在 19 世纪末、20 世纪初的那种或隐或现的社会演进特质,也充分折射出一种个体对社会现实的精神感受和价值判断。这种感受和判断意味着,在大多数民众的心中,相信"进步"——从 18 世纪之前就开始慢慢形成的观念——已经成为一种具有主导性的社会心态。随着工业化、商业化和殖民化的进一步发展,英国社会的现代化程度不断提升,这些变化一方面佐证了"进步"一词在新时代的持续有效性,同时也迎来了文化思想界饱含质疑的反思。如诺斯洛普·弗莱(Northrop Frye,1912—1991)所说,这是一个"革命和嬗变的时代","一切过程都在加速运转"。① 在弗莱的眼中,这种"加速运转"本身也包含着时代的悖论,"任何想从过眼烟云似的景观中辨认出什么的努力,它本身就有一种使它过时的效应,因为一旦你们确认这是什么东西,它实际上就已经隐入过去了"。② 在论及变革对社会心理的影响时,弗莱指出现代世界"普遍存在着一种对于变化的惊恐情绪","事情的进展太快了,转瞬即逝,根本来不及细看"。③ 这种感受就像中世纪"狂奔逐猎"的传说,"死者的灵魂必须整日整夜地向前飞奔,却又不知该上哪儿去。谁如果体力不支而掉队,顿时就会化为齑粉"。④ 弗莱把这种对"进步"景观的感受和心态概括为一种"进步的异化",它意味着伴随着文明的进步,人类最终却迎来了无处安放自己灵魂的文化困境,"总有什么在催逼着你往前赶,越来越快,越来越快,致使你最终感到绝望"。⑤

波兰社会学家彼得·什托姆普卡(Piotr Sztompka,1944—)指出,自启蒙运动以来,西方语境中"进步"一词的外延和内涵得到了进一步的扩充与丰富,呈现出非常"复杂的现代意义"。⑥ 在社会学研究中,"阐释进步观念的演变过程"具有丰富的思想内涵,既是为了发现"现实与愿望、存在与梦想"之间的"永久鸿沟",也是为了探寻"人类状况的根本特征"。⑦ 在《社会变迁的社会学》

---

① 诺斯罗普·弗莱:《现代百年》,盛宁译,香港:牛津大学出版社,1998 年,第 7 页。
② 同上。
③ 同上,第 8 页。
④ 同上。
⑤ 同上。
⑥ 彼得·什托姆普卡:《社会变迁的社会学》,林聚任等译,北京:北京大学出版社,2011 年,第 23 页。
⑦ 同上。

(*The Sociology of Social Change*,1993)一书中,什托姆普卡梳理了进步观念在西方历史中的语义演进。在他看来,"进步观念"最早可以追溯到古希腊和犹太教传统:一方面,古希腊人对社会的"进步与改善"有着自己的体认和思考;另一方面,犹太教也始终强调"神意和天意"关于人类发展的进步逻辑。"两条思想线索"碰撞汇流,形成了"犹太-基督教传统"。这一传统赋予了"进步"一词最早的知识形态和思想内涵,同时也把进步观念变成了"基督教相信天意的一种世俗化观点"。① 到了中世纪,进步观念和"思想领域"以及"乌托邦"产生了新的关联,开始成为一种面向未来世纪的愿景想象。进入启蒙运动之后,"进步"一词延续涵括了以往不同时期的语义积累,同时也在历史、文学、宗教和科学的综合维度上凸显了自身在观念史层面上的与时俱进。在1795年出版的《人类精神进步史表纲要》(*Esquisse d'un tableau historique des progrès de l'esprit humain*)一书中,孔多塞(Marie Jean Antoine Nicolas de Caritat,Marquis of Condorcet,1743—1794)把人类历史分为"十个时代",并以历史哲学家的眼光梳理了从部落时代到科学复兴这一漫长过程中人类社会进步的诸多变化。在他看来,历史学的作用在于能"预见人类进步""指导进步"和"促进进步",② 而"进步取决于人类理性的发展",因此人类也有充分的理由"对未来寄予无穷的信心和希望"。③ 孔多塞还强调,"理性进步"和"科学与技术的进步"应"保持并驾齐驱",④ 这种"人类不断进步"的观念带有浓郁的乐观主义色彩,并奠定了启蒙运动的基调,同时也对19世纪以后的现代进步观念产生了重要的影响。

在进入19世纪以后,"进步观念已成为常识",不但"被哲学普遍接受",而且也逐步"融入文学、艺术和科学"之中,逐渐辐射与沉淀为一种为普通大众所接受的主流价值取向。也正是在这一时代语境中,"浪漫的乐观主义精神和相信人类的理性和力量相伴而生",人们开始接受并相信"科学和技术可以无限

---

① 彼得·什托姆普卡:《社会变迁的社会学》,第24页。
② 孔多塞:《人类精神进步史表纲要》,何兆武、何冰译,北京:生活·读书·新知三联书店,2003年,第9页。
③ 同上,译者序第3页。
④ 同上,第191页。

扩展和进步"。① 在什托姆普卡看来，19 世纪的这一充满乐观基调的进步观不仅渗入人类精神生活的各个微观层面，同时也在宏观维度上整体形塑了对未来社会的愿景。不过，随之而来的是对进步论的怀疑。1881 年，英国人麦布里奇发明了世界上第一架电影放映机，这台机器改变了世人记录时空的方式，也对人类的情感与思想交流产生了深远的影响。1887 年，德国社会学家斐迪南·滕尼斯（Ferdinand Tönnies，1855—1936）出版了《共同体与社会》（Gemeinschaft und Gesellschaft）一书，阐明了"共同体"与"社会"这两个概念在人类文明史框架中各自的发展形态和内在关联。什托姆普卡指出，对于梳理"进步"一词的语义系谱而言，滕尼斯此书的重要贡献在于它肯定了"早期传统共同体美德"，"预期"了"对进步的普遍失望"，同时也表达了对社会变迁中"进步本性"的"怀疑"，以此提醒人们关注"发展的副作用"。② 滕尼斯在书中指出，在世纪之交，社会学研究中的"共同体概念"已经"深深地浸入普遍的意识之中"，已经成为现实生活中"生机勃勃的感情的中心点"。③ 不过，在社会生活实践中，工业文明和城市文明对传统共同体的瓦解作用也愈发明显。在大城市里，怀着"金钱欲、享受欲"的人们聚集到一起，"艺术追逐着面包"，"对传统事务的依恋松弛了"，"家庭制度也陷入衰落与瓦解"；少数人凭借"意志的力量"，"在一个十分狭小的圈子里崭露头角，兴旺起来"，而更多的人则沉浸在"生意"之中，在"利益"的驱动之下"远走他乡，分道扬镳"。④ 在滕尼斯看来，西方社会已经走入一个"鼓励竞相挥金如土的世界"，这个社会"千方百计"要确保的是"资本家和商人的利益优先于一切需求"，"追求享受"不仅变得很普遍，而且似乎已是"天经地义"，在这样的现实包围中，人的精神世界正在一步步走向衰退和荒芜，走向"毁灭和死亡"。⑤

　　滕尼斯的上述观点可以被视为对孔多塞进步观的回应。后者的核心是基于对知识进步的理性崇拜，但是在《人类精神进步史表纲要》出版后的一百年

---

① 彼得·什托姆普卡：《社会变迁的社会学》，第 24—25 页。
② 同上，第 26 页。
③ 斐迪南·滕尼斯：《共同体与社会：纯粹社会学的基本概念》，林荣远译，北京：北京大学出版社，2010 年，第 34 页。
④ 同上，第 74、262、264 页。
⑤ 同上，第 265 页。

里,法国思想界对此反思的声音不绝于耳,并且在 1908 年乔治·索雷尔(Georges Sorel,1847—1922)出版的《进步的幻象》(*Les Illusions du Progrès*)一书中达到了高潮。新旧世纪之交,西方社会对未来世界充满着乐观与美好的愿景,而索雷尔却对延续了一个世纪的线性进步理论进行了系统的反思。在该书英译者约翰·斯坦利和夏洛特·斯坦利(John and Charlotte Stanley)看来,该书以其"反理性主义激进立场迎合了当时的风气",呈现出两种矛盾交织的思考面向。一方面是大西洋彼岸的美国后来居上,经过近两百年的发展与"扩张",国力蒸蒸日上;在"自由理性主义"的浸润之中,进步观念对于这一时期的美国人似乎具有"某种特别的魔力"。[①] 政治家们热衷于"我们所取得的巨大'进步'",而普通人也把进步当成"生活的几大目的之一"。[②] 那一时期的美国社会主流都乐于相信"新的发现都会有益于大众","人类理性的运用可以增进人类的福祉"。[③] 但是另一方面,在西方文明发源地欧洲大陆,很多文化圈中的知识人对于进步观念却意外地表现出一种冷静和淡漠。在这些人看来,"理性和科学并没有给人类带来解放,反倒奴役、贬低了人类"。[④] 1889 年,为了庆祝法国大革命一百周年,并赶超 1851 年伦敦世博会的耀眼光芒,法国人建成了埃菲尔铁塔。铁塔展现了 19 世纪进步观念下人类技术革命的伟大成功,但铁塔的建设也伴随着莫泊桑等三百多位法国文化名人的反对。1900 年,也就是铁塔建成后的第 11 个年头,第 9 届世界博览会在巴黎如期召开,再一次向世人展现了西方最新的工业成果和科技进步。这次博览会与往届不同,它第一次展示了很多殖民地"落后"而新奇的文化风俗;在特定的历史语境中,"先进"和"落后"并置,文明和原生态混杂,让会展充斥着一种居高临下的反差、猎奇和怪异。在熙熙攘攘的观会人流中,高耸的埃菲尔铁塔似乎变成了一种极具机械蕴意的新景观,变成了展示西方文明与进步的人造幕布;它所包含的"进步"意象在工业、商业、科技、殖民、环幕电影等交织而成的语境中起到了二律背反的作用,促使世人对西方文明进程进行反思。

[①] 乔治·索雷尔:《进步的幻象》,吕文江译,上海:上海人民出版社,2003 年,英译者导言第 8 页。
[②] 同上。
[③] 同上。
[④] 同上。

《进步的幻象》是进入 20 世纪后西方出版的第一本反思进步逻辑的著作。索雷尔通过该书分析了"进步"这一观念如何"发轫并且盛行于一个技术性的时代"。① 在他看来,"进步观念"之所以在 21 世纪显得如此重要,就在于它已经变成了一种"居主导地位"且同时"具有深远政治后果"的"意识形态"。② 对此,什托姆普卡也有相关的论述。他强调进步并非一个"超然、客观、纯描述性的概念",而是"属于价值观范畴","总是相对于一定的价值观而言的"。③ "进步"话语之所以在 20 世纪呈现出一种动摇与衰落、一种"觉醒和幻灭",一方面是因为这个观念本身就有"各种不协调、矛盾和不合理之处",另一方面是因为在经验层面也存在着一些"与其极为矛盾的历史事实"。④ 从社会学的角度来看,"进步"一词的核心逻辑其实是一种"反思性的观念",正是在与社会现实的多向互动之中,这种观念"在明显的繁荣期盛行,在问题期衰落"。⑤ 什托姆普卡此言呼应了索雷尔对进步观念的批判,切中了"进步"话语与社会变迁之间的关联实质,也为分析 20 世纪上半叶西方社会的文化矛盾和转型危机提供了独特的视角。

埃里克·霍布斯鲍姆(Eric Hobsbawm,1917—2012)是 20 世纪享誉思想界的史学大家,他的系列著作考察了英国和欧洲现代历史的重要变迁,分析了西方现代化进程的演进规律和思想特质。《断裂的年代:20 世纪的文化与社会》(*Fractured Times: Culture and Society in the Twentieth Century*,2013)一书立足于世界史的学科框架,以独特的杂糅视角勾勒了西方世界在 20 世纪的整个发展历程。细密的史料爬梳以及对历史碎片中关键概念的廓清,使得该书呈现出一种独特的思想深度和知识学广度。在霍布斯鲍姆看来,20 世纪是一个"失去了方向的历史时代",其社会表征就是一种文化"断裂":"欧洲资本主义在 19 世纪确立了对全球的统治,并通过武力征服、技术优势和自身经济的全球化改变了世界;但与此同时,它还带来了一整套强大的信仰和价值观,并自然而然地认为这套观念比其他的都优越。这一切加起来构成了

---

① 乔治·索雷尔:《进步的幻象》,英译者导言第 10 页。
② 同上。
③ 彼得·什托姆普卡:《社会变迁的社会学》,第 27 页。
④ 同上,第 28、31 页。
⑤ 同上,第 31 页。

'欧洲资产阶级文明',而这个文明在第一次世界大战结束后却再也没有恢复元气。"① 霍布斯鲍姆认为,如果要对欧洲历史和社会进程中的这种文化断裂有更深层次的把握,研究者还需要结合共同体的观念来进一步辩证思考。在霍布斯鲍姆看来,"19世纪社会学家提出的'共同体'或'社会'的概念填补不了这个浩大的虚空",这种断裂的后果之一即是一种社会心理和时代精神上的"认同危机"。② 这种认同危机意味着人类在如下一系列问题上陷入了困境:"我们在这个虚空中的位置是什么？我们在实际生活中处于人群中的什么地位？我们属于谁？属于什么？我们是谁？"③

从观念史的层面来看,霍布斯鲍姆的"文化断裂"也可以具体细化为一种"话语断裂"。在霍布斯鲍姆看来,产生断裂的原因大致可以归结为三点:1)"20世纪的科学和技术先是改变了、后又摧毁了过去谋生的方法";2)"西方经济的迅猛发展催生了大规模消费的社会";3)"大众作为选民和消费者获得了决定性的政治发言权"。④ 也正是"在这三重打击下,旧有的社会制度已完全无力招架"。⑤ 小说家 E. M. 福斯特(E. M. Forster,1879—1970)曾以颇带感性的文字描写了这种断裂感。在他眼中,维多利亚时代的英国"调子是温和的,地平线上悬浮的黑云也只有巴掌那么点儿大,可以说是快乐时光"。⑥ 在那个年代,人们"讲究博爱行善",言谈举止中都"洋溢着人文主义精神和知性的好奇心",大家都相信"人人各不相同且理应各不相同,对社会的日渐进化也深信不疑";而时至今日,"一切都大变特变了",生活再也不可能如以往那样"舒适惬意",旧日的"世界观"已经"危危欲坠于深渊悬崖的边缘"。⑦ 在福斯特看来,这种断裂感让人无所适从,变得焦虑和茫然,要想"成功地"应对这种"现代的挑战",就必须"调和新的经济概念和古老的道德原则"。⑧ 福斯特指出,19世纪下半叶以来的自由主义学说虽然在经济上取得了巨大成功,夯实了"进

---

① 艾瑞克·霍布斯鲍姆:《断裂的年代：20世纪的文化与社会》,林华译,北京：中信出版社,2014年,第Ⅴ—Ⅵ页。
② 同上,第208页。
③ 同上。
④ 同上,第Ⅸ页。
⑤ 同上。
⑥ 福斯特:《现代的挑战》,李向东译,北京：作家出版社,1998年,第58页。
⑦ 同上,第59页。
⑧ 同上。

步"话语盛行的物质基础,但同时也"导致"了"供求盲目和弱肉强食的资本主义丛林竞争"。① 在一波波社会变迁和观念大潮的冲击之下,很多人"已经不适应现在的物质世界",而传统的道德信仰则有可能为这"大乱之世"中"主义间的冲突"和"忠诚的分裂"找到某种救赎的良方。② 福斯特痛心于英国传统生活中那些"不可替代之物毁于一旦",他呼吁"为了世界不至于土崩瓦解",社会主流必须重扬精神生活的旗帜,务必在"新的经济关系"中,为艺术与人性的连接、为那些长期以来被物质文明所"轻蔑"的共同体元素"保有一席之地",唯有这些积极元素的维系、平衡和发展,才有可能使人类在不断的反思中"与野兽划出界线",从而在思想和文化层面"脱离原始的黑暗"。③

福斯特对上述"断裂"所做的回应,只是无数英国文学家所做回应的一个典型例子。前文提到,"进步"话语在 20 世纪呈现出了一种动摇与衰落,其原因在于进步观念本身就充满了矛盾,尤其是在经验层面存在着与其极为矛盾的历史事实。事实上,"进步"话语光环的褪去还有一个更重要的原因,这就是历代文学家对它的推敲和质疑。这不光是"19 世纪英国小说的最强音",④ 而且不同程度地体现于不同时期、不同体裁的英国文学作品。对"进步"话语的推敲,就是对现代化/现代性的回应。英国是最早见证现代化的国家,也最早见证了现代性——与现代化相匹配的现代价值体系。童明曾经巧妙地用"赋格"一说来形容现代性以及质疑它的思辨策略。与现代化相匹配的"现代性"是以工具理性、科学主义、客观知识主体论以及以鼓吹"无限进步"的宏大叙述为特征的现代价值体系,而童明所说的"现代性赋格"则多见于文学著作,二者"恰如赋格音乐中的主题和对题,一问一答,相互追逐"。⑤ 鉴于童明的相关研究几乎不涉及英国文学,而是以探讨法国、俄罗斯和德国的个别代表性作家为主,因此我们有必要延伸这一话题,在英国文学领域找到突破性空间。

本丛书审视的对象,正是上述"赋格音乐"中的对题,即英国文学家/批评

---

① 福斯特:《现代的挑战》,第 59 页。
② 同上,第 61 页。
③ 同上,第 62—63 页。
④ 殷企平:《推敲"进步"话语——新型小说在 19 世纪的英国》,北京:商务印书馆,2009 年,第 3 页。
⑤ 童明:《现代性赋格:19 世纪欧洲文学名著启示录》,桂林:广西师范大学出版社,2008 年,第 1 页。

家持续不断地从文化观念的视角对现代文明及其价值体系发出的质询。作为一种文化传统,对现代性的反思至少可以追溯到 18 世纪。如罗伯特·康·戴维斯(Robert Con Davis)和罗纳德·施莱伏尔(Ronald Schleifer)所说,18 世纪就已经存在着一种"与启蒙理性'秩序'相对的文化秩序",① 但是更确切地说,"文化"的种子早在资本主义萌芽时期就已经埋下了,因而我们的视野将扩大到中世纪的一些作品,如《农夫皮尔斯》(*The Vision of Piers Plowman*, 1370—1390)和《坎特伯雷故事集》(*The Canterbury Tales*, 1387—1400)等——朦胧的文化意识早在那里就有迹可循了。也就是说,本丛书的研究范围远远超出了前文所说的威廉斯和约翰逊等人的著述。更具体地说,本丛书共由 6 卷组成,其总体框架如下:

卷一为《总论》,着眼于英国整个现代化转型时期文化观念和英国文学典籍之间互动关系的综述。本卷还负有一个前勾后连的使命,即引导本丛书其他各卷论证以下核心观点:就最主要的文化命题而言,伟大的英国文学家们在不同时期给出了相同的答案,即生活质量不在于发达的工业、诱人的科技经济指标,而在于共同体的和谐,在于精神与物质的互补和平衡。

卷二为《文化观念**萌芽**时期的英国文学典籍研究》,承接《总论》卷,追根寻源,展现早期英国文化观念和文学典籍之间的互动关系。时间跨度从中世纪后期开始,一直到 1688 年"光荣革命"。这段时期跨越了英国的近代早期(early modern)时期,是英国文化观念流变中的现代性和个人主义的源起时代。本卷的出发点之一,是承接《总论》卷中梳理的关键词,后者所代表的文化内涵有不少已经萌发于这一时期。例如,因田园文明向商业文明过渡而产生的"转型焦虑",早在杰弗里·乔叟(Geoffrey Chaucer,1342—1400)的作品里就已经初现端倪。

卷三为《文化观念**生长**时期的英国文学典籍研究》,时间跨度从 1688 年"光荣革命"开始,一直持续到 1815 年英法战争结束前后,刚好跟所谓"漫长的 18 世纪"相吻合。自中世纪末期开始萌芽的文化观念在这一历史时期内快速生长,在农业文明和工业文明的撞击中不断修正、融合并且成形。继弗朗西

---

① Robert Con Davis and Ronald Schleifer, *Literary Criticism: Literary and Cultural Studies*, New York: Longman, 1998, 322.

斯·培根(Francis Bacon，1561—1626)和托马斯·霍布斯(Thomas Hobbes，1588—1679)之后，经验主义哲学在英国大放异彩，约翰·洛克(John Locke，1632—1704)、乔治·贝克莱(George Berkeley，1685—1753)和大卫·休谟(David Hume，1711—1776)等人的本土哲学思想脉络深刻地影响了英国文化的构成，这种情况一直持续到19世纪二三十年代。自此之后，外来的德国浪漫主义哲学和文学思潮经由卡莱尔等人极大地影响到英国的文化观念与思想构成。就文化观念的流变而言，18世纪的文坛巨擘塞缪尔·约翰逊博士(Dr. Samuel Johnson，1709—1784)和亚历山大·蒲柏(Alexander Pope，1688—1744)等人与英国启蒙运动时期以来的洛克和沙夫茨伯里(Anthony Ashley Cooper, 3rd Earl of Shaftesbury，1671—1713)等人一脉相承，为推崇理性与注重道德的文学传统注入了强大动力。新古典主义的长期盛行、18世纪前期小说的兴起和18世纪后期浪漫主义的崛起分别成为这一历史时期之内文化观念在英国快速生长与嬗变的征兆。除"转型焦虑"以外，其他一些关键词(如"审美趣味"和"心智培育")所指涉的文化内涵在这一时期渐现雏形。例如，塞缪尔·泰勒·柯勒律治(Samuel Taylor Coleridge，1772—1834)已用"培育"来表示他心中的文化，而威廉·柯珀(William Cowper，1731—1800)和威廉·华兹华斯(William Wordsworth，1770—1850)甚至直接使用了"文化"一词。卷三对这些文化内涵雏形的揭示和分析，为卷四描写文化观念的成熟起了铺垫作用。

卷四为《文化观念**成熟**时期的英国文学典籍研究》，时间跨度基本与维多利亚时期吻合。这一卷重点探讨两个问题：1) 英国文化观念的成熟期为何是在维多利亚时期？2) 维多利亚文学家们是如何扩充文化观念内涵，从而助推其进入成熟期的？解答这两个问题的关键在于论证如下观点：就"文化"和"文明"观念而言，必须有众多文人学者致力于它们的语义区分，才能确保文化观念的成熟；恰恰是在维多利亚时期，几乎所有优秀的文学家都承担起了给"文化"和"文明"分家的工作，都奋起批判独尊"事实"的文明，都表达了含有价值诉求的文化思想。这一时期的文学家们对文化的观照，已经更自觉地表现为对秩序/共同体的诉求、对人类生活总体方式的观照、对人的全面发展状况(各种禀赋和潜能的协调发展)的观照，也表现为对追求单向度发展的"进步"

话语的强烈质疑。

卷五为《文化观念**拓展**时期的英国文学典籍研究》,聚焦从爱德华时期到二战结束之前英国文学与文化观念之间的互动。跟上一卷所关涉的历史时期相比,此时文化观念的内涵和外延更为丰富,而且有了一些新的特点。这一时期,英国社会的思想格局经历了世纪末的转变以及各种新思潮的碰撞与洗刷,而两次世界大战更是对英国民族的文化心理与身份意识产生了深远的影响,因此文学家们的文化之旅更加艰难。他们在上一时期文学家们所做工作的基础上,继续拓展文化观念的内涵,如对转型焦虑、共同体意识、文化身份和审美趣味的深度探索等。例如,伊丽莎白·鲍温(Elizabeth Bowen,1899—1973)的《心之死》(*The Death of the Heart*,1938)所呈现的转型焦虑,包含了趣味和伦理两个层面,是对转型焦虑的深度挖掘。鲍温等人继承了上一时期查尔斯·狄更斯(Charles Dickens,1812—1870)等人质疑"进步"话语的传统,而这一传统在二战之后又由格雷厄姆·斯威夫特(Graham Swift,1949—)等人予以继承(见卷六)。由此,本卷承前启后的作用也得以彰显。

卷六为《文化观念**裂变**时期的英国文学典籍研究》。这一时期的文化观念受到了后现代主义思潮和经济全球化浪潮的强烈冲击,以致新一代作家必须回应这一冲击,而这种冲击和回应导致了文化观念的裂变。例如,关于"共同体"和"英格兰特性"的观念出现了多样化和多重性的趋向,甚至出现了"反文化"这样的一些术语。此时文学家们的文化诉求和道德关注呈现出有别于上一时期的新特点。也就是说,文化观念的新变迁影响了当代的英国文学典籍,从而得到了后者的反映和折射。剖析两者间的互动关系,尤其是它们在战后全球化背景下的互动,构成了本卷的主要任务之一。如何在经济高速发展的形势下营造共同文化?英格兰特性是否还存在?英国文学如何再现英格兰特性?这些都已成为英国知识界普遍关注的话题,也是本卷要回答的问题,而回答这些问题的同时,也是在对以上各卷做出呼应。特别值得一提的是,在众多当代优秀文学家的努力下,一种更加包容、更富有弹性的英格兰特性得以形成,而种族已经不再是(作为文化身份的)英格兰特性的标识。例如,在V. S. 奈保尔(V. S. Naipaul,1932—2018)的笔下,一些国外移民逐渐抵达并融入了英国文化,甚至比原居民更熟悉其所在地,更具有共同体情怀。更值得注意的是,像彼得·阿克罗伊德(Peter Ackroyd,1949—)这样的一些作家用出色的创作表明:杂糅拼贴并非"后现代"的专利,而是英国文化遗产的一部分;正视多元化/多样性未必意味着混沌,而杂糅/包容可以成为一种绵延不绝的民族传统。另外,阿克罗伊德和奈保尔等人都重视语言的建构性,但是他们的语言不但没有解构传统,反而因其本身的稳定性成为维护与更新传统的力量。这一切对于所有面临建设多民族共同体任务的国家都具有深刻的启示意义。

在上述每卷的正文[①]之后,都附有与之相对应的代表性文学典籍的汉语译文,或首译,或重译。在英国文化观念史中,不少意义重大的文学作品尚未译出,而已经问世的译作有些则存在较多质量问题。本丛书的翻译部分(见各卷附录)旨在弥补上述缺陷,并为各卷的阐述提供更宽厚的佐证基础。[②]

最后,还有必要强调一下本丛书各个关键词的关联性。如前文所述,本丛书用以勾勒文化观念主要内涵的关键词分别是"转型焦虑""愿景描述""共同体形塑""秩序诉求""审美趣味""心智培育""文学语言的创造""民族良心""道德伦理传统"和"工作/生活方式"。它们彼此之间都有着内在的联系,甚至密不可分。例如,对于社会转型的焦虑除了是对上述"进步"话语的回应之外,还意味着人类的工作/生活方式(因转型)出了问题,或者说"礼崩乐坏"——社会秩序混乱,伦理道德败坏。本丛书所说的"文化"既因为"转型焦虑"而发生,又必须提供走出焦虑的途径,如描述各种愿景,包括共同体愿景、乌托邦愿景或者关于美好社会秩序的愿景等。而这些愿景的实现离不开心智的培育、民族良心的锻造和民族特性的构建以及提倡理想的工作/生活方式等。对于所有这些文化内涵的关联性、复杂性和丰富性,非文学典籍不足以充分表达。这就是本丛书的题目赖以立足的理由。

总之,从中世纪后期开始,英国文学伴随着近代社会的转型而演变;几个世纪以来的英国文学既是这一社会转型进程的产物,又积极影响着这个进程。从《乌托邦》(*Utopia*,1516)到《一九八四》(*1984*,1949),从莎士比亚到石黑一雄(Kazuo Ishiguro,1954—),英国文学不断对侧重物质文明的现代价值体

[①] 本丛书部分正文章节已作为阶段性成果发表过。
[②] 本丛书(包括正文和附录)未注明译者的汉语译文为笔者自译,不再一一注明。

系发出质疑,通过展望理想的共同体生活,逐渐形成一个强大的文化主义传统。大量的文学典籍在争论与创新中以丰富多彩的文学意象不断地影响着民族的想象,打造着英国的公共文化,成为民族核心价值体系的建设者与守望者,帮助英国在世界各民族中相对顺利地完成了社会转型。

当代中国在现代化进程中处于重大的历史转折时刻,习近平总书记强调指出:"文化是一个国家、一个民族的灵魂","文运同国运相牵,文脉同国脉相连"。[①] 如今,建设"文化强国"这一目标已上升为我国的国策。在这样的时代背景下,对文化观念流变中的英国文学典籍进行充分的梳理、阐释和评价,以期提供借鉴,已经成为他山之石的当然之选。

殷企平　胡　强

[①] 习近平:《在中国文联十大、中国作协九大开幕式上的讲话》(2016年11月30日),《人民日报》2016年12月1日第2版。

本卷撰写分工说明

(按姓氏拼音排列)

陈礼珍：第五章(第三节)：党派文化的个体隐喻
陈西军：第五章(第一节)：信仰焦虑、精神自传与现代个人观念的形成
邓天中：第一章(第三节)：用诗意乌托邦应对转型焦虑：罗伯特·伯顿的意义
　　　　第三章(第三节)："不列颠的国家史诗"：《钦定本圣经》与"质朴"传统
　　　　第八章(第二节)："宗教的忧郁"：17世纪英国的宗教现状与伯顿的救赎努力
冯　伟：第三章(第二节)：《罗密欧与朱丽叶》的爱情"新语言"
　　　　第九章(第一节)：莎士比亚与早期现代英国的法律危机
　　　　第九章(第二节)：荣誉·爱欲·秩序：《特洛伊罗斯与克瑞西达》与早期现代英国的价值变迁
　　　　第九章(第三节)：《一报还一报》与早期现代英国的德政思想
高　乾：第三章(第一节)：乔叟对中古英语的点化和英格兰民族的催生
胡　强：总序(合写)
李公昭：绪论："文化"观念在早期现代的萌芽
　　　　绪论(第一节)：早期现代文学中的转型焦虑
　　　　绪论(第二节)："民族共同体意识"的逐渐形成
　　　　绪论(第三节)：宗教思想影响下的文化观念萌芽
刘庆松：第一章(第一节)：《农夫皮尔斯》：劳动交换方式变化带来的不安
　　　　第四章(第二节)：虚拟的田园共同体构建：《仙后》第六卷
　　　　第四章(第三节)：《斗士参孙》：偶像破坏者与有机共同体的重建
　　　　第七章(第三节)：弥尔顿《论出版自由》的心智培育计划

　　　　结语:"文化"观念的扎根与后续影响
　　　　结语(第一节):转型焦虑、愿景描述与文化观念的扎根
　　　　结语(第二节):早期现代的文化观念对后世的影响
沈　弘:第四章(第一节):弥尔顿与英吉利民族概念的建构
石　松:第一章(第二节):《坎特伯雷故事集》:早期商业文明的活力与粗鄙
　　　　第二章(第二节):《雅典的泰门》中的价值观变迁
　　　　第六章(第一节):《亚瑟王之死》与英国骑士传统
　　　　第六章(第三节):伯里和雏形"图书馆"
石雅芳:第六章(第二节):圆形剧场中的莎士比亚
汤梦颖:翻译　附录1《亚瑟王　圣杯故事》
吴　笛:第五章(第二节):玄学派诗人:文学传统中的现代个体
吴　虹:第二章(第一节):忘却凡尘:《钓客清谈》与崇尚自然的民族趣味
　　　　第二章(第三节):对美好情感的追求:赫伯特与《圣殿》
　　　　第七章(第一节):科学真理与文化灵魂:培根的影响
　　　　第七章(第二节):早期报刊、手册文学与新闻文化
　　　　翻译　附录2《乡村牧师》
杨　莉:第八章(第一节):"牧师中的莎士比亚":泰勒与宽容精神
　　　　第八章(第三节):《天路历程》与《复乐园》:清教徒的天堂向往
殷企平:总序(合写)

目 录

绪　论　"文化"观念在早期现代的萌芽 ………………………………… 1
　　第一节　早期现代文学中的转型焦虑　4
　　第二节　"民族共同体意识"的逐渐形成　8
　　第三节　宗教思想影响下的文化观念萌芽　12

第一章　转型焦虑的发端和滋长 ………………………………………… 17
　　第一节　《农夫皮尔斯》：劳动交换方式变化带来的不安　20
　　第二节　《坎特伯雷故事集》：早期商业文明的活力与粗鄙　29
　　第三节　用诗意乌托邦应对转型焦虑：罗伯特·伯顿的意义　38

第二章　在焦虑中生成的共同趣味 ……………………………………… 47
　　第一节　忘却凡尘：《钓客清谈》与崇尚自然的民族趣味　51
　　第二节　《雅典的泰门》中的价值观变迁　62
　　第三节　对美好情感的追求：赫伯特与《圣殿》　69

第三章　新语言·新生活 ………………………………………………… 83
　　第一节　乔叟对中古英语的点化和英格兰民族的催生　86
　　第二节　《罗密欧与朱丽叶》的爱情"新语言"　99
　　第三节　"不列颠的国家史诗"：《钦定本圣经》与"质朴"传统　105

第四章　在想象中演进的民族共同体 …………………………………… 117
　　第一节　弥尔顿与英吉利民族概念的建构　120
　　第二节　虚拟的田园共同体构建：《仙后》第六卷　136
　　第三节　《斗士参孙》：偶像破坏者与有机共同体的重建　148

第五章　现代社会的"个人文学" ……………………………………… 157
　　第一节　信仰焦虑、精神自传与现代个人观念的形成　160

第二节　玄学派诗人：文学传统中的现代个体　179
　　　第三节　党派文化的个体隐喻　200

第六章　公共领域的扩张 ……………………………………………………… 213
　　　第一节　《亚瑟王之死》与英国骑士传统　216
　　　第二节　圆形剧场中的莎士比亚　229
　　　第三节　伯里和雏形"图书馆"　240

第七章　"心智培育"的漫漫长路 ……………………………………………… 251
　　　第一节　科学真理与文化灵魂：培根的影响　253
　　　第二节　早期报刊、手册文学与新闻文化　265
　　　第三节　弥尔顿《论出版自由》的心智培育计划　276

第八章　宗教作用下的文化观念萌芽 …………………………………………… 285
　　　第一节　"牧师中的莎士比亚"：泰勒与宽容精神　288
　　　第二节　"宗教的忧郁"：17世纪英国的宗教现状与伯顿的救赎努力　295
　　　第三节　《天路历程》与《复乐园》：清教徒的天堂向往　303

第九章　法律、政治与荣誉：莎士比亚的思考 ………………………………… 315
　　　第一节　莎士比亚与早期现代英国的法律危机　317
　　　第二节　荣誉·爱欲·秩序：《特洛伊罗斯与克瑞西达》与早期现代英国的价值变迁　326
　　　第三节　《一报还一报》与早期现代英国的德政思想　340

结语　"文化"观念的扎根与后续影响 ………………………………………… 349
　　　第一节　转型焦虑、愿景描述与文化观念的扎根　352
　　　第二节　早期现代的文化观念对后世的影响　355

主要参考文献 ……………………………………………………………………… 358

附录1　圣杯故事 ………………………………………………………………… 388
附录2　乡村牧师 ………………………………………………………………… 493

索引 ………………………………………………………………………………… 538

绪 论

"文化"观念在早期现代的萌芽

虽然文化观念的成熟是在卡莱尔之后，但是要把握文化观念发展的全过程，就得追根寻源，至少到中世纪。从中世纪后期开始，到1688年"光荣革命"，这个阶段是英国的近代早期（early modern）时期，①是英国文化观念流变中的现代性和个体主义的源起时期。这一阶段可以看作文化观念在英国文学典籍中的萌芽时期。在这一历史时期内，资产阶级的经济地位已经开始提升，和土地贵族阶层之间在政治、经济和文化等各个社会领域展开全面争夺。此时英国的工业革命还未真正开始，但商业文明和城市文明已经开始强有力地冲击传统的农耕文明。文化观念的产生展示出英国民族文化演进的生动历史。

从中世纪后期开始，英国文学伴随着近代社会的转型而演变；随后几个世纪的英国文学既是这一社会转型过程中的产物，又积极影响着这个进程。在这一时期，由某些关键词所代表的文化内涵已有不少开始萌发。例如，因田园文明向商业文明过渡而产生的"转型焦虑"，②早在兰格伦的作品里就已经初现端倪，而"心智培育"和"共同体"等术语所指涉的文化内涵也在这一时期渐现雏形。文学典籍中的"文化"种子早在资本主义萌芽时期就已经埋下。这些文化的种子在早期现代英国的文学作品中是如何扎根和萌发的呢？文学出于何种目的来呈现这些稚嫩的文化观念？其过程和结果又是如何呢？"转型焦虑""共同体""心智培育"和"英国性"等关键词之间存在着怎样的内在关系？它们又是如何共同促成了文化观念的萌芽？它们为随后文化观念的成熟起了什么样的铺垫作用？对这些问题的解答是本卷首要的，也是最核心的任务。

---

① 也有学者把"early modern"译为"早期现代"。笔者认为，翻译成"近代早期"似乎更为合理。
② 特指传统社会向现代社会结构系统转换所引起的焦虑，尤指人类社会从农业文明向工业文明转型所引起的焦灼不安。

第一节
早期现代文学中的转型焦虑

殷企平认为:"文化诞生于焦虑——社会转型引起的焦虑,或者说机械文明引起的焦虑。"①中世纪后期的转型焦虑是因为封建社会向资本主义社会的过渡,其时大规模的机械文明还没有真正开始。但这种转型焦虑绝非仅仅是因为社会经济形态的改变而产生的。有学者认为,1381年英国农民起义者要求解决的根本问题绝不仅仅是经济上的,根本原因在于正义观念本身,或者说是无效的正义和不堪忍受的不公正待遇所导致的威胁。那些在羊皮纸上创作出富有想象力的文学作品的作家们,其所思所想正反映了上述忧虑。②可见,转型时期的社会矛盾表面上是因为生活水平的下降或饥馑的肆虐,其实更深层的原因是政治上的不平等或体制的滞后与败坏。文学中的转型焦虑深刻反映了时代的张力和冲突。

本卷所说的"文化观念"特指文学典籍视域中的文化观念,是文学典籍中所体现的、具有针对现代文明批判内涵的思想观念。正如伊格尔顿(Terry Eagleton,1943—)所言:"文化成了一种名称,特指浪漫主义和前马克思主义对早期工业资本主义的批判",而且"实际的文明越是显得掠夺成性和本质低劣,文化观念就越是被迫采取一种批判的姿态"。③文学作为文化的核心部分,自然要担负起指摘时弊、纠偏祛病的责任。转型焦虑萌发于文化观念滥觞时期,是文化批评的发端,但并非其目的。转型焦虑是作家对历史跨阶段发展时期所存在的重大问题的敏锐感知,但转型焦虑并不纯然是忐忑不安的疑虑,

---

① 殷企平:《"文化辩护书":19世纪英国文化批评》,上海:上海外语教育出版社,2013年,第6页。
② 理查德·卡尤珀:《文学与历史:质疑中世纪英国宪政制度》,孟广林、李家莉译,《历史研究》,2010年第3期,第84页。
③ Terry Eagleton, *The Idea of Culture*, Oxford: Blackwell, 2000, 10—11.

虽然它包含着对现存的不稳定秩序与状态的隐忧,但也交织着对新时代的憧憬和对愿景的展望。早期现代社会的转型焦虑鲜明地体现在以《高文爵士与绿衣骑士》(Sir Gawain and the Green Knight, late 14th century)、《农夫皮尔斯》(The Vision of Piers Plowman, 1370—1390)、《坎特伯雷故事集》(The Canterbury Tales, 1387—1400)、《忧郁的解剖》(The Anatomy of Melancholy, 1621)等为代表的文学作品中。

头韵体复兴出现在 14 世纪下半叶,是对诺曼征服前英国头韵体传统的回归。关于头韵体传奇诗作《高文爵士与绿衣骑士》,桑德斯(Andrew Sanders)认为,该传奇中的一系列对比,不仅对骑士制度的价值观提出了疑问,而且质疑了价值观概念本身——诗人不自觉地允许一种已过时的骑士乡绅理想(这种理想把人格的完美与封建的和群体的忠诚联系在一起)同重商主义概念并存,并暗示基督教骑士制度的准则有助于说明人类追求精神完美的真正途径。① 可见,"高文诗人"已经隐约表现出从中世纪向早期现代社会过渡的转型焦虑,而基督教骑士制度虽然已经过时,但其准则仍被看作化解转型焦虑的"灵丹妙药",是有助于愿景生成的有效工具。

与"高文诗人"同时代的头韵体诗人兰格伦(William Langland,1332—1400?)同样表现出转型焦虑——尤其是劳动交换方式的微妙变化所引起的焦虑——已经隐约呈现。兰格伦思想倾向经历了从激进向保守的转化。他的《农夫皮尔斯》的 B 稿本处处影射英国的时政,通篇充满社会批判精神。1381 年由瓦特·泰勒(Wat Tyler,1341—1381)和约翰·保尔(John Ball,1338—1381)领导的农民起义就曾借用过他的诗句来激励主张社会变革的下层民众。但晚年的兰格伦显然对酷烈的农民运动产生了畏惧与恐慌,于是着手修订《农夫皮尔斯》,企图粉饰以一些温和的色彩,以挽回诗歌给社会造成的"不良"影响。然而,以温良谦恭为基调的 C 稿本虽然传达的是作者最后的意志,但后人却始终只青睐 B 稿本,而没有把 C 稿本当作诗人创作成就的最终依据。② 兰格伦对诗作的再三修改,表露的是他对于社会重大转型时期因劳动交

---

① 安德鲁·桑德斯:《牛津简明英国文学史》(上),谷启楠、韩加明、高万隆译,北京:人民文学出版社,2000 年,第 66 页。
② 姚冬莲、陈才宇:《朗格兰和他的〈农夫皮尔斯〉》,《浙江学刊》,2007 年第 2 期,第 219 页。

换方式的改变而导致矛盾的深度思考。也许在他看来,B稿本表现的焦虑过于强烈,这种极度的焦虑将使得冲突进一步激化,从而危及社会的根基——以三等级制为支柱的构架。因此,他在C稿本中缓和了语调,在焦虑中添加了更多的建设性成分,保守意识成为他愿景构建中不可或缺的因素。

在《农夫皮尔斯》和其他诗作中,解决紧迫社会问题的途径是求助于国王。这种在所有重要事情上都求助于国王的倾向,是英国早期历史上的"小鸡综合症"(Chicken Little Syndrome)。① 然而,中世纪以《列那狐的故事》(Le Reman de Renart,1174—1180)为代表的文学作品却表明,君主的积极作用是受到广泛认可的,正如君主的统治让人不寒而栗一样。② 因此,兰格伦给焦虑开出的保守"药方"是喜忧参半的——既有着积极作用,也容易带来难以预料的灾祸。他之所以维护三等级制,其目的是为了封建秩序的正常运转,但他的转型焦虑却反映了社会转型期难以调和的矛盾,并为社会的平稳过渡做了文化观念上的准备,有力地促进了文化观念的萌芽。

稍晚于兰格伦的乔叟(Geoffrey Chaucer,1343—1400),尽管生活的时代有明显的政治/社会动乱,但他的诗歌却表达并体现了一种坚定的秩序感,③这与兰格伦的诗作不谋而合。这种等级制和秩序感鲜明地体现在《坎特伯雷故事集》的《总序》中。《总序》按照人物的阶级地位把他们逐一介绍给读者:首先介绍的是"骑士"及其同伴,然后是基督教会的代表们,最后是第三等级的代表人物。④ 然而,乔叟作为诗人和真理的传达者,必然要打破某些为世人接受的等级观念。他重塑了妇女形象,把她们放在人间世事的中心而不是边缘,打破了中世纪普遍认为妇女比男人低劣的观点。⑤ 乔叟的女性观是对转型时期陈腐观念的改写,这并非破坏秩序,而是对失序的因素的调整。

《坎特伯雷故事集》是折射英国社会各个阶层生活方式的最重要的早期作品。如果"文化"是一个社会的总体生活方式,那么乔叟就是一个最重要的研究起点,他对早期商业生活的描写不仅表现出被解放的活力,也包含着对于粗

---

① 理查德·卡尤珀,第87页。
② 同上,第84页。
③ 安德鲁·桑德斯,第81页。
④ 同上,第83页。
⑤ 同上,第88页。

鄙的商业文明的焦虑。倘若说兰格伦的焦虑中包含着保守性,那么乔叟的焦虑中却交织着活力;他们都感受到新经济方式的动力和张力,但也承继了中世纪传统中的稳重、理智和乐观的因素。

与兰格伦一样,罗伯特·伯顿(Robert Burton,1577—1640)也是位牧师。他的《忧郁的解剖》是一部百科全书式的心理学论著,本意是探讨忧郁的起因和影响,其实是用忧郁的笔调来剖析人类所有情感和思想表达方式,因此也是一部具有很强文学性的文化经典。他把基督教宇宙观和实际生活联系起来,分析人的功能失调。与强调等级和秩序的兰格伦和乔叟不同,伯顿直接面对由转型焦虑所引起的普遍心理问题,并聚焦于分析人类生活中的无序、狂躁和疯癫。这部文学中的"医学文本"深刻地影响了约翰逊(Samuel Johnson,1709—1784)、斯特恩(Lawrence Sterne,1713—1768)和兰姆(Charles Lamb,1775—1834)等多位作家——后者常常以东拉西扯、亲切古怪的幽默闲谈来掩饰文化焦虑,应对心理危机。观察这样的文风,就是观察一种英国式文化策略的早期形式。

"高文诗人"、兰格伦和乔叟处在时代转型的萌芽期,他们的转型焦虑中包含着乐观和活力;而伯顿则处于矛盾渐趋激化的时期,①即旧秩序逐渐变得板滞,新格局还没有成形,因此他的焦虑中不免多了些阴郁的成分。不过,他们都以关注生活细节见长,并熟谙民族特色的艺术手法,为在焦虑中思考愿景和共同体生活提供了先例,为文化观念的萌芽乃至勃发做出了开拓性的努力。

另一方面,对于生活方式剧变的焦虑使人们不断回忆并记录传统生活的乐趣和品味,借以得到安慰与稳定感,如沃尔顿(Izaak Walton,1593—1683)的《钓客清谈》(*The Complete Angler*,1653)、莎士比亚(William Shakespeare,1564—1616)的《雅典的泰门》(*Timon of Athens*,1608)和赫伯特(George Herbert,1593—1633)的《圣殿》(*The Temple*,1633)等著作。这种趣味的培养也有助于新的知识群体的形成。正如邹赞所言,以乔叟和15世纪中古英语文学为开端,英国古典人文主义传统强调借助文学经典来培养趣味高雅的精英阶层,按照布尔迪厄的说法,就是从文化资本上实现社会阶层之

---

① 伯顿去世的1640年正是英国革命爆发之年。他的去世仿佛预示了时代从忧郁沉潜向开朗激扬的迈进。

间的区隔。① 然而，培养趣味的最终目的并不是为了阶层的分化，而是缓解转型焦虑。

第二节
"民族共同体意识"的逐渐形成

　　乔叟等人所强调的伦理秩序、共同趣味、对民族语言的宣扬等诸多因素共同促成了民族共同体意识的生发。有学者认为，只是在英国国王亨利三世（Henry III，1207—1272）统治期间，即 13 世纪，才真正形成了一个英国的"共同体"。② 1258 年诸侯制定了《牛津法规》和《威斯敏斯特法规》，夺取成年国王手中的权力，把它移交给选举产生的贵族议会，这是一个革命性的步骤。③ 民主程度的高低决定了共同体的有机程度和运行效率。在亨利三世时期，英国打败了法国的入侵，民族意识得到了强化，而对专制王权的限制，使人民的权利得到一定程度的保障，给社会注入了生机，从而确保王朝的良性运转。英国作为一个民族，在很大程度上是指公民拥有政治参与的权利，有权利通过议会参与国家的政治决策，这实际上意味着民族国家的地位等同于政治公民权。④

　　从 16 世纪早期开始，民族主义作为一种独特的社会意识已经在英格兰出现。人们已开始形成一个共识，即英格兰并不仅仅是一个王室的财产，而是一个独立的政治和社会共同体。⑤ 英国民族主义能与英国现代化进程合拍的重要原因之一，是它明智地将捍卫个人权利的观念放在首位。一种以权利为纽带连接起来的社会共同体，不仅具有更大的包容性，而且比任何强制性的共同

---

　　① 邹赞：《从文学研究到文化研究——以英国文化主义为参照》，《社会科学家》，2011 年第 1 期，第 153 页。
　　② 转引自陈晓律、于文杰、陈日华：《英国发展的历史轨迹》，南京：南京大学出版社，2009 年，第 91 页。
　　③ 肯尼斯·摩根主编：《牛津英国通史》，王觉非等译，北京：商务印书馆，1993 年，第 146 页。
　　④ 陈晓律等，第 93 页。
　　⑤ 同上，第 94 页。

体都更有凝聚力。① 这个共同体不是靠权力、金钱、血缘等机械的纽带联系起来，而是靠权利共享、平等意识、共同信仰、共同语言等有机因素来维系。

民族语言的确立是共同体存在的重要条件。在诺曼征服之后，土著的人民始终将法国人视为外国人，把法语看作外国人的标志，但一直等到 14 世纪末，亨利五世才正式在法律文件上使用英语。正是与诺曼人的长期抗争，才孕育了英国人的民族意识。乔叟虽然精通外语，写作却一直坚持用本土英语，即英格兰南部的口语体文字，并以他的地位和影响使这个地区的方言变成了英国的标准语。这也说明该地的方言已经能够充分胜任文学创作的要求，而这一方言背后的英格兰本土文化也发展到一个相应的成熟阶段了。② 与此同时，文学典籍中的文化观念开始萌芽，并吐出了蓓蕾。我们不妨借用王佐良的生动语言来加以描述："近代英国也在这里露出了苗头。"③

文化观念的变化在文学语言中得到了灵敏的反应，其结果往往进入民族语言的传统。乔叟的作品用下里巴人的语言生动地表现了新兴的市民生活，使英语成了为宫廷所接受的文学语言，为诺曼贵族与盎格鲁-撒克逊平民的融合准备了重要条件；而莎士比亚的戏剧使英语不仅成为一种流行的语言文字，而且最终成为一种"文化"，极大地增强了民众的"英国意识"。④ 到了 16 世纪末，人们已经认为英语是优于其他语言的高贵语言。在清教运动影响下诞生的钦定本《圣经》，使用质朴的语言来传达崇高的思想，对民族文学与民族性格产生了巨大影响，被三百年后的赫胥黎（Aldous Huxley，1892—1963）称为"不列颠国家的史诗"。

莎士比亚的历史剧、斯宾塞（Edmund Spenser，1552—1599）的田园诗、弥尔顿（John Milton，1608—1674）的《力士参孙》（*Samson Agonistes*，1671）等作品都襄助了民族共同体的建构。

共同体的存在需要伦理秩序，而伦理秩序要靠社会责任来维持。在早期现代时期，当秩序出现紊乱时，莎士比亚的戏剧以及其他作家的作品必然做出

---

① 陈晓律等，第 135 页。
② 王佐良：《英国诗史》，南京：译林出版社，1997 年，第 28—29 页。
③ 同上，第 26 页。
④ 详见陈晓律等，第 91 页。

回应,尤其是在改善等级关系和个人修养等方面提供了建设性的策略,昭示了民族共同体内部联系的诸多要素,因而可以看作与"秩序紊乱"——后来阿诺德(Mathew Arnold,1882—1888)所说的"无序状态"(anarchy)——针锋相对的文化蓝图。

"君子与更大的秩序打成一片,而小人不是抵制就是滥用更大的秩序"。① 莎翁的历史剧展现了君子秩序观与小人秩序观之间的对立,其背后涌动着关于共同体的思考:正确的秩序观对共同体的建设至关重要。换言之,莎翁力图通过君主的形象来表达他对秩序观以及共同体的思考。

在专制体制中,君主的表现举足轻重,能左右国运。比如,在伊丽莎白一世的父亲亨利八世治下,英国成为天主教世界中第一个与罗马教会决裂的国家,从而开启了向近代的转变。② 国家代替宗教,筑造了孤立的个体通向广大的共同体的道路。③ 理性代替了对神的权威的盲目崇拜,人本主义得到极大的张扬,个性自由和人的全面发展成为人们的追求。这种个人主义的取向提升了普通人的人生价值,也促使王朝变得更加充满活力,形成了有机生长的特性。

莎翁的《亨利四世》(*Henry IV*, 1623)描述了君主力图构造秩序感,以建立有机共同体的努力。"在《亨利四世》(上部)中,哈利吹嘘他精通酒馆黑话,而现在至少可以想象,我们正在见证一种社会纽带的存在:社会最顶端的王子和社会最下层的酒保,开怀畅饮,不拘仪轨,俨然人与人之间壁垒全无,自呼良友"。④ 这是一种快乐的灵交,它暂时忽略了明显的政治利益,打破了上下尊卑的秩序,而那种上下尊卑的秩序总是庄严肃穆,笼罩着英国人的共同体。⑤ 然而,这是一种任性的、不稳定的前共同体形式,摇摆在有机与机械之间,摇摆在君子秩序观和小人秩序观之间,表面上君臣同欢,和谐共处,但等级的影子无所不在,阻隔有机沟通的专制意识时不时就会露头,显示它的存在

---

① 转引自格林布拉特:《含沙射影、暗箭伤人:论莎士比亚历史剧〈亨利四世〉》(下),胡继华译,《文化与诗学》,2012 年第 2 期,第 305 页。
② 陈玉聃:《国际政治的文学透视:以莎士比亚〈亨利五世〉为例》,《外交评论》,2015 年第 4 期,第 101 页。
③ 同上,第 103 页。
④ 格林布拉特,第 301 页。
⑤ 同上。

感。即便如此,莎翁还是在精神层面上给国人构造了一个想象的共同体。格林布拉特(Stephan Greenblatt,1943—)看到了莎剧的正能量,认为人们即便从这种快乐灵交返回到现实,还是能从莎翁的大多数戏剧中获取快感,至少能从哈利王子那样的惊人才智中获取快乐。① 可见,即便身处专制时期,莎翁也难能可贵地以其历史剧服务于对民族共同体意识的培养,以及对转型焦虑的纾解。

莎翁对民族共同体的企盼,只是一种美好的憧憬,因为真正的共同体应该由具有民主意识的公民组成,而不是由专制阶层和庶民混合而成——在这种混合体中,少数人享有特权和巨大利益,而多数人则被忽视。格林布拉特不留情面地指出:"在新世界定居的中上层英国人并未将美洲印第安人视为另一个种族,而是将他们视为另一个版本的庶民。由此推知,哈利王子的认识逾越了莎翁戏剧的圉限而延伸到了国族之外:一个人眼里的下里巴人同是一个人眼里的印第安人。"② 在殖民者眼中,印第安人等同于下层英国人;而在专制君主看来,下层英国人同样等同于印第安人,民族身份的重要性低于政治、经济身份的重要性,这种观念导致的结果就是,君主心目中的王朝主体由以王室为首的庙堂人士构成,而那些草民在王朝中是可有可无的。这种由宫廷主导的血缘聚合体由于其纽带的机械性而潜藏着极大的危机,正如斯宾塞田园诗中"虚拟的田园共同体"(详见本书第四章第二节)一样。

由于历史局限,斯宾塞、莎翁等人并不能描绘出理想的民族共同体的轮廓,只有在民主斗士弥尔顿和班扬(John Bunyan,1628—1688)的创作中,共同体才逐渐成形。弥尔顿的《斗士参孙》呈现出两种形式的共同体:一方面是以色列人以信仰为支柱的共同体,另一方面是非利士人享乐主义的共同体。随着英国人民族意识的增强,他们开始把自己看作上帝的选民,而上帝也仿佛变成了一位英国人。至于"非利士人",这一指称在阿诺德的笔下被增添了新的文化含义。③ 同样,班扬的《天路历程》(*Pilgrims Progress*,1678)也呈现出民

---

① 格林布拉特,第301页。
② 同上。
③ 阿诺德用"非利士人"指称市侩式的英国中产阶级,他们痛恨思想,追求平庸,压制理性,唯利是图。

族共同体的诉求。天堂在班扬心目中是一个理想的共同体,而在"浮华集市"的叙述中,班扬虽然认为英国民族也存在着对浮华俗物的追求,但相比于其他国家,英国街所出售的浮华物是最少的,由此说明了英国民族信仰的力量更加强大,并体现出更多的有机性。

第三节
宗教思想影响下的文化观念萌芽

　　文学中的转型焦虑和民族共同体意识共同促进了英国早期现代文化观念的萌生,而随着宗教改革的肇始,以及英国从罗马天主教体系的脱离,以清教为代表的新教成为一个新生力量,并在文学经典中得到淋漓尽致的展现,给文化观念增添了厚重的内容。陈晓律等学者认为,清教是英国民族主义的"助产婆",文艺复兴提倡理性个人主义,使清教成为一个初生民族完美的同盟;同时,清教代表着商业阶级的利益,并产生了那个时代独一无二的特性和认同。[①] 宗教常被认为是英国民族认同最主要的特征,清教尤其促进了英国国民的身份认同,以及民族共同体的形成。我们所要强调的是,代表资产阶级利益的清教与封建主义的斗争也是转型焦虑在宗教上和政治上的一种表现形式。英国早期现代的文学使清教所包含的民族情绪得以公开正式表达,以弥尔顿和班扬作品为代表的文学名著尤其如此。

　　需要指出的是,这一时期并非所有的作家都站在清教一边。杰洛米·泰勒(Jeremy Taylor, 1613—1667)在《先见的自由》(*A Discourse of the Liberty of Prophesying*, 1646)等散文著作中宣扬宗教宽容观、正义观、博爱观等理念,但作为英国国教会主教的泰勒,在英国内战时期却站在国王一边,维护主教制,反对清教,这是他宗教思想的局限性。然而,泰勒的宽容理念则是转型

---

① 详见陈晓律等,第96页。

时期心智培育这一宏大文化工程不可或缺的一部分，为文化观念的萌芽增添了丰富的养料。

比泰勒年长的人文主义学者罗伯特·伯顿，在《忧郁的解剖》中分析了"宗教忧郁"症，从人文关怀的角度，召唤人民回到圣经，捕捉圣经中真正的神的旨意，这与清教对圣经的态度如出一辙。伯顿属于新教中的温和人士，强调忏悔与悔改。他那宽容和保守的宗教思想同样为心智培育作出了巨大贡献。

也许正是基于对新教保守思想和清教激进思想的共同作用的考量，罗素（Bertrand Russell，1872—1970）才把英国革命看作一切革命中最温和又最成功，并进而认为，这个革命的目的虽然有限，可是目的都完全达到了，以至于在英国直到他所处的时代也不感觉有任何革命的必要。① 内战时期国王与国会的争斗，使英国人从此永远爱好折中和稳健，这种根深蒂固的特性一直支配着英国人到现代。② 换言之，中庸、稳健的英国特性在很大程度上来自于宗教改革，以及之后英国宗教文化观念的渗透与影响。

吴兆凤也认为，在英国革命时期，清教对社会产生了广泛的影响，成了一种真正的全国性宗教，并转化为英国民族气质的一个要素。然而，清教虽然满足了资产阶级在资本原始积累时的种种需要，但由于它的禁欲和功利性等特点，并不完全符合资产阶级的利益。③ 清教的激进性和极端性也说明，它不适用于社会平稳发展的时期。在革命结束后，安立甘宗（Anglicanism）或英国国教不再是为王权服务的专制工具，它的主教制更有利于建立秩序和稳定社会，英国国教便重新树立了宗教权威，而清教则逐渐退隐了。英国国教避免了走向神权专制的道路，客观上与宗教近代化的趋势相应和，建立了符合本民族需要的、独立自主的宗教地位。④ 英国国教与清教的分分合合，两者与天主教的争端冲突，种种碰撞与融合现象既是转型焦虑的体现，也是民族共同体形成过程中宗教领域的斗争态势的体现，同时也成为英国宗教改革之后到光荣革命时期英国文学的关键主题，文学中的文化观念在这种砥砺磨合过程中从初露

---

① 罗素：《西方哲学史》（下卷），马元德译，北京：商务印书馆，2006年，第133页。
② 同上，第130页。
③ 吴兆凤：《论英国文艺复兴时期的三种基督教教派》，《湖北经济学院学报》（人文社会科学版），2011年第6期，第21页。
④ 同上。

的尖尖角变成了茁壮的幼株。

具有人文主义意识的清教徒弥尔顿也重视神学知识在人的认识能力、道德判断和社会实践领域中的作用,强调在伦理事务中,美德的行为来自于习惯和正确的道德训练,而非来自以理性为基础的功利主义计算;人根据自己对圣经的理解,而不只是依靠传统的权威,才能克服愚钝,不再盲从权威,进而扬善弃恶,追求真理。① 由此可知,文艺复兴时期以降的英国社会虽然始终存在反教权的行动,但对于真正的宗教教义和圣经中的真理却依然崇奉,并以之来进行心智培育和道德教化。没有宗教思想养料的培育,文化观念会是残缺的,容易偏离正轨。

除了上述作家以外,理查德·德·伯里(Richard de Bury,1281—1345)、托马斯·马洛礼(Thomas Malory,1415—1471)、培根(Francis Bacon,1561—1626)、德莱顿(John Dryden,1631—1700)、笛福(Daniel Defoe,1660—1731)等作者的作品,以及早期的雏形"图书馆"、早期报刊与手册文学等,都从不同角度对早期现代时期文化观念的萌发作出了巨大的贡献。

转型焦虑从头韵体复兴开始,直到英国革命结束,终于得到极大的缓解。转型焦虑肇始于新生资本主义与没落封建主义的抗衡,工业文明与田园文明的对立,与其同步进行的还有民主自由与专制主义的冲突。光荣革命标志着转型焦虑的一个重大阶段的终结,清教徒给这个阶段画上了一个圆满的句号。然而,转型焦虑并不因此而消失,机械文明所带来的焦虑始终伴随着社会的发展,而文化观念与转型焦虑如影随形。在对转型焦虑的化解过程中,文化观念从萌芽到成长,从发展到成熟(参见本丛书其他各卷),越来越发挥出强大的功能,使焦虑处于可控范围之内,而要追溯这一过程,还得从本卷各章讨论的文学作品开始。

* *

《文化观念萌芽时期的英国文学典籍研究》历经四年终于完稿。这是所有参与课题的专家学者智慧的结晶、辛劳的成果。这是他们的"孩子",在孕育与

---

① 袁先来:《弥尔顿散文对圣经的政治阐释》,《圣经文学研究》,2015年第10辑,第213页。

生产过程中他们付出了最大的努力,至于"孩子"长得如何还需各位看官自己定夺。课题参与者期待各方的批评与指正。

本课题的研究对象既为文化观念萌芽时期的英国文学典籍,就必定要在英国中古时期和早期现代时期的文学典籍"故纸堆"中挖掘考古,许多研究文本年代久远、冷僻沉寂、鲜为人知,无论是一手资料还是参考资料都十分匮乏,许多工作几乎从零做起,研究的难度可想而知。此外,这一时期的文学典籍包含大量中古英语和拉丁语,也增加了阅读的强度。然而各位学者不畏艰难,勤奋工作,潜心钻研,交出了合格的答卷。

在完成过程中有不少亮点和值得回忆的地方。首先是本课题得到了浙江大学沈宏教授和吴笛教授两位重量级学者的友情参与。沈弘教授是我国研究中古英国文学的顶尖专家,他撰写的《弥尔顿与英吉利民族概念的建构》一文,以浅显明了的语言细致梳理了英吉利民族概念建构的过程,显示出其深厚的学术功底和严谨的治学态度;吴笛教授学术兴趣广泛,在每一个领域都力求做到最好,他在本课题中关于玄学派诗人和文学传统中的现代个体的讨论为本书增色不少。

同样让人印象深刻的是参与本课题研究的几位青年学者,他们是本课题研究的生力军。陕西师大的刘庆松副教授、东北师大的冯伟教授、绍兴文理学院的吴虹副教授和杭州师范大学的石松博士承担了最多的任务,他们任劳任怨,凭借自身宽广的学术视野和扎实的学术功底提出了许多独到的见解,出色地完成了各自的研究工作。刘庆松副教授还协助本卷课题负责人做了大量审校、勘误等工作。青年学者陈西军副教授、杨莉教授、陈礼珍教授和高乾副教授虽各自只承担一篇文章的写作,但也做得有声有色,可圈可点,充分彰显了自己的科研实力。杭州师范大学的中青年学者石雅芳教授和邓天中教授绝不输于青年学者,他们关于圆形剧场、圣经和伯顿的研究工作和研究成果也都居全国同类研究的前沿。此外,杭州师范大学硕士研究生杨甜甜参与了本书的格式校订、人名补全等技术性工作。对上述所有专家、学者付出的辛勤劳动和取得的丰硕成果谨表示诚挚的感谢和崇高的敬意!

必须提到的是本课题的首席专家、杭州师范大学的资深教授殷企平先生,他在百忙之中不辞劳苦、深入细致地通读、评点本书,将众多章节中的不同专题有机关联在本课题"文化"与"共同体"等关键词上,起到了"画龙点睛"的作用。

当然,本课题的研究也还存在一些遗憾与不足,如:有些文章转述过多,论述不足;有些文章与萌芽期的文化观念流变这一课题主题关联尚不够紧密。如有更多时间打磨,相信会获得更好的成果。不过本课题召集各路人马协同作战,"过关斩将",实属不易,存有瑕疵在所难免,唯怀谦卑之心,低眉垂手,恭请斧正。

最后要感谢上海外语教育出版社的许进兴编辑。他认真、辛苦的勘校和审读让本书的文字质量得到了保障。

李公昭

注:本书所有译文除特别标注外,均为作者本人所译。

第一章

转型焦虑的发端和滋长

如本卷绪论所示,文化观念的"最重要内涵是对社会转型的回应"。① 文化诞生于焦虑,是由社会转型或者说机械文明引起的焦虑。盲目的机械文明使"社会、经济和科技的发展速度过快,导致新旧世界之间的断裂,即旧体制和旧学说遭到了废弃,而新体制和新学说还来不及诞生"。② 由此产生的转型焦虑,也可以称之为"机械焦虑"。虽然学界的相关讨论往往聚焦于 18 或 19 世纪,但是中世纪晚期应该被看作转型焦虑的发端和滋长期。

以兰格伦(William Langland,1332—1400?)为代表的中世纪晚期作家为例:在他们的笔下,转型焦虑已初现端倪。具体地说,它呈现为劳动交换方式的变化所引起的不安,以及因社会结构变化而产生的不安。这一焦虑表面上是在农业文明向商业文明过渡时期产生的,但此时的商业文明只是大规模的工业文明的铺垫,"机械的崛起"将愈来愈成为最大的推动力,催生更多的焦虑。为应对转型,兰格伦和乔叟(Geoffrey Chaucer,1343—1400)强调等级和秩序的稳定,或在作品中直接反映转型焦虑。同时期的另一位作家罗伯特·伯顿(Robert Burton,1577—1640)则从医学的角度解剖因转型引发的忧郁,并致力于分析各种反常的、乖谬的人类生活方式。

本章聚焦的三部文学典籍展示了贯穿这个时代的转型焦虑,并对其做出了不同的反应。在《农夫皮尔斯》(*The Vision of Piers Plowman*,1370—1390)中,社会的"转型焦虑"——尤其是"劳动交换方式的微妙变化"所引起的焦虑——已经隐约出现。该作品为在焦虑中思考共同体生活提供了先例。乔叟的《坎特伯雷故事集》(*The Canterbury Tales*,1387—1400)是折射英国社会各个阶层生活方式的最重要的早期作品,包含着对于粗鄙的商业文明的焦虑。伯顿具有很强文学性的文化名著《忧郁的解剖》(*The Anatomy of Melancholy*,1621),则直接面对由转型焦虑所引起的普遍心理问题,其中展示的机智、讥诮

---

① 殷企平:《"文化辩护书":19 世纪英国文化批评》,上海:上海外语教育出版社,2013 年,第 5 页。
② 同上,第 6 页。

的文风,代表了一种化解焦虑的英国式文化策略的早期形式。

第一节
《农夫皮尔斯》：劳动交换方式变化带来的不安

威廉·兰格伦是个不领薪水的低级神职人员,主要在伦敦宗教界的低等组织里工作,没有收入,靠教区的居民给他提供住处和食品。他所创作的《农夫皮尔斯》(后文简称《农》)是一首基督教叙事诗,采取了社会梦幻和神学梦幻的形式,并通过描绘梦中的景象来展现中世纪英国社会各方面的生活图景。在中世纪向现代社会的转型期,劳动交换方式的变化导致了社会等级结构的震荡,兰格伦为此在作品中含蓄地表达了他的隐忧,这为"转型焦虑"这一文化观念内涵的生发做了根基性的工作。

兰格伦生活在一个危机四伏、骚乱动荡的时代,1381年的农民大起义就发生在这个时期。不过,如格里菲斯所说,中世纪后期也是一个生气勃勃、雄心奋发、令人神往的时代。① 在这一转型期中,诸多重大社会现象的起因都可以归之于封建制劳动交换方式的变革——这一时期最根本的历史性变化。美国学者哈伍德(Britton J. Harwood)认为,前资本主义的地租不是一种经济关系,而是政治关系,地主不会总是成功地获取地租。他们强化的政治努力促成了起义的发生,对其的镇压只是暂时的胜利,因为这是"内在的冲突"。② 担负劳役义务的佃农强烈要求将以货易货的方式变为货币支付方式,从而摆脱劳役地位。爱德华三世(Edward III,1312—1377)于1349年制定的关于恢复瘟疫前工资水平并阻拦自由劳动力流动的法令,成为议会1351年的立法,这是

---

① 转引自肯尼斯·摩根主编:《牛津英国通史》,王觉非等译,北京:商务印书馆,1993年,第181—182页。
② Britton J. Harwood, "The Plot of Piers Plowman and the Contradictions of Feudalism," in *Speaking Two Languages: Traditional Disciplines and Contemporary Theory in Medieval Studies*, ed. Allen J. Frantzen, Albany: State University of New York Press, 1991, 111.

英国历史上首个《劳工法》。其目的很清楚,就是保护各类雇主的利益,以此来保证现有的社会秩序不受破坏。《劳工法》的颁布也开启了以立法形式调整国家劳资关系的新时期,但最终却归于无效,原因其实很简单:市场的力量开始发挥作用,新的经济交换形式已不可阻挡。

中世纪模式的社会中,教会把人群分成三个等级:教士、骑士、劳动者。根据中世纪普遍认同的政治理论,神职人员关照国家的精神安康,武士贵族保卫教会和人民,第三等级则利用自己的劳动成果支持其他两个等级。然而,到了14世纪初,这个理论开始脱离社会现实了。不同职业的增加,民众文化程度的提高,使得等级的划分不再那么明显,因而限制了统治阶级对行政职位和行政权力的垄断。[①] 兰格伦敏锐地觉察到了这个三等级制所面临的危机。他对上述社会嬗变表现出异乎寻常的不安和焦虑,并在《农》一诗中,意图通过隐晦的表现手法来消解矛盾,希望这一等级制能延续下去。对于兰格伦的这一主张,中外学者仁者见仁,智者见智。哈伍德声称,《农》的目的只是调和封建制生产方式中最严峻的矛盾;[②]我国学者肖明翰则认为,作家站在下层民众立场,表达了对上层阶级和当时兴起的唯利是图的工商阶级的反感;[③]韩敏中亦指出,该诗把诚实的劳动者放在富人和一切不劳而获者的对立面上。[④]《农》的意图到底是调和各等级之间的矛盾,还是站在第三等级一边,反对第一、第二等级呢?兰格伦是为了第三等级被剥夺的生存状态而焦虑,还是为了另外两个等级不稳定的统治地位而担忧呢?这些问题并不容易解答。虽然《农》给人一种扑朔迷离、模棱两可的印象,我们还是有必要探赜索隐,通过紧扣三个等级彼此密不可分的存在方式,来解析该诗中焦虑产生的缘起,以及兰格伦为化解危机所做的尝试,借此管窥文化观念萌生的轨迹。

一、劳动交换方式的变化对三个等级关系的影响

《农》中捕捉到的转型焦虑,是劳动交换方式变化引起的焦虑。

---

① 安德鲁·桑德斯,第70—71页。
② Harwood, 110 - 112.
③ 肖明翰:《中世纪英语道德剧的成就》,《解放军外国语学院学报》,2011年第1期,第88页。
④ 韩敏中:《谈兰格朗和乔叟》,《国外文学》,1985年第2期,第35页。

中世纪早期,易货经济流行于英国社会,金钱还没有成为调节劳动交换的主要手段。而到了中世纪晚期,资本主义社会已经在英国萌芽,资本积累的增加和贸易的发展,严重破坏了社会各等级之间由各种封建合同义务所构成的相对稳定关系。随着城市的普遍兴起,商品货币经济得到更充分的发展,领主的超经济统治逐渐削弱。

在英国封建社会的三等级制中,作为第三等级的劳动者地位最低,比如在税收方面,平民长期以来都是直接征税的对象,而第一和第二等级则无需缴纳。兰格伦虽为教士等级的一员,但由于卑微的出身和所从事的低微工作,与社会底层接触最多,观察最细,因此在作品中对第三等级着墨最多。在《农》中,作为劳动者群体中最大也最有代表性的农夫,其形象却变幻不定,因而学界的相关评判莫衷一是。

美国学者科尔(Andrew W. Cole)认为,从最简单的形式来看,三等级制这一模式把所有的社会成员分为三个互相依赖的等级。① 但在《农》的叙事中,劳动者这一等级显然是服务于另外两个等级的,"国王、骑士和教士们一致决定/平民须向他们提供衣食住行","并指定农夫为大家生产粮食,/辛勤劳作从此成为农夫职责"。②

不只是民以食为天,国王和前两个等级的人同样以食为天,因此农夫的重要性不论对于统治阶层,还是对于劳动者中的其他行业来说都是不言而喻的。平民在管理国家方面也不乏谋略,所以紧接着上述诗行之后,兰格伦又指出,"国王与平民又凭借常识帮助,/建立法律和秩序——使人各安其位"(5),而骑士和教士的作用却被忽略。兰格伦行文的高妙之处就在于,他对三等级中的每一等级都不是完全肯定,或全然否定,而是时而美言几句,时而又疾言厉色,使用一种赞美与谴责交相使用的褒贬术,既激发了各等级中的正能量,又抑制了其中的负面因素。评论家多认为此诗晦涩难解,其实是未能读懂兰格伦的叙事艺术。

---

① Andrew W. Cole, "Trifunctionality and the Tree of Charity: Literary and Social Practice in *Piers Plowman*," *English Literary History* 62, (Spring, 1995), 5.
② 兰格伦:《农夫皮尔斯》,沈弘译,北京:中国对外翻译出版公司,1999年,第5页。以下引自该书的诗句只标出页码。沈弘把引文第一行译为"国王、骑士和谋士们","谋士们"原文为"clergy",为第一等级,译得有出入,故此处改译为"国王、骑士和教士们"。

三等级制这一模式有意识形态的威力,取代了封建制的经济及政治动态,以及农民与领主之间的斗争——领主对农民生产盈余的强力抽取以及农民采取的各种形式的抵制。① 为了使农民安分守己,满足于现状,以实现三等级制的延续,兰格伦煞费心思,采取各种隐晦手段传达自己的思想。

在《农》第六节中,众香客欲寻觅真理,农夫皮尔斯答应带路,但需要先耕种半英亩地。他声称需要帮手来耕种,而当时典型的农民家庭种植 15—30 英亩土地。按照《劳工法》,农民如果拥有的土地少于 7 或 8 英亩,就要打工挣钱。因此,皮尔斯在这里只是一个象征性的农民雇主。皮尔斯手执犁杖,率先投入劳动,树立了一个典型的农民雇主形象。众人也紧随其后,卖力干活,并得到了皮尔斯的赞扬。然而,干了不久,众人便停了下来,喝酒唱歌。皮尔斯予以恐吓,众人惊慌之下,有人装瞎子,有人装瘸腿驼背,以逃避惩罚。这些劳动者在这里被讥讽为"无赖"。皮尔斯自称是"真理"的老仆,受命劝诫和监督农民雇主,以防他们伤害自己的雇工,那么他在这里把两种身份合二为一了——既是农民雇主,也是雇主监督者。

作为农民雇主的皮尔斯有时会跟雇工们对立,会指责后者的一些不良习惯,如花天酒地,扯谎偷懒,挥霍粮食,等等。他的责骂会引起对方的躁动,有人甚至要与他决斗。在 14 世纪,由于瘟疫的肆虐,人口大幅度减少,农民雇主与封建领主常为了劳力而展开争夺,《劳工法》正是为了阻挠皮尔斯这样的农民雇主按照市场行情雇佣劳力。由于雇工可以靠劳力换取工资,不像以前那样必须通过缴纳地租来获得土地和生计,从而被束缚在土地上,因此他们在出卖劳力时拥有更大的自主权,可以通过不断流动来获得更高的工资待遇。皮尔斯与雇工的对立表明了农民雇主的焦虑。他们的对立是第三等级内部的冲突,他们本属一个阵营,但由于交换方式的变革,他们不再是"铁板一块",而是开始了分化。

当矛盾产生,甚至有可能激化为暴力冲突时,骑士作为国家武装力量的一员,应该发挥维持秩序的作用。皮尔斯曾告诫骑士"须捍卫神圣教会,/保护我不受奸人恶棍的欺凌"(81)。而骑士也信誓旦旦,声称会尽全力保护皮尔斯,

---

① Cole, 7.

以维持半英亩地上的生产秩序。然而,生性和善的骑士,只是在口头上对"无赖"们予以警告,认为他们必会受到法律制裁,然众人不为所动,甚至嘲笑法律,更对骑士不屑一顾。

科尔认为,骑士一方面未能惩治怠工者,另一方面又不合时宜地向一个农民宣誓效力,这搞乱了三等级制。这一等级制暗示了封建社会的生产关系,①而这一等级制中的封建领主和农民雇主想像以前那样通过地租把农民拴在土地上,已经不太可能。骑士管治农民的失败,说明农民已经不甘于在底层被压制的命运;对于不公平的经济制度,他们敢于提出抗议。1381年的农民起义,其导火索可能就是人头税的强征;而在起义之后,就再也没有征收过人头税。当然,倘若说骑士不该自降身份,向农民宣誓效忠,那么农民做出跨阶级之举,扮演教士或骑士的角色,也是不合适的,是对三等级制的颠覆。不过,在非常时期,如起义阶段,农民为了公平合理的政治、经济地位而战,这又另当别论了。不管怎么说,劳动交换方式的变化,给上述三个等级的人都带来了焦虑,其表现形式各异,而等级错位带来的焦虑尤为明显,如下面的描写:"一大群修士手上拿着铁锹,/他们脱掉僧袍,换上短袖外衣,/扛起锹铲加入了劳动的行列"(87),其目的是"驱走饥饿"(87)。这种等级间的错位现象虽然显得怪异,却似乎暗示了第一、第二等级不应忘本,是农民支撑着这一等级制的存在;当大家脱下僧袍、骑士战袍,穿上农民的破衣时,各个等级之间似乎没有区别——在饥饿面前,大家是平等的。对这一现象的描写,反映了文化层面上的深刻思考:作者一方面向往平等,另一方面又为社会秩序担忧。这种思考,对以后文化观念内涵的充实不无意义。

《农》中还有另一段生动的相关描述:雇工"诅咒国王及其所有幕僚,/因为他们用法令来耍弄雇工。/而当饥饿统治时,没人敢吱声"(91)。饥饿作为诗中的一个"人物",威力无比——上至国王,下至雇工、乞丐,没有一个是他的敌手;只要他出手,众无赖立刻乖乖降服,不敢再作抵抗。饥饿远胜于骑士,正是靠了他,皮尔斯才能招收劳力,驱使这些无地的劳工以劳力来换得工资,并用以购买其他商品。半英亩地上的庄稼成熟后,饥饿被喂了个饱,暗示雇工们

---

① Cole, 9.

解决了吃饭问题。喂饱的饥饿自然远离众人。没有饥饿威慑的雇工们又恢复了游手好闲、好吃懒做的做派,对粗茶淡饭不感兴趣,而是要求热腾腾的精美肉食。诗人在此处用了上流社会所用的法语词"热",来表达雇工们对富裕等级生活的羡慕。如果佣金不够丰厚,雇工们就会抱怨,"诅咒他成为雇工的那一天"(91),甚至"对上帝发怒"(91),但"饥饿正火速朝这儿赶来"(91),像个救火队员一样,要来扑灭这股抗议的情绪。在武力、法制都无效的情况下,只能靠饥饿来辖制雇工,这说明了兰格伦面对社会现实问题的无奈,但也暗示了在封建经济关系出现变化时,靠武力是难以从根本上解决问题的,因此需探究农民懒惰行为的深层原因。博斯维尔尖锐地指出,一般认为工薪族工作是为了获得生活必需品——主要是食品,之后就不再干在他们看来乏味而不体面的工作。他们显然愿意接受在社会等级制中的底层位置,①但这种接受纯属无奈。在社会等级固化的情况下,他们向上的流动遇上了"玻璃天花板",只能为稻粱谋,而这种受辖制的、被剥削的生存状态使得他们对地主等级有着自发的抵触心理。如果农民不能离开封建领地去打工赚钱,封建制的矛盾只能更加尖锐。皮尔斯的立场并非截然分明:他抵制流动的劳工,因此站在英国地主那一边;但作为一个雇佣劳力的农民雇主,他又站在反对劳工法令者的一边。他意欲在意识形态的层面上解决在历史内部不能解决的冲突,②换句话说,也就是试图借助文化的批评功能来化解焦虑与矛盾。

在兰格伦之后的那个世纪中,各个地区共同体的上层人士与更高一级的官方合作,试图控制底层的反社会行为,比如传播流言、窃听、怨骂、流浪、毁坏篱笆、性道德败坏等。麦金托什认为,在 14 世纪晚期那些规范雇佣行为的努力中,很容易看出对这种社会控制行为——早期现代"小康阶层"谋求实施于穷人的行为——的预料。③《农》第六节末尾证明了皮尔斯通过饥饿控制雇工的做法并不奏效,因此他只能诉诸更严厉的恐吓性预言:洪水和饥荒将会肆虐,给这些怠工者以灭顶之灾。而在第七节中,"真理"赐予皮尔斯及其家人赎

---

① James Bothwell, P. J. P. Goldberg and W. M. Ormrod, *The Problem of Labour in Fourteenth-Century England*, Woodbridge: Boydell & Brewer, 2000, 34.
② Harwood, 112.
③ Qtd. in Bothwell, 34.

罪券,并许诺给那些辛勤耕作者同样的待遇,这证明皮尔斯与雇工斗争失利,只好转向空头支票一般的赎罪券。也就是说,社会转型所带来的问题并不容易解决,皮尔斯所采用的解决方法只能引发新的焦虑,这种焦虑跟之后工业化浪潮迅猛兴起时期的焦虑虽有程度上的差别,但是在性质上并无二致,因此《农》其实是寻求(应对转型焦虑的)文化策略的一种表现。这种早期文化策略的探索,可以看作文化观念萌芽的状态。

二、为化解三等级模式的危机所做的努力

科尔曾经批评兰格伦,称其站在奴隶的对立面,与那些不需要劳作的教士站在一起。① 兰格伦作为教士群体的一员,为本阶层代言,并对三等级社会结构的裂痕充满焦虑。在面临由利润经济所催生的职业时,传统的等级模式趋向瓦解。② 为了弥补裂痕,消除等级对立,主要是第三等级和前两个等级的对立,兰格伦采取了隐晦的笔法。按照科尔的措辞,这是把社会问题转化为政治问题,聚焦点在于宗教。③

兰格伦在把社会问题转移为政治问题时,采取的核心手段是把三等级制理想化。在第十六节中,皮尔斯用了"仁爱树"的类比来阐释仁爱。仁爱树长于上帝的花园,即人的心脏。树根、树干、树叶和花分别象征宽恕、怜悯、法律和谦卑,而结出的就是仁爱果。农夫皮尔斯监督对此树的照料。此树由三根支柱支撑,分别是"圣父伟力""圣父智慧"和"自由意志",这三者对抗意图刮倒仁爱树的三股邪风,即俗世、肉体和魔鬼。评论家从这三根支柱中洞悉了兰格伦消弭三等级矛盾的潜在心理。哈伍德认为,皮尔斯作为一个调停者,运用三根支柱来保护仁爱树这一秩序的象征。④ 教士、骑士和劳动者这三个等级被看作三根支柱,支撑着仁爱树,即社会的秩序和结构。

仁爱树还唤起了福音书中的葡萄园意象。在《马太福音》中,天国被比作葡萄园。家主雇了工人来做工,在一天的不同时辰里先后雇了几批。到了晚

---

① Cole, 13.
② Emily Steiner, *Reading Piers Plowman*, Cambridge: Cambridge University Press, 2013, 66.
③ Cole, 7.
④ Harwood, 112.

上付给工钱的时候,不论先来的还是后到的,都能拿到同样的报酬,因此那些先来的就发出了抱怨声。家主则认为,工资是提前讲定的,他并没有亏负先到者,至于给后来者同样的工资,这是家主的自由,也是他的善举;那些埋怨者虽然干得多,但是在排位上反而要落在后边(《马太福音》,20:1—17)。如科尔所说,中世纪社会模式中的三个等级——教士、骑士、劳动者——在葡萄园中和谐地辛勤劳作,每个等级在葡萄园都有具体的职责。[①] 葡萄园是由不同的人群共同打理的,他们相当于葡萄树的支柱,维护着葡萄的生长。皮尔斯的故事似乎是一种含蓄的秩序诉求,它暗示劳工、骑士和神职人员,应该像葡萄院里的工人一样,各司其职,遵守秩序,即安于等级制所支撑的"理想社会",这不能不说是一种化解焦虑的文化策略。此处必须说明的是,这一策略的对与错并非本章讨论的焦点。

兰格伦在尽力把三等级制理想化的同时,对第三等级中的穷人极尽赞美之词。在第十四节中,他视耶稣为穷人的典范,"基督衣衫褴褛,自称是人奴仆,/无论恰当与否,主都代表贫穷,/并以穷人装束拯救了全人类"(203);上帝只与穷人有缘,"上帝曾多次混迹贫民、乞丐之中,/而富人却从来无缘与其谋面"(203);穷人是上帝的亲戚,散财济贫者"娶贫穷为妻;/因后者与上帝沾亲,情同手足"(203);贫穷甚至享有"九大福利"(203)。此处兰格伦所称颂的是那些温顺、听话的穷人,而那些不满足于现状、企求更多回报的劳工,则被斥为"无赖""歹徒"和"饿狼"等。换言之,对于第三等级,他在精神层面上抚慰,却在物质层面上无动于衷,因此并不能满足劳工们对更多生活福利的渴求。《马太福音》中的青年财主不肯散尽家财资助穷人,而在兰格伦的时代,封建领主们不会把财产分给穷人;相反,他们企图从劳工那里获得更多的利益。兰格伦试图在精神层面上解决冲突,可是在现实中却行不通,但是他的努力毕竟为文化观念的萌发做了铺垫,为后人在化解转型焦虑方面提供了借鉴,哪怕是失败的教训。

还须指出的是,兰格伦不只是运用宗教来化解第三等级与前两个等级的矛盾,他也用其制衡上层社会。在精神层面,国王须受制于上帝和教会。在

[①] Cole, 4.

《农》的《序曲》中,天使告诫国王:"你口称'我是国王和统治者'——差矣!/你须执行基督王至高无上的法律,/既要执法如山,又要慈悲为怀!"(5)兰格伦甚至完全否定国王等人的精神作用,"国王和骑士对于/普度众生并没作任何的贡献,/财富和高贵血统都与此无关"(133)。对于达官贵人,他引用《圣经》中的话语,大胆责骂:"邪恶者主宰着尘世间的财富,/他们无法无天,枉为名门权贵……'这伙恶棍是王公贵人!'/那些主给予最多的施善最少,而对平民最恶的也正是大财主"(121)。对于教士,兰格伦也不无贬抑,"尽管上帝常住在神父咽喉里,但仁爱与善行却与卑贱者同行"(122)。也就是说,《农》虽然意图维护三等级制,但并没有极度美化某个等级,也没有忽视现实中丑恶的一面。

兰格伦维护现存的劳动交换方式,并把三等级制理想化,自有其良苦用心。正如马库斯所言,肯定性的文化消除了一个抽象的内在共同体的社会对抗——就精神自由和自尊而言,所有的人被认为有着共同的价值。① 然而,《农》并非一剂麻醉药,否则1381年的农民起义者就不会把皮尔斯树为英雄人物。② 当然,这违背了作者的初衷。这部作品体现出英国保守主义传统的痕迹,鼓吹社会改良,反对暴风骤雨式的革命,这一思路是基于各个等级之间的有机联结与互相依赖。比如国王虽然是统治阶级的头子,1381年第三等级的起义者所要打击的对象却并非国王,因为他们的口号是"与理查国王和忠心耿耿的平民一起"。③ 虽然教区神职人员的不称职是兰格伦诗歌中经常出现的主题,但几乎没有一个受过教育的英格兰男人和女人怀疑教会所定义的基督教基本真理。④ 由此可见,第三等级虽然处于被剥夺的状态,但他们并没有完全否定另外两个等级的功能,即神职人员维护国家的精神健康,骑士贵族保卫教会和人民,劳工阶级只是希求更合理的交换方式和跨等级的自由流动。正如农民起义时的教士约翰·鲍尔在诗中所写的那样:"当亚当耕地,夏娃织布时,谁是绅士呢?"⑤

---

① Herbert Marcuse, *Negations: Essays in Critical Theory*, trans., Jeremy J. Shapiro, Boston: Beacon Press, 1968, 125.
② R. B. Dobson, *The Peasant's Revolt of 1381*, London: MacMillan, 1970, 242.
③ 肯尼斯·摩根主编,第205页。
④ 安德鲁·桑德斯,第73页。
⑤ 转引自安德鲁·桑德斯,第72页。

兰格伦所要维护的正是麦克法兰笔下的"农民社会",这种社会虽与市场和货币打交道,但拒绝让货币媒介深入渗透地方共同体和日常生活。① 然而,从中世纪晚期以降,资本主义在英国的发展已经势不可挡,非人力所能挽回。兰格伦表现的是从农业文明向工业文明过渡阶段的转型焦虑,是因劳动交换方式变化引起社会结构变化而产生的焦虑。他虽欲维护三等级模式,看似保守,但是他认真思考新旧经济秩序脱节的问题,这无疑是一种文化情怀。他作品中包蕴的文化思想有很多合理的、有深厚生命力的因素,有助于人们在焦虑中思考秩序、价值和共同体生活方式,这显然与处于萌芽状态中的文化观念形成了互动。

第二节
《坎特伯雷故事集》：早期商业文明的活力与粗鄙

杰弗雷·乔叟(Geoffrey Chaucer,1343—1400)也对文化观念的萌发作出了贡献。他的著作《坎特伯雷故事集》(*The Canterbury Tales*,1387—1400)成书于英国商业文明的早期,也就是一个社会转型期。此时的英国,封建制度开始解体,商业逐渐壮大,资本主义经济逐步上升。如本卷绪论所示,虽然此时英国的工业革命还未真正开始,但是商业文明和城市文明——工业文明的先声——已经崛起,并已冲击传统的农耕文明。乔叟的作品回应了这一转型,催生了文化观念及其最初的一些内涵,如(处于商业/城市文明中的)生活方式、英格兰民族的形成,以及英格兰特性的建构,等等。

一、城市·商业·生活

"文化"(culture)经常被界定为"一个群体、一个时期、一个民族乃至全人

---

① 艾伦·麦克法兰：《现代世界的诞生》,管可秾译,上海：上海人民出版社,2013年,第63页。

类的某种特定生活方式"。① 这一含义其实早在《坎特伯雷故事集》中就有生动的体现。在乔叟的这一巨著中,中世纪的城市生活方式与早期商业的活动得到了详细的描述。在很大程度上,乔叟用文学语言更生动地揭示了诺尔曼·庞兹(Norman Pounds,1912—2006)在《中世纪城市》(*The Medieval City*,2005)一书中论述的城市生活方式及其文化意义:"城市的价值在于其社会结构的平衡,在于它需要贸易和利润以便通过财富和经济力的积累来满足个人欲望,在于其成了王国中一支政治力量,在于其在文化教育及民族主义兴起中的社会角色。"②中世纪的城市生活是与其商业发展密不可分的,人们的生活内容在从农业生产转型为手工业、商业的过程中发生了很大的变化,这在《坎特伯雷故事集》的《总引》中可见一斑。在其描述的朝圣队伍中,城市生活的各行各业,如磨坊主、厨师、学者、商人等,如走马灯似的被乔叟逐个介绍。城市生活的丰富多彩是商业活力的一种具体体现。

以《磨坊主的故事》为例,它讲述的并非典雅的爱情故事,这与中世纪繁盛一时的骑士故事或浪漫传奇形成了非常鲜明的对比。作为全书的第二个故事,《磨坊主的故事》出现在《骑士的故事》之后,本应继续骑士文学这种被当时人们视为正统文学的故事,实际却打断了这种延续。我们读到的不再是宫廷的高雅爱情和绅士的谦逊风度,而是一个看似俗不可耐的故事:寄宿在木匠家的尼古拉与木匠的妻子阿丽生发生了私情,帮助她摆脱了木匠的婚姻束缚,并逃离了阿伯沙龙的纠缠。在这"俗情"故事的背后,是对人性解放的诉求,这正好折射了当时生活方式和价值观的变迁。

换言之,随着早期商业经济对农耕经济的冲击,上述体现"俗情"的生活方式和价值观悄然变化。那些有悖于封建传统道德观念的故事,恰恰是普通民众最喜闻乐道的,也是最容易被他们接受的。"大家听了阿伯沙龙和尼古拉的妙事,笑了一顿,各人说着各人的话,都觉得这故事好笑,没有人感觉什么不愉快……"③同样,在《商人的故事》中,金钱与私欲深深地影响着这个时期的道德

---

① Raymond Williams, *Keywords: A Vocabulary of Culture and Society*, Flamingo: Fontana Press, 1983, 90.
② 诺尔曼·庞兹:《中世纪城市》,刘景华、孙继静译,北京:商务印书馆,2005年,译序,XIII。
③ 杰弗雷·乔叟:《坎特伯雷故事集》,方重译,上海:上海译文出版社,1983年,第76页。

观念。故事中,60 岁的冬月老人坦承对新娘的要求:"我要完成婚姻,马上,尽可能地快。我求你们帮我立刻成婚,娶一个妙龄美女,我不愿再等待了;……不过有一件事要请注意:我决不要一个年老的妻。说具体一点,她不可超过 20 岁……"①又如在《巴斯妇的故事》中,巴斯妇对自己的五次婚姻有过这样的评价:"他们都是我经过挑选出来,在体力方面和金钱方面是最美满的……"②不论是对金钱的追逐,还是对色欲的放纵,都可以理解为日常生活中人们对私欲的追求。磨坊主故事中的木匠也好,巴斯妇也好,都不是贵族,然而他们追求的生活与身为贵族的冬月老人相差不大。从这个角度来看,世俗的生活已经是城市生活的主流,以手工业或商业经济为基础的城市生活冲淡了封建等级制度下的贵族和平民的等级观念。追求平等和个性解放,这自然是历史进步,因而得到了乔叟的肯定,但是这进步中夹杂的复杂因素(如对金钱的追逐和对色欲的放纵)也未逃离乔叟那敏锐的眼光,他笔下磨坊主、商人和巴斯妇的故事既释放出了追求自由的积极信号,又隐含着作者对于粗鄙生活方式的焦虑,这一点不可不察。

  乔叟生活与创作的年代正是农耕经济转向手工业、商业经济的过渡时期,"通常说的'商业革命'一般指地理大发现和新航路开辟后,商业范围扩大,商品种类增多,商业投机方式盛行,商业中心从地中海沿岸转移到大西洋沿岸等;而庞兹所说的商业革命,从内涵上是指商业经营技术的革命,在时间上前移到了 13 世纪末和 14 世纪初,其内容包括:商人不再亲自押送商品前往交易地,而是把商品交给专业团体来运输;有专门的信使传递商业信息;商业组织发生变化,出现了商人合作经营的形式……"③商业活动的活力体现为商品交易的频繁与市场的繁荣。仅仅从《总引》中每个人的出场描写,就可以看出当时商业的发展,如商人"头戴法兰德斯的獭皮帽……他认为世上最重要的事就是维持密得尔堡和奥威尔之间海上的安全";④"另外有帽商、木匠、织工、染工和家具商……属于同一个声名赫赫的互助协会。"⑤巴斯妇"善织布,简直超过

---

① 杰弗雷·乔叟,第 184 页。
② 同上,第 111 页。
③ 杰弗雷·乔叟,译序,XIII。
④ 同上,第 7 页。
⑤ 同上,第 9 页。

了伊普勒和根特的技能"。① 商人的獭皮帽来自比利时,这说明了商品的流通很广;而帽商等人所属的则是商业经济中非常重要的行会或互助会了。行会或互助会是中世纪手工业发展到一定程度的产物。《总引》提到帽商等人所在的互助协会包含了不同的行业与职业,这从侧面反映了当时手工业与商业的发展状况。总的来说,随着商业与城市的发展,商业文明为人们带来了生活上的改变,城市生活是复杂多样的,这与以自然经济为基础的乡村生活完全不一样。也就是说,《坎特伯雷故事集》捕捉到了中世纪城市生活的文化脉搏——一种社会转型的脉搏。在这脉搏的背后,一方面是对新兴城市生活及其商业活力的肯定,另一方面则是对于转型社会及其复杂性的焦虑,这就为以后文化观念内涵的形成奠定了基础。

二、中产阶级·自由思想·共同体

作为文化观念重要内涵的"共同体"(community),在乔叟时期尚未形成通行的概念,但是对共同体的想象已经在乔叟笔下初现端倪。在《坎特伯雷故事集》的《总引》中,朝圣队伍这个临时形成的共同体,其成立的基础虽然是一同前去朝圣,然而泰巴旅店老板建议在旅途中讲故事这一举动,却也在某种程度上体现了(共同体中)商业的活力,这种活力可以理解为一种自由思想,而这种思想恰恰是商业文明的核心思想。商业文明的发展改变着人们的生活水平,贵族与平民都逐渐开始分化、转型,这是由生产方式的进步与经济基础的转型所决定的。商业文明的活力赋予了城市进步和发展,城市共同体是当时的人们非常向往的地方。"富人和穷人都往城市迁移,前者是为了通过商业活动和金融操纵来增加财富,后者是因为在城市中无论多么卑微的等级都能看到生活的希望。"② 在《牛津英国通史》(*The Oxford History of Britain*,1987)中有一段话印证了乔叟时代中产阶级的崛起:

尽管到1290年王室的财政需求已把犹太人挤尽榨干,再也没什么油水可

---

① 杰弗雷·乔叟,第12页。
② 同上,第137页。

捞了。但是他们向谁说明理由呢？他们向"全国公众"的代表,首先是豪门贵族……,如今称为"议会"的1290年那次会议于4月到7月召开,在最初十周里,它迅速处理了很多问题,……到7月中旬,又来了另一批人,各郡选来的议员。……13世纪后期作为郡选议员当选的那种人恰是一直出席重要政治会议的那种人。的确,他们过去是作为贵族的随从来的,但是明智的老爷正是从随从中发现了优秀的顾问……13世纪的郡选议员并非第一次出席这些会议;他们只不过换了一种装束而已。①

1295年,英国国王爱德华一世命令每个城市与组成英格兰版图的每个郡(有40多个郡),各派遣两名代表参加在威斯敏斯特宫召开的议会。这次议会的议员即使不能代表全体公民,也至少代表了三个主要社会阶级:贵族和地主阶级,教士,城市居民和市民阶级。② 中产阶级社会地位得到提高,其基础就是他们在经济上占据一定的优势。那么这些中产阶级如何积累资本呢？或者说,在《坎特伯雷故事集》中,朝圣队伍中的中产阶级或可能成为中产阶级的人是如何聚集财富的？他们聚集财富的手段可谓"八仙过海,各显神通"。游乞僧敛财手段高超,能引用宗教寓意,巧取金钱;他为了独占利益,每年都会付出一笔钱以确保钱路畅通;他还会行乞,行乞所得多于他产业上的收入。③ 商人更是熟知生意场中的赚钱门道,他知道如何在交易场上卖金币,是一位精打细算的人;他能讲价,善借贷,谁也不知道他有债务在身。④ 律师会凭借自己的学识和名望,领受许多酬金和赠予的衣物;在他处理的官司中,无论情况如何复杂,他总能取得绝对的权益。⑤ 与上述人物相比,自由农是一个已经富裕起来的角色,对他所吃食物的描写足以说明他非常富裕:他最爱的早餐是酒泡面包,面包和酒都是最上等的;家中进餐时总有大盘的鱼面糊;酒肴多种多样,凡是人能想到的美味他都吃尽了。在不断追求私欲的行为背后,是商业文明影响之下的自由主义在起作用。如果自由农的饕餮之欲还不能完全说明

---

① 肯尼思·摩根主编,第163页。
② 诺尔曼·庞兹,第138页。
③ 杰弗雷·乔叟,第6页。
④ 同上,第7页。
⑤ 同上,第8页。

中产阶级对私欲的追求,那么寺僧的乡士则透露了一个投机欺诈的故事:"我们诈骗了很多人,借金子——一镑、两镑、十镑、十二镑甚至更多些,至少使人相信一镑能变为两镑。事实上却是假的。"①寺僧与他的乡士利用炼金术欺骗了人们。

服饰在中世纪末期变得更加奢华和考究。乔叟在介绍朝圣队伍的时候,通过服饰的描写突出人物的个性、职业或社会地位。如为了形容武士的能征善战,乔叟这样写道:"他的马是俊美的,但他身上的衣着却不华丽。一件斜纹布衣全部都给他的甲胄擦脏了,原来他刚刚出征归来,随即参加了朝圣的行列。"②衣服脏了并不能掩盖他的高贵地位——他儿子"的衣服上绣着许多红白花饰,好像一片开满鲜花的园地。……所穿的短袍,张着两只袖子,又长又宽大"。③女修道院长臂膀上的珊瑚念珠则成了她衣饰描写的点睛之笔。

中产阶级的崛起体现在社会生活的方方面面,衣食住行是生活的基本构成,在《坎特伯雷故事集》中有许多描写体现了在商业文明的萌芽时期英格兰民众生活内容的变化和社会阶层的演变。在物质生活改变的同时,商业经济也在逐渐改变人们的思想和观念,自由思想孕育了个人主义,它既推动了以文艺复兴运动为形式的人文主义的发展,也导致了以资本积累为目的的资本主义原始积累。也就是说,《坎特伯雷故事集》揭示了早期英国共同体发展道路上的一些复杂因素,同时表现了想象美好共同体——向往自由的精神是其基础——的初衷,这可以看作文化观念在其萌芽时期的动态。

三、民族语言与转型焦虑

对于社会转型的焦虑,往往牵涉民族语言的锻造问题。变动中的社会,尤其需要能凝聚人心的民族语言。早期英格兰民族共同体的形成,离不开语言的统一与完善,而乔叟在这方面功不可没。

在14世纪的英国,人们并非单一地用英语交流:"乔叟用英语写作,但他

---

① 杰弗雷·乔叟,第352页。
② 同上,第2页。
③ 同上,第3页。

却不仅仅只用英语……"①在《坎特伯雷故事集》的第二版序言中,出版人卡克斯顿(William Caxton,1422—1491)说:"乔叟用我们自己的英语写作出了许多华丽的作品,他精心完善了我们的英语语言,使其华美,这完全能配得上'桂冠诗人'的称号。在他之前的古书语言粗俗、逻辑混乱,这些书完全比不上乔叟的作品。"②语言是民族情感的载体,同样,它也是共同体成员身份认同的重要因素之一,而在乔叟用英语写作之前,大多数文本都是用法文或拉丁文,在平民之间,方言各不相同,如盎格鲁-撒克逊语就有很多不同的方言种类。英语的广泛使用是自下而上的一个历史过程,这与商业文明的发展密不可分。

以农耕方式为主的自然经济所构成的村庄共同体与以手工业、商业经济为主的城市共同体之间是一对矛盾。从日常生活的角度来看,两者各有利弊,如中世纪城市共同体的食物供给主要来源于附近的村庄,而附近村庄的商业交易也主要以城市为中心进行。在这些日常活动中,一个不可忽视的问题就出现了,即人口流动。早期商业经济的活力体现在人们对商品交易的深刻认识,通过商业交易赚取利润。人口从农村流向城市,这也从客观上打破了以往的格局,城市人口的来源地各不相同,不论是日常生活还是商业活动,从不同地域迁移过来的人们聚集在一起,必然要有一种共同的语言进行交流。乔叟所用的英语恰好是广大民众喜闻乐道的英语,从后世的评论就可以证明这一点。上文提到的卡克斯顿就曾称赞乔叟的英语规范、华丽,并且"充满快乐"。③ 亚历山大·蒲柏(Alexander Pope,1688—1744)也曾这样赞扬:"乔叟与其他诗人相比,是最让我感到快乐的诗人。他知书达理,精于描写,并且他是第一位用最真实、最生动的方式讲故事的人。"④蒲柏的评论有其深意,即讲

---

① Ardis Butterfield, *The Familiar Enemy: Chaucer, Language, and Nation in the Hundred Years War*, New York: Oxford University Press, 2009, 285.

② Derek Brewer, *Geoffery Chaucer: The Critical Heritage, Volume 1, 1385-1837*, London: Routledge Taylor & Francis Group, 2003, 76. "Emong whom and inespecial to fore alle other we ought to gyue a synguler laude vnto that noble & grete philosopher Gefferey Chaucer the whiche for his ornate wrytyng in our tongue may wel haue the name of a laureate poete/For to fore that he by hys labour enbelysshyd/ornated/and made faire our englisshe/in thys Royame was had rude speche & Incongrue/as yet it appiereth by olde bookes/whyche at thys day ought to haue place ne be compared emong ne to hys beauteuous volumes..."

③ Brewer, 76.

④ Ibid., 173.

故事的方式——尤其是所用的语言——对民族特性的建构意义重大,对文化的建构意义重大。

讲故事自古就有,这是人类娱乐休闲的基本方式。《坎特伯雷故事集》能流传至今,一个重要原因就是讲故事的形式经久不衰,适合广大民众进行交流和传承。该书的众多故事中,有很多"讲故事"的语言特点,例如讲故事者在故事进程中的插入语,或是大故事中套有小故事的形式,这些特点都与我国的说书传统非常相像,这也证明了这种形式的通俗性与广泛性。乔叟讲故事的独特方式,以及他那深受人民喜爱的语言,对早期英格兰民族的文化建设贡献极大,而民族语言的建构无疑是文化观念萌发和生长的必要一环。

乔叟的语言可谓雅俗兼济,亦谐亦庄。运用优美的语言,是乔叟的拿手好戏,但是在《坎特伯雷故事集》中,众多人物的语言却是粗俗的,或者说是世俗的。上文已论及在朝圣队伍中包含了当时社会生活中各色人物,在武士的故事结束之后,磨坊主的故事打破了惯有的高雅情调,随后在《管家的开场语》中,粗俗的话语得到了人们的默认:

他(管家)听后气在心头,开始抱怨起来。"好,我也能好好还你一个,"他道,"我也可以讲一个胡作非为的磨坊主怎样骗人的故事,如果我要搬出一套下流的话。不过我年纪老了,我不愿胡闹;青草时期已过,我的秣料现在都是干草了……死亡就把生命的瓶塞揭开,让它流,……"客店老板听他这样说教,就摆出他的威风来。"何用这许多大道理?"他道,"我们是不是要整天讲经呢?别白费了时间;魔鬼把皮匠变成水手或医生,魔鬼也派管家来说教。讲你的故事吧。"……管家奥斯瓦说道,"虽然我嘲笑了磨坊主几句。因为以强力对付强力本是合法的。这个喝醉的磨坊主对我们大家讲了一个木匠受欺负的事,也许是开玩笑的,因为我就是一个木匠。对不起大家,我也来还他一个,也用他所用的粗俗话来讲……"①

当管家用文雅的、诗一般的语言说话时,他立即被打断了,随后的故事自然地

---

① 杰弗雷·乔叟,第77页。

以快乐轻松的俗语讲出。这个过程本身就涉及讲故事的一个本质问题：讲故事的本质即交流，而使人们能够进行顺利交流的保障就是有共同的语言，文雅的语言并不是朝圣队伍中的共同语言。这个共同体临时构成，成员来自不同地域，因此，俗语才是故事语言的本质和特点。在《坎特伯雷故事集》中，不止一处提到了这个问题，而且故事内容的趋向更加明显。僧士所讲的故事很多，大多来自宗教。虽然僧士用了较为通俗的语言让大家都听懂了，然而这样的内容是否受到了大家的欢迎呢？后文马上给出了答案：

"罢了，先生，不要再多讲了，"武士说道，"你已讲够了，太多了，因为我看大家都有些厌倦哩。至于我自己，听了这些原是富足安乐的人忽而倒霉起来，委实有些不舒服呢！反过来，一个人原是穷苦而慢慢兴盛起来，并且继续下去，岂不愉快。这样就很令人欢畅了。"①

世俗的故事以粗俗的语言展现出来，这种较为底层的精神感受在某种程度上可以满足那个转型社会中大多数人的共同需求，甚至提供一种精神慰藉。乔叟对这一现象的描述其实掺杂着一种十分复杂的心态：他既顺从了时代的潮流，锻造了一种能为大多数人接受的民族语言，又小心翼翼地跟过于粗俗的语言保持一定的距离——前文所说《骑士的故事》等引出的优雅语言，其实跟粗俗语言形成了一种张力，其间闪烁着乔叟意欲使两者互相融合，以应对转型焦虑的文化想象。

　　商业文明的萌芽时期是中产阶级逐渐形成、发展的重要时期，他们摆脱了自然经济的约束，开始从事手工业或者商业贸易，而在商业贸易的过程中，人与人之间的关系往往比农耕经济中人与土地之间的关系更加复杂。另外，商业贸易的频繁使人们离开赖以生存的田地，这难免也会成为一种社会转型时期的焦虑。加剧这种焦虑的还有战争和疾病，如百年战争和流行于整个欧洲的黑死病，这些都给人们带来了无限的苦难。然而，早期商业文明的活力仍然客观存在，这种活力夹杂着人们对于社会变更的焦虑，生动地反映在了《坎特伯雷故事集》中。后者呈现的讽刺与幽默，略显粗鄙的俗人俗语，恰恰映射出

---

① 杰弗雷·乔叟，第 325 页。

了早期商业文明中的活力,同时又暗含作者本人的文化焦虑,以及锻造民族语言的良苦用心,这分明是作者与处于萌芽时期的文化观念之间的良性互动。

第三节
用诗意乌托邦应对转型焦虑:罗伯特·伯顿的意义

对于社会转型的焦虑,必然会引起普遍的心理问题。英国作家罗伯特·伯顿(Robert Burton, 1577—1640)的《忧郁的解剖》(*Anatomy of Melancholy*, 1621)(以下简称《解剖》)是折射这一问题的经典之作。在伯顿的时代,也就是在英国的文艺复兴期,"忧郁症"(melancholy)堪称时代通病,莎士比亚笔下的人物就多身罹此症,表现为日常情绪低落并缺少决断。① 对于它的起因,学术界一直仁者见仁,智者见智——有从病理角度切入的,也有从宗教角度切入的,更有从心理角度或心理治疗角度切入的。② 迄今为止,未见有人从转型焦虑的角度来探讨上述"忧郁症"及其成因,也无人就此考察伯顿用以应对焦虑的文化策略,这不能不算作一种缺憾。要弥补这一缺憾,就要从伯顿所处的转型时代,以及他提出的"自我的乌托邦"(an utopia of mine own)或"诗学共同体"(a poetical commonwealth)概念入手,③进而分析他是如何通过"诗"的平衡,为当时的英国人医治"忧郁症",并求得解脱之道的。

一、伯顿所处的转型时代

欧洲的17世纪被认为是从中世纪向现代社会转型的"加速"期,人们开始

---

① Alan Hager, *Encyclopedia of British Writers: 16th and 17th Centuries*, NY: Facts On File, 2005, 57.
② Stanley Jackson, "Robert Burton and Psychological Healing," *Journal of History of Medicine and Allied Sciences* 44, No. 2 (April 1989): 160-178.
③ 伯顿此处修饰词"诗意"(poetic)并非狭义的语言文字之诗,而是广义的思维诗篇,是人生与生命之诗。

改变对外部世界的认知，改变自己同外部世界的关系，也同时在改变对自己的认知，特别是对自己大脑能量的认识。[1] 对自我的这种"向内转"的趋势，使得英国自 16 世纪后期到 17 世纪早期，出现了一种书写转变，即对"悲愁情绪"（emotion of sadness）的理解与大量表述，并直接导致了 17 世纪的英国学者都会自称身罹忧郁，并认为是治学导致了这种阴暗情绪。[2] 在这情绪背后，是英国都铎王朝（Tudor Dynasty，1485—1603）、伊丽莎白王朝（Elizabeth I，1558—1603）、詹姆士一世（James I，1603—1625）和查理一世（Charles I，1625—1649）等朝代相继经历的剧烈变化。

1588 年伯顿 11 岁时，英国伊丽莎白王朝在海上第一次击败西班牙的"无敌舰队"，这标志着英国海上力量的兴起。事实上，这在当时仅仅还是一种象征性的、偶然的战争胜利，因为当时英国面临着不小的压力：就在同一时期，荷兰的海上势力兴起，逐渐垄断了日本和印度两地的白银、香料贸易，成为 17 世纪最富裕繁荣的欧洲国家，缔造出"荷兰黄金时代"。伊丽莎白时期于 1600 年成立的英国东印度公司（British East India Company，简称 BEIC），实际上也就是面对西、荷两大海上霸权而继续寻求海外扩张的、不得已而转向南亚的举措。

伯顿生活时代的另一大事就是，在威廉·廷代尔（William Tyndale，1494—1536）等早期清教徒长期翻译努力之下，终于在 1611 年由国王詹姆士推出了"钦定"版英语《圣经》，这是英国宗教史、文学史、文化史上的划时代事件。在伯顿的《解剖》中，我们可以看到对各种版本《圣经》的大量引用。《圣经》作为神的语言进入了寻常百姓生活，整个社会的精英知识分子就开始了人文主义以人的形象塑造神的过程。弥尔顿（John Milton，1608—1674）、柏蒲（Alexander Pope，1688—1744）、布莱克（William Blake，1757—1827）都开始在自己的作品中以人的形象来塑造神，重新阐释"神—人"关系。在英国，宗教

---

[1] F. P. Wilson, *Seventeenth Century Prose*, Cambridge: Cambridge University Press, 1960, 1.

[2] Douglas Trevor, *The Poetics of Melancholy in Early Modern England*, Cambridge: Cambridge University Press, 2004, 2.

的人文主义发展到了 19 世纪,人们甚至开始相信,神肯定是英国人。① 学界普遍认为,这种倾向直接源自与伯顿同时期的弥尔顿的《失落园》(*Paradise Lost*,1667)和班扬的《天路历程》(*Pilgrims Progress*,1678)中对神的描述。然而,与此同时,英国几大宗教派别之间的论争、冲突也更趋白热化。在詹姆士一世时代,英格兰、苏格兰与爱尔兰表面上统一,实际上族群、文化与宗教高度分裂与对立。苏格兰贵族长老议会与英格兰国会冲突不断,爱尔兰对罗马天主教教廷高度虔诚效忠,与英格兰主流的国教会(Church of England)和新教(Protestantism)思想水火不容,虽然英国内战(清教革命)是在伯顿死后两年的 1642 年爆发的,但其原因明显植根于伯顿时期。

到了 16 世纪的最后十年,随着当时英国政府财政紧张,主要靠恩主体制(patronage)谋得出路的学者已经前景暗淡。② 像培根(Francis Bacon,1561—1626)这种仍然能谋得高位的学者已属凤毛麟角。一方面大学在培养大量有独立眼光的学者,另一方面社会所能提供的职位极其有限,王朝政府对学者的批判精神又防备有加,学者觉得自己报国无门。政治生活将学者精英"边缘化",贵族与王室政治的嗜血特性所形成的历史困境,让伯顿同时代的学者(随着经济地位、认知世界与人神关系变化)感染上了深度忧郁,在表面上也应了钱锺书所讲"多闲生思,无事添愁"的常见心理。③ 从深层次上看,这种忧郁是社会结构与个人认知的矛盾使然。

伯顿看到了上述问题,更看到了问题背后的本质。他看到社会的物质在进步,而人的个体生活质量,特别是精神生活质量却在不断下降,形成个体与社会发展之间的"剪刀差"。针对这些问题,伯顿写下了《解剖》,并称其目的是"制造一个我自己的乌托邦、一个新的亚特兰蒂斯洲——我自己的诗意联邦。我可以自由地发号施令,建造城池,按照自己所列来制定法律法令"。④ 他构建乌托邦的手段就是诗意书写,同时还突出"忙碌/勤劳"在他那乌托邦中的作

---

① Ronald Carter,*The Routledge History of Literature in English: Britain and Ireland*,London:Routledge,2002,132.
② Angus Gowland,*The Worlds of Renaissance Melancholy*,Cambridge:Cambridge University Press,2006,247.
③ 钱锺书:《管锥编》,北京:三联书店,2007 年,第 133 页。
④ Robert Burton,*The Anatomy of Melancholy*,New York:The New York Reviewed Books,2001,I:97.

用:"我写忧郁,用忙碌来对付忧郁。没有比多闲更能带来忧郁的原因了。'没有比繁忙更好的疗法。'"①换言之,"忙碌""勤劳"成了伯顿整部书的标志性"基石"。② 之所以如此,是因为伯顿看到:忧郁的易感人群,不是那些整天忙碌的劳动阶层,也不完全是那些整天游手好闲、"没心没肺"的群体,而较多的是那些学有所成、学有所思、对人类悲剧命运有着清晰意识的学者群体。后者眼高手低,不能或不屑于诸多世事。更确切地说,他们的忧郁是学者群体在社会转型大潮中的一种焦虑症,而(伯顿)对此进行的则是文化层面上的反思。

二、伯顿对忧郁原因的解剖

伯顿生活的年代是英国的多事之秋,宗教冲突、民族情绪、权力纷争、政治混乱和海外扩张等都让许多人——尤其是上文所说的学者群体——充满了强烈的政治参与欲望,却又因不得志而忧郁。伯顿看清了这一原因,所以在表示希望全面推进国内政治改革的同时,③非常明显地将自己的政治意图寄托于个人的自我解放而不是革命式的整体进步。他对社会的清醒认识还表现为对公职人员的不信任态度:

> 要是有可能的话,我倒是希望有牧师能够模仿基督,充满爱心的律师会像爱自己一样爱邻居,温和谦逊的医生,政客讽世,哲人自知,贵族诚实,商人远离谎言欺诈,法官远离贪腐,等等。④

这无疑是对上述"忧郁症"的解剖:公职人员缺乏操守,这势必引发改革的愿望,但是当时大多数人只是急功近利地期待变化,当变化不能如期如量而至时,他们又容易产生焦虑与痛苦。伯顿不愿意停留在完全虚构的想象之中,因此他会加上"要是有可能的话"(if it were possible)这样的虚拟语气来清晰地告诉人们:面对人性的复杂性,永远不要企盼不现实的虚拟浪漫,而要坚定地

---

① Burton, I: 20.
② Robert Appelbaum, *Literature and Utopian Politics in Seventeenth-Century England*, Cambridge: Cambridge University Press, 2004, 81.
③ Ibid., 244.
④ Burton, 2001, I: 102.

用一句话勉励自己,即"这是不可能的,我要做力所能及的事情"。①

也就是说,伯顿深入剖析了当时社会问题的实质:无论是公职人员还是由后者所组成的政体,其实都不可信。既然如此,那么出路只能从个体自身上找。然而,伯顿看到个体之人也往往是迷途难返:人不快乐并走向忧郁的外部诱因实际上还是源自人本身,各种纷繁复杂的诱因让人虚弱,让人堕落。人自身的堕落导致了道德伦理体系的崩溃。正如英国学者戴维斯所说,在17世纪,没有哪一个英国作家能够像伯顿那样清晰而无情地呈现一幅道德混沌的画面。②伯顿眼中所见之权贵"一生巧取豪夺,鱼肉乡里,只在临终之时或之前才拿出点钱来做善事,修个救济所、学校或桥梁之类。这无异于偷人一鹅,归还一羽,劫千济十"。③除此之外,人的攀比、嫉妒、仇恨心理,以及互相排挤的心理,也是社会问题的症结所在:

> 每个社会、团体与私家都满是病症,控制了几乎所有的人。从王子到耕夫,概莫能外,即使在闲聊中也随处可见。鲜有三人结伴而无两两站队、互相排异或攀比的,有的则是敌意、搅局、私怨、妒火中烧。鲜有两位绅士同居一村(除非是近亲或联姻)而无彼此或仆人间攀比的,有的是妻儿、朋友、随从之间争吵或怨怼的,有的则争比财富、地位和排序等。④

正是因为伯顿看到了这些问题,他才描绘了乌托邦图景,以期寻求对策。他设计的乌托邦,就是一个发现自己忧郁病灶并对症治疗的手段。伯顿根本就没有想去太平洋小岛上建国的计划,那不过是一种虚构的依托。"自我的乌托邦",顾名思义,是创建者为了取悦自己的一种智力游戏。伯顿承认自己染上了忧郁的病症,但是他清醒的自我意识希望能够自救,更希望能够救众。因此,《解剖》的真正目的是帮助世人认清自己所处的政治环境,认清其对人的伤

---

① Burton, 2001, I: 102.
② J. C. Davis, *Utopia and the Ideal Society: A Study of English Utopian Writing 1516-1700*, Cambridge: Cambridge University Press, 1981, 86.
③ Burton, 2001, I: 99. 译文参阅伯顿:《忧郁的解剖》,冯环译,北京:金城出版社,2012年,第26页。
④ Ibid., 267.

害性,进而凭借智慧来走出忧郁,也就是走出转型焦虑,因而是一种文化对策。

三、自我的诗意乌托邦

伯顿看到了国家、社会、政治、传统、宗教给个体的人带来的种种摧残,但是他并不寄希望于激进的改革,尤其反对以消灭肉体为特征的"革命"。作为一个有着深厚人文情怀的学者,他始终秉持着对生命的尊重与悲悯,也不主张像隐士那样面对乱世而退缩。他发现人们不开心、不幸福或忧郁缠身的根本原因在于对生命的错误认知,是"心病",因此他相应地开出了"心药",即以"诗"为"药引"的一剂"乌托邦"良药,其主题是追求真正的自由。

人们或许会从字面出发,把"诗意乌托邦"理解为"用语言不断地靠近原始,把语言的遥远'梦境世界'强加(给诗人)"。① 但是这种顾名思义式的理解,在很大程度上无法解答"乌托邦"隐喻的本义。也就是说,如果我们仅仅停留在用诗歌的语言来建立一个遥远的理想世界,这种虚构的想象与创造超过了诗意的自我救赎,似乎就成了职业诗人甚至是天才诗人的专利,这显然也不是伯顿所设计的文化方案。"诗意乌托邦"寄希望于"诗本身会活过来","'为了我心而向外伸出'的书写之手描述的是将页面符号转换成情感的诗意居所,转换成生命的核心"。② 它首先面向的是个体,特别是个体内心世界的精神与自由诉求。其次,如"乌托邦"概念所示,它又是一个群体概念,即以诗的书写和阅读构建起一个虚拟的自由社区。简而言之,伯顿为世人所设计的诗意乌托邦,是一个以个体自我认知为前提、以诗意理想为终极目标的共同体。不论这一文化策略可行与否,它至少为文化观念的一个重要内涵——以共同体想象来应对社会转型所引发的焦虑——奠定了基础。

伯顿称《解剖》一书具有治疗功能,这实际上是遵循了漫长的文学传统,只不过该传统在他的时代有了特别意义。③ 确实,在《解剖》中,治疗写作的文学

---

① Rochelle Stone, "Metapoetics and Structure in Boleslaw Lesmian's Russion Poetry," *California Slavic Studies*, Nicholas V. Riasanovsky, ed. Berkeley: University of California Press, 1977, 143.
② Vivian Liska, *When Kafka Says We: Uncommon Communities in German-Jewish Literature*, Bloomington: Indiana University Press, 2009, 107.
③ Mary Ann Lund, *Melancholy, Medicine and Religion in Early Modern England*, Cambridge: Cambridge University Press, 2010, 13.

层面、伦理层面与神学层面相互交织,共同构成了"镀金药片"(the gilded pill),或称"读者之药"。① 伯顿宣称读他的文字会获得对付忧郁的"灵异效果"(incantatory effects),如同咒语一般,超出了一般意义上词语的修辞与说服性功效。② 借助于古希腊理念中的语言疗效功能,伯顿将自己的书写行为想象成"魔力"(epôdê),而不是一般意义上的说理与辩论(logos pithanos)。他的诗意理想与莎士比亚的有相似之处,后者把自己的舞台设计成"诗、行动与争论的通道",③而《解剖》则犹如诗的国度,人们徜徉在诗的韵律里,享受着诗的节奏给忧郁开出的疗治方案。伯顿本人并未接受过正规的医药教育,④而仅仅是一个自认为有医生"潜质"的人,⑤医药不过是他解释文化的一个"隐喻"。⑥ 如果我们真的以为他文本中藏有"养生妙方",那就是忽略了其诗性主旨。更确切地说,伯顿不是在写一首诗,而是在将生命变成诗。这种生命之诗是一个即开即合的过程,而不是静态的文本结果。他的诗意乌托邦是在给读者一把钥匙、一件工具。钥匙与工具本身并不具有太神奇的功效,用其制造自己的诗篇、进入诗的国度才是最重要的。

"诗意乌托邦"中的修饰词"诗意"(poetic)并非我们从狭义层面来理解的语言文字之诗,而是广义的思维诗篇,是生命之诗。伯顿首先承认狭义诗篇的作用与意义,他自己就是一个能用拉丁文写诗的诗人。他认为创作诗可以带来他全书所追求的"自由"主旨——"你知道诗人拥有怎样的自由"。⑦ 他之所以要用"诗"来治疗忧郁病,是因为他认识到该病症的根源在于人的大脑。他从类似今天医学解剖的角度详细介绍了大脑的构造,并认为大脑是"天底下最高贵的器官,是灵魂的栖息地与座椅,是智慧、记忆、判断、推理的宅所,也正是在这里,人最像神"。⑧ 此处的"大脑"首先指涉的是前文所说的学者群体——在社会转型的旋涡中,他们一方面不愿意苟且偷生,另一方面又无法找到新的

---

① Mary Ann Lund,31.
② Ibid.,2.
③ Carter,94.
④ Lund,79.
⑤ Burton,2001,I:37.
⑥ Trevor,128.
⑦ Burton,2001,I:98.
⑧ Ibid.,98.

生命意义，于是在两难境地中积郁成疾。伯顿所设计的诗意乌托邦，主要针对的群体也是学者，因为他觉得"战士的作用在于一时，学者的作用却在永久"。① 他从传教士嘴里得知，当时的中国是一个诗的国度，知识分子得到器重，如科举取仕、文官制度（literati），这使他把中国作为诗性乌托邦的理想模板之一。② 这一理想体现于他对诗性书写功能的如下定义之中："立刻有利于人类，也取悦于人类，让快乐总与教益紧相联。"③此处伯顿是在表达一种文化愿景，借以走出忧郁与焦虑。

综上所述，伯顿的"诗意乌托邦"看似为了"救独"（为个体设计完美的出路），实则为了"救众"。他将生活理解为一首自由之"诗"，需要个体凭着自己的独立智慧，不迷信盲从，不悲观放弃，经由"诗性自救"之路来最终走向"救众"的"诗学共同体"。从表面上看，它有些天真幼稚，但是它作为针对社会转型及其问题的文化反思，在文化观念和英国文学互动史上留下了深深的足迹。

---

① Burton, 103.
② Ibid., 102.
③ Ibid., 21.

第二章

在焦虑中生成的共同趣味

早期现代英国社会的经济发展给人们带来了认同原有身份的焦虑,而信仰的焦虑同样让人们深有体会。自从亨利八世宣布英国脱离罗马天主教会以来,英国新教逐渐发展壮大,并与天主教之间摩擦不断,而且不同教派之间纷争不断,教派争斗不断升级为流血事件。信仰的焦虑与伦理身份的焦虑成为早期现代英国人的普遍心理状态。

《雅典的泰门》(*Timon of Athens*,1608)部分反映了这种信仰与伦理身份的焦虑。《雅典的泰门》是莎士比亚的最后一部悲剧,是莎士比亚对英国发展到资本主义社会进程中出现的经济现象的记录与反思。在该剧中,莎士比亚虽然将场景设在雅典,但是,故事却是以当时的英国社会为背景。作为封建领主的典型代表,泰门没有认识到经济的迅速发展与变化,他依然秉承着"理想封建领主"理念,对地位低微者伸以援手,对贵族一味迁就。即使自己的经济出现问题,濒临破产,泰门也不忘通过馈赠礼物来维持自己封建领主的伦理身份。在这个过程中,泰门在维持自身的身份方面产生了深深的焦虑,这其实是一种社会转型引起的焦虑。一方面,他试图通过"慷慨馈赠"来维持自己的领主身份;另一方面,他通过高利贷获得馈赠他人的财物,结果导致资产逐渐损失,最终一贫如洗。泰门的悲剧是莎士比亚对英国封建社会中保护人制度在资本主义经济发展过程中走向终结的戏剧呈现,因此可以看作在文化层面上对社会转型的反思。

将金子等财物馈赠他人是封建领主应该具备的美德,然而,泰门在践行美德的过程中却遭人利用与嘲笑。为维持自身的封建领主身份,他接受了高利贷这种新型商业经济形式,用土地作抵押。然而,土地在抵押的过程中最终流向其他行业的成功者。借贷将泰门的封建领主伦理身份转变为没有偿还能力的欠债者这一经济身份。莎士比亚的泰门不是孤独的存在,像他一样没有及时转型并在其他行业取得成功的封建领主都逃脱不了破产的命运。泰门的焦虑是所有封建领主的焦虑;是所有沉浸在旧时代的美好而没有跟上时代发展步伐的人们的焦虑;是生活在社会中,受到社会经济进步影响,并在这一过程中无法维持原有伦理身份与经济身份的人们的焦虑。

然而,时代的焦虑同时也促使英国民众怀念逝去的美好岁月,敦促人们在理想的乡村中回味大自然的美好,在乡村的静寂中追寻灵魂的安宁,在欣赏美好的田园风光中产生热爱乡村和追求美好情感的共同趣味。

在《钓客清谈》(The Complete Angler,1653)这本以垂钓为主题的书中,散文家艾萨克·沃尔顿(Izaak Walton,1593—1683)用轻松、欢快的笔触描绘了英格兰乡村的美丽景色,来自大自然与田园乡村的快乐贯穿始终,不仅体现了沃尔顿的乡村情结,也反映了动荡时代人们对理想世界中平静乡村生活的追忆与向往,同时也隐含着针对社会转型焦虑的文化策略——无论是对美好生活的追忆还是向往,都是一种文化想象。散文中的"挤奶姑娘"是个重要的意象,揭示了英国民众崇尚自然的审美情趣,带给读者的是温暖、柔软与友善的情感体验。沃尔顿有意安排钓鱼人、猎人与挤奶姑娘及其母亲在"美好"的五月相遇,因为这个特殊的月份反映了英国的牧歌传统与时间内涵,而书中钓鱼人的座右铭"习静"不仅折射出沃尔顿的人生哲学,也诠释了英国民众共同体想象中的宗教意蕴,在远离尘嚣的乡村寻求心灵的宁静。

沃尔顿笔下的乡村原野承载着人类的记忆与经验,虽然以"想象中的伊甸园"为基础,却也具有关注现实的角度。沃尔顿通过挤奶姑娘及其母亲这两个形象,将理想与现实进行了对比。他用肯定的语气告诉读者,在他的想象世界中,英格兰是一个美好的国度。

在英国民众看来,美好的情感产生于天空与大地之间,产生于美好的大自然之中。乔治·赫伯特(George Herbert,1593—1633)文学创作的鼎盛时期处于莎士比亚与弥尔顿创作的鼎盛时期之间,推动了英国宗教抒情诗的发展。《圣殿》(The Temple,1633)是他创作的一部宗教抒情诗集,包含"教堂门廊""圣堂"和"教堂斗士"三个部分,共166首诗歌。赫伯特不仅受到17世纪读者的关注,也受到后世读者的关注。后世批评家们在考察赫伯特在17世纪英国社会中的作用时把他称作当时的"文化偶像"。赫伯特认为甜美感觉是灵魂本身的一种状态,是诗人对英国国教产生的情感体验。在宗教纷争异常激烈、教派之间经常互相攻击甚至迫害的时代,赫伯特对宗教思想的阐释与对宗教情感的描绘受到各教派的尊重,其原因跟他追求"美好情感"与"甜美趣味"不无关系。

本章选择《钓客清谈》《雅典的泰门》和赫伯特诗歌为研讨对象,是因为它们有一个共同特点,即在应对社会转型焦虑的同时,致力于有助于凝聚人心的审美趣味诉求,而这正是文化观念在其萌芽时期与英国文学互动的一个迹象。

第一节
忘却凡尘:《钓客清谈》与崇尚自然的民族趣味

在英国文学与文化观念的互动史上,沃尔顿的《钓客清谈》是一个重要环节。它参与了民族特性的建构,助推了民族趣味的形成,从而赋予了文化观念新的内涵。

在《钓客清谈》这本以垂钓为主题的书中,沃尔顿用轻松、欢快的笔触描绘了英格兰乡村的美丽景色,树林、草地、灌木丛、田地与鲜花,以及充满芳香的空气,构成了一幅英国人心目中的理想图画。在他看来,大自然有着无穷的魅力与吸引力,无时无刻不让人感到快乐。这一切都要归因于沃尔顿的乡村情结,是他对英国牧歌传统的继承与展现,也是他对民族趣味的引导,更是他借此建构民族特性的一种努力。

一、远离尘嚣:沃尔顿的乡村情结

民国时期学者金东雷在评价沃尔顿时认为,《钓客清谈》这本书"描写天然的风景,有独到之处……充满着诗意和自然界的美丽,可以看,又可以听。我们读了《完备的渔夫之后》,觉得雨后的夕阳斜照在树枝的空隙里和树叶上,美得可爱;溪流的水,温静得说不出来,同时也觉得作者文笔之引人入胜"。[①] 梁

---

① 金东雷:《英国文学史纲》,长春:吉林出版集团有限责任公司,2009年,第149页。

实秋也认为《钓客清谈》是沃尔顿的"杰作",是"英国'田园文学'中最高成就之一"。① 该书出版以后,"其受欢迎的情形为作者及出版者所意料不到,在作者生时共印了五版,成为英国文学中最受大众欢迎的书之一"。② 英国作家兰姆(Charles Lamb,1775—1834)也非常喜爱这本书,他说:"书中洋溢着天真无邪、纯洁单纯的精神……一个人在任何时候开卷读之可以收心平气和之益。"③ 在分析这一现象时,梁实秋说:"越是在动乱的时代,人们越是憧憬和平宁静的理想。最和平宁静的事无过于钓鱼。……广大读者有此心理上之需要。"④ 沃尔顿在《钓客清谈》中描绘的英格兰田园风光远离尘嚣、美丽宁静,充满了浓烈的田园气息与恬淡安逸的意境。碧绿的草地、苍翠的树木、清澈的小溪、鲜艳的花朵、聪明或迟钝的鱼儿无不成为《钓客清谈》中吸引读者的自然元素,这一切虽不能言语,但是,它们的存在本身就是沃尔顿乡村情结的证明。

需要指出的是,并非每个人都能透过上述美景想象当时的宫廷与城市,以及那里发生的一次又一次血腥的革命与破坏活动:国王被斩首,不同教派之间的争斗愈演愈烈,小吉丁这种类型的宗教团体会遭到巨大抨击,教堂被焚毁,等等。换言之,沃尔顿想象中的一切,与17世纪英国社会发生的剧烈变化形成了巨大反差,他描绘的英格兰乡间仿佛是一座世外桃源,犹如仙境。其轻松、风趣的写作风格让读者感到如沐春风,不知不觉被其吸引,暂时忘却现世生活的波涛汹涌,暂时消解他们对社会剧变的畏惧与恐慌,暂时得以实现精神之逃离。

英国人的乡村情结由来已久,深入其思想,体现在其各个时代的文学创作之中。曾任英国首相的保守党领袖鲍德温(Stanley Baldwin,1867—1947)说过:"英国就是乡村,乡村就是英国。"⑤ 确实,乡村在英国民众的想象世界中是纯真、健康的象征,是英国人最理想的生活方式,就如英国著名记者帕克斯曼(Jeremy Paxman,1950—)在《英国特性》(*The English: A Portrait*

---

① 梁实秋编著:《英国文学史》(第一卷),台北:协志工业丛书出版公司,1985年,第574页。
② 同上,第574页。
③ 同上,第574—575页。
④ 同上,第575页。
⑤ Wikiquote, "Stanley Baldwin," https://en.wikiquote.org/wiki/Stanley_Baldwin (accessed October 2, 2015).

of a People，1998)一书中所说:"无论如何,在英国人的脑海里,英国的灵魂在乡村。"① 也就是说,沃尔顿诉诸普通英国人的乡村情结,其实是提供应对社会转型的一种文化策略——面对剧烈的社会变化,重提崇尚自然的民族趣味,显然有助于凝聚人心,稳定社会秩序。

沃尔顿的乡村并不是孤立的自然美景,而是与人类活动融为一体,是一个有机整体。在《钓客清谈》开篇处,有钓鱼人、猎人和放鹰人三位人物,全书就在他们之间的对话中展开。随着对话的深入,放鹰人逐渐淡出读者的视野,出现了钓鱼人、猎人与挤奶姑娘及其母亲的对话。钓鱼人和猎人请挤奶姑娘为他们唱歌,回报她们以鱼。在沃尔顿看来,这是淳朴、善良的人际关系,与金钱和利益无关。这些都具有重要的象征意义与文化内涵。

二、忘却凡尘:"挤奶姑娘"与沃尔顿的田园想象

挤奶姑娘(milkmaid)是《钓客清谈》中的一个重要意象。

在《钓客清谈》的第四章,当挤奶姑娘莫德琳愉快地唱完歌曲的第一部分,猎人被她美丽的歌声所打动,不由得想起伊丽莎白女王对挤奶姑娘的赞许,并认为女王"希望自己是五月的挤奶姑娘并不是没有理由,因为他们不被恐惧、担忧所困扰,只是整天愉快地歌唱,整个晚上都安然入眠"。② 之后,沃尔顿借猎人之口表达了他对挤奶姑娘的祝福,引用的是性格特写(character-writing)《一个美丽的挤奶姑娘》(*A Fayre and Happy Milke-mayd*,1995)的结尾句:"她会在春天死去,死去之后有成堆的鲜花围绕着她的灵床。"③ 沃尔顿似乎想要告诉读者,在混乱动荡的时代,人们对死亡以及死后人类灵魂状态的关注。如果人们在春天死去,那么就有成堆的鲜花相伴,犹如灵魂在人类死后进入天堂,这是人们对死亡的理想状态的想象。

欧佛伯利(Thomas Overbury,1581—1613)是 17 世纪英国最著名的性格特写作家,在《欧佛伯利性格特写》(*Characters*,1622)中,有一篇由约翰·韦

---

① Jeremy Paxman, *The English: A Portrait of a People*, Woodstock (N. Y.): Overlook Press, 2000, 147.
② 杨周翰:《十七世纪英国文学》,北京:北京大学出版社,1996 年,第 69 页。
③ 沃尔顿:《钓客清谈:沉思者的娱乐》,张传军译,海口:海南出版社,2004 年,第 70 页。

伯斯特(John Webster，1580—1634)撰写的题为《一个美丽的挤奶姑娘》的性格特写。这篇特写开篇赞颂了挤奶姑娘的俊美外表、朴素而又天真无邪的装扮，接下来描述她遵循自然规律的生活习惯和在不同季节的辛勤劳作，最后阐释她"只知道做好事"的"诚实的思想"。韦伯斯特笔下的挤奶姑娘是17世纪英国绅士贵族们向往理想化田园生活的典型体现。沃尔顿在《钓客清谈》中引用的就是这篇"性格特写"的结尾句。

根据《牛津英语词典》，milkmaid这个词汇最早出现于1552年。接下来，1570年，福克斯(John Foxe，1516—1587)记载了伊丽莎白女王对乡村挤奶姑娘生活的热切向往："伊丽莎白……听到了……挤奶姑娘的愉快歌声，希望自己也能成为像她一样的挤奶姑娘。"① 该词从出现在英语中的那一时刻起，就是"欢乐""无忧无虑"与"童贞"的象征，"她"与美丽宁静的乡村风光融为一体，在16世纪末、17世纪初成为英国田园牧歌不可分割的一部分。

在英国文学传统中，挤奶姑娘是正直而又充满活力的女孩，由于受到乡村生活的影响，保持着人类的纯真状态，在英国人的共同体想象中是正能量的象征。在英国文学的主流传统中，挤奶姑娘与美丽的大自然融为一体，揭示的是人类的纯真而美好的状态。这一文学形象自从产生以来，不仅受到诗人们的青睐，也受到小说家的偏爱。在《德伯家的苔丝》(*Tess of the d'Urbervilles*，1891)这部小说中，苔丝一生中最美好的时光就是在农场上做挤奶姑娘时，她与爱人安吉尔恋爱的幸福时光也是她在做挤奶姑娘时。虽然哈代的苔丝与沃尔顿笔下的挤奶姑娘所生活的时代相差了一个多世纪，但是，连接两者之间的精神纽带与想象空间却没有变化。当苔丝没有出现在安吉尔面前的时候，后者把苔丝想象为"大自然的贞女""土地的女儿""没有受到现代社会的疑虑触动的原始灵魂的代表"。② 虽然这是安吉尔对苔丝的最初认识，但它恰好反应了英国普通大众对挤奶姑娘这一原型人物的认知。

在沃尔顿笔下，作为挤奶姑娘的莫德琳和美好的农业社会场景水乳交融，

---

① "Milkmaid," in *Oxford English Dictionary*, 2nd ed. on CD-Rom (v. 4.0), Oxford: Oxford University Press, 2009.

② Kathleen Blake, "Pure Tess: Hardy on Knowing a Woman," *Studies in English Literature, 1500-1900*, 22, (Autumn, 1982), 697.

她的安闲惬意没有受到工业污染，没有受资本主义的影响。作为文学形象和文化象征，她代表的是英国民众对美好乡村的怀念，而乡村的美景、静谧与和谐暗示着一种趣味、一种境界、一种文化诉求。用沃尔顿的话说，挤奶姑娘带来的是"别样的喜悦"，因为在钓鱼人看来，"她正值花样年华，不谙世事……抛开所有顾忌，像夜莺一样歌唱，她的声音很美……"①书中猎人也赞同钓鱼人的观点："我现在明白了我们的伊丽莎白女王经常希望自己是五月的挤奶姑娘并不是没有理由，因为她们不被恐惧、担忧所困扰，只是整天愉快地歌唱，整个晚上都安然入眠。没有怀疑，诚实、无邪、美丽的莫德琳正是这样。"②莫德琳的这些品质，使她成为沃尔顿笔下一个非常独特的人物。这在城市正在兴起并迅速发展的时代，不能不说是沃尔顿对现实的反思、失望与批判，而这正是处于萌芽时期的文化观念的重要内涵之一。

莫德琳抛弃一切烦恼，像夜莺一样欢乐地歌唱。她用歌声传递自己的心声，这一切都被《钓客清谈》中的钓鱼人感受到了。也恰恰是因为此，他请求她再次为他歌唱，想再次感受她歌声中的欢乐。在挤奶姑娘的歌中，男女主人公都生活在乡村，有着相似的生活经历与社会地位，所以歌曲所反映的爱情关系是一种健康的关系。听众可以想象，歌曲中的牧羊人和女孩儿的爱情故事有着圆满的结局。然而，时光荏苒，到了18世纪以及19世纪，挤奶姑娘在英国诗歌乃至文学作品中的角色却发生了重大变化，她们因为接触到来自不同阶级的男性主人公而使故事的结局发生改变。哈代笔下的苔丝就是这样一个典型人物，苔丝善良纯真的个性在给她带来快乐的同时，也给她带来灾难，最后造成了她的死亡。

我们可以通过 milkmaid 一词语义的演变来领会《钓客清谈》中挤奶姑娘的文化寓意。在这个词汇刚刚出现的两个世纪里，其含义与内涵是正面而积极的，表现的是英国人对田园生活的想象。同时，挤奶姑娘珍视自身的童贞，维护自己的美德，也使她们在英国文学作品中成为捍卫自身美德的象征。流行于19世纪和20世纪上半叶的《挤奶姑娘贝翠》("Betsy the Milkmaid")通过叙事的形式，展现挤奶姑娘贝翠与乡绅之间的爱情。作为劳动阶层的一员，贝

---

① 沃尔顿，第65页。
② 同上，第69页。

翠不愿意接受来自中上层社会的乡绅的爱意,认为他的爱情不过是想欺骗和玩弄她。所以,她拒绝乡绅送给她的戒指,说:"我热爱自己的美德,犹如热爱我珍贵的生命。"①然后在纠缠之中,用匕首刺伤了乡绅。善良的贝翠因此而自责,她的自责进一步激发了乡绅对她的爱意,最终有情人终成眷属。②

英国文学主流传统对挤奶姑娘这个美好意象的认知与描绘在19世纪威廉·巴恩斯(William Barnes,1801—1886)的《农场的挤奶姑娘》("The Milk-Maid o' the Farm")一诗中也有体现。在他笔下,挤奶姑娘不仅"欢快、明媚,犹如女王般尊贵",而且她的生活习惯与自然规律相契合,日出而作,日落而息,白天不睡懒觉。就连那些奶牛也与她友好相处,从不踢她,也不用尾巴抽打她。虽然巴恩斯对挤奶姑娘的描绘充满了种种对伊甸园的幻想和乌托邦色彩,但是通过这种方式,巴恩斯把英国民众崇尚自然的美好想象推向极致。与巴恩斯同时代的哈代,对此并不完全认同。在哈代看来,挤奶姑娘的内心虽然诗意一般地回应美好的大自然,然而,这美好的景象却受到工业文明的影响,已经不再纯净了。③

无论如何,"挤奶姑娘"作为揭示英国民众崇尚自然的审美情趣的意象,带给读者的是温暖、柔软与友善的情感。正如琼基尔·贝文(Jonquil Bevan,1941—　)所言,挤奶姑娘在《钓客清谈》第二章出现时的场景是纯粹的想象,是一种虚无缥缈的真实,在这里沃尔顿展现给读者的是神话世界与现实生活之间的对话。④通过"挤奶姑娘"这一意象,沃尔顿所要传递的是正面积极的情感体验。他似乎想要告诉读者,他向往回归理想中的完美的青年时代,后者没有受到社会的玷污,美好而又充满活力。也就是说,沃尔顿此时已经预料到(孕育中的)工业文明会带来的一些负面效应,因此就用"挤奶姑娘"这一意象来呼唤美好的情趣,这不失为一种化解转型焦虑的文化策略。

---

① Michael Pickering, Emma Robertson and Marek Korczynski, "Rhythms of Labour: The British Work Song Revisited," *Folk Music Journal* 9, (2007), 237.
② Ibid., 236-237.
③ Paul Zietlow, "Thomas Hardy and William Barnes: Two Dorset Poets," *PMLA* 84, (March, 1969), 293.
④ Jonquil Bevan, *Izaak Walton's The Compleat Angler: The Art of Recreation*, Briton: The Harvest Press, 1988, 55.

三、"美好"的五月：《钓客清谈》的牧歌传统与时间内涵

五月——英格兰的春天——是复活的季节。《钓客清谈》中的大部分场景描述的是英格兰的五月，描绘了大自然的美丽景色与旺盛的生命力；而对萧索的冬季，沃尔顿鲜有提及。沃尔顿对英格兰四季着墨的不均衡，源于对想象世界中英格兰的创造。通过《钓客清谈》，他把理想中的英格兰描绘为一个安详、宁静的国度，充满了美丽的鲜花与纯洁的歌声，其中的人际关系非常理想化：天真、温暖与热情。

将时间主要定格在春季，这便于沃尔顿将书中人物之间的关系描绘为淳朴与天真。虽然书中钓鱼人与挤奶姑娘及其母亲的对话略带契约色彩（他们把刚从河里钓出的鲜鱼作为对女孩歌唱的回报），却仍然是单纯而真诚的，没有资本主义经济发展之初那种浓重的利益色彩。在沃尔顿看来，这种美好的人际关系发生在春季；如果到了秋季，就会变成"愚蠢的成熟"与"腐烂"。①

春季，是一年开始的季节；清晨，是一天开始的标志。《钓客清谈》对英格兰春季的清晨着墨最多，象征着沃尔顿对春季"人生的童年阶段"这一过程的美好想象，构成了英格兰共同体想象中的一部分。春季不仅仅象征着复活，而且早在中世纪的文学作品中，春季就是一个充满"爱之精神"（the spirit of love）的季节象征。② 因此，在描绘英格兰春季的过程中，沃尔顿最喜欢用的一个词语是"甜美"（sweet）。在这美好的季节，发生的一切事情都让人感到惬意，自然中的一切植物、动物都井然有序。在这样的氛围中，《钓客清谈》中的人物关系和谐，与大自然融为一体，体现了人与宇宙的一种圆融惬意的关系。在这种氛围中，人类不会因为经历的不幸而丧失"美好的心灵"，就连蜜蜂在五月的清晨也从事着"愉悦的劳动"（sweet labour），③而钓鱼人则拥有"温柔、美好而又平静的灵魂"。④ 美好的五月，在英国民众共同体的想象中具有丰富的文化内涵。一方面，万物的生机勃发与绽放，是幸福、生命与积极力量的象征；另一方面，在五月举行庆祝活动的五朔节，也具有古老的神话色彩。挤奶姑娘

---

① 沃尔顿，第 70 页。
② Rosemond Tuve, *Seasons and Months: Studies in a Tradition of Middle English Poetry*, D. S. Brewer; Rowman and Littlefield, 1974, 24.
③ Izaak Walton, *The Complete Angler*, London: J. M. Dent & Sons, 1958, 19.
④ Ibid., 37.

是五朔节女神在基督教语境中的置换变型,承继了英吉利民族在发展过程中对历史的包容与对美好精神境界的向往。

五月在英国文化中有着特定的想象空间,而这一文化传统与欧洲大陆有着密不可分的联系。早在 1106 年以前建造的意大利摩德纳教堂(the Cathedral of Modena)廊柱的雕塑上,就绘有不同月份的图案,象征五月的图案是一名骑在马背上的武士。① 此类象征还体现在日历、雕塑或者壁毯等艺术形式中。马背上的武士带着一只鹰,年轻俊美;通常他还手拿花束或者树枝,或者头戴一顶布满鲜花或者一枚心形图案的花环,或者还有侍从跟随。在欧洲文学早期手稿中,伴随五月出现的还有一些暗示求爱的场景,或者如同古老的描绘牧羊女罗曼司的法国抒情诗一样,将五月描绘为理想的牧歌场景。不过,这一切原先与英国季节诗(seasons poetry)格格不入,直到中世纪时期,这些与五月有关的内涵才被英国文化接受,但表现出多种不同形式:带着鹰坐在马背上的男青年拉着女孩的手,男女青年相互拥吻,双手都拿着花的女孩儿坐在草地上,等等。②

通过五月意象,我们还可以看到沃尔顿与乔叟之间的互文关系——一种文化传承关系。乔叟在《托爱乐斯与克莱西达》(*Troilus and Criseyde*)第二部第八小节通过运用巧智,将五月想象为"各月份之母"(that mother ... of months)。③ 在他笔下,五月加速了冬的死亡,使得红的、蓝的、白的各色鲜花充满生机,草地上飘来阵阵清香,太阳的光辉普照着一切,而诗中的主人公在这美好的五月里歌唱。两个半世纪以后,沃尔顿在《钓客清谈》中运用大量篇幅来描写五月的美景,并让挤奶姑娘在这美好的季节里放歌心声,这不能不说是他对以乔叟为代表的英国文学传统中有关季节与月份的想象传统的继承与维系。如今已经成熟的文化观念,其内涵之一就是强调过去、现在与未来之间的连接与沟通,或者说无论社会如何转型,都不能割裂传统。这一内涵的表述显然已见于沃尔顿的笔端,尽管这些表述还处在雏形阶段。

---

① Tuve, 145.
② Ibid., 164-165.
③ Benoit de Sainte-Maure Giovanni Boccaccio, Geoffrey Chaucer and Robert Henryson, *The Story of Troilus*, London: J. M. Dent, 1934, 161.

四、钓鱼与"习静":《钓客清谈》的宗教意蕴与沃尔顿的人生哲学

沃尔顿化解转型焦虑的根本手段,在于运用"垂钓"这一主题,来表达他的宗教思想与人生哲学,而这种哲学又交织着崇尚自然的审美情趣。垂钓虽然是沃尔顿的业余爱好,但是他并没有在这种闲暇中虚度时光。如《钓客清谈》最后一页上所说,他是在"习静"(Study to be quiet)。杨周翰因此将沃尔顿的哲学思想概括为"习静哲学"。① 英国学者布拉迈尔斯在评价《钓客清谈》时说:"这是一本由个性开朗、平静的人写的书,他喜欢沉思、看书,古怪地进行自我暴露。"②我们所要强调的是,这种"习静哲学"其实是抗衡那个躁动的转型社会的力量。

《钓客清谈》中穿插的一些特别场景,例如挤奶姑娘以年青男性牧羊人的口吻所唱的歌曲,充满了大量的基督教意象,其首句和末句"到我这里来,做我的情人"暗示沃尔顿用人世间的情人关系阐释人类灵魂与上帝之间的理想关系。③ 在歌曲中,有暗示伊甸园的"山谷、果林、小山",有暗示上帝的"牧羊人",有象征甜美爱情的"玫瑰花",有"最美丽的羊羔""最纯净的黄金"以及象征圣餐的"肉"等,这一系列意象既是对挤奶姑娘的美好乡间生活的描绘,也是沃尔顿对堕落以前的人类的纯真状态的追忆与向往,具有怀旧与乌托邦的色彩。这种追忆与向往,跟前文中所说的"习静"十分契合。

与挤奶姑娘形成鲜明对比的是她的母亲,她歌唱的第二部分充满了忧郁的情感基调,描绘了时间对牧羊人的生活所产生的影响:"发怒的河流""变冷的岩石""嘶哑的夜莺""枯萎的花儿""荒芜的沃野""愁苦的秋天"……沃尔顿似乎用这一系列具有否定含义的意象来说明人类在"愚蠢"中走向"成熟"。④ 在挤奶姑娘母亲歌曲的结尾,沃尔顿再次强调人类的一切努力都是徒劳的,只有"上帝庇护和赐予的食物"才是唯一的美味。⑤ 挤奶姑娘和她母亲演唱的歌曲具有浓重的基督教色彩,暗示基督教在作者生活的 17 世纪社会中的

---

① 杨周翰,第 283 页。
② 哈里·布拉迈尔斯:《英文学简史》,濮阳翔、王义国等译,成都:四川人民出版社,1987 年,第 176 页。
③ 同上,第 66—69 页。
④ 同上,第 70 页。
⑤ 同上,第 71 页。

重要作用。同样,挤奶姑娘欢快的歌声以及她周围美丽的景色和沃尔顿在书写《钓客清谈》时所洋溢的"天真、纯洁与质朴"的情感状态,是对牧歌传统的继承与发扬,是对民族趣味的引导(即引导民族同胞们崇尚自然),因而也是应对转型焦虑的文化策略。

在《钓客清谈》中,沃尔顿借挤奶姑娘母亲之口,对钓鱼人(Angler)进行了定义,认为他们是"诚实的、有公民意识的、安静的人"。① 不仅如此,在该书开篇,沃尔顿也以钓鱼人的名义,给原始基督徒下了定义,认为"原始基督徒(primitive Christians)如同大多数钓鱼人(most Anglers)一样是安静的人,热爱和平;他们明智而不会因为苦恼去出卖良知,他们明智而不畏惧死亡"。② 有鉴于此,杨周翰曾敏锐地指出,《钓客清谈》英文标题中的 Angler 是 Anglican(英国国教徒)的双关语。③ 它不仅反映了作者有钓鱼这一嗜好,同时也反映出作者的宗教精神与爱国热情。需要补充的是,这一双关语还有凝聚人心、构建民族特性的意味,因而体现着一种文化关怀。

《钓客清谈》出版时,沃尔顿已经年近六旬,在历经伊丽莎白女王晚期的繁荣、资本主义迅速发展、查理一世被送上断头台、克伦威尔势力的高涨以及异常激烈的宗教改革运动之后,他在人生暮年以一种平和的心态来撰写《钓客清谈》,以此来抒发他对人生境界的感悟,用他在书中营造的氛围表达了一种基督徒个体对平静与美好的向往。杨周翰对此评价道:"这个钓者显然是以他本人为原型,反映他本人的理想:忍耐、知足、安详、虔诚。一句话,'原始基督徒精神'。"④玛格丽特·博特拉尔(Margaret Bottrall,1909—1996)也注意到了这一点,认为正是由于沃尔顿的牧歌想象与虔诚的愉悦,使得该书成为英国文学散文中的经典作品。《钓客清谈》在沃尔顿有生之年再版四次;虽然在18世纪该书仅出版了10个版本,但是19世纪却见证了该书的受欢迎程度,共有159个版本问世;仅20世纪上半叶,该书就有100多个版本问世。⑤《钓客清

---

① Boccaccio, 68.
② Ibid., 13.
③ 杨周翰,第294页。
④ 同上。
⑤ Margaret Bottrall, *Izaak Walton*, London: The British Council and the National Book League, 1955, 7.

谈》的反复再版足以使其走入英国文学经典的行列,并在英国文化与英国特性逐渐形成的过程中,与其互为呼应,将英国人对田园的想象与对宗教的热情融入其文化之中,使其成为英国文化不可分割的一部分。

在考察沃尔顿对英国文化产生的影响时,诺瓦尔(David Novarr)认为,沃尔顿的天真、诚实与谦逊在很大程度上决定了人们对他一以贯之的推崇,而且,他的宗教虔诚也早已经将这份推崇转化为爱与尊敬。在沃尔顿生活的17世纪,比沃尔顿虔诚的人有很多,然而,他们的虔诚带来的往往是恐惧与敬畏,而不是爱。因为有一种宗教虔诚,会让那些对宗教事务不是特别热心的人反感,而沃尔顿的宗教虔诚则显得美好而又合情合理,温和而又优雅。① 《钓客清谈》以钓鱼为题,却常常有意离题,去阐释他对美好生活与理想的认知,从而以轻松与明快的方式寓教于乐。这一风格广受欢迎,对英国文化产生了永久性的影响。

博特拉尔在阐释沃尔顿独有的英国特性时说:

> 英国大众对《钓客清谈》的热衷与赞美对于国外读者来说也许令人匪夷所思,其原因有三:首先,沃尔顿在钓鱼这一爱好中表现出的热情,对于垂钓业余爱好者来说特别值得称赞,而对于那些不钓鱼的读者而言,也能在阅读中分享他的写作所带来的精神愉悦;其次,沃尔顿热衷于描写乡村景色与声响,这对在城里长大的英国人来说不仅熟悉而且令人渴望,而居住在城市里的欧洲人却无法分享这一感受;第三,英国人非常看重钓鱼人本身表现出的一些性格特征——友好,忍耐,幽默,有耐心,不打扰任何人,除了要求安静地享受自己的钓鱼乐趣以外,一无所求。②

这种趣味诉求充分展现了一种文化情怀。

综上所述,《钓客清谈》是一部充满诗意和文化情怀的散文。沃尔顿在这貌似与垂钓有关的散文中,以诗人的视角描写了想象世界中英国乡村生活的

---

① David Novarr, *The Making of Walton's Lives*, Ithaca, New York: Cornell University Press, 1958, 4.
② Bottrall, 24.

淳朴、诚实、满足、和谐与美好，这一切是英国民众理解自我的关键所在。在他们的民族文化肌理中，他们的理想是居住在风景优美的乡间，生活自由舒适，既能充分享受劳动，又能在疲劳时分毫无拘束地、安静而又安心地休息。如此美好的生活趣味，经由沃尔顿之笔，催动着英国文化观念的萌发。

第二节
《雅典的泰门》中的价值观变迁

莎士比亚的《雅典的泰门》作于17世纪初，此时的英国正在由都铎王朝向斯图亚特王朝更替，经济上则是资本主义的商业经济取代封建主义的自然经济，作品中能体现时代特点的内容俯拾皆是。对泰门这个人物的研究有两类：一类主要集中于他的思想与所处阶层实际情况的一种"错位"研究，这方面的研究主要以泰门自身的传统观念和经济地位为考察对象，分析研究其中的矛盾；另一类则是将焦点集中在外部因素上，分析英国历史更替中各阶层的改变，以泰门对待朋友的态度为切入点来分析社会各阶层的关系。两类研究分析都有独到之处。然而，如果将作品作为一个整体，对它的内部与外部因素进行综合考虑，则有助于读者更加清晰地看到英国16至17世纪社会转型时期人们价值观的变迁。莎士比亚对转型期价值观变迁轨迹的捕捉，可以看作对文化观念内涵的充实和贡献。

一、"慷慨"与"慈善"

中产阶级从中世纪末期随着商品经济的发展而崭露头角。在社会生活中，这支新生的力量不断地影响着整个民族的意识形态与生活结构。中产阶级的构成是复杂的，这是自然经济解体之后，封建社会的不同社会阶层重新组合形成的结果。中产阶级往往没有贵族的社会地位，却因自身的财富、职业或者受教育的程度而与众不同。由于向往贵族一般的生活，封建时代的一些传统被他们选择性地继承和模仿。在文艺复兴之前的中世纪，英国的骑士传统中包含了不少封建社会的伦理道德，例如守信、忠诚、正直、慷慨、怜悯，这些都在不同层面上体现了封建传统道德中的某个部分，这种表层的道德在实质上却是由封建社会生产关系所决定的。《雅典的泰门》中描写了泰门的"慷慨"，这无疑是英国中世纪贵族传统的特写。"慷慨"是封建统治阶级维系其统治的一种手段。贵族所享有的土地世代相传，而他们与土地或在土地上进行的生产活动并非密切相关；相反，农民在自然经济的条件下与土地紧密相连，在这种情况下，赠与或者体现出"慷慨"的道德形式则会从某种意义上收买被统治阶级的忠诚，这种"忠诚"恰好又是封建道德体系的另一个关键词。"慷慨"不限于统治与被统治阶级之间，在统治阶级内部同样存在着这样的行为。与"慷慨"相对应的则是"义务"，英国中世纪的封建统治阶级在某种程度上有"慷慨"赠予的"义务"。

美国文化人类学者爱德华·霍尔（Edward Hall，1914—2009）将文化定义为"沉默的语言"。中世纪的"慷慨"则与法国思想家皮埃尔·布迪厄（Pierre Bourdieu，1930—2002）的"惯习"（habitus）相近。泰门的"慷慨"可以理解为一种习惯，这种习惯来自封建传统中的风俗。例如，泰门在知道文提迪斯因欠债入狱之后，表示自己不是一个在朋友落难时无动于衷的人，随即将赎金给了文提迪斯的仆人。[①] 泰门对文提迪斯的慷慨之举完全是一种封建时代的骑士风范，与其说是一种遵守道德的行为，不如说是一种"惯习"。这种内化到日常行为之中的"惯习"也是泰门显示自身贵族身份的一种方式，他在其他很多作品中都有描写，如《高文爵士与绿衣骑士》（*Sir Gawain and the Green Knight*，late 14th century）中城堡主人对高文骑士的热情招待与慷慨赠与，又如《艾凡赫》（*Ivanhoe*，1819）中塞得利克对来访者的慷慨照顾。在托马斯·切斯特所作的《朗弗尔骑士》中，更有这样的描写：

> 亚瑟王身边有一位年轻的骑士，他跟随亚瑟王很多年了。这位骑士非常慷慨，经常将金银和贵重的衣物赠与侍从和骑士们，正是因为他的慷慨大

[①] 莎士比亚：《雅典的泰门》，《莎士比亚全集》（五），朱生豪译，北京：人民文学出版社，1994年，第9页。

度,他被任命为国王的管家,有十年之久。在所有的圆桌骑士中,没有人像他这般慷慨。①

泰门的慷慨没有很强的目的性,这种"惯习"在封建时代犹如贵族天生的一种处世态度,能够让贵族显示出更强的优越感,而泰门正是沉醉于施行"慷慨"之后的假象之中。如果稍微分析一下泰门在实施"慷慨"行为时的价值观进程,便可发现泰门完全是出于"惯习",并没有受到外界的影响。亚里士多德(Aristotle,384—322 BC)曾经指出:"德性分两种:理智德性和道德德性。理智德性主要通过教导而发生和发展,所以需要经验和时间;道德德性则通过习惯来养成,因此它的名字'道德的'也是从'习惯'这个词演变而来。"②泰门的价值观仍然来自封建社会的伦理道德,他对行为的判断仍然按照传统的套路进行,这恰好也是戏剧中的主要矛盾。由"慷慨"的行为看泰门的价值观,它映射了当时英国社会中泰门这类人的境遇。历史上这类人物为数不少:"詹姆斯一世和查理二世都挥霍无度,常过分轻率地收买他们的奴仆以求获得他们的忠诚和好感。"③

"慈善"不同于"慷慨",封建统治阶级与蒸蒸日上的中产阶级都有这样的价值观念或道德,这种模糊性正是转型时期人们"焦虑"的缘由之一。泰门的"慈善"是以慷慨为基础的。例如,一位老人谈及将自己的女儿嫁给泰门的仆人路西律斯而为此苦恼的时候,泰门在简单询问之后,答应给出一笔可观的钱,用以充实老人给出的嫁奁。④ 泰门选择成人之美,这样的慈善实际上还是一种慷慨,然而另一种慈善已悄然发生在当时英国的社会生活中,如英国学者庞兹所说,中世纪晚期,市民阶级中的富人实际上还有三种投资方式可供选择:投资土地过舒适生活;购买艺术品;投资慈善或宗教事业。⑤

不论是较早期的高利贷,还是后期投资慈善或宗教事业,多种投资方式的

---

① Thomas Chestre, *Sir Launfal*, tr. James Weldon, Ontario: Cambridge Parenthese Publications, 2000, 2.
② 亚里士多德:《尼各马可伦理学》,廖申白译注,北京:商务印书馆,2003年,第35页。
③ 肯尼思·摩根,第320页。
④ 莎士比亚,1994年,第10页。
⑤ 诺尔曼·庞兹,第141—142页。

基础只有一个,那就是具体体现剩余价值的货币——金钱。前者的慷慨是一种赠与,如果从马克思主义经济学的观点来看,这种投资不会产生任何新的价值;而后者就不一样了,中产阶级赖以生存的基础是商品经济,商业的运转必然需要资金,金钱是否能够在投入之后产生新的价值,这是所有中产阶级关心的问题。当然,这只是英国在自然经济逐渐解体过程中的主流观念,对于中产阶级"慈善"的理解并不能一概而论,毕竟中产阶级的构成是非常复杂的,如 12 世纪逐渐形成的炼狱学说,导致成百的小教堂建立起来,且每个教堂都获赠了足够土地;另外,市民阶级中有公德心的成员创建了医院和学校。① 对"慈善"不同的理解与对应的行为,实质上是不同经济基础所决定的。泰门的"慈善"是一种建立在封建生产关系上的"慷慨"恩惠,而新兴的中产阶级崛起之后,他们的"慈善"在较大程度上实现了两个方面——精神与物质——的投资和再生产。

二、高利贷·契约精神·愤世嫉俗

泰门的愤世嫉俗来自高利贷,由金钱引发他对世态炎凉的思考,以致愤怒,这种情感超越了艾帕曼特斯对现实的讽刺。在戴维德·霍克斯(David Hawkes,1923—2009)的《文艺复兴时期的高利贷文化》(*The Culture of Usury in Renaissance England*,2010)中,他转引了 1591 年《对高利贷的审判》的一段话:

> 上帝禁止一切与爱背道而驰的事物。他在此禁止高利贷,因为高利贷是爱的死敌:借贷者不可能有爱,因为高利贷本身就是残忍的,它是一种折磨,还是一种迫害。因此借贷者要有爱:因为如果有了爱的存在,就不会有高利贷了。②

这里提及的"爱"来自于基督教中的"慈爱"。《对高利贷的审判》是一篇布道

---

① 诺尔曼·庞兹,第 143 页。
② David Hawkes, *The Culture of Usury in Renaissance England*, New York: Palgrave MacMillan, 2010, 95. "God forbiddeth all things which hinder this loue; and among the rest here he forbiddeth Vsurie, as one of her deadliest enemies; for a man cannot loue and be an Vsurer, because Vsurie is a kinde of crueltie, and a kind of extortion, and a kind of persecution, & therfore the want of loue doth make Vsurers; for if there were loue there would be no Vsurie."

文,毫无疑问,高利贷与基督教传统是不相容的。16、17世纪的英国正处于资本主义的原始积累阶段,高利贷并不能从根本上满足资本积累的需求,手工业、商业的发展才是主流。高利贷与同时代的经济发展趋势也是不相容的——从高利贷的本质来看,放贷者的不劳而获与借贷者的借贷欲望都是私欲膨胀的体现。发源于封建传统的契约精神在新的时代却有了新的使用方式,这便是放贷者与借贷者的契约,这种契约自身的矛盾导致了悲剧的发生。

泰门的悲剧就是不同时代对契约的不同理解造成的。用第二幕开始时某长老的话最能说明这个矛盾的存在:

> 元老:最近又是五千;他还欠了凡罗和艾西铎九千;单是我的债务,前后一共是二万五千。他还在任意挥霍!这样子是维持不下去的;一定维持不下去。要是我要金子,我只要从一个乞丐那里偷一条狗送给泰门,这条狗就会替我变出金子来。要是我要把我的马卖掉,再去买二十匹比它更好的马来,我只要把我的马送给泰门,不必问他要什么。就这么送给他,他就会立刻替我生下二十匹好马来……①

从泰门的角度看,他通过慷慨的馈赠以取得一种理想中的忠诚和信任,这在中世纪也许是一种潜移默化的契约,即一种"义务"或"守信"。暂且不论地契等实物性质的契约,被统治阶级对封建领主的忠诚常常来自这种契约。然而,这种以自然经济为基础的封建生产关系早已被取代,城市共同体以手工业和商业为主,以金钱、资本为中心的商业文明极大地影响了转型时期的人,高利贷以所谓"有借必还"的方式实现了它的契约性,是与前者大相径庭的。上引元老的话"这样子是维持不下去的;一定维持不下去"其实点出了问题的实质:社会已经转型,价值观已经变迁,若没有与之对应的文化策略,泰门这个悲剧在所难免。莎士比亚书写这类转型焦虑,其实是为日后文化观念的兴起奠定了内涵基础。

与莎士比亚同时代的塞万提斯(Miguel de Cervantes Saavedra, 1547—

---

① 莎士比亚,1994年,第26页。

1616)也看到了上述问题,即转型时期意识形态与价值观的转变。泰门与堂吉诃德的不同之处,在于后者受到了更多封建传统外在形式上的影响,而泰门在已经内化了的价值观念上却是与堂吉诃德不相上下。在人们对堂吉诃德的愚蠢行为感到可笑的时候,泰门的荒唐却触动了世人的焦虑。现在很难想象这部作品在当时是怎样被观众接受的,也不能对观众的感受妄加猜测。能够肯定的是:泰门的悲剧是具有普世性质的。泰门的慷慨大方、善解人意、愿成人之美的道德品质在被施行之后,遭到的却是冷漠和残酷,这样的事情在当时是否会发人深省?莎士比亚在作品中并没有明确告诉我们如何缓解这样的焦虑。封建传统道德价值观在商业文明的冲击下支离破碎,泰门的反应是愤世嫉俗,仇恨人类。这样的描写是戏剧化的,泰门身边"朋友"的背信弃义让他对人类彻底失去了信任。在放大了人性的弱点之后,泰门由不信任上升到了厌恶,甚至对自身都是如此。很明显,这个过程就是自身价值观的崩溃。夸张的语言描写和行为描写,让人们看到了一个价值观崩溃之后的泰门。

三、路人·焦虑·变迁

英国的 16、17 世纪是一个纷繁复杂的时代,政治、经济、文化等多个领域都在经历着翻天覆地的变化。都铎王朝呈现出的繁荣景象让人们感受到了民族的发展和进步。在打败了西班牙的无敌舰队之后,民族凝聚力空前增强。从社会的发展来看,在经历了上个世纪的黑死病之后,英国的人口大幅增加,客观上促进了城市的发展和规模的增大。人口增长带来的首要问题就是生活需求的增多,这要求更先进的生产力和更丰富的物资,因此手工业与商业继续蓬勃发展。文艺复兴则是这个时期文化发展的主要内容,人文思想与宗教思想同时影响着人们的生活。在英格兰民族共同体的内部发生着如此剧烈变化的同时,人们的价值观念悄然改变,这种改变也伴随着一种共有的焦虑。在学界将目光聚集在泰门这个焦点人物的时候,不妨看一看剧中三位路人的对话。当贵族路歇斯与路人甲谈及泰门的时候,路人甲说:"……泰门大爷的光荣时代已经过去,他的家业已经远不如前了。"[①]路人乙接下来补充证明了这个说

[①] 莎士比亚,1994 年,第 39 页。

法。焦虑的原因由路歇斯说了出来,他一方面承认自己也受过泰门的恩惠,另一方面却强调他所受恩惠并不多,因此找借口推掉了泰门借钱的请求。这种虚伪正是以私欲为主导地位的个人主义。表面上用封建道德去说教旁人,而内心却早已以金钱为中心;路歇斯的言行在路人看来,是一种错位,而人们对时代转型更替时期价值观的混乱所产生的焦虑正是源自这种错位。在路歇斯拒绝借钱之后,三位路人的对话更加证明了这一点:在路人甲与路人乙提到泰门的不幸遭遇之后,路人丙感叹"世道如斯,鬼神有知,亦当痛哭",紧接着路人甲则说:"在现在的时世,一个人也只好把怜悯之心搁起,因为万事总须熟权利害,不能但问良心。"[1]莎士比亚在这里描写的转型焦虑是显而易见的,他把英格兰民族两百多年历史中所经历的价值观变迁压缩成了一个路人的点评。

价值观的变迁并不是某个阶级的文化目的,而是由客观因素所决定的。换句话说,如果泰门在盛行骑士传统的中世纪如此作为的话,悲剧就不会发生。泰门的悲剧是社会生产关系的变更造成的。当资本/金钱开始决定人们生活起居的时候,泰门所坚信的传统道德就很难起作用。如果放眼当时的史实,这一点不难理解。在伊丽莎白女王时期,城市的住房条件得到了很大的改善,而越来越多的城市人口也给粮食供给带来很大的压力。这些社会现实都指向了一样东西:金钱。金钱的重要性不言而喻,商业文明以商品贸易为基础,"交换"成为商业贸易的基本特征,而金钱在"交换"过程中是万能的。因此,在这种既能够满足私欲,又能公平进行的"交换"过程中,金钱的重要性进一步凸显。正如泰门对金子的感叹:"金子!黄黄的、发光的、宝贵的金子!……这东西只这一点点儿,就可以使黑的变成白的,丑的变成美的,错的变成对的,卑贱变成尊贵,老人变成少年,懦夫变成勇士。"[2]交换关系的简单性和机械性淡化了人与人之间的关系和交流,这是英格兰人在那个转型期产生焦虑的深层次原因。

在英格兰民族共同体之中,泰门是一个与众不同的个体。滕尼斯将精神

---

[1] 莎士比亚,1994年,第42页。
[2] 同上,第62页。

共同体视为"真正的人的和最高形式的共同体"。① 在精神和价值观念上,泰门与其他人截然不同,这也是泰门悲剧的原因之一。当人们看到或遇到这样的悲剧时,产生的焦虑并不是最终的结果,而会成为一种动力,它是产生新的价值观、新的文明的前提条件。文艺复兴时期对人性的重视同样是16—17世纪英格兰民族对人性复苏的一种要求,而人性中的自由、理性也为后来的文明进程铺垫了道路。从共同体的发展角度来看,泰门是这个发展过程中的牺牲品。新旧文明交替过程中造成的断裂和错位让泰门无所适从。人们的焦虑既来自外界社会变革的影响,也来源于对自我身份的认同。泰门这一形象折射的正是这种转型焦虑,其中潜伏着莎士比亚的文化反思,因而可以视为早期英国文学与文化观念互动史上的一个重要环节。

第三节
对美好情感的追求:赫伯特与《圣殿》

乔治·赫伯特的文学创作推动了英国宗教抒情诗的发展,也标志着英国文学与文化观念之间的互动。作为"英语语言界最杰出的宗教诗人"②以及"最富技巧、最重要的英国神圣抒情诗人",③赫伯特在英国文化发展史上的地位不容小觑。后世批评家们常常把他称作17世纪英国社会的"文化偶像"(cultural icon)。④

---

① 斐迪南·滕尼斯:《共同体与社会——纯粹社会学的基本概念》,林荣远译,北京:商务印书馆,1999年,第90页。
② John C. Hunter, ed. *Renaissance Literature: An Anthology of Poetry and Prose*, 2nd ed. Oxford: Blackwell, 2010, 1007.
③ Poetry Foundation, "George Herbert", http://www.poetryfoundation.org/bio/george-herbert (accessed June 20, 2011).
④ 同上。根据《牛津英语词典》,cultural 一词于1868年首次出现在英语中。雷蒙·威廉斯在《关键词:文化与社会的词汇》一书中也指出 cultural 是个重要的形容词,出现于19世纪70年代,在19世纪90年代变得相当普遍。所以,把赫伯特称作"cultural icon"明显是后人的观点,意在突出赫伯特在17世纪英国社会文化生活中的重要地位。

最能体现他文化思想的是宗教抒情诗集《圣殿》(*The Temple*，1633)，因此本节也将从它说起。

一、赫伯特宗教诗歌承载的文化信息

《圣殿》包含"教堂门廊"("The Church-Porch")、"圣堂"("The Church")和"教堂斗士"("The Church Militant")三个部分，共166首诗歌。17世纪至少见证了11个《圣殿》版本的出版发行，这与赫伯特承载的文化信息密切相关。在《圣殿》第一版的序言中，尼古拉斯·费拉尔(Nicholas Ferrar, 1592—1637)介绍了赫伯特的高贵出身与高尚行为，对"神圣的赫伯特先生"(holy Mr. Herbert)进行了简要描摹："赫伯特对当时英国教会及其教规的遵守与服从格外引人注目"，他"忠诚地履行"神圣职责，因此被称为"原始圣徒的伙伴，他所在时代的楷模"。[①] 费拉尔的描述把赫伯特奉为和谐、有序和信仰——这些都是文化观念的内涵——的象征，而就赫伯特本人而言，他重视基督教信仰，挖掘基督教信仰的美德传统与塑造基督徒个体行为的观念，为正处于转型时期的英国社会提供了文化信息，即如何改良社会、谋求解决社会问题的方案。

在诗歌中，赫伯特歌颂上帝恩典的神圣之美、人类尊崇的秩序与礼仪以及侍奉上帝的欢愉，也探讨青年人的教育问题、治疗病患的问题、充分发挥个人才能的问题等。他的诗歌涉及范围如此之广，以至于当代美国著名文学评论家海伦·文德勒(Helen Vendler, 1933—)认为他不仅对于那些有宗教信仰的人来说具有重要价值，而且对于那些没有宗教信仰的人来说，也同样具有重要的价值。[②] 换言之，赫伯特诗歌的价值远远超出了宗教范围，或者说，具有宽广意义上的文化价值。

在《圣殿》中，"圣堂门廊"部分的"美好的青年"(sweet youth)是诗人心中绅士形象塑造的最初原型，其目的是要使其经过"圣堂"，接受基督教的洗礼，

---

① Poetry Foundation, "George Herbert", http://www.poetryfoundation.org/bio/george-herbert (accessed August 8, 2013).
② HelenVendler, *The Poetry of George Herbert*, Cambridge, Massachusetts and London: Harvard University Press, 1975, 4.

尤其是感受诗人描述的多种美好的宗教情感,使其在基督教文化语境中最终成长为"教会斗士",也就是成熟的绅士。因此,赫伯特笔下的"乡村牧师"是能够体会美好情感的绅士,而他笔下的"绅士"则是能够在基督教文化背景下体会各种宗教情感的卓越人士。这是诗人对英国17世纪社会语境与宗教语境的独特感知。在《圣殿》的创作中,诗人将这一思想与玄思和巧智相结合,并通过多变的韵律和形式来表达它。

美国学者爱默生(Ralph Waldo Emerson,1803—1882)毕生热爱赫伯特的诗歌,把赫伯特视为自己的朋友。在对赫伯特诗歌进行大量评价的基础上,爱默生于1829年直截了当地写道:"我深爱赫伯特的诗……赫伯特的诗是一颗虔诚心灵以'诗人之眼'与'圣徒之爱'来探索世界之谜的表现。在这里,诗歌有了最高尚的用途。"[1]正如爱默生所言,赫伯特的诗歌创作虽然把宗教作为主题与素材,但是在表达情感方面却是有神来之笔,揭示了理想的人类情感。对美好情感的诉求无疑是文化观念的内涵之一。虽然赫伯特没有直接使用"文化"一词,但是他的诗歌创作为处于萌芽时期的文化观念注入了新的内涵。

二、赫伯特的诗歌对美好情感的诉求
(一) 赫伯特宗教诗歌的情感色彩

在艾略特(T. S. Eliot,1888—1965)看来,玄学派诗人是最成功的诗人,因为他们的诗歌体现了情感与理智的完美结合。在把赫伯特与邓恩(John Donne,1572—1631)放在一起进行比较的时候,艾略特认为邓恩的诗歌体现了理智对情感的控制,而赫伯特的诗歌则恰好相反,体现了情感对理智的控制。[2] 这一思想对后世有着深远的影响:许多英国人在抗衡18—19世纪兴起的理性主义浪潮时,往往会从赫伯特那里寻求启示。

注意到赫伯特诗歌具有浓郁情感特色的批评家非常多。黑尔伍德

---

[1] C. A. Patrides, ed. *George Herbert: The Critical Heritage*, London: Routledge & Kegan Paul, 1983, 176.
[2] "乔治·赫伯特",维基百科,2014年2月13日,http://zh.wikipedia.org/wiki/%E4%B9%94%E6%B2%BB%C2%B7%E8%B5%AB%E4%BC%AF%E7%89%B9 (accessed March 16, 2014).

(William Halewood)就认定"赫伯特是位热情的诗人"。① 文德勒同样也赞赏过赫伯特在诗歌中的情感表达;在评价《渴望》("Longing")这首诗时,她指出诗人对上帝发出的那一声声呼唤——"请您倾听"——非常孩子气,生动地显示出诗人擅长运用情感策略,擅长刻画自身的形象,擅长描写劝谏、痛苦、呐喊、受伤时的情感。② 理查德·斯蒂尔(Richard Strier)则据此认为,情感在赫伯特的信仰体系中占有非常重要的位置。③ 必须指出的是,赫伯特心中的理想情感不是无所顾忌的放纵,也不是墨守成规的拘谨,而是在激情澎湃之中追求一种"谦卑的自制"④。这种理智与情感结合的理念,显然可以在日后英国文化观念中找到印记。

赫伯特的诗歌注重内在的心灵体验,尤其是内在的情感体验,这与诗人生活在一个动荡、激烈、充满变化的时代有关。他的主张跟改革派教徒加尔文(John Calvin,1509—1564)的观点十分契合。后者反对斯多葛主义者抵制情感,强调"神不要我们麻木或无奈地忍受十字架"。⑤ 在加尔文看来,斯多葛主义者要求信徒摒弃一切情感的做法十分荒谬,人根本就做不到。赫伯特也持同样的看法,他的诗歌都着力于描绘人对上帝的种种复杂的情感体验。"圣堂"部分的多首诗歌,如《抱怨》("Complaining")、《渴望》和《叹息与呻吟》("Signs and Groans"),都带有强烈的情感色彩。《渴望》这首诗明显继承了加尔文在《基督教要义》中强调的"渴望而又抱怨"这种充满悖论色彩的情感体验:"我的喉咙,我的灵魂嘶哑:/我的心像您诅咒过的土地/一样萎蔫。"⑥诗中的说话人在讲述灵魂感受不到上帝恩典的糟糕状况以后,认为似乎这一切都是因他没有将这些情况告诉上帝而造成的,所以在该小节的最后两行,赫伯特

---

① William Halewood, *The Poetry of Grace: Reformation Themes and Structures in English Seventeenth-Century Poetry*, New Haven, Conn.: Yale University Press, 1970, 102.
② Vendler, 265.
③ Richard Strier, *Love Known: Theology and Experience in George Herbert's Poetry*, Chicago: The University of Chicago Press, 1983, 174.
④ 海伦·加德纳:《宗教与文学》,沈弘、江先春译,成都:四川人民出版社,1989年,第161页。
⑤ 约翰·加尔文:《基督教要义》,钱曜诚译,北京:生活·读书·新知三联书店,2010年,第701页。
⑥ George Herbert, *George Herbert: The Complete English Poems*, ed. John Tobin, London: Penguin Books, 2004, 139-140.

写道:"主啊,我崩溃,/然而我呼求。"①赫伯特从来没有因为痛苦而放弃他向上帝呼求抱怨的权利。

《苦涩与甜蜜》("Bitter-Sweet")这首诗歌的标题本身就是一个悖论,描绘了上帝带给基督徒的双重情感体验。在诗人看来,向上帝抱怨、呼求与热爱上帝都是基督徒信仰生活中的内容。

赫伯特认为,抱怨与呻吟是人类灵魂感悟上帝最自然不过的方式了。《锡安》("Sion")这首诗就突出显示了"呻吟抱怨"在人类情感中的积极作用,它把《圣殿》中的《教堂地板》("Church-floor")和《未知的爱》("Unknown Love")两首诗歌整合起来,探讨心灵在感悟上帝过程中的作用。在诗人看来,心灵不仅是人们灵性生活的场所,也是人们产生情感的场所。② 在《锡安》这首诗歌中,赫伯特特别用到了"发怒"(peevish)这个词来修饰心灵(heart):

> 您与一颗爱发怒的心争斗,
> 它有时阻挠你,你有时阻挠它:
> 这场战斗对双方来说十分艰难。
> 伟大的上帝在战斗,他甘愿忍受。③

上帝愿意承受人类的心灵在感受他时的愤怒,愿意忍受这一切。上帝的这一认知,诗人在接下来的两行便点明了:"所罗门镀上黄铜的世界与石块铸就的宫殿/对您来说还不如一声呻吟宝贵。"④这里,诗人似乎告诉读者,一切宫殿与偶像都不及人的内心对上帝的虔诚体验重要。

在谈及上帝与人之间的关系时,索伯桑(Jeffrey G. Sobosan)通过比较邓恩与赫伯特对"救赎"与"信仰"等基督教基本概念的态度指出,读者很容易发现赫伯特在接受这些基督教观念时感受到的压力要比邓恩小得多。教会的律令与权威在许多赫伯特同时代人看来如同重担一般,但是赫伯特却可以坦然

---

① Herbert, *The Complete English Poems*, 104.
② Strier, 179.
③ Herbert, *The Complete English Poems*, 98.
④ Ibid., 98.

接受。在邓恩等与赫伯特同时代的宗教诗人看来,他们感受到的是上帝的愤怒、上帝的审判、上帝的意愿、上帝的秩序与上帝的力量。这些主流的宗教体验同样体现在赫伯特的宗教诗歌中,但是,除此以外,赫伯特还感受到了上帝的惊奇、上帝的亲近、上帝的怜悯与上帝的温柔。[①] 因此,赫伯特笔下的上帝与邓恩等其他诗人笔下的上帝相比,抛去了义正词严、一丝不苟的权威形象,而是以一种温婉和善的形象出现在诗人的宗教情感体验中。这种为上帝涂上人性色彩的做法,其实也是文化观念在英国演变的一个节点。对我们来说,不管赫伯特的教义是否正确,他在一个人情日渐淡薄的转型社会里推崇情感,这本身具有积极的文化意义。

(二)《圣殿》中人与上帝之间的多种情感关系

赫伯特宗教诗歌的文化意义还表现在他对人与上帝多种关系的描述上。

在《圣殿》中,赫伯特对待上帝的情感时而强烈、时而温和、时而责备、时而敬畏,在这些多变的情绪当中,隐约透露着一种自觉的自我克制与约束。虽然诗人虔信上帝,但是诗人对待上帝的态度与中世纪基督教徒对待上帝的单纯"敬畏感"有很大不同。赫伯特在诗歌中描写灵性生活中诸如怀疑、自我厌倦和偶然的绝望情绪,在这些对上帝的负面情感体验中,也有偶然在灵性生活中与上帝之间交感时所感受到的无以言表的瞬间欢愉。所以,与早期基督教诗歌、中世纪基督教诗歌以及19世纪重在表现令人不安的精神孤寂的基督教诗歌相比,赫伯特诗歌中抒发的宗教情感更显真实。

在赫伯特的诗歌中,上帝经常以有限的形式把他的无限性向世人显现,于是,对这些有限形式的理解与把握就成为深层次理解上帝的基础。因此,在《圣殿》中,赫伯特通过设计一些虚构场景中上帝与灵魂之间的对话来展现上帝与人类灵魂之间关系的动态变化。赫伯特描述了诗中说话人与上帝之间的各种关系,如情人关系、主仆关系、朋友关系等。这种大胆的设计,标志着英国人文化生活中新的变化。下面就来看一下这几组具体的关系。

1. 人与上帝之间的情人关系

在《圣殿》中,上帝与人类灵魂之间的追求与被追求关系在一些情况下以

---

① Jeffrey G. Sobosan, "Call and Response: The Vision of God in John Donne and George Herbert," *Religious Studies* 13, (December, 1977), 400.

两者之间的情人关系出现。在展现这一关系时，诗人有时通过对世俗爱情诗的"戏仿"（parody）来表现对圣爱的观点，如《模仿诗文》（"A Parody"）这首诗的前部分内容用情侣之间互相埋怨而又互相依赖的情感现实来展现上帝与人类灵魂之间的交流状况。《对话》（"Dialogue"）这首诗也表现了类似的情感。在这首诗歌中，诗人试图表现约翰逊所谓的"上帝与人类灵魂的交感"状态，人类的灵魂把自己对上帝的崇敬、担忧的心态完整地展现在上帝与读者面前；然而，诗人觉得这样还不够，在诗的结尾，诗人以世俗爱情诗歌中情人对情人的嗔怪语气对上帝说："别说了：你伤透了我的心。"①这句简单的具有明显人文主义色彩的诗行流露出诗人内心的勉强与不情愿，这在早期基督教诗歌与中世纪宗教诗歌中是无法想象的。这与其说是纯宗教意义上的变化，不如说是广义文化层面上的变化，因而折射出日益世俗化的社会的一种情感需求，即寻找社会凝聚力的情感纽带。这方面的思考显然为日后的文化观念注入了新的内涵。

如果说在《模仿诗文》与《对话》中，赫伯特尝试用世俗爱情诗歌中的爱情关系来描绘人类的灵魂与上帝之间的关系，那么这种爱情是一种温婉的、窃窃私语式的爱情。然而，赫伯特对人与上帝之间爱情关系的探索却并没有就此终止；在其他一些诗歌中，他用更加明了的世俗爱情诗歌中的称谓大胆而自信地称呼他的上帝——诗人已经不再满足于把上帝称呼为"我的上帝，我的主"（my God，my Lord），而是把上帝称为"我的爱人"。如在《迟钝》（"Dullness"）中，赫伯特把上帝称作"我的爱人"（my loveliness），在《渴望》中把上帝称呼为"我的爱人，我的甜心"（my love，my sweetness），在《召唤》（"The Call"）中把上帝称为"我的爱人，我的心"（my Love，my Heart），以及在《寻觅》中把上帝称为"我的爱人"（my Love）。"我的爱人"这个称谓中大写的"L"不仅使这个称呼显得更加热烈，而且显得更加神圣，这远比中世纪爱情诗歌中骑士对贵妇人的称呼要热情、真挚得多。

在《迟钝》中，诗人不再满足于用世俗情人对彼此的称呼来称呼他的上帝，他写道："你就是我的爱人、我的生命、我的光明，/你的美对于我来说就是唯

---

① Herbert, *The Complete English Poems*, 107.

一。"①上帝的神圣之美已经彻底征服了诗中的说话人,对于这位说话人来说,他的爱人"上帝"就是"纯洁的红色与白色",是上帝造成肉身、拯救人类灵魂的颜色。在这首诗歌中,诗人把自己看作"尘土",等待爱人上帝的"踩踏",需要上帝的"创造";诗人把自己看作迷失在"肉体"中的灵魂,等待上帝赐予他思想。如何才能找到这思想?诗人认为,作为肉体凡胎,他需要爱人给予他"智慧",用以擦亮上帝赐予他的礼物——双眼,使他得以一睹爱人上帝的真容。于是,在该诗最后一节,诗人用"主"(Lord)作为对上帝的称呼,以实现世俗爱情诗歌与神圣爱情诗歌的融合。在《迟钝》这首诗歌中,诗人特别强调,有人没有认识到上帝,是由于"上帝的礼物",也就是他的双眼肮脏不堪,它们需要上帝的洗涤,才能够看得见上帝,才能够去爱上帝,最终获得拯救。

在《圣殿》中,赫伯特以"刚健的男性风格"描绘了上帝与人类灵魂之间时而温柔和婉、时而激烈炽热的情人关系,使上帝在他的笔下散发出强烈的人文主义气息,这是时代精神在赫伯特笔下的独特体现。然而,赫伯特对上帝与人之间关系的探讨,并没有仅仅停留在这一层面。作为一位17世纪宗教诗人,赫伯特并没有像19世纪的霍普金斯那样,在"独自铸造新词汇和新韵律的努力中"表现他的"偏执与愁闷",②也没有像20世纪的艾略特那样,以浓重的"学院风格"探究人的灵魂状态。正如《渴望》一诗所示,上帝与人的关系非常复杂,赫伯特不仅用具有浓重世俗色彩的情人关系探究上帝与人的关系,他还借用"主客关系""主仆关系""父子关系"这些既具有世俗色彩,又具有基督教传统色彩的概念来考察上帝与人之间的关系。

2. 人与上帝之间的主仆关系

"主仆关系"是《圣经》中描绘的上帝与人之间最基本、最重要的关系。在《圣殿》中,赫伯特通过巧妙的语言与修辞来阐释上帝与人之间的主仆关系。而且,在《圣殿》的三个部分,诗人都反复用到人是上帝的仆人这一观点。仅以"圣堂"部分的第一首诗《破碎的圣坛》为例,诗人开篇就把人称作"您的仆人":

---

① Herbert, *The Complete English Poems*, 108.
② 加德纳,第183页。

> 破碎的圣坛,主啊,您的仆人精心看护,
> 用一颗心造就,用泪水加固;
> 它的各部分如同你亲手塑造的形状;
> 工匠的工具从未造出过这等模样。①

在接下来的《牺牲》("Sacrifice")这首诗歌中,说话人是在十字架上讲述自己整个受难过程与心灵体验的基督:

> 仆人与下流的人愚弄我;他们欢笑:
> 现在预见一下是谁在鞭挞你,是他们的歌谣。
> 他们一点也不怜悯我:
> 悲痛永远都像我的悲痛这样吗?②

这是该诗的第 36 节,基督把无知的民众称为"仆人",在基督教语境中圣父、圣子、圣灵的"三位一体",决定了此处的"仆人"是基督对普通民众的一个称呼。在接下来的第 59 节,赫伯特通过运用悖论,衬托出基督内心的痛苦与世人对基督身份认知的茫然:

> 我的头衔是王,这一指控高高插在我头顶;
> 然而我的臣民却给我宣判死刑
> 在仆人的陪伴中屈从地死亡:
> 悲痛永远都像我的悲痛这样吗?③

透过这种茫然的心态,我们可以瞥见那个社会转型期信仰普遍缺失的状态,而对于信仰的焦虑,正是后来文化观念的主要内涵之一。赫伯特把人与上帝之

---

① 乔伊斯·卡罗尔·欧茨:《浮生如梦:玛丽莲·梦露文学写真》,周小进译,北京:人民文学出版社,2002 年,第 365 页。
② Herbert, *The Complete English Poems*, 28.
③ Ibid., 30.

间的关系比作主仆关系,这其实反映了文化/信仰层面的焦虑。

赫伯特不仅反映信仰焦虑,而且还思考了走出焦虑的对策。例如,他给人与上帝之间的关系注入了"甜美"的情感内涵。以《气味哥林多后书2》("The Odour. 2 Corinthians 2")这首诗为例,诗人-语者反复评价"我的主人"这一称呼多么的"甜蜜"。在该诗中,"我的主人"(My Master)这个称呼共用了五次,其中仅第一小节就用了三次,尤其是第一小节的第一行用了"我的主人"这个称呼两次;每当诗人谈及"我的主人"或者暗指上帝时,都用"甜美"这个词来描绘。在诗人看来,"我的主人"上帝是一种"甜美的"气味,能够使诗人的灵魂感到富足。也就是说,赫伯特不但赋予信仰以情感内涵,而且强调这是一种甜美的情感。赫伯特似乎早早地预料到,随着后来工业革命/工具理性的崛起,世人会越来越需要甜美的情感,用以与冰冷而苦涩的机械主义思潮抗衡。从这一角度看,赫伯特对于萌芽时期的文化观念有着不可小觑的作用。

3. 人与上帝之间的"父子关系"

把人与上帝之间的关系比作父子关系,是赫伯特倡导和谐、仁慈、纯真和规范(尤其是人对自身的约束)的另一个文化策略。虽然赫伯特不会直接使用"文化策略"一词,但是他对上述价值观的诉求,就是一种文化诉求,就是后来文化观念要吸收的内涵。

《神圣的洗礼2》("Holy Baptisme 2")展现了赫伯特心中上帝与人之间和谐的父子关系:人类作为上帝的孩子,心甘情愿地接受上帝的意愿,按照天父上帝的指示,完善自身的行为,"温和地"对待他人。该诗通过引用《马太福音》中的一个典故"要进窄门",表明在赫伯特看来,处于婴儿期与童年时期的人最纯真,会毫无芥蒂地接受上帝赐予他的信仰,然而,肉体的成长使人的欲求增加;在诗人看来,这些世俗的欲望就像疱疮一样,使人变得丑陋不堪。由此可见,诗人在乎上帝与人之间的和谐的父子关系,在乎灵魂的纯真状态。

该诗的标题"神圣的洗礼"表明赫伯特认为"洗礼"是基督教圣礼传统中的一个重要内容,通过象征性的洗礼,基督徒能够实现与上帝的交感。自宗教改革以来,基督教世界不同教派对洗礼的合理性进行过无休止的论争,然而,在赫伯特看来,洗礼仍然是基督教传统中的一个重要内容。他对洗礼的重视从

《圣殿》第一部分的箴言集《洒圣水的容器》("Perirrhanterium")①就可窥见一斑。在赫伯特看来,"洗礼"就是通过象征性的"圣水"——约束个体行为的种种律法——改善自身的行为,提高自身的精神境界,最终引导个体的灵魂升至天国家园,与天父团聚。

《约瑟的外衣》("Joseph's Coat")是《圣殿》中的一首十四行诗,其标题本身是一个重要的基督教隐喻。约瑟的经历与上帝之子耶稣的经历非常相似,他们都遭到最亲密的人的背叛与迫害。然而,在诗人看来,上帝具有按照自己的意愿改变一切的力量。上帝不仅让约瑟经历与耶稣相似的痛苦,而且在这首诗歌中,诗人也意在表明他在感受上帝时所体会到的痛苦是促使他创作诗歌的动力,诗中说话人在该诗的第一行便表达了这一思想,并把这一思想延伸到以下几行中。

诗中说话人虽然感到痛苦,但他并没有因此而绝望。因为得到赞颂,上帝改变了诗中说话人悲伤的曲调,把他安置在眠床休息,并把"约瑟的外衣"送给他。于是,"约瑟的外衣"在该诗中象征父亲对儿子的爱的含义进一步得到加强;或者说,诗中说话人在用诗行歌颂上帝的过程中,感受到了自己也是上帝的儿子这个身份,他注定要体会悲伤与快乐的双重情感。至此,该诗通过上帝与耶稣之间的父子关系、雅各与约瑟之间的父子关系形成的隐含框架来描绘的父子关系也成为上帝与世人之间建立起关联的方式。赫伯特将这一关系隐含在自己的诗行之中,因为感受不到上帝而悲痛,因为感受到上帝的恩典而快乐。

孩童时代的纯真无法永远在人类身上驻足。因为成长,人类为自己的罪孽感到悲伤与痛苦,上帝的恩典却让人感到快乐。但是,人类作为上帝的孩子与创造物,却需要受到上帝的管教。按照基督教传统,基督徒要遵守许多戒律,这些戒律具有法律的功能,规范基督徒的行为,同时,也作为惩罚他们的依

---

① 《洒圣水的容器》是《圣殿》开篇的第一首长诗,在这部分,诗人对准备进入教堂的青年提出了道德与行为方面的具体要求。该诗包含有77个六行诗节,是"教堂门廊"的主体部分。该标题让人联想到基督教仪式"洗礼",赫伯特笔下的"洗礼"是对青年精神上的洗礼、行为上的约束与基督徒个体生活在世俗世界中应该履行的职责的描述。赫伯特对青年人行为的要求与当时的宗教改革领袖路德的观点有些相似,路德认为完成世俗生活的职责是个体所能实现的道德活动的最高形式。由此可见,在现代早期的英国,人们普遍认为,基督教徒的个体行为方式与道德有着密切联系,完美地履行个体职责、约束个体行为,就能够拥有美德。

据。人类作为上帝的儿子,就应该意识到这一点:上帝不仅是位仁慈的天父,同时也是位严厉的父亲。在某种程度上说,《枷锁》("Collar")这首诗恰好阐释了上帝与人之间的父子关系在这一意思层面上的含义。在某种意义上,《枷锁》可以被理解为在叙述一个脾气暴躁的人的发怒过程。①

在《枷锁》的第一行,诗中的说话人敲打着桌子,犹如一个醉鬼,表现出一种否定一切的愤怒情绪,说"不要再这样了",他已经厌倦了曾经的"叹息憔悴"。然而,在接下来的几行,却找不到工整的韵律与节奏,这对于一向关注诗歌韵律节奏的赫伯特来说,很难说不是他有意而为的。赫伯特似乎以这些混乱的节奏和没有韵律的诗行告诉读者,诗中的说话人已经愤怒了,他就像一个醉鬼一样,无法控制自己的言行,正如他自己所说:"我的诗行与生命如马路般自在,/如风儿般自由。"②

那么,诗人如何对说话人的愤怒、抱怨乃至反抗的言辞做出回应呢?一方面,混乱的节奏与没有韵律的诗行,是诗中这个愤怒的说话人的精神状态的展现;另一方面,如果从"我"这个人称代词的指向对象上去思考,还可以发现一个独特的视角。在接下来的几行中,诗人写道:"我不会有任何收获,只会得到/一根让我流血的刺吗?无法用/热忱的果实恢复我失去的一切吗?"③这几行中的"我"让读者情不自禁地联想到《牺牲》这首诗中的基督。基督对发怒的"我"的回应既具有讽刺意味,又充满了爱意;这一含混的实现既具有戏剧色彩,又具有神学色彩。与"我"起初的反抗言辞相比,基督反问的合理性就被凸显出来。于是,在《枷锁》中,诗人通过"我"的双重视角对"圣餐"这个基督教概念进行了反思。这种反思无疑也是文化层面上的反思,因为它必然牵涉人的行为方式、道德义务和职责的履行等等。更重要的是,这些思考跟前文所说的对美好情感的诉求交织在了一起,因而包含着英国文化观念最初的一些内涵。

(三) 人与上帝之间情感关系的"美好"特性

在诗集《圣殿》中,sweet(有时也用 sweets、sweetly 和 sweetness)是赫伯

---

① Dale B. J. Randall, "The Ironing of George Herbert's 'Collar'", *Studies in Philology* 81, (Autumn, 1984), 477.
② Herbert, *The Complete English Poems*, 144.
③ Ibid.

特最喜欢使用且使用次数最多的词汇之一,它在《圣殿》中的出现次数达到70次之多。赫伯特用这个词来表达自己对上帝的强烈的情感体验。海伦·威尔科克斯认为,赫伯特的"甜美概念"没有感伤的基调,而是包含了从感官享乐、艺术美感、美德到对救赎的热爱等多重含义。赫伯特在诗歌中抒发的甜美感受几乎涉及感官的各个方面,如上帝用"甜美而仁慈的眼神"注视世人(《一瞥》("Glance"),第1行),上帝对世人的爱品尝起来犹如"甜美神圣的液体"(《痛苦》,第17行),圣餐中的面包与葡萄酒将"甜美""注入世人的灵魂"(《筵席》,第7行),等等。所有这些对"甜美"情感的强调,其实为后来文化观念中的"美好情感"这一内涵做了铺垫:"美好情感"必然会跨越宗教界限,成为广义的文化生活纽带。

在《气味哥林多后书2》一诗中,sweet及其同根词sweetly共出现八次。sweet除了与味觉、视觉、嗅觉产生联系以外,还与听觉相关联。对于作为诗人兼音乐家的赫伯特来说,"天国音乐"给他带来终极甜蜜,礼拜仪式上的音乐是"最甜美的事物"[sweetest of sweets,《教堂音乐》("Church-Music"),第1行],使一切音调变得和谐,是上帝"美妙艺术"的重要特征。另外,诗人还用"东方香料"称呼他的主人耶稣,认为这一称呼对品尝者来说,犹如"甜美的物体"。同样,在《美德》("Virtue")这首诗中,sweet共出现五次,分别用来形容day、rose、spring、days and roses与soul。该诗的高潮在于将"美好"从转瞬即逝的物质世界层面提升到精神层面,认为只有"美好而圣洁的心灵"(sweet and virtuous soul)才能战胜死亡,获得永生;这里的"美好"(sweetness)是健全的道德,也就是美德的标志。实际上,在《圣殿》中诗人对"甜美"的物理属性的感知是他对精神的甜美特性的隐喻和预告;在赫伯特的宗教情感中有"上帝在博爱之中撰写了甜蜜"(There is in love a sweetness ready penned, "Jordan II", l.17),有《圣经》经文包含的"无尽的甜蜜"(infinite sweetness, "The Holy Scriptures I", l.1)。

赫伯特认为,甜美感觉是灵魂本身的一种状态。在教堂举行的宗教仪式中品尝圣餐的甜美,身体就会将这种感觉传递给灵魂,使灵魂感到喜乐,最终获得身心愉悦。而且,由至善流溢出的"甜美而圣洁"(sweet and virtuous)的灵魂(《美德》,第13行)能够保护它,阻止它受到罪过的破坏性影响。美德是至善管理的意愿,它的甜美是由上帝之爱激发而促成的健康的道德状况与灵魂状况。①《美德》一诗就是对这种灵魂状况的描述。在诗歌中,诗人描绘了美好的白天、芬芳的玫瑰、美丽的春天。所有这一切构成了一个田园牧歌式场景,体现了诗人浓重的怀旧情结,诗人虽然对这种世俗美景充满期待,然而他并没有就此止步,而是在诗歌的结尾用了"seasoned timber"这样一个短语。其中,seasoned 暗示着季节的循环往复、周而复始,也预示着人类要经历一次又一次道德考验后才能最终获得美德,并使美德万古长青。赫伯特不仅在诗歌中表达了美德可以永远留存的信念,在格言集中,他也表达了相同的观点。用他的原话说就是:"美德永远常青。"②此处须特别注意的是,赫伯特对美德——健康的道德状况——的讴歌,以及他使甜美情感与道德状况相结合的努力,应该被看作早期英国文化观念史上一个不可忽视的环节。

---

① Terry G. Sherwood, "Tasting and Telling Sweetness in George Herbert's Poetry," in *English Literary Renaissance* 12, (September, 1982), 325.

② George Herbert, *Jacula Prudentum*, quoted in George Herbert, *The Poetical Works of George Herbert*, Rev. George Gilfillan, ed., Edinburgh: James Nichol, 1817, 294. 原文为"Virtue never grows old"。

第三章

新语言·新生活

锻造具有民族特色的语言,是文化观念的内涵之一。早期英国文学家们在锻造民族语言方面的贡献,是他们与文化观念互动的一个重要标志。新语言的诞生,必然会催生新的生活方式,甚至催生新型的民族,而这些都是文化观念的主要内涵。

准确地说,14世纪之前在如今的英国尚不存在"真正"的"英语"这种民族语言。普通人交流中用到的日常语言不过是鄙俗的"声音"而已。"真正"的语言只能是拉丁语和法语,其中,拉丁语是教会通行语言,法语是法庭与上层文化用语。乔叟的出现改变了英国文化中的本土"无语"现象。他在自己生命的最后15年里,逐渐摆脱拉丁语与法语等外来语的影响,用本土语言创作《坎特伯雷故事集》,在内容和技巧上都达到了艺术的顶峰,他也因此而拥有了"英国诗歌之父"的地位。如果说乔叟用自己的创作让人们看到本土语言的丰富多样性与艺术魅力的话,廷代尔凭着他敏锐的语言天赋与宗教虔诚用英格兰方言翻译的《圣经》则让英国人的文化自信得以确立。廷代尔的译经原则是要"为耕夫译经",他追求以最朴实的语言来翻译《圣经》,并因此而确立了属于自己民族的"共同语"。在印刷术与新教改革的历史背景下,英国民众因《圣经》阅读而迅速提升整体的读写能力,这让宗教启迪智慧、匡正心灵的双重功能得到了最佳体现。在廷代尔译本基础上成型的钦定本《圣经》,用质朴的语言来传达崇高的思想,对民族文学与民族性格产生了巨大影响。从此,英国人也可以用自己的本土方言向神告求,彼此交流,神也因此会说英语。莎士比亚等一批文化先驱也因此而有机会从通俗的英语《圣经》语言与典故中吸收丰富养分。他们创作的大量优秀作品,实际上就是在以世俗语言"重写圣经",让人们看到了从神到人的人文主义嬗变。本章以新的本土文学语言所体现出来的文化生活为切入点,看到英国"文学语言"的成形过程,以及它在大众"心智培育"方面的重要历史文化意义,即为后来全方位的英国文化建设打下的坚实民众基础。

第一节
乔叟对中古英语的点化和英格兰民族的催生

在英国文学史上,乔叟(Geoffrey Chaucer,1343—1400)地位卓然,被约翰·德莱顿尊为"英语诗歌之父"。"他几乎一去世,从 1407 年起,就被许多诗人热情歌颂,被称为是他们的'乔叟大师'(mayster Chaucer)或者'父亲,乔叟'(fadir, Chaucer)"。① 他最大的贡献在于"装饰和美化了(中古)英语,令原本粗俗不堪的(中古)英语变得典雅"。② 布莱克(N. F. Blake)在《英语语言史》(*A History of the English Language*,1996)中更是将乔叟视为标准英语(standard English)的奠基人。他的诗作充分地展示了英语语体特色,极大地推动了中古英语标准化发展,提升了中古英语的地位。特别难能可贵的是,不仅在英国,即使在欧洲,当时的诗人中也许唯有他一生坚持将本民族语言用于从诗歌到宗教、哲学、科学论文等所有体裁的写作。正是得益于他成功的创作,英语作为文学语言,在乔叟时代迅速成熟,成为当时欧洲三大民族文学语言之一。正是在这一过程中,英格兰民族精神(nationalism)得以迸发,英格兰民族认同感(national identity)开始形成。显然,乔叟对中古英语的点化和英格兰民族的催生功不可没。离开了他在这方面的功绩,英国文化观念的萌发就无从谈起。

一、对中古英语的点化

英语的发展大体经历了三个主要时期:古英语时期、中古英语时期和现代英语时期。古英语时期从公元 5 世纪末到公元 12 世纪初或诺曼

---

① 肖明翰:《英语文学传统之形成》(下册),北京:社会科学文献出版社,2009 年,第 503 页。
② W. B. J. Crotch, *The Prologues and Epilogues of William Caxton, Early English Text Society*, (original series), London: Oxford University Press, 1928, 90.

人征服英格兰为止,中古英语时期则大约指从诺曼征服时期到公元16世纪初英王亨利七世统治结束,而现代英语即从公元16世纪使用至今的英语。

尽管中古英语大约发端于公元12世纪初,但直到14世纪中期,即乔叟即将开始创作之际,(中古)英语仍然处于被法语和拉丁语排挤的边缘。自英格兰被诺曼人征服(the Norman Conquest)之后,法语——确切地说是诺曼法语——就迅速成为英格兰宫廷和上流社会的语言,拉丁语是教会通用的语言,而(中古)英语——确切地说是各种方言——仅流行于普通民众之中,[①]英国贵族和知识分子不屑使用,视其为"粗俗"语言。正因如此,当时意大利著名文学家、罗马帝国崩溃以后欧洲第一位桂冠诗人彼特拉克轻蔑地称英语为"野蛮的不列颠语"。[②]

乔叟之所以能有上述杰出的成就,一个极为重要的原因是他从法语和拉丁语汲取了丰富的营养。由于诺曼征服,中古英语未能继承古英语的衣钵,在法语和拉丁语的排挤下,在形成之初即为一种只用于口头表达的"粗俗语言",表现力匮乏,缺乏丰富的文学词汇,特别是缺乏表达微妙感情和抽象思想的词汇。在乔叟创作之初,尽管英语开始受到重视,但由于其"先天不足",法语依然是"英格兰的官方语言",统治着英格兰文坛,而且乔叟自青少年时代进入王宫后接受的就是法国宫廷教育。此外,"拉丁语始终是当时教会通用语言",[③]仍然"流行于宗教领域和知识分子阶层"。[④] 因此,乔叟顺理成章地从拉丁语和法语等罗曼语中大量借用了现成的文学词汇用于他的英语创作,[⑤]从而极大地扩充了英语的词汇,增强了英语的表现力。可以说,乔叟所作的贡献是英国文化观念萌芽乃至生长的前提。

---

① 乔叟的创作主要基于伦敦方言。王佐良指出:"他(乔叟)是第一个用伦敦方言写作的大作家,而经他一用,就提高了伦敦方言的地位,使它成为英国的主要文学语言,而这是有助于英国民族意识的形成和民族文化的繁荣的。"(王佐良:《英国文学史》,北京:商务印书馆,1996年,第17页)
② 肖明翰:《英语文学传统之形成》(下册),第507页。
③ Krishan Kumar, *The Making of English National Identity*, Cambridge: Cambridge University Press, 2003, 55.
④ Ibid., 58.
⑤ 法语和意大利语属于由拉丁语发展而来的罗曼语系。罗曼语(Romance)最初是指罗马人日常使用的口头拉丁语,与书面拉丁文相对。罗马帝国灭亡后,罗曼语成为南欧法国、意大利、西班牙等国人民的口头用语,中世纪和现代的法语、意大利语、西班牙语等南欧语言都是由此发展而来,这些语言也因此而属于罗曼语系。

(一) 借用罗曼语扩充英语词汇

默桑德依据《牛津英语词典》(Oxford English Dictionary),统计出乔叟的词汇量为 8,072 个词,等同于钦定版《圣经》的词汇量,①是莎士比亚词汇量的 1/3。② 其中,4,189 个词来自罗曼语,1,180 个罗曼语词首次出现在乔叟的作品中,这些词正是乔叟给予英语语言的馈赠。③

依据默桑德的统计,乔叟主要作品中首次使用的罗曼语词汇数量分别为:《公爵夫人书》(14 世纪 60 年代后期)21 个;④《声誉之堂》(约 1378—1379 年)57 个;《众鸟之会》(约 1380 年)14 个;《特罗勒斯与克丽西德》(约 1381—1386 年)181 个;《善良女子殉情记》31 个;《坎特伯雷故事集》(14 世纪 80 年代中期以后)为 466 个。

在这 1,180 个首次使用的罗曼语词中,各类词性数量及所占比例如下:⑤

词 类	首次使用的罗曼词数	所占比例
普通名词	635	53.81%
动 词	208	17.63%
形容词	279	23.64%
副 词	47	3.98%
感叹词	4	0.34%
连 词	1	0.08%
名 词	6	0.51%

乔叟借用的罗曼词汇以实词居多,而那些表现语言本质和特点的虚词和文法结构均为英语。所以,如肖明翰所说:"虽然《坎特伯雷故事集》里使用来源于法语的词汇几乎多达一半,但它却是地道的英语诗,并在很大程度上决定了今后几百年英诗发展的方向。"⑥这里必须补充的是,这些地道的英语还在相

---

① Joseph E. Mersand, *Chaucer's Romance Vocabulary*, New York: The Comet Press, 1939, 54.
② David Burnley, *A Guide to Chaucer's Language*, London: The Macmillan Press, 1983, 133.
③ Mersand, 56.
④ 本章中乔叟作品题名和译文均来自乔叟:《乔叟文集》,方重译,上海:上海译文出版社,1980 年。
⑤ Mersand, 56-59.
⑥ 肖明翰:《英语文学传统之形成》(下册),第 503 页。

当大的程度上决定了英国文化观念发展的方向。

乔叟用词的一大特点是,大量借用了属于专业术语的罗曼语汇,将其运用于文学创作。譬如,法语词 consequence 首次出现于乔叟的《波西》("Boece")①一文中,属哲学术语,意指"依据逻辑规律,从一个前提中得出的推论",而后在15世纪该词逐渐褪去原本的术语含义,泛指"后果、结果"。

同样,法语词 replicacioun 本属法律术语,义指"应诉",后逐渐泛指"对问题的应答"。乔叟首次将该词与 verdit、pletynge、juge 等其他法律术语用于《众鸟之会》,生动地刻画了由雌鹰择偶问题引发众鸟进行"法庭"辩论的场景。这些都是语言本土化的实践,有助于英国本土文化建设。

此外,法语词 esement 一词本义为"使用他人土地等财产的权利或特权"。乔叟在《管家的故事》中使用该词两次。在这个故事里,当亚伦察觉被磨坊主欺骗时,对约翰说,依据法律,他们有权得到 som esement(通常被解释为"补偿或矫正")。但实际上,该词的法律意义在《管家的故事》中完全符合语境:亚伦通过与磨坊主的妻子上床获得了 esement,从而捍卫了自己使用他人"财产"的权利。

再如 dissolve。该词来源于拉丁语,在现代英语中的含义是"溶解、消散"。乔叟首次在《波西》中使用该词时,在注解中明确注明该词专指"灵魂离开肉体"。另一个英语词 fatal 在现代英语中的含义为"致命的",它最初来源于拉丁语 fatalis,专指"命中注定",与 fate 有关。乔叟在《波西》和《特罗勒斯与克丽西德》(卷五开篇)均使用了该词的本义。②

综上所述,通过借用罗曼语词,乔叟极大地拓展了英语词汇。然而,他对于英语发展的功绩远不止于此,他对英语的贡献更多地体现在他展示了英语极其丰富的语体特色(more a matter of style than substance)。③ 从《坎特伯雷故事集》典雅的开篇,到磨坊主和管家粗野的市井争吵,都体现了早期英国文化的特色。换言之,乔叟的诗作通过丰富多样、生动细致的语言表达方式,证

---

① 即乔叟译自罗马哲学家和政治家波依提乌《哲学的慰藉》的英语版本。
② 《特罗勒斯与克丽西德》卷五开篇:无情的**命运**到临了(Approchen gan the **fatal** destyne,乔叟,第230页)。
③ Norman Davis, "Language and Versification," in *The Riverside Chaucer*, ed. D. L. Benson, New York: Houghton Mifflin, 1987, xxx.

明英语可以胜任任何类型的写作,尤其是世俗文学创作,①这也为以后英国文化观念的发展奠定了基础。

(二) 展现英语的语体特色

英国文化观念的萌生和发展,与英语语体的形成不无关系,而乔叟在这方面的贡献不可小觑。

很多学者认为,乔叟对英语语体的探索主要基于希腊语和拉丁语业已成熟的语体类型。在希腊语和拉丁语中,共有三种语体类型:文雅语体(high style)、平实语体(middle style)和粗俗语体(low style)。文雅语体的特点是用词庄重,富有文采,注重修辞,多用陈旧词(old-fashioned)或新创词(neologisms);粗俗语体的特点是遣词造句简单浅显,多运用俚俗语等日常用语,较少运用修辞手段;而平实语体则介于高贵语体和粗俗语体之间。

在《学者的开场语》中,客店老板的一番话正好道出了文雅语体的特点。客店老板对学者说:"讲些好玩的事情——把你的那些名词、色彩和隐喻都暂时收起,等到你写大文章时再拿出来,譬如向帝王上书的那类东西。我求你现在简明说来,我们好懂得你所讲的是什么。"②客店老板的用意再清楚不过了:请求学者暂时抛弃他熟稔的语体——文雅语体,改用简明的语言讲述故事,好让他们这些普通人听得明白。

乔叟深谙这三种语体的差异,尤其偏爱文雅语体和粗俗语体。在他的作品中,这两种语体的使用与主题内容(subject matter)有关。文雅语体常用于贵族或宫廷生活主题,例如客店老板所说的"向帝王上书",而粗俗语体多用于描写市井生活主题的(法国短篇俚俗)韵文诗(fabliaux)等。

实际上,没有什么比《众鸟之会》中高贵的雄鹰向雌鹰的表白更能展现乔叟运用文雅语体的高超技艺:

Unto **my soverayn lady**, and not my fere,
I chese, and chese with wil, and herte, and thought,

---

① Simon Horobin, *Chaucer's Language*, New York: Macmillan, 2007, 26.
② 乔叟,第 497 页。

The formel on **youre** hond, so wel iwrought,

Whos I am al, and evere wol hire **serve**,

Do what hire lest, to do me lyve or sterve;

Besekynge hire of **merci** and of **grace**,

As she that is **my lady sovereyne**;

Or let me deye present in this place.

For certes, longe may I nat lyve in payne,

For in myn herte is korven every veyne.

Havynge reward only to my trouthe,

My deere herte, have on my wo som routhe.

And if that I be founde to hyre untrewe,

Disobeysaunt, or wilful **necligent**,

Avauntour, or in proces love a newe,

I preye to **yow** this be my **jugement**:

That with these foules I be al torent,

That ilke day that evere she me fynde

To hir untrewe, or in my gilt unkynde.

And syn that non loveth hire so wel as I,

Al be she nevere of love me behette,

Thane oughte she be myn thourgh hire mercy,

For other bond can I non on hire knette.

Ne nevere for no wo ne shal I lette

To serven hire, how fer so that she wende;

Say what yow list, my tale is at an ende. [1]

---

[1] D. L. Benson, ed. "The Parliament of Fowls," in *The Riverside Chaucer*, New York: Houghton Mifflin, 1987, 388.

在本例中，乔叟主要通过三种方式来展现文雅语体：1）使用表示敬意的称呼语，譬如 my soverayn lady、my lady sovereyne、my deere herte 以及 youre、yow；① 2）借用法语词，例如 serve、merci、grace、disobeysuant、necligent、avauntour、jugement；3）使用复杂的句式结构，例如条件状语从句和虚拟语气："and if that ..."和"Al be she ..."。乔叟正是借助文雅语体来烘托人物的良好教养、高贵出身和尊崇地位。必须特别指出的是，乔叟对人的教养的重视，为后来文化观念相关内涵的充实铺平了道路。

与文雅语体截然相反的是，粗俗语体意味着说话人缺乏教养、出身低贱和地位低下。乔叟在展现粗俗语体时，具有三大特点。

首先，使用与排泄过程产生的废物有关的词汇（scatological）。乔叟在他的韵文诗中大量使用了 ers、pisse、fart、swyve 等粗俗词汇，② 而这些词汇从未在庄重主题的故事中使用。譬如，Hengwrt 版《伙食司的故事》里乌鸦向费白斯告发他妻子通奸的一番话恰恰说明 swyve 是一个粗俗词："The montance of a gnat, so moote I thryve! /For on thy bed thy wyf I saugh hym et cetera"。③ 显而易见，乌鸦用 et cetera 来替代 swyve 这个词，但从 thryve 的韵脚和上文语境完全可以推断出 et cetera 的深意。

其次，频繁使用口语词汇或短语。《磨坊主的故事》中木匠约翰叫醒尼古拉时发出的一连串感叹（What! Nicholay! What, how! What, looke adoun!）以及法庭差役对游乞僧的一番奚落（What! amble or trotte, or pees, or go sit doun!）是最好的例证。此外，lat se now、so moot I gon、y trowe hyt 等口头语暗示说话人自言自语或对别人提问的即时应答，也是粗俗语体的特征。譬如《巴斯妇的开场语》中巴斯妇在讲故事时被人打断，随口一句"lat me se what shal I seyn"生动地刻画了她自言自语、重捡话头的过程："But now sire, lat me se what shal I seyn. /A ha! By God, I have my tale ageyn"。④

---

① 乔叟借鉴法语的习惯是，将第二人称复数 ye 及物主代词 youre 用作尊称，而将第二人称单数 thou/thow 及物主代词 thyne 作为一般称谓。

② ers：屁股（ass），pisse：撒尿（piss），fart：放屁，swyve：性交（swive）。

③ Benson, 285. 译文：他远比不上你，简直就像是一只小蚊虫，啊！我却亲眼看见他在你床上和你的妻同睡的（乔叟，第 722 页）。

④ Ibid., 118. 译文：但是，现在，诸位，我来看看，再讲什么呢？啊哈，天哪！又有了（乔叟，1980，第 458 页）。

粗俗语体的第三个特点是使用简单明了的句式,语气直接,较少运用繁琐的修辞手段。譬如,《特罗勒斯与克丽西德》中彭大瑞(Pandarus)调侃特罗勒斯(Troilus)的一番话是粗俗语体的典型例子:

> This Pandarus com lepyng in atones,
> And seyde thus:"Who hath ben wel ibete
> To-day with swerdes and with slynge-stones,
> But Troilus, that hath caught hym an hete?"
> And gan to jape, and seyde, "Lord, so ye swete!
> But ris and lat us soupe and go to reste."
> And he answered hym,"Do we as the leste."①

在本例中,彭大瑞使用了直接而简短的问句、祈使句和感叹句,较好地展现了粗俗语体的特色。这一特色与表达委婉、注重修辞的文雅语体形成强烈对比。更具体地说,彭大瑞的语体是在特罗勒斯那文雅语体的衬托下显出特色的。后者在请求彭大瑞帮助他追求克丽西德时是这样表达的:

> Now, Pandare, I kan na more seye,
> But thow wis, thow woost, thow maist, thow art al!
> My lif, my deth, hol in thyn hond I leye.
> Help now!②

此处,特罗勒斯用了第二人称代词的尊称 thow,运用了 thow wis、thow woost、thow maist、thow art al 的平行结构修辞,将第三行句子次序打乱(将宾语 My lif、my deth 置前,而将主语和动词 I leye 置于最后),并且将请求的

---

① Benson,550. 译文:彭大瑞欢跃而入,说道:"今天是谁被刀剑石弹痛击了一顿哪? 该不就是一身热燥的特罗勒斯吧?"他又打趣着道:"天哪,你满头大汗了! 快爬起来,吃了晚饭好安憩。""你愿怎样,我们就怎样好了,"特罗勒斯答道(乔叟,第143页)。
② 同上。译文:彭大瑞,我再没有话可讲了,你是聪明人,你懂得一切,你能干,你是一切的一切! 我的生死都交托在你的手里;求你救我(乔叟,第143页)。

内容 help now 放在句尾道出。

不同的语体反映了不同说话人的生活方式和价值观,而这些都是文化观念在其发展过程中要吸收并提炼的内涵。乔叟对萌芽时期的文化观念所作的贡献由此可见一斑。

(三) 对英语诗歌格律的贡献

乔叟的文化思想——尽管他本人并未直接使用"文化"一词——还见诸他的审美情趣和审美判断,而这最集中地体现于他对英语诗歌格律的贡献。他奠定了现代英语诗歌韵律形制。

按韵律形制分,中世纪欧洲诗歌分为两大类型:日耳曼语族的头韵体和罗曼语系的音步尾韵体。法语和意大利语属于由拉丁语发展而来的罗曼语族,而英语属日耳曼语系,因此不论是古英语诗歌还是中古英语诗歌,均遵从头韵体传统,如《高文爵士和绿色骑士》《珍珠》《农夫皮尔斯》《亚瑟王之死》等均为头韵体杰作。乔叟和以他为首的英格兰南方诗人们对英语诗歌的贡献就是把英语诗歌从头韵体改造为音步尾韵体,并且证明音步体更适合中古英语,可以给予诗人更多的创作自由。

乔叟在青少年时期进入王宫,自小受到法语文化和文学的熏陶,因此,当他开始英语诗歌创作时,没有像许多同时代诗人那样使用头韵体,而一开始就遵从法语诗歌的音步体。《公爵夫人之书》《声誉之堂》和《玫瑰传奇》英译本均是使用法诗中最流行的八音节四步对偶句形式。

在此后的创作中,他愈加发现,五音步的诗行能给他更多创作自由,特别是五音步抑扬格的诗行能够表现英语口语特有的流畅节奏。乔叟在 14 世纪 80 年代初期创作的《众鸟之会》是英国诗歌史上第一部五步抑扬格诗歌。后来,他把五步抑扬格用于对偶句,创造出英诗中的"英雄对句"(heroic couplet)。他在《善良女子殉情记》的引子里第一次使用了这种双行同韵对偶句,并且将它运用于《坎特伯雷故事集》,后经苏格兰王詹姆斯一世(James I of Scotland)使用后得名"君王体"。自乔叟之后,五步抑扬格逐渐成为英语诗歌的基本形制,托马斯·怀厄特(Thomas Wyatt,1503—1542)、埃德蒙·斯宾塞、威廉·莎士比亚、威廉·华兹华斯(William Wordsworth,1770—1850)和艾略特等均使用五步抑扬格及其变体。

毋庸置疑的是，"如果没有乔叟时代的诗人们，特别是如果没有乔叟本人大胆而富有创造性的实验与探索，英语语言的成熟和英语文学的繁荣还得推迟相当长时期，而莎士比亚等伊丽莎白时代那些杰出的文学家们的成就恐怕也得大打折扣。"① 在此还得加上一句：没有乔叟的探索，英国文化观念的进步也得大打折扣。

二、对英格兰民族的催生

就英国文化观念内涵形成的初级阶段而言，乔叟可谓居功至伟，而这又突出地表现为他对英格兰民族的催生。愈来愈多的历史学者认为，他的诗作激发了当时英格兰民众的爱国热情，催生了英格兰民族认同感（national identity），对于英格兰民族的形成影响巨大。用彻斯特顿的话说："乔叟是英国之父，如同美国之父乔治·华盛顿。"②

纵观英国历史，民族精神（nationalism）这一概念在公元 11 世纪前根本就无从谈起。即便有昙花一现的威塞克斯王国，1066 年"诺曼征服"之前的英格兰仍然是群雄割据，没有一个统一、完整的政治和文化实体（political and cultural entity），更遑论一个统一的民族群体。只有在公元 1066 年"诺曼征服"之后，英格兰作为一个统一的国家才具雏形。

"征服者"威廉一世建立了讲法语的诺曼宫廷，将原先英格兰贵族阶层替换为诺曼贵族阶层，让诺曼人成为英格兰基督教会各级神职人员，拉丁语取代古英语成为政府书面语言，法语成为上层人士以及任何想跻身于上流阶层的民众的口头语言，取法语名字一时成为社会各阶层的时尚。③ 特别值得注意的是，威廉一世既是英格兰国王，又是法国诺曼底公爵。正是凭借这一身份，威廉一世将英格兰与法国紧密联系在了一起。这一联系持续了近四百年，直至亨利六世统治时期早期（1422—1461）。在这四百多年中，英格兰国王们作为诺曼底、安茹、阿奎丹、普瓦图及无数法属公国的所有者，与法国国王和贵族一直纷争不断。在爱德华三世统治时期（确切地说是 1340 年），英格兰王室还争

---

① 肖明翰，第 515 页。
② G. K. Chesterton, *Chaucer*, London: Faber and Faber, 1932, 15.
③ Kumar, 49.

夺过法国的君权。实际上，直到1801年乔治三世时期，英国国王（或女王）才真正停止称呼自己为"法国君主"。尽管"威廉一世本人自称为英格兰国王（King of the English）而非英格兰-诺曼人的国王"，①然而在诺曼征服之后四百年左右时间里，英格兰王室一直将英格兰与众多法国属地等同视之，从未割裂与法国的联系，也从未将英格兰视为一个真正独立完整的国家。试想有哪一个国家的统治阶层所讲的语言完全不同于普通民众通用的语言？② 因此，在这一时期，"英格兰认同感"（English identity）仍未形成，充其量只是"盎格鲁-诺曼认同感"。③

真正的转折点出现在14世纪，是以英格兰与法国断绝联系和（中古）英语替代法语（或盎格鲁-诺曼语）成为英格兰全社会通行语言为标志的。公元1204年，英格兰王室丧失诺曼底领地的控制权，④标志着英格兰与法国的联系开始断裂。⑤ 自此，英格兰王室与贵族控制下的绝大部分法国领地逐步丧失，迫使英格兰统治阶层将注意力放在英格兰本土。⑥ 自14世纪开始，英格兰开始成为一个独立自主的国家。英格兰、英格兰统治者和英格兰民众先前一直处于欧洲大陆权力体系的边缘，自此开始占据中心位置，特别是说英语的英格兰民众开始认同自己的"英格兰身份"。在12、13世纪，英格兰民众向往并效仿法国文化，但在14世纪中期，他们明白英格兰的一切才是最好的。⑦ 更为重

---

① Susan Reynolds, *Kingdoms and Communities in Western Europe 900 - 1300*, Oxford: Clarendon Press, 1997, 266.
② V. H. Galbraith, "Nationality and Language in Medieval England," in *Nationalism in the Middle Ages*, ed. C. L. Tipton, New York: Holt, Rinehart and Winston, 1972, 49.
③ Kumar, 50.
④ 这一事件的导火索是1200年英格兰国王约翰（King John, 1167—1216）与昂古莱姆的伊莎贝拉（Isabel of Angouleme）缔结婚姻。因为昂古莱姆的伊莎贝拉原本是马尔什伯爵于格九世·德·吕济昂（Hugh IX of Lusignan, Count of La Marche）的未婚妻，她与约翰的婚姻会使吕济昂家族失去作为陪嫁的领地，于格·德·吕济昂遂请求法国国王腓力二世（Philip II of France, 1165—1223）主持公道。腓力二世以领主的身份要求其封臣——阿基坦公爵约翰——到法国应诉。但约翰以自己是英格兰国王，不能去法国应诉为由拒绝了腓力二世的要求。腓力二世随即宣布没收金雀花家族在法国的所有领地并率军进攻诺曼底，于1204年夺取了诺曼底的控制权。英格兰王室失去诺曼底领地标志着英格兰与欧洲大陆联系的正式断裂。尽管当时英格兰统治者在法国南部仍保有一些领地，但这些领地从未像诺曼底一样在语言、血缘和财产方面与法国保持紧密的联系。
⑤ Horobin, 16.
⑥ 占领诺曼底之后，腓力二世在巴黎召集在英格兰拥有领地的贵族们，要求他们向他效忠，放弃英格兰的领地，或者选择向英格兰国王效忠，放弃法国的领地。英格兰国王同样下令，宣布没收所有法国贵族（包括诺曼底贵族）在英格兰的领地。这进一步加速了英格兰与法国的隔绝。
⑦ Geoffrey Elton, *The English*, Oxford: Blackwell, 1992, 69 - 70.

要的是,英格兰与威尔士、苏格兰和法国百年战争损耗之大,单靠封建领主们的支持是远远不够的。为了维持巨额的军费,英格兰统治者愈来愈倚重平民税收,"这使得每一个英格兰人都愈加意识到自己属于一个比本地社区更为庞大的群体,从而激发了他们对于君主和国家的忠诚"。① 尤其是英国在对法百年战争(1337—1453)时期克雷西战役(1346年)、普瓦捷战役(1356年)以及后来的阿尔库金战役(1415年)中取得的重大胜利,极大地鼓舞了英格兰民众的士气,令英格兰民族精神空前高涨。正如特维尔-彼得(Turville-Petre)所说:"当一个民族遭受外敌入侵或威胁时,民族地位(nationhood)这一概念的重要性才会凸现出来。"② 语言是民族身份至关重要的组成部分,只有当一个"民族"被视作讲同一种语言的一个群体时,它才会真正拥有民族身份。③ "一种共同的语言是构成一个民族归属感的关键因素,以及民族精神(nationalism)的核心所在"。④ 因此,14世纪开始产生英格兰民族意识的标志是英语成为全英格兰通用语言。

从13世纪初开始,英格兰统治者出于战争动员的目的,竭力在全国上下推广英语。公元1258年,亨利三世发布的公告书是自诺曼征服以来第一份用英语撰写的皇家文书。这份公告书明确地说明了它的受众是"the learned and the lewed",即所有英国民众,而不仅仅是能阅读法语的上流阶层人士。这充分说明英语在当时已经引起英国王室的重视。直至15世纪初,亨利五世还在不遗余力地推行英语,"他认为一个国家的语言在某种程度上是国家身份的象征"。⑤ 他明确指示参加康士坦斯大公会议(Council of Constance 1415)的英格兰大使使用英语,以此提高英格兰在会议上的表决权份额。亨利五世的用意非常明确,因为他当时正与法国国王争夺王位,他推行英语的目的就是团结英格兰的一切力量,以对抗法国。

---

① Baranaby C. Keeney, "Military Service and the Development of Nationalism in England, 1272 - 1327," in *Nationalism in the Middle Ages*, ed. C. L. Tipton, New York: Holt, Rinehart and Winston, 1972, 90.

② Thorlac Turville-Petre, *England the Nation: Language, Literature and National Identity, 1290 - 1340*, Oxford: Oxford University, 1996, 4.

③ Derek Pearsall, "Chaucer and Englishness," in *Chaucer's Cultural Geography*, ed. Kathryn L. Lynch, New York: Routledge, 2002, 289.

④ Turville-Petre, 19.

⑤ Pearsall, 292.

需要注意的是，在 14 世纪之前，不论英格兰统治阶层如何全力推广英语，（中古）英语仍旧是一种不完备的语言。它或许已经成为全英格兰通行的口头语言，但在文学和文化领域，拉丁语和法语依然占据主导地位，英格兰王室和贵族图书馆里收藏的也主要是法语和拉丁语著作；拉丁语是教会通行语言，法语是法庭用语；法语仍然是优雅语言（courtly language），是骑士和浪漫文学所用语言。正是得益于《威克理夫圣经》《农夫皮尔斯》（1367—1386）、《情人的忏悔》（1390）、《不知所云》以及《高文爵士与绿衣骑士》等一系列英语文学作品，英格兰文学在 14 世纪开始崛起，极大地提升了英语地位，[1]使英语真正成为各阶层共用的语言。这被誉为英语语言的胜利，同时也是英格兰民族精神的胜利。[2] 在这一方面，乔叟的贡献无人能及。

乔叟是英格兰文学传统的开创者。他在《特罗勒斯与克丽西德》末尾表示，希望这部作品能够改变英语庞杂混乱的面貌。[3]《坎特伯雷故事集》"总引"更是将故事的发生地设在了英格兰："尤其在英格兰地方，他们从每一州的角落，向着坎特伯雷出发……"[4]这是英格兰作为一个真实存在的地方第一次得到世人的认可。因此，"总引"集中反映了 14 世纪英格兰的民族精神，细致地展现了英格兰的全貌。[5] 整部作品体现了英格兰特性（Englishness），充满了纵情的幽默、英格兰常识和对外来人的厌恶。[6]

事实上，一个共同体（community）的建构不仅仅是基于共同拥有的特征和品质，而更多是通过与其他群体的排斥（exclusion）来完成的。外来人（stranger）是区别于一个共同体的"他者"（other），只有借助"他者"的对比，这个共同体才能得到界定，其成员才能获得归属感。因此，一个民族群体的认同感（national identity）有时会体现为对非本民族成员的排斥和厌恶。这种对外

---

[1] 在这一方面，威廉·卡克斯顿（William Caxton）功不可没。1476 年，威廉·卡克斯顿从德国引入印刷术后，陆续出版了近百部书籍，其中 74 种是英文书籍，包括乔叟的《坎特伯雷故事集》和托马斯·马洛礼的《亚瑟王之死》。他将英国文学作品传播至全世界，极大地提升了英语地位，推动了英国文学的繁荣。

[2] Kumar, 50.

[3] Turville-Petre, 216.

[4] 乔叟，第 332 页。

[5] Adrian Hastings, *The Construction of Nationhood: Ethnicity, Religion and Nationalism*, Cambridge: Cambridge University Press, 1997, 47.

[6] Kumar, 56.

来人的厌恶之情或恐外症(xenophobia)在《坎特伯雷故事集》中处处可见,这不能不说是一大遗憾,足以说明乔叟的历史局限性。然而,瑕不掩瑜,他在强化英格兰民族认同感方面的作用值得肯定,对英国文化有着奠基式的贡献。

综上所述,乔叟通过借鉴罗曼语,改变了英语原先的粗鄙面貌,增强了英语语言表现力,展现出英语特有的语体风采,开创了英语诗歌的格律形制,为英语的标准化发展和最终代替法语成为全英格兰通用语言奠定了基础。他的作品引领了 14 世纪英格兰的文艺复兴,极大地提升了英格兰的国家地位,激发了英格兰民族精神,增强了英格兰民族自豪感,这些都为英国文化观念内涵的形成奠定了基础。马修·布朗(Matthew Browne)曾在《乔叟的英格兰》(*Chaucer's England*, 1869)中发出感慨:"有哪个英国人比乔叟更有资格自称是英国人?"①我们似乎可以补充一句:有哪个英国人比乔叟更有资格自称是英国文化的奠基人?

第二节
《罗密欧与朱丽叶》的爱情"新语言"

莎士比亚对英国文化观念的萌生有多方面的贡献,其中之一是为思考爱情/生活方式提供全新的语言。

在 14 世纪欧洲,意大利人文主义者彼得拉克发明了一种全新的爱情抒情方式,以至于一度造成了这样的局面:整个欧洲要表达爱情,非彼得拉克不可。到了莎士比亚时代,彼得拉克体的爱情语言几乎已经被当作陈科俗套,甚至成为人们的笑柄。这一点颇似骑士小说对于《堂·吉诃德》,或浪漫爱情小说对于《包法利夫人》的影响。莎士比亚摆脱了彼得拉克的爱情语言,在《罗密欧与朱丽叶》中为现代生活提供了一种表达和思考爱情生活的全新语言,进而

---

① Matthew Browne, *Chaucer's England* (Volume 2), London: Hurst and Blackett, 1869, 48.

深刻影响了现代英国的文化观念。不过,莎士比亚并不是第一个"无中生有"的创作天才,他的戏剧创作既植根于中世纪与文艺复兴的人文主义土壤,又与伊丽莎白时代英国的文化语境相依相生。仅就《罗密欧与朱丽叶》而言,意大利人文主义者彼得拉克、古罗马诗人奥维德、卢克莱修、卡图卢斯,乃至中世纪欧洲游吟诗人等诸多爱情观念仍清晰可见。该剧之于早期现代欧洲的爱情叙事传统,可谓既入乎其里,又出乎其外。

一、彼得拉克与人文主义的爱情

莎士比亚在《皆大欢喜》"人生的七个阶段"中说:"然后是情人,像炉灶一样叹着气,写了一首悲哀的诗歌咏着他恋人的眉毛。"①(2:7)这显然是对此类"爱人"形象的善意调侃。罗密欧在邂逅朱丽叶之前,曾对剧中一个从未登场的女子念念不忘。除了这个女孩的名字"罗瑟琳"以外,观众对她几乎一无所知,然而罗瑟琳堪称该剧最不可或缺的一个"功能性"人物。罗瑟琳在全剧结构上是一个"穿针引线"的角色,而且还是建构罗密欧与朱丽叶"爱情"的重要参照。假如剧中罗密欧没有偶然遇到目不识丁的仆人彼得,就不可能在凯普莱特家族邀请客人名单上发现罗瑟琳的名字(一个极小概率事件),罗密欧作为蒙太古家族的继承人也不可能与朱丽叶相遇。当然更重要的是,罗密欧必须要首先经历并超越彼得拉克式的人文主义"爱情",才能最终过渡到与朱丽叶的忘我体验。

历来研究者在讨论《罗密欧与朱丽叶》致辞者(chorus)的时候,常常只谈论该剧"两家门第相当的巨族"这一首开场诗,或用之概括剧情,或歌颂爱情,或谴责仇恨。这种做法本无可厚非,然而该剧其实共有两首开场诗——虽然两首开场诗的结构功能各不相同,却同样重要,但第二首开场诗却常常被后世导演或改编者忽略或删除,实属不应该。第二首开场诗明白无误地告诉观众:朱丽叶并非罗密欧的"旧爱",而是他的"新欢"。不过,若认为罗密欧初恋经历不够"真"或不够"诚",则未免有失公允。恰恰相反,第一次的爱情对罗密欧的影响是实实在在的。第一幕第一场,全剧中罗密欧的名字第一次出现,一个彼

---

① 莎士比亚剧本译本均采用朱生豪译《莎士比亚全集》,南京:译林出版社,1998年。以下只标注幕场,不再另行做注。

得拉克式的爱情形象已然呼之欲出(1:1)。罗密欧越刻意独处,就越发引起更多人的关注;越不可救药地爱上了罗瑟琳,反而就越痛苦。此时罗密欧的处境与彼得拉克所表现的情欲可谓如出一辙。① 在罗密欧没有出场以前,观众已经一再从他的亲人和好友口中听到罗密欧的名字,而后者给所有人的印象则是:这是一个痛苦的情人。当罗密欧终于上场,向班伏里奥倾诉"爱情"的痛苦时,他的语言充满了彼得拉克式的诗学意象:"啊,吵吵闹闹的相爱,亲亲热热的怨恨!啊,无中生有的一切!啊,沉重的轻浮,严肃的狂妄,整齐的混乱,铅铸的羽毛,光明的烟雾,寒冷的火焰,憔悴的健康,永远觉醒的睡眠,否定的存在!我感觉到的爱情正是这么一种东西,可是我并不喜爱这一种爱情。"(1:1)罗密欧在辞藻堆砌并接二连三地使用矛盾修辞法后,似乎突然意识到了恋爱语言的夸张可笑:"你不会笑我吗?"(1:1)对此,他的好友茂丘西奥自始至终地持嘲讽态度,这也从侧面暗示了罗密欧的爱情观——其实是一种文化观——的转变。

　　罗密欧与朱丽叶相爱以后,后者对他的影响显然与罗瑟琳的不同。这一点淋漓尽致地表现为罗密欧与茂丘西奥第二天清晨相见后的"智斗"(2:3)。连篇累牍的文字游戏,以及双关修辞法,是莎士比亚早期创作的风格标志,也是他遭人诟病的原因之一,但这既是当时观众喜闻乐见的风格,又是朱丽叶的爱情影响并改变罗密欧的生动体现。茂丘西奥似乎感受到了朋友的情绪变化,于是说:"呀,我们这样打着趣岂不比呻吟求爱好得多吗?"(2:3)殊不知此时的罗密欧并非走出了恋爱的阴影,而是重新开始了另外一段截然不同的爱情体验。罗密欧朝思暮想的情人罗瑟琳自始至终没有一次露面,也没有一句台词,但这其实无关宏旨,因为她终究不过是罗密欧想象中爱情的替代物而已。假如罗瑟琳不幸去世,或者成为另一个"劳拉"般的有夫之妇,罗密欧对她的思念可能非但不会消失,相反还会成为某种"不朽",就像彼得拉克直到晚年还念念不忘年轻时的情人,在写作中倾述心中不灭的"爱情"。然而,老年的彼得拉克本人不会觉得这些情诗有何不"得体"的地方,反而把写作看成其精神

---

　　① 见彼得拉克的《歌集》,例如第 22 首、第 35 首等,无论从意象、主题还是语言风格上,都与罗密欧的初恋描写大同小异。参见 Petrarch, *Selections from the Canzoniere and Other Works*, trans. Mark Musa, New York: Oxford University Press, 2008。

生活的重要部分。劳拉激发起诗人对于美和善的无限向往,进而超越了现实世界的平庸乏味。换言之,爱情因被赋予道德和精神意义,而让人变得崇高,此中的文化思考不可不察。

彼得拉克的爱情诗与其说是一个老年人的恋爱絮语,不如说是文艺复兴时期人文主义者的"自我形塑"(self-fashioning)。① 归根结底,这是西方"爱情"叙事背后的意识形态所致。通过对劳拉的美化和神化,彼得拉克最终实现了"自我"的美化和神化。毕竟,对劳拉的渴望同时也是对不朽、完美的渴望,对劳拉的欲望书写不但使诗人得到"自我"的净化,最终还将让诗人自己成为不朽。无独有偶,莎士比亚在其第 18 首十四行诗"我怎么能够把你来比作夏天"的最后两句中也说:"只要有人类生存,或人有眼睛,/我的诗就会流传并赋予你生命。"② 乔纳森·贝特(Jonathan Bate)曾不无调侃地说,最终"不朽"的,其实并非十四行诗里的美人,而是诗人自己;我们甚至连那位美人的名字都不知道。③ 也就是说,莎士比亚真正的讴歌对象是不朽的文学艺术,是文化和精神层面上的价值,这为以后的文化观念在内涵上做了准备。

二、"反激情"的声音

《罗密欧与朱丽叶》中除了甜美的激情之外,还有一种新的爱情语言,即"反激情"的声音,后者比前者有着更深层次的文化考量,即伦理层面上的思考。

莎士比亚并未以说理的方式证明"罗密欧与朱丽叶"的爱情与"罗密欧与罗瑟琳"的爱情有何不同,而是采取了一种"修辞术"的劝说方式,邀请观众进入一个如梦般的爱情世界,从而共同体验一种如"流星""烟火"般绚烂的爱情悲剧。然而,从伦理价值的角度来看,莎士比亚在罗密欧与朱丽叶的殉情问题上表现得十分含混。一方面,剧作家讴歌爱情的美好;另一方面,该剧也常常

---

① Stephen Greenblatt, *Renaissance Self-fashioning: From More to Shakespeare*, Chicago: University of Chicago Press, 2005.
② 莎士比亚:《莎士比亚全集第八卷》(增订本),孙法理、曹明伦译,南京:译林出版社,2016 年,第 172 页。
③ Jonathan Bate, *Soul of the Age: A Biography of the Mind of William Shakespeare*, New York: Random House, 2009, 219.

讽刺或调侃激情的荒诞可笑,有时甚至揭示激情的短暂和不可靠。除了罗密欧与朱丽叶的激情叙事以外,莎士比亚还加入了以劳伦斯神父等人物为象征的"反激情"叙事声音,从而实现了该剧的"复调"或多声部(polyphony)特征。《罗密欧与朱丽叶》自始至终都存在两种截然不同的声音,或者说,激情既是一种甜美和忘我的体验,同时也是一种巨大的破坏力量。

学界长期以来似乎有一种共识,即仇恨和偶然性(contingency)是酿成罗密欧与朱丽叶的悲剧原因。确实,整部戏剧从开场诗起,到化装舞会、阳台幽会,再到罗密欧与朱丽叶双双殉情,仇恨的阴影始终笼罩着这对年轻人的爱情。如剧终时朱丽叶的父亲凯普莱特所说:"两个可怜的孩子,是我们仇恨的牺牲品"(5:3)。剧中爱情与暴力甚至形成了一种特有的戏剧节奏:罗密欧初见朱丽叶时吟诵的爱情独白被提伯尔特打断,若无凯普莱特的及时阻止,舞会很有可能蜕变为一场血拼;两人乍一相爱,罗密欧即从朱丽叶的乳母口中得知他爱上的竟是与蒙太古家族势不两立的凯普莱特家人,爱情旋即笼罩上仇恨的阴霾。然而,仇恨和偶然性虽然是酿成悲剧的原因,却不是唯一原因。另一个原因可以在罗密欧那狂暴的激情里找到。剧中劳伦斯神父自始至终都对罗密欧的激情持有批评态度:"这种狂暴的快乐将会产生狂暴的结局,正像火和火药的亲吻,就在最得意的一刹那烟消云散。最甜的蜜糖可以使味觉麻木;不太热烈的爱情才会维持久远;太快和太慢,结果都不会圆满"(2:5)。阳台幽会一场戏中,朱丽叶也说,她与罗密欧的"密约""太仓卒、太轻率、太出人意外了,正像一闪电光,等不及人家开一声口,就已经消隐了下去"(2:1)。然而另一方面,罗密欧与朱丽叶之爱情的美好恰恰在于其电光火石般的短暂和猛烈。如该剧第二首开场诗所云:"可是热情总会战胜辛艰,苦味中间才有无限甘甜。"①又如在第二幕第三场戏中,罗密欧来到劳伦斯神父的住所,请求对方的祝福,主持他与朱丽叶的婚礼。虽然劳伦斯最终同意了,但充其量是一种投机取巧的权宜之计。颇具反讽意味的是,劳伦斯虽然反对并斥责罗密欧的激情,但是为了调和蒙太古和凯普莱特两大家族的仇恨,竟同意撮合他们。爱情在其看来,只是一种政治手段,绝不具有终极价值:"可是来吧,朝三暮四的青年,

---

① 莎士比亚:《罗密欧与朱丽叶》,朱生豪译,南京:译林出版社,1998年,第108页。

跟我来；为了一个理由，我愿意帮助你一臂之力：因为你们的结合也许会使你们两家释嫌修好，那就是天大的幸事了。"（2：2）事实上，恰恰因为劳伦斯的态度在剧中转变得十分突兀，反而要求我们反复品味其背后的伦理警示意义："男人既然这样没有恒心，那就莫怪女人家朝三暮四了。"（2：2）通过爱情故事来传达伦理警示意义，这是莎士比亚为文化观念的伦理内涵所做的开拓性工作之一。

上述"反激情"声音所传递的伦理含义还体现在罗密欧因激情和鲁莽而导致悲剧的情节上。罗密欧在好友茂丘西奥遇害之后，把内心的自责转化为对朱丽叶的指责："亲爱的朱丽叶啊！你的美丽使我变成懦弱，磨钝了我的勇气的锋刃！"（3：1）尽管罗密欧视朱丽叶的爱情胜过生命，但在此刻，他的男性气概霎时间也变得比生命更重要。即便在杀死提伯尔特之后，罗密欧似乎也没有意识到自己的激情和鲁莽，而是拒绝承担任何道义责任。相反，他把自己一手酿成的悲剧，说成是命运使然："唉！我是受命运玩弄的人。"（3：1）爱情最终未能阻止罗密欧杀死朱丽叶的表亲提伯尔特，而剧终罗密欧与朱丽叶的殉情是否会使得两个家族永世修好，我们根本无从得知。换言之，故事的结局留下的是一个大问号：为爱殉情固然壮烈，可是为爱而鲁莽，甚至不尊重生命，这是否值得提倡呢？莎士比亚没有正面回答，但是他通过剧情来体现的"反激情"声音却耐人寻味，为世人敲响了文化／伦理意义上的警钟。

激情或情欲问题也是莎士比亚《仲夏夜之梦》的重要主题，不过与《罗密欧与朱丽叶》不同，前者旨在调侃和讽刺，旨在暴露激情的荒诞与非理性。该剧中，私奔到雅典森林的拉山德与赫米娅也曾海誓山盟，可是却因为小精灵迫克错点"鸳鸯谱"，拉山德一觉醒来即爱上了赫米娅的好友海伦娜。在该剧中，虽然爱情关系中的朝秦暮楚、反复无常可以拿魔法药水作为某种"不在场的证据"，但是仙后爱上长着驴耳朵的波顿也未尝不是人类激情的现实隐喻。观众之所以会因为仙后爱上波顿而发笑，其根本原因在于他们的"冷静"，在于他们没有受到"魔法"控制或"诅咒"，仙后也没有像罗密欧那样邀请观众从她的眼睛去观看爱人，体验激情。"魔法"的硬币也有两面：一面是压倒一切的激情和情欲，另一面则是激情的不可言说所带来的无尽孤独。无论是仙王，还是波顿的工友们，均站在仙后或波顿的立场与其感同身受，而剧中的"戏中戏"《最可悲的喜剧，以及皮拉摩斯和提斯柏的最残酷的死》几乎是《罗密欧与朱丽叶》的滑稽翻版。仅就艺术本质而言，《罗密欧与朱丽叶》的激情叙事或"爱情"的诗学建构——本节所强调的"爱情"新语言——其实与《仲夏夜之梦》中小精灵迫克所做的事情相似。不同的是，迫克求助于魔法药水，而莎士比亚则借助于语言。在《罗密欧与朱丽叶》剧中，莎士比亚将其语言"魔法"发挥到极致的个案，无非是要揭示激情发展到极致所隐含的危险。

当然，《罗密欧与朱丽叶》并非只传递"反激情"声音，而是如前文所说，具有"复调"或多声部的特征。这种"复调"正是本节题目中所说的爱情"新语言"。莎士比亚在使用诗意语言表现爱情之美好的同时（毕竟罗密欧与朱丽叶的相遇、相知不过数日，便通过他们的爱情语言成就了世界文学史上一段"至死不渝"的爱情神话），又善意地调侃"激情之爱"的喜剧性，甚至提醒人们警惕它的荒诞性和危害性，这后一主题在《仲夏夜之梦》《皆大欢喜》《无事生非》等喜剧作品中诚可谓屡见不鲜，汇成了上述文化/伦理意义上的大合唱，这可谓英国早期文化观念史上的大事件。

第三节
"不列颠的国家史诗"：《钦定本圣经》与"质朴"传统

文化观念的萌发离不开相关民族语言的兴起。伊格尔顿（Terry Eagleton，1943—　）在其《英语的兴起》（"The Rise of English"）一文中从文化批评的角度认为，在19世纪晚期英语才开始"照亮"英国劳动阶级，[1]但他未能进一步论述英语《圣经》，特别是《圣经》译者廷代尔（William Tyndale，约1494—1536）对英语本土化的杰出贡献。没有廷代尔，当代英语或许只能处在"拉丁

---

[1] Terry Eagleton, *Literary Theory: An Introduction*, 2nd ed. Oxford: Blackwell, 1996, 24.

化或法语高卢化风格的"语言与文化的殖民状态。① 正是有了厥功至伟的廷代尔和他翻译的英语《圣经》，才有了 1611 年《詹姆士王圣经》（*King James Bible*）。雨果说："英国有两部书：一部是它制造出来的，一部是制造它的——莎士比亚和《圣经》。"② 这就是为什么有学者认为"没有廷代尔，就没有莎士比亚"。③ 要讨论英语及其承载的文化观念，就离不开英语《圣经》，特别是廷代尔这样的语言先驱。下文从伊格尔顿对英语文化维度的思考角度，探讨廷代尔对英语本土化所作出的历史性贡献，进而分析英语《圣经》成为英国"史诗"型经典的原因，以及它对英国文化中质朴传统的影响。

一、"为耕夫译经"的质朴原则

廷代尔并不是英译《圣经》的第一人。在他之前，约翰·威克利夫（John Wyclif，1320—1384）就组织翻译了《圣经》，即《威克利夫圣经》（*Wycliffe's Bible*）。但由于威克利夫等人的译本是从拉丁语《圣经》逐字译来的，而且该译本并未真正付印，而是手抄发行，因此除了极少数富人之外，很少有人能够真正获得。雪上加霜的是，教会与英国政府在 1408 年制订了《牛津宪章》（*Constitutions of Oxford*），宣布该译本为非法，翻译与持有英语《圣经》的人被视为异端，会被处以重罚甚至火刑。然而，威克利夫给人们的激励是巨大的，他因而也被誉为"英国新教第一人"。④ 廷代尔所面临的工作就是冲破政教樊篱的多重束缚，摆脱拉丁文这种官方语言的影响，用纯粹的英格兰土语来翻译神的语言《圣经》，让高高在上的神的语言与土根的质朴语言对接，这在当时是一项十分艰难的使命，但历史的重大变革却给了他一线曙光。

历经千余年的东罗马帝国（330—1453），又称拜占庭帝国（Byzantine Empire），随着 1453 年 5 月 29 日君士坦丁堡被攻占而灭亡。这在世界文明史

---

① Blackford Condit, *The History of the English Bible: Extending from the Earliest Saxon Translations to the Present Anglo-American Revision*, New York and Chicago: A. S. Barnes & Company, 1882, 357.
② 周家斌、王文明：《〈圣经〉对英美文学的影响》，武汉：武汉大学出版社，2013 年，第 28 页。
③ Leland Ryken, *The Legacy of the King James Bible: Celebrating 400 Years of the Most Influential English Translation*, Wheaton: Crossway, 2011, 27.
④ Gordon Campbell, *Bible: The Story of the King James Version 1611-2011*, Oxford: Oxford University Press, 2010, 10.

进程上是一件重大的历史事件。拉丁语的统治地位开始动摇,帝国大量的知识分子随之避乱迁往意大利,为已经出现苗头的文艺复兴运动增加了大量的知识人才储备。

到了 16 世纪,欧洲各国兴起了轰轰烈烈的宗教改革运动,又称"新教改革"(Protestant Reformation),代表人物包括德国的马丁·路德(Martin Luther,1483—1546)、法国的约翰·加尔文(John Calvin,1509—1564)、荷兰的德西德里乌斯·伊拉斯谟(Desiderius Erasmus Roterodamus,1466—1536)、瑞士的胡尔德莱斯·茨温利(Huldrych Zwingli,1484—1531)和英国的廷代尔等。宗教改革表面以宗教神性改革为主要大旗,主张不需要神职人员,特别是不要教会的介入,而"只要《圣经》"(sola scripatura),①追求让"每个男女都应该能成为神之道的阐释人"。这一宗教改革大潮实际上呼应了民族国家的兴起,路德的德文版《圣经》创造了现代德语,廷代尔翻译的英语《圣经》同样创造了现代英语。② 在其背后是信仰危机、罗马教廷(Roman Curia)的腐败,以及文艺复兴运动所代表的新思想对传统的质疑。

在罗马帝国时代,拉丁语是官方统治语言,被赋予了至高无上的神圣权威,其他的语言都不可以用来翻译或阐释《圣经》。欧洲各民族语言与民族意识的兴起使得拉丁语之外的各本土语言阐释《圣经》成为可能;而 15 世纪 40 年代前后出现的古腾堡印刷术(Gutenberg's printing press)在技术上确保了欧洲大陆宗教改革所需要的大量与《圣经》阐释有关的阅读材料。各地开始出现以自己本土方言出版的小册子,都受到本族信众的欢迎。

被誉为"16 世纪的伏尔泰"的伊拉斯谟 1499 年来到英国,结识托马斯·莫尔(Thomas More,1478—1535)。作为 16 世纪初欧洲人文主义运动的主要代表人物,伊拉斯谟对罗马天主教有尖锐而深刻的批判,为宗教改革奠定了理论基础,当时有一种说法叫"伊拉斯谟下的蛋,马丁·路德来孵化"。③ 伊拉斯谟于 1511—1514 年间在剑桥大学教授希腊语。廷代尔直接受到伊拉斯谟人文

---

① Gerald Hammond, "The English Bible," *The Oxford Encyclopedia of British Literature*, ed. David Kastan, Shanghai: Shanghai Foreign Language Education Press, 2006, 185.
② Ibid., 186.
③ C. H. Timperley, *Encyclopaedia of Literary and Typographical Anecdote*, London: Henry G. Bohn, 1842, 263.

主义神学思想的影响。当时,剑桥比牛津更为激进,又受以威克利夫的洛拉德教派(Lollard)的影响。廷代尔在求学期间,掌握了包括希腊文、希伯来文在内的八种语言,这为他日后从希腊文翻译《新约》、从希伯来文翻译《旧约》打下了坚实的语言基础。他阅读了伊斯拉谟在 1516 年编辑并出版的希腊文《新约》,①由于《新约》最初是用希腊文写成后被译成拉丁文的,因此伊斯拉谟的希腊译本也被誉为"比拉丁文《圣经》更为纯洁的替代品"。② 不过,由于罗马教会的长期宣传,拉丁语被渲染为《圣经》的正统"圣洁"语言,用拉丁语以外的任何语言来翻译《圣经》都被禁止,大部分信众甚至(包括相当的神职人员)都不懂拉丁文,所谓的宗教实际上就成了罗马教皇愚弄民众的手段。

　　教会与强权相结合,滋生腐败与迷信,宗教变成了敛财的手段。教会内部裙带关系成风。在欧洲,教宗列奥十世(Leo X,1475—1521)7 岁即做寺院主持,8 岁做教士,13 岁接任主教。他出售 2,150 个寺院职位,赚得 300 万金币,③宗教变成了缺乏实质的空洞形式,成为神职人员谋取暴利的手段。廷代尔的家乡因虔诚闻名而享誉"神的古洛斯特郡"(God's Gloucestershire)。然而就在这个地方,当廷代尔的牛津同学胡博(John Hooper,1495—1555)担任主教后,对其手下 311 名牧师进行考核,发现竟然有 9 人不知道"十诫"(Ten Commandments),33 人想不起来"十诫"出自何处,不少人认为出自《新约》,有 168 人记不得"十诫"内容,10 人不记得"主祷文"(Lord's Prayer),30 人不知道主祷文的作者是耶稣。④ 这些都是基督教义常识,而神职人员如此无知,足见当时英国教会腐败之一斑。

　　罗马教会的腐败与宗教不作为,使廷代尔这样有着虔诚宗教信仰的人更有了强烈的传播神之福音的使命。在 1523 年的一次争论中,廷代尔历史性地发出了极富代表性的人文主义口号:"我鄙视教皇与他的一切法令! 如果神假我以天年,要不了多久,我一定会让驱犁之童比您也更懂《圣经》!"⑤这一口号

---

① Condit, 139.
② Brian Moynahan, *Book of Fire: William Tyndale, Thomas More and the Bloody Birth of the English Bible*, London: Little, Brown Book Group, 2002, 10.
③ Ibid., 17.
④ Ibid., 30.
⑤ Frederic Edwards, *The History of Our English Bible*, London: Judd & Glass, 1860, 16.

也奠定了廷代尔翻译《圣经》的基本原则：为"驱犁之童"(a boy who driveth the plough)这样的普通人，而不是为神职人员或学者翻译《圣经》。这一具有人文主义的翻译原则给他带来了巨大的挑战与难题，他必须以追求简洁明了的本土英语词汇通俗地翻译《圣经》，因为只有这种语言才能一经读出，就可以为没有受过任何教育的人听懂，或者让听众根据别人朗读的声音来找到经文上对应的文字。

在英国严峻的外部环境之下，廷代尔被迫来到了当时翻译环境较为宽松的欧洲大陆，在他的流亡生涯中开始翻译《圣经》的工作。与威克利夫所不同的是，廷代尔不是从拉丁语《圣经》(Vulgate)翻译，而是从伊拉斯谟的希腊文《新约》的第二版与第三版(1519，1522)直接翻译，他部分地参考了拉丁文版与路德1522年的德译本《新约》，还包括伊拉斯谟从自己希腊版译成的拉丁文。① 1526年，廷代尔第一次出版了他从希腊语翻译的《新约》，以袖珍便携且廉价的八开本装帧。出于安全需要，书上未印任何有关译者名字之类的信息。1,500本英语版《新约》在出版后不到几个星期就很快走私到英国，畅销一时。然而，廷代尔的敌人远不止拉丁世界或教会，以莫尔为首的英国王权很快就将廷代尔的译本列为禁书并集中焚毁，如今几乎没有人能见到此版《新约》。莫尔本人更是竭尽全力来消除廷代尔的影响，而廷代尔也毫不示弱，极力为自己辩护，继续努力将神的语言变成人皆能懂、能说的本土简朴语言。这一质朴原则的实践与传播，其实就是一种文化思想的传播。

二、为捍卫质朴英语与莫尔论战

廷代尔的《圣经》一经传播，很快引起英王室与教会的极大恐慌，时任大法官的托马斯·莫尔等利用自己的权力和影响对廷代尔的译作展开全面的围攻。莫尔于1529年发表《对话》("A Dyaloge")，既辩称自己并未焚烧廷代尔的《新约》，又从廷代尔译文中找出两千余处"错误"，并不遗余力地逐一批驳。廷代尔也积极迎战，于1530年发表《对莫尔爵士〈对话〉的回复》(*An Answer to Sir Thomas More's Dialogue*)，双方表面上是在围绕《圣经》英译标准展开

---

① Naseeb Shaheen, "The Taverner Bible, Jugge's Edition of Tyndale, and Shakespeare," *English Language Notes* 38, No. 2 (2000): 24–29.

语义学上的争论,但实际上是在用各自的鲜血和生命进行一场天主教与新教之间的人文主义大论战,其文化意义不言自喻。整个论辩过程既让我们看到西方宗教与政治、文学的"三位一体",也让我们看到西方文本批评以细读(close reading)为原则的现代性阅读的早期走向,为后来的"语言学转向"奠定了基础,更为文化观念内涵(如文化自信、民族语言的重要性等)的拓展做了准备。

廷代尔的辩护认为,首先要建立以本土英语为核心内容的文化自信。当时学者与教士都默认英语过于"粗鄙",不能用于神圣的《圣经》翻译,廷代尔的回复是:

> 他们声称《圣经》不能译成我们的语言,因为英语太粗鄙了。英语远未粗鄙到如他们信口雌黄的程度。希腊语与英语的吻合程度,远胜其与拉丁语的吻合程度,而希伯来语的特性比起它与拉丁语来,更是千百倍地吻合于英语。两者说话方式都一样,因此,一千处你只要词对词地译成英语的地方,你却要求助罗盘指向来译成拉丁语,而且还需要大量的工作来译得漂亮,才能确保在拉丁文中有原希伯来文的文采与甜美、语感与纯正。①

廷代尔接着为自己的翻译措词辩护。本着对自己母语的热爱与自信,廷代尔努力在译文中摆脱当时一般学者喜欢的拉丁词根的学术大词。比如,他用"更加通用的词汇""爱"(love)来代替"博爱"(charity)。这对教会来说极具挑战,因为把一个更具宽泛意义的"博爱"降格为普通人情感中的"爱",同样是减少了教会的赢利机会。面对莫尔的攻击,廷代尔虽然承认不是所有的"爱"都含有"博爱"的含义,但坚持认为通俗词汇更容易引起大家的认同:"爱神,爱你的邻人;对,尽管我们说一个人应该去爱他邻人之妻与女儿,一个基督徒不会理解为是要求他去玷污邻人之妻或女儿"。② 也就是说,文化观念内涵所拥有的民族/文化自信早在廷代尔的笔端就已显现。

---

① William Tyndale and John Frith, *The Works of Tyndale*, ed. Thomas Russell, London: Ebenezer Plamer, 1831, 188-189.
② Ibid., 21.

抛弃冗长结构，去掉空洞动词，尽量用本土词汇与简洁的动词搭配，这是廷代尔的另一种努力。例如，他用 repent 代替 do penance，这体现了他竭力借翻译手段来打击教会欺世敛财的目的。由于 repent 的"忏悔"含义，可以是个人发自内心深处的自我检讨，可以是纯精神层面的修炼内容，因而就有效地防止了教会利用 do penance 中"做"（do）来做文章，如要求有罪之人必须做出某种苦行、体罚或经济惩罚来让别人看见自己的忏悔。廷代尔还用旁注清晰地标明 penance"是教皇用来赢利的"，①这也体现了当时基督人文精神与天主教教义之间的本质差异。基督精神以人为核心，强调每个人无论高低贵贱，在内心都要有信仰追求，但这种追求必须体现在信仰之"心"，而不在于宗教之"迹"。廷代尔这种对信仰的理解，以及上文所说对文字的看法，其实都体现了一种文化情怀，即对穷苦百姓的深切关怀，以及对民族共同体构成要素——穷苦百姓作为共同体的中坚力量——的具体主张。

廷代尔会尽量不用外来词语。例如对于希腊语中 ecclesia（教堂会众），他没有译成"教会"（church），而是译作"会众"（congregation）。"教会"在 1523 年是天主教会的组织机构，代表的是罗马天主教会等级森严的权力；"会众"则是任何信仰天父与基督的信众走到一起的自发自由、松散的民间组织。单从这样一个措词上的区别就可以看出廷代尔希望设计的全新宗教思维。出于同样的考虑，他没有把 presbyteros 译成"牧师"（priest），而是译成"长者"（senior）。从简单的词汇翻译中，我们可以看出，廷代尔认为不应该存在人神关系的亲疏、位置名分上的尊卑、权力上的高下，更不应该存在利益上的计较。这种以个人精神诉求与人格平等为终极追求的人文主义宗教情怀，奠定了廷代尔宗教改革的基础，也确定了英国文化观念重精神/平等、轻名分/地位等内涵的走向。

廷代尔最后为自己所从事的文化事业付出了生命的代价：1536 年 10 月 6 日，教庭将他勒死，然后执行火刑，"那一时代最优秀的人与最能干的作家就这样消失了"；②然而消失的不过是血肉之身，廷代尔作为文化殉道者，用自己

---

① William Tyndale, "An Answer to Sir Thomas More's Dialogue," *The Supper of the Lord*, Cambridge: Cambridge University Press, 1851, 23.
② Timperley, 264.

的生命换来了以神性真理为核心的英语"共同语"。如康迪特所说:"当威廉·廷代尔将他对……语言中撒克逊式简洁的热爱融入他翻译的《新约》之中时,他对新教教宗的贡献是无法用语言来称颂的。为了这一点,他与他的《新约》都遭受了火刑。"①这种火刑与其说是证明廷代尔所希望看到的神性真理的永恒,毋宁说是表明了构建一种共同语言的步骤:共同语言需要人们用锋利的思维来界定人类价值的核心内容,其中任何模糊不清的、可能造成人性不平等,甚至欺压、剥削的概念都必须剔除。廷代尔用鲜血砥砺出来的思维,为后来的英语文化留下了极为宝贵的遗产。

单从语言精准的角度来说,廷代尔的翻译并不一定是最佳的语言选择,但他通过锲而不舍的努力,为本土英语注入了信心与许多实在的内容。例如,他在翻译过程中编造了"新词",如 passover(逾越节)、scapegoat(替罪羊)和 mercy seat(施恩座)等。廷代尔的创造性翻译中,有不少是英语学习者——更不用说从事文学创作者——在今天都必须掌握的成语,像"When I was a child, I spake as a child, I imagined as a child"(我做孩子的时候,话语像孩子,心思像孩子。《哥林多前书》13:11),②以及 salt of the earth(世上的盐,《马太福音》5:13,喻社会中坚、精华),等等。这些习语在后来的钦定版《圣经》中虽然小有修饰,但均基本保持了廷代尔的语言风貌。在如今的英语世界里,这类词汇甫一出口,即成文化共鸣,成为英语共同语言的实质内核,其文化意义不言自喻。

三、史诗般经典的钦定版《圣经》问世

在廷代尔被捕并等待判决的过程中,英国的《圣经》翻译与出版的形势已经在悄然发生变化。急于离婚以求从新的婚姻中得到男嗣的亨利八世虽然是一个虔诚的天主教徒,但对于罗马教皇不准其离婚的做法还是大为光火。一个国王的离婚小事,竟然成了英国这样一个保守国度新教改革的重要推手,③重大

---

① Condit, 222.
② 钦定本改译为: When I was a child, I spake as a child, I understood as a child, (1 Corinthians 13:11)
③ Timperley, 265.

历史事件经常与一些琐碎小事密切关联,这种"造物弄人"难免时时让人感慨。廷代尔最要好的朋友与助手麦尔斯·科弗代尔(Miles Coverdale,1488—1568)完成了《圣经》的全部英译工作,于 1535 年 10 月出版了全本的英语版《圣经》,他也因此被认为是廷代尔之后对英译《圣经》贡献最大的人。科弗代尔曾在德国帮助廷代尔翻译《旧约》中的《摩西五经》,在翻译风格上与廷代尔比较近似,带有一定的折衷倾向。① 科弗代尔不懂希伯来文与希腊文,主要依赖廷代尔译文。廷代尔没有译出的部分,他就从路德的德语《圣经》中翻译。②

1537 年,以化名托玛斯·马太翻译出版的《马太圣经》(*Matthew Bible*)由罗杰斯(John Rogers,1505—1555)编辑发行,内容包括廷代尔所译《新约》与未出版的部分《旧约》译稿,发行 1,500 部,并在扉页中宣称得到了国王许可,《马太圣经》因而也就被不少人视为首部在英国合法销售的"钦定"版英语《圣经》。③ 罗杰斯后来也因编辑此书获"异端"罪名,成为玛丽王朝(Mary I)第一个殉道者,死于火刑。积极传播廷代尔《圣经》的克兰默(Thomas Cranmer,1489—1556))是英语历史上第一个新教徒主教,同样被玛丽女王送上火刑柱。

1539 年,英国历史上尺寸最大的《圣经》正式出版,史称《大圣经》(Great Bible)。该《圣经》长 38 厘米,宽 23 厘米,④比今天普通的笔记本电脑尺寸还要大。该《圣经》除了为存放在教堂使用之外还有一个重要使命,就是要去掉以前各英译版《圣经》中的"争议性词语与个人意见",⑤虽然口号仍然是"回归《圣经》",但已经最大限度地削弱了以廷代尔为代表的新教激进姿态,也没有了开篇向国王的献词。《大圣经》的"去政治化"倾向遭到了在日内瓦的加尔文教派的反击。1560 年,为躲避玛丽女王严酷宗教政策的清教徒在日内瓦出版《日内瓦圣经》,这也是 1611 年钦定版《圣经》面世之前最为重要的英译《圣经》,对莎士比亚、克伦威尔(Oliver Cromwell,1599—1658)、邓恩(John Donne,1572—

---

① Condit, 147.
② William Bernstein, *Masters of the Word: How Media Shaped History*, London: Atlantic Books, 2013, 171.
③ Nicolson, 249.
④ Henry Wansbrough, "History and Impact of English Bible Translation," *Hebrew Bible/Old Testament: The History of Its Interpretation*, eds. Christianus Brekelmans, Magne Sæbø (Hg.), Menahem HaranVandenhoeck & Ruprecht, 2008, 536-552, 548.
⑤ Condit, 203.

1631)、班杨(John Bunyan,1628—1688)均有过重大影响,也是随"五月花"到达北美的清教《圣经》。从技术上说,这是第一部用机器批量印刷的《圣经》,因而印量较大,在客观上也保证了该版《圣经》的广泛流传与深远影响。《日内瓦圣经》的政治姿态表现在继承并发展了自廷代尔开始的、利用边注作为政治斗争战场的传统,这满足了激进政治人士的革命需要,但也让詹姆士王室与教堂耿耿于怀,欲去之而后快。

由于《大圣经》中不少内容是科弗代尔从拉丁文《旧约》与《新约外经》中翻译而来,与原始经文的希伯来文、希腊文存在一定的偏差。为了纠正这一偏差,也为了对抗《日内瓦圣经》的政治姿态,教堂组织编译了《主教圣经》(Bishops' Bible),虽然未能取代《日内瓦圣经》,却赢得较大声誉而被称为"讲坛圣经"(pulpit Bible),部分地实现了其设计功能,主要用于教堂朗诵。然而《主教圣经》并没有从根本上消除《日内瓦圣经》的影响,而且此时加尔文教派的影响已经远远超出了日内瓦,与苏格兰长老会(Presbyterianism)形成呼应,欲以宗教神权代表世俗王权。这从客观上催生了钦定版《圣经》的出炉。

1603年,伊丽莎白女王去世,詹姆士继位,清教徒对其期望很高,希望他能够带来较为彻底的宗教改革。1604年春天,作为对"千人奏书"(Millenary petition,实际签署人在700—800之间)的回应,①詹姆士王举行了"汉普顿会议"(Hampton court conference),强硬否决了清教徒的几乎全部提议,却意外地同意重译《圣经》。詹姆士王的意图是希望用一套更加权威、更加受欢迎的《圣经》来取代《日内瓦圣经》,特别是要消除那种政治煽动性的边注。国王明令:"不许有边注,他看到日内瓦译本中有的注解非常偏执、不真实,有煽动性,太过偏向危险,有叛逆倾向";②在国王亲自规定的十五条翻译原则中,大部分与翻译相关,而第六条就边注一事再次作出明确规定:"不得加任何边注,无法简洁得体地表达啰嗦而又累赘的希伯来或希腊单词而需要特殊解释除外。"③

当时54位英国最优秀的语言学家和神学家被指定参加编译工作,而最终实际参加校译工作的有47人。编译分工非常明确,分别在伦敦西敏寺、牛津

---

① Condit,324.
② Ibid.,326.
③ Ibid.,330.

大学和剑桥大学各设两个小组,任务分解到每一个成员身上。整个团队是当时英国乃至整个欧洲相关领域里的顶尖学者,既对将近一个世纪之前的廷代尔译文表现出高度尊重,尽量保持廷代尔译文的基本特色,又表现出务实的风格,从原文与细节出发,认真重译、订正与原文有出入的地方。这一点在《序言》中可以清楚看到:"我们从一开始就没想过要去重新翻译,也没有想过要去把某个糟糕的译本译得更好……我们不过是把好的译得更好些,或者说把众多好的译本变成一个主要的优秀译本。"[①]虽然编译人员对廷代尔的名字依然是讳莫如深,但对廷代尔的工作还是给予了极高的尊重。

经过七年多的漫长修订历程,钦定版《圣经》终于面世。然而,钦定版《圣经》却"叫好而不叫座",市场反应异常冷淡,《日内瓦圣经》依然是其最强劲对手,直到20多年后的1644年,两部《圣经》在市场上仍然是难分高下。所谓的"钦定版"在封面上赫然印着"指定用于教堂"(Appointed to be read in Churches)字样,却并没有文件或史料支持,因为议会从来就不曾颁布任何相关"指定"律令;所谓"詹姆士王圣经",也不过是坊间以讹传讹的结果,因为国王仅仅是在1604年"同意"了该版《圣经》的编译工作,也同样不曾颁布任何旨意"指定"用于教堂。

从廷代尔的英语翻译到钦定版面世,经历了一个多世纪的艰苦斗争,多少仁人志士为之慷慨赴死而在所不惜。斗争的双方都宣称在捍卫神的真理。双方表现在语言细节上的争论,不仅是学识上的较量,还是政治上的斗争,更是文化上的交锋。这一漫长的革命性战斗给英语世界留下了丰富的文化遗产。换言之,英国人——尤其是英国文人——不但用自己的语言阅读并讨论《圣经》,而且还利用《圣经》语言作为一种战斗武器,并在斗争过程中形成共同语言,改变了整个英国文化格局。

看到上述转变,更让人们无法忘记廷代尔的贡献。他的直接贡献是钦定版《圣经》的出版,但间接贡献却是整个现代英语、现代英语文学乃至现代英国文化。《日内瓦圣经》与钦定版《圣经》催生了詹姆士时代英国文学的繁荣,如果把英语《圣经》比作质朴的"原油",莎士比亚、弥尔顿这些伟大的天才作家就

---

① Miles Smith, "The Translators' Preface," *The Authorized Version*, Oxford: Oxford University Press, 1870, 23.

是高超的"炼油师",他们从英语《圣经》中汲取艺术生命的源泉与创作灵感,以更加面向民众的亲和的语言,重新阐释神与人的关系:弥尔顿用自己的作品重新解释神之道,莎士比亚则凭着自己的作品建立了新的艺术宗教——莎士比亚崇拜(Bardolatry)。整个英国文学几乎都继承了廷代尔英译《圣经》的语言遗产,在这种宗教不断艺术化、世俗化的过程中,宗教逐渐被去神秘化,逐渐远离迷信的泥沼,走向语言的艺术与理性。在英国,宗教的人文主义发展到了19世纪,人们从对本土英语的极度自卑中走出,甚至开始以半戏谑的口吻认定神就是英国人。[①] 所有这些都昭示了这样一个事实:要追寻英国文化观念内涵的形成轨迹,就要捕捉英译《圣经》从问世到传播的踪迹。

---

① Ronald Carter, *The Routledge History of Literature in English*, NY: Routledge, 2002, 132.

第四章

在想象中演进的民族共同体

早在其萌芽时期,文化观念与英国文学之间的互动就已十分活跃。这种互动尤其生动地表现为优秀文学家们(如弥尔顿和斯宾塞)对于共同体的想象。在本尼迪克特·安德森看来,一切共同体都是想象的,其中的成员虽未谋面,但都有着关联。区别不同的共同体的基础,并非他们的虚假/真实性,而是被想象的方式,即具体而特殊的关联性。① 斐迪南·滕尼斯进一步指出,一个有机共同体的生存依赖于个体间的内在联结,共同体"是人的意志完善的统一体",②它的"意志形式具体表现为信仰,整体表现为宗教"。③ 可见,信仰或宗教是组成共同体的成员所应具有的要素,也是让他们联结起来的必要条件。以信仰为纽带的关联性是想象共同体的一种关键方式,当然其他要素同样发挥着不可或缺的作用,如语言、种族、传统等。

斯宾塞和弥尔顿对于英格兰民族共同体的想象极具创意。在史诗《仙后》第六卷的田园诗章中,斯宾塞力图创建以女王的美德为根基的田园共同体。这一由宫廷人士所主导的共同体因其对传统模式的颠覆而体现出更强烈的虚拟性。然而,他那寄予了田园理想的、以美德为本的共同体对于民族共同体的塑造功不可没。弥尔顿则分别从历史和文学这两个语境中来分析并探讨英国民族共同体的形成过程。他对于"英吉利"这一民族概念的形成作出了重要贡献,其立足点是英吉利民族的光荣传统和利益。弥尔顿的悲剧《斗士参孙》称得上一部探索共同体构建的典型案例。参孙是一位光明之子,隶属于一个以信仰为纽带的有机共同体,然而由于偶像崇拜者"甘受奴役"的心态,使共同体与上帝隔绝,个体间的内在联结被切断,共同体的有机性亦被压抑,从而导致以色列人长期被非利士人所奴役。参孙在经历了迷惘与彷徨之后,经由信仰

---

① 本尼迪克特·安德森:《想象的共同体——民族主义的起源与散布》,吴叡人译,上海:上海世纪出版集团,2011年,第6页。
② 斐迪南·滕尼斯,第48页。
③ 同上,第250页。

的强化而复归共同体,最终变成一个偶像破坏者,打破了各种形式的偶像崇拜,而他对上帝教义的激活也给共同体带来了生机。

第一节
弥尔顿与英吉利民族概念的建构

体现文化观念内涵的共同体想象,总是在具有家国情怀的作家笔下表现得最为生动。翻遍英国文学史,恐怕难以找到一位比17世纪英国诗人约翰·弥尔顿(John Milton,1608—1674)更具有国家和民族情怀的作家了。这是由他所处的特殊历史背景,以及他从小就立下的伟大人生抱负和文学理想所决定的。与17世纪英国那些终日沉湎于犬马声色和儿女情长的"骑士派"诗人和另一些在斗室里寻章摘句、追求高雅、语不惊人死不休的"玄学派"诗人不同,弥尔顿始终放眼世界,壮怀激烈,热心关注英国社会的进步和发展,积极投身于争取自由和民族解放的思想辩论和社会、政治运动。他以古罗马诗人维吉尔为榜样,一生都怀有创作一部宏大英吉利民族史诗的梦想,并且一直在为此做着细致的研究和准备工作。作为克伦威尔共和政府的拉丁语秘书和(就处死英国国王查理一世一事而奋起为全英国人民辩护和代言的)政府发言人,弥尔顿头脑里始终想到的都是英吉利民族的光荣传统和利益。在用拉丁语撰写的两个为《为英国人民声辩》的小册子上,他都骄傲地署名为 Joannis Miltoni Angli(英吉利人约翰·弥尔顿)。[①]

本节基于诗人的生平记载和文学创作,从历史和文学这两个不同而又相关的语境来分析和探讨弥尔顿对于"英吉利"这一民族概念的形成所作出的一些重要贡献。

[①] Merritt Y. Hughes, ed., *John Milton: Complete Poems and Major Prose*, New York: Macmillan, 1985, 817.

一、"不列颠"与"英格兰"

英国的早期历史比较复杂,一拨拨不同的民族轮番出现在这个岛国的历史舞台上,"你刚唱罢我登台,各领风骚数百年"。因而,在弥尔顿之前的时代,"英吉利民族"(English nation)的概念其实是模糊不清的。

英国最早被称作"阿尔比恩"(Albion),后来又改称"不列颠"(Britain)。早期的原住民统称为"布立吞人"(Britons),即凯尔特人或不列颠人。中古英语诗人莱阿门(Layamon)长达 16,096 行的编年史巨著《布鲁特》(Brut,c. 1200)以韵文的形式讲述了有关不列颠民族由来的传说:罗马诗人维吉尔的史诗主人公埃涅阿斯的后代布鲁特因在狩猎时误杀了父王而被流放,他在希腊找到了同族中已沦为奴隶的特洛伊人,并且成为他们的领袖。不久,特洛伊人起义,布鲁特设下计谋,大败希腊军队,并活捉了国王本人。国王被迫将公主伊格娜根嫁给了布鲁特,并同时分给他 1/3 的国土。不过,布鲁特拒绝接受这些国土,决意带公主和特洛伊人离开希腊,因女神狄安娜曾托梦告诉他,在法国的西面有一个美丽富饶的地方,叫做阿尔比恩,并预言布鲁特的后代将在那儿繁衍腾达。布鲁特为之精神振奋,率船队在经历了千辛万苦后终于到达了阿尔比恩,他以自己的名字将这个地方重新命名为"布鲁泰恩",即"不列颠"(Brutain>Britain),而他所率领的特洛伊人从此被改称作"布鲁特人",即"布立吞人"或"不列颠人"(Brutons>Britons)。

> 当布鲁特到达时,这块土地称作阿尔比恩;①
> 而现在布鲁特决定它不该再沿用此名,
> 于是便想用自己的名字来为它命名:
> 他自己名为布鲁特,该地方便叫做"布鲁泰恩";
> 而所有那些拥戴他为王的特洛伊人,
> 也因"布鲁泰恩"这地名而被称作"布鲁顿人"。②
> 这名称至今犹存,在一些地方仍在使用。

---

① 阿尔比恩(Albion)是英国的古称,在诗歌中仍经常使用。
② 布鲁泰恩(Brutain)这个名称后来随着英语元音的变化而逐渐演变为"不列颠"(Britain);而布鲁顿人(Brutons)一词也演变成"布立吞人"(Britons),即古代不列颠岛的凯尔特居民,或称不列颠人。

>   ……
>   特洛伊人原来的语言后也改称为"布鲁顿语",
>   但自从格蒙特到来以后,英吉利人改变了它,
>   格蒙特赶走了布立吞人,他的部下是撒克逊人;
>   还有来自阿尔迈恩一角,并以其命名的盎格鲁人,
>   从盎格鲁人又演变到英吉利人和"英格兰"①
>   后来英吉利人征服了布立吞人,将其沦为奴隶,
>   后者从此再也没能翻身,或具有发言权。(975—993)②

公元前55年,因不列颠人帮助欧洲大陆上同族的凯尔特人反抗罗马人的统治,凯撒率领罗马大军入侵了不列颠,但当时罗马的军团并没能在那儿长期驻扎下来。到了公元43年,罗马皇帝克劳狄乌斯的庞大军团再次侵犯不列颠,这才在那儿驻扎了下来,近四百年后,不列颠(Britannia)便成为古罗马帝国的又一块殖民地。在公元2世纪中,另一位罗马皇帝哈德良的军团在不列颠岛的北部专门修筑了一条"长城",以抵御来自北方的蛮族侵略。③

公元5世纪初,北欧日耳曼人的部落发动起义,大军直逼罗马。罗马帝国后方兵力空虚,便从各个殖民地撤回了驻扎在那儿的军团。由于罗马军队的撤走,不列颠岛上出现了政治权力的真空,于是那里面临来自爱尔兰的盖尔人和皮克特人入侵的威胁。因此,当地不列颠人的部落首领沃尔蒂格恩(Vortigern)便要求北欧的一些日耳曼部落派人来不列颠岛上帮助他们抵御外敌。公元449年,撒克逊人、盎格鲁人和朱特人乘坐大船,在亨吉斯特(Hengist)和霍塞(Horsa)的率领下,先后来到了不列颠群岛上。但不久,这些应邀而来的日耳曼人竟反客为主,将原住民不列颠人或凯尔特人驱赶到了北部和西部的偏

---

① 由于元音的变化,"盎格鲁人"(Angles)一词逐渐变为"英吉利人"(English),而"英格兰"(England)一词意为"英吉利人的土地"(Engle-land)。
② 沈弘编译:《英国中世纪诗歌选集》,台北:书林出版有限公司,2009年,第131—132页。
③ Bede, *Ecclesiastical History of the English People, with Bede's Letter to Egbert and Cuthbert's Letter on the Death of Bede*, trans. Leo Sherley-Price, R. E. Latham and D. H. Farmer. Revised Edition. London: Penguin Books, 1990, 47-50.

远山区。盎格鲁人占据了不列颠岛的北部和中东部,撒克逊人占据了中西部和西南部,朱特人占据了东南部的肯特地区和南面的怀特岛。①

这样就出现了一个人们所关注的问题:英国人的祖先究竟是可以追溯到以布鲁特或沃尔蒂格恩为代表的不列颠人,还是应追溯到以亨吉斯特和霍塞为首领的盎格鲁-撒克逊人?使事情进一步复杂化的是,不列颠人与盎格鲁-撒克逊人竟然是针锋相对的死敌。再以莱阿门的《布鲁特》为例:该书所塑造的一位最重要的英雄就是具有不列颠人血统的亚瑟王,而他的死敌——来自萨克森王国的科尔格里姆(Colgrim),恰恰就是亨吉斯特的儿子。②亚瑟王跟撒克逊人有杀父之仇,因为他的父亲尤瑟国王就是被六个潜入不列颠人内部的撒克逊间谍给毒死的。③在这部作品中,亚瑟王几乎从头至尾都是在跟撒克逊人打仗。而在故事的高潮处,亚瑟王彻底打败了撒克逊人,并亲手杀死了科尔格里姆和他的堂兄鲍德尔夫。④

从词源学的角度看,英吉利民族的祖先无疑是盎格鲁-撒克逊人,因为"英吉利人"(English)这个词就是直接来自"盎格鲁人"(Angles);⑤而"英格兰"(England)的词源分明是拉丁语的"盎格利亚"(Anglia),或是古英语的"盎格鲁人的国土"(Englaland)。然而在17世纪以前,英国人却普遍将撒克逊人视为侵略者、恶魔的追随者或文明世界的敌人。这是为什么?

在弥尔顿之前的时代并没有形成上述的词源学概念。当时的英国人一般都认定古代的亚瑟王为他们的民族英雄,并不知道自己真正的直系祖先是盎格鲁-撒克逊人。更重要的原因还是要从英国中世纪的历史,或是从英国中世纪的文学作品中去找。自1066年的诺曼人征服后的300年里,英国被诺曼王朝和安茹王朝的法国人所统治。在英国中世纪文学作品中,拉丁语和法语的文学作品不仅占了很大的比重,甚至是占据了支配性的地位。出现在这些作品中的最伟大的英雄亚瑟王均是按照诺曼国王的形象来塑造的,他的宫廷和骑士也都是按照诺曼国王的宫廷及其廷臣们为原型来描写

---

① Bede,62-64.
② 沈弘:《英国中世纪诗歌选集》,第176页。
③ 同上,第172页。
④ 同上,第201页。
⑤ 这个词的具体演变过程大致为:Angles>Engles>Englisc>English。

的。法国人的祖先是高卢人,即凯尔特人的一个部族。这样,具有凯尔特人背景的亚瑟王成为中世纪英国文学作品中最主要的一位英雄,不也就顺理成章了吗?

追本溯源,盎格鲁人和诺曼人其实原本同属于日耳曼民族。但自从诺曼人在法国北部定居下来之后,他们很快就被法兰西民族及文化同化了。他们的语言实际上成了法语的一种方言,他们的生活习俗也更接近于法兰西民族,而非日耳曼民族。

二、亚瑟王故事的传统

亚瑟王及其圆桌骑士的传说是中世纪英国文学中最热门的话题,它的形成和在英国文学中的影响力能帮助我们理解英吉利民族概念的建构。迄今为止,围绕这一主题的英语文学作品仍然在世界范围内拥有广泛的读者群。

亚瑟这个名字最早出现在公元9世纪一位名叫内尼亚斯(Nennius)的威尔士教士题为《不列颠史》(*Historia Britonnum*, c. 830)的拉丁语手抄本中。他被描述为一个在公元5世纪末和6世纪初领导不列颠人抵御盎格鲁-撒克逊人入侵的英雄。手抄本中提及了亚瑟所经历的12次战役,在其中最著名的贝东之役(Battle of Badon)中,亚瑟大显神勇,亲手杀死了960个敌人。另一部由10世纪匿名作者撰写的拉丁语手抄本《威尔士编年史》(*Annales Cambriae*, 970)还提及了发生在公元537年的卡姆兰之役(Battle of Camlann),在这场战役中,亚瑟与背叛他的侄子莫德雷德决战,并受了致命伤。可惜的是,在这些早期文本中,关于亚瑟王的记载都只是片言只语,尚未形成完整的故事。

按照英国文学史家威尔逊(R. M. Wilson)的说法,最早提及围绕亚瑟王这一历史人物而发展起来的口头传说的,还有中世纪英国历史学家马尔姆斯伯里的威廉(William of Malmesbury)写于1125年的《编年史》(*The Chronicle*),但书中只是随意地提了一句:"关于这位亚瑟王,不列颠人有许多传说至今仍在流传,他的事迹值得真正的历史记载,而非虚构的传说。"[①]可惜

---

① R. M. Wilson, *Early Middle English Literature*, London: Methuen, 1939, 204.

的是，早期的许多口头传说并没有记载和流传下来。另一位英国作家，蒙默思的杰弗里(Geoffrey of Monmouth，1095—1155)，约于1137年用拉丁语写成的《不列颠君王列传》(*Historia Regum Britanniae*)才算是真正地为我们提供了一个有关亚瑟王的完整故事框架。作者从布鲁特征服这个岛屿开始，一直写到公元5世纪不列颠人最终被撒克逊人所征服。作品中用了相当大的篇幅来描述亚瑟王，并将他视作最伟大的不列颠国王。虽然作者在序言中宣称，这部论著是基于牛津副主教沃尔特借给他的一本不列颠书籍，但这一说法受到了后来很多学者的质疑，因为这样一本书也许根本就不存在。有可能他只是从主教处得到了一部拉丁语的编年史，但是关于亚瑟王的那些描写则是来自别处，即在威尔士广泛流传的一些口头传说。

中世纪后期所流行的亚瑟王故事其实在《不列颠君王列传》中已经有了一个清晰的轮廓，后来的作家只需要往这个框架里面再补充细节就可以了。亚瑟王及其宫廷仍是书中所描写的中心，亚瑟王本人的各种冒险故事表明，他仍是作品中的主角，还没有像后期的浪漫传奇中那样成为一个挂名的主人公。该故事传说中的其他一些关键人物(如圭尼维尔、高文、贝德维尔、凯等)已经出现，尽管他们在作品中还缺乏深入的刻画。但故事中另外一些人物(如朗斯洛、特里斯坦和其他一些骑士)还尚未出现，圆桌骑士和寻找圣杯的系列故事也还没有形成。

杰弗里的《不列颠君王列传》问世后，曾在12世纪中期风靡一时。英国文学史家威尔逊对于当时那种"洛阳纸贵"的盛况有专门的记载：

> 里沃尔克斯的艾尔雷德(Ailred of Rievaulx)于1142年记述了一位见习修道士曾向他忏悔，说自己常为亚瑟王的悲剧而流泪。贝弗利的阿尔弗雷德(Alfred of Beverley)也于1143年承认由于听了亚瑟王的故事，他去借杰弗里的书看，并且开始写他自己的编年史。这些亚瑟王传说可能是来自《不列颠君王列传》，也许杰弗里只是利用了人们对亚瑟王传说已经存在的浓厚兴趣。当然，现存手抄本的数目可以说明该作品受欢迎的程度。它于1150年被盎格鲁-诺曼人杰弗里·盖玛(Geoffrei Gaimar)译成了法语。这个译本后来佚失，也许是因为五年以后它被韦斯(Wace)的一个新译本所取代，后者形成了莱阿

门头韵诗英语文本的基础。①

有趣的是,威尔逊所提及《不列颠君王列传》的两位译者——杰弗里·盖玛和韦斯——都是来过英格兰的诺曼诗人,而且他们使用的翻译语言都是法语,可是他们译文的题目却有着微妙的不同。盖玛将《不列颠君王列传》译作《英吉利史》(*L'Estoire des Engleis*),而韦斯却把它译作《不列颠史》(*Geste des Bretons*)。② 盖玛这么做并不能算错,因为原作的结尾是最后一位不列颠国王卡德瓦拉德(Cadwalader)之死和撒克逊国王艾特尔斯坦(Athelstan)对英国的统一。换言之,它是关于不列颠民族没落和英吉利民族崛起这样一部成王败寇的历史。不过,也不排除另一种可能性,即在盖玛的眼中,"不列颠"和"英吉利"本来就是两个可以互相置换的同义词。从韦斯的角度看,他译的名称更是无可挑剔的,因为原作本来就叫做《不列颠君王列传》,它记录了不列颠民族从起源、鼎盛到衰亡的历史。虽然不列颠民族最终败给了英吉利民族,但由于布鲁特、亚瑟王等一系列不列颠国王的正面形象,不列颠这个悲剧性的民族虽败犹荣,在伦理道德上绝对是占据了上风。上述例子同时也说明,当时人们对于英吉利民族的概念认识是见仁见智,并没有形成一个很明确的说法。

莱阿门的头韵长诗《布鲁特》既然是以韦斯的《不列颠史》为蓝本的,他自然也继承了韦斯对于英国早期历史的看法,即以亚瑟王为正统和不列颠的民族英雄,而盎格鲁-撒克逊人则为入侵者和敌人。总的来说,莱阿门并没有从整体上改变韦斯原作中有关亚瑟王故事的框架。他的最大贡献就在于吸收了当时关于亚瑟王故事口头传说中的众多细节,并将其巧妙地糅合进了他自己的作品,使亚瑟王的系列故事变得更加栩栩如生。虽然在中古英语文学中后来也出现了像中古英语头韵诗《亚瑟王之死》(*Le Morte Arthur*)、《高文爵士与绿衣骑士》(*Sir Gawain and the Green Knight*),以及马罗礼(Thomas

---

① Wilson,205。根据威尔逊原书中的注释,关于莱阿门的《布鲁特》,唯一完整的版本是 F. Madden, *The Brut*. London, 1847;另一个选本可见于 J. Hall, *Layamon's Brut*. Oxford, 1924。但是后来有两位学者 C. L. 布鲁克和 R. F. 莱斯利又根据大英博物馆所藏的科顿·卡里古拉手抄本和科顿·奥索手抄本编辑了另一个权威的完整版本(Layamon, *Brut*, edited from British Museum MS. Cotton Caligula A. ix and British Museum MS. Cotton Otho C. Xiii, ed. G. L. Brook and R. F. Leslie, EETS OS 250, 277 [1963, 1978]; 2 vols.)。

② 韦斯这部作品的另一个名称是《布鲁特传奇》(*Roman de Brut*)。

Malory)集大成的《亚瑟王之死》(Le Morte D'Arthur)等优秀作品,但是亚瑟王故事对于后世诗人影响最大的仍莫过于莱阿门的《布鲁特》。

这就解释了为何在17世纪之前,英国人几乎都把亚瑟王及其圆桌骑士误认作自己祖先的原因。

三、诗人对于本民族渊源的兴趣和研究

17世纪的英国诗人约翰·弥尔顿从小就怀有一个当诗人的梦想,他以维吉尔为榜样,在剑桥读书的七年中尝试创作了各种诗歌体裁——从短小的抒情诗到较长的叙事诗,再到结构更为复杂和精妙的诗剧等,以便为最终创作一部宏大民族史诗做准备。大学毕业时,他本可以选择当牧师或留校当教师,然而他仍然决定要坚持自己的诗人理想。从1635年剑桥大学硕士毕业到1667年史诗《失乐园》首版问世,弥尔顿花了整整32年的时间。他对于英吉利民族概念的建构正是在为这部宏大民族史诗选择合适题材的过程中逐步形成并完善的。

跟大部分同时代英国诗人一样,弥尔顿最初也是认同亚瑟王的不列颠传统的。1639年1月,弥尔顿在一首题为《曼索斯》(Mansus)的拉丁语诗歌中透露,他正开始考虑写一首有关不列颠民族的史诗:

> 但愿我有幸拥有这样一位朋友,
> 他精通于尊崇太阳神的追随者,
> 假如我能用诗歌召回不列颠王,
> 即威震战场,波及地下的亚瑟王,
> 或讲述坐在圆桌边的伟大英雄,
> 他们精诚团结,一贯所向披靡,
> 用不列颠人冲破撒克逊人方阵。(78—84)

如前所述,亚瑟王抗击撒克逊入侵者的传说最早见于内尼亚斯写于九世纪初的《不列颠史》。12世纪初,蒙默思的杰弗里在《不列颠君王列传》中的亚瑟王故事构成了中世纪浪漫传奇的蓝本;而莱阿门则对于亚瑟王故事的细节加以

扩充和演绎,使之逐步趋于完善。当弥尔顿在写《曼修斯》时,他显然对杰弗里笔下的亚瑟王传说已经了如指掌,[1]而且有可能也已通读了内尼亚斯和莱阿蒙的书。1639年8月,当他刚从意大利返回到英国之时,弥尔顿在另一首拉丁文诗歌《悼达蒙尼斯》(*Epitaphium Damonis*)中暗示,他描写亚瑟王的史诗已经动笔,并且获得一些进展。弥尔顿甚至还明确指出,这首诗的题材将包括从远古布鲁特斯的登陆一直到亚瑟王时代的不列颠历史:

> 我将讲述特洛伊人的战船如何乘风破浪,
> 来到肯特郡;潘德拉索斯与英格吉尼的古国;
> 贝利努斯部落的首领布伦努斯和阿维拉古斯;
> 不列颠法律统治下的盎格鲁-撒克逊移民;
> 然后我要讲述伊格尼如何受骗而怀上亚瑟,
> 尤瑟的谎言和戈鲁瓦的盔甲遮住了她的双眼,
> 还有墨林的魔法。啊,倘若我还有足够时间,
> 我的田园诗长笛将被挂在遥远的古松之上,
> 被我遗忘,或经过我母语缪斯的彻底改造,
> 吹奏出不列颠的曲调!(167—172)

从上述段落中所提及的具体细节,我们可以清晰地想象得到,弥尔顿当时几乎完全是按照莱阿蒙《布鲁特》中的不列颠历史模式来构思他那篇民族史诗的。可是令人感到奇怪的是,他显然很快就放弃了这一创作计划,因为他再也没有提起过这部尚未完成的作品。在随后不久的《剑桥手稿》中,我们发现弥尔顿的主要精力已经转向了《圣经》和盎格鲁-撒克逊历史题材。[2] 在草拟的99个题材中,他似乎最感兴趣的是《圣经》中的创世纪故事。列于榜首的有三个题

---

[1] 参阅J. H. 汉福德,《弥尔顿的自学年谱》("The Chronology of Milton's Private Studies," *PMLA*, XXXVI, 1921, 297)一文。弥尔顿《摘录簿》的校勘者鲁思·莫尔(Ruth Mohl)也认为弥尔顿在霍顿时代就阅读了拉丁语作品(Douglas Bush, et al, ed. *Complete Prose Works of John Milton*, Vol. I, New Haven: Yale University Press, 1953, 369, note 2)。

[2] 该手稿现存剑桥大学三一学院图书馆,共有七页,包括弥尔顿四首短诗的原稿和他亲笔写下的99个可供考虑的创作题材,其中61个是圣经题材,38个取自早期英国盎格鲁-撒克逊人的历史,没有一个同亚瑟王传说有关。

为《失乐园》的戏剧提纲和另一个更为详细的修改稿——《逐出乐园的亚当》，以及其他圣经题材和有关盎格鲁-撒克逊人的早期历史事件。值得注意的是，亚瑟王的名字再也没有被提到，取而代之的是西撒克逊国王阿尔弗雷德大帝（Alfred the Great，849—899）。在"不列颠历史"这一小标题下的第24个题材中，弥尔顿写道："可以就阿尔弗雷德的统治时期写一首史诗，尤其是他将丹麦人赶出埃德林西，这一功勋堪与尤利西斯的业绩相媲美。"①

究竟发生了什么事情，会导致诗人心目中的民族英雄从不列颠人的亚瑟王变成了撒克逊人的阿尔弗雷德王？根据汉福德的推断，弥尔顿出于为史诗创作收集素材的目的，在1639—1640年的那个冬季里广泛涉猎了各种关于早期英国的史料，其结果使他彻底改变了对于亚瑟王的看法。从现存弥尔顿《摘录簿》中的阅读笔记，我们可以看出，他这项为史诗创作而做的研究工作进行得相当彻底：

> 第一步是通读比德（Bede）、马姆斯伯里（Malmesbury）、霍林谢德（Raphael Holinshed）、斯皮德（Speed）和斯托（Stowe）等人论述早期英国历史的著作。后四位作家的作品摘录在弥尔顿的《摘录簿》中混杂在一起，加上"剑桥手稿"中的确定证据，组成了一个独立的阅读单元……弥尔顿摘引的英国政论和法律作家——托马斯·史密斯爵士（Sir Thomas Smith）、兰巴特（Lambard），可能当时还有斯佩尔曼（Spelman）——充分证明这种潜心研读的范围之广。②

如此广泛而深入的阅读对诗人产生了双重效果：他的兴趣开始从虚无缥缈的不列颠传说逐渐转向了盎格鲁-撒克逊人历史的真实记载；而他早先在《圣诞节晨赞》中就已表现出对于圣经主题的兴趣又得以复萌。

弥尔顿早先所闻有关亚瑟王和圆桌骑士的传说大都来自文学作品，如蒙默思的杰弗里的伪史、中世纪的浪漫传奇，以及斯宾塞等人的浪漫史诗等。正

---

① David Masson, *The Life of John Milton*, I. Rptd. Gloucester, Mass.: Peter Smith, 1967, 114.
② J. H. 汉福德；最后提到的三个人都是古英语学者。

如他几年后在《反驳一个谦卑的辩驳》(*Apology Against a Pamphlet*, 1642)中回顾自己年轻时成长过程时所承认的那样:"我当时沉醉在那些风格高雅的神话和浪漫传奇之中,它们用庄严的诗节讲述古代常胜君王创下的骑士业绩,后者的威名远扬基督教世界。"① 毫不奇怪,当诗人接触到吉尔达斯(Gildas,500—570)和比德等人的早期权威历史著作时,对于亚瑟王传说的历史真实性很快就感到了幻灭。弥尔顿对吉尔达斯的《不列颠的颠覆与征服》(*De Excidio et Conquesto Britaniae*,1597 年版,仅存世十部有弥尔顿亲笔签名的私人藏书之一)作了密密麻麻的札记,② 这是他早先历史观受到冲击的一个见证。在迟至1670 年才出版的《不列颠史》(*The History of Britain*)中,弥尔顿指责蒙默思的杰弗里说,由于他"离真实的历史记载相距甚远,因此他书中的空洞断言无论多么离奇有趣,都不可信"。③ 这种理性的怀疑直接影响了弥尔顿本人对于亚瑟王的评价:

至于亚瑟王,他是谁的后代至今仍有疑问……因为直到蒙默思的杰弗里给他加上彭德拉贡的姓氏之前,在确凿的历史记载中这人并不存在。正如他出身可疑,他的力量也未免可疑,因为巴顿山战役的胜利是否真是他的功劳仍不能肯定,吉尔达斯并没像前面论及安布罗斯那样提到他的名字。④

同样的怀疑口吻也出现在史诗《失乐园》之中。诗人在第九卷序曲中直截了当地说明了他为何放弃亚瑟王传说,而最终选择圣经题材作为他宏大史诗主题的原因:

从一开始要写这首英雄史诗,选题材
花费了我过长的时间,直至最近才动笔。

---

① Bush, 1953, 891.
② J. M. 弗伦奇:《弥尔顿题注的吉尔达斯》(J. M. French, "Milton's Annotated Copy of Gildas," *Harvard Studies and Notes*, XX, 1938, 76—80)。
③ F. A. Patterson, et al., *The Works of John Milton*, X, New York: Columbia University Press, 1938, 106.
④ Ibid., 128.

>就本性而言，我尤其不善于描写战争，
>但后者迄今似乎是英雄史诗的唯一主题，
>其主要的写作技巧就是用精细的笔法
>来表现亚瑟王传说中的圆桌骑士们①
>在虚构的战役中那冗长而繁复的杀戮；
>而那更为高贵的忍耐和坚韧不拔品质
>却从未得以颂扬。（IX 25—34）

在弥尔顿大幅修改其史诗主题的过程中，作为"基督教英雄"典范的阿尔弗雷德王只是扮演了一个过渡性的角色。因为从1639年下半年至1641年间，弥尔顿在作品和信札中已经缄口不提亚瑟王的名字，而研读英国历史时涉及阿尔弗雷德王的几则札记则充满了溢美之词，②与上面提到过的"剑桥手稿"互为呼应。虽然由于各种原因，弥尔顿没有实现用诗歌为阿尔弗雷德王树碑立传的梦想，而是选择了圣子和全人类的始祖亚当和夏娃作为他代表性史诗作品的主人公，③但他确实在1670年出版的《不列颠史》中用高度赞誉的口吻描绘了阿尔弗雷德王的功绩和人格，使之在充满灾难和战争的早期英国历史上占据了一个特殊的崇高地位。弥尔顿的这部历史著作首次明白无误地把盎格鲁-撒克逊人确定为英吉利民族的祖先。

从以上史料的分析中可以看出，弥尔顿的诗歌创作伴随着对本民族渊源的潜心研究，以及不厌其烦地认真修改，这一切都说明他有高度的使命感，即从源头形塑民族共同体的使命，而这显然为文化观念注入了重要内涵。

---

① 弥尔顿《失乐园》中的原文为"fabl'd Knights"（"传说中的骑士"，IX 30），而中古英语文学作品中所涉"传说中的骑士"基本上都是指亚瑟王的圆桌骑士。从此处上下文来看，诗人的原意确实如此。

② 参见弥尔顿《摘录簿》，第53页、第57页、第72页和第80页（Bush, 1953, 378 ff.）。

③ P. F. 琼斯认为弥尔顿最终选择"失乐园"这个题材，是因为他对圣经历史深信不疑，而对早期英国历史则持怀疑态度（P. F. Jones, "Milton and the Epic Subjects from British History", *PMLA*, XLII, 1927, 901—909）。希尔则相信弥尔顿放弃写民族史诗的计划，是因为他在革命失败后对英国人民感到失望（Christopher Hill, *Milton and the English Revolution*, London: Penguin Books, 1979）。

四、古英语研究与"英吉利民族"概念的确立

弥尔顿从对亚瑟王传说的向往转向盎格鲁-撒克逊历史研究,以寻找理想的基督教英雄典范,这件事本身具有深刻的历史意义,因为弥尔顿的态度转变与当时社会思潮的总趋势和当时古英语研究在英国的兴起也是直接有关的。①

虽然少数古文物学家早在 16 世纪就开始了对早期英国历史的研究,但是都铎王朝的英国人对于他们的盎格鲁-撒克逊人祖先并没有特别的好感。直到 1597 年,伊丽莎白时代的著名文学评论家理查·哈维(Richard Harvey)还在用粗鲁的方式诅咒撒克逊人:"但愿他们像石头一样默默无闻,被人遗忘。"②弥尔顿在其早期作品中也流露出敌视撒克逊人的情绪。然而,随着古英语研究和撒克逊学者在 17 世纪英国社会中的影响日益扩大,无论保守党人还是议会党人,对于研究撒克逊人的历史都表现出极大的兴趣。

除了弥尔顿在《摘录簿》里提到过的卡姆登(William Camden,1551—1623)、塞尔登(John Selden,1584—1654)、兰巴特(William Lambarde,1536—1601)和托马斯·史密斯(Thomas Smith,1513—1577)等人的历史著作之外,17 世纪的英国还出现了各种以盎格鲁-撒克逊历史为题材的文学作品。迈克尔·德雷顿的《福地》(*Poly-Olbion*,1613)就是一部试图美化撒克逊人历史的典型作品。在这部长篇叙事性史诗中,诗人把撒克逊武士表现为虔诚的基督徒,并力图通过将他们与不列颠人同等对待的方式来强调英吉利民族的统一。从这里我们可以看出一种微妙的态度变化,因为以前的亚瑟王传说把这位不列颠民族英雄所抗击的撒克逊人贬作凶恶的异教敌人。

古英语研究发端于 16 世纪。1535 年 1 月 15 日,亨利八世宣布与罗马教廷决裂,自封为英国教会的最高首领,并宣布没收英国教修道院的财产。1536—1539 年,英国修道院凋零衰败,原存于各修道院的许多中世纪手抄本纷纷流散丧失。亨利八世指派著名古文物学者约翰·利兰(John Leland,1503—1552)巡视各地的修道院,为皇家图书馆收集这类手抄本。如在《文集》

---

① 关于这个问题,我曾在《弥尔顿的撒旦与英国文学传统》(北京:北京大学出版社,2010 年)的第一章第七节中有过更为详尽的论述,在此我想转述一下该书中一些基本的观点。

② Richard Harvey, *Philadelphus, or a Defence of Brutus, and Brutans History*, London: J. Wolfe, 1593, 97.

(Collectanea，1549)一书中，利兰就列举了他在阿波茨伯里（Abbotsbury）、汉普郡（Hampshire）、格拉德斯通伯里（Glastonbury）、珀肖尔（Pershore）、南威克（Southwick）、韦尔斯（Wells）等地修道院图书馆所找到的八部古英语手抄本。亨利八世力图想用这些古英语史料来证明英国的教会历史悠久，本来就不隶属于罗马教廷。正是这种迫切的政治需要从客观上推动了最初的古英语研究。

以利兰为代表的伊丽莎白时代古文物学者们拯救了一大批珍贵的历史文化遗产，并开始对它们进行认真的研究。当时的一些权贵和教会领袖也为早期的古英语研究提供了赞助。马修·帕克大主教（Archbishop Matthew Parker，1504—1575）委派了他的拉丁文秘书约翰·乔斯林（John Joscelyn）去各地教堂图书馆收集有关盎格鲁-撒克逊法律和教会史的手稿，并鼓励学者们对这些大多用古英语写成的手稿进行研究。① 1561年起担任国务大臣的威廉·塞西尔（William Cecil）也收藏有大量的古英语手稿，他在1562年允许古文物学者劳伦斯·诺埃尔（Lawrence Nowell）利用他的私人图书馆来编纂第一部古英语词典。诺埃尔花费了大量的时间来研究并抄写比德的《英国教会史》和《盎格鲁-撒克逊编年史》，以及其他许多劝诫文和法律文献。他很可能就在那儿发现了古英语史诗《贝奥武甫》的手抄本，因为他在该手抄本上留下了自己的签名和"1563年"等字样。

通过创建于1572年的古文物学会（Society of Antiquaries），卡姆登、科顿（Robert Cotton）和斯佩尔曼（Henry Spelman）等人在17世纪过程中大大推进了古英语研究，并逐步扩大了它的影响范围。该学会的成员定期在科顿家中会面，交流思想和讨论问题。科顿图书馆的丰富收藏为学者们研究早期英国历史和文化提供了取之不竭的原始素材。科顿和斯佩尔曼还慷慨资助威廉·达格代尔（William Dugdale）、西蒙德·迪尤（Simonds d'Ewes）、威廉·萨姆内（William Somner）和亚伯拉罕·惠洛克（Abraham Wheelock）等许多古英语学者。卡姆登于1602年重印了他的英国历史和地理名著《不列颠志》（Britannia），在下一部中世纪编年史《英格兰、爱尔兰、诺曼底及威尔士古史

---

① 这批带有乔斯林批注的古英语手抄本现大部分存于大英图书馆。

辑存》(Anglica, Normannica..., 1603)中也保存了一些古英语文献。在《文物杂论》(Remains of a Great Worke Concerning Britaine, 1605)中,卡姆登又刊印了《主祷文》(Lord's Prayer)的两种古英语译文,并将它们分别与亨利二世、亨利三世和理查二世时期的译文进行比较,说明英语的进化和发展。同年出版了理查·维斯梯根(Richard Verstegan)的另一部重要著作《重振衰颓的才智》(A Restitution of Decayed Intelligence, 1605),主张英国人不必乞灵于不列颠人的古老传统,因为他们的撒克逊人祖先要比前者更为骁勇。[1]

作为英国共和政府拉丁语秘书和英国著名学者,弥尔顿跟上述古文物学者和古英语学者有着广泛的交往。他们除了社会地位相当之外,还具有共同的学术研究兴趣。在精心撰写《不列颠史》的近30年中,弥尔顿几乎阅读了当时能够得到的所有相关资料。

弥尔顿并不是第一个写《不列颠史》的人,但是与前人不同的是,他具有现代的学术头脑,把揭露真相、追求简洁明了和可读性作为其撰述目标。他并不轻易相信前人的传说,而是运用冷静的理性分析,去粗取精,去伪存真。他认为蒙默思的杰弗里的叙述过于虚假,没有任何证据支撑,因此不可信。他同时也谴责马尔姆斯伯里(William of Malmesbury)和亨廷顿(Henry of Huntington)等人,认为他们为了个人的野心甚至用自己的推测或揣测来修饰历史。虽然他也在不同程度上受到了霍林谢德、卡姆登和布坎南(George Buchanan)等现代作者的影响,但是他还是尽可能地回溯到最权威的原始材料——盎格鲁-撒克逊编年史、古英语律法、吉尔达斯的《不列颠的颠覆与征服》、比德的《英格兰教会史》和中古英语编年史等。更难能可贵的是,他对于每一种原始材料的史料价值都会加以评估。由于他认定亚瑟王的故事是虚构的,所以他对待跟盎格鲁-撒克逊人历史相关的文献格外谨慎,阅读得也特别仔细,在书中所占的篇幅也最大。虽然他的这本书命名为《不列颠史》(The History of Britain),但实际上它却是英国首部囊括了整个古英语时期历史的

---

[1] 维斯梯根的这部著作是献给国王查理一世的,他在献辞中这样写道:"国王陛下继承了我们古代盎格鲁-撒克逊国王的尊贵王族血缘。"参见: S. A. Glass, "The Saxonists' Influence on Seventeenth-Century English Literature," Anglo-Saxon Scholarship: The First Three Centuries, Boston: G. K. Hall, 1982, 92.

英吉利史。在 17 世纪的英国历史研究领域中,它享有一个非常特殊的学术地位。

至此,我们可以对本文所讨论的"英吉利民族"这一概念的蕴义作一小结:弥尔顿认为,英吉利民族的直系祖先应该是说古英语,并以阿尔弗雷德王为优秀代表的盎格鲁-撒克逊人,而非说不列颠语或法语的亚瑟王及其圆桌骑士。① 前者既恭敬虔诚,又骁勇善战,能为保卫和收复国土而卧薪尝胆,而且有确凿可信的历史记载;后者虽有大量天花乱坠的传说,但是都虚无缥缈,查无实据。英吉利民族的特征还在于它讲究实效,不断地进取和扩张,富有侵略性。这就是它后来能从众多的欧洲民族中脱颖而出,成就"日不落"大英帝国的秘密所在。

必须一提的是,弥尔顿两次著名的《为英国人民声辩》(1651,1654)分别是用拉丁语写成的,其篇名"Pro Populo Anglicano Defensio",其实也可同样译为《为英吉利民族辩护》。在另一篇著名的英语小册子《论出版自由》(*Areopagitica*,1644)中,弥尔顿放眼英国革命爆发之后的欧洲,心中不禁对自己的祖国和英吉利民族充满了自豪。他在小册子中这样骄傲地宣称:

> 我似乎已经在心中看到一个高贵而强大的民族,像苏醒的巨人一般站了起来,抖一抖他那不可战胜的长发。我又似乎看到它像一只换上了青春羽毛的雄鹰,直瞪瞪地盯着正午的阳光,用来自天国的强烈光芒洗涤和刮去眼中久未清洗过的眼屎和污浊;与此同时,周围那些猥琐胆小,只爱熏微霞光的鸟类却成群结队地噗噗乱飞,叽喳乱叫。它们对于雄鹰的坚毅果敢感到惊讶,而其嫉妒的呱噪声预示着一个教派林立和教会分裂的时代将要到来。②

这里我们看到的分明是文学语言。"苏醒的巨人"和"坚毅果敢的雄鹰"这两个鲜明的意象准确概括了弥尔顿经过长期努力建构起来的英吉利民族概念的最

---

① 大量有关亚瑟王和圆桌骑士的中世纪文学作品是用法语创作的。
② Merritt Y. Hughes, ed. *John Milton: Complete Poems and Major Prose*, New York: Macmillan, 1985, 745.

主要特征。它们甚至预示了英吉利民族即将崛起和称霸世界的未来。

总之,弥尔顿是英国文学史和文化史上从事共同体想象的佼佼者。虽然"文化"一词在他那个时期还未流行,但是他在文学和历史之间来回穿梭的努力,以及对民族共同体源头的不懈追溯,奠定了文化观念最重要的内涵之一——共同体形塑。

第二节
虚拟的田园共同体构建:《仙后》第六卷

早期英国文学中的共同体想象,固然有乔叟、莎士比亚和弥尔顿这样的代表人物,但是斯宾塞(Edmund Spenser,1552—1599)也不愧为杰出的代表人物。他是英国第一位伟大的田园诗人,他想象的田园共同体为萌芽时期的文化观念在内涵上打下了基础。

1579 年,27 岁的斯宾塞就发表了《牧人月历》(*The Shepheardes Calendar*),共有 12 首田园牧歌,分为三种类型,即政治、教会与社会牧歌。该书被认为是他的英雄诗歌的序曲,也涉及"在国家的多领域生活中诗人所发挥的作用"。①《牧人月历》里的中心人物是柯林·克劳特,是诗人的化身,几乎出现在他所有的田园诗作中。在 1595 年,斯宾塞又发表了第二部完整的田园诗,长达近千行的《柯林·克劳特重返家园》,其核心内容包含对 12 位宫廷诗人和 12 位宫廷贵妇的记载,以及斯宾塞从爱尔兰到英国旅途中的想象性陈述。阿尔佩斯(Paul Alpers)认为在两首"公共抒情诗",即《柯林·克劳特重返家园》("Colin Clouts Come Home Again",1595)和 1596 年发表的《祝婚曲》

---

① Patrick Cheney, "Spenser's Pastorals: *The Shepheardes Calender* and *Colin Clouts Come Home Againe*," *The Cambridge Companion to Spenser*, ed. Andrew Hadfield, Cambridge: Cambridge University Press, 2001, 81.

("Epithalamion")中,诗人表露了一个廷臣的不满。① 1590—1596 年发表的《仙后》(The Faerie Queen)叙述一些骑士和具有骑士精神的贵妇所进行的冒险,并力图把田园神话结合到英雄诗歌中。但《仙后》与《牧人月历》一样,都存在田园神话和英雄诗歌两种模式的冲突,其根源是行动和沉思两种生活的对立统一,并生动地表现在公共与私人舞台的选择上。② 田园诗的重要性不容忽视,因为"行动的生活因沉思生活启示的目的和价值观而圣洁"。③ 斯宾塞模仿古罗马诗人维吉尔的痕迹很明显,哈德菲尔德(Andrew Hadfield)认为,斯宾塞采取了维吉尔式的事业之路,从卑微的田园诗形式开始,发展到宏大的史诗形式,但又返回到田园诗和颂歌形式。④ 斯宾塞因此被誉为英国的维吉尔。他极为关注国事,他的诗歌从始到终都体现出共同体情怀。

众多评论家强调斯宾塞的田园诗与史诗元素的联系或冲突,尤其是行动和沉思两种模式的辩证关系,却忽略了田园诗的沉思中所蕴含的对田园与宫廷的关系的思考,以及在这种关系背后诗人为了创建新型的想象共同体所做的努力。正如哈德菲尔德所言,田园诗是方便的工具——它通过寓言或隐晦的手段来讨论更明显、更敏感的话题,通过牧人之间的琐碎辩论的形式隐藏重大的主题,因此被斯宾塞用来抒发他的共同体想象。⑤ 本节通过分析《仙后》第六卷的田园诗章,并结合诗人之前的田园诗创作,探究田园诗对宫廷生活的"美刺"⑥、牧羊人对宫廷生活的反思,以及虚拟的田园共同体构建。

一、田园诗对宫廷的"美刺"

斯宾塞田园诗中的共同体想象,首先表现为对宫廷的"美刺"。

---

① Paul Alpers, "Spenser's Late Pastorals", *Critical Essays on Edmund Spenser*, ed. Mihoko Suzuki, New York: G. K. Hall, 1996, 248.
② John D. Bernard, *Ceremonies of Innocence: Pastoralism in the Poetry of Edmund Spenser*, Cambridge: Cambridge University Press, 1989, 78.
③ Bernard, 88.
④ Andrew Hadfield, "Introduction: The Relevance of Edmund Spenser", *The Cambridge Companion to Spenser*, ed. Andrew Hadfield, Cambridge: Cambridge University Press, 2001, 7.
⑤ Ibid.
⑥ "美刺"一词源于中国诗歌传统。《毛诗序》论述《诗经》中的《颂》诗时,认为"美盛德之形容,以其成功告于神明者也";论述《诗经》中的《国风》时,则认为"下以风刺上"。东汉郑玄说:"论功颂德,所以将顺其美;刺过讥失,所以匡救其恶。"(《诗谱序》)斯宾塞在其田园诗中,同样既有对王室的歌颂,也不乏讽刺与指摘之语,契合于中国的美刺传统。

《仙后》的第六卷,也是该书最后的完整一卷,讲述骑士卡里多的英雄历险故事。卡里多追逐"叫嚣野兽",又名"丑闻",途中救助落难贵妇,铲除邪恶骑士,除暴安良。但从第九章开始,史诗转向了田园诗,并一直持续到最后的第12章,讲述卡里多在历险途中,遇上以麦利比为首的一群牧羊人,并共同度过了一段美好的田园生活。因此,本卷被认为是最具有田园诗特色的一卷。阿尔佩斯在《斯宾塞晚期的田园诗》一文中,即把《仙后》第六卷中的田园诗章视作田园诗进行解读,而其中的老牧人麦利比和诗人兼牧人柯林·克劳特则成为他研究的焦点。[①] 阿尔佩斯尖锐地指出,麦利比之所以能成为一位牧歌人物,正是因为他曾经历过宫廷生活。[②] 这些生活阅历是他表达家国情怀的基础。

西方田园诗的主旨是表达牧羊人的纯朴生活,以及后者与复杂而腐败的城市/宫廷生活的对立。在封建社会,城市生活的聚焦点是宫廷。作为权力的中心,它既是臣民仰慕的庙堂,但也极易成为恶德滥觞之所。作为廷臣兼诗人的斯宾塞,他笔下的牧羊人、廷臣、诗人等角色往往重合,表露出他的矛盾心态。对女王的崇拜和对宫廷生活的指摘造成了心态的分裂,因此,在他的田园诗中,牧羊人淳朴中不乏复杂,而宫廷生活复杂中不乏美誉,但在"美"与"刺"的对比中,"美"的成分居多。"美"也好,"刺"也罢,都是诗人关心国事——共同体情怀——的体现。

斯宾塞所处的时期存在"伊丽莎白崇拜"现象,诗人们赞颂以女王为中心的理想的宫廷文化,[③]而斯宾塞的颂扬采取了史诗和田园诗的形式。在《仙后》中,仙后格罗丽亚娜是王国里最优秀、最光荣的人,她在宫中举行一年一度的12天宴会,每天派出一名骑士除暴安良,每一名骑士代表一种美德。而当时健在的伊丽莎白女王,作为国家元首和英国国教最高领导人,她的许多美德也"暗含"在那些虚构的、追寻仙后的男女英雄的思想言行之中。仙后是骑士精神的源泉、美德与贞洁之花,是骑士每一次远征的最终聚焦点。现实中的女王

---

① Alpers, 237.
② Ibid., 250.
③ 安德鲁·桑德斯,第193页。

伊丽莎白一世也可以被视为仙后,是一位浪迹天涯的女英雄,即亚瑟王的后代。① 伊丽莎白崇拜中含有两种宗教的成分:人们既把她与圣处女玛利亚相联系,又与一位异教的、永远年轻的、女王般的仙女相联系。巧合的是,女王的生日恰好是基督教庆祝圣母玛利亚诞生的节日。在这种女王崇拜的背后,是斯宾塞想借以增进民族向心力、凝聚力的用心,而这就是共同体想象的一种形式。

斯宾塞在前期的田园诗中不乏对女王的"美化"。在《牧人月历》中,《四月》实际上歌颂伊丽莎白女王,赞扬她的崇高品质,认为她是正义和仁慈的君主。在诗中,南方牧童兼诗人柯林因求爱被罗莎林拒绝而痛苦不堪,牧人霍宾诺尔很爱柯林,为了排解愁绪,便唱了一首柯林所写的歌曲,其中描述一位名叫伊丽莎的姑娘,实为伊丽莎白女王的化身:

> 绪任克斯的女儿,她毫无瑕疵,
> 牧人的潘神生下了她这个孩子:
> 　　雍容的风度
> 　　来源于神族,
> 沾染不了人间的污渍。②

诗中说伊丽莎是潘神的女儿,暗示伊丽莎白女王的神圣不朽。笔者甚至认为潘神意指女王的父亲,即声名显赫的先王亨利八世。此外,在《爱情小诗》第74首中,"伊丽莎白"这个名字还被明确提及。

在《仙后》第六卷的田园诗章中,斯宾塞把史诗和田园诗的元素合二为一,表达他的女王崇拜。在第十章中,骑士卡里多来到了一处鲜花绿树、青山碧水的佳境,这是由自然造就、产生快乐的地方。山谷中,所有的名树卓然挺立,冬夏绽放鲜花,小鸟与雄鹰和谐相处,银色水波轻轻流淌,没有参差的苔藓或污秽的烂泥。宁芙和仙女们坐在岸边树荫下,语音与水流声正相协调。在高处,

---

① 安德鲁·桑德斯,第197页。
② 埃德蒙·斯宾塞:《斯宾塞诗选》,胡家峦译,桂林:漓江出版社,1997年,第15—16页。

则是一处宽阔的平地，适合跳舞欢歌等所有的乐事。这里就是阿西德尔山。

卡里多远远眺望，只见一群美女在山上欢快地舞蹈，还有一位牧羊人吹着笛子。细看之下，才发觉上百美女一丝不挂，像百合花一样洁白，围成一圈。在中间，三位美女载歌载舞，而在三位美女中间，另有一位女郎，如珍奇异宝，优美更胜一筹，光芒超越了神话中的仙女。这三位女郎正是美惠三女神，她们是快乐之女，也是维纳斯的侍女。最中间的那位美丽堪比维纳斯，牧羊人的欢快曲子只为她吹奏。随后，在卡里多试图走近时，众仙女受惊，倏然消失，只剩下牧羊人柯林。卡里多看到的这位姑娘与《四月》中的那位伊丽莎何其相似：

> 看啊，美惠三女神起舞翩翩，
> 　　随乐器节拍：
> 轻盈灵巧地舞蹈，歌声悠然，
> 　　嬉戏多欢快。
> 要不要第四位女神来配对成双？
> 让那个位置留给我这位女郎：
> 　　她将是女神之一，
> 　　填补第四把交椅，
> 和其余的一起来统治天堂。①

两首诗的这一部分内容不免重复之嫌，但也证实了第六卷中的那位姑娘就是女王的化身，她不但美丽动人，在美德上更胜过美惠三女神，因为她就是美德的源泉，称得上是第四位美惠女神。她是那位吹笛的牧羊人柯林·克劳特的所爱。女王仿佛变成了一位牧羊女，而柯林这位牧羊人则是诗人的化身。通过柯林这位牧羊人，作者表达了自己对女王的赞美。需要留意的是，诗人此处的赞美侧重点不在女王的地位，而是她的美德，这种把美德视作共同体源泉的主张，显然是一种文化思想，是共同体层面上的思考。

美国哈特福德大学英语教授唐金（Humphrey Tonkin）曾经把麦利比的淳

---

① 埃德蒙·斯宾塞，第19页。

朴生活和卡里多的阿西德尔山两相比较,并得出结论:麦利比似乎生活在一个梦想世界,而阿西德尔山却呈现出一个有着完美秩序的世界,只能为诗人和预言家所见。① 如果说麦利比等牧羊人组成了一个凡间的田园共同体,阿西德尔山则意味着一个堕落前的伊甸园或黄金时代的阿卡狄亚,女王是其中的精神领袖。在斯宾塞的眼中,伊丽莎白女王同样是一位女英雄、女骑士,是精神领袖,尽管她因为父王的离婚再娶曾被天主教徒反对者称为私生女。斯宾塞的立场在诗中的一个细节中得到了彰显:卡里多爱慕的牧羊女帕斯特蕾拉,也是一位曾遭遗弃的婴儿和私生女。

还必须指出的是,斯宾塞在表达女王崇拜的同时,对宫廷文化不无贬抑。正如桑德斯所言:"把斯宾塞说成是一个纯粹歌颂秩序、稳固和静态平衡的诗人,实际上是对他的误解。"② 不过,他的"美"是主要的、明显的,并且是指向女王的;而"刺"则是次要的、委婉的,其贬抑对象为廷臣所展示的宫廷生活。

在第六卷第九章卡里多和麦利比的田园诗对话中,卡里多钦羡牧人所过的幸福生活,没有争端或内斗,暗含了对宫廷生活的讥刺:

> 生活得如此自由如此幸运,
> 远离俗世之海的狂风巨浪,
> 他人则被掷入危险的境况。
> 争斗、破坏和邪恶的敌意
> 加诸其身,无人能够平息。(9.19)③

卡里多羡慕麦利比的幸福生活,并认为这是一种极乐状态,是他未曾经历过的。作为女王派遣的行善除恶的骑士,卡里多是骑士精神的体现者。在这史诗与田园诗合二为一的第六卷中,他是行动的一方,但在这田园世界,他却表达出对"行动生活"的厌倦与反感。在"行动"世界中,他无暇反思,但在这静态

---

① Humphrey Tonkin, *Spenser's Courteous Pastoral: Book Six of the "Faerie Queene"*, Oxford: Clarendon Press, 1972, 292-293.
② 安德鲁·桑德斯,第201页。
③ 对引自《仙后》第六卷的诗行,在括号内只标明章数和节数。未标明译者之处为笔者自译。

的田园,通过对比,他似乎发现了行动生活的缺陷,以及这一缺陷的来源。在传统的田园诗对话中,常有一位老牧人对牧人同伴提出建议或予以责备,尤其是那些被爱冲昏头脑的年轻人。① 不过,卡里多并非为爱所苦,他的失误在于对田园生活本质理解的偏差。因此,麦利比对卡里多的观点予以纠正,并以"满足"这一观点取代卡里多的关键词"幸福",这正是他所洞悉的美德,②是田园生活的真谛所在,也是共同体得以维系的关键。

麦利比向卡里多回忆自己的青年时代,那时他热衷功名,鄙弃那些身着粗布衣裳的同龄牧羊人,因此离开家乡,投靠朝廷,日日奔忙于王室宫苑。然而,在王室的"高贵"处所,他却目睹了匪夷所思的虚荣自负之举,"很快就厌腻的景象和久被蒙蔽的/空洞的希望,他们却以此为乐"(9.25)。他与家乡隔绝十年之久,在宫廷虚度青春。他抱怨自己的蠢行,决然回到家乡这甜蜜之地,回到羊群身边,从此学会更亲近地爱这低微的、平静的生活。听了老牧人的话,卡里多"开始厌恶贵族身份和钻营,/希望上天大大地荣耀我,/让我生活在同样的环境"(9.29)。透过这字里行间,我们不难看到诗人对理想共同体的憧憬。

老牧人麦利比和年轻骑士卡里多的对话表达出对宫廷生活的反思和感悟。麦利比经历了从田园到宫廷,再到田园的生活轨迹,卡里多则暂时在骑士历程中缺席,首次感受田园生活。如果说麦利比是从行动中归隐,那么卡里多则是在行动中反思。麦利比谙熟宫廷生活的内情,因而他的讥刺直指要害,针砭上层社会的浮华与堕落,并一针见血地指出,卡里多想赠予他的黄金为"肮脏之物,人们堕落的起因,/以骇人的危险破坏我的平和"(9.33)。卡里多毕竟阅历较浅,他为了获得王室的青睐,受命奔波于荒野,感受更多的是江湖的艰辛和险恶,然而在麦利比的点拨下,他才意识到"宫廷的宠幸/影子一般的虚荣,物议良多,/频遭抨击,总在宦海颠簸"(10.2)。斯宾塞似乎借卡里多之口吐露心曲,表达他在庙堂和江湖对自身处境的焦虑,以及在归隐和出仕之间的两难抉择。他曾受女王差遣在殖民地爱尔兰任职,感受了当地人的敌意,而伦敦的宫廷局势同样波谲云诡。

---

① Alpers, 238.
② Ibid., 239.

阿尔佩斯认为,麦利比作为田园诗发言人,发出的是廷臣或城市居民的自我陈述。他代表了卡里多珍惜与向往的生活方式,即和谐的共同体生活方式;他放弃宫廷回到乡村之举,正是卡里多意欲选择的。① 卡里多的身份不是牧羊人,但他发言的模式却是由麦利比这位文学牧羊人所决定的,因此两人的对话呈现出新的田园诗特点。他们对宫廷文化的讥评并不影响卡里多对女王的崇拜,因为其对话发生在第九章,而在第十章才讲述卡里多在阿西德尔山对那位女王化身的少女的敬仰之情。

斯宾塞对宫廷的"美"与"刺"并不是等同的,而是以"美"为正宗,"刺"为变调。从整部《仙后》来看,1590 年出版的前三卷"美"为主调,颂扬女王和为女王服务的诗人和贵妇②;而在 1596 年出版的后三卷中,则"美"中有"刺","刺"的分量明显变重,因为他深刻认识到宫廷生活的虚伪和丑恶,尔虞我诈,谗言诽谤。桑德斯洞悉前后两部分的差异,所以得出了这样的评论:"前三卷所表达的充满信心的乐观主义与后三卷表达的一切都在崩溃的感觉确实有着明显的区别。"③这一评论无疑是中肯的。更重要的是,无论是斯宾塞对宫廷的"美",还是他的"刺",都体现了一种共同体情怀。

二、虚拟的田园共同体的构建

斯宾塞对女王的崇拜,虽不乏支持者,但也颇引起一些人的恶评。诚然,斯宾塞的确给人留下了对君主阿谀奉承的印象,但是从当时的历史背景与客观现实来看,他的言行并没有极端性,反而符合时代的情感结构与心理要求。

正如钱乘旦所言,伊丽莎白崇拜既是专制王权的需要,又是民族刚开始凝聚为国家时的客观要求。君主的神圣化与对君主的歌颂成为都铎王朝的风气,连莎士比亚也不能免俗。《亨利八世》的结尾预言,刚出生的伊丽莎白公主"会给这片国土带来无穷的幸福"。④ 在女王执政的整个时期内,宫廷变成了那

---

① Alpers,240-241.
② 作为《仙后》的作者,斯宾塞得以进入宫廷,觐见伊丽莎白女王,并于 1591 年获得女王批准的 50 英镑终身年金。
③ 安德鲁·桑德斯,第 201 页。
④ 钱乘旦、陈晓律:《在传统与变革之间——英国文化模式溯源》,杭州:浙江人民出版社,1991 年,第 25—26 页。

些力图博得她好感和宠爱的年轻贵族们竞争的场所。① 然而,即便在女王统治时期,批评的声音也不绝于耳,而后世历史学家的评论就更为大胆了。当时苏联的施脱克马尔指责伊丽莎白滥用权力,她只用一张简单的字条就可以轻而易举地夺取主教的私人庭园,并转送给自己的宠臣。② 施脱克马尔还略有偏颇地讽刺道,伊丽莎白所为之奉献的人民是新显贵、新贵族以及资产阶级,她关心着他们的愿望,唯恐忽视他们的利益。③ 与此相印证的是摩根的观点,他认为伊丽莎白时期的济贫法主要针对流浪汉和日益增多的城市骚乱,而不是出于对穷人真正的人道主义关怀,议会里的富翁们也持同样的观点。④ 摩根进而指出,在放声赞颂她的时候,不要忘掉一个简单的现实,即她不动声色地使英国陷入一种无法控制的状态之中。⑤

即便伊丽莎白王朝问题成堆,君主崇拜情结也不乏合理之处。在立德方面,她不乏令人赞誉的美德;在立功方面,她战胜强敌,并创造了英国历史上有名的盛世;而在立言上,她在文学、翻译等方面也颇有成就。这使她赢得了大多数国民的敬意。在基督徒的眼中,她就是一位牧羊人,像耶稣一样,守护羊群一般的国民。斯宾塞对她的颂扬,即便有个人崇拜的一面,也带有为治国理政献言的冲动———一种共同体形塑的文化冲动。英国文艺复兴时期处于从中世纪向现代社会转型的时期,这是一个事件迭起的行动时代,但也因此成为一个观念涌动的沉思时代。以沉思为主调的田园诗盛极一时,正得其所。斯宾塞的诗作力图"以道德和温和的戒规来重新塑造士绅和贵族",⑥而女王则被打造为一个道德完美的美惠女神与牧羊女,这难道不是致力于民族团结的共同体想象?

在牧羊人与宫廷的对立中,伊丽莎白本应属于宫廷的一方,但颇蹊跷的是,她却披上了"牧羊女"的外衣,成了田园世界的一员。在这似非而是的颠覆性设计中,伊丽莎白的原初身份已不重要,在《仙后》这部寓言史诗中,她已经

---

① 施脱克马尔:《16世纪英国简史》,上海外国语学院编译室译,上海:上海人民出版社,1958年,第76页。
② 同上,第77页。
③ 同上,第80页。
④ 肯尼思·摩根,1993年,第298页。
⑤ 同上,第284页。
⑥ 同上,第302页。

成为一种象征。斯宾塞力图使其成为一种载体,核心是她所体现的美德。以她为主导的田园世界因其虚拟性也成为一个想象色彩更为强烈的共同体。这一虚拟的共同体寄托了对传说中黄金时代的思慕,同时传达出重塑民族共同体的渴望与雄心。

在安德森看来,一切共同体都是想象的,其中的成员虽未谋面,但是彼此关联;区别不同共同体的基础,并非他们的虚假/真实性,而是被想象的方式,即具体而特殊的关联性。① 虚拟的田园共同体的关联因素就是源于女王而体现于牧羊人之身的美德,其中糅合了廷臣和骑士所展现的贵族精神。

《仙后》前三卷分别讲述了骑士所体现的"圣洁""节制"和"贞洁"的美德,后三卷则分别聚焦于"友谊""正义"和"礼貌"的美德。这些美德为英雄骑士们所拥有,却集于仙后(即女王的象征)一身。例如,在第六卷的田园诗章中,"礼貌"这一美德得以淋漓尽致地展现。卡里多爱上了牧羊女帕斯特蕾拉(麦利比的女儿),而另一位年轻的牧羊人考利登也对她情有独钟,两人由此成为情敌。考利登嫉妒卡里多,因此频频向其他所有的牧羊人抱怨;当卡里多在场时,他更表现得妒火中烧,而卡里多却彬彬有礼,宽宏大量,对对方不吝赞美。帕斯特蕾拉对考利登的殷勤无动于衷,后者因此哀叹:"新爱受宠,旧爱一钱不值"(9.10)。此时的田园颇像宫廷,牧羊人追求帕斯特蕾拉,就像年轻贵族们争宠于女王。

一次,年轻的牧羊人们准备举行一场舞会,让卡里多领舞,考利登气得直咬嘴唇。此时,卡里多又一次表现出礼貌的美德,让考利登领舞,并把帕斯特蕾拉给他的花环放在了考利登的头上。在摔跤的时候,强壮的卡里多虽然轻松战胜了对手,却仍然称赞对方,并又一次把桂冠让给考利登。这位温和的骑士举止得当,赢得了那些曾经与他有隔阂的乡民的欢心,由此说明"在最粗野的人群中礼貌生发出/善意和喜爱"(9.45)。卡里多的美德还包含了贵族精神中最可贵的骑士精神——在老虎来袭的时候,他是唯一能够保护牧羊人的勇士。考利登因畏惧而逃跑,从而彻底失去了帕斯特蕾拉的爱慕。

斯宾塞笔下的田园共同体有美德,无恶德。牧人之间即便有情场之争,也

---

① 本尼迪克特·安德森,第6页。

不伤和气。卡里多作为一位骑士,其身份与牧羊人群体并不协调,但是他改变了自己高贵的外表,谦卑地放下闪亮的武器,穿起牧羊人的粗布衣裳,手中拿的是牧人的镰刀,而不是铁头枪。他之所以能融入这个共同体,最关键的是他所拥有的美德——美德把牧羊人维系在了一起。田园共同体致力于劳作和艺术创作,牧民们从未听说过"叫嚣",即"丑闻"怪兽,这说明田园群体里古风犹存,有着原始主义的淳朴,没有被世风中的恶德所玷污。

"礼貌骑士"卡里多处理矛盾的方式与伊丽莎白女王应付宗教冲突的手段不无契合之处。置身于新教徒、天主教徒与清教徒的宗教争端中,伊丽莎白作为一位守旧的改革者,她顾及各派的权益,采取了一种中间道路的模式来化解矛盾。[①] 她力图以美德感化各派,维系人心,甚至为了国家利益而耽误了个人的终身大事,这一点与之前的玛丽女王有着天壤之别。在她生前,宗教共同体虽冲突不断,但毕竟没有分崩离析,直到詹姆斯一世时期,在国教和清教之间才爆发了战争。女王美德熏染下的田园共同体与她操控的宗教共同体形成了鲜明的对比。不过,田园共同体也遭到了强盗的洗劫,帕斯特蕾拉等人曾身陷魔窟,强盗头子垂涎帕斯特蕾拉的美丽,却因为对方的美德而不敢侮慢。帕斯特蕾拉作为女王品德的体现者,又一次显示出美德的力量。

但斯宾塞的田园共同体其实是一个由宫廷人士主导的群体,其中的主要角色都来自宫廷。牧羊女帕斯特蕾拉作为麦利比的养女,似乎是真正的村姑,但后来谜底揭开:她亲生父母的身份原来是爵士和贵妇;而麦利比和卡里多一个是前廷臣,一个是骑士;牧羊人兼诗人柯林则是斯宾塞的化身。作者通过颂扬这些宫廷人士的美德,构建了一个理想的田园世界,并以此与伊丽莎白王朝中的敌对势力形成对比。不过,他的田园诗把那些真正的牧羊人边缘化了,或者说真正的牧羊人反而成为共同体中的另类。正如阿尔佩斯所言,考利登这位庄稼汉不是真正的田园诗人物,因为宫廷诗人并不代表他,也不为他说话;田园诗为乡村所有,却为城市所治、所享——这些都表明斯宾塞意识到他自己(包括他的人物)不得不回到宫廷世界。[②] 尽管如此,斯宾塞的局限性是历史环境使然。他毕竟为共同体形塑作出了巨大努力,可谓瑕不掩瑜。

---

① 休·塞西尔:《保守主义》,杜汝楫译,北京:商务印书馆,1986年,第15—16页。
② Alpers, 250.

要体会《仙后》中的共同体意蕴,我们还须审视诗中的措辞等细节,例如,courtesy(礼貌)频频出现,而它与 court(宫廷)外形上十分接近,其中深意藏焉。在第六卷的第一章第一句中,斯宾塞直言礼貌源于宫廷,但哈德菲尔德却从该卷序言的"该美德的居所在心灵深处"一句中,推断出它暗含的意思,即礼貌只能在离宫廷最远的地方被发现。也就是说,这里的文化传输是反方向的,即美德是从乡村传输到城市。① 田园共同体中的主角们虽然真实身份由宫廷所界定,但他们的美德却是来源于乡村。正如摩根所言,伊丽莎白政府都被升华了,并进入了一种欢快的仙境。②

田园共同体是美德的展示台,却也危机四伏,常常面临着食人生番、强盗、"叫嚣怪兽",以及老虎等野兽的不断袭扰。哈德菲尔德认为,这暗示了乡村爱尔兰和乡村英格兰噩梦一般的幻景。③ 在第六卷最后,卡里多暂时制服了"叫嚣怪兽",然而在结尾的诗节里,怪兽竟变得"那么巨大那么强壮,/它叫嚣着撕咬所有与他抗争的人……"(12.40),而且还逃跑了。桑德斯曾由此推断,虽然怪兽可能仅仅体现了"诋毁"风气,但它对格罗丽亚娜宫廷的、未被玷污的理想构成了威胁。④ 确实,怪兽又名"丑闻",有着"邪恶之舌",来源于恶德,斯宾塞期望他的骑士发挥贵族精神,战胜肆虐的恶德,净化宫廷。这样的情节安排用意颇深,既暗示共同体建设之路的艰险,又指明了维系共同体的关键,即褒扬美德,铲除恶德。

在前期的田园诗中,斯宾塞对乌托邦共同体表现出信心和希望,而在《仙后》第六卷中,田园世界却时有隐忧。也许这就是田园文明向商业文明过渡而产生的"转型焦虑",预示着工商业的发展对宗教神圣共同体和王朝血统共同体的冲击。斯宾塞以诗说教的努力失败了,⑤在他逝世后不久,宫廷就失去了其统治地位。然而,他寄寓了田园理想的、以美德为本的共同体却塑造了一代又一代的读者共同体。从这个角度来看,他的努力应该说是获得了巨大的成

---

① Andrew Hadfield, "*The Faerie Queene*, Books Ⅳ-Ⅶ," in *The Cambridge Companion to Spenser*, ed. Andrew Hadfield, Cambridge: Cambridge University Press, 2001, 134-135.
② 肯尼思·摩根,第 302—303 页。
③ Hadfield, 137.
④ 安德鲁·桑德斯,第 201 页。
⑤ 肯尼思·摩根,第 303 页。

功，其文化意义深远而重大。

第三节
《斗士参孙》：偶像破坏者与有机共同体的重建

弥尔顿的书斋剧《斗士参孙》(*Samson Agonistes*，1671)，也构成了文化/共同体观念内涵演进的重要一环。

《斗士参孙》是一部悲剧，出版于1671年，时值王权复辟，革命处于低潮，作者本人也处于悲惨境遇：由于为革命政府工作过度劳累，他于1652年双目失明；而在复辟时期，保皇派还对他进行迫害，使他穷苦不堪。《斗士参孙》脱胎于《圣经》的《士师记》，是基于后者参孙的主要事迹创作的。《士师记》通过叙事展开情节，而《斗士参孙》则是通过对话表现人物的性格和际遇，在肖明翰看来，它也是按照《圣经》故事的传统来创作的，即以发展人物性格见长。[①] 参孙是一个典型的弥尔顿式英雄，虽受尽敌人的折磨，但决不妥协，并最终与敌人同归于尽。

但与弥尔顿不同的是，参孙是一个有着可疑身份与更为凶险境遇的人物。他既是以色列人的士师、领袖，也是民族死敌非利士人的女婿；曾多次屠杀非利士人，有时却被本民族排斥甚至出卖。他与民族共同体的关系因此成为一个焦点论题。奈斯勒(Miranda Carno Nesler)认为，剧中的人物面临着身份不确定的焦虑，因此通过创造叙事来稳定个体和群体的历史，但这些叙事混杂纠缠，导致了缺乏具体行动的戏剧性停滞。不过，他敏锐地发现了两个民族不同的共同体方案：以色列人构造目的论叙事——既由精神信仰所强制，也同时对其进行检验；非利士人则沉迷于狂欢喧闹，及时行乐的行为甚至到了循环无

---

① 肖明翰：《试论弥尔顿的〈斗士参孙〉》，《外国文学评论》，1996年第2期，第110—111页。

已的荒唐程度。① 他对以色列人以信仰为支柱的共同体构建予以肯定,而对非利士人享乐主义的共同体方式则予以否定。麦卡利斯特(Caroline McAlister)同样肯定了上帝恩典与共同体创建之间的内在关系,认为"《斗士参孙》这部戏剧着眼的不是交际缺失,而是神秘恩惠的交际。它关注的不是共同体的失败,而是新共同体的形成"。② 然而,以色列民族共同体虽然以信仰为支柱,却缘何长期被非利士人奴役? 参孙个体的悲剧与共同体的惰性有无必然联系? 评论家们并没有给出有针对性的解释。

按照滕尼斯的解释:"共同体是持久的和真正的共同生活,是一种生机勃勃的有机体。"③以色列这个有机共同体的生机之所以被压抑,从参孙身上可以"窥一斑而见全豹"。按照美国思想家莱茵霍尔德·尼布尔的说法,参孙是一个愚蠢的"光明之子",④他屡屡被黑暗之子所诱惑,也最终堕入了奴役状态。从有机共同体到伪共同体的堕落迅捷而突兀,然而重建共同体之路则漫长而艰难。

一、愚蠢的光明之子与被奴役的共同体

参孙是一位真正的光明之子,但也是一位愚蠢的光明之子。按照尼布尔的定义,"光明之子"指那些意欲将自我利益置于更具普世性的规律之下,使之与更具普世性的善相谐洽的人。⑤ 在任何时代,民族共同体的要务都是求生存、图发展,而在参孙的时代,以色列人生存的最大威胁来自非利士人。在君主制尚未出现的时代,作为以色列一个支派的头领——士师,参孙的首要职责就是守土护民,而他也不负众望,屡次重创敌人,尽管他总是单打独斗,凭恃一己的神力对抗敌人。⑥ 在公共事务方面,参孙把共同体的利益高置于个体利益

---

① Miranda Carno Nesler, "What Once I Was, and What Am Now: Narrative and Identity Construction in *Samson Agonistes*," *Journal of Narrative Theory* 37, No. 1 (Winter 2007), 3-4.
② Qtd. in John T. Shawcross, *The Uncertain World of* Samson Agonistes, Cambridge: D. S. Brewer, 2001, 85.
③ 斐迪南·滕尼斯,第45页。
④ 莱茵霍尔德·尼布尔:《光明之子与黑暗之子》,赵秀福译,北京:北京大学出版社,2011年,第12页。
⑤ 同上,第9页。
⑥ 吴献章甚至认为,在《士师记》中,以色列男人的素质似乎一代不如一代。到了参孙的时代,以色列男人简直已经丧失领导能力,见吴献章:《从〈士师记〉的文学特征和神学蕴涵看女性角色》,《圣经文学研究》,2007年第1辑,第248页。

之上，体现出普世性的价值观，因此堪称一位尽职的领袖级光明之子；然而在私人生活方面，他被欲望冲昏了头脑，屡屡陷入黑暗之子（即"那些不承认自己的意志和利益之外存在任何规律的人"①）所设的温柔陷阱（美人计），私欲抹杀了他的共同体意识，使其堕落为一个愚蠢的光明之子。正如尼布尔所分析的那样，光明之子之所以愚蠢，是因为他不仅低估了黑暗之子的力量，而且也低估了这一力量在自己身上的显示。②

参孙因为女色的诱惑，置上帝的警告于不顾，把自己神力的秘密来源告知了第二任妻子大利拉，即他的盖世神力来自于他的发绺。如果说参孙娶第一任妻子——那位非利士人的亭拿女子——是他与共同体疏离的开端（虽然他认为这是上帝的安排，但这与上帝的禁令——不得娶异族女子——相矛盾），那么这一秘密的泄露则是一个质变，标志着他与共同体的联系已经发生了裂变，因为他公然违背了上帝的旨意，把维系着民族安危的大秘密轻易吐露。因私欲而置公共利益于不顾，破坏了宗教共同体应共同遵守的与上帝的约定，从而使得个体与共同体的联结从"有机"趋向"僵化"，从"互联"变成了"失联"。不论是《士师记》还是《斗士参孙》，都把他与异教徒女子的恋情归因于上帝。当然，这种结合所潜藏的危险，上帝恐怕早就了然于心。也许，这是上帝对他所拣选的光明之子的考验。不过，参孙的初试并不及格。

倘若说上帝的教义像网络一样沟通以色列民族的心灵，那么他与亭拿女子以及大利拉基于诱惑与蒙骗的家庭共同体使他疏远了上帝，他与民族共同体也只剩下血缘、语言等维度的机械联系，而最重要的信仰联系则处于被割裂的状态。

在《圣经》中，因违背上帝旨意而使个体或共同体失去生机的例子不胜枚举，最典型的就是罗得的妻子。上帝在毁灭所多玛和蛾摩拉两座罪恶之城时，让义人罗得一家先行逃出，但警告他们不得回头观望。罗得的妻子因好奇而回头观看，瞬间变成了一根盐柱（《创世纪》，19：23）。这一变形过程说明了个体对以上帝教义为核心的普世价值观的遵循不容破坏。罗得一家的出逃，是基于与上帝的约定；而其妻对这一约定的破坏，违反了忠信的原则。她的回眸

---

① 莱茵霍尔德·尼布尔，第9页。
② 同上，第12页。

一望或者反映了对天命的猜疑,或者有对落难者命运的关注,但无论如何,她的"石化"都暗示了家庭共同体的有机联系不复存在,并危及其生机。

参孙对神旨的违抗,其后果之严重,更甚于罗得之妻的抗旨不遵。后者仅仅破坏了家庭共同体的生机,而参孙的泄密则不仅摧毁了家庭共同体,而且在更大程度上也动摇了民族共同体的有机性,并使得自己和民族都堕入奴隶的境地,正如合唱队所唱:"但以色列的子孙如今仍在奴役之中!"① 参孙自己也多次悲叹在迦萨监狱里被奴役的境遇:"跟奴隶一起推磨,/解放者自己竟在非利士人的轭下"(126);"身缠奴隶的装束,/是那样的破烂污秽"(130)。在这之前,他已成为美色的奴隶,"但卑鄙的优柔寡断把我擒住,/作她捆绑的奴隶","那种的奴性、无耻、卑劣和丑恶"才是更彻底的"真正的奴役"(144)。肉体上的苦役和被女人肉体所奴役相比较,后者更使参孙痛心疾首。

但共同体被奴役,参孙并不归咎于自己。他说:"这个过失不能归于我,应归于/以色列的长官们和族长们"(136)。在非利士人搜捕参孙时,以色列人的支派犹大人竟然协助非利士人抓捕他,并把他押送给对方,难怪参孙痛斥道:"但常见腐败的民族,/由于恶劣的癖性,沦为被奴役的地位,/宁受奴役,不爱自由"(137)。他们本来可以配合参孙,一起向敌人进攻,推翻非利士人的统治。当初摩西领导以色列人出埃及后,在旷野屡受磨难,众人也曾多次抱怨摩西,因为他们认为在埃及过的奴隶生活胜过在旷野受罪。为了说明有些人乐于为奴的心理,在《为英国人民声辩》中,弥尔顿曾援引亚里士多德和西塞罗(Marcus Tullius Cicero,106—143 BC)的观点:亚洲的人民容易服从奴隶制,而叙利亚人和犹太人则生来就过着奴隶生活。② 这种温顺地接受暴政的民族,是"奴隶民族":"我们绝不能认为他们是公民、自由人或自由民出身,也不能认为他们有任何国家存在,而必须认为他们只是业主和业主继承人的货物、牛羊和财产。我根本看不出他们和奴隶或牛羊的所有权之间有任何区别。"③ 如此看来,这种奴隶民族连国家都称不上,更遑论共同体了。弥尔顿在此不只是指

---

① 约翰·弥尔顿:《复乐园·斗士参孙》,朱维之译,上海:上海译文出版社,1981年,第136页。以下只标出页码。
② 约翰·弥尔顿:《为英国人民声辩》,何宁译,北京:商务印书馆,1958年,第35页。
③ 同上,第169—170页。

斥参孙所属的以色列民族,也包括了英国复辟时期的那些甘受专制统治的王党分子和国教人士。

参孙虽然把民族的奴役状态诿过于其他上层人士,然而作为部落的一把手,他难辞其咎,对此他也不无自责:"我像一个傻舵手,把上天所信托的/光荣富丽的楼船驾翻了。"(134)他的愚蠢在于错误地高估了家庭共同体的有机性。他的两任妻子虽然与他有着肉体上的联系,但在精神层面上与他并没有不可分的统一性。这种家庭只是维持着生理层面僵化的联系,普世性的家庭观念的缺乏使得这一共同体难以为继。参孙的受骗有其偶然性,然而偶然中存在着必然:他的两任妻子同为非利士人,而这一民族是一个事实上的伪共同体。

二、崇拜偶像的伪共同体

一个有机共同体的生存依赖于个体间的内在联结,"是人的意志完善的统一体",①它的"意志形式,具体表现为信仰,整体表现为宗教"。② 非利士人虽然有宗教信仰,但他们崇拜的半人半鱼的主神大衮,形状是一个披着鱼皮的男人,大衮非利士人的众神之首,被古代以色列人视为魔鬼。非利士人崇拜大衮,将非神灵的事物神化,属于典型的偶像崇拜。

迪萨尔沃(Jackie DiSalvo)认为,"摩西十诫"的第一条反对崇拜假神和雕像,这保全了希伯来民族的身份。该民族持守父权制的部落法典,并因与耶和华的神约而得以维护,与其对立的是周围社会的贵族价值观,这些社会的神庙城市依赖于奴役和征服。③ 这正是以色列人和非利士人最大的不同。以色列人崇拜上帝,尽管上帝并无具体的形状,却始终通过各种戒律对众人加以威慑,使他们过着类似于清教徒清规戒律的生活,而一旦他们"越雷池一步",破坏律令,上帝必以各种手段予以惩戒。非利士人崇拜的大衮,被塑成雕像,有着半人半鱼的外形,但是缺少为整个共同体所普遍遵守的典律,因此非利士人大多欺骗、残暴、耽于享乐,他们为了金钱可以出卖自己的另一半,为了泄愤竟

---

① 斐迪南·滕尼斯,第48页。
② 同上,第250页。
③ Jackie DiSalvo, "'Spirituall Contagion': Male Psychology and the Culture of Idolatry in *Samson Agonistes*," in *Altering Eyes: New Perspectives on* Samson Agonistes, eds. Mark R. Kelley and Joseph Wittreich, London: Associated University Press, 2002, 254.

动辄杀害族人,为了狂欢作乐可以戏弄悲惨的瞎子参孙。他们崇拜大衮,但这种崇拜没有体现普世价值观,反倒是不断突破道德底线。他们虽然也为了民族利益而采取一些群体行动,但更多的时候是为了个体利益,不承认在他们的意志之外有着普世性的原则,因此总体上来说,他们是乌合之众,是充斥着黑暗之子的民族,是一个机械的共同体,"只能形成愚蠢人的核心"(139)。但这样一个涣散的共同体,却辖制着以色列人,并危及后者的生存。正如迪萨尔沃所警示的那样:"非利士人的偶像崇拜文化会扼杀启蒙所取得的微弱进步,驱使以色列,就像英国一样,回到黑暗时代。"①

偶像崇拜"不单单是指异教的错误信仰。只要是人类将所造物抬高到上帝的位置,不论这是其他神灵,或是魔鬼(如拜撒旦教)、权势、享乐、种族、祖先、国家、金钱等,都被认为是偶像崇拜"。② 参孙对异教女子的迷恋也构成了偶像崇拜。

大利拉有偶像崇拜思想,她崇拜的是金钱,而参孙迷恋的是美色。因为享拿女子改嫁他人,他纵火焚烧非利士人的庄稼;因为大利拉的温柔攻势,他可以忘掉上帝的戒规,吐露神力来源的秘密。偶像崇拜者将所崇拜的对象抬高到上帝的位置,而对参孙这位光明之子来说,大多数时间里,上帝在他心里有着至高无上的地位;但当色欲填满他的内心、堵塞理性的通道时,他与上帝是隔绝的,即便他的眼睛是完好的,他还是暂时堕落入黑暗之子的境界了。

迪萨尔沃曾把参孙与荷马史诗中的尤利西斯进行了对比。他认为,如果说理性的尤利西斯正在检验他将用来帮助创建希腊的价值观,并抗拒着喀尔刻和塞壬的更原始、更追求快感的魔幻女人统治的国度,那么参孙必须坚持他那与非利士人对立的希伯来进步观和理性观,而非利士人引发的对喀尔刻的联想则揭示了他们的贵族式优雅所掩盖的野蛮。③ 在被大利拉出卖之后,参孙的确就像砧板上的猪、羊一般,由非利士人任意宰割。在《偶像破坏者》一文中,弥尔顿把那位惧内而且崇拜偶像的国王及其追随者们描述为"被喀尔刻的

---

① DiSalvo, 256.
② *Catechism of The Catholic Church* (London: Geoffrey Chapman, 1999), 460, http://zh.wikipedia.org/wiki/%E5%81%B6%E5%83%8F%E5%B4%87%E6%8B%9C (accessed June 6, 2014).
③ DiSalvo, 268.

奴役之杯施了魔法的人","谁也不能阻止他们飞快地把头伸进束缚之轭"。① 在弥尔顿看来,保皇派们就像被驯顺的动物一样,甘愿接受偶像的奴役。他们已经忘记了上帝之言。

参孙这一形象的寓意,尤其是他在共同体语境中的寓意,确实可以在跟奥德修斯的对比中得到更好的理解。后者作为希腊军中最有智慧的人,也是一位光明之子;作为伊塔卡岛之王,他心系共同体的安危,对喀尔刻和塞壬等美色的诱惑极力抗拒。虽然是在多神教的时代,他的"后天下之乐而乐"的行为体现出普世性的原则,与上帝的教义不谋而合。与之相比,犹太教徒参孙的定力不足,对性的崇拜和对即时性快乐的追求,使他吃尽苦头。作为偶像崇拜者的大利拉,使参孙沦落为一个偶像崇拜者,就如《圣经》中所言:"又为你的儿子娶他们的女儿为妻,他们的女儿随从他们的神,就行邪淫,使你的儿子也随从他们的神行邪淫"(《出埃及记》,34:16)。参孙的父亲反对参孙娶异教徒女子,然而色欲像膏油一样,遮蔽了他的双眼。参孙与大利拉结合之后,虽然不崇拜大衮,却在行为上与那些崇拜者并无二致,因而也暂时成为伪共同体的一员了。

三、偶像破坏者与有机共同体的重建

所幸的是,故事并未在上述情节中结束:参孙后来走出了伪共同体,又重新担负起了有机共同体的使命。

参孙的转变有一个前提,即羞耻心的觉醒。诗中有这样一个细节:"而唯一的真神/却被比作偶像邪神,在他们醉醺醺的/偶像崇拜的群氓中受侮辱和嘲骂"(145—146)。在参孙的父亲玛挪亚看来,这是参孙"所受的最大的痛楚,家门从未有过的奇耻大辱"(146)。父亲的话使参孙意识到,个体的荣辱与上帝的荣耀相比不值一提,非利士人加诸其身的酷刑与侮辱非常人可以容忍,然而他的堕落辜负了上帝的重托,并带来敌人对上帝的耻笑和族人与上帝的隔膜。这才是真正难以容忍的羞辱,所以参孙深深地自责,"是我给以色列人丢丑,/引起人们/对神的不信,使弱者和动摇者增加怀疑,/离去正道而归向偶像

---

① Qtd. in DiSalvo, 269.

崇拜"(146)。此后不久,大利拉与参孙开展了舌战,这使得参孙彻底打破了对女色和偶像的崇拜。吴玲英认为,大利拉不只使参孙得到考验,同时她也是参孙的镜像,让参孙看清了自己堕落的本质,并因此忏悔自己的罪孽,而不是把一切责任推给别人——只有这样,他才能真正树立起信仰并获得再生。[①] 如果说,在大利拉到访之前,参孙以为上帝已经抛弃了他,那么在这之后,他意识到大利拉所属伪共同体的虚假。

在通过忏悔与上帝重新建立联系以后,参孙焕发出昂扬的斗志和勃勃的生机,"心里有一股强烈的冲动,想要做一件极不平常的事"(191)。作为一个真正的光明之子,他曾因小我的悲惨遭遇而颓废,因自己的愚蠢而锥心刺骨。然而一旦恢复了信仰,他就仿佛脱胎换骨,撇掉了自我的哀怨,与共同体重建了有机的联系。在故事中,上帝对以色列人期冀的正是一个有机的共同体,"我要使他们有合一的心,也要将新灵放在他们里面,又从他们肉体中除掉石心,赐给他们肉心,使他们顺从我的律例,谨守遵行我的典章"(《以西结书》,11:19)。快要变成盐柱的参孙除掉了"石心"那顽固不化而堵塞神意的心灵,通过领悟上帝的典律,得到了净化。从此,他与共同体的其他信徒重建了有机联系。换言之,共同体的有机性取决于信仰,这就是弥尔顿为日后文化观念的内涵所做的准备。

参孙是有着超凡神力的奇人。表面上,他的神力来自头发。实际上,力量的源泉是他所依赖的共同体,而维系这个共同体的是共同信仰的上帝。希腊神话中的大力士安泰只有在接触大地时才力大无比,而一旦脱离土地,他就失去了力气,并被对手杀死。与此相似,参孙的"大地"就是以色列民族共同体,当他脱离共同体以后,头发被剃,神力丧失;而当他在心理上回归共同体之后,他的头发复生,机体恢复了有机性,神力也复原了。

参孙最终拉倒了非利士人神庙的柱子,杀死了三千敌人,以他的殉难为上帝正名,"由决斗的结果判定谁的神是真神"(180),他也证明了谁的民族是真神指引的真正共同体。参孙杀死多少非利士人不是问题的关键,最重要的是他所体现出来的偶像破坏者的精神和斗志,正如迪萨尔沃所说:"他真正夷平

[①] 吴玲英:《堕落与再生——论〈斗士参孙〉中的"大利拉之悖论"》,《外国语文》,2012年第4期,第9页。

的是他自己的充满欲望和崇拜偶像的人体和心理。"①

信奉上帝带来的是自尊自信,而崇拜偶像却使人甘于接受奴役状态。作为有着成熟宗教体系的民族,以色列人虽有过信仰迷失的阶段,但精神的力量始终绵延不绝,而参孙等人的努力激活了被压抑的民族精神与士气,使得奴性终究难以长期盘踞人心。换言之,弥尔顿讲述了一个共同体的故事:它虽然历尽磨难,却恒久保持着生机与活力,其原因就是信仰的力量。

与以色列人一样,英国也曾面临着偶像崇拜的危害。詹姆士一世曾经把国王与上帝等同起来,认为国王有着与上帝一样的臣民不能冒犯的权力。② 国王及其拥趸们就像非利士人的首长和各级贵族、祭司等人一样,力图维持其残暴的专制统治,而以弥尔顿为代表的议会派和广大国民恰如以色列民族共同体,为了维护天赋人权和自由传统而不惜一战,给了崇拜偶像的王党分子以致命打击。可以说,弥尔顿创作《斗士参孙》是给英国人描绘了一幅去除奴性、打破偶像崇拜的宏图;更为重要的是,以色列人与非利士人的对抗也为其他民族展示了一个有信仰、自强不息的共同体与信仰混乱、充斥着奴性的伪共同体的对抗模式。可以说,弥尔顿通过讲述一个共同体的故事,赋予了萌芽时期文化观念以新的内涵。

---

① DiSalvo, 274.
② 钱乘旦、陈晓律,第 51—52 页。

第五章

现代社会的"个人文学"

15世纪下半叶,英国逐渐走出了中世纪的遗尘。1485年建立的都铎王朝结束了困扰英国多年的玫瑰战争,促进了英国社会从封建主义向资本主义的过渡。自此,英国进入早期现代(early modern)阶段。虽然英吉利海峡将英国隔离于欧陆之外,但是英国文化观念从萌芽到成长的过程中时刻都被欧洲文化影响着。随着文艺复兴、宗教改革和启蒙运动的渐次发生,英国的文化构成发生了巨大变化,世俗化、城市化和商业化的历史过程推动了市民生活的兴盛发达。进入早期现代社会以后,与现代性历史进程相伴而生的是高扬个人观念和主体性的时代风尚。众多英国文学家都用虚构叙事话语的形式加入这个历史过程之中,本章选取了班扬、笛福、德莱顿和玄学派诗人等较有代表性的17世纪作家作为研究对象,以期从他们的作品中发现"个人文学"如何生发于英国早期现代社会的历史土壤之中,并催生文化观念的相关内涵。

班扬的《天路历程》和《罪魁蒙恩记》等作品表现出对个人主体意识和自由意志的强烈关注,用宗教寓言的方式讨论了现代个人问题,是17世纪重要的精神自传。班扬的作品刻画了英国人的信仰焦虑,反映出现代个人观念的形成过程,用虚构叙事话语的形式展现出个人观念如何走出单纯的信仰焦虑,深入到现实生活中。紧随其后的笛福在《鲁滨逊漂流记》中打破了宗教寓言的桎梏,他用世俗历险的形式展现了18世纪初期英国资产阶级兴起之时强大的个体生命力和经济个人主义的强烈印记。从班扬到笛福,他们的作品描绘了英国人如何走出宗教的局面,成为真正意义上的现代个人。这些都可以看作英国文化观念在当时的新内涵。

以约翰·邓恩、安德鲁·马维尔(Andrew Marvell,1621—1678)和乔治·赫伯特为代表的玄学派诗人作品具有浓郁的个人风格,他们的诗歌充满了高妙奇崛的辞藻,长于将奇思和巧智化入诗中,达到感觉和哲思的统一和谐，让人耳目一新。玄学派诗人对诗歌的形式和题材等传统样式既有继承，又有颠覆；既有个人情感的表达，又体现出非个性化的诗歌旨趣，充分显示出个人才能和文学传统之间归附与叛逆的复杂动态。玄学派诗歌的题材兼及宗教和世俗两个维度，在表现手法上颇具现代风格，用陌生化和悖论表达法呈现出个人在宇宙和社会中的复杂关系。

班扬和笛福等人的作品倾向于关注普通个体内在的心灵涤荡或外在的冒险生活，而身为桂冠诗人和新古典主义学者的德莱顿则在《押沙龙与亚希多弗》等作品中更加关注个人在现代市民生活和国家政治生活中的存在状态。德莱顿的这首政治应景诗使用《圣经》历史叙事框架来讽喻当时的国家政治事件，并在叙述人物形象、关系和行为的过程中营造出复杂的伦理结构，表达了他秉持的伦理取向，而这些都属于文化观念的内涵，如生活方式和伦理价值。《押沙龙与亚希多弗》将德莱顿代表党派利益的公共声音与自身品味的私人声音混杂在一起，呈现出王政复辟时期党派文化的个体隐喻，展示出17世纪英国人的个体感知能力同党派政治文化操控力量之间的争斗与分离。

第一节
信仰焦虑、精神自传与现代个人观念的形成

文化观念的一个重要内涵，就是个人如何看待自己或表达自我身份。17世纪和18世纪初期英国文学作品中的自我形塑，不仅促进了现代个人观念的形成，而且为萌芽时期的英国文化观念注入了新的内涵。

此前，英国文学作品中的个人观念（individualism）十分罕见，更谈不上现代个人观念了。这在《圣经》中可见一斑："你们因信基督耶稣，都是神的儿子。……并不分犹太人、希腊人，自主的、为奴的，或男或女，因为你们在基督耶稣那里都成为一了。"（《圣经·加拉太书》3：27）确实，在基督教的影响下，个人变成了匍匐在上帝和天主教会体系下的抽象存在，自我的意识仅限于种

族、家庭等总体范畴的成员。① individual 一词是 17 世纪进入英语的,而 individualism 要到 19 世纪才出现在英语中。最初的个人观念仅仅是从教会体系中独立出来的,现代个人观念则更进一步,建立在个人现实利益的基础上,独立于家庭和社会。伊恩·瓦特对现代个人观念进行了研究,不过,他的研究具有强烈的形式主义特征。② 斯塔尔和亨特则从宗教的角度分析了《鲁滨逊漂流记》的个人特征。③ 由于现代个人观念与经济的密切关系,不少研究者从这个角度对个人观念展开了研究。④ 尽管如此,学界仍然有待于回答的问题是:文学中的现代个人观念是如何演变而来的?

一、自由意志与信仰焦虑

尽管韦伯(Max Weber,1864—1920)暗指全方位定义有较大的困难,但是依然承认个人观念的出现肇始于宗教改革。⑤ 宗教改革起源于路德对救赎券的不满,其实质是自由意志(free will)之争。自由意志是指个人的行为能影响自己的救赎。如果人在自己的得救问题上无能为力,那么他就不具有自由意志。所有基督徒都面临着自我救赎的问题,都为自己的罪过和地狱的烈火所困扰。在中世纪,教会作为个人灵魂与造物主之间的调节者,为个人的救赎提供了机制化的解决方案,无须个人另辟蹊径,"牧师与圣礼、圣男与贞女、忏悔与善行——只要运用得当,都可以代替每个罪人来面对正义的上帝"。⑥ 教皇

---

① Jacob Bruckhardt, *The Civilization of the Renaissance in Italy*, trans. S. G. C. Middlemore, Vienna and London: Phaidon Press, 1937, 70.
② Ian Watt, *Myths of Modern Individualism: Faust, Don Quixote, Don Juan, Robinson Crusoe*, Cambridge: Cambridge University Press, 1996. 和 Ian Watt, *The Rise of the Novel: Studies in Defoe, Richardson and Fielding*, Berkeley: The University of California Press, 1957.
③ G. A. Starr, *Defoe and Spiritual Autobiography*, New York: Gordian Press, 1971; G. A. Starr, *Defoe and Casuistry*, Princeton: Princeton University Press, 1971; J. P. Hunter, *The Reluctant Pilgrim: Defoe's Emblematic Method and Quest for Form in Robinson Crusoe*, Baltimore: The Johns Hopkins Press, 1966; J. Paul Hunter, *Before Novels: The Cultural Contexts of Eighteenth-Century English Fiction*, New York: Norton, 1990.
④ Maximillian E. Novak, *Economics and the Fiction of Daniel Defoe*, New York: Russell & Russell, 1962/1976; Alan Macfarlane, *The Origins of English Individualism: The Family, Property and Social Transition*, Oxford: Basil Blackwell, 1978; H. M. Robertson, *The Rise of Economic Individualism*, London: Routledge/Thoemmes Press, 1996.
⑤ Max Weber, *The Protestant Ethic and the Spirit of Capitalism*, trans. Talcott Parsons, London: Routledge, 2001, 179.
⑥ Dean Ebner, *Autobiography in Seventeenth-Century England: Theology and the Self*, The Hague & Paris: Mouton, 1971, 14.

能够依据信徒的善行来决定他得救与否,即是否具有自由意志。这引起了路德的极大不满。基督教历史上的自由意志之争由来已久,最著名的是奥古斯丁与伯拉纠(Pelagius)之争、路德与伊拉斯谟之争以及加尔文与阿米尼乌斯(Jacobus Arminius)之争。先让我们分别来看一下这些论战。

(1) 奥古斯丁与伯拉纠之争。奥古斯丁认为,人在上帝面前无能为力,自己的得救只能取决于上帝恩典;而伯拉纠则认为,人具有自由意志,能够在上帝面前有所作为。奥古斯丁对此强烈反对,①认为伯拉纠否定了原罪,从而否定了整个基督教的基石——只有有罪者才需要拯救。亚当的后裔由于原罪,在精神上已死,只有获得上帝恩典才能重生。人在上帝面前毫无自由意志可言。公元418年,迦太基会议确认了奥古斯丁的主张,即"凡言亚当生而有命,甚或无罪、自然离世之人,均当革出教门"。② 至此,伯拉纠主义成为异端,受到了谴责。但罗马大主教左西玛(Roman Bishop Zosimus)并没有完全接受非洲迦太基会议的决议,甚至一度同意伯拉纠的观点。该主教"对伯拉纠的异端学说的认同具有深远的意义,是后来教皇执迷于伯拉纠化趋势的先兆"。③ 后来的罗马教皇事实上传播的是半伯拉纠主义,要求人与上帝之间通过合作来实现自我的救赎,使救赎券成为可能。

(2) 路德与伊拉斯谟之争。文艺复兴为人类认识自己打开了一扇全新的大门。这个时期人们第一次"对自我进行了最热烈和彻底的研究"。④ 受此影响,伊拉斯谟认为,"所谓自由意志,是指我们人具有接近或者放弃永恒救赎的意志力量",⑤人的救赎是自己选择与上帝恩典的共同作用。路德对此表示了强烈的反对,他认为,人要获得救赎,只能依赖他的信仰(*sold fida*),只能源自上帝的恩典。人的行为与能力"对于他的皈依不起任何作用或者有任何帮助,

---

① Dominic Keech, *The Anti-Pelagian Christology of Augustine of Hippo, 396-430*, Oxford: Oxford University Press, 2012, 5.
② Early Church Texts: Carthage canons on sin and grace, http://www.earlychurchtexts.com/public/carthage_canons_on_sin_and_grace.htm. 为保证检索结果的唯一性,且节约篇幅,相关段落原文是"That whosoever says that Adam ..."。
③ Philip Schaff, *History of the Christian Church*, Vol. III, Grand Rapids, Michigan: Wm. B. Eerdmans Publishing, 2006, 798.
④ Burckhardt, 184.
⑤ Erasmus-Luther, *Discourse on Free Will*, trans. Ernst F. Winter, New York: Frederick Ungar Publishing, 1961, 20.

他的皈依不仅是部分,而且完全是圣灵的结果、礼物、馈赠和杰作"。① 通过个人阅读《圣经》来与上帝对话,达到因信称义,即"因为神的义正在这福音上显明出来;这义是本于信,以至于信。如经上所记'义人必因信得生'"(《罗马书》1:17)。其中,"上帝为人"的思想使得个人和个体的意识成了关注的焦点,将"个人"提到了一个新的高度。它确立了人与上帝之间的直接关系,人可以通过阅读《圣经》来与上帝交流,将关注人的外在转向人的内心,将对上帝的信仰建立在个人的基础上,无需经过教会、教士以及各种教会仪式等中介,个人的得救只能源于对上帝的信仰,由此出现了个人观念。

(3) 加尔文与阿米尼乌斯之争。路德坚信上帝是恩典的唯一源泉,强调宗教经验,而加尔文主义者则批评路德的观点,认为其将上帝降格为人的层面,成了人可以通过感觉和情感感知的对象。雅各布斯·阿米尼乌斯曾经是加尔文的追随者,但最后改变了信仰,认为人具有自由意志。加尔文指出:"如果假定人类的善行或罪恶在决定这一命运时会起作用,则无异于认为上帝的绝对自由的决定能够受人类的支配。"②后人根据加尔文的教义,总结出了著名的郁金香(TULIP)原则,③来一一反驳阿米尼乌斯主义。在后来的多特会议上,加尔文主义被确立为正统,阿米尼乌斯主义成为异端。

如果说路德宗信徒还可以从宗教经验、宗教情感以及获救的欣喜中获得存在感的话,那么加尔文的信徒则抛弃了所有外在的形式,只得在浩渺的信仰中独自面对一个超验存在的上帝,利用自己能够抓住的真理碎片,于冥冥之中窥探和猜测自己得救与否。牧师、圣事、教会等的活动都只能增添上帝的荣

---

① *The Book of Concord: The Lutheran Confessions*: Solid Declaration of the Formula of Concord, Article II, Free-Will: 89, http://www.bookofconcord.org/sd-freewill.php. 为保证检索结果唯一性,且节约篇幅,相关段落原文是"conversion is not only in part ..."参见:Erasmus-Luther,第119页。

② 马克斯·韦伯:《新教伦理与资本主义精神》,于晓、陈维刚译,北京:三联书店,1987年,第77页、第86页、第78页。英文参见:Weber, 59, 67, 60。

③ TULIP 是指 total depravity, unconditional election, limited atonement, irresistible grace, perseverance of saint 的首字母缩写。完全堕落(total depravity)与自由意志(free will):自从亚当之后,人是完全堕落的,毫无自由意志可言;无条件被挑选(unconditional election)与有条件被选(conditional election):上帝无所不知、无所不能。人能否得救完全是上帝预定的安排,是无条件的;有限赎罪(limited atonement)与普遍赎罪(general or universal atonement):基督并非为每一个人而死,而是仅为蒙恩者而死;恩典不可抗拒(irresistible grace)与恩典可抗拒(resistible grace):上帝的恩典不因人的因素而改变;神恩的持续(perseverance of the saint)与神恩的失落(saved man can be unsaved):上帝赐予的恩典不会因人为的原因而失去。

耀,而无法改变他们是否得救的状态。他们所承受的孤独、绝望较之于曾经的路德宗信徒有过之而无不及。他们不仅被天主教批评生活在一个"道德真空"①中,也处于信仰的真空之中,陷入了信仰焦虑。

  这种焦虑在英国更甚。宗教改革后的英国依旧面临重重的宗教矛盾。无论是伊丽莎白一世,还是詹姆斯一世,选择中间路线都是迫不得已之举。若彻底放弃天主教,包括相关仪式、主教体系和教义,全面拥抱加尔文主义,那就等于承认自己在上帝面前完全无能为力,也就否定了自己是地上的神,因而就是否定君权神授。② 在"无主教,不国王"的背景下,坎特伯雷大主教劳德推行阿米尼乌斯教义,这契合了查理一世的需求。不幸的是,在加尔文主义清教日益高涨的背景下,英国内战(也被称为"清教革命")爆发,并带来了灾难性后果。

  加尔文主义并不否定信徒可以从牧师或者其他信徒那里获得帮助。信徒可以在集会中彼此倾诉,借以缓解精神的焦虑。正因为如此,在复辟之前的很长一段时间里,加尔文的信徒们对于精神自传的需求并不是那么强烈。伊丽莎白一世和詹姆斯一世时期,尽管也存在对加尔文信徒的迫害,要求清教徒尊奉国教,但是,清教徒们仍然存在着大量的"偷偷摸摸的活动"和"对国教谨慎的批评"。③ 英国内战和克伦威尔当政时期,清教徒获得了空前的自由。复辟后,查理二世接受内战宗教思想混乱的教训,致力于统一,颁布了包括《统一法案》和克莱登法案在内的一系列法案,要求清教徒不得举行超过五个人的集会,迫使他们只能借助于精神自传和日记来缓解精神上的焦虑。这也从外部解释了精神自传在17世纪大量出现的原因。从这些复杂的历史/宗教语境中,我们可以找到英国文化观念内涵中自我推敲、自我形塑的线索,以及文学体裁(自传是一种文学体裁)与文化观念互动的深层次原因。

---

 ① Thomas F. Merrill, ed. *William Perkins 1558 – 1602: English Puritanist*, Hague: Nieuwkoop & B. De Graaf, 1966, xi.
 ② 陈西军:《〈论神圣的权利〉:笛福的君权神授与自然法政治思想》,《外国文学评论》,2016年第1期,第204—209页。
 ③ George R. Abernathy, Jr., "The English Presbyterians and the Stuart Restoration, 1648 – 1663," *Transactions of the American Philosophical Society* 55, Part 2 (1965), 5.

二、精神自传与个人观念

加尔文主义者的信仰焦虑是个人观念产生的结果和反映。如果个人的救赎源自个人的信仰,那么加尔文主义者念兹在兹的全部内容就是如何做上帝的选民,其"实质就是一种皈依的体验,它将清教徒与其他人区分开来,赋予他选民的特权与责任"。[1] 也就是说,他们内心深处的信仰压力远超各种宗教运动带来的外在压力,他们只能在日记和精神自传中描述他们的体验,疏解信仰的焦虑。

自传作为一种体裁真正被提出,是在 19 世纪。自传作为一种概念,首先是在 18 世纪末提出的,最初使用的是 self-biography 一词,由于它是撒克逊与希腊语的复合词,在英语中显得不同寻常,因此,autobiography 被广泛接受。[2] 自传是指"由本人用散文记载,旨在回忆本人过去一生中的重要时刻,主要关注本人的内心思想或者个人的内外活动"。[3] 精神自传(spiritual autobiography)则主要是以精神皈依为中心,以精神皈依之后的感受为叙述视角,关注传主的精神世界和皈依体验,不是以人生经历作为开始与终结的标准。

在伯拉纠主义出现之前,奥古斯丁已创作出版《忏悔录》。不过,当伯拉纠主义盛行时,奥古斯丁再版了此书,并明确是针对伯拉纠的。[4] 奥古斯丁主张人的救赎完全取决于上帝,个人必须通过自省获得自己与上帝之间的信息。他的"忏悔"指的是要在上帝的永恒与变幻的人生之间、在自我的罪孽与上帝的恩典之间取得一个平衡。具体是何种平衡,只有上帝知道,因为只有上帝才能完全了解上帝和自己。奥古斯丁的《忏悔录》事实上就是一部皈依叙述,它

---

[1] Alan Simpson, *Puritanism in Old and New England*, Chicago: University of Chicago Press, 1955, 2.

[2] Felicity A. Nussbaum, *The Autobiographical Subject: Gender and Ideology in Eighteenth-Century England*, Baltimore and London: The Johns Hopkins University Press, 1989, 1-2.

[3] Ebner, 19-20.

[4] Augustine of Hippo, *The Confession of Augustine*, trans. Albert C. Outler, First published MCMLV (1955) Library of Congress Catalog Card Number: 55-5021. This book is in the public domain. Scanned by Harry Plantinga, whp@wheaton.edu, 1994. http://religion.wikia.com/wiki/Text:The_Confessions_of_Augustine_(Outler)为保证检索结果唯一性,且节约篇幅,相关段落原文是"I published them long before the Pelagian heresy had even begun to be … "。

不仅是"一部自传",还是"一部精神自传"。①

从历史的角度看,奥古斯丁的《忏悔录》作为精神自传的确是一个特例。② 自传虽然可以说是自古有之,但 17 世纪之前的自传很少,没有出现一个固定的自传形式,加上出版传播技术落后,对后世的影响不大。③ 加尔文的《基督教要义》(Institutes of the Christian Religion)算不上精神自传,但其中浓厚的"基督心理学"(Christian psychology)特征淋漓尽致地反映了信徒内心的焦虑。④ 与奥古斯丁的《忏悔录》一样,《基督教要义》开宗明义地指出,人的一切智慧"就是认识神和认识自己"(I, i, 1)。加尔文思考的起点是自亚当以来人的堕落,人的工作就是要称颂上帝的完美,认识自己的堕落。"只要人仍旧不认识自己,即仍旧满足于他的禀赋,同时对自己悲惨的处境无知或漠不关心,那他无疑会安于现状。据此,认识自己不仅唤醒我们寻求神,同时也会牵着我们的手领我们寻见他(I, i, 1)"。问题在于,人恰恰无法了解自己,也无法完全了解上帝,又不能借助于天主教那样的外在帮助形式,因此,加尔文信徒的内心时刻处在对抗罪孽与绝望的极度焦虑之中。如果说中世纪还将人的善恶寓言化为妖魔鬼怪的话,那么,加尔文的魔鬼则完全存在于人的内心,其"即使有些外表看似善良的人,他们的心也是充满虚伪和诡诈,被内在的邪恶捆绑"(II, v, 19)。信徒唯一能够借助的是《圣经》:"既然是神自己赦罪、不记念罪,并除去我们的罪,所以我们只当向他认罪……"(III, iv, 9)。⑤ 自我救赎是因信称义,善行行不通,外在的圣餐也不可行,信徒只能通过记录内心的活动才能获得少许的慰藉。诉诸内心、诉诸日记和精神自传成为他们向上帝表示虔诚,证明自己就是上帝选民的方式,"此刻我拥有了得救的确证,如我所想,

---

① Adam H. Becker, "Augustine's Confession," *The Cambridge Companion to Autobiography*, ed. Maria Dibattista, & Emily O. Wittman, Cambridge: Cambridge University Press, 2014, 33, 34.
② Ebner, 14.
③ Donald A. Stauffer, *English Biography before 1700*, New York: Russell & Russell, 1964, 178 – 179.
④ Delany, 34.
⑤ 约翰·加尔文:《基督教要义》(上册),钱曜诚等译,北京:三联书店,2010 年,第 3 页、第 4 页、第 320 页、(中册)第 624 页。英文参阅: John Calvin, *The Institutes of the Christian Religion*, trans. Henry Beveridge, Edinburgh: Calvin Translation Society, 1846. 2 volumes in 1. http://oll.libertyfund.org/titles/calvin-the-institutes-of-the-christian-religion. 因有相应的编号,不再另附英文原文。

它是来自天堂，上面众多的玺印闪着金光，全都浮现在我的眼前"。① 在精神苦难中挣扎的信徒只有通过内心的自省和斗争，在冥冥之中寻求自己蒙恩的点滴证明，寻得片刻的安宁。

身处焦虑中的加尔文主义者每天都要扪心自问，细致审查自己的日常行为，证明自己已经成为上帝的选民。如亨特所说："他们永恒的救赎是与他们的日常生活细节紧密相关的——用分析的眼光'阅读'自己的生活，能够意识到自己的精神状态（spiritual status）。"②这在"以加尔文主义为中心的宗教生活中是一件务实且必不可少的事情"。③ 自我审查的要求，使精神自传成为"严肃而且必需的事务"。④ 日记与精神自传是加尔文主义者在脱离教会之后的必然选择，就像基督徒的个人朝觐一样，自我审视的内容几乎与在教会中向神父忏悔的内容一样：

> 临睡前……你要回想一下过去的一天，尤其是要审视你如何度过了这一天，不仅你做得好的时候，增益了上帝的荣光；做得不好，会让你在他的面前显得卑微，在取得他的和解之后才安然睡去；而且这种训练，你可以知道在虔诚方面取得的进展，你的灵魂处在什么状态，如何衡量你与上帝之间的距离；而且也可以学会如何更好地度过每一天，想到晚上你还将向自己回溯一天的经历，你自然也会这么做。⑤

精神自传用个人内心的审视取代天主教等外在体系的审视，用个人的审视来取代教会机构的审视。一旦获得某种确信，就可以为其他信徒提供借鉴。"从这种彼此帮助与鼓励中，正式的精神自传写作与出版就开始慢慢起步了"。⑥ 它

---

① John Bunyan, *Grace Abounding to the Chief of Sinners*, Oxford: Clarendon Press, 1962, 40.译文参照：约翰·班扬：《丰盛的恩典》，苏欲晓译，北京：三联书店，2014年，第35页。下文出自该版本引文以（*Grace*, 40）的形式随文标出，不再另行加注。
② J. Paul Hunter, 303.
③ Ibid., 84.
④ Starr, 5.
⑤ *Spiritual Counsel: or The Father's Advice to His Children* (1694), 10-11. Qtd. in Hunter, 305.
⑥ Delany, 35-36.

成了文化与思维方式变革的先声,一时间蔚为大观。

班扬(John Bunyan,1628—1688)的《罪魁蒙恩记》(*Grace Abounding to the Chief Sinners*,1666)是17世纪精神自传的代表,记录了班扬在信仰上的经历,他对日常生活各种细节的反思,以及他从中获得的精神救赎。他的日常反思保证他时刻都在朝觐的路上,正如基督徒一样。从下面一段记录中,我们可以窥见一斑:

> 一天,他(牧师)的话题是安息日和违反安息日的罪恶……我想他是故意要揭示我的罪恶行径;在那一刻,我感到我的罪恶,之前从未有过这种感觉……当布道结束回家时,我的心灵上背负了极大的负担……让我之前的快乐成为了煎熬,但是,注意,没过多久……我又旧病复发了。我将布道抛到脑后,又开始了原来的娱乐和游戏习惯,乐此不疲。但是,就在同一天,我在玩木概游戏时……一个声音突然从天而降,直入我的灵魂,道:"你愿意放弃你的罪去天堂,还是拥有你的罪而下地狱?"……我抬头望天,仿佛明白耶稣正在极度不满地俯视着我,仿佛他要对我的这些对神不敬的行为进行严厉的惩罚,要威慑我。……我开始冥思这件事情……我感觉我的心沉入绝望中了,认为已经太晚;因此,我在脑中认定我走在罪的道路上:我想,如果真的如此,我的状况肯定悲惨……(*Grace*,9—10)

他的反思时时刻刻发生,都是针对他个人内心的,是直接与上帝之间的对话,直接接受上帝的监督。上述讲的就是班扬生活中的一个细节,对自己在安息日玩游戏的反思。

班扬将自己对于灵魂的审视进行到每时每刻,写作时为每个段落编号,表明这部精神自传最初源自日记,"在接下来的七到八个星期里,这些话支撑着我,尽管并非没有极度的挣扎:我时而安宁,时而不安,有时一天交替20次"(*Grace*,64)。信仰的焦虑、获救的不确定性,时时刻刻折磨着他,时时刻刻评估他是否达到了上帝的要求。[①] 审视、折磨的反复导致自传前后连贯性不强,

---

① Nussbaum,65-66.

重复冗余过多。

《罪魁蒙恩记》流露出强烈的情感,记录班扬在情绪的压力下的表现:"我为此倍受打击,浑身战栗,甚至时常整天整天地感觉身体与大脑在天旋地转,生怕上帝无情的审判会降临到那些最恐怖、最无可饶恕的人身上。由于恐惧,我也感觉到腹部滞胀和发热,甚至在有些时候,感觉胸腔仿佛要炸裂一样"(*Grace*,50)。他时时刻刻处在暴风雨、电闪雷鸣、黑暗等想象的恐惧中,鲜有片刻的安宁。但凡涉及灵魂与信仰的任何风吹草动,他都在第一时间全力以赴地对待,不进行任何妥协。① 在极度痛苦的挣扎中,班扬进一步凸显了自己的个人意识:"哦,要是现在的我是别人,而不是我自己! 是别的东西,而不是一个人! 是在其他处境,而不是我现在的处境! 那该多好啊!"(*Grace*,45)他的个人观念如同他的挣扎与痛苦一样,会失去,也会重来,往返重复,就像他对上帝恩典的感觉一样,一会儿有,一会儿无。有时候,他刚刚听到灵魂深处传来的"你就是我的爱,你就是我的爱,我对你的爱永不分离"(*Grace*,29),并为此欢欣鼓舞,"但是,天啊! 不到40天就再次对所有的一切产生了怀疑"(*Grace*,30)。他的个人观念在不断的得救与失宠之间摇摆,因此他必须不断地寻求启示,以获得皈依,获得自我,或否定自我。②

《罪魁蒙恩记》的感染力如此之强,以致其他信众认为自己的精神体验就应该如此,甚至按照这种模式来找寻类似体验,争相忏悔年少时期的罪恶。叙述的模式也基本就是《罪魁蒙恩记》的三段式:发现自己的罪恶;因接受上帝启示与恩典而转变;转变后的磨砺与决心。③ "尤其是考虑到我年龄尚小,不到几岁,在赌咒、咒骂、撒谎和亵渎上帝神圣之名方面,很少有人像我一样"(*Grace*,6)。这样的话出自《罪魁蒙恩记》,但是也可能出自同时代的很多其他精神自传,以至于单看精神自传,读者很难看出是谁的自传了。④ 具有讽刺意味的是,这个基本模式又成了加尔文主义者的统一模式,本来为了反叛天主教和国家统一信仰仪式而具有个性化的信仰精神自传,又落入了原

---

① James Sutherland, *English Literature of the Late Seventeenth Century*, Oxford: At the Clarendon Press, 1969, 323.
② Nussbaum, 69 - 70.
③ Ibid., 65 - 66 and Sutherland, 323.
④ Delany, 88 - 89.

来的窠臼。

三、《天路历程》与现代个人观念

信徒在内心锱铢必较于自己的蒙恩之时，就有沉迷自我的危险。面对一个全知全能的上帝，个人的这种努力难免有僭越之嫌。① 过多地将蒙恩与自己的宗教经验融为一体，一方面会凸显人的自由意志，另一方面又将超验的上帝降格为经验的对象。为摆脱这种两难境地，班扬另辟蹊径，尝试在隐秘的尘世中寻求蒙恩的痕迹。在他的《天路历程》（The Pilgrim's Progress）中，主人公基督徒走出了内心世界，却又拒绝踏入尘世；他不仅作为"人"的身份出现，而且以"个人"的身份出现，这"个人""有效地与毁灭之城中的其他人从心理上、社会上和生理上隔离开来"。② 与之前的精神自传相比，班扬的基督徒在个体性上更进了一步。基督徒的所见所闻"是按照班扬所知当代生活来呈现的"。③ 因为这种个体性，当基督徒与忠信（Faithful）相遇的时候，他们可以"一路走着，一边亲热地交谈着他们在旅途中所遇到的事情"，④互相了解各自的不同遭遇。出自同样原因，基督徒可以与利徒（By-ends）谈论他们的妻子、家庭以及各种社会关系。正是这种个体性赋予该作品以现实性，并为文化观念（自我形塑方面的）内涵提供了养料。

班扬对个体性富有天才的观察还表现在对他笔下人物的言行举止上。例如，无知（Ignorance）的"神采奕奕"（Pilgrims，101）、无神论者（Atheist）的"哈哈大笑"（Pilgrims，110）等。这些人物不再仅仅是一个"类型"的象征，而是具有现实的意义，是具有各自独立个性的个体，也会显露许许多多个体才会有的"缺点"（Pilgrims，71），会像现实中的具体个人一样游移不定，甚至会惊慌失措。下面的描述就是一例："像鲁滨逊和其他主人公一样，基督徒会犯傻，会

---

① Nussbaum，62.
② Paula R. Backscheider, *A Being More Intense: A Study of the Prose Works of Bunyan, Swift, and Defoe*, New York: AMS Press, 1984, 2-3.
③ C. S. Lewis, qtd. in Roger Sharrock, ed. *The Pilgrim's Progress: A Casebook*, London: Macmillan Press, 1976, 197.
④ John Bunyan, *The Pilgrim's Progress*, ed. and introd., N. H. Keeble, Oxford: Oxford University Press, 1984, 55.

绝望,也会显得好笑。他会打瞌睡,显得滑稽……他也会同亚波伦搏斗。"①他并不是一个纯粹的圣人,而是一个现实的个人,有着普通人一样的犹豫和彷徨。他不是一往无前的勇士,也不是坚定不移的圣徒,而是谨小慎微的个体。"班扬的朝觐者都是与我们一样的人,这一点暗示我们,如果愿意,也可以像他们一样活得荣光:'他们是与我们一样的人'这一点正是在阅读时让我们着迷的地方。"②在这个意义上,基督徒既是一类人的象征,又是一个活生生的个人。班扬已经将个人的观念根植于基督徒这个形象中去了,它"不仅是我们的第一部小说,而且还是我们最后一部寓言,桥连着中世纪和现代两个世界。它正好反映了清教徒的矛盾性情:他的宗教传统鼓励他不仅成为人及其环境的敏锐观察者,而且还要觉察出一切观察对象的意义"。③ 基督徒的清教传统决定了他必定是一个个体的朝觐者,他的朝觐是个人行为。然而,作为一位个体的朝觐者,他又必须将个体的经验赋予整体的意义,将现实的人和事物赋予宗教的含义,才能达到朝觐的目的。这一二律背反的哲理,跟日后英国文化观念重视个人与共同体之间辩证关系的内涵,显然是十分契合的。

四、出版业与现代个人观念

在反对傲慢、主张谦卑的基督教中,创作自传多少有些自大的嫌疑。它意味着传主的人生值得叙述,能够使读者受益。传主必须表明自传是内向的,关注精神层面的。他们首先要面对的是自己的救赎,要向上帝表示自己的皈依,通过自传来记录自己的心路历程,他们的主要目的是写给上帝,是要实现自我教诲,并为他人的精神生活提供参考。作传人必须审视自己的过去,剖析自己的灵魂,在自传中完成个人的朝觐。当他将自己的个人自传公诸于众时,他又必须证明自己所做的一切是值得关注的:他个人的自审有可能为他人带来精神的教诲和启迪。这些传记一方面可以疏解传主的信仰焦虑,另一方面也可以通过自身的例子帮助指导读者和其他信徒,并缓解他们的信仰焦虑。这就

---

① Backscheider, 66.
② N. H. Keeble, Introduction, *The Pilgrim's Progress*, by John Bunyan, Oxford: Oxford University Press, 1984, xvii-xviii.
③ Keeble, xvii-xviii, xxi.

是精神自传的教诲功能。①

精神自传教诲功能的实现,得益于自传形式的变化,以及人们对于个人观念的改变。之前的传记如《殉道史》,记录的都是"圣人"或者"殉道者"的历史,他们都是非比寻常的"大人物",与天主教的传记大同小异。正因为如此,班扬在动笔之前或许并不打算写这样一部寓言,而是跟随福克斯的足迹,写一部"圣徒在我们这个福音时代中所经历的路程"(*Pilgrim*, 1)。当他完成了这部作品时,才如梦初醒,发现自己竟"写成了一篇讽喻,描述他们的旅程和到达荣耀的道路"(*Pilgrim*, 1),使得《天路历程》与《殉道史》等精神自传"声气相通",②而且"班扬的想象是在他阅读福克斯的《殉道史》时形成的"。③ 在新教徒看来,天主教的堕落,导致了他们对于"圣人"标准的低下。在他们眼中,天主教所谓的"圣人"及其"丰功伟业"并不足以入传。因此,从一开始,新教徒就将传主的伦理道德放在了一个特别的高度,只有像路德、伊丽莎白和克伦威尔这样的人才具有资格成为传主。新教对于传主的高标准带来的一个后果就是凌空蹈虚,对普通人而言则是可望不可即。如何以当代普通人可以企及的事迹来教导信众,是他们需要解决的一个问题。塞缪尔·克拉克(Samuel Clarke, 1675—1729)顺应了这种趋势,除了为亚历山大、凯撒、征服者威廉和伊丽莎白作传之外,他也为当代有名的牧师和俗人编纂传记,如《当代牧师传记集》(*The Lives of Sundry Modern Divines*, 1660)和《当代名人传记集》(*The Lives of Sundry Eminent Persons in This Later Age*, 1863)。在给后者的前言中,巴克斯特指出:"具有典范意义的人,其真实传记对于年轻人而言是愉悦和有益的疗养。"④这些传记集"反映了不断变化的文化需要"。⑤ 从现代意义来看,克拉克所作的是精神传记,而不是精神自传。但是,在 17 世纪

---

① John V. Fleming, "Medieval European Autobiography," *The Cambridge Companion to Autobiography*, ed. Maria Dibattista, & Emily O. Wittman, Cambridge: Cambridge University Press, 2014, 35.

② 黄梅:《推敲"自我"——小说在 18 世纪的英国》,北京:三联书店,2003 年,第 19—20 页。

③ Roger Pooley, "Introduction," *The Pilgrim's Progress*, by John Bunyan, London: Penguin, 2008, xxxiv.

④ William Baxter, "Preface," *The Lives of Sundry Eminent Persons in This Later Age*, by Samuel Clarke, London, 1683, a3. Qtd. in Hunter, 1966, 77.

⑤ Hunter, 1990, 315.

末,两者的区分并不那么明显。首先,能够在当时具有出版能力的个人是很少的,绝大多数人只是以记日记的形式保存着自己的信仰历程。其次,保存完好的日记一方面使本人在可行的时候将日记以自传的形式出版,另一方面也可以非常方便地供他人(主要是出版商)出版。出版商出版的传记在实质上仍然是自传。例如,威廉·特纳(William Turner,1653—1701)的《蒙恩者传记大全》(*A Complete History of the Most Remarkable Providences*,1697)就是一个传记的选集,以个人的日记为材料。就这样,私人的日记成了精神自传,并且以传记的形式问世。

由于具有教诲功能,自传者和传记编纂者对于传主的生平只专注好的方面,而对不好的方面保持缄默。[①]因此有人就借着精神自传之名,行自我标榜之实。当这些自传和传记突出个人的时候,他们恰恰反映了现代个人观念的出现。从原来以神为中心的自传,到借着神的名义、以个人为中心的自传的出现,从形式上看,自传已经在这个方面走出内心、进入尘世了。所不同的是,传主不仅荣耀上帝,还要光鲜自己。

出版业的发展促成了期刊的出现,使广大读者能便捷地了解邻家事及身边人的信仰焦虑。读者大多不再相信圣人伟业等宏大叙事,而是更加喜爱贴近自己生活的传记,希望能够从他们的精神状态中得到启发,提升自己的信仰,化解自己的焦虑。著名的出版商约翰·唐顿(John Dunton,1659—1733)出版的《雅典信使》(*The Athenian Mercury*,1691)影响较大。该杂志并不局限于挖掘并"借用"私人的材料,而且还公开征集并刊载个人的案例,内容涉及社会生活的方方面面。他们的目的是"解答各种神学、道德和自然等方面的问题……而不公开他们的姓名"。[②] 其中回答了大量个人关于灵魂、天使和信仰方面的问题,这些问题具体而现实,要求从宗教的角度考虑,也要考虑具体的现实因素,比如,"犹太人重婚是否合法?""既然婚姻是由人设定的,那么,两个未婚之人彼此同意,同居是否合法?"等等。回答者在答复中总是考虑各

---

① Nussbaum,25 - 26;Sutherland,247.
② John Dunton, et al. , *The Athenian Oracle: Being an Entire Collection of all the Valuable Questions and Answers in the Old Athenian Mercuries*. 3 vols, London: Printed, for Andrew Bell, 1704 - 1706,1: 1.

方面的因素。① 类似的问题几乎出现在了所有类似的期刊和守则中。②

《雅典信使》在答复提问者时,需要评论人考虑具体的实际情况,从宗教和伦理的方面进行决疑评论(casuistry),做到既不违背宗教伦理,又能解决当事人的实际问题,将个人的因素放在中心地位,考虑到个人的具体实际情况(包括具体的时间、地点和人物),做出(仅仅适用于个人的)具体结论。在宗教伦理占主导地位的时代,决疑评论大大推动了现代个人观念的出现。在分析问题的时候,既要考虑到他们宗教上的虔敬,又不能忽视他们的现实诉求,正如笛福所言:"人们都非常愿意同时拥有现实的利益和良心的安宁。"③笛福等人都曾经是《雅典信使》的评论人,他们的上述做法可以说是 16、17 世纪英国著名决疑论者威廉·珀金斯(William Perkins,1558—1602)、理查德·巴克斯特(Richard Baxter,1615—1691)、威廉·埃米斯等人"良心个案"(cases of conscience)的公开版。他们的决疑论著作("良心个案")是《雅典信使》评论人的重要参考引用对象。评论人也引导提问人参阅他们的著作,并告知具体的章节和页码,而那些提问则有别于班扬在《罪魁蒙恩记》中纯粹的信仰焦虑,也不同于《天路历程》中虚拟现实的挣扎,而是现实中个人利益和宗教信仰之间的困惑。这表明个人观念已经走出了单纯的信仰焦虑,深入到现实生活中了。因此,到了 17 世纪末,无论是宗教内部还是外部,都为现代个人观念的形成做好了充分的准备,《鲁滨逊漂流记》的出现也就水到渠成的了。

五、《鲁滨逊再漂流》与现代个人观念的形成

1719 年的清教主义已经过了曾经的狂热阶段,鲁滨逊在《鲁滨逊沉思录》中不无感叹地说:"在我们的时代,再也找不到对基督教的那种热情了……在我所有的旅行与阐述中,我没有听到任何对于耶稣王(King Jesus)的臣服,一个词都没有。"④人们更多地关注现实生活,曾经的宗教信仰与焦虑更多地融入

---

① *The Athenian Oracle*, 8, 10 - 11. 和 Gilbert D. McEwen, *The Oracle of the Coffee House: John Dunton's Athenian Mercury*, San Marino, California: The Huntington Library, 1972, 29. 也对《雅典信使》中的内容进行了分析。

② Starr, 16.

③ *Defoe's Review*, supplement, Nov. 1704, qtd. in Starr, 20.

④ Daniel Defoe, *Serious Reflections during the Life and Surprising Adventures of Robinson Crusoe*, ed. G. A. Starr, London: Pickering & Chatto, 2008, 219.

到了现实生活中。"对于他而言,宗教必须是'在这个世界中的'(in the World),而不是局限于个人的心灵"。① 与纠结于内心的《罪魁蒙恩记》、在隐秘尘世挣扎的《天路历程》和匿名呈现焦虑的《雅典信使》不同,《鲁滨逊漂流记》以真实的个人身份进行了历险的朝觐。当班扬的基督徒在开篇发出"我该怎么办呢?"的疑问时,鲁滨逊一开始要回答的问题是:"我是谁?"他出生在 1632 年,有一位德国裔的父亲,做贸易生意赚了钱,还有一个家境不错的母亲。他的姓名既没有宗教或象征意义,也不可能具有其他方面的代表性。他的出场不再像基督徒那样,象征性地代表一个群体,而是只代表他一个人。如霍布斯(Thomas Hobbes,1588—1679)所言:"专有名词只能使我们心中想起一个对象,普遍名词则使我们想起许多对象中的任一个。"②确实,鲁滨逊·克鲁索这一名字表达的是具体的个人观念,是现代个人的文化身份和意识的集中反映。因此,克鲁索又代表了个人观念流行的一般趋势。③

然而,通过简单的命名来确立个人观念不过是"形式现实主义"。④ 走出了内心世界,来到尘世的个人只有建立在个人经济基础上才能成为现代意义上的个人。如果说"宗教改革乃是商业精神对传统的基督教社会道德准则的胜利",⑤那么,鲁滨逊就是以发财的欲望来质疑父亲传统的道德准则:维系现有的"中间状态(middle state)"(*Robinson*,58),⑥以及尽船长所说的"天职(calling)"(*Robinson*,67)。天职最初源自路德对《圣经》的翻译,在 17 世纪英国的指导书籍中被广泛使用,用来教导年轻人要遵从父命,服从上帝的安排。

---

① G. A. Starr, "Introduction," *Serious Reflections during the Life and Surprising Adventures of Robinson Crusoe*, by Daniel Defoe, London: Pickering & Chatto, 2008, 16. 该引文中的"in the World"出自笛福该著作的第四章的题目"An ESSAY on the Present State of RELIGION in the World"以及该章其他各处(129—179)。
② 霍布斯:《利维坦》,黎思复、黎廷弼译,北京:商务印书馆,1986 年,第 20 页。
③ John Richetti, *The Life of Daniel Defoe: A Critical Biography*, Oxford: Blackwell, 2005, 185, 203.
④ Watt, 31.
⑤ R. H. 托尼:《宗教与资本主义的兴起》,赵月瑟、夏镇平译,上海:上海译文出版社,2006 年,第 50 页。
⑥ Daniel Defoe, *The Life and Strange Surprising Adventures of Robinson Crusoe*, ed. W. R. Owens, London: Pickering & Chatto, 2008, 58. 下文出自该版本的引文在随文注中以(*Robinson*,58)的形式标注,不再另行加注。

"天职"一词本身就包含了神旨和世俗的双重含义,践行天职就是要在世俗的职业中体现上帝的意志,是信徒通过世俗职业替代或履行教会圣事的方式。路德赋予世俗的工作神圣性,使其成为天职,"使人更加积极地投入尘世的职业中"。① 相对于中世纪只有修道院的修行是天职而言,路德的天职是一个进步:它并不要教徒追求过分的财富,也不要求追求自己的个性,讲求的是安分守己,维持现有秩序。它代表的是一种旧的经济体制。路德对人要求改变现状的诉求感到恐惧,他"对于经济事务具有家长制的看法,因此,天职对路德通常意味着一种生活状态,个人被上帝安排在这种状态中生活,反抗这种生活状态则是不虔诚的表现"。② 人应当按照上帝的安排生活,不得有超出其必需的经济要求,否则就是一种罪孽,"他像仇视那个时代精神上的放纵一样,仇视经济个人主义"。③ 对于鲁滨逊的父亲以及那位称自己职业为"天职"的船长而言,他们都只是在履行上帝赋予他们的天职。他们的职责也是固守这份天职,不愿有任何僭越的举动。他们无法接受鲁滨逊出海冒险发财的想法,因此,他的父亲和船长从宗教的角度对他提出了警告和诅咒。具有内在冲动、初次出海的鲁滨逊承认自己犯有**原罪**,也就承认了父亲天职的合理性,承认**犯有原罪**也表明他对新天职的追求,表明自己的焦虑。

斯塔尔和亨特注意到了鲁滨逊反叛父亲天职中的宗教原罪,诺瓦克注意到了天职中的经济内核。他指出:"《鲁滨逊漂流记》中所有与天职(召唤 calling)相关的东西都是对经济个人主义的抨击。"④前文提到,加尔文主义者需要走出自己的精神世界,在现实中寻求自我救赎。鲁滨逊逃离父亲的安排,也是一种出走,反映的正是加尔文主义的经济观。与路德关注过去,且"恭从既定的政治权威,提倡一种个人的、近乎于清静无为的虔诚"相比,"加尔文派则是一种积极的、激进的力量"。⑤ 虽然加尔文主义者要像前文所分析的那样进行深刻的内省,时刻审查自己的精神世界,但是,他们并不主张信徒沉溺于自己的内心世界,他们"像一个不断努力以图驱除萦绕心头恶魔的人,在拯救

---

① 林纯洁:《马丁·路德天职观研究》,北京:人民出版社,2013 年,第 2 页、第 13 页。
② R. H. 托尼,第 145 页。
③ 同上。
④ Novak,42.
⑤ R. H. 托尼,第 61 页。

自己灵魂的努力中,动员了天堂和尘世的一切力量"。① 也正因为如此,班扬要从《罪魁蒙恩记》中走出来,面对现实世界。他的坏人(Badman)要对经济交易进行评论。加尔文主义者以务实的态度看待经济生活,因此,托尼指出:"它(加尔文的思想)也许可以说是第一种承认并欢迎经济美德的系统的宗教教义。"②他们不再仅仅限于在精神自传中寻求自己得救的证明,而是要在现实生活中荣耀上帝。哪怕这意味着抛妻别子,面对妖魔鬼怪,穿越荒山野岭,也在所不辞。鲁滨逊不顾父母的苦苦劝阻、船长的警告和做奴隶的苦难,仍然不忘初心,放弃巴西的舒适生活,执意要走出去,追求自己的财富,通过亲身历险的方式进行朝觐。

话虽如此,鲁滨逊的历险朝觐却是充满了焦虑与犹疑。第一次出海就受到风暴的警告,他于是流露出了悔意:"我开始认真反思我的所作所为,……违背了对上帝和我父亲的职责……我下定决心,要像一位真心实意忏悔的浪子,回家到父亲的身边"(60—61)。当他在巴西过上父亲期望的安稳日子后,又心有不甘,"我从事的职业与我的本性相去甚远"(82)。后来他遵循自己的意愿,踏上了从巴西前往非洲的行程,可是又承认自己是"自身利益的傻瓜"(86)。落难荒岛之后,更是对自己追寻天职、根据本性生活的方式进行了反复忏悔,承认接受过"父亲的好教导"(122),并在荒岛过上了父亲所期待的安稳生活。此后,他"顺从了上帝意志的安排……甚至真诚地感恩我目前的处境"(154)。获救回家以后,他自己开始置业,为了妻子和孩子,在贝德福德购置农场,进入了父亲期待的、以土地为经济基础而衣食无忧的"中间状态"。鲁滨逊的轨迹正是亨特所说的"反叛—惩罚—忏悔—救赎的基督教模式"。因此,"《鲁滨逊漂流记》更接近于《天路历程》",③或者说是现实版的《天路历程》。然而,其现代个人观念并不彻底,甚至可以说鲁滨逊在开篇追求现代个人的冲动最后是以失败告终的。

不过,笛福(Daniel Defoe,1660—1731)在《鲁滨逊再漂流》中让鲁滨逊再次出走,妻子的去世使他的"游荡本性故态复发,我可以说,这是深深融入我血

---

① R. H. 托尼,第61页、第119页。
② 同上,第63页。
③ Hunter, 1966, 19, 22.

液的本性"。① 没有父亲和妻子的牵挂或羁绊,鲁滨逊在《鲁滨逊再漂流》中再次踏上了历险的行程。这次出行,有惊无险。在侄子的船上,他掌控一切。在荒岛上,他一言九鼎。放弃荒岛后,星期五死去,侄子被迫弃他而去。在遥远的阿拉伯,他以商人的身份开始了他的旅程。也正是这次历险成就了笛福(鲁滨逊)的现代个人观念。

对于鲁滨逊在践行天职过程中体现的资本主义进取精神,黄梅有过透彻的分析,②瓦特也称他是"经济个人主义的化身"。③ 然而,更加值得关注的是,鲁滨逊在进取过程中放弃了作为财产的土地。土地作为带有神性的财富象征,表示昔日父权制下封建的经济模式,带有封建君权神授的意味,是一种束缚人的财产形式。为了他的个人历险,鲁滨逊先后放弃了父亲的土地、巴西的种植园、贝德福德的农场,并在再次漂流中放弃荒岛。鲁滨逊的父亲在港口城市赫尔靠贸易起家,小有成就之后就到内陆约克地区娶了大户人家(即大地主)的女儿,成家立业,过着以土地为主要经济来源的生活。鲁滨逊为了贸易,放弃各种土地,是一个与其父亲截然相反的抉择,是与父亲所代表的天职的决裂,从而成为完全自由的现代个人。只有抛弃之前所有的宗教、政治、社会和家庭的关系,他才能成为真正意义上的个人。④ 此时的他明确了自己的天职,没有了信仰焦虑,挣脱了父亲和家庭的束缚,摆脱了对土地的依赖,以自由的状态将自己的现代个人观念建立在自由贸易的经济基础上。星期五的奴隶身份和人身依附关系、对故土的眷恋(222),以及对父亲的孝心(233),都是制约鲁滨逊成为现代个人的因素。透过这些复杂的因素,我们可以看到文化观念相关内涵的复杂性。

综上所述,从宗教改革的个人观念向现代个人观念的转变是一个渐进过程,它折射出文化观念相关内涵——自我形塑、个人与共同体之间的关系——缓慢形成的过程。以《罪魁蒙恩记》为代表的精神自传不仅记录了个人在宗教改革之后的信仰焦虑,而且在精神自传中凸显了个人观念。这种精神自传虽

---

① Daniel Defoe, *The Farther Adventures of Robinson Crusoe*, ed. W. R. Owens, London: Pickering & Chatto, 2008, 9.
② 黄梅:第45—51页。
③ Watt, 63.
④ Macfarlane, 5, 39.

然摆脱了天主教教会的神秘主义的仪式,却陷入了类似的宗教玄思,还是一种旧的个人观念,而且违背了加尔文的教义。《天路历程》走出了内心世界,迈向隐秘的尘世,通过朝觐来疏解内心的信仰焦虑,开始向现代个人观念迈进。《雅典信使》等大众期刊更是直面现实,解决现实中的个人信仰焦虑,向现代个人观念更近了一步,并使得个人观念开始流行。《鲁滨逊漂流记》则首先以真名实姓确立了现代个人身份,主人公鲁滨逊挣扎于路德式的天职观与加尔文式的天职观之间,几经焦虑与游移,最终在《鲁滨逊再漂流》中彻底摆脱了路德天职观中社会、家庭、宗教等束缚,成为真正意义上的现代个人。精神自传、《天路历程》和《鲁滨逊漂流记》分别代表了不同的文学体裁,而它们的相继问世又都跟个人/文化观念内涵的演进有关,这不能不看作英国文学和文化观念之间的一种互动。

第二节
玄学派诗人:文学传统中的现代个体

17世纪的英国玄学派诗人,以富有个性的独具玄学特征的诗篇,促进了英国文化观念的萌发与生成。英国玄学派诗歌与文化观念史的互动尤其体现在宗教文化观、自然观、科学观等三个方面。

一、宗教文化观的玄学诠释

作为文化观念的宗教,随着人类文化的产生,就已经在宗教观上有所体现;而文学与宗教更是自古就有密切的关联。古埃及的《亡灵书》作为人类历史上的第一部书面文学,就体现了诗歌与宗教的结合;而《圣经》中《雅歌》等抒情诗集,也是将宗教信仰与情感世界融合起来。英国玄学派诗歌也不例外,更是较为集中地以诗歌形式探讨宗教文化,对文艺复兴之后宗教神权退出历史舞台,不再像中世纪那样作为主要时代特征的社会现象进行审视。

不过,诗歌和宗教之间所存在的本质区别,又使得一些学者特别关注诗歌与宗教本质特征的差异。塞缪尔·约翰逊曾对"诗的虔诚"(poetical devotion)进行了批评,他条分缕析地表述了崇拜和祈祷这些宗教活动与诗歌之间的不一致性。约翰逊认为:"诗歌的精髓是'创新',而新奇在宗教中是不合时宜的。"①约翰逊还宣称:"读者有理由期望从诗歌中——并总是能从优秀的诗歌中——获得理解力的扩展和想象力的提高,但基督教徒却很少指望从韵文的虔诚中得到这一切……全能(Omnipotence)是没法提高的;无限是不能扩大的;完美是无可改善的。"②正因为这些本质上的差异,约翰逊断定:在宗教诗歌中,"诗失去了它的光泽和力量,因为它被用来装饰比其自身更为卓越的某种事物。宗教诗歌所能做到的,只是帮助记忆和取悦于耳……它对心灵并没有提供任何东西"。③

但是,英国玄学派诗人的创作实践,却对萨缪尔·约翰逊的观点予以否定,而且在一定的程度上证明了两者之间所存在的内在关联,甚至有一些玄学派诗人将宗教实践和诗歌创作密切地结合起来,他们中间有些人自己就时常为国家或教会进行服务或创作,如:邓恩后来成为圣保罗大教堂教长;赫伯特和赫里克则从事过牧师职业。他们从事宗教实践时期所创作的不少诗篇,都体现了独特的宗教倾向,反映了宗教文化观念。这些诗人尤其在寻求人与上帝的新型关系、通过非宗教意象表达宗教观念,以及在渴望圣爱、寻求救赎等方面,进行了积极的探索。

1. 玄学派诗人的宗教情结

17世纪的英国诗坛上,自约翰·邓恩开创宗教主题的诗歌之后,乔治·赫伯特、罗伯特·赫里克(Robert Herrick,1591—1674)、弗兰西斯·夸尔斯(Frances Quarles,1592—1644)、亨利·金(Henry King,1592—1669)、理查德·克拉肖(Richard Crashaw,1613—1649)、亨利·沃恩(Henry Vaughan,1621—1695)等玄学派诗人紧随其后,抒写宗教抒情诗,《神圣十四行诗》("Holy Sonnet 17")、《圣殿》等诗集便是其中的经典。

---

① 转引自海伦·加德纳,第135页。
② 同上,第136页。
③ 同上。

仅从一些英国玄学派诗人的生平与创作道路进行考察,我们就会发现一个有趣的现象:宗教是一些玄学派诗人创作生涯中一个不可切割的重要组成部分。例如,英国玄学派诗歌的主要代表约翰·邓恩深受国王詹姆斯一世的赏识,并根据后者的意旨在1615年改信国教,并担任神职,此后他才有了事业上的保障,并受命任伦敦圣保罗大教堂教长。邓恩投身宗教后,把思想感情和炽热的爱转换到"神圣"的宗教事业上来。晚年不仅写下了一些宗教抒情诗,而且还因富有感染力的布道文享有盛誉。邓恩的宗教观念,主要体现在《神圣十四行诗》中,也体现在他的布道文中,后者"尽管是用散文体所写的,而不是用诗体所写的,但是邓恩的诗歌创作技巧能通过沉思冥想充分展现出来"。①

人类世界的世俗爱情和精神领域的赎罪拯救不仅是约翰·邓恩诗歌创作中的两大主题,同时也是他戏剧性一生的总结和典型概括。正如西方学者所说:"约翰·邓恩在诗歌上的创新部分来自他对人类某些重要经验的缜密剖析。人类总是不断追求爱情,追求完美,摆脱原罪,希望战胜死亡,达到永生。"②

约翰·邓恩的宗教情结也与他的出生有关。他出生的家庭是一个罗马天主教家庭。他的一些父辈在清教徒运动中遭到了当权者的残酷迫害。这在某种程度上可以视为他脱离罗马天主教、改信英国国教的原因。他迫切地期望摆脱政治宗教上的迫害,在当时找到一个安身立命之所。这种想法可能对其改信英国国教产生了很大影响。邓恩曾大量阅读当时的神学辩论论著,因而学识和精神上的信仰也是非常重要的因素。

总之,约翰·邓恩的《神圣十四行诗》是他宗教诗的典范。这些诗篇以智慧和热情著称,就像在他的早期作品《歌与十四行诗》中所表现的那样。但此时他的热情已经混合了一个宗教教徒在探寻人与上帝和谐关系时所特有的希望与苦闷,要比年轻时复杂得多。英国文化观念信仰维度的形成,其实得益于邓恩的这些艰辛探索。

---

① Dennis Sansom, "Can Death Be a Moral Educator? A Response to Stanley Hauerwas," *Christian Scholar's Review* 38, Issue 3, (Spring 2009), 337.

② Thomas N. Corns, ed. *The Cambridge Companion to English Poetry: Donne to Marvell*, Cambridge: Cambridge University Press, 1993, 123.

具有强烈宗教情结的英国玄学派诗人中,另一个不可忽略的名字便是乔治·赫伯特了。他作为著名的英国玄学派诗人,主要是以出色的宗教抒情诗而闻名于世的。"乔治·赫伯特诗中最经常的对话者是他的上帝。他的作品,无论是否充满怀疑或赞美,都是涉及上帝的情感和思想的记录,而且是以引人注目的形式记录下来的"。① 他所创作的《复活节之翼》《滑轮》等诗作,无疑是宗教诗篇中的杰作。"乔治·赫伯特不同于约翰·邓恩,贯穿他作品中的只有一个主题:基督教和基督经验。其创作词汇也主要来源于宗教。"②

和约翰·邓恩一样,乔治·赫伯特也同样从事过宗教事业。他又有别于约翰·邓恩,创作主题较为单一,主要就是作为宗教诗人而闻名的。就诗歌创作而言,乔治·赫伯特早期就表现出了明显的宗教情结,他在献给母亲的两首十四行诗中就曾宣称,他要把自己全部的爱献给上帝,用自己的诗篇来使神坛兴旺。他还对当时英国诗坛上世俗爱情诗的泛滥进行了严厉的指责,哀叹"仰望上帝和天国的诗歌"寥寥无几。他在其中一首诗中写道:"难道诗歌/都穿上维纳斯仆人的制服?只为她服务?/为什么十四行诗不为你写出?并放在你那燃烧的圣坛上?"③从此处的数行诗中可以看出乔治·赫伯特对世俗爱情诗的挑战以及对宗教抒情诗的迷恋。这种迷恋,其实有助于文化观念中信仰内涵的形成。

乔治·赫伯特所创作的诗集《圣殿》,以语言的精确性、韵律的多功能性、意象的独创使用,以及玄学派的奇喻为主要特色。该诗集的出版,被誉为17世纪英国诗歌史上最轰动的事件之一。在英国历史上各个宗派主义盛行的时期,这部诗集被所有的宗教和政治团体阅读;克伦威尔的私人牧师把《圣殿》推荐给自己的儿子,查理一世也在临刑前阅读这部诗集。正是因为这部诗集,乔治·赫伯特得以"甜蜜的圣堂歌者"而闻名于世。

构建这部《圣殿》的第一个框架当然是关于圣殿本身的想法。"《圣殿》的

---

① Ronald Carter and John McRae, *The Routledge History of Literature in English: Britain and Ireland*, London: Routledge, 1997, 106.
② Frances Austin, *The Language of the Metaphysical Poets*, New York: St. Martin's Press, 1992, 47.
③ George Herbert, *The English Poems of George Herbert*, C. A. Patrides, ed. London: J. M. Dent & Sons, 1991, 205.

各部分是按照精神节奏和宗教体验的变化来安排的。更重要的是，全卷拥有一种源于英格兰教区教堂的格局和在其内举行的节庆斋戒活动的结构模式和礼仪模式"。① 人们认为，这部诗集中的抒情短诗并不是孤立的，而是有机的整体，组成了一个连贯的三部结构，分别是"教堂门廊、圣堂和教堂斗士"，这三部分统一在"圣殿"这个总的标题之下，从而形成一个整体。② 不仅总体结构具有象征寓意，单篇诗作也充满象征，如其中最著名的《项圈》("The Collar")。"项圈"这一意象本身就是隐喻——项圈是戒律的象征。该诗在开头部分所抒写的便是在戒律约束之下的那种烦乱不安，对被迫遵循的戒律突然爆发出猛烈的抗议和呐喊，而在结尾所抒写的则是出人意料却又令人动容的谦恭和屈从，以及作为一个"孩子"对上帝意愿的卑微的服从。可以说，《圣殿》的象征意义超出了宗教范围，它所揭示的"戒律"与"服从"之间关系的复杂性，也见于日后文化观念的内涵。

从事过宗教事业的玄学派诗人还有罗伯特·赫里克以及托马斯·特勒贺恩（Thomas Traherne，1636—1674）等诗人。

罗伯特·赫里克的诗具有将国王神化的倾向，从另一个角度深化了宗教主题。如在《依靠国王，疗去邪恶》一诗中，他赞颂的是查理一世和他通过触摸病人治愈瘰疬和其他恶疾所创造的奇迹：查理是生命之树，是本瑟斯达治病的泉水；而作品只把他固定描写成庄严神圣的单一人物。在收入《金苹果园》（*Hesperides*，1648）的《咏圣集》中，在《致上帝：一首圣歌，在白厅的礼拜堂内为国王而唱》《星光之歌：为国王在白厅所唱的颂歌》等诗篇里，国王和宫廷的光辉也反复闪现。

罗伯特·赫里克的重要作品《金苹果园》虽然是一部宏大而又散乱的诗集，但是其中世俗与神性的区别还是显而易见的。1648年出版时所使用的副标题"主要为罗伯特·赫里克的世俗与神性的作品集"便是一个说明。《金苹果园》中的一些诗篇还具有半自传性色彩，记录了赫里克在丹枫郡的不如意的生活经历，他曾在那里任教职，1647年被清教徒力量驱逐，回到出生地伦敦。

---

① 安德鲁·桑德斯，第217页。
② Thomas N. Corns, ed. *The Cambridge Companion to English Poetry: Donne to Marvell*, Cambridge: Cambridge University Press, 1993, 184.

他的《他的虔诚的诗篇》《他在何处(其他事物之间)歌唱基督的诞生》《哀叹他的救世主在十字架上受难》等宗教诗篇,也被打上了他个人的印记。这种既带有鲜明个人印记,又带有强烈宗教色彩的诗歌作品,实际上为文化观念的相应内涵——既坚持信仰,又尊重个性——作了准备。

托马斯·特勒贺恩在牛津大学受到良好的教育,并长期担任牧师。他在世时,只出版了一部作品《罗马伪造物》(*Roman Forgeries*, 1673),他的最重要的散文著作《基督教伦理》(*Christian Ethics*)于他逝世一年之后出版。特勒贺恩的大部分诗作直到1896年才得以发现。他的两部诗集直到20世纪才得以出版,其中,《诗集》于1903年出版,《幸运诗集》于1910年出版。

托马斯·特勒贺恩在诗歌创作中善于描写孩童的梦幻般的天真。在这一方面,人们时常将他与英国浪漫主义诗人威廉·布莱克、威廉·华兹华斯以及美国诗人瓦尔特·惠特曼相提并论。他在诗歌风格方面,与瓦尔特·惠特曼颇为相似,喜欢使用重复等技巧,漠视标准英诗的规则和规范。他的诗篇(如经常被人们收入各种诗歌选本的《水中的阴影》等诗)时常暗示人们:成人已经丧失了孩童时代的欢乐,同时也丧失了对创造物神圣本性的理解力。在自己的创作中,托马斯·特勒贺恩努力探索怎样在世界上寻回这一欢乐。在文化观念史上,诗人关注社会转型中童真的失落是一个传统,其杰出代表人物是布莱克和华兹华斯等人,而特勒贺恩在他们之前就已经表达了同样的关注,可谓先声夺人。

2. 人与上帝之关系的玄学解读

由于政治斗争、宗教纷争以及新的科学思想的冲击,英国玄学派诗人总是努力探索新的时代语境下人的信仰与困惑,竭力思考人与上帝的新型关系。在英国玄学派诗人的笔下,人与上帝之间的关系常常显得较为微妙,因此,我们也需要对此进行玄学解读。

一些宗教诗人对上帝充满了虔诚,将上帝看成仁慈的化身。托马斯·特勒贺恩在《世纪沉思》中写道:"知晓上帝就是知晓仁慈。就是感知无限之爱的美。"[①]正因为对上帝充满虔诚,他们才力图探索人与上帝的真正关系。其中一

[①] Thomas Traherne, *Centuries of Meditations*, New York: Cosimo, 2007, 11.

个较为典型的特性是：英国玄学派诗人不是从一般意义上探讨人与上帝之间的关系，而是与 17 世纪的时代精神密切结合。如乔治·赫伯特在《滑轮》("The Pulley")一诗中，在探讨人与上帝的关系时，玄学色彩与科学精神得以巧妙结合，所使用的是自然科学机械运动中的力学原理。

在这首诗中，"滑轮"这一意象便是将人类引向上帝的典型的玄学意象。我们首先通过诗人的叙述，得知当上帝在造人的时候，他把一切祝福，包括力量、美、智慧、荣誉和快乐，都倾倒在自己的创造物身上。然而，正要从瓶中倾倒出全部、唯独剩下安逸的时候，上帝却叫停了，也就是说，他把安逸留在了瓶底：

> 当上帝最初造人的时候，
> 他在旁边摆了满满一瓶祝福，
> （他说）让我们倾其所有倒在此人身上，
> 让世界上分散的财富
> 浓缩在一块地方。
>
> 于是，力量首先开拓道路，
> 接着是美丽、智慧、荣誉、欢乐，
> 当几乎全都放出，上帝突然停住，
> 觉察到在他全部的财宝中①
> 惟有安逸躺在瓶子底部。

在这一首诗歌中，瓶子中所留存的唯一的财宝便是安逸。在上帝看来，这是一张王牌，人类如果需要这一安逸，必然有求于上帝，于是，古典神话和基督教文化的融合极大地增添了诗歌的力度和纬度，引向了诗歌中的玄学意象——滑轮。正是这一滑轮，逐渐把人领向上帝。上帝的财宝，使人联想起潘多拉盒子的传说。上帝给了潘多拉一个盒子，警告她永远不要打开。然而，她的好奇心

---

① Robert Cummings, ed. *Seventeenth-Century Poetry: An Annotated Anthology*, Blackwell Publishers, 2000, 202.

控制了她,于是,她打开了盒子,向世界释放出无数的瘟疫和悲愁。只有希望——盒子中的唯一的好东西——不断地安慰灾难中的人类。上帝深深地知道,如果他把安逸这张王牌放到他所创造的人物身上,人类就会崇拜上帝的礼物,而不是崇拜上帝本人。于是上帝"突然停住",在自己的瓶中留住了安逸这一礼物。上帝还知道,他的其他一些礼物总有一天会在人类身上导致精神上的不安和疲乏,人类厌倦他的物质礼物之后,必将倾向于疲乏,而疲乏将会起到一种杠杆作用,把人类引到上帝的怀抱:

> (他说)如果我把这一宝物
> 也安放到我的创造物身上,
> 他就会崇拜我的礼物而不是我,
> 就会崇拜自然界的安逸,而不是自然界的上帝;
> 那么,两者皆输。
>
> 于是,让他保留所剩的一项,
> 但是带着得不到安逸的抱怨;
> 让他富有而疲倦,这样,至少
> 如果仁慈不能引导,疲倦也会
> 把他投到我的怀抱。[①]

这段描写还使人想起奥古斯丁。他在《忏悔录》中写道:"我们的心一直不安,直到它在你的心中找到了安逸"。[②] 可见,安逸确实是一个法宝,而且这一法宝对人类有着强烈的吸引力。

滑轮和升降机是机械设备,其功能是帮助我们通过轮子和绳子运送重的物品。在滑轮的机械运动中,杠杆作用和运用的力对于重物的提升产生不同的影响。赫伯特将该原理成功地运用到《滑轮》中,这是他对人与上帝关系的典型的玄学解读。同时,该原理也在一定程度上说明了人类文化中宗教意识

[①] Cummings, 202.
[②] 奥古斯丁:《忏悔录》,周士良译,北京:商务印书馆,1981,11。

得以生成的必然性。

而弗兰西斯·夸尔斯作为一个善于表达普通百姓虔诚信念的诗人，则把人与上帝的关系诠释为房客和房东的关系。他在题为《在世界上》("On the World")的诗中写道：

> 世界是旅馆，我是房客，
> 我在此歇息；在此吃住。
> 我的房东，自然，热情接待，
> 倾其所有，为我周到地服务，
> 我在此处逗留了一段时间，
> 慷慨地付了账单，便继续赶路。①

在弗兰西斯·夸尔斯这首《在世界上》一诗中，人与上帝之间的关系诠释得非常具体、形象，两者之间是一种相互依存的房客和房东的关系。在他看来，人的一生如同匆匆的过客，只是在"世界"这一"旅馆"中稍作歇息，就得重新"赶路"，继续灵魂的历程；而作为大自然化身的"上帝"，如同一名房东，拥有全部，不断地按自己的方式"周到地"接待一批又一批匆匆而过的房客。这种人与上帝关系的比喻，同样充满了玄学的色彩。一言以蔽之，以玄学诠释宗教，以诗歌形式探讨宗教文化，进而对宗教神权退出历史舞台——一种转型——的社会现象进行审视，是英国玄学派诗人赋予文化观念的新内涵。

二、人与自然契合的玄学解读

在英国玄学派诗人的笔下，人与自然契合的现代自然文化观得以萌芽和生成，尤其是安德鲁·马韦尔等个体诗人，已经与后来的浪漫主义展开了对话。如在《阿普尔顿府邸》(*Upon Appleton House*，1681)的第77诗节中，安德鲁·马韦尔仿佛隔代与浪漫主义诗人华兹华斯对话，渴求与自然的合而为一：

---

① Francis Quarles, *The Complete Works in Prose and Verse*, 3 vols, ed. Alexander B. Grosart, New York: AMS Press, 1967, Vol. 2, 241.

>金银花啊,用你的枝叶把我缚住吧,
>
>将我缠绕在你闲荡的绿藤之间,
>
>哦,你的环圈系得如此紧密,
>
>让我永远不会离开这块地方……①

安德鲁·马韦尔在诗中就是以这种方式将人类的灵魂扎营于人类社会难以触及的花园以及花草树木之间,充分享受灵魂自由的欢乐,并且远离人类社会,永远与自然为伍。

人与自然契合的文化思想在乔治·赫伯特的笔下也得到了表述。在《圣诞节》一诗中,赫伯特把自己的灵魂比作"牧人",在《圣经》的"牧场"放牧,而他的思想、言语和行为则是"羊群"。他写道:"我的灵魂也是牧人;他喂养/思想、言行的群羊。/牧场是你的话语;溪流是你的恩典,/使这里肥沃异常。/牧人和羊群将歌唱,我用全部力量/来歌唱,超出白日的时光。"②

在英国玄学派诗人的笔下,不仅在小小的跳蚤身上上演了人类生活的宏大的戏剧,就连植物类自然意象也较多体现了自文艺复兴起所开始提倡的现世精神。玄学派诗人总是在一些细小的植物类自然意象中寻求人的特性和品质,这种探寻其实就是一种文化实践。例如,在花草意象中,英国玄学派诗人进行了深入的开拓和探究。花草在人们的日常生活以及人们的心目中,也是有着重要文化意义的。因此,对一些抒情诗人来说,花草是非常妥帖的"客观对应物"——人的生命往往被诗人们同花草的生命"融为一体"。其实,早在《圣经》中,就有诗篇把人的一世比作花草一秋:"对于一个人来说,他的一生像田野的花草那样繁盛;然而秋风一过,它就消失了,那地方也不再有人了解他了。"③反过来,一些诗人又善于"从人体的隐喻影像中,从一种人体式的结构内部去看整个自然界"。④ 对于这一点,维柯有非常透彻的认识:"值得注意的是,在一切的语种里大部分涉及无生命的事物的表达方式都是用人体及其各部分

---

① Quarles,429.
② 译文引自胡家峦著:《文艺复兴时期英国诗歌与园林传统》,北京:北京大学出版社,2008年,第208—209页.
③ 转引自程立等编:《英汉文化比较辞典》,长沙:湖南教育出版社,2000年,第70页.
④ 耿占春:《隐喻》,开封:河南大学出版社,2007年,第130页.

以及用人的感觉和情欲的隐喻来形成的。"①维柯此处阐述的其实是一种文化形态,即人如何看待外界或体验世界,而这种文化形态也是玄学诗人们审视的对象

当然,除了审视,还有引导,即玄学派诗人展现的生活/文化图景是倡导人与自然水乳交融的一种文化境界。例如,罗伯特·赫里克将乡居生活写得十分清新自然。在他的笔下,植物类自然意象是与人类的生活融汇一体的:

> 我唱流水,花,鸟,闺房,
> 四月,五月,六月,七月的花香,
> 我唱花柱,酒车,宴会,彻夜欢庆,
> 新郎,新娘,婚席上的甜饼……②

正因为植物类自然意象与人类意象有着类似的相通,所以罗伯特·赫里克的歌颂让生命迅速绽放出"鲜花精神"。在题为《咏花》的诗中,赫里克写道:

> 结实累累果树的美丽保证,
> 为什么你们落得这样迅速?
> 你们的日子不能这样飞渡;
> 你们可以在这里停留一会,
> 羞羞答答,轻笑微微,
> 最后才走自己的道路。
>
> 什么!难道你们生来只为
> 一点钟或半点钟享乐,
> 于是说声晚安走脱?
> 可惜大自然使你们来到人世,

---

① 维柯:《新科学》,朱光潜译,北京:人民文学出版社,1986年,第180页。
② 引自王佐良译文,见王佐良:《英国诗史》,南京:译林出版社,1997年,第121页。

只是为显示显示你们的价值,
然后你们就完全没有下落。

但是你们是可爱的书页,
在那里可以读到,美丽的事物
怎样很快就会到了终途:
同你们完全一模一样,
它们闪耀过片刻荣光,
它们就滑进坟墓。①

盛开的鲜花,标志着果树将会有硕果累累的时机。然而,这些鲜花并没有分享最终成果的喜悦,而是在生命的途中稍作停留后就迅速地凋落。这就是让生命迅速绽放的鲜花精神,这就是漠视将来、把握今朝的"鲜花生命观"。

歌咏鲜花,就是赞颂生命的潇洒和轰轰烈烈,这是 17 世纪英国很多诗人乐于表达的"及时行乐"主题。我们常常热衷于"两情若是久长时,又岂在朝朝暮暮"的境界。但是在赫里克看来,情感也好,生命也罢,其价值在于绽放美的瞬间,既不在于"久长",也不在于"朝朝暮暮",而是在于"一朝一暮",在于"曾经拥有",在于"一点钟或半点钟享乐"。换言之,生命的意义不在于追求从始至终,而在于存在过程,在于轻松潇洒,在于把握现在,正如赫里克在《致青春》("To Youth")一诗中所写的那样:"喝酒吧,趁一切可能,过欢乐的生活;/明天的生活太遥远;活在今朝。"②该诗的意义在于它折射了 17 世纪英国文化生活中的一个重大转变,即生命观的转变。它强调现世生活的意义,强调大自然把一个生命实体送到人世,只是为了显示此时此刻的生命价值,而一旦消逝,便"完全没有下落",根本没有来世生活的存在。这就从根本上否定了来世主义的观念,是对当时并未销声匿迹的宗教神权思想的一个批判。

《致青春》的最后一节,出现了"书页"(leaves)这一意象。这无疑是一个双

---

① 李霁野编译:《妙意曲》,成都:四川人民出版社,1984 年,第 126—127 页。
② Robert Herrick, *Works of Robert Herrick*. Vol. II., ed. Alfred Pollard, London: Lawrence & Bullen, 1891, 31.

关语,它是"书页",也是"树叶"。鲜花如同凋落的树叶,在闪耀片刻的荣光之后,就向大地迅速地飘落,无怨无悔、无声无息地走向自己的生命终点。鲜花又如同书页,在自己的生命以新的形态而出现的时候,依然愉悦着人们的眼睛,依然给人们带来欢乐和美感。因此,这匆匆而过、瞬间消逝而去的生命,给人们留下的却是永恒的记忆、凄楚的美感和认知的价值。这些都不无文化意蕴,都为日后的文化观念注入了丰富的内涵。

英国玄学派诗人多喜欢使用植物类自然意象来作为喻体,说明人的心情和心理状态或是表现人类情感的特质,以及这一特质的自然属性。譬如,约翰·邓恩在《爱的成长》一诗中就是以植物类自然意象来说明爱情特性的:

> 温柔的爱情活动,犹如枝条上的鲜花,
> 此时正从爱情苏醒的根部萌发。①

此处的"鲜花""枝条"和"根部"等自然意象不仅仅起着形容/修饰爱情的作用。更重要的是,它们构成了一幅人与自然交融的图景,这不啻是美好的文化愿景。

安德鲁·马韦尔也不例外。他尤其喜欢使用自然意象,在他的笔下,"鲜花、水果、绿草所构成的世界,所提供的图景不仅是艺术鉴别力,以及在诗中显示智性和道德的多种姿态,而且还有在最成功的诗篇中最频繁出现的重要的幻象"。② 例如,他的《花园》一诗中就蕴涵着丰富的寓意。如西方学者约瑟夫·萨默斯(Joseph H. Summers)所说,"花园"这个名称本身就暗示着"附加到这个单词上的庞大的历史和广泛的意义",包括"《创世纪》第一章第三节中的失乐园,《雅歌》中的花园、哲学家的逍遥园、圣母祭坛的封闭的花园、斯多葛派学者的绿色清修地、文艺复兴时代女士漫步的花园,以及所有野蛮未开化、孤独宁静得能够让思想再生并开始其天然思考的地方"。③ 又如我国学者胡家

---

① 约翰·邓恩:《英国玄学诗鼻祖约翰·邓恩诗集》,傅浩译,北京:北京十月文艺出版社,2006年,第65页。
② Joseph H. Summers, "Marvell' Nature," *ELH*, Vol. 20, No. 2, (Jun., 1953), 124-125.
③ Qtd, in Corns, 1993, 283-284.

峦先生说："一座现实的花园可能是在世间重新创造人类源自其中的神话乐园，或预示人类可能最终回归其中的天国乐园……在某种意义上，花园是人类创造的事物和上帝创造的事物之间的美学桥梁。"① 马韦尔的花园，是他追求人与自然和谐相处这一理想境界的象征。"在这个花园里，人和自然都是纯洁无邪的，因而乐园所有感官上的富足，并不是一个道德的陷阱，而是一个完美无邪乐园的体现，甚至堕落也是无邪的；来自智慧树的感官诱惑不是致命的，因而无须'对诱惑围上栅栏'。"②

可见，英国玄学派诗人善于以植物类意象的某些特性来喻指相应的心境，总是喜爱突出自身的自然属性，体现了对待自然的独特文化观念，与19世纪弘扬自然、崇尚自然的浪漫主义文化观念形成了强烈的共鸣，甚至与20世纪的英国诗人劳伦斯、特德·休斯等进行了跨越几个世纪的对话。

三、自然科学的影响与科学文化观的萌芽与生成

17世纪的科学革命以及自然科学的发展对人们科学文化观的形成产生了深远的影响。自文艺复兴之后，西方学界思想得以解放，不仅反映在体现人文主义精神的"人的发现"中，而且也反映在体现科学精神的"世界的发现"中。正是有了人类思想的解放，才紧接着出现了自然科学的繁荣。正如罗素所说："文艺复兴思想家们再一次强调了'以人为中心'，在这样的思潮中，人的活动应当以其自身价值而受到重视，科学的探索因此也开始以新的惊人步伐向前迈进。"③

17世纪自然科学的发展，使得普通百姓也产生了对科学的兴趣，在自己的思想观念中有了科学的意识，这极大地冲击了中世纪的种种愚昧观念的残余。"贵族们和富有的平民们转向科学，不是把科学当作一种谋生的手段，而是作为专心致志的对象"。④ 尤其是"地理大发现"等航海实践，使得善于接受新事

---

① 胡家峦，2008年，第1页。
② Frank Kermode, *The Argument of Marvell's "Garden"*, Chicago: The University of Chicago Press, 1984, 300.
③ 伯特兰·罗素：《西方的智慧》，北京：世界知识出版社，1992年，第362页。
④ 罗伯特·金·默顿：《十七世纪英格兰的科学、技术与社会》，范岱年等译，北京：商务印书馆，2002年，第137页。

物的玄学派诗人广泛运用天文学和地理学知识,来表现自己对新世界的认知和感悟,体现新的时代精神。

17世纪的科学革命以及在自然科学领域所取得的成就主要包括四个方面:一是从哥白尼到开普勒的天文学革命;二是从帕拉塞尔苏斯到波义耳的化学革命;三是从伽利略到牛顿的力学革命;四是从维萨留斯到哈维的人体生理学革命。

在刚刚跨入17世纪的时候,人们对自然科学的重视程度还不是非常突出。在17世纪相当长的时间里,"神学和人文诸学科比科学更受人们的尊崇",①不少人认为"文学是一个人可为之献身无遗的一项职业,而科学充其量不过是一个人可以偶尔搞搞的业余嗜好"。② 而且,科学与宗教的矛盾和冲撞有时也非常突出。科学家们尽管取得了许多重要的科技成就,但是在17世纪期间,"科学家们一再求助于宗教的保护,这一事实首先说明,宗教是一种足够强大的社会力量,可被援引来支持一种本身尚较难被人们所接受的活动"。③ 反过来,宗教也在一定的意义上"给科学注入了所有的价值模式",而且"把信仰者们的兴趣指引到科学道路上"。④ 这场科学革命在西方文明史上具有重要的地位,不仅为欧洲社会带来了全新的科学理论,也为人们带来了全新的世界观、文化观和全新的思维方式,促使人们形成了崇尚科学、宣扬知识的良好传统。但是,科学技术方面的革命也对固有的传统思想观念造成了一定的冲击,导致了怀疑气氛的弥漫。这一点,约翰·邓恩在《世界的剖析:一周年》("An Anatomy of the World: The First Anniversary")一诗中,有一段诗句表现得极为明晰:

> 新哲学怀疑一切,
> 火的元素已被扑灭,
> 太阳消失,地球也不见了,
> 非人的智慧所能寻到。

---

① 罗伯特·金·默顿,第57页。
② Katharine Maynard, *Science in Early English Literature*, 1550—1650,转引自默顿,第57页。
③ 罗伯特·金·默顿,第131页。
④ 同上,第132页。

>人们直爽地承认世界已经衰亡,
>而在星球和天空上
>找到了多种新东西,他们看
>这里已被压碎成为原子一般。
>一切破裂了,全无联系,
>失去了一切源流,一切关系:
>君臣,父子,都已不存。①

科学技术革命以及各种发明创造对人们在思想上所造成的震动确实是强烈的,也是多方面的。同时代的培根充分认识到了这一点,他写道:"发明的力量、美德和后果是显而易见的,而且再没有比那三项对古人来说一无所知的发明(即印刷术、火药和指南针)更为引人注目的了。这三项发明改变了整个世界的面貌和状况:第一项之于文献,第二项之于战争,第三项之于航海,随之而来的是无以数计的变革。从这个意义上说,在人类活动中,任何帝国、任何教派、任何星辰都不如这些机械的发现更具有力量,更具有影响。"②自然科学对英国玄学派等诗歌创作的影响也已经被西方学界所关注,早在20世纪60年代,西方学者罗伯特·艾尔罗德(Robert Ellrodt,1922—)就曾概括说:"17世纪的科学对诗学的想象所产生的影响已经被适时地强调,从邓恩到特勒贺恩的玄学派诗歌已经受到特别的关注。"③

此外,炼金术也是对英国玄学派诗歌的发展产生影响的一个重要因素。人类对财富和"不朽"的无止境的贪欲,使得炼金术成为反对欺骗等行为的有效武器;反过来,这也常常成为批评的对象。一些炼金术士确实也在自然科学方面有了重大发现,并且为制药业的发展作出了重要贡献。许多炼金术士非常真诚,甚至在某些方面的学问也很先进。"炼金术的两个主要目的是:怎样除去粗金属中的杂质,把粗金属变更为黄金;类似的目的是,怎样驱除人体中

---

① 转引自王佐良:《英国诗史》,南京:译林出版社,1997年,第133—134页。
② 转引自埃伦·G·杜布斯:《文艺复兴时期的人与自然》,刘源译,杭州:浙江人民出版社,1988年,第1页。
③ Robert Ellrodt, "Scientific Curiosity and Metaphysical Poetry in the Seventeenth Century," *Modern Philology* 61, No. 3 (1964), 180.

的杂质,从而延长人的寿命,甚至获得永生。"① 约翰·邓恩等玄学派诗人时常在自己的创作中提及炼金术,如在《爱的炼金术》一诗中,邓恩对爱情采取的是一种愤世嫉俗的态度。他认为,来自爱情的一切欢乐,如同炼金术试验的偶然性副产品,并不是黄金。

英国玄学派诗人的科学文化观的生成,与具体的创作实践发生互动。我们从动态意象(dynamic image)的运用以及圆的意象(round image)的运用这两个方面,便可窥其一斑。

1. 动态意象使用

《普林斯顿诗歌与诗学百科全书》(*Princeton Encyclopedia of Poetry and Poetics*, 1965)的编者在总结各家关于诗歌意象的定义基础上,归纳出三类意象:大脑意象、比喻意象、象征意象。所谓大脑意象,主要是借助心理学家的观点,按照大脑感官所感知的意象进行分类,包括听觉意象、视觉意象、触觉意象等;所谓比喻意象,是就语言修辞而言的,专指比喻,尤其是指比喻中的喻体;所谓象征意象,主要是阐述各种意象模式的功能。

我们在此所讨论的,主要是针对比喻意象。玄学派诗歌的一个重要特征是"奇喻",而奇喻的一个重要特性便是其动态意象的使用。所谓动态意象,是相对静态意象而言的。"静态意象描述某个对象的外观、味道、香味、质地或者声音,这些特性,简而言之,被中世纪哲学家称为'偶有属性'。动态意象描述对象或对象之间动作的方式。"②

英国玄学派诗歌的比喻体系中,作为喻体的常常是动态意象,而且这些动态意象常常源自当时的各门科学技术,在一定意义上体现了时代的科学精神。

首先,英国玄学派诗人特别喜欢使用动态意象。或许,约翰·邓恩在《哀歌·变换》一诗中的陈述可以对此进行注解。约翰·邓恩在诗中是贬低静态的,认为"人在一个地方定居,等于遭受囚禁","水在一处久停,很快就会发

---

① Richard Willmott, *Metaphysical Poetry*, Cambridge: Cambridge University Press, 2002, 33.
② Alice Stayert Brandenburg, "The Dynamic Image in Metaphysical Poetry," *PMLA* 57. No. 4, 1039.

臭",因此他得出结论:"变换是个育婴堂,/培育着音乐、欢乐、生命和恒常。"①正是在这一"变换"思想指导之下,约翰·邓恩等一些玄学派诗人在创作中乐于使用动态意象。也正是由于动态意象,表面上"毫无关联"的意象之间才有了本质的关联。例如,当彭斯等诗人将恋人比作玫瑰,或是莎士比亚在十四行诗集中将恋人的嘴唇比作珊瑚时,它们之间并无实质性的相似之处(颜色和固有的传统概念除外)。然而,玫瑰、珊瑚这些静态意象对于读者的想象力来说却更容易接受,也更容易被一些诗人和评论家所选择并称道。英国玄学派诗人所使用的动态意象,虽然初看起来显得牵强,好像生搬硬套,但是在内在思想上却更加准确、更加有力。譬如,安德鲁·马韦尔将太阳喻为"时间的飞轮",乔治·赫伯特在《大炮》("Artillery")一诗中,将上帝的仁慈比作从大炮中"射出的一颗星辰,落入我的怀抱",而作为回报的"我的泪水和祈祷"也如同星辰一般地发射。乔治·赫伯特在《约旦》("Jordan")一诗中,将思绪比作"火焰向上空升腾"。亨利·沃恩在《引导》("The Shower")中,将不虔诚的祈祷比作从湖泊中蒸发出来的水,因"太粗糙,难以被上苍接受",随后这水便以雨的形式重新返回地面。在约翰·邓恩的《告别辞:节哀》中,为了表述将要分别的情侣之间的精神关系及其相互影响时,所采用的四个独特的奇喻(即四个主要意象)也全都是与外在运动相关的动态意象(即脱离躯体而去的圣洁灵魂、地震和天体的运动、被打得薄薄的一片金子、张开又挺直的圆规)。正是这一系列意象所产生的一系列的运动,清楚地说明了抒情主人公的内在精神状态。

其次,更为重要的,是这些动态意象常常源自 17 世纪的自然科学和技术术语,如约翰·邓恩诗中的"流星""地动""黄金的延伸",乔治·赫伯特诗中的"滑轮",以及安德鲁·马韦尔诗中的"平行线的延伸"等。西方学者拉戈夫(Milton Rugoff)对此作出了中肯的评论:"邓恩从疾病而来的意象,主要由医学理论、解剖学、外科学衍生而来;他从几何学和数学等其他分支派生而来的比喻和类比;他由音乐的技术性方面、钟表的构造和运行、手工艺人的操作和战争用的机器得到了意象——这些都表明他对事物的技术性或机械性方面的

---

① 约翰·邓恩,第 163 页。

着迷程度很深,也说明了他时常从科学中寻求意象的倾向。"① 在科学中寻求文学意象,这本身是一种文化实践,它表明:如今文化观念中对文理学科和谐发展的诉求,其思想根源在 17 世纪英国玄学派诗歌里已经存在了。

2. 圆的意象与探索精神

在 17 世纪,天文学家"已经能够通过仪器来扩展人类的感官,观看自古以来一直隐藏着的天体。他们也拓宽了目标,他们的研究不仅包括天体是如何运行的,还包括为什么这样运行,即对行星运动反映出来的力学的考察"。② 由于受到天文学发展的影响,约翰·邓恩等英国玄学派诗人常常喜欢使用球体、圆圈、中心、星辰、环境等一系列与空间相关的意象,以此来表现自己独特的玄学思想以及对世界的领悟。

我们可以看到,约翰·邓恩的作品中充满着圆圈的意象,包括象征的、爱情的、社会的以及精神等各个层次的。我们可以在他的不少作品中看到,他总是很善于用空间术语来表达自己的思想观念。然而,由于当今关于空间方面的假定与当时存在着一定的差异,我们很难理解他这类意象所揭示的奥秘。其实,他的很多太空语言也是从传统的太空概念中获得形态和意义的,这对我们今天说来显得非常奇特。我们通常认为空间是没有个性的抽象,思考它的时候不会勾勒它的轨迹或考虑它的势力,也不会产生关于宇宙的想象。然而,空间对约翰·邓恩来说是不同的故事。它是物质的、有力的、有意义的、充实的、排列成同心圆的。这是新哲学引起怀疑的空间概念。换言之,关于太空的传统概念形成了他的太空想象的背景。他期待太空富有意义、力度和特定的形态。

"圆圈"这一意象在一些英国玄学派诗人的作品中富有多重的象征寓意,值得我们特别关注。近代,由于航海技术的发展,人们在航海过程中所看到远处船只的出现不是简单的由小到大的过程,而是仿佛从远处海平面以下钻了出来。于是,人们开始对海平面以及地球的形状进行种种猜测。当时所翻译

---

① Milton Allan Rugoff, *Donne's Imagery: A Study in Creative Sources*, New York: Russell & Russell, 1939, 220 - 232.
② 米歇尔·霍斯金主编:《剑桥插图天文学史》,江晓原等译,济南:山东画报出版社,2003 年,第 131 页。

的毕达哥拉斯的学说,从球形是最完美几何体的观点出发,阐述大地是球形的思想,认为太阳、月亮和行星所进行的是匀速圆周运动。从 15 世纪至 17 世纪,由于欧洲通往印度新航路的发现、美洲的发现、环球航行的成功以及其他航海探险活动的完成,人类对地球的认识产生了一个质的飞跃。这些通称为"地理大发现"的一系列事件,对于人类认知大自然的奥秘产生了革命性的影响。英国玄学派诗人也不例外,他们深受地圆之说的影响,并在自己的创作实践中努力体现这一思想所产生的影响,表现相应的审美观念和具有时代特性的探索精神。同样,思考宇宙空间时,玄学派诗人也是根据他们自己有限的太空知识,并且充分发挥他们的太空想象,从传统的语言和圆形概念中勾勒太空的轨迹,获得太空的形态和自身的意义。

一提起圆的意象,首先浮现在我们脑海中的自然是约翰·邓恩在《告别辞:节哀》("A Valediction: Forbidding Mourning")一诗中所使用的圆规意象。圆规意象不仅表现了分离中的男女双方相互依附、相互牵扯的关系,同时,终点便是起点的圆圈象征着完美。在约翰·邓恩看来,在圆规画出圆圈的过程中,只有圆规支腿坚定,另外一端才能画出完美的圆圈。这里,圆规支腿象征着妇女的坚贞,而这种坚贞又赋予诗人力量来完成圆圈,达到完美的理想境界。约翰·邓恩也在这首诗中,利用空间意象来与时间抗衡,利用圆规所画的圆来抗衡恋人的分离,否定时间改变恋人关系的能力。这种对于空间和时间的思考,以及对"完美"的诠释,完全是文化层面的思考,在如今文化观念的内涵中仍然可以找到其位置。

约翰·邓恩在一首题为《告别词:哭泣》("A Valediction: of Weeping")的抒情诗中,也同样大量使用了多种"圆圈"的意象,既包括人类日常生活中的"钱币"(coin),也包括"地球"(earth)、"月亮"(moon)、"球形天体"(sphere)等天文学词汇。其中的一节写道:

> 在一个圆球的上面
> 有一个工匠,身边备有摹本,能够布置
> 一个欧洲,一个非洲和一个亚洲,
> 并且很快将原来的空无化为实体。

> 你眼中的每珠泪水
> 也会是这样的情形,
> 它会成长为一个球体,对,一个印有你影像的世界,
> 直到你的眼泪与我的眼泪汇合,在这一世界泛滥,
> 于是我的天国被源自于你的洪水所溶解。①

这一节诗,首先使人联想到从地理学意义上理解的圆形球体,以及从生理学意义上理解的人体的圆形眼泪,接着又使人联想到自然界的洪水。诗人凭借智性,进行自由的切换,不仅展现了出色的艺术才华,更展现了博大的文化情怀。

在安德鲁·马韦尔著名的抒情诗《花园》中,无论是葡萄、仙桃、玉桃、苹果等植物类的意象,还是日晷等来自天文学学科的自然意象,都包含着"圆圈"这一内涵。而在他的《致他的娇羞的女友》("To His Coy Mistress", 1681)一诗中,男女恋人们则想象他们自己交融成了一个"球体",诗中的抒情主人公声称:"让我们把我们全身的气力,把所有/我们的甜蜜的爱情糅成一球。"②在该诗中,太阳并不是恒星,而是运动的,体现的也并不是17世纪自然科学的概念,而是传统的宇宙观,即地球是宇宙的中心,太阳只不过是围绕着地球进行旋转的一颗行星。尽管在约翰·邓恩的其他一些诗篇中(如《世界的解剖:第一周年》),这一观念早就已经被打破,被"新哲学"所取代,但是他的思想却是不定型的,受到传统宇宙观的影响甚至是根深蒂固的。"按照亚里士多德-托勒密宇宙的构成,有形宇宙的主要特征是圆形。位于宇宙中心的、静止不动的地球是圆形,地球外围的所有星体都是圆形,各重天也一圈套着一圈地环绕地球作圆形运动。柏拉图说,神以自身的形象创造宇宙,把它做成了圆形,这是所有形体中'最完美、最自我相似的形体'……圆形是传统宇宙结构中占支配地位的形状。文艺复兴时期英国诗人大多数是以圆形对世界上的一切进行观察和思考的"。③

---

① John Donne, *John Donne's Poetry*, ed. Donald R. Dickson, W. W. Norton & Company, 2007, 96.
② 西渡编:《名家读外国诗》,北京:中国计划出版社,2005年,第46页。
③ 胡家峦:《历史的星空——文艺复兴时期英国诗歌与西方传统宇宙论》,北京:北京大学出版社,2001年,第52页。

以"圆圈"意象表现永恒性,这与古老的宇宙哲学以及相应的物理学密切相关。圆圈可以战胜时间,因为它那反复的自我运转,使得每一个终点成为新的起点,而且上帝也正是这样使得信徒的生命成为一个圆圈(圆寂)。因此,约翰·邓恩写道:"上帝自身是一个圆圈,他也让你成为一个圆圈。"① 可见,"圆圈"的意象不仅体现了诗人的时空观,而且也在一定的程度上折射了诗人的宗教观。

至于探索精神,也是与当时自然科学的发展密切相关的。在约翰·邓恩的《早安》和《告别辞:节哀》等抒情诗中,圆的意象是探索精神和完美象征的结合,尤其是《早安》一诗中的"两个半球"的意境,借"地理大发现"的概念,表达了诗人对理想爱情的憧憬和追求。圆的意象在《爱的成长》一诗中表现得尤为美丽,在这首诗歌中,他将时间本身转换成一个扩展的同心圆。

总之,17世纪是一个不断探索的时代,在自然科学和地理探索方面都有很大的发现。"新的世界展现在人们面前,哥白尼、开普勒、伽利略在天文学上的发现促使了宇宙天体新秩序的建立。在英国,现代的实验科学也已经萌芽,它们呼唤探索物质世界的真理所在"。② 就是在这样一个新秩序中,英国玄学派诗人以自己富有个性特征的诗篇,反映了这一不断探索的时代,同时与英国文化观念史中宗教文化观、自然文化观、科学文化观等概念发生了互动。

第三节
党派文化的个体隐喻

17世纪中后期是英国资产阶级革命的重要历史阶段,英国的国体和政体均在1640年(新议会召开)至1689年(权利法案)之间发生了重大变化,奠定

---

① Qtd. in Lisa Gorton, "John Donne's Use of Space," *Early Modern Literary Studies*, Special Issue 3 (Sept., 1998), 25.
② Corns, 129.

了君主立宪制基础,逐渐演变成真正意义上的现代国家。在这段历史时期内,资产阶级和新贵族对封建专制统治发起了猛烈冲击。就政治思想与文化观念而言,资产阶级国家学说和自由人权等话题频繁出现在霍布斯和洛克(John Locke,1632—1704)等政治哲学家的著作之中。复辟时期(1660—1688)介于共和国时期与"光荣革命"两个大时代之间,在这段过渡时期内,英格兰的民族—国家概念仍未真正成型,还缺乏统一的民族文化。然而王朝复辟时期内政治势力的重新分配使得英国各界更加直面社会现实,试图通过各种方法消弭国内的政治与宗教分裂力量,对统一民族文化的形成起到了极大的推动作用。

作为英国复辟时期文学的集大成者,约翰·德莱顿(John Dryden,1631—1700)习惯于在自己的作品中对国家政治生活形式与文化习俗风尚抒发见解。他的政治讽刺诗《押沙龙与亚希多弗》(Absalom and Achitophel)创作于1681年那个血与火的时代,①教派冲突和党派纷争问题使英国政局动荡,危机重重。这部作品发表时,查理二世的王位继承危机刚刚度过白热化阶段,之前的"天主教阴谋案"(The Popish Plot,1678)以及随之而来的"排斥法案"(The Exclusion Bill,1679)促使英国政坛围绕王权继承问题分裂为辉格党和托利党两大对立阵营。德莱顿于1681年11月17日发表《押沙龙与亚希多弗》时,英国政坛正处于一个关键时期,这是一个德莱顿精心挑选的日子:一周后英国法庭即将对沙夫茨伯里伯爵被控叛国罪案件开庭审判。② 沙夫茨伯里伯爵是当时英国政坛炙手可热的反天主教势力领袖,力主剥夺查理二世兄弟詹姆士的王位继承权,因为后者信奉天主教。司各特(Sir Walter Scott,1771—1832)曾如此评论德莱顿的这首政治应景诗:"它对发表时机的选择和诗歌本身一样具有天才的艺术性。"③虽然《押沙龙与亚希多弗》未能真正直接影响判

---

① 德莱顿与泰特(Nahum Tate)合作于1682年,接着发表了《押沙龙和亚希多弗》的下半部分。据文学史家考证,此部分主要由泰特写成(除310—509行据考为德莱顿本人所作)。与德莱顿的创作相比,泰特所续部分的文质都次于德莱顿的,故一般意义上的《押沙龙和亚希多弗》特指德莱顿单独所著的上半部分。
② The Earl of Shaftesbury (1621—1683),原名Anthony Ashley Cooper,英国政治家、辉格党领袖,"排斥法案"的强力推动者,本诗中被称为亚希多弗。
③ 转引自John Churton Collins, "Memoir, Introduction and Notes," *The Satires of Dryden*, London: Macmillan, 1923, xxxix.

决结果，由辉格党一手组建的陪审团最终设法为沙夫茨伯里伯爵洗脱了罪名，并于1682年2月将其从伦敦塔释放，但这首诗歌发表后立即风行伦敦和英格兰，在很大程度上引导了大众舆论，在英国掀起一股强烈声讨沙夫茨伯里叛国罪的浪潮，帮助查理二世政府有效压制了沙夫茨伯里集团的气焰。

自《押沙龙与亚希多弗》问世以来，评论界在分析这部作品时总会注意到它的讽喻（allegory）特质与党派政治，不少学者都论及它如何对《圣经》历史人物和事件进行借用乃至改编以达到党派斗争之目的。就《押沙龙与亚希多弗》这首政治讽刺诗的题名而言，这两个《圣经》人物名字强烈暗示着另一个巍然耸立其后的人物——大卫王。押沙龙是《圣经》里的著名逆子，他对大卫王的叛乱与父子情感问题已经成为西方文化叙事中的经典原型，因此西方学界在探讨《押沙龙与亚希多弗》与《圣经》之间的讽喻关系时往往都会将关注焦点放置在父子关系之上。以乔德·雷蒙（Joad Raymond）为代表的不少批评家考证过《押沙龙与亚希多弗》存在的各种人物典据，[1]但或许因为他们的重点在于寻找《圣经》人物与现实人物之间的相似性，因此他们通常以纵向研究为主，较为缺乏以人物形象为横向坐标而进行的体系化研究。罗兰·鲍尔森关注到《押沙龙与亚希多弗》几组具有对比效应的父子关系，但他并没有对其进行伦理方面的解读，而是从修辞学角度认为德莱顿诗作的成功很大程度上源于"古今对比"，其"核心之处在于运用了维吉尔式的史诗比喻"。[2]霍华德·维恩布洛特专门讨论过《押沙龙与亚希多弗》中的父子关系，指出"父权基础对查理二世的皇家君权神授理论至关重要"，[3]然而他并没有从伦理角度进行深入阐述，亦没有进一步围绕国家政治问题对其展开研究。有鉴于此，我们将从党派文化的个体隐喻角度来分析德莱顿诗作中父子关系伦理与国家政治生活的密切关联。

---

[1] Joad Raymond, *Pamphlets and Pamphleteering in Early Modern Britain*, Cambridge: Cambridge University Press, 2003, 374 - 375.

[2] Roland Paulson, "Dryden and the Energies of Satire," *The Cambridge Companion to John Dryden*, Cambridge: Cambridge University Press, 2004, 41.

[3] Howard D. Weinbrot, "'Natural Holy Bands' in 'Absalom and Achitophel': Fathers and Sons, Satire and Change," *Modern Philology* 85 (1988), 374.

一、历史与现实：政治讽刺诗的锋芒

《押沙龙与亚希多弗》这首 1,031 行长的诗歌是用英雄双韵体(heroic couplet)写就的，它的文类在当时显得很特殊，似乎迥异于以前的仿英雄体(mock-heroic)讽刺文学作品，用传统的文类区分法难以界定。德莱顿也深知这首作品的庞杂和混合性，称这种讽刺作品为"'瓦罗式'(Varronian)，①也就是结构混杂的嬉笑怒骂的诗歌样式……"②《押沙龙与亚希多弗》混杂了基督教神学因素与历史现实成分，形成一个宏大的时空架构，这种诗歌构造形式为德莱顿提供了一个文化叙事大框架，便于其在虚构与事实之间来回穿插。德莱顿在这首诗歌中不仅运用讽刺手法，还将其与反讽技巧混合在一起，制造嬉笑怒骂的效果，这种将反讽运用于引经据典模式的叙事风格，曾被鲁本·布饶尔称为"影射式反讽"(allusive irony)。③《押沙龙与亚希多弗》是各种讽喻和影射的集合体，里面充满了众多对圣经的类比、对《失乐园》的引用、对古典传统的索引以及与真实历史事件情境的互动。

《押沙龙与亚希多弗》是作为党派宣传册(pamphlet)形式出现的。在17、18 世纪的英国，文学行业并未真正市场化，文人为了生计需要寻找有势力的人资助，因此他们作品的主题都由资助人命制。那时的英国派别争斗相当激烈，不同派别为了各自集团的利益都雇佣文人粉饰自己，打击政敌。在这样的情势下，宣传册写作成了专门的职业。除了社会地位较低的廉价雇佣文人外，众多才华横溢的文学家也自觉或自发地依附于某一党派集团，以求获得支持与资助。不幸的是，或者说幸运的是，德莱顿所处的是一个更为特殊的社会位置——桂冠诗人。自 1668 年始，德莱顿拥有"桂冠诗人"的官方头衔长达 20 年，他在此期间的文学创作大都与英国政府以及国家政治时事密切联系在

---

① 古典意义上的讽刺作品(Satire)占主导地位的样式一般主要有两种，即贺拉斯式(Horatian)和尤维纳式(Juvenalian)；瓦罗式(Varronian)原为梅尼普斯式(Menippean)，得名于古希腊哲学家梅尼普斯(Menippus)，后罗马讽刺作家瓦罗(Varro)模仿梅尼普斯将这种讽刺样式发扬广大，故梅尼普斯式有时也称"瓦罗式"。此讽刺样式的特点是结构混杂，多对话和辩驳，以诙谐、夸张和变形手法达到讽刺效果。参见 M. H. Abrams, *A Glossary of Literary Terms*, Beijing: Foreign Language Teaching and Research Press, 2004, 277.

② Qtd. in Frank H. Ellis, "'Legends no Histories' Part the Second: The Ending of 'Absalom and Achitophel,'" *Modern Philology* 85 (1988), 404.

③ Reuben A. Brower, "An Allusion to Europe: Dryden and Poetic Tradition," *Dryden: A Collection of Critical Essays*, ed. Bernard N. Schilling, New Jersey: Prentice-Hall, 1963, 49.

一起；直到在"光荣革命"中被革去头衔之后，他才专注于翻译希腊罗马经典著作的学术事业。作为王朝复辟时期的文坛翘楚，德莱顿的笔力自然远胜格拉布街上寻常的文字掮客。他很清楚自己作为国王和皇室家族卫道者的公众身份，因此在《押沙龙与亚希多弗》的前言中写道："我的初衷是诚实的，然而拿起笔为一部分人写作也就意味着无法避免地与另一部分人为敌。"[①]由此可见，德莱顿对自己诗作的党派政治色彩了然于心，并且在前言中已经为自己的举动做出辩解。

当时英国政坛争斗最激烈的，莫过于围绕教派分歧展开的王位继承权问题。德莱顿所在政治阵营需要打击的对象是试图争夺王位继承权的蒙玛斯公爵。蒙玛斯公爵（Duke of Monmouth，1649—1685）是查理二世与情妇露西·沃尔特的私生子，[②]德莱顿抓住了这个软肋，《押沙龙与亚希多弗》为其贴上一个文化标签——《圣经》中的著名逆子押沙龙。同时，德莱顿也深谙官场之道，虽然蒙玛斯公爵是此诗作的攻击目标，但蒙玛斯公爵在民间声望很高，且颇得查理二世欢心，是潜在的王位继承人，德莱顿不便或许也不想直接对其进行文字攻伐，于是就将矛头直接对准了支持蒙玛斯公爵觊觎王位的股肱之臣——沙夫茨伯里伯爵，称其为亚希多弗，即《圣经·撒母耳记》所载大卫王身边的奸佞小人。德莱顿在《押沙龙与亚希多弗》里刻画了一个著名的"引诱"场景，戏仿《失乐园》里撒旦对夏娃所发表的巧舌如簧的演说。如此一来，德莱顿就在伦理维度与政治领域巧妙地为蒙玛斯公爵推卸掉了责任，将后者在伦理和政治上"堕落"的过失归咎于沙夫茨伯里伯爵的怂恿。

在德莱顿的时代，党派宣传与争斗经常以散发小册子的形式进行。这些小册子用讽刺与反讽的口吻嘲弄对手，且往往喜欢引经据典，让人在虚构与事实之间难辨真假。读者和批评家常常惊讶于德莱顿在《圣经》人物和他同时代历史人物身上所发掘出来的相似性。华莱士指出德莱顿使用这一策略的重要意义："他诉诸历史不仅是为了讽刺虚构，而是因为距离给予他所需要的合适视角，以便处理这种过激的时事形式，同时还让他获得一种让人钦佩不已的自

[①] John Dryden, *The Satires of Dryden*, ed. John Churton Collins, London: Macmillan, 1923, 1. 本文所引诗句均为笔者所译。

[②] 蒙玛斯公爵以俊美、高雅和多才著称于世，1663年被封为公爵，在辉格党领袖沙夫茨伯里伯爵以及其他众多新教教徒的支持下，与信奉天主教的约克公爵（Duke of York，即后来的詹姆士二世）争夺王位继承权。詹姆士二世即位后，他兴兵造反，但战败被俘，以叛国罪被处死。

如语调。"①华莱士觉察到德莱顿这首政治讽刺诗叙事方面的重要特征——距离。在这篇诗作里,德莱顿另辟蹊径,假托并重构《圣经》历史人物,以此讽刺鞭挞现实生活中的政敌。通过这种方式,德莱顿极大地利用了文化规约中价值取向的惰性力量,将需要讽刺的现实人物形象与《圣经》人物形象重叠,这种拼贴效果很好地利用了《圣经》文化叙事框架中的类型化价值取向。德莱顿将所处时代的现实人物与《圣经》历史人物进行类比,吸引读者注意力,同时融合了历史时空与现实时空,在两种时空的切换与融汇之间形成了极具张力的文学空间,展示出政治讽刺诗的锋芒。

二、党派政治视域中的父子伦理

德莱顿在《押沙龙与亚希多弗》中描写了几对父与子,其政治立场不尽相同。通过分析他对这些人物的态度,我们可以看到政治倾向是怎样渗透于相同的文学文类,而在伦理判断上造成差异的。诗中最重要的一对父子是大卫和押沙龙,对应生活中真实的人物分别是查理二世及其私生子蒙玛斯公爵。这一类比源于《旧约·撒母耳记(下)》第13至18章中大卫和押沙龙父子之间背叛与篡位的典故。跟大卫和押沙龙这对父子一样,虽然蒙玛斯公爵背叛了查理二世,但是作为父亲的查理二世对自己最赏识的儿子还是舐犊情深。此时王位继承危机还没有尘埃落定,正处于千钧一发之时——蒙玛斯公爵和查理二世有可能和解,也有可能彻底决裂。在这首以宣传册形式出现的诗歌中如何处理这对父子关系,给身为王家御用文人的德莱顿出了一道大难题。他需要同时为国王和公爵都找到托辞,以此来帮助他们摆脱伦理上的尴尬和政治上的危险。

在这场政治危机中,查理二世也并非无可指责。不过,德莱顿特殊的政治立场决定了他所做的是通过艺术的语言技巧来缓解政治僵局,他"在本诗中多处采用的策略是正视严酷的现实,同时却又巧妙地将国王安然无恙地护佑在责难之外"。②党派文学作品的性质决定了德莱顿在写作时只能"戴着镣铐起

---

① John M. Wallace, "Dryden and History: A Problem in Allegorical Reading," *ELH* 36 (1969), 282.
② Steven Zwicker and Derek Hirst, "Rhetoric and Disguise: Political Language and Political Argument in *Absalom and Achitophel*," *The Journal of British Studies* 21 (1981), 52.

舞",在有限的腾挪空间里尽量展现出诗歌技巧与语言智慧。因此,德莱顿将所有在查理二世统治下的政治动荡与危机都形容为无法避免的灾祸,因为"生活从来都不全是永远都安宁"(43 行);国王在政治斗争中的失误被称为"迟来的复仇"(940 行);国王在处理危机中的迟疑被冠以"与生俱来的仁慈"(939行)。虽然德莱顿知道查理二世的这些弱点,但他所处的位置决定了他无法在整个事件的过程中以全知叙述者的口吻对此发表过多的评论或影射。他所做的是在结尾处让国王讲了一通长达九十余行的独白。据说查理二世授意德莱顿将自己在牛津所做的演说词放到《押沙龙与亚希多弗》的结尾部分。文学评论家弗兰克·艾利斯曾将本诗详细对照了查理二世的演说词,发现了一些惊人的相似之处。他据此得出结论,认为德莱顿在写作《押沙龙与亚希多弗》时心里确实有查理二世演说词的影子。① 党派政治文学的一个重要特点是穿插与引用领导人的话语说辞,这样不仅可以增加该文本的权威性,而且可以使领导人的声名在文学作品中得以流传。德莱顿的《押沙龙与亚希多弗》以暗示查理二世身份的典故开始,又以暗含查理二世演说内容的说辞结束,在谋篇布局上通盘考虑的也是为了解决他与私生子蒙玛斯公爵之间的危机。

蒙玛斯公爵(押沙龙)与查理二世(大卫)之间的关系是本诗的中心点。为了给蒙玛斯公爵推卸背父叛国的责任,德莱顿将他一切伦理与法律上的失范都归罪于沙夫茨伯里的怂恿和唆使。德莱顿将他描绘成一个纯洁和无辜的年轻人,他之所以误入歧途,是因为受到邪恶的沙夫茨伯里处心积虑的诱惑,他只是在向往伟大与光荣的野心驱使下走错了一步:他"毫无警觉地被引诱着离开了善的德行/被荣耀迷住了心窍,被赞美蒙蔽得得意忘形"(311—312 行)。即便他在政治和道德上都犯了滔天大罪,他还是可以有(也应该有)自我救赎的机会。查理二世对犯错的儿子持这样的态度:"要是我的小参孙想要撼倒房柱/玉石俱焚,②就让他自作自受断了生路。/可是,咳,要是他能活下来并痛改前非该有多好!/子女们犯的错做父母的一转眼便忘掉!"(955—958 行)这些话与其说是查理二世自己的想法,倒不如说是德莱顿对蒙玛斯公爵的规劝与期盼。德莱顿相信亲情伦理的纽带能使他们一起安然化解这场政治危机,父

---

① Ellis,396-397.
② 这里查理二世将自己的儿子比作《旧约·士师记》中力拔山兮的力士参孙。

子二人能重归于好。必须在此一提的是,德莱顿对亲情和伦理问题的探讨,都为文化观念内涵的形成作了贡献。

除此之外,本诗还重点刻画了两对贵族父子关系:亚希多弗父子(Achitophel)和巴兹莱父子(Barzillai)。这两对父子形成一种对称关系。在敌我是非面前,德莱顿在处理这两对父子形象时表现出相当明显的党派偏见。亚希多弗很明显是仿照《失乐园》中的撒旦形象塑造的,①诗中他诱惑蒙玛斯公爵的场景就是仿照《失乐园》中撒旦诱惑夏娃的那一幕。在德莱顿的笔下,亚希多弗被描绘成一个和撒旦一样邪恶、放肆和不安分的人;而他对另一个贵族巴兹莱的描写则截然不同。据评论家考证,此人在历史上对应的是奥蒙德公爵(Duke of Ormond)。奥蒙德公爵是斯图亚特王朝最忠实的捍卫者之一,《押沙龙与亚希多弗》发表时他已经 71 岁了,德莱顿称他是"年长位尊"的老者(818 行)。如果把这个文本细节与上文提到的沙夫茨伯里放在一起,或许我们可以发现德莱顿价值评判上的极大差别。沙夫茨伯里伯爵当时才 60 岁,但是德莱顿是这样说的:"可是他早已功成名就,腰缠万贯,/为什么还不服老,不回家安享晚年?/竟会瞎折腾一把老骨头,/老朽老朽,他何时满足过安逸享受?/将自己辛苦打下的基业交给儿子吧/那个没有羽毛的两条腿的东西/做那事时他心烦神乱/于是就生下来这个模糊的肉团"(165—172 行)。② 如果说前文德莱顿对押沙龙外貌伟岸潇洒的描绘符合蒙玛斯公爵的真实形象,那么这里恐怕他就有些歪曲史实了。据说沙夫茨伯里的子孙后来对德莱顿如此描写他们长辈很是恼火,因为沙夫茨伯里父子在形象上"不仅身端形正,而且丰姿英俊"。③

德莱顿还提到了奥蒙德公爵英年早逝的长子奥所里伯爵(Earl of Ossory),④他叹息道:"我将永远对他的死感到悲哀"(832 行)。这里作为故事

---

① 德莱顿不仅借用《失乐园》的情节,而且还重复其中的许多意象和词语,已经有许多评论家指出了这一点。如本诗第 137、145、147、152、156、174、202 行等与《失乐园》第一章的用词重合之处。参见 Walter Keith Thomas, *The Crafting of Absalom and Achitophel: Dryden's "Pen for a Party"*, Waterloo, Ontario: Wilfrid Laurier University Press, 1978, 218.

② 德莱顿借用了戴奥真尼斯讽刺柏拉图对人的定义那则轶事。柏拉图将人定义为没有羽毛的双足动物,犬儒学派哲学家戴奥真尼斯(Diogenes)知道以后将一只鸡拔光了毛,说这就是柏拉图所说的"人"。

③ A. W. Verrall, *Lectures on Dryden*, ed. Margaret de G. Verrall, Cambridge: Cambridge University Press, 1914, 79.

④ 奥所里伯爵(Earl of Ossory),原名托马斯·巴特勒(Thomas Butler),1680 年去世,年仅 47 岁。他和父亲一样,也是查理二世的忠实拥护者,以作战英勇、举止高雅闻名于世。

外的第三人称叙述声音,直接显形来表达自己的存在。《押沙龙与亚希多弗》中叙事性话语的段落和戏剧性转述话语段落交替出现。笔者发现,故事外的第三人称叙述者在全文所有的叙事段落中只有两次窜出叙述层面来强调自己的存在:除了此处(832 行)之外,就只有"我要提到一些人的名字,那就是赞美"(816 行)。作为作者的德莱顿在这两处不禁摘下第三人称叙述冰冷的人格面具,直抒自己的个人情感(虽然这种情感是否是真挚,还是礼节性的,我们不得而知)。或许这并不是巧合。有史实文本证明:德莱顿和奥蒙德公爵一家确实过从甚密,他曾将自己的几部作品题献给公爵一家,其中就包括他的《古今寓言》(*Fables Ancient and Modern*, 1700)。①

德莱顿在《押沙龙与亚希多弗》中对克伦威尔父子的评判不尽相同。如果说德莱顿在涉及英雄人物奥利弗·克伦威尔时尚能为其留些情面,那么当他论及其子理查德·克伦威尔时,便毫不留情地说:"扫罗王逝去之后,他们不费吹灰之力/便使愚蠢的伊施波设放弃了王冠"(57—58 行)。德莱顿敢于公然责骂理查德·克伦威尔,表现出对其不屑之意,这在当时并非出格之举。理查德·克伦威尔的个人魅力远逊于其父奥利弗·克伦威尔,哈钦森在《哈钦森上校传》中说:"(理查德)为人温顺平和,不事张扬,毫无其父风范,也无能力管理一个头绪纷繁的政府。"②克伦威尔父子在《押沙龙与亚希多弗》中所占篇幅并不多,并非重点所在,但这并不意味着这对父子在诗作中无足轻重,德莱顿在操控话语的过程中留下了很多细节,它们揭示出他的党派政治立场与文学伦理取向,同时也展示出复辟时期英国社会在意识形态方面的裂隙。通过这些裂隙,我们可以瞥见英国文化观念早期萌发的复杂语境。

三、党派文化与政治个人化:投机亦或信仰?

在《押沙龙与亚希多弗》开始部分,德莱顿就用《旧约》扫罗和伊施波设父子来隐射克伦威尔父子,描写克伦威尔及其共和思想的诗曰:"这群具有亚当才智的叛逆者,未尝羁绊/便开始梦想自己渴望自由/……他们将自己的欲望

---

① John Dryden, *The Critical and Miscellaneous Prose Works of John Dryden* Vol. 3, London: Baldwin and Son, 1800, 575.

② Qtd. in John Churton Collins, "Memoir, Introduction and Notes," 94.

延至森林与洞穴/以为除野蛮人之外,其他都是奴隶"(51—56 行)。德莱顿叙述这段历史时明显带有党派政治偏见,如果将其与他在 1658 年写的《纪念护国英雄克伦威尔》(*Heroic Stanzas on the Death of Oliver Cromwell*)进行比较,我们会惊讶于德莱顿前后态度的反差:"他的伟大源于上天独授/时运使然之前,他已将伟大造就/战争像太阳底下升起的雾霭/仅仅彰显而不是成就他的伟大"(21—24 行)。极具讽刺意味的是,德莱顿在 1681 年发表《押沙龙与亚希多弗》之后不久,他的旧作《纪念护国英雄克伦威尔》就被辉格党政敌重印并广为散发,只不过这次变成了《哀悼篡位者克伦威尔:〈押沙龙与亚希多弗〉作者的忠与诚》。[①] 辉格党人对德莱顿诗作的标题进行修改,对他没有固定政治立场、专门阿谀奉承执政当局的做派极尽揶揄。对于政敌与同辈作家的挑衅,德莱顿当然毫不示弱,他接连发表了《麦克·弗莱克诺》和《奖章》等数篇讽刺诗歌予以反击。

写作《押沙龙与亚希多弗》时,德莱顿早已成为查理二世御用的桂冠诗人,对于克伦威尔已无可能再加赞誉之词,但他同样也没有直接责骂克伦威尔,而是聪明地将克伦威尔建立共和国的"罪责"归咎于资产阶级—新贵族带领下的英国民众,称其为"这群具有亚当才智的叛逆者"。《押沙龙与亚希多弗》多处提及才智问题,批评沙夫茨伯里等人"自以为有智慧"(142 行),"睿智、莽撞、才智汹涌"(153 行),"夸耀自己的才智"(162 行)。它将智慧和仁慈作为正邪对立的重要因素,在措辞与意象方面均与《旧约·创世纪》中亚当背叛上帝旨意一事遥相呼应。通过延续基督教广为人知的文化传统,德莱顿在伦理层面上轻而易举地使政敌沙夫茨伯里处于背叛者的不利局面。

《押沙龙与亚希多弗》凸显了政治立场与伦理立场之间的融合问题,诗中对几对父子形象的描写无疑受到其党派政治立场的影响。自亚里士多德《尼各马可伦理学》以降,伦理研究关注的都是道德责任义务,强调善、正义、友爱、高尚、幸福、德性等维度的内容。政治立场与伦理立场有时会产生冲突,德莱顿言行显得缺乏道德原则,政治立场上趋炎附势,因而经常遭人诟病。在复辟时期这段特殊的时间里,党争激烈,作为御用文人的德莱顿在政治立场上没有

---

① Annabel Patterson, "Dryden and Political Allegiance," *The Cambridge Companion to John Dryden*, ed. Steven N. Zwicker, Cambridge: Cambridge University Press, 2004, 224.

太多选择余地,他的政治讽刺作品不是为了表现个人价值判断或者文学兴味,而是承载了所在党派利益共同体的政治使命。作为一首应景的政治讽刺诗,《押沙龙与亚希多弗》应该被放置在更大的政治与文化语境之中,它作为文学话语直接参与到当时的历史事件之中,成为党派倾轧与政治争斗的载体,终极目的在于打击政敌、引导社会舆论,而美学、文学与文化等其他因素均需服从并服务于这一宗旨。

即便如此,《押沙龙与亚希多弗》并非仅仅是党派宣传品而已,它通过影射与暗示的方式描写当时英国政坛几对著名的父子,藉此形成贯穿整首诗歌的题材主线,其落脚点始终不离伦理纲常。维恩布洛特指出,这部作品"探讨了辉格党和托利党一致认同的观念——儿子对父亲应有的尊敬和爱,以及作品同名主人公如何违背子女的孝顺本分"。[1] 作为应景的政治讽刺诗,德莱顿必须支持查理二世所提倡的君权神授思想,政治立场必须鲜明,他在写作《押沙龙与亚希多弗》时需要尽量摒弃个人好恶,戴上"桂冠诗人"的人格面具,成为保王党阵营的传声筒。德莱顿的过人之处在于他能在此类命题作品中尽量消除私人情感,弗兰奇就曾评论道:"德莱顿在他的诗歌里不涉及任何私人生活或爱好,他对自己作为社会公众之声的角色感到舒适自如,F. R. 利维斯认为'他的效果完全是为了倾听的公众'。"[2] 弗兰奇引用利维斯之语来强调德莱顿作品中的公共特性,但是如果断定德莱顿作品中完全没有任何私人兴味,则似乎有些许武断。笔者认为,尽管德莱顿努力在《押沙龙与亚希多弗》和其他大量作品中涤除私人情绪因素,他仍然无法完全做到不涉及个人情感。党派的集体意志确实压制了德莱顿,使他无法随心所欲地表达个人的价值判断,但这些个人情感诉求并没有消失,而是被压抑进诗歌之中,以不易察觉的形式出现。

批评界通常指责德莱顿在政治立场和宗教信仰上游移不定,也有评论家试图追寻他为何在当时的历史情境下不断变换立场,然而结果似乎都无法令人满意。德莱顿年轻时代曾倾心于克伦威尔的资产阶级—新贵族新秩序,后

---

[1] Weinbrot, 391.
[2] A. L. French, "Dryden, Marvell and Political Poetry," *Studies in English Literature, 1500-1900*, no. 8 (1968), 412.

又投奔查理二世的复辟王朝。随着詹姆士二世在1685年上台执政,他又追随国王皈依了天主教。自此以后,德莱顿的宗教取向与政治立场渐趋稳定,这使得他与"光荣革命"之后的新一届政府产生巨大分歧,被剥夺了"桂冠诗人"的封号。如此一来,德莱顿晚年在宗教和政治方面反倒有了较为稳定的信仰。

德莱顿所表现出来的矛盾状况在他那个时代以及早期现代英国具有一定的典型性。英国文学与文化界对这种矛盾状况表现出较大的包容性,易于将其党派政治文学作品中代表集团利益的公共声音与代表作家自身兴味的个人声音区分开来。就《押沙龙与亚希多弗》而言,德莱顿在其中刻画了一系列父子人物形象,关注的是家庭伦理道德与国家政治生活之间的纲常问题。虽然父子伦理与国家纲常之间存在某种隐喻或同构关系,但这种关系似乎仅适合于在形而上的抽象层面运行,一旦具体到现实生活之中,它必须服从于党派政治的利益。从某种意义上说,党派文化彻底扭曲并压制了个体的感性认知。

德莱顿在《押沙龙与亚希多弗》中为我们敞开了他所处时代的一个历史横切面,展示出作家个人与集体党派文化之间的制约、服从与抵制关系。《押沙龙与亚希多弗》所体现的个体感知能力与社会操控力量之间的争斗与分离,与17世纪中后期英国趋于现代个体自由的历史思潮十分契合,再现了英国民族文化演进过程中的一个生动环节,揭示了早期文化观念内涵形成的艰辛过程。

第六章

公共领域的扩张

文化观念的主要内涵之一是共同体形塑，而共同体的诞生离不开公共领域的形成。英国中世纪后期见证了公共领域的扩张，其背后有英国文学家们的贡献，以及他们为相关文化观念内涵所做的基础工作。

中世纪带给人们的印象是多重的：久远年代所形成的神秘色彩与骑士故事的传奇浪漫相交织，文艺复兴的人文气息与宗教审判的严酷残忍构成鲜明的对比，封建等级的森严与戏剧舞台上的幽默反衬出了生活与梦想的差距。英格兰民族在形成的过程中，语言、文化、传统、民族性都在不断发展。同时，这个民族的共同体内部也发生了变化：随着《坎特伯雷故事集》与《亚瑟王之死》的刊印，英语语言开始普及；骑士传统这个本属于统治阶层的制度文化逐渐在民众之中传播开来。也就是说，公共领域扩张了。

公共领域扩张的原因是多方面的，但是大都跟文学有关。例如，原本典雅的宫廷爱情故事不仅被贵族们所推崇，连平民们也喜闻乐见了；他们之间一旦形成交流，就向公共领域迈进了一大步。又如，因为莎士比亚创作的悲喜剧雅俗共赏，越来越多的人去了圆形剧场，形成了公共领域。英国的中世纪后期是一个转型期，语言、文学、艺术这些原本只可贵族接触的内容已经开始扩张到整个民族的内部，英格兰特性则是引领这场变化的主力，或者说是根本原因。公共领域的扩张使共同体内部的成员具有更强的凝聚力，也使其民族特性更为突出，这种扩张并未局限于传统文化上，它还作用于社会生活的方方面面，其细致程度既可影响英国国王的衣饰穿着，又可涉及平民百姓的饭后闲谈。总的来说，公共领域的扩张是共同体形塑过程中的一个重要现象，而其中需要着重考察的仍是凸显该民族文化前沿的语言文字、文化传统与文学作品。

第一节
《亚瑟王之死》与英国骑士传统

英国文化观念内涵的萌生与骑士传统有关,因为后者跟英格兰特性(Englishness)密不可分。如果将英国骑士传统与英格兰特性形容为一片羽毛,骑士传统就是羽轴了。时代推移,英格兰特性发展的过程中,骑士传统贯穿始终;骑士传统如羽轴般不断生长,它连接羽枝般的英格兰特性。两者一直向前发展,互构互生,不知不觉地为公共领域的扩张打下了基础。

骑士制度早已灭亡,然而骑士传统却经历了漫长的年代,一直影响至今。在《大不列颠百科全书》(Encyclopedia Britannica,1768—1771)中,作为该传统精髓的骑士精神被描述为"尊贵与礼貌是骑士的行为规范";《新编亚瑟王百科全书》(The New Arthurian Encyclopedia,1986)中的解释则详细得多:骑士精神源于政治和军事制度,先是军事中的一种称呼——"骑马的人",后来则象征一种社会地位。它有三个层面:封建制度、宗教信仰和骑士之爱(Courtly Love)。

一、亚瑟王故事溯源与骑士传统概述

亚瑟王最早被记载于公元 6 世纪,也有学者追溯到了希腊神话。[①] 12 世纪蒙茅斯的杰弗里(Geoffrey of Monmouth, c. 1095—c. 1155)撰写的《不列颠诸王记》(Historia Regum Britanniae)为亚瑟王的故事提供了一个基本的结构框架;[②]另一部重要的作品是法国作家克雷蒂安·德·特洛阿(Chrétien de

---

① Graham Anderson, *The Earliest Arthurian Texts: Greek and Latin Sources of the Medieval Translation*, Lewiston: The Edwin Mellen Press, 2007.

② Norris J. Lacy, *The New Arthurian Encyclopedia*, New York & London: Garland Publishing, 1991, 179.

Troyes,1130—c.1180)的亚瑟王系列作品,其中包括《马车上的骑士》《狮子骑士》和《圣杯故事》等。①

《亚瑟王之死》的版本有两种：一种是威廉·卡克斯顿(William Caxton)校订出版的;②另一种是温切斯特的手稿,③在1933年发现于温切斯特大学,现收藏于英国国家图书馆。可以肯定的是,卡克斯顿在出版马洛礼(Thomas Malory,1415—1471)这部作品的时候,进行过校订和修改。

骑士制度在英国的传入和发展与《亚瑟王之死》故事的来源及演变,两者之间渊源颇深。自1066年威廉一世(William I)的诺曼底征服开始,源于法国的骑士制度逐渐在英国确立并发展起来;《亚瑟王之死》的故事最初出自英国,然而其中很多内容又来自法国。在卡克斯顿的序言、马洛礼的传记以及亚瑟王相关的参考资料中,④都有此观点。

法国人对这位传说中的英国国王非常感兴趣。在法国1215—1235年间,一位(或者多位)作者编写了《兰斯洛特——圣杯传奇》。此前还有圣杯与梅林(Merlin)故事的汇编,加上后来关于亚瑟王之死等故事的汇编,所有这些故事统称为"亚瑟王故事环"。⑤法国的亚瑟王故事主要包括：圣杯历史、梅林故事、兰斯洛特故事、追寻圣杯故事和亚瑟王之死,以及续编中关于梅林故事、追寻圣杯故事和亚瑟王之死故事的扩充。对于《亚瑟王之死》的包容性,该丛书主编曾有如下论断：

对于英语读者而言,《亚瑟王本末》这部书之所以重要,⑥主要是因为托马斯·马洛礼骑士受过它的影响,他把这部书列在众多故事来源的首位。虽然

---

① David Staines, tr., *Chrétien de Troyes*, Bloomington & Indianapolis: Indiana University Press, 1993. 该书包含了 "The Knight of the Cart" "The Knight with the Lion"和"The Story of the Grail"三篇故事。

② Sir Thomas Malory, *Le Morte D'Arthur*, London: Philip Lee Warner Press for the Medici Society, 4 volumes, 1910-1911.

③ Sir Thomas Malory, *Le Morte D'Arthur: The Winchester Manuscript*, ed. with an Introduction and Notes by Helen Cooper, Oxford: Oxford University Press, 1998.

④ Christina Hardyment, *Malory: The Knight Who Became King Arthur's Chronicler*, New York: Harper Collins Publishers, 2005.

⑤ The Arthurian Vulgate and Post-Vulgate Cycles.

⑥ Norris J. Lacy, General Editor, *Lancelot-Grail: The Old French Arthurian Vulgate and Post-Vulgate in Translation*, Cambridge: D. S. Brewer, 2010.

他作品的每一部分都有不同的故事来源,但其中的第一、三、六、七和第八个故事都在极大程度上采用于《亚瑟王本末》。①

从《亚瑟王之死》的源流可见,它是一部骑士传统的集大成之作,其内容充分体现了骑士精神三个层面的辩证统一。

在封建制度层面,这部书中圆桌骑士忠诚于亚瑟王的例子可谓多如繁星。例如,高文骑士(Sir Gawain)在随亚瑟王与兰斯洛特交战时受重伤,临死前担心的是亚瑟王所处的被动局面:与兰斯洛特和解或许可以缓解亚瑟王因莫俊德(Sir Mordred)背叛而陷入的窘境。于是,他临终前给兰斯洛特留下了一封和解信。在亚瑟王与莫俊德对战前夕,高文骑士又托梦忠告亚瑟王不要出战。② 又如,亚瑟王在战场受了重伤后,"骑士卢坎(Sir Lucan)和贝狄威尔(Sir Bedivere)分别架着国王的上身和下身,……卢坎由于抬得吃力,也眩晕得跌了一跤……"最终,卢坎骑士因重伤而先于亚瑟王死亡。③

骑士的忠诚并不仅仅表现在战场之上。在亚瑟王多次举办的五旬节比武大会上,圆桌骑士宁愿流血受伤,也要为亚瑟王展现他们的武艺。骑士对封建领主或国王的忠诚形式多种多样,至于勇敢、冒险精神的例子更是俯拾皆是。

在宗教层面,主要是圆桌骑士追寻圣杯的故事。如果说亚瑟王的生平是作品的明线,那么圆桌骑士追寻圣杯与宗教信仰的故事就是一条贯穿始终的暗线。在书的序言里,刊印者卡克斯顿写到了出版愿望:

> 关于三个最为高贵的基督徒之一,亚瑟王的……事迹,英国人必须深切了解……这些士绅贤达,迫切地要我刊印这本记载崇高国王和卫国英雄亚瑟的历史,书中还附带叙述他的骑士们,以及"圣杯"的故事。④

---

① Norris J. Lacy, 6.
② 托马斯·马洛礼:《亚瑟王之死》,黄素封译,北京:人民文学出版社,2005年,第870页。
③ 同上,第877页。
④ Sir Thomas Malory, *Le Morte D'Arthur*, Volume I, i.

也就是说，这本书的刊印体现了一种追寻理想的共同愿望，无形之中成了可供讨论共同信仰的平台，也就促进了我们如今所说的"公共领域"的形成。

圆桌骑士中三位找到圣杯的骑士分别是加拉哈（Sir Galahad）、薄希华（Sir Percivale）和鲍斯（Sir Bors de Ganis）。在找到圣杯前，一位修士解释了高文骑士的梦中异象：

> 那片肥美的草场和羊群，应当释作圆桌，至于牧场可理解为谦顺和忍耐，代表了青春和活力，因为人类永远不能战胜谦顺和忍耐，所以圆桌社就是建立在它的上面；……又如三只白色雄牛，其中两只全白、一只生有黑斑，我认为那两只白的牛代表加拉哈骑士和薄希华骑士，因为他们贞洁而无污点；至于第三只带有斑点的白雄牛，是指鲍斯骑士而言，由于他失过一次童贞，但从此以后他还能保持着纯洁的生活，所以他的罪终于被神所饶恕了……①

这一段劝道式的释梦，实质是基督教教义在骑士传统中的延伸。骑士追寻圣杯的过程实际上是一个追寻自身纯洁的过程——虔诚、贞洁地生活是基督教教义中的内容。这段释梦恰好起到了这一教化作用，而其中提到的"圆桌社"就是一种公共领域。

在骑士之爱层面，《亚瑟王之死》中的描写是浪漫多彩的。

其一，表现在骑士深入险境营救贵妇或少女的事迹。书中描写主要的骑士常常"英雄救美"，在巫术、邪恶和死亡威胁女性的时候，他们的出现让读者看到了一个正义、伟岸的形象。这种描写也为后世文学中爱情故事的男性英雄塑造提供了一个通用的范本，同时也为正处于萌芽时期的文化观念注入了正义和勇敢等内涵。

其二，对贵妇或少女的殷勤是骑士之爱的一种表现。这部书中描写得最精彩、最细腻的骑士之爱分别是兰斯洛特—桂乃芬（Launcelot-Guenevere）和特里斯坦—伊索尔德（Tristram-Isoud）两段故事：兰斯洛特爱上亚瑟王的妻子桂乃芬王后的故事是书中描写爱情的一个典型，情节跌宕起伏，但两人相互

---

① Sir Thomas Malory, *Le Morte D'Arthur*, Volume I, 691.

之间的爱慕最终酿成了悲剧。在亚瑟王发现两人的私情之后,曾经试图用火刑处决桂乃芬,但是兰斯洛特单枪匹马闯入刑场救出了王后,后逃往快乐园。亚瑟王兴兵与兰斯洛特对战,最终由于这次出征,国内莫俊德篡位,导致亚瑟王战败死去。特里斯坦与伊索尔德的爱情故事却是另一个结果。兰斯洛特营救桂乃芬王后之前的一段自述,简单地描述了特里斯坦骑士的结局——"这是一桩难事啊,由于特里斯坦骑士的经历,我得了一个教训,那就是当时所定的协约:特里斯坦依约将伊索尔德由快乐园送给马尔克王之后,您看看结局好了,那个残酷无耻的马尔克王趁着特里斯坦坐在伊索尔德面前弹琴的时候,躲在特里斯坦的背后,扬起一把利剑,将特里斯坦骑士从背后刺到心房。"①

这两段爱情的描写可谓传世之作,其中穿插着前两个层面骑士精神的内在矛盾,即对爱情的忠诚与对国王的忠诚之间的矛盾,以及骑士之爱与基督教精神的冲突。骑士之爱可谓浪漫至极,如兰斯洛特骑士与桂乃芬王后幽会的情景:"兰斯洛特……一手挟着扶梯,……凭梯爬上,王后等候已久了,他俩隔着窗子谈心,叙述了别后的惊险遭遇……"②此情此景比罗密欧与朱丽叶约会的经典一幕早了一百多年。又如,"特里斯坦骑士偕着伊索尔德……在舱中正巧感到口渴,又适巧面前有一只金脚小瓶,盛着色香俱佳的珍贵美酒。……他们又说又笑地彼此对饮,……一见倾心,爱了终生,不曾变心。"③然而这样的浪漫最终因违背了骑士精神的另两个层面——"忠于君主"和"笃信教义"——而化为泡影。

英国骑士传统的建立,得益于它包容了不同来源的骑士制度文化。亚瑟王传说众多,描写的骑士传统纷繁多样,最终马洛礼将它们融贯一体。此外,英国骑士传统还具有独特性,它对英格兰特性的形成影响深远。其独特性表现在上述三个层面的对立统一。

关于亚瑟王死因的描写结合了骑士精神的三个层面。亚瑟王死亡的表象为莫俊德背叛亚瑟王,企图篡位,它突出了骑士精神中封建制度层面的描写:

---

① 托马斯·马洛礼,第 836 页。
② 同上,第 810 页。
③ 同上,第 297 页。

忠诚与背叛。亚瑟王之死的诱因是兰斯洛特与桂乃芬王后的私情,这是骑士之爱的描写:爱情与忠贞。马洛礼却有意将亚瑟王之死归因于莫俊德的背叛,背叛来自亚瑟王曾经有过一次不知情的乱伦事件,宗教层面由此而浮现:亚瑟王在不知情的情况下,与他的胞姊生下了莫俊德——乱伦与基督教思想背道而驰。书中第一卷第二十回,梅林预言了亚瑟王之死:"最近您做错了一件事,触犯了上帝,就是您同自己的胞姊同床,生下一个孩子,这足以使您毁灭,也将使您全国的骑士同归于尽。"①可见,亚瑟王所犯宗教层面的乱伦重罪把前述的骑士之爱与封建制度两个层面联系在了一起。骑士之爱即指亚瑟王与胞姊、兰斯洛特与桂乃芬,封建制度即指莫俊德与亚瑟王、兰斯洛特与亚瑟王,最终的结果是亚瑟王的死亡。特里斯坦—伊索尔德的爱情悲剧也与此类似,都是骑士精神中三个层面的交融贯通。

《亚瑟王之死》对骑士故事的系统性叙述,以及对骑士精神不同层面的融合是这部书的独到之处,这也使它成为骑士传统文化的经典之作。

在12世纪,蒙茅斯的杰弗里撰写的《不列颠诸王记》中引入了亚瑟王的历史,其中亚瑟王与骑士的历史故事为威廉一世在英国的统治提供了理论上的支持,促进了骑士传统与封建制度的稳固与发展。马洛礼的《亚瑟王之死》正如杰弗里的作品一样,具有自身的文化价值和社会政治倾向。虽然在杰弗里或马洛礼的年代,没有证据表明人们具有了建构文化共同体的观念,然而在这个时期的社会意识形态中,英格兰的民族精神与特性却已经开始形成,《亚瑟王之死》也在客观上参与了这个宏大的历史进程。这也是我们下文的重点话题。

二、骑士传统与"共同的荣耀与正义"

《亚瑟王之死》成书于1469—1470年间,书中蕴涵的英国骑士传统深深地影响着当时文学创作和文化观念的形成。虽然人们对英格兰特性到底何时形成莫衷一是,但是英国骑士传统的形成却在中世纪的英国可见一斑。不论是从封建时代统治者进行统治的角度,还是从当时平民追求精神生活的角度,骑

---

① 托马斯·马洛礼,第34页。

士传统都能满足这两个截然不同的阶级的需求。在转型时期的英国,共同体的构成需要一种强大而能够长久支撑民族精神的载体。这种精神恰好可以用圆桌骑士常用的话语来形容,即"共同的荣耀与正义"。

社会意识形态与文化观念离不开时代历史背景。英法百年战争(Hundred Years' War, 1337—1453)与玫瑰战争(The Wars of the Roses, 1455—1485)使英国封建制度的弊端处处显露。马洛礼参与了玫瑰战争,战争期间多次入狱,《亚瑟王之死》即在狱中写成。短短几十年间,英国的君主屡次更换,社会动荡不安。在经济上,英国的"圈地运动"已经开始,自然经济走向衰败,资本主义经济开始萌芽,社会经济处于转型期,这一转型也孕育了新生资产阶级对改变现有社会意识形态的要求。宗教方面,英格兰自14世纪维克里夫改革(Wycliffe's Religious Reform)和罗拉德运动(Lollards Movement)以来,就一直存在着反对罗马教皇的情绪。16世纪,英国开始宗教改革,彻底与罗马教廷决裂。虽然是以亨利八世的离婚为导火索,其内因却与英格兰民族的形成和民族自我认同是分不开的。来自民族层面对文化观念与社会意识形态的渴望,要远远大于新生资产阶级的要求。对于构建能够支撑整个民族的精神世界来说,文学作品会起到很大的作用。同时,文学也承载着这个民族的精神和梦想。

在文化方面,从1066年的诺曼底征服开始,英格兰文化处于接受外来民族的语言和文化时期,尚处于一个"从属"文化状态。对于经历多次民族文化冲击和融合的英格兰来说,"从属"时期很快就结束了。经过两三百年之后,英格兰民族独有的文化观念在逐渐形成,其具有代表性的作品是乔叟的《坎特伯雷故事集》和马洛礼的《亚瑟王之死》。这两部作品不仅代表了英格兰民族当时的文学,也代表了这一时期的民族语言,是古英语转变为中世纪英语与早期现代英语过渡时期的里程碑。卡克斯顿印刷出版的这两部作品,使英语从地方性口语慢慢统一并且规范化。现今大多数英语史都把1500年作为现代英语的开始,而这两部出版于15世纪后期的作品对英语语言的影响力是显而易见的。例如,18世纪塞缪尔·约翰逊在评论莎士比亚的文章中,借用《亚瑟王之死》的例子类比分析了莎剧中融入大量传说与奇迹的现象,并指出,其主要原因是亚瑟王传说的民俗性容易被平民接受,莎剧吸纳了这些传说与奇闻异事,因此更能被广大民众所接受。①

卡克斯顿作为英国历史上第一位出版商,贡献很大。首先,之前只有贵族才能接触到的文学、宗教等文化思想,在他之后开始通过印刷出版向广大民众传播。《亚瑟王之死》的故事从口头流传变成了用统一语言的书面叙述,而且这种语言是当时流行于下层平民的现代英语的雏形,叙述国王贵族们的思想和生活,其中还充满了各种奇迹与传说。它在内容与形式上实现了一个民俗化的过程,极大地扩展了它的读者范围,这也为其中蕴涵的骑士传统精神的传播创造了一个必要的客观条件。其次,书中宣扬的思想正是人们在社会转型时期排除焦虑的"解药"。骑士传统虽然是旧思想和旧观念,但在这些传统思想与道德规范当中,人们仍然能够吸取新鲜的成分,"正义感"的体现就是其一,而"纯洁性"则是宗教观念的体现。就这个时期的英格兰特性来说,人们虽然还没有刻意去参与构建这种共同体,但实践上却已经参与其中。这也为后来英格兰特性的发展奠定了基础。

英格兰特性是随着这个民族的形成而形成的。独有的文化观念的形成,除了社会经济、政治、宗教等各方面的影响之外,文学影响自然首当其冲。《亚瑟王之死》中描述的骑士传统对当时英格兰特性的形成和发展可谓影响深远。因为时代的不同,英格兰民族追寻"正义"的内容和方式也不同,然而在追寻过程中,英格兰特性逐渐形成,人们观念中的共同体形塑在不断改变着,而推动这个发展进程的动力是英格兰民族最初形成之时的民族认同感。

"忠诚""勇敢""虔诚""耐心"等一系列的词汇都可以用来形容书中骑士们的传统精神,然而当我们用这些词来诠释这种传统的时候,却发现骑士精神又离我们很远了,直接定义它容易以偏概全。要分析这个时期的英格兰特性,关键还是要理解骑士传统精神在这个时期的转变:代表着封建社会的主流意识形态是如何演变或内化于适应社会发展的文化观念当中的?这在同时期的作品与文本中或许可以寻找到答案。

书中描写得最多的是骑士间的决斗,这也是中世纪骑士生活中最有特色的一项内容。决斗的前提是"平等"。书中的"圆桌制度"本身就是"平等"的代

---

① Marylyn Parins, ed., *The Critical Heritage: Sir Thomas Malory*, New York: Routledge, 1987, 66.

名词。"圆桌骑士"的名称也非常明显地说明了"平等"是通用于骑士之间的信条,决斗也一样。在"平等"的条件下进行决斗,那么接下来的就是骑士精神中的"勇敢"了。在英国 18 世纪政治哲学家威廉·葛德文（William Godwin，1756—1836）的《政治正义论》（*An Enquiry Concerning Political Justice*，c.1793）中,决斗是这样被分析的：

  如果说勇敢具有可以理解的性质,它的主要表现一定是敢于在一切时候,对一切人,在正确理解的责任感可能要求的一切场合下,阐明真理。除了缺乏勇气,什么也不会阻止我说:"先生,我不接受你的挑战。是我伤害了你吗？我会马上主动纠正我对你哪怕是最微小的不公正。你对我有误会么？请对我详细说明,……我不是那种胆小鬼,因为经不起错误的人的嘲笑就去做违背良心的事情。丧失名誉是个严重损失。……"如果一个人坚定地讲得出这些话并且做得到,他一定会很快摆脱掉任何可耻的污名。①

葛德文对决斗的理解及其反映的文化思想,早已在《亚瑟王之死》中以文学故事的形式出现。《亚瑟王之死》中的决斗并不全是以性命相搏,然而就"勇敢"而言,书中的骑士几乎都能勇敢地提出或接受决斗。由此还可看到骑士精神的另一个关键含义:追逐荣誉。决斗的目的在书中主要分为两种:一是为了荣誉,即为了领主或国王的利益或荣耀;二是为了女性,即骑士之爱。不过,决定胜负最重要的因素是正义。"正义"贯穿了全书始末。例如,19 卷的第六、第七两回描述了兰斯洛特落入另一位骑士的陷阱而被困的情景。这种窘况起因是一位骑士发现了兰斯洛特与桂乃芬王后私通,在他准备告发的时候,兰斯洛特提出决斗,当然决斗还没开始,兰斯洛特就掉入了这位骑士设下的陷阱。百战百胜的兰斯洛特也会失败,而失败的原因是兰斯洛特没有正义的理由。虽然在后一回两人的决斗中,兰斯洛特还是胜利了,然而这一回却是因为这位设计陷阱的骑士没有通过正大光明的手段进行决斗。

  那么,宗教和骑士之爱是否也与正义感有关呢？答案是肯定的。如上所

---

① 威廉·葛德文:《政治正义论》,何慕李译,北京:商务印书馆,1980 年,第 96—97 页。

述,兰斯洛特—桂乃芬、特里斯坦—伊索尔德的故事以悲剧而告终,其原因是他们的爱情不够"正义"(暂且不论这两段爱情对后世的影响)。更能直接说明问题的是亚瑟王与其胞姊所生的私生子莫俊德及其篡位的故事:莫俊德作为反伦理爱情的结果,最终让亚瑟王断送了性命。

宗教层面的"正义"则引出了"纯洁"。第 17 卷主要讲述了圣杯显现的故事。这一卷中的兰斯洛特骑士,因为此前与桂乃芬王后的私情,并不纯洁,所以尽管圣杯近在咫尺,他却始终无法接近。这里强调的是自身的"纯洁"。无独有偶,书中的"石中剑"又是另一个考查"纯洁"的文化符号。在亚瑟王拔出"石中剑"的时候,他还未登上王位,一直寄养于凯骑士(Sir Kay)家中,对自己的身世更是一无所知,甚至连拔出"石中剑"的目的都是为了凯骑士,可见他此刻的心灵犹如孩童一般"纯洁";而多年之后,在"石中剑"第二次出现的时候,却只有加拉哈拔得出,此刻亚瑟王已经历世事变迁,与胞姊乱伦也在事后自知,因此他连去拔剑的勇气都没有了,而是命令高文骑士去代他拔。不论是圣杯显现,还是拔出"石中剑",书中非常强调宗教层面的骑士所应保持的"纯洁"。

如何保持"纯洁"而使自身具备正义感呢?答案是"自律"或"自省"。书中对骑士们在犯错之后的忏悔描写很多。值得重视的是在第 21 卷中,高文的遗嘱与兰斯洛特的自省都是十分详细的。贝狄威尔骑士在亚瑟王弥留之际,替他归还圣剑给湖中仙女的故事更是一个"自省"的寓言。

在马洛礼时代,对正义感的追逐被理解为一个自身内部净化的过程,这也反映了当时一直以宗教传统为主导地位的英国社会意识形态。对正义感的追逐,正如羽轴的生长,它连接了如羽枝般各时期不同的英格兰精神与特性。

社会转型时期的英格兰,人们正处于"转型焦虑"状态。[①] 虽然 15 世纪的英格兰仍然以土地为支撑经济发展的基础,但是手工业和商业却发展迅速。经济基础的变更势必引起文化观念的改变。新旧交替过程中,《亚瑟王之死》这部作品正如后来的《乌托邦》一样,提供了一种愿景描述,即"加美乐"(Camelot)这个平等、自由的理想城邦的雏形。虽然这一愿景只是一种粗略的描述,却提出了英国人一直以来信奉的"自由"和"平等"等思想。这也是与当

---

① 宫志刚:《社会转型与秩序重建》,北京:中国人民公安大学出版社,2004 年。

时的议会制度思想息息相关的。"自由"和"平等"削弱了王权,而此时的英格兰,资产阶级最需要的就是削弱王权,更多地参与国家政治。《亚瑟王之死》本身就是转型焦虑时期的文学诉说,而圆桌骑士追逐的荣耀与胜利正是人们所向往的具体目标。这种"共同的荣耀与正义"影响至今。

正如卡克斯顿所说,他出版这本书的目的是歌颂和纪念历史上亚瑟王这位著名的君王及其骑士的丰功伟绩。从这一层面看,《亚瑟王之死》确实是一首封建制度的挽歌。历史非常巧合,理查三世(Richard III)是最后一位战死沙场的英国国王,他的离世象征着英国中世纪最强大的封建王朝结束了,而这一年正是《亚瑟王之死》出版的1485年。从文化观念的层面来看,这本书又是一种精神诉求。英法百年战争和英国的玫瑰战争给人们带来了灾难,人们渴望和平与统一,而亚瑟王的圆桌骑士聚集于加美乐的时候,曾经带来过繁荣兴盛的景象。所以,自那以后,英国人民追颂亚瑟王所创造的美好年代,相信他终究会从阿瓦隆(Avalon)回归。这一信念证明:即使在今天,英国人仍然向往着和平与统一。然而,如何才能换来和平呢?在书中,亚瑟王与众骑士的不纯洁导致了连绵不断的争斗,这从另一个层面暗示人们:自身不纯洁,就会导致战争,只有像加拉哈和薄希华那种纯洁的骑士,才能享受高尚、平静的生活。当然,这层意义有很强的宗教成分,因为在中世纪的英国,基督教思想是被普遍接受的。

三、骑士传统与英格兰特性的互构

对"正义"的追寻就如骑士们追寻圣杯,只有不断让自己保持"纯洁",才能获得"正义"。"正义"和"纯洁"深深地影响了不同时期英格兰特性的形成。在不同时代英国的文学作品中,无不渗透着这种骑士传统。

英国文艺复兴时期,莎士比亚笔下的哈姆雷特就具有一种骑士风范,最后的决斗是他复仇的最终选择;此前他遇到父亲的鬼魂,经历了从害怕鬼魂到相信"正义"的转变,最后欣然跟随父亲的灵魂而去。尽管学界对《哈姆雷特》(*Hamlet*,1599—1601)有五花八门的阐释,甚至诟病有加,但是可以肯定的是,哈姆雷特无疑是在追寻正义,以及正确表达正义的方式。

同时期的著名诗人斯宾塞(Edmund Spenser)的《仙后》(*The Faerie*

Queen,1590)更是继承并发扬了骑士传统,诗中提到的各种美德实际上是对同时期英格兰性格的赞扬。作品聚焦于中世纪骑士精神中的美德,如忠诚、贞洁和正义。不难看出,这些美德在《亚瑟王之死》中早已被提及。斯宾塞将眼光集中在骑士精神上,取材于亚瑟王故事,而他思考最多的还是人自身的品质。斯宾塞注重人本精神,强调个体内在的美德与品质,这跟《亚瑟王之死》中注重自身"正义"与"纯洁"的精神如出一辙。当然,对"内在"的思考与追求也较为容易形成保守的思想。文艺复兴时期的文人试图从英国的骑士传统中寻找高贵的品德,从而影响了这一时期的文化观念与意识形态。正如斯宾塞在给沃尔特·罗利爵士信中所说:"我选择亚瑟王的历史,是因为他是一个最接近完美的人,而且在众多前人的著作中他已经闻名遐迩,这也极大地避免了现在人们的嫉妒与猜测。"①

在英国17、18世纪的文学中,社会政治的动荡也使骑士传统的继承与发展变得较为复杂。这一时期关于亚瑟王题材的作品不多,然而与骑士传统精神相关的却仍然可见。虽然出现了"骑士派"诗人,但这些诗歌宣扬的享乐主义与及时行乐的思想体现了当时资产阶级颓废消极的思想。即便如此,这些作品客观上还是丰富了英国骑士传统,尤其是骑士爱情在这一时期的诠释。从班扬的《天路历程》,以及弥尔顿的《为英国人民声辩》(Defensio pro Populo Anglicano),都可以窥见骑士传统中追求"纯洁""自由"和"民主"等英格兰精神。弥尔顿相信英国人民的选择是正确的,弑君是英国内部的一种净化。在《论出版自由》(Areopagitica)中,他再次说明"当真纯的真理自由发抒时,它的展示是一切方法和讨论所赶不上的"。② 18世纪笛福的《鲁滨逊漂流记》中倡导的冒险主义与个人英雄主义,既体现了资本主义时期价值观的特点(经济生活的成败衡量着一个人在社会中的价值),又蕴涵了骑士传统中勇敢与冒险的精神,其强调的进取精神与这一时期的社会经济背景也是分不开的,这与19世纪托马斯·卡莱尔(Thomas Carlyle,1795—1881)的文化思想有很大的相通之处。

19世纪的文学作品中,首先要提到的是阿尔弗雷德·丁尼生(Alfred

---

① Edmund Spenser: *The Faerie Queene*, New York: Routledge, 2013, 2038.
② 弥尔顿:《论出版自由》,吴之椿译,北京:商务印书馆,1989年,第20页。

Tennyson，1809—1892），他一生中创作了很多与亚瑟王相关的作品，如《夏洛特女士》("The Lady of Shalott"，1833)和《国王叙事诗》(Idylls of the King，1859—1885)。在《国王叙事诗》中，丁尼生借用亚瑟王与圆桌骑士的故事表明人类因为罪恶的影响而走向堕落，而《夏洛特女士》则描写对过去生活与爱情的美好留恋，两个作品流露了诗人的担忧：英国在工业化进程中，为经济发展与技术进步付出了道德代价。因外在世界对内在的影响与改变而担忧，从而怀念过去的辉煌与美好，这也许是丁尼生常用亚瑟王故事作为创作素材的原因之一，同时，这也体现了一种保守的主张。与丁尼生同时代的托马斯·卡莱尔，面对当时英国社会面临的种种问题则有不同的主张。在《文明的忧思》(Past and Present，1843)第 10 章，卡莱尔说出了他对骑士精神的理解："如果你想成为优秀者，你应更加强壮，但强壮决不等于坚实的肌肉。你应变得意志坚强，心灵高尚，对伤痛与死亡不畏惧，不安于享受庸俗的生活；在愤怒时，你应该想到仁慈与公正——若你想获取优越，就必须成为一名绅士，而不是莽汉！"①可见卡莱尔追寻的是骑士精神的内涵，这种内涵在他所处的时代被理解为劳动。

20 世纪至今的时代里，骑士传统已经不再以一种社会意识形态或者文化观念而出现，它的精髓已经深入这个时代的英国民族性格之中，然而这种传统精神的实质却是永恒的，即一种内在的审视与追求。亚瑟王的相关题材仍然为文学家们所青睐，如艾略特的《荒原》，寻找"圣杯"的主题思想仍贯穿其中。

羽状结构般的英国骑士传统与英格兰特性，两者互构互生。在 15 世纪资本主义萌芽时期，英格兰民族在形成独有的民族精神与传统的时候，骑士传统起到了不可低估的作用——受到基督教和世俗传统双重影响的骑士精神为社会转型时期人们的文化焦虑提供了一种内在的精神支持和道德形塑。同样在都铎王朝，这个让英国走向辉煌的大航海时期，英格兰民族还是从骑士精神中找到了所需要的道德品质。在英格兰性格形成的同时，人们对骑士传统精神的理解也随之发展。对正义的理解和赞扬不仅在《仙后》第五卷直接提出，而且诗人所赞美的 12 种美德也比《亚瑟王之死》描述的骑士精神更具概括性和

---

① 托马斯·卡莱尔：《文明的忧思》，郭凤彩译，北京：金城出版社，2011 年，第 37 页。

时代性。在英国工业革命时期,文人们对内在的审视从没有停止。对于民主、自由和个人价值等方面,他们更多是从内在的方面发现问题并寻找解决方案。19 世纪的英格兰更是如此,面对社会发展中出现的种种道德问题,人们更多地寻求内在的强大,在此过程中,又时而显露出最初出现的骑士精神,及其在宗教、爱情和生活层面的道德标准。可见,《亚瑟王之死》的骑士精神其实一直在影响英格兰的每一个时代,也参与着每一个时代的共同体形塑,这是一个潜移默化的过程。在不同时期的英格兰精神与文化观念中,新的作品与评论反过来又在不断诠释着传统骑士精神。值得一提的是,亚瑟王的题材在每一个时期都有相关的作品,这种现象在中外文学史上颇为罕见。

从《亚瑟王之死》到 21 世纪的今天,英国骑士传统与英格兰特性如影随形,随着时间的推移而发展着。正如我们看到一片羽毛,最初的印象是众多羽枝形成的羽毛形状,而当我们去仔细观察羽枝的时候,才会注意到原来连接所有羽枝的是羽轴。作为羽轴的英国骑士传统连接了所有如羽枝一般的英格兰特性,它们形成了一个整体,而两者之间却相互关联,相互延伸。

第二节
圆形剧场中的莎士比亚

哈罗德·布鲁姆(Harold Bloom,1930—)在 1994 年的《西方经典》(*The Western Canon: The Books and School of the Ages*,1994)中重提莎士比亚,称他是"自然的艺术家",[①]这跟约翰逊博士于 1765 年所编撰的《莎士比亚作品集》序言里提出莎士比亚是"自然的诗人"(the poet of nature)[②]足足相距了两百多年。两位学者都用"自然"来形容莎翁,是因为他们一致认为,这种

[①] 哈罗德·布鲁姆:《西方正典》,江宁康译,南京:译林出版社,2011 年,第 42 页。
[②] Samuel Johnson, "Preface" *Shakespeare*, Guternberg Ebook, 2002, 3, https://ebooks.adelaide.edu.au/j/johnson/samuel/preface/preface.html (accessed May 25, 2017).

"自然"就是生活本身。也就是说,莎士比亚所描写的就是他所处时代的真实生活,他笔下的人物是他生活中的人,他思索的问题就是同时代人们所思考的问题。莎士比亚处于早期现代的文艺复兴时期,处于城市文明与商业文明正逐渐形成气候的伊丽莎白时期。如果说这些是莎剧发展的宏观生态的话,那么圆形剧场则可称为莎剧发展的微观生态。后者包括编剧、剧团的资本运行、演员以及观众等因素,因为戏剧生产的众多因素,包括"观众体验、诠释一台戏,绝不仅仅依据舞台上发生的一切。整个剧场,它的观众构成、剧场资本、物理外形,甚至它在城市中所处的地理位置,都是观众在剧场经验基础上生成意义的重要元素"。①

可以说,戏剧是与舞台共生的,这好比说莎士比亚是与伦敦的露天圆形剧场共生的一样。虽然戏剧、诗歌与小说都离不开用语言表达思想与情感,但是戏剧的创作、传播与接受都有别于诗歌与小说,戏剧对其生态的依赖,远远强于诗歌与小说。小说与诗歌"通常首先是被暂时独处的个人所接受",②而戏剧则往往依靠演员将文字的意义表演出来,这种表演则是戏剧作品意义完成的一个重要部分。戏剧的创作故而"从一种个人的创造活动扩展为一种社会的创造活动",③即戏剧文本通常会由一小群人(导演与演员)"在正常的传播过程中说出来,演出来",④然后"被一群人——一群实实在在的观众——所接受"。⑤ 因此,戏剧"最具公共性",⑥而展现戏剧艺术的场所是一个由戏剧生产者、经营者和消费者互相交往的公共空间,或者说是一种公共领域。作为文化内涵的公共领域,在莎剧上演的圆形剧场里经历了一个孕育和发展的过程。

一、圆形剧场是"城市的丰碑"

当代美国戏剧理论家马尔文·卡尔松(Marvin Carlson,1935)将戏剧表

---

① 转引自杨子:《表演上海:剧场转型、文化重构与城市想象》,《河南社会科学》,2014年第9期,第84页。
② 雷蒙德·威廉斯:《漫长的革命》,倪伟译,上海:人民出版社,2012年,第260页。
③ 同上。
④ 同上。
⑤ 同上。
⑥ John Peck and Martin Coyle, *A Brief History of English Literature*,北京:高等教育出版社,2010年,第56页。

演的剧场称为"城市的丰碑",①因为剧院往往在无声地讲述着一个城市的历史与文化,正如以环球剧院(the Globe Theatre)为代表的莎士比亚时期的圆形剧场一样。

那么,伊丽莎白时代的戏剧公共空间是怎么诞生的呢?圆形剧场这种独特的戏剧艺术的公共空间是英国早期现代社会的产物,它反映了社会转型时期的各种矛盾冲突,而且与早期现代社会的城市文明与商业文明有着直接的联系。

当莎士比亚离开他的出生地艾冯河畔斯特拉特福小镇(Stratford-upon-Avon)来到伦敦的时候,伦敦随着人口的快速增加,正逐渐成为国际大都市,迎接着国内外纷至沓来的四方宾客。城市文明带来了城市娱乐的需求,娱乐业又促进了已经有一定积淀的城市商业气候。加之英国1588年战胜西班牙的"无敌舰队"而确立了海上强国地位,这种商业气候便逐渐向海外拓展。于是,在早期现代的城市文明与商业文明的共同作用下,圆形剧场开始逐渐形成规模与气候,最后发展成了伊丽莎白时代的戏剧文化以及英国文艺复兴的一种重要表征。事实上,正如现代人会去美国纽约百老汇看戏一样,莎士比亚时期"去伦敦看戏已然成了一大景观"。②

值得注意的是,在像环球剧院那样的戏剧专业剧场问世之前,"一种娱乐形式和其他娱乐形式之间的界限常常模糊不清",③也就是说,"莎士比亚出生时,英格兰的剧院还不独立,它一度包容并提供'娱乐区'必须提供的一切:舞蹈、音乐、杂技、血腥表演、刑罚和性"。④ 那么,像环球剧院这样的大型露天圆形剧场是什么时候开始出现在伦敦的呢?事实上,英国文艺复兴时的戏剧表演场所,除流动剧团演出外,主要包括三种剧院:公共剧院(public theatres)、私人剧院(private theatres)与宫廷剧院(court theatres)。与莎士比亚戏剧生

---

① Marvin Carlson, "The Theatre as Civic Monument," *Theatre Journal* 40, No. 1 (Mar., 1988), The Johns Hopkins University Press, 12 - 32.

② John H. Astington, "Playhouses, players, and playgoers in Shakespeare's time," in *The Cambridge Companion to Shakespeare*, eds. Margreta de Grazia and Stanley Wells, Cambridge: Cambridge University Press, 2001, 111.

③ 斯蒂芬·格林布拉特:《俗世威尔:莎士比亚新传》(*Will in the World: How Shakespeare Became Shakespeare*),辜正坤译,北京:北京大学出版社,2007年,第126页。

④ 同上。

涯关系最为密切的是公共剧院,即"像环球剧院那样的大型露天建筑物"。①

迄今为止的研究资料表明,伦敦圆形剧场的雏形出现在莎士比亚出生后的第三年(1567年),由约翰·布雷恩(John Brayne,1541—1586)与詹姆斯·伯比奇(James Burbage,1530—1597)出资,在伦敦东城墙外一公里的一座农家大院里建了一座红狮剧院(the Red Lion)。② 这两位是莎士比亚时期大名鼎鼎的演员理查·伯比奇(Richard Burbage,1567—1619)的舅舅和父亲。③ 多年来,相关研究人士始终对伊丽莎白时期伦敦剧院的发展轨迹充满兴趣,然而,有关红狮剧院的资料是在20世纪80年代考古发现的,而这一发现,则将伦敦圆形剧场的建成时间提前了十年左右。不过,早先有关伊丽莎白戏剧的研究资料都表明,伦敦公共剧院始于唯一剧院(the Theatre,1576—1598)。后者是出资建造红狮剧院的两位投资人在1576年投资的又一个商业项目,"这个建设项目显然很成功:剧院用了23年,只是要在一个不同的地点重建,才将其拆除,用拆下来的木材搭建了环球剧场的框架"。④

根据约翰·佩克(John Peck)等著的《英国文学简史》,"红狮剧院为其他文艺复兴时期公共剧院的建造提供了样板",⑤从而使公共剧院的建筑风格比较接近:其外形颇似古罗马的圆形露天竞技场,有三层楼那么高,中间是露天的。舞台紧挨着剧院的一侧高高升起,这样,观众可以从舞台的前方、左侧与右侧三个方位观赏舞台上的演出。圆形剧院中间的露天空地(Pit)是供买站票的观众看戏的,剧院四周二三层是楼座或包厢,专供买得起坐票的观众享有,而且大多的剧院后来都给这些楼座搭了顶棚;这样,楼座观众可以少受日晒雨淋。中间露天站票区的票价便宜,一张票一个便士,而楼座则要两便士或更高。买站票的穷人又因不洗澡而被称为"臭汉"(stinkards)。⑥ 可见,在圆形剧场这种公共空间中,人群不仅存在着经济地位上的多元,而且也存在着社

---

① 弗兰克·克蒙德:《莎士比亚:时代的灵魂》,韦玫竹译,合肥:安徽人民出版社,2012年,第65页。
② Peck and Coyle,第55页。
③ Astington,99.
④ Ibid.
⑤ Peck and Coyle,第55页。
⑥ Hal Marcovitz, *Life in the Time of Shakespeare*, San Diego: Reference Point Press, 2015, 8.

会地位上的不同。然而,到城外看戏的观众中"地位最高的少数人与最低的大多数"①不可能出现,因为"最高的"更愿意去适合小众的私人或宫廷剧院,而"最低的"则无经济能力或时间参加。因此,当研究者说"不论是穷人还是富人,在夏日下午三点都可能会出现在伦敦的环球剧场,看莎士比亚戏剧的表演",②这可能会有夸大的成分。尽管如此,剧院容纳了不同阶级和地位的人,这至少向理想中的"公共领域"迈进了一步。

1599 年建造的环球剧场,与其他露天公共剧院一样,规模可观,可容纳多达三千名观众。"在 16 世纪 70 年代,人们开始经常去看戏。"③一个圆形剧场可容纳两三千人,有研究者感叹道:"五六家剧院同时上演戏剧。这就意味着在十万人口④的城市中,一周里有三万多人去看了戏……许多伦敦人都是'戏迷'。"⑤虽然数据也许会有出入,但从剧院演出与看戏的人数判断,当时伦敦戏剧的繁荣景象已经成了一种公共文化现象。伦敦城市人口的日益增多、文化娱乐生活的需求,都和公共剧院与大众戏剧的繁荣密切相关。

马尔文·卡尔松凭借他对 18 世纪至今的欧洲城市中剧院的多年研究经验,形象地比喻说:"剧院之于城市中心,犹如飞蛾之于灯火。"⑥但是,作为伦敦"城市纪念碑"的露天公共剧院却远离城市中心,不像后来以及现代城市中的剧院与艺术中心,都是建立在城市中心显要的位置。自红狮剧院开始,从 16 世纪六七十年代至 17 世纪上半叶,伦敦城逐渐出现了一座座的公共剧院,⑦但大多位于城外或近郊,"17 世纪的伦敦景观图显示,泰晤士河南岸坐落着一系列的剧院……正对着圣保罗大教堂……环球剧院也坐落在这个

---

① Astington,112.
② Marcovitz,8.
③ Peck and Coyle,第 55 页。
④ 对于当时伦敦的人口数量,不同的资料有不同的说法,《俗世威尔》第 115 页说是"近 20 万";《莎士比亚:时代的灵魂》第 43 页与第 127 页上给出了"50 万"与"40 万"两个不同的数字。而伊丽莎白戏剧研究专家 Astington 则说,"by 1616 there were about a third of a million people living there",参见 John H. Astington,第 111 页。
⑤ 刘炳善编著:《英国文学简史》(新增订本),郑州:河南人民出版社,2007 年,第 48 页。
⑥ Carlson,16.
⑦ 参见 Joseph Quincy Adams:*Shakespearean Playhouse: A History of English Theatres*,Gloucester:Peter Smith,1960. 其中提供了详尽的资料,说明前后存在于伦敦的环球剧院和其他公共剧院。

区域"。①

文艺复兴时期的伦敦市中心,没有出现可以容纳几千观众的露天公共剧院,那是因为"城市的行政官员、议会、牧师们都阻止这个目标的实现"。② 市政厅的行政官员害怕人口大量聚集会引发瘟疫,毕竟一个世纪前的黑死病曾使伦敦人口锐减。教会与道德家们害怕剧院会败坏伦敦的风气,又怕戏剧有伤风化,他们"指责剧场是维纳斯等恶魔般的异教神的庙堂;体面的已婚女子天真地去看戏,很快就被引诱到淫荡的生活中去;诱人的男演员激发女人的性欲"。③ 当时的剧团里没有女演员,恐怕也大多是出于这类顾虑。在莎士比亚时代的伦敦,人们把"妓院与另一个当时才成立不久的郊区机构紧密相连——莎士比亚的职业生活中心",④这里显然把妓院与剧院相提并论了。所以不难理解,露天圆形剧院作为英国文艺复兴时的新生事物,为何不得不建于"市议员和市长的管辖范围之外"的城外与郊区。⑤ 简而言之,圆形剧院的位置选择,是早期现代城市文明转型期多方冲突与较量的结果,或是回避冲突的结果。

城市中存在反对新戏剧、剧团与剧院的势力,导致当时伦敦的公共剧院远离城区中心,也导致了作为演员、编剧以及后来的合伙人与股东的莎士比亚为生存而寻求政治权贵们的庇护。于是,就有了莎士比亚谋求赞助的情况:先是从南安普顿伯爵(Earl of Southampton)那里谋得赞助;之后他所在的剧团更名为"张伯伦勋爵剧团"(The Lord Chamberlain's Men),主掌宫廷乐事的张伯伦勋爵成了莎士比亚所在剧团的赞助人;从1603年起,新国王詹姆士一世(King James I)继位后,莎士比亚所在的剧团又更名为"国王剧团"(The King's Men)。这自然使人联想到意大利文艺复兴中梅第奇家族对艺术的赞助与贡献。

从圆形剧场的出现到观众对戏剧的消费,大众戏剧的生产与消费都是城市文明发展到一定时期的必然产物,是商业文明在起着推波助澜的作用。"莎

---

① Astington, 100.
② Ibid.
③ 斯蒂芬·格林布拉特,第130页。
④ 同上,第126页。
⑤ 同上,第127页。

士比亚时代的剧院是一桩买卖",①从红狮剧院到唯一剧院的建造,再到环球剧院以及其他大型公共剧院的经营,都体现出了文艺复兴时期伦敦城市发展中的商业气息。这种弥漫于公共剧院经营中的浓郁商业气息在当代浪漫喜剧电影《莎翁情史》的片头字幕里得以精彩呈现:

伦敦,1593年夏。在伊丽莎白时代戏剧的鼎盛时期,有两家剧院激烈争夺着观众和剧作者。城北是英格兰最著名的演员理查德·伯比奇固定的演出场所——帷幕剧院②;河的对面是它的竞争对手菲利普·亨斯洛创建的玫瑰剧院,该剧院现正面临着资金困难……③

接着,展现在观众眼前的是玫瑰剧院老板被逼债的惨状,剧院老板又跑去逼编剧莎士比亚,而此时的莎士比亚却正为才思枯涸而苦恼。一个女扮男装的演员重新激发了莎士比亚的创作灵感,于是,他再次进入才思泉涌的创作状态。虽然这是一部虚构的现代喜剧,却展示了莎士比亚时期剧场的商业运作、经济状况、包括演员在内的演出团体以及包括观众在内的社会生活与戏剧创作之间千丝万缕的联系。

竞争是商业文明的重要标志,是圆形剧场以及莎士比亚戏剧得以快速发展的一种"催化剂"。正是这种竞争加快了伦敦圆形剧场与新戏剧的发展。新戏剧是针对传统的宗教剧、道德剧与神秘剧而言的,是与圆形剧场相生相长的。托马斯·基德(Thomas Kyd,1558—1594)与克里斯托弗·马洛(Christopher Marlowe,1564—1593)等一批新戏剧革新者,将英国的传统戏剧与古希腊古罗马的戏剧理论结合起来,形成了以英国社会、历史、文化为主题的大众戏剧。这是一种世俗化的戏剧,集高雅艺术与下里巴人于一体。莎士比亚作为"自然的艺术家",虽然不同于当时活跃于伦敦戏剧界、来自牛津大学

---

① 弗兰克·克蒙德,第70页。
② Richard Burbage,1567—1619,莎士比亚时期伦敦最著名的演员与剧院股东,后来也曾是环球剧院的固定演员,是莎士比亚的合作者和朋友。
③ Marc Norman and Tom Stoppard, *Shakespeare in Love*, New York: Miramax Films, 1998, 1.

或剑桥的"大学才子"们,但他浸润于英国传统戏剧文化,①到达伦敦后又一直在剧院与剧团的氛围中生活,加上勤奋好学,终于"后来者居上",成了一个时代的代表。但更重要的是,作为"自然的诗人"、扎根市井生活的演员,以及草根戏剧的创编者,他既爱英国传统戏剧,又爱克里斯托弗·马洛等人的新戏,因而"为数量更大、文化程度更低的公众写作",②于是就有可能将生活中人们的喜怒哀乐通过他的笔在舞台上呈现出来。同时,伦敦的商业竞争使得年轻的编剧必须创造出观众喜闻乐见的剧目,才能在戏剧空前繁荣的伊丽莎白时代立于不败之地。在他成功的背后,我们可以看到公共领域形成的历史条件,以及文化趣味的走向。

二、圆形剧场与莎士比亚戏剧的共生

莎士比亚作为"自然的艺术家",其戏剧的"主题多样性反映了同时代人的戏剧趣味",③反映了圆形剧场观众们的焦虑。可以说,作为编剧的莎士比亚,他选择的主题正是他与不同观众在同一个公共空间里分享的内容。例如,在伊丽莎白时期,因女王未婚而使王位继承问题成了英国人心目中最大的政治焦虑。于是乎,莎士比亚多部戏剧中的主题就是王朝更替与王位继承,其中以历史剧最为突出。在《麦克白》(*Macbeth*,1606)与《哈姆雷特》(*Hamlet*,1599—1601)等悲剧中,王位继承也始终是一个重大的话题。另外,商业文明中的海外冒险,同样是莎士比亚戏剧中的一个重要话题,如《威尼斯商人》(*The Merchant of Venice*,1596—1597)一开始,观众就面对出海做贸易的商人安东尼奥。

事实上,莎士比亚不只是将现实的生活搬上舞台,他还将生活中的问题搬上舞台,这样剧院就不只是每天下午的娱乐场所,而且还是不同观点交流与对话的地方,以此突出了圆形剧院这种公共空间中的对话与交流的维度,而这正是戏剧艺术所特有的维度,因为"在戏剧中我们听到的总是复数的声音,总是

---

① 有研究者探索了少年莎士比亚对戏剧的热爱,如《俗世威尔》的第一章"童年生活索隐"(1—27)就试图探索少年时期的莎士比亚对戏剧和世俗文化的了解与热爱,以及它们对他后来戏剧创作的影响。
② 弗兰克·克蒙德,第131页。
③ Astington, 112.

争论的声音"。①

当时作为国际都市的伦敦,其商业气息自然会引发人们猜想:商人究竟是怎样的一类人?莎士比亚则通过他的戏剧《威尼斯商人》,将"复数的声音"与"争论的声音"在剧场这个公共空间中呈现出来,试图以此向观众传达他对商人定义的理解与思考。他主要将商业文明中两个截然相反的人物进行了对照:一个是重情重义的安东尼奥,另一个则是充满仇恨且无情无义的夏洛克。在他的笔下,理想的商人是安东尼奥,而不是夏洛克,因为前者才是一个富有宗教情怀与慈悲心的商人。他为了朋友可以置自己的生死于不顾。他慷慨解囊,资助好朋友巴萨尼奥向心仪的姑娘鲍西娅求爱,并为此不惜冒险,从夏洛克那里借了高利贷。由于他是个基督徒,"借钱给人不取利钱",②而他的对立面则是犹太人夏洛克——一个认钱不认人的吝啬鬼,最后连自己的女儿罗兰佐都弃他而去。不难看出,剧中的安东尼奥与夏洛克代表了剧作家所在商业文明中两种完全不同的金钱观,因此,不同的金钱观与价值观构成了这部戏剧的主要矛盾与冲突,而文艺复兴所提倡的人性则成了安东尼奥与夏洛克的"试金石"。

安东尼奥不只是一名商人——他是一名威尼斯的商人。"从16世纪末到17世纪中叶,威尼斯不断被赞美和书写成现代优秀政治秩序的典范"。③ 像伦敦一样,"威尼斯首先是一座商业城市",④而作为一座商业城市,那里的"人们服从法律并不是因为法律本身值得尊重,而是因为它是城市繁荣的基础"。⑤ 城市的繁荣离不开商业,也离不开法律。剧中的安东尼奥也谈到了这几者之间的依存关系:"威尼斯的繁荣,完全依赖着各国人民的来往通商,要是剥夺了异邦人应享的权利,一定会使人对威尼斯的法治精神发生重大的怀疑。"⑥同时,城市的商业繁荣离不开南来北往的客人,也离不开资本市场的借

---

① Peck and Coyle,第56页。
② 莎士比亚:《威尼斯商人》,《莎士比亚全集》(第3卷),朱生豪译,北京:人民文学出版社,1984年,第17页
③ 阿兰·布鲁姆,哈瑞·雅法:《莎士比亚的政治》,潘望译,南京:江苏人民出版社,2012年,第13页。
④ 同上。
⑤ 同上。
⑥ 莎士比亚:《威尼斯商人》,第63—64页。

贷,而"英国法律声明,在上帝的法则中,放高利贷是非法的,犹太人是例外"。① 这是英国商业文明的矛盾,也是剧中的矛盾,更是莎士比亚生活中的矛盾。据说,莎士比亚的父亲以及莎士比亚本人可能都曾放过贷。② 此剧中的一系列法律问题多年来一直激发着研究者的兴趣与争论。③ 剧中这一系列存在于城市文明与商业文明进程中的问题、矛盾与冲突,始终是莎士比亚笔下的主题,而这些主题应该得益于圆形剧场这样的公共空间,得益于他在这一空间中与他人的交流和对话。

当然,作为剧作家,莎士比亚十分关注与戏剧创作、表演等相关的内容,以及剧团内外的一切动向。他经常借自己戏剧中的人物来评论与戏剧相关的话题。例如,他借丹麦王子之口,讲述着文艺复兴时期英国大众戏剧演员的价值。在《哈姆雷特》第二幕中,当戏班子应邀到王宫来演戏时,哈姆雷特对御前大臣波洛涅斯说:"大人,请您去找一处好好的地方安顿这一班伶人。听着,他们是不可怠慢的,因为他们是这一个时代的缩影!"④

商业竞争不仅表现为《莎翁情史》片头里提到的剧院间争夺编剧和演员等现象,还表现为不同剧团之间的竞争,就如《哈姆雷特》中展现的成人剧团与儿童剧团之间的竞争:

罗森格兰兹:……可是,殿下,他们(请来的戏班子)的地位已经被一群羽毛未丰的黄口小儿占夺了去。这些娃娃们的嘶叫博得了台下疯狂的喝采,他们是目前流行的宠儿,他们的声势压倒了所谓普通的戏班,以至于许多腰佩长剑的上流顾客,都因为惧怕批评家鹅毛管的威力,而不敢到那边去。

哈姆莱特:什么!是一些童伶吗?谁维持他们的生活?他们的薪工是怎

---

① 斯蒂芬·格林布拉特,第 198 页。
② 同上。
③ 成芳霞与王渊在《世界文学评论》2010 年第 1 期上撰文《〈威尼斯商人〉之法律悖论》。大意说,此剧中存在一系列的法律悖论,割肉合约背离自然法,法庭审理充满骗术与诡辩,选亲招标透露标底。而冯伟与徐艳辉在《解放军外国语学院学报》2014 年第 3 期上则发表了《〈威尼斯商人〉中的法律双重视角》一文,称此剧由于同时存在两种法律的视角——内在视角与外在视角——而导致了法律的困境。
④ 莎士比亚:《哈姆雷特》,《莎士比亚全集》(第 9 卷),朱生豪译,北京:人民文学出版社,1984年,第 58 页。

么计算的？他们一到不能唱歌的年龄，就不再继续他们的本行了吗？要是他们赚不了多少钱，长大起来多半还是要做普通戏子的，那时候难道他们不会抱怨写戏词的人把他们害了，因为原先叫他们挖苦备至的不正是他们自己的未来前途吗？

  罗森格兰兹：真的，两方面闹过不少的纠纷，全国的人都站在旁边恬不知耻地呐喊助威，怂恿他们互相争斗。曾经有一个时期，一个脚本非得插进一段编剧家和演员争吵的对话，不然是没有人愿意出钱购买的。①

这远不只是戏剧界的纷争与冲突，商业以及其他的力量都在影响着莎士比亚时期的戏剧发展走向。

  假如说在资产阶级公共领域真正出现之前，先出现了文学的公共领域，那么在英国文艺复兴时期，以圆形剧场为公共空间，以莎士比亚戏剧表演为交往模式，通过这两者的共生而出现的戏剧繁荣，是不是英国戏剧艺术公共领域出现的端倪呢？有学者认为，文学公共领域必须具备"公众的参与""物理的空间""独立于国家权力的文学活动"以及"对话的精神"这些必要的条件。② 我们认为，莎士比亚时期的圆形剧场虽然不具备文学公共领域所必备的所有条件，但在一个公共空间中通过戏剧语言与观众进行交流，并一同分享着对时代、历史、文化、经济的看法与观点，这早已超出了私人空间活动的范围。莎士比亚时期圆形剧场中的戏剧表演意味着演员直面观众，双方在思想与意义层面上发生了互动。同时，剧作家在这样的交流中不断提升他的艺术思想与水平。但是，不论是剧作家、观众还是演员，或是剧场的投资方或合伙人，都不能真正控制戏剧艺术这个公共空间。反对戏剧的力量似乎随时都可以关闭这个公共空间，真正的公共领域还有待工业革命的到来，有待自由民主意识的深入发展。

---

  ① 莎士比亚：《哈姆雷特》，第 50—51 页。
  ② 陶东风：《阿伦特式的公共领域概念及其对文学研究的启示》，《四川大学学报》（哲学社会科学版），2010 年第 1 期，第 31 页。

第三节
伯里和雏形"图书馆"

英国文学与文化观念之间的互动还得益于图书馆的力量,即便在文化观念萌芽时期也不例外。要说明这一点,还得从理查德·德·伯里(Richard de Bury,1281—1345)说起。

一、爱书之人与《书之爱》

理查德·德·伯里是英王爱德华三世(Edward III)的老师,后为达累姆主教,然而此人最值得人们铭记的则是他的嗜书如命,以及晚年写成的《书之爱》(*Philobiblon*,1473)。

伯里所处的时代风云变幻,历经了英王爱德华一世至爱德华三世三任国王的统治。爱德华一世在位期间,召开了模范国会(1295年),促成后世下议院的形成,国内民主化进程开始慢慢地推进;爱德华二世软弱无能的短暂统治为英法之间的矛盾埋下了种子;而在爱德华三世执政后爆发的英法百年战争,则让英国陷入了战争的泥潭;在伯里去世后的第三年,即1348年,黑死病爆发并肆虐欧洲,让已陷入战争的英法民众遭受了更大的苦难。尽管社会政治并不十分稳定,但在这个时期的英格兰,图书馆事业却在逐渐发展,人们对文化与科学的渴望和追求也在不断增加。伯里创办的私人图书馆便是这个发展过程中的里程碑。

伯里出生于文艺复兴早期,与但丁、彼得拉克、薄伽丘等人属于同一时代。文艺复兴既是欧洲封建制度从稳定走向繁荣的标志,也是一场发生于社会各方面的伟大变革,它衔接了中世纪与近代的知识转变。作为人类知识与文化结晶的书籍,自然成为折射这场变革的"棱镜",储藏大量书籍的图书馆在英格兰各个时期都犹如璀璨的水晶,从不同角度折射了同时代人们的智慧与梦想。

文艺复兴时期的书籍,不但内容、学科范围方面有所扩展,制作工艺有了长足的进步,而且其社会文化影响也发生了一定的转变。伯里是当时最著名的爱书之人,他认为图书"是神圣的恩惠,上帝所赐予人类的来自上天的礼物……是有才智人士的神圣的滋养,那些进食者愈觉其饥饿,啜饮者愈觉其干渴,忧郁的灵魂听到欢乐的和谐便绝不会感到窘困"。①

伯里的生平与事迹在此略过,因为仅从伯里个人的生平中去认识他与其私人图书馆的伟大是远远不够的。从社会与文化的角度聚焦,或许能更全面地认识他。

伯里既是一位基督教神职人员,也是一位知识分子。法国作家雅克·勒戈夫认为,中世纪的知识分子大约出现在12世纪,"……开始时是城市。在西方国家,中世纪的知识分子随着城市而诞生。在城市同商业和手工业共同走向繁荣的背景下,知识分子作为一种专业人员出现了,他在实现了劳动分工的城市里安家落户"。② 在此之前,中世纪的社会阶层主要有农民、教士和贵族。社会人员的专业化还并不明显,例如农民阶层中也有手工业者;贵族中也有士兵、统治者或商人;兼职最多的就是教士了,除了日常的神职工作,他们还可能是学者或作家,神职工作的性质让他们更接近于教师职业。伯里是一位知识分子,在《书之爱》中提出的观点以及他的私人藏书体现了同时代知识分子对书籍与图书馆的期望和追求。

英国最早的图书馆可溯源到公元10世纪以前的基督教会藏书,以抄本为主。这些抄本非常贵重,并不是社会各阶层民众都可以得到并阅读的。更由于文艺复兴之前的书籍大多以基督教内容为主,因此"在中世纪七百年的大部分时间里,书籍藏匿在修道院或大教堂的圣器室和图书馆内,被视为珍宝,只限于有特权的少数人使用"。③ 在伯里生活的时代,昂贵的抄本以基督教内容为主,这类书籍大部分是供给贵族们阅读的。因此它们做工精美,价格昂贵。在材料方面,羊皮纸制作过程非常复杂,从羊皮到能书写的羊皮纸,有二十多道工序,制作周期长达大半个月;在制作方面,抄本的装订工艺步骤繁琐,书籍

---

① 理查德·德·伯里:《书之爱》,肖媛译,沈阳:辽宁教育出版社,2000年,第1页。
② 雅克·勒戈夫:《中世纪的知识分子》,张弘译,北京:商务印书馆,1996年,第4页。
③ 尼古拉斯·A. 巴斯贝恩,第55页。

封面的装饰与雕刻需要大量的手工制作;在抄写方面,中世纪抄本不仅有优美的字体,而且插图丰富。有些抄本每一页都是图文并茂,专有抄本更是通过图画的特殊寓意来表达隐晦含义,如象征着王权、贵族纹章的图案。①

在威廉·卡克斯顿大量刊印以英语书写的《坎特伯雷故事集》与《亚瑟王之死》之前,很多抄本的语言还是以拉丁语、希腊语和法语为主。在威廉一世到都铎王朝建立之前的这段时期,英国各阶层的语言并不统一,统治阶层和贵族多用法语,而下层民众用的是中古英语。民族融合过程中的语言障碍体现在了书籍抄本的传播上,供给贵族的抄本不但昂贵,而且下层民众也无法阅读。伯里在《书之爱》中不止一次地提到了阅读书籍和学习知识的重要性,鼓励人们学习不同的语言。也许早年受到了伯里的影响,爱德华三世在1362年首次用英语向议会致辞,这不仅体现了当时的英国民族独立意识,还反映了宫廷文化与世俗文化之间的联系与相互影响。

伯里担任达累姆主教长达11年之久,然而使他名垂青史的却是他的《书之爱》。书中伯里对书籍的热爱贯穿始终,在前言中,他将书籍视为最有用的礼物。

《书之爱》正文共20章,每一章都从不同角度表达了伯里对书籍的珍视和对读书、爱书的思考。在"书籍的价值"一章中,伯里引用的寓言故事发人深省:

传说一位完全不知名的老妇人,来到罗马第七任国王傲慢塔昆的面前,要卖给他九本书,她说这些书中含有神的启示。但是她所索要的金额十分巨大,国王认为她简直是疯了。一气之下,老妇人将其中的三本书扔进火中,所剩余的六本仍然索要同样的价格。当遭到国王拒绝时,她又将另三本书扔进火中,剩下最后的三本书,她的价格仍然不变。塔昆在无比惊愕之余,最终很高兴地拿出了当初可以买到九本书的钱付给了她。老妇人立即就消失了,并从此再也没有露面。②

---

① David McKitterick, *Print, Manuscript and the Search for Order 1450 – 1830*, Cambridge: Cambridge University Press, 2003.
② 理查德·德·伯里,第13页。

伯里认为,书籍的价值至高无上,虽然价格昂贵,却不应阻拦人们买书。伯里对书籍的渴求与"黑暗中世纪"的宗教文化禁锢形成了强烈的反差。据说伯里的个人藏书超过了当时全英国所有其他大主教私人藏书的总和。这些书后来成为牛津大学达累姆学院图书馆的最初藏书。伯里对知识的追求并不亚于他对神学的追求,两者在他身上表现为同样的虔诚。从上述寓言故事可以看出,这种虔诚并非全部来自基督教文化。在对待非基督教文化的时候,伯里显出了极大的宽容。他不但热爱自然和历史方面的书籍,而且还鼓励人们学习希腊语,以便看懂更多的希腊语书籍。从文化角度来看,处在"黑暗中世纪"的伯里对文化与科学的思考是难以想象的先进。在《书之爱》的第一章"智慧的财富主要寓于书籍中",伯里就道出了他远胜于同代人的见解,这个见解也成了当今世人对书籍的普遍理解:"智慧之价值不会随着时光的流失而褪色,美德将会永远兴盛,拥有它的人心灵会得到净化而不再有仇恨和恶意。"①

13世纪的英国出现了学院与大学,牛津、剑桥成为主要的学术研究中心,这也意味着人们对知识的需求空前强烈。在修道院中的书籍被铁链拴起来之后,修道院以外的人就可以借阅这些书籍了。对不同科目的研究随后也成了一股席卷整个欧洲的文化浪潮——文艺复兴。医学、音乐、数学、哲学、艺术等学科的书籍越来越多,然而在古登堡将印刷机被引进欧洲之前,抄本的价值昂贵得难以想象,这也就是将书籍用铁链拴起来的原因:"一个抄本的价钱和一个农庄差不多。"②

伯里在"书籍的保管"一章中提出了更多严格的要求——脏手、麦秸、水果、奶酪、花瓣等都成了书籍阅读中的禁物。伯里枚举了很多容易导致书籍损坏的例子,它们不但具有针对性,而且非常详细,显然并非虚构与假想。事实上,从其他与图书管理相关的资料上也可见当时人们对书籍爱护的程度确实不理想。例如,根据斯特里特(Burnett Hillman Streeter)关于书籍锁链的描述:在中世纪,书很罕见,诚信也很罕见。③ 书籍锁链的应用深深影响了后来

---

① 理查德·德·伯里,第1页。
② 尼古拉斯·A. 巴斯贝恩,第55页。
③ Burnett Hillman Streeter, *The Chained Library: A Survey of Four Centuries in the Evolution of the English Library*, Cambridge: Cambridge University Press, 2012.

几个世纪图书馆的基本结构和发展。

《书之爱》提出了一整套关于藏书以及如何对待书籍的观念和思想,这些观念和思想不但影响了伯里同时代的人们,而且还深深地影响了后世对待书籍的态度和方式,现代图书馆作为一种重要的公共领域,其出现也与这些思想与规范息息相关。

二、必然性与偶然性

伯里并不是第一位私人藏书家,也不是第一位图书馆创建人。然而他对现代图书馆的贡献却是无人能及的。很难说到底是时代造就了伯里,还是伯里的思想造就了爱书的时代。文艺复兴是个崇尚知识的时代,人们对多种学科书籍的需求是文艺复兴时期的一个显著特点。

伯里的思想具有时代必然性。文艺复兴之前的英国尚处于一个民族融合的阶段,英格兰特性正在慢慢酝酿。封建经济下的英格兰民族的宗教信仰主要来自基督教。随着经济基础的不断稳固,民族文化也开始得到发展。然而,当时各社会阶层在语言上的差异延缓了民族文化的发展与融合,宫廷文化与世俗娱乐大相径庭。随着时间的推移,民族内部的改变逐渐发生,毕竟不论统治阶级还是平民百姓,基督教文化是相通的。虽然很难找到证明基督教文化如何推动了宫廷文化与世俗文化相互融合的证据,然而源于基督教文化、宫廷文化、世俗文化的骑士文学却在14、15世纪开始风靡一时。记载这种雅俗共赏的骑士文学书籍满足了不同社会阶级的审美需求,尽管他们的需求不尽相同。这足以证明书籍的传播在逐渐影响着英格兰特性的形成与发展。

宫廷文化、世俗文化和基督教文化的融合,见证了当时英格兰社会各阶级对民族特性发展的需求。民族特性发展的基础之一,便是语言的统一,而统一的语言则主要来自书籍的传播和接受。在"黑暗中世纪"的社会文化生活中,伯里对待书籍的思想犹如文艺复兴前期人们寻求民族特性的指路灯。虽然他并未指出书籍对民族共同体形成的重要性,但是他在"语法书之重要"这一章中提到了对古代知识的注解与传承,并且在"对新书之称赞"这一章中提到:"正如一个国家应该向保卫它的士兵提供武器和大量的食品储备一样,教会也应该以大量的文字和书籍来武装自己以抗衡异教徒和离经叛道者的袭击。"①

在漫长的中世纪,农耕经济是主要形式,英国也不例外。随着手工业的出现,人们的物质生活水平在不断提高。中世纪城市的出现与发展不仅证明了人们物质生活的变化,而且还体现了人们对精神生活的追求。中世纪城市与村庄的界线很难说清楚,"中世纪早期和中期的作者都只是附带地提到了城市,是作为一个商业的中心、一个聚会的地方"。② 人们从周边村庄聚集到城市的过程,以及城市中的商业活动,都为城市文学与文化的发展铺平了道路。本节并不详细讨论中世纪城市的发展,然而在转型期民族性格的形成过程中,可以肯定的是,城市文化的发展体现了中世纪后期人们精神生活层面的需求和发展。众所周知,书籍是精神生活的重要载体,由此我们再次回到了伯里在《书之爱》中的观点:"任何人如果声称热衷于真理、幸福和智慧或知识,甚至是信仰,都必须首先成为一个挚爱书籍之人。"③在伯里去世后的一百多年中,书籍在文艺复兴中所起的作用是难以估量的。

英格兰民族的发展过程中,不论是民族性的形成,还是民族认同感的唤醒,都需要一个像伯里这样的文化先驱。伯里作为爱德华三世的老师,作为达累姆主教,两次被任命为教皇约翰22世的使节,他的思想是一个历史发展的必然,是符合当时英格兰社会文化多方面需求的,既顺应了历史发展规律,又起到了推动作用。

伯里的时代偶然性孕育于必然性之中。伯里的早期经历是原因之一:贵族身份出生,就读于牛津大学,后为爱德华王子的老师。这些让伯里接触到宫廷文化,也有条件购买收藏大量书籍;而后从事宗教事业,使伯里进一步接触到更多的书籍和知识。伯里的文化身份也是另一原因:他既是一位从事基督教事业的主教,又是一位中世纪城市里的知识分子。这种双重身份进一步解释了伯里的时代偶然性。在英格兰特性最初形成的阶段,英格兰民族共同体的道德、普世价值观、文化、审美等诸多方面都需要统一。正如艾略特在《基督教与文化》(*Christianity & Culture*, 1939)中所说:"在一个无论具有什么文化

---

① 理查德·德·伯里,第85页。
② 汉斯-维尔纳·格茨:《欧洲中世纪生活》,王亚平译,北京:东方出版社,2002年,第227页。
③ 理查德·德·伯里,第10页。

等级的社会里,同每一种文化活动有关的各个集团都是与众不同的和排外的;它们只有通过兴趣的重叠和分享,通过参与各种文化活动并相互进行鉴赏评价,才能获得文化所需的那种内聚力。"[1]这种内聚力恰恰是当时英格兰特性形成的内在动力。伯里追寻的"各个集团"共同的"兴趣"是什么呢?在《书之爱》中谈及最多的便是他所热衷的书籍了,而这些书中的基督教思想以及古希腊罗马哲学,不止一次地得到了伯里的赞颂,被他看作人类自古至今的智慧和道德。显然,在伯里看来,思想与哲学应该构成英格兰民族的共同"兴趣"。我们似乎可以说,伯里的著述中已经孕育着早期共同体/公共领域的思想和观念了。

然而,伯里的思想并没有停留在古老的智慧与道德上。更深层次的追寻来自"人文之书与法律之书"一章。该章篇幅短小,伯里并未正面论述人文之书,他只是强调了法律之书并非人文之书,然而"人文"二字已足以说明伯里思想中的人文观念。据记载,伯里曾经与彼得拉克有过交往。我们难以证明彼得拉克的人文主义思想是否影响了伯里,但是他在《书之爱》中流露的人文主义思想是处处可见的。也许伯里自己也没有想到,在随后的一百多年中,他追寻的人文主义思想传播到欧洲的每一个角落。就英国而言,社会文化的进步与发展得益于流行于宫廷、民间的人文主义思想,这从乔叟的《坎特伯雷故事集》和骑士传奇故事中可见一斑。

伯里在《书之爱》中的思想不仅突出了他的时代必然性和偶然性,而且还具有一定的超前性。英国第一位出版商威廉·卡克斯顿大量刊印书籍时,伯里去世已有一百来年,而他所提倡的爱书精神却一直在延续和发展。伯里在《书之爱》中专门分章论述藏书的重要性以及书籍的完善、保管、出借方式等。这些内容为后来现代图书馆的书籍管理提供了基本的参考依据。

伯里从爱书到藏书,从藏书到管理藏书,这个过程看起来很简单,然而从他对书籍的追求与热爱来看,则是一个体现着时代必然性,而必然性中孕育着偶然性,偶然性中又蕴藏着超前性的复杂过程。

---

[1] 艾略特:《基督教与文化》,杨民生、陈常锦译,成都:四川人民出版社,1989年,第95页。

三、知识节点：共同领域中的图书馆

在《中世纪与文艺复兴时期的图书馆》(*Libraries in the Medieval and Renaissance Periods*，1984)中，克拉克(J. W. Clark，1833—1910)提出了他对图书馆的理解："图书馆可以被理解成两个方面：车间或者博物馆。"[①]托马斯·卡莱尔在《文人英雄》中则进一步解释了图书馆：

> 如果人们想一想，大学或者最高学府对人们做的一切，无非是初等学校开始做的事情——教人们阅读。人们学着阅读各种语言、各门科学，人们学习各种图书中的字母和文字。而人们获得知识甚至理论知识的地方，则是书籍本身。当各门学科的教授们已经为人们尽了力，以后就靠人们去阅读了。当今，真正的大学都是图书的收藏所。[②]

英国人对图书的珍爱由来已久，最早的图书馆可追溯到公元10世纪以前的基督教会藏书，以手抄本为主。随着牛津、剑桥大学的建立，大学图书馆开始形成，然而图书的主要来源是捐赠。1350年，威廉·贝特曼主教赠书80册给剑桥的三一学院；英王亨利三世的弟弟汉弗利公爵将自己的藏书捐赠给牛津大学，于是牛津大学1488年以公爵之名建立了汉弗利公爵图书馆。而影响最大的还是伯里，他的私人图书馆藏书达1,500卷之多，是当时英格兰最著名的私人图书馆。英国图书馆的发展因亨利八世实行宗教改革与爱德华六世派遣改革委员会而延缓，大量图书被损毁。到了17、18世纪，图书馆再次蓬勃发展起来，牛津大学博德利图书馆在18世纪初的馆藏增至近30,000册，成为欧洲最大的图书馆。成立于1753年的大英博物馆图书馆，其中缴送本的历史就是人们践行藏书价值和意义的具体行动，可以上溯到1666年。1709年的《版权法案》要求每本出版物必须向文书厅呈缴九册，分配给皇家图书馆、大学图书馆和律师学院图书馆。

[①] John Willis Clark, *Libraries in the Medieval and Renaissance Periods*, Cambridge: Macmillan & Bowes, 1984, 1.
[②] 托马斯·卡莱尔：《论英雄、英雄崇拜和历史上的英雄业绩》，周祖达译，北京：商务印书馆，2007年，第183页。

图书馆的发展贯穿于整个中世纪的英格兰,它的发展与当时的社会、经济与文化密不可分。图书馆中的藏书类型随着英格兰民族共同体的文化发展而改变:从中世纪早期较为单一的宗教类书籍,到文艺复兴时期富有人文主义思想的多学科书籍,这种演变与发展不但是宗教思想发展的内在趋向,也是英格兰特性的具体体现。《书之爱》中的人文主义思想与伯里的主教身份,以及神职人员应有的宗教观念并不矛盾。伯里对书本知识的渴望,并不限于基督教神学的范围,他对历史和自然方面的书籍同样热爱,对非宗教的知识也显出了极大的包容,这种对立统一的矛盾实际上也是伯里具有双重身份——既是主教,又是知识分子——的结果。

基督教是西方文化发展的精神动力和创造源泉,它与当时英格兰社会的物质生产、组织制度和思想观念相互影响。物质生产方面的影响在此不再赘述。组织制度方面的影响非常明显,"君权神授"是英格兰乃至整个欧洲在中世纪时期的统治思想。以农耕经济为基础的封建制度不断发展的同时,基督教也开始兴起。基督教在思想观念方面的影响则居于更深的层次,其核心地位不但影响着人们的普世价值观念,还是一种最终的思想归宿。在不同宗教之间,可见相对的封闭性,然而对于宗教本身而言,它是封闭性与开放性的对立统一,否则这种宗教将难以传播并被接受。马克思说:"宗教是这个世界的总的理论,是它的包罗万象的纲领。"①所谓包罗万象,是指宗教内在的对立统一在知识与信仰层面实际是既封闭又开放的。从另一个角度来说,基督教作为一种人类的宗教,涉及人类世界的各个方面,那么这种最为根本的特性不能不称为人文主义思想了。也许这种内在的对立统一可以用来更好地理解伯里在《书之爱》中对人文主义等非神学书籍并不排斥的主张了。伯里正如这种内在矛盾的具象与缩影,英格兰民族共同文化的形成与他的思想不无关系。

在艾略特《基督教与文化》中,他将文化与宗教的关系描述为:"我们仍然可以从某一方面把某种宗教看成某一民族的整个生活方式。这种生活方式在这个民族的人的一生中,在其每天的生活中,甚至在其睡梦中都存在着,而这种生活方式也就是该民族的文化。"②伯里的思想在形成这种共同文化的过程

---

① 马克思:《黑格尔法哲学批判》导言,北京:人民出版社,1963年。
② 艾略特,第1—2页。

中起到了怎样的作用呢？也许艾略特已经作出了回答，他与道森都认为："社会和文化内部的差异和对立因素造成的适当张力，会刺激文化发展，使之繁荣兴旺。"[①]从英格兰当时的实际情况来看，社会和文化内部的差异在伯里以及稍后的时期是存在的，英格兰民族形成时期在语言、习俗、思想观念等诸多方面的不同足以证明这种差异与对立。这种张力恰是基督教思想中的人文主义，而伯里的思想便是这种张力的体现。从伯里之后人文主义的发展来看，文艺复兴的影响不仅深远，而且广泛。伯里之后，英格兰民族的特性日渐突出。与中世纪前期相比，英格兰民族的公共领域扩张了，以共同体形塑为内涵的文化观念开始发芽了。

图书馆就像知识网络中的节点一样，在公共领域的扩张中起到了连接与形塑作用。公共领域的扩张是民族文化发展的必然趋势，在英格兰民族融合过程中，它既是必经之路，也是发展的目标。书籍中的智慧与道德是一个民族赖以生存和发展的基础，而贮藏众多书籍的图书馆则无可争议地成为民族智慧与道德的集合。图书馆连接了英格兰社会不同阶层的需求。在《书之爱》中，伯里不仅讨论了书籍的价值，还以书籍之名针对不同阶层的人们进行了控诉："书籍对神职人员之控诉""书籍对拥有者之控诉""书籍对托钵僧之控诉"以及"书籍对战争之控诉"。在这些章节中，伯里不仅控诉了上述阶层对待书籍的态度，而且还控诉了人类战争对书籍的损毁。其内容从侧面反映了伯里的一个重要思想，即书籍不应是属于某一阶层的。阅读者范围的扩大即为公共领域扩张中的一个重要因素，群众参与阅读的过程实际可以看作一个民族的民众在共同审美，共同体形塑见诸其中。伯里去世后不久，乔叟的作品与骑士文学的流行正是这种共同审美的体现，英格兰民族全民参与的文学创作和文学欣赏不仅构成了民族特性，而且这种民族精神与道德的结晶又以书籍的形式更多地贮藏于图书馆中。在民众参与阅读活动的那一刻起，一个民族共同文化的雏形便已经出现了。对于民众何时参与了这样的阅读活动，并没有非常详尽的材料证明，但是伯里的书中却有侧面反映："对书籍之保管"与"书籍出借之方式"中已经构建了现代图书馆关于图书管理与出借的基本准则，由

---

① 艾略特，第4页。

此可见民众参与阅读和伯里思想的联系。

伯里藏书之多也说明了另一个问题：种类科目广泛。这不仅是现代图书馆的雏形特点之一，而且也影响着共同体形塑。中世纪后期，书籍在英国的广泛传播与城市文学的流行进一步促进了图书馆事业的发展。城市文学是城市手工业与商业发展到一定阶段的产物，也是民族对共同文化的诉求之一。在传统的农耕文化与新型的城市文化相互冲击之下，骑士文学应运而生。这种源于宗教而雅俗共赏的文化，融宫廷文化与世俗观念于一体，其中包含了社会制度、道德观念等内容。书籍的种类随着印刷术的提高而变得更加多样，图书馆的藏书量也随之飞速增长。这种相互促进的过程实际上是一种潜移默化的共同体形塑过程。我们无法估量图书馆在英格兰特性的形成过程中起到了多大的影响，然而不可否认的是，如果没有图书馆，那么英格兰特性的形成肯定会困难很多。

无论是自民众到贵族王室的共同审美，还是上层阶级自上而下的统治活动，书籍在这些过程中起着无可替代的作用。"由书而治"的话题并非本节主题，但是它概括了书籍在英格兰民族发展中所起的重要作用。无论是英国王室的《君王传》(*The Liber Regalis*, 1382)，还是流传于民间的《高文骑士与绿衣骑士》，书籍在无形之中影响着民族文化。如卡莱尔所说："自从有了书籍，人间发生了全面的变化，人们的一切重要工作方式（如教育、布道、管理等）都起了变化。"[①]

图书馆正如节点一般，自始至终地连接着不同时代的知识与智慧，同时还在不断影响着本时代的社会、文化和意识形态。伯里的私人图书馆是英国历史上众多"节点"中最为耀眼的一个，也是现代图书馆的雏形。这种以节点为基本结构而不断扩张的公共领域不仅贯穿于英国历史，对英国文学有着巨大影响，而且延伸于英格兰特性——英国文化观念的一个重要内涵——之中。也许这种"去中心化"的扩展结构在最初是以伯里的私人图书馆为起点的，但是它的终点却是公共领域。一言以蔽之，这种集时间与空间为一体的英格兰民族公共领域以图书馆为节点，历经不同时代的淬炼，构成了英国文学与文化观念互动史上的生动一环。

---

① 托马斯·卡莱尔，第182页。

第七章

"心智培育"的漫漫长路

"心智培育"(the cultivation of the mind)是英国文化观念的内涵之一,它在 17 世纪前后经历了一个重要的孕育期。17 世纪的英国逐步走出封建社会的禁锢,在资本主义经济逐步发展的过程中,王朝的更迭与资产阶级革命的发生都是资产阶级试图寻找适合的领导者的尝试。无论是哪一方登上历史舞台,都在尝试用新方法教育民众、引导民众。

对于心智的考量,又可以跟学术诉求、科学思想、新闻文化、真理探索和共同体形塑的考量结合起来。鉴于弗朗西斯·培根和弥尔顿早在英国文化萌芽时期就已十分关注心智的培育问题,并作了相当深入的思考,本章拟重点探讨他们的相关作品和思想。又鉴于 16、17 世纪的新闻文化孕育并催生了公共领域,确立了英语作为民族语言的地位,从而为大众心智培育的实现奠定了基础,我们还将专辟一节讨论新兴手册文学与新闻文化之间的互动,及其对大众心智培育所起的潜移默化作用。

第一节
科学真理与文化灵魂:培根的影响

在早期现代时期,英国最著名的自然研究学者非培根莫属,他对科学和人类社会的发展产生的影响,涉及现代科技以及人们生活的方方面面。19 世纪历史学家威廉·赫普沃斯·狄克逊(William Hepworth Dixon, 1821—1879)这样评价培根:"培根对现代科学产生的影响如此巨大,以至于每个人在乘火车、发电报、用蒸汽引擎犁田、坐安乐椅、穿越英吉利海峡或者横越大西洋、享用美味的晚餐、观赏优美的花园或者经历一次无痛外科手术,都或多或少要感谢培根。"①需要补充的是,培根的科学论著大多以优美的散文写成,因此又是文学作品;不仅如此,他的文学创作和科学活动都伴随着他对心智培育的关注。

一、科学与政治:培根自然哲学的文化政治

1.《学术的伟大进展》与培根的学术改革

培根为培育本国人心智而作出的贡献体现在许多方面,首先表现为他为推动学术改革所做的努力。

在培根生活的时代,指南针、印刷术以及火药的发明和应用让他认识到这样一个事实,即人们有能力掌握更多知识,有能力推动人类知识的积累和技术的进步。《学术的伟大进展》(The Advancement of Learning,1605)是培根的第一部科学著作,包含两部分:第一部分为"弗朗西斯·培根的第一部著作:论学术、神性与人性的进步与发展"(The First Book of Francis Bacon: Of the Proficience and Advancement of Learning, Divine and Human),其中以流畅的语言为学术对生活中任何一个领域的重要性进行辩护;第二部分的标题则简洁得多,为"弗朗西斯·培根的第二部著作"(The Second Book of Francis Bacon),然而内容比第一部更长、更重要。在这部分,培根对当时知识的发展状况进行了综合调查,指出了当时英国知识的缺陷,并对改善学术状况提出了概括性建议。

在《学术的伟大进展》中,培根阐释了改革学习方法的问题,这主要体现在三个方面:要认识到人类已经掌握的知识并不全面,有必要也有可能推进已有学术向前发展;认识到有一些障碍阻碍了学术的发展与进步;推进学术发展的方法。

首先,培根对当时学术发展状况表现出的不满具有重要意义。在培根生活的时代,正值英国文艺复兴从鼎盛走向尾声。"复兴"一词告诉我们,这是一个遵从古典、重视历史的时期。在人的价值得到重视并被褒扬的时代,人们普

---

① William Hepworth Dixon, *The Story of Lord Bacon's Life*, London: John Murray, 1862, 483.

遍对自身的存在感到满足与骄傲,认为人类已经掌握了所有知识,一切真理已经被发现。培根认为,这样的想法非常危险。他迫切地感受到要引导人类把目光从过去投向未来。人类目光方向的改变,是推动学术进步的必要条件。

其次,培根鼓舞人们相信学术进步的可能性。他认为,大自然的晦涩难懂、揭示真理的无限广度与艰难程度、人类判断的软弱无力、感知的误导等造成人类对了解自身生存状况失去希望。然而,培根觉得人类不应该囿于这一状况,因此他号召人们不要低估自身的能力,要勇敢地与大自然做斗争,在斗争中认识大自然,去揭示真理。

再次,培根认为阻碍科学进步的最大障碍就是对古代的尊崇。在同这一危险思想对抗的过程中,培根提出了他的"新科学、新工具"思想。琼斯(R. F. Jonson)认为:"培根虽然谴责古代,但是他的态度并不极端。培根不赞同古希腊人,主要是因为他们依赖理性,而不是直接从观察大自然中获得知识。"[1]

《学术的伟大进展》的重要性在于培根阐释了他对许多哲学问题的看法,同时,这本著作也是探究培根历史学、修辞学、道德哲学以及公民理念等重要观念的核心材料。[2] 在《学术的伟大进展》中,培根试图对当时以及古代的科学研究方法进行全面改革,用于改善人类的生存状态,其科学思想的先进性与前瞻性不仅在17世纪就受到部分英国科学家以及科学机构的认可,而且受到后世学者的膜拜,马克思称培根为"英国唯物主义和整个近代实验科学的真正始祖"。[3]

培根不仅自己做实验,还专门有助手帮助他做实验,并撰写观察记录,如威廉·罗利(William Rawley,1588—1667)和托马斯·布谢尔(Thomas Bushell,1597—1674)。[4] 虽然培根对待科学的态度严肃认真,但是他在实验科学研究方面所取得的成就却非常有限。尽管如此,他坚信人类取得集体进

---

[1] R. F. Jonson, "The Bacon of the Seventeenth Century," in *Essential Articles for the Study of Francis Bacon*, ed. Brian Vickers, Hamden: Archon Books, 1968, 5.

[2] Markku Peltonen, *The Cambridge Companion to Bacon*, Cambridge: Cambridge University Press, 1996, 7.

[3] 周林东:《培根名言"知识就是力量"三解——兼论弗兰西斯·培根的宗教观对其知识观的影响》,《复旦学报(社会科学版)》,2007年第5期,第39页。

[4] Steven Matthews, *Theology and Science in the Thought of Francis Bacon*, Aldershot: Ashgate, 2008, 121-124.

步的可能性,因此,约翰·李(John Lee)认为,培根即便称不上现代科学之父,至少也是科学哲学的奠基人。① 对我们来说,他在推动学术改革的同时,也推动了心智培育这一文化观念内涵的延伸。

2.《学术的伟大进展》的文学维度

学界常常把《学术的伟大进展》放在政治语境里加以审视,因而简单地视其为培根政治诉求的结果,但是我们认为它的文学意义同样不可小觑。

诚然,《学术的伟大进展》是一部科学著作,它的出版也许体现了作者试图登上英国政坛、增加其政治影响力的愿望。1603年,詹姆斯一世登上英格兰王位以后重用培根,赐他以"骑士"称号。培根深感圣恩,在开篇"致国王"中,他对国王表示感谢,盛赞后者是一位拥有"自然之光"(light of Nature)的君主;②赞扬他的言语犹如"山泉一般流畅,然而却遵循自然秩序"。③ "山泉一般流畅"的语言就是一种文学语言。培根还将詹姆斯一世与古希腊神话故事中的赫尔墨斯相比较,说詹姆斯一世是"国王权力与财富、牧师知识与启迪精神以及哲学家学识与普遍意义的三位一体"。④ 可见,除了科学和政治维度以外,《学术的伟大进展》还明显带有文学维度。培根撰写"致国王"的目的,也许在于希望得到国王的权力支持,使得他的科学著作顺利出版,并推行他的科学方法。也就是说,他的最终目的并非谋取政治利益,而是借助权力来为科学提供保障,同时促进人们的心智培育。《学术的伟大进展》中文学维度和科学维度互相交织这一特征本身,昭示着培根引导世人全面发展心智的良苦用心。

《学术的伟大进展》的文学维度,还由培根与诗人乔治·赫伯特的交集得到了体现。据记载,培根曾经请赫伯特把《学术的伟大进展》翻译为拉丁文。⑤ 在翻译这部著作的基础上,赫伯特对培根的认识更加深刻,在一首关于培根的拉丁诗中,对其科学思想和文化思想的独特性进行了准确评价。赫伯

---

① John Lee, "The English Renaissance Essay: Churchyard, Cornwallis, Florio's Montaigne, and Bacon," in *A New Companion to English Renaissance Literature and Culture*, 2 vols., ed. Michael Hattaway, Oxford: Wiley-Blackwell, 2010, 2: 442.
② Francis Bacon, *The Advancement of Learning*, London: Dodo Press, 2006, 1.
③ Ibid., 2.
④ Ibid.
⑤ Robert P. Ellis, *Francis Bacon: The Double-Edged Life of the Philosopher and Statesman*, Jefferson: McFarland & Company, 2015, 194.

特写道:"他是/科学研究的始作俑者,真理的/主牧师,归纳法的领主/维勒拉姆勋爵/事实材料的唯一领主……简洁与深刻的常青树/大自然的宇宙学家/哲学的储藏室/观察与实验的托管人/公正的旗手/科学的拯救者/当今时代的孤儿。"①在此基础上,赫伯特还指出了培根思想的先进性与超越时代的精神。赫伯特对培根的认同,进一步巩固了他们之间的友谊。1625年,培根在《英译赞美诗诗集》(*The Translation of Certain Psalmes into English Verse*,1625)中说,这些诗献给"好友乔治·赫伯特先生"(To His Very Good Friend, Mr. George Herbert)。② 这两位文学家(培根也是文学家)之间的互动,在英国文化观念史上占有一席之地。

3.《伟大的复兴》与检验真理的标准

要培育心智,就必然涉及真理的标准问题。培根的另一部重要科学著作《伟大的复兴》(*Instauratio Magna*,1620)在这方面功不可没。在这部百科全书③式的著作中,培根大胆表达了他对古代先贤的质疑。该书的扉页设计就体现了这一点:象征知识的船只驶过了古代世界的界限——海格力斯之柱。

在《伟大的复兴》中,参照上帝在六日内创造世界的故事,培根计划撰写六个部分:科学的分类、阐释大自然的新方法、博物学、智力的途径、预言第二哲学的出现,以及第二哲学(或称"积极科学")。④ 培根撰写该套丛书的目的在于清除所有既定观念,重新审视各种细节,通过运用正确方法,得出具有普遍意义的原理。

《伟大的复兴》的第二部分为针对亚里士多德提出的《工具论》(*Organon*,40 BC)而命名为《新工具》(*Novum Organum*,1620)。海塞(Mary Hesse)认为,培根一方面设法以此来纠正古代哲学家直接从细节便得出普遍原理,然后再用演绎法进行论证的过度理性主义;另一方面试图以此来纠正炼金术士和巫师的所谓经验主义,因为他们耗费大量时间去做一些实验,大都无功而返,

---

① Mark McCloskey and Paul R. Murphy, *The Latin Poetry of George Herbert*, Athens: Ohio University Press, 1965, 169.
② Robert H. Ray, "The Herbert Allusion Book: Allusions to George Herbert in the Seventeenth Century," *Studies in Philology* 83, (Autumn, 1986), 3.
③ 该书标题的常见英译名是 *The Great Instaurations*。
④ Wikipedia, "Works by Francis Bacon", https://en.wikipedia.org/wiki/Works_by_Francis_Bacon#cite_note-The_Great_Instauration-3 (accessed April 7, 2016).

偶然才会有一点发现。① 在分析一些科学探索停滞不前的原因时,培根说:"由于他们像中了蛊术一样被崇古的观念,被哲学中所谓伟大人物的权威和被普遍同意这三点所禁制住了。"②所以,在培根看来,要认识事物本质,就要敢于对古代先贤的研究方法提出质疑,提出以科学的方法研究自然。培根认为,尊崇权威会对认识真理产生恶劣影响。他提倡科学家要有一种怀疑主义精神,赞成把时间作为检验真理的标准,而不是迷信于权威。他进而强调:"有人把真理称作时间之女,而不说是权威之女,这是很对的。"③

托马斯·布朗爵士(Sir Thomas Browne,1605—1682)是一位深受培根科学精神影响的学者。他运用培根提出的经验科学方法,对当时流行的一些常见错误认知和迷信行为进行批判,撰写了百科全书式著作《假定的真理》(*Pseudodoxia Epidemica* or *Presumed Truths*,1646—1672)。布朗爵士是不畏权威的典型代表,他甚至对培根在《林木集》(*Sylva Sylvarum*,1626)中一些科学观点的准确性也提出质疑。对此,道格拉斯·布什(John Nash Douglas Bush,1896—1983)认为,布朗比培根更具有科学精神和怀疑精神。对于布朗而言,科学与宗教密不可分,更确切地说,科学是宗教的一部分。在应对科学事实时,他能够将科学从宗教中独立出来,并赋予科学以神圣的光辉,而不是像培根那样仅仅停留在科学的实用价值方面。④ 尽管如此,培根对布朗的影响显而易见。可以说,是培根培育了布朗的心智。

另外,培根还关注科学知识的应用,关注政治与知识之间的关系。培根特别坚持知识的制度化,认为近代人只有把知识置于国家政治的中心,才能真正超过古人。在培根看来,知识与权力有关。他所倡导的新科学并非纯粹的追求真理,而是特别注重知识的实用价值,⑤注重将知识与国家权力机构结合在一起,为科学的发展寻求政治庇护,自然也为心智的培育寻求了保障。

---

① Mary Hesse, "Francis Bacon's Philosophy of Science," in *Essential Articles for the Study of Francis Bacon*, ed. Brian Vickers, Hamden: Archon Books, 1968, 115.
② 培根:《新工具》,许宝骙译,北京:商务印书馆,1986年,第61页。
③ 同上,第62页。
④ Douglas Bush, *English Literature in the Earlier Seventeenth Century 1600 - 1660*. 2nd ed. Oxford: Oxford University Press, 1962, 287 - 288.
⑤ Jason Scott-Warren, *Early Modern English Literature*, Cambridge: Polity Press, 2005, 132.

4.《新大西岛》与培根的学术管理思想

培根去世以后,他的私人牧师兼实验观察助手威廉·罗利(William Rawley,1588—1667)成为培根的第一位传记作家和手稿管理人。他在培根去世一年后出版了《新大西岛》(*New Atlantis*,1627)——一部科学乌托邦幻想小说。虽然这是一部培根尚未完成的著作,但是该书中的"所罗门宫"(Salomon's House)却是培根创造出来的一个学术管理机构。换言之,他关于"所罗门宫"的描绘,是把科学与国家管理机构结合在一起的生动想象,也就是关于如何用组织机构保障心智培育的生动想象。

在《新大西岛》中,培根描述了一个理想国度,它坐落在一座名叫"本色列"的岛屿上。岛国本色列科学技术高度发达,人们的生活井然有序,和谐完美,令人心驰神往。在这座理想城市中,领袖是基督徒,基督教负责调节人们内心信仰的和谐。虽然人们在社会中的地位并不完全平等,有等级之分,但是不同等级/职位的教徒各司其职,促进了社会的发展,维护了社会的和谐,而和谐的关键则在于心智:和谐社会是本色列居民和谐内心的反映。同时,基督教信仰维系着本色列这一岛国的伦理道德观念,还为科学技术的发展掌控正确的方向。在这个政教合一的国家,一切科学实验的进行都由所罗门之宫来定夺,以确保科学试验的安全性与道德维度。也就是说,在这个理想国度里,人们拥有健全的心智,它体现为知识、道德和信仰融为一体的和谐状态。

"所罗门宫"虽然具有科学乌托邦的性质,但是 17 世纪的培根主义者们却以此作为他们奋斗的目标。按照约翰·伊夫林(John Evelyn,1620—1706)的说法,伦敦王家学会的成立"完全参照了所罗门宫的设计"。[①] 托马斯·斯普拉特(Thomas Sprat,1653—1713)在《伦敦王家学会史》(*History of the Royal Society of London*,1667)中认为,王家学会将培根看作它的创始人,其目的就是要将培根的想法付诸实践。在该书的导入诗歌中,亚伯拉罕·考利(Abraham Cowley,1618—1667)把培根描绘为"近代摩西"(latter-day Moses):"我们的先辈徘徊在/错误的崎岖道路上/像先前的希伯来人/曾经在荒漠中迷失/培根,如同摩西,终于引领我们/穿过这贫瘠的荒野/到达这福泽

---

① William T. Lynch, *Solomon's Child: Method in the Early Royal Society of London*, Stanford: Stanford University Press, 2001, 46.

的应许之地/的边防站,从雄伟的智慧山顶峰/找到它,把它展示给我们。"①

斯蒂文·马修(Steven Matthews)把斯普拉特的著作与培根的自然哲学思想和宗教思想进行了比较,指出两者之间存在很多共同点。斯普拉特认为:"因为掌握一点点自然知识,人们就会变成无神论者;但是在掌握大量自然知识之后,人们就会坚定地回归宗教思想。"②马修认为斯普拉特的这一观点具有明显的培根主义色彩,因为后者的自然哲学本身也是一种宗教形式,而宗教与自然哲学之间并没有矛盾。③ 另外,与培根一样,斯普拉特也认为先前认识上存在的错误使得英国正在经历宗教与自然哲学方面的双重改革:

> 我将对此做进一步论述,英国教会不仅在理性时代的影响中安全可靠,而且在知识进步、颠覆关于自然的陈旧观念以及引入新的推理方法的过程中也安全可靠。当我们注意到王家学会目前的构思与英国教会在其发展初期的构思一致时,这一点尤为明显。这两个机构都声称"改革",只是其中一个与宗教有关,另一个致力于哲学。为实现改革这一目标,二者采用相似路径:它们都绕过迂腐的古代文本,而直接探寻源头并用于教益——一个以《圣经》经文为基准,另一个则以巨大的"自然之书"为根本。④

马修认为,有资料证明培根的神学体系对皇家学会的护教传统产生了特别影响。他认为培根传统不仅体现在斯普拉特的作品中,而且在传承过程中,历经改造与变形,发生了一系列变化。⑤ 这些都可以看作培根的影响。

道格拉斯·布什也认为皇家学会的成立是培根思想在 17 世纪产生重要影响的表现。他认为,早在大约内战期间的 1645 年,一些专业科学家就在当时最著名的高等教育机构——格雷山姆学院(Gresham College)——多次召开

---

① Thomas Sprat, *The History of the Royal Society of London for the Improving of Natural Knowledge*, London: Printed by T. R. for J. Martyn at the Bell without Temple-bar, and J. Allestry at the Rose and Crown in Duck-lane, Printers to the Royal Society, 1667, the fifth stanza of the introductory poem.
② Sprat, 351.
③ Matthews, 135.
④ Sprat, 362-363.
⑤ Matthews, 136.

会议。虽然学术重心因为战争曾转移到牛津大学,但在 1660 年,该组织又转回到伦敦,并于 1662 年年底,在查理二世的批准下正式成立,设定名称为"皇家学会"。包括约翰·威尔金斯(John Wilkins,1614—1672)、约翰·沃利斯(John Wallis,1616—1703)、乔纳森·戈达德(Jonathan Goddard,1617—1675)等在内的十名最初主要成员都是温和的清教徒和国会议员,他们将培根视作精神领袖。① 威尔金斯的第一部著作论述月球是有人居住的星球,该书前言曾两次提到培根是挑战古代权威的勇士。② 这些科学家的双重身份表明,在早期现代时期,英国自然哲学的发展就与政治有着密不可分的联系,被贴上了政治标签,并在国家权力机构认可的情况下得以健康正常发展。马库·佩尔托宁(Markku Peltonen)同样也认为,培根不仅重视科学,也重视政治对学术发展提供支持。③ 威廉·林奇(William T. Lynch)则指出,伦敦皇家学会的成立不仅是培根思想在 17 世纪产生影响的重要表现,而且长久以来一直被认为是现代科学发展的关键阶段。他对培根的认识与上述学者不同:上述学者重视的是培根的科学研究方法,是从方法论的角度出发;而他看重的是培根科学的预言作用,把培根看作"科学先知"(a prophet of science)。④

在当今读者看来,培根的科学思想容易理解与接受。然而,在培根生活的 17 世纪早期,他所从事的各种科学实验与尝试并没有得到足够的认识,一切都是从他个人的研究兴趣出发,而培根科学研究思想与学术管理思想的影响直到 17 世纪下半叶因为英国皇家学会的成立才逐渐为大众所认可。由此可见,在 17 世纪这个政治斗争与宗教斗争为主基调的时代,英国的现代科学思想才刚刚崭露头角,对大众的心智培育还需要经历一个漫长过程。

二、科学与人:培根自然哲学的人文理念

1."要支配自然,就必须服从自然"

培根关于心智培育的思考,还表现为他的科学伦理思想,尤其表现为他对

---

① Bush, *English Literature*, 283-284.
② Ibid., 287-288.
③ Peltonen, 292.
④ Lynch, 1-2.

人与自然之间辩证关系的理解。

与柏拉图"洞穴幻象"式的抽象哲学相比,培根的自然哲学更直接、更具体。在《新工具》序言中,培根强调,要以感官知觉作为人类认识事物本质的起点,心灵认知起辅助作用,遵循循序渐进的过程。培根除在该书开端提出自己的哲学观点以外,并在该书的主体部分,列举出他对光、物质以及运动等科学问题的看法。他通过做实验以及批判他人,提出自己的科学认知。虽然有一些内容在今日看来完全经不起检验,但是他的大部分科学观点,尤其是他对待获取知识方法的论述,在当时具有划时代意义,完全走在了时代前列。

在《新工具》第一章第一小节,培根对人类与自然之间的关系进行了定位,他说:"人作为自然界的臣相和解释者,他所能做、所懂的只是如他在事实中或思想中对自然进程所已观察到的那样多——也仅仅那样多。在此以外,他是既无所知,亦不能有所作为。"①因此,他强调人类"要支配自然,就必须服从自然"。② 对这一辩证关系的强调,体现了最初的科学伦理思想,是对(只知向自然索取的)人类的心智启迪。

在谈到最新的发现(如印刷术、火药以及指南针)给人类带来的巨大影响时,培根区分了人类因此而产生的三种不同心理状态:"第一是要在本国之内扩张自己的权力,这种野心是鄙陋的和堕落的。第二是要在人群之间扩张自己国家的权力和领土,这种野心虽有较多尊严,却非较少贪欲。但是如果有人力图面对宇宙来建立并扩张人类本身的权力和领域,那么这种野心(假如可以称为野心的话)无疑是比前两种较为健全和较为高贵的。而说到人类面对万物建立自己的帝国,那就全靠方术和科学了。因为我们若不服从自然,我们就不能支配自然。"③

在回应"若有人以方术和科学会被滥用到邪恶、奢侈等的目的为理由来加以反对"时,培根说:"请人们也不要为这种说法所动。因为若是那样说,则对人世一切美德如智慧、勇气、力量、美丽、财富、光本身以及其他等等也莫不可同样加以反对了。我们只管让人类恢复那种由神所馈赠、为其所固有的对于

---

① 培根:《新工具》,第7页。
② 同上,第8页。
③ 同上,第103—104页。

自然的权利,并赋以一种权力;至于如何运用,自有健全的理性和真正的宗教来加以管理。"① 由此可见,培根提倡的是一种科学伦理思想,即人类要让大自然为自身服务,就必须遵循自然规律,必须用道德标准约束探索自然的方式。这一约束过程,显然就是人类心智成长的过程。

2. 心智培育和学以致用

培根对心智培育的重视,还表现为他学以致用的思想。

17世纪英国复杂多变的社会环境为培根自然哲学的传承提供了丰沃的历史土壤,不同教派对培根自然哲学思想的认知也有一个逐渐变化的过程。培根以自然界的实际存在物为研究对象,先将宗教从知识中剥离,然后在探究知识的应用价值时,再把科学研究同物品的实际应用价值结合在一起,并同时考虑人的因素。因此,在17世纪,培根的自然哲学常被解读为实践术语与教学用语。② 例如,在《林木集》中,培根认为大自然中的美好事物能够对人类灵魂的成长产生影响,他说:"宝石之华美使其具有美好的灵魂:于是乎与人类的灵魂产生共鸣,使其舒适愉悦。"③ 大自然因为人的存在而存在,大自然的美好是为了提升人类的灵魂。

在探究大自然的过程中,培根既尊重自然,又尊重人类。就人与自然的关系而言,他的观点独到而深刻。在他看来,自然是知识的一个方面。艾利斯(Robert P. Ellis)认为,培根探究自然的方式以及他对自然的看法,在400年前无人能及,即使在当今,仍然具有前瞻性。④ 培根特别注重物品的实际使用价值,不完全赞成抽象推理,然而在推动学术、教学或者实践向前发展的过程中,他又非常善于制订实实在在的计划。在写作中,培根擅长使用格言。在他看来,格言具体而有用,并非仅仅是理论。⑤

培根虽然没有直接论及教育,但是对学校管理(尤其是大学)提出了许多见解。这些观点主要体现在《学术的伟大进展》中。培根批评古代大学教育以

---

① 培根:《新工具》,第104页。
② Bush, *English Literature*, 21.
③ Francis Bacon, *The Works of Francis Bacon*, 14 vols. eds. James Spedding, Robert Leslie Ellis and Douglas Denon Heath, Boston: Houghton, Mifflin and Company, 1857 – 1874, 5: 147.
④ Robert P. Ellis, 6.
⑤ Brain Vickers, *Francis Bacon*, Harlow: Longman Group, 1978, 11.

词法辩论为主,教授政治与历史,而非逻辑学和拉丁语,因此,他提出一种新型教育,目的在于为国家培养有才能的政治家。① 他注重学以致用的思想,受到了 17 世纪英国清教徒的推崇。道格拉斯·布什将 17 世纪中后期的清教主义与培根的自然哲学思想进行了比较,指出逐渐强大起来的清教徒中产阶级,无论博学与否,都自然而然地产生一种冲动:要用现代的、具体的、流行的、有用的研究去替代古代的、抽象的、做作的,甚至"无用的"研究。他们的口号是"大众利益"(the public good),即主张科学与虔诚的结合。② 这一时期的牧师们也纷纷站出来表达自己的观点。例如,威廉·佩蒂(William Petty,1623—1687)就把自己与"真正的学术"——有实际价值的学术——密切联系在一起。国教牧师约翰·杜里(John Dury,1596—1680)也强调说,他学习希伯来语、拉丁语和希腊语的目的是将它们作为开启实用科学和道德哲学之门的钥匙,与其他无关。③ 布什经过分析之后,指出了上述人物与培根之间的共同点:对传统权威与无用知识的厌倦;自觉批判与实证精神;行动而非空想的典范;在坚信上帝与其创造物宗教内涵的基础上坚持实用、进步与改革。④

培根学以致用的思想不仅体现在自然哲学方面,而且体现于他对法律的见解。在担任律师期间,他对自身能力倍感自豪,而且与同行死敌科克(Coke)之间展开了长期辩论。⑤ 培根的主要法律著作有《英国普通法要素》(*The Elements of the Common Laws of England*,1630)和《叛国罪案例研究》(*Cases of Treason*,1641)等。在这些著作中,培根强调法律特别需要确定性,这样就不会出现有时无法可依的现象,也不会出现法律晦涩难懂的现象。他还指出,当时英国的普通法效率低下,晦涩难懂的律法会给大众带来不安全感,以及法律执行的延迟。尽管他并没有提出编纂完整法典的建议,然而他指出当时英国普通法中的部分内容存在重复和多重管理的情况,认为英国普通法需要重新整理,从而变得效率高而费用低。⑥

---

① Anthony Quinton, *Francis Bacon*, Oxford: Oxford University Press, 1980, 74.
② Bush, *English Literature*, 21.
③ Ibid.
④ Ibid., 284.
⑤ Quinton, 72.
⑥ Ibid., 73.

在培根所有提倡学以致用思想的论著中,恐怕要数《论说文集》(*Essayes or Counsels, Civill and Morall*, 1625)最为重要。该书是培根用以连接自然哲学与道德理想的"纽带",他希望以此来填补实用心理与道德伦理之间的鸿沟,以此告诫社会:普通大众如果没有道德伦理,他们就难以满足自身的物质需求;政客如果没有道德伦理,他们就难以满足整个社会的物质需求。①

《论说文集》于1597年出版,包括10篇文章,1607年再版。1612年修订时,培根在重写原有几篇文章的基础上,又增加了不少新作,总共达到58篇。经过修订的《论说文集》内容更加成熟,是对《学术的伟大进展》中道德哲学的进一步补充。它涉及生活中的方方面面,如修身、处世、教育、政治以及伦理等社会文化生活,其中不少论述心智培育问题,不过最典型的是《论伪智》("Of Seeming Wise")、《论习惯与教育》("Of Custom and Education")和《论学问》("Of Studies")这三篇文章。它们表达了培根对当时学术界以及"学问"的看法,而且都涉及了心智的培育。在培根看来,习惯分为好习惯和坏习惯,会对人类的精神与肉体产生双重影响。迷信是一种恶习,对人类的心智起到一种麻木作用,而好习惯则与美德、秩序有关,与纪律和社会有关。

总之,培根打破了科学、文学、文化以及政治等诸多领域之间的界限,这本身就为培育大众心智作出了巨大贡献。他的所有学术实践,无论涉及哪一个学科,都可以看作一种文化实践,其中渗透着对科学真理的追求,以及执着的文化情怀。这份执着的情怀,连同心智培育的功用,早早地汇入了英国文化观念的内涵。

第二节
早期报刊、手册文学与新闻文化

在考察17世纪英国的新闻传播状况时,当今学者普遍认为那是一个"新

---
① Bush, *English Literature*, 196.

闻的时代"(the era of news)。1622年,罗伯特·伯顿写道:"我每天都听新闻,以及关于战争、瘟疫、火灾、洪水、盗窃、谋杀、屠杀、流星、彗星、神童以及幽灵等的各类传闻……每日发行的新闻书、小册子、库兰特舞曲、故事……因此,我每天都在这个勇敢而又充满痛苦的世界上听到诸如此类与个人或者公众有关的新闻。"①其实,早在16世纪末,英国大众就已经开始关注新闻,1591年发行的一本小册子就这样写道:"每个人都在忙着满足自己(对世界)的幻想(和好奇心):人们传递着世界上发生的事情(的消息)以及从市场和铸币厂听来的新闻……新闻是每个英国人(见面时问)的第一个问题。"②换言之,早在16世纪末,关注新闻已成为英国人的一种生活方式、一种文化——我们不妨称之为"新闻文化"。为其推波助澜的是新兴的手册文学,而两者之间的互动又对大众心智的培育起到了潜移默化的作用。

一、早期现代时期英国新闻业的兴起与发展

要探讨新闻文化与心智培育的关系,还得从英国新闻业的兴起与发展说起。现代早期的英国社会与以往英国社会形态相比,更加自由,更注重个体,世俗化趋向愈加明显,而且越来越注重以商业为基础的物质进步以及科学技术的应用。在这种情况下,英国城镇得以迅速发展,国际商业化趋势越来越强;与此同时,英国国内外政治形势的变化也开始加剧。这些都促成了英国新闻业的生成与发展。

news意为新闻,即消息,是对近来发生的事件的报导,其内容对某些人来说是新信息,该词于1423年首次出现,于1500年以后广泛使用。③ 虽然news这一词汇诞生于1423年,然而,"新闻"这个概念对人们却并不陌生,它也许随着人类的诞生并开始对新鲜事物产生好奇心的那一时刻起就已经产生了。虽然现在人们提起新闻时最先想到的是报纸、电视以及互联网等传播新闻的媒体,但是,早期的新闻多是通过旅行者的口述或者给亲戚朋友写的信件来传递

---

① Burton, 1622, 4.
② John Florio, *Florios Second Frutes: To Be Gathered of Twelve Trees*, London: Printed by T. Orwin for Thomas Woodcock, 1591, A2.
③ "News," in *Oxford English Dictionary*, 2nd ed. on CD-Rom (v. 4.0), Oxford: Oxford University Press, 2009.

的,这些信件叫作"新闻信札"(newsletter),其写作形式在文艺复兴时期特别流行。地理大发现和航海技术的发展激发了人们探索之旅的热情,留在国内无法远行的人就通过旅行者的书信了解外面的世界。正如夏伯所言:"不是报纸创造了新闻,而是新闻创造了报纸。"①

英国新闻业的发展与商业资本发展同步进行。早期商业资本家为在投资和商品上获得最大利润,需要获得关于战争、疾病以及英国对外政策变化的最新消息。即使他们获得消息的途径遭到破坏,他们也需要了解这一状况。在中世纪时期,知识被认为是权力的重要组成部分,而消息与新闻属于以国王为代表的特权阶层。因此,在印刷术出现以前,新闻由富人、贵族和高级神职人员操控,通过信使由口头或者手稿传递。不过,更多信息是由旅途中的人们传播的,这些人包括旅行者、商人、士兵和冒险家。航海技术的发展、地理大发现引发的世界版图的扩张,以及由此引发的商业交通的发展,使整个世界充满了活力。②

手写的新闻信札与小册子(pamphlet)可以说是英国报刊的最初形式,报导当时发生的重大事件以及贸易、商业和政治环境。这些书信最初在欧洲大陆的邮政驿站和贸易路线流传,然后在全世界范围内流传。新闻信札能够被人们大声朗读、传阅或者抄写,因此,它们能够在更广泛的公众范围内传播。私人信件、公告以及口头传播的信息内容被写进一个新闻信息大杂烩中,被印刷和销售,一方面为了娱乐,另一方面是为了获得更有价值的信息。③ 时至斯图亚特王朝时期,英国新闻的传播方式更加多样化,出现了包括口头传播、手稿传播以及印刷传播在内的多种新闻传播渠道,而口口相传仍然是当时新闻传播与消费的最主要方式。虽然这一时期新闻的传播样式体现出异质性,但是这些传播方式却相互影响,有时甚至交叠在一起。萨雷特(David Zaret)对此进行了专门研究,他考察了新闻从口头传播方式到书写/印刷传播方式以及书写/印刷传播方式到口头传播方式的流通过程。不同类型的新闻在伦敦圣

---

① Matthias A. Shaaber, *Some Forerunners of the Newspaper in England 1476 - 1622*, Philadelphia: University of Pennsylvania Press, 1929, 2 - 3.
② Martin Conboy, *Journalism: A Critical History*, London: Sage, 2004, 7 - 8.
③ Denis Mcquail, *Journalism and Society*, London: Sage, 2013, 3.

保罗大教堂以及伦敦交易所地区的酒馆、旅馆和书摊交汇传播。

在这个过程中,多种传播渠道交汇:搬运工和旅行者口头讲述的传闻可能被记录下来,写进新闻信札,或者写进私人信件和路边社;反过来,贴在酒馆墙壁上的小册子、童谣、新闻信札以及陈列在瞩目位置的期刊会被大声朗读,然后再返回到孕育它们的口头空间。①

伦敦在英国新闻业的发展过程中发挥了根本作用②:"伦敦与伦敦新闻十分关键。通过新闻,伦敦引发整个国家关注意见表达与信息传播。"③圣保罗大教堂作为伦敦多种出版物的发行中心,可以说是伦敦新闻出版业发展的缩影。从16世纪末起,伦敦圣保罗大教堂的庭院就成为当时伦敦书店的聚集地,出售多种书籍。雷蒙德在对这些书店进行历时性描述时说,1588年在圣保罗大教堂的书店中可以买到来自法国、西班牙等国的新闻小册子——它们其实已经起着培育心智的作用,如教导人们过正直生活,不要浪费时间,不要贪婪,等等。1642年,当查理一世在重新召集议会并与议会发生冲突之后,英国的政治局势异常动荡,在圣保罗大教堂附近到处都是传播消息、兜售小册子以及各种日常用品的小贩,传播各种新闻几乎成为当时圣保罗大教堂一带人们的唯一兴趣。④ 官方的以及非官方的新闻信札、独立的商业报导、小册子、路边社、定期新闻出版物以及系列新闻书刊等明显在新闻传播领域超过了口头新闻,占据了越来越大的份额。⑤

鉴于圣保罗大教堂在英国文化史上的地位,有学者认为,圣保罗大教堂是英国咖啡馆文化兴起的源头,因为这里流传着英国首批印刷出版的新闻书刊,在大众针对各种问题展开的讨论中形成了英国文化史上最初的"公共空间",⑥而这对心智培育的作用不言而喻。

报纸(newspaper),即当今意义上每日或每周发行的出版物,直到1670年

---

① Elisabetta Cecconi, "Comparing Seventeenth-century News Broadsides and Occasional News Pamphlets: Interrelatedness in News Reporting," in *Early Modern English News Discourse*, ed. Andrews H. Jucker, Philadelphia: John Benjamins Publishing Company, 2009, 137.
② Conboy, 1.
③ B. Harris, *Politics and the Rise of the Press: Britain and France 1620 – 1780*, London: Routledge, 1996, 51.
④ Raymond, 1-3.
⑤ Cecconi, 137.
⑥ Scott-Warren, 80.

才出现。① 在这之前,英国的早期新闻大多通过小册子传播。小册子是一种独立发行的小书,所含页数比一般意义上的书少,最初由人手工抄写、手工缝制,大多是四开本,大约自 1500 年印刷术在英国应用以后,开始印刷成册发行,有时使用纸质封面,有时无纸质封面。早期现代时期,印刷书籍的形式和尺寸是由印刷纸张的格式大小以及纸张的折叠次数决定的。纸张的大小会对该出版物的地位产生影响。将标准尺寸纸张对折一次,就形成对开本,即那种一般意义上的书;四开本要经过两次对折;八开本则要经过三次对折,形成一种"迷你型"小书。典型的小册子由 1—12 张标准纸张,或者 8—96 张四开本组成,②每页字数不超过四百。相对印刷书籍而言,印刷小册子更为简便,成本更加低廉。

一般而言,小册子没有固定的主题,从 17 世纪起,小册子开始发行一些独立剧本、传奇、诗歌、中短篇小说、报纸、新闻信札以及其他期刊、杂志,有时用来发行小本诗歌集或者故事集等。③ 鉴于小册子主题并不固定,以发布和传播新闻为主,页数少而薄,价格低廉,对剧本、传奇、诗歌等文学作品的传播起到了推动作用。

英国第一位有影响的小册子作家是罗伯特·格林(Robert Greene,1558—1592),他是一位具有开创精神的多产作家,头脑灵活,笔耕不辍,总是报导最新时事,仅在十年间就创作了 30 本小册子和 6 部剧本。1588 年,英国诗人托马斯·纳什(Thomas Nashe,1567—1601)在伦敦与格林结识,并深受其影响,开始创作册子本。④ 册子本最初并没有被当作文学作品,而出版商在兜售册子本的时候,也不是将其内容作为卖点,而仅仅是因为其价格低廉、易于盈利而销售。绅士们虽然私下对册子本如痴如醉,可是到了公共场合却对其嗤之以鼻。对于一些读者来说,册子本毫无声誉可言。例如,托马斯·波德利(Thomas Bodley,1545—1613)1598 年在牛津建立图书馆的时候就不愿意收藏册子本。威廉·康沃利斯爵士(Sir William Cornwallis,1744—1819)有一段

---

① "Newspaper," *Oxford English Dictionary*, 2nd ed. on CD-Rom (v. 4.0), Oxford: Oxford University Press, 2009.
② Raymond, 5.
③ "Pamphlet," *Oxford English Dictionary*, 2nd ed. on CD-Rom (v. 4.0), Oxford: Oxford University Press, 2009.
④ Scott-Warren, 86.

相关评论颇耐人寻味,他一方面把"那些册子本,骗人的故事集、新闻还有两便士诗集"相提并论,声称自己把它们"全都放在卫生间里";另一方面又承认自己从册子本里"读到了不同的智慧、性情,让整个世界感到愉悦的不同类型的议论以及文体风格的转变"。① 即便不那么情愿,他实际上认可了册子本在养育民众心智方面的功能。

在早期现代时期的英国,有关各种自然灾害、天赋异禀的神童以及血腥犯罪等是当时读者喜欢阅读的主题,这与现代读者没有区别,因此,出版商为了迎合读者趣味,也愿意推出此类出版物。然而,一些关于神童的新闻报导最终以赤裸裸的欺骗被揭穿。当时最有名的案例与多萝西·麦特利有关。据报导,她因为诅咒上帝而被大地吞噬。虽然这些报导看起来离奇荒诞,但是许多读者却信以为真,并严肃地思考这些新闻报导的真正意义。由此,伊丽莎贝塔·塞科尼(Elisabetta Cecconi)认为,在 17 世纪的英国,新闻的教化功能非常重要,有关自然灾害的报导往往与上帝的旨意(Divine Providence)和人类的救赎结合在一起,意在引导读者将这些自然灾害理解为上帝对人类的告诫,而不仅仅是事实本身。因此,这类新闻报导具有心智培育的效应。

在与自然灾害有关的小册子中,小册子作者往往在首页以木板刻印插画的形式将新闻内容与教育意义结合在一起。例如,在 1650 年一篇题为《北方奇闻》(*Strange News from the North*)的小册子中,首页的木板刻印插画上画着城市,以及从云端降下的刀剑、长矛与火蛇。这是一幅典型的基督教艺术作品,城市与《圣经》故事中的耶路撒冷相对应,耶路撒冷城因为人类的罪孽而被上帝摧毁。因此,在这幅图画中,刀剑、长矛与火蛇象征着上帝对城市贪婪居民的惩罚。② 就内容而言,插画对于不识字的人也能传递信息,这源于英国民众对基督教文化传统的继承与理解,也因为 17 世纪人们往往从神学的角度去理解自然灾害等事件,而不仅仅停留在事件本身。

二、手册文学与心智培育

与英国早期报刊如影相随的是"手册文学"(pamphlets),后者的影响常常

---

① Scott-Warren, 86 – 87.
② Cecconi, 142 – 148.

被描述为"手册文化"(pamphlet culture),亦即新闻文化的一种。在为早期文化观念输送心智培育这一内涵方面,手册文学功不可没。

跟英国报纸一样,承载文学的小册子自问世之日起,就与政治宗教联系在一起,甚至跟遭受迫害的命运联系在一起。从 16 世纪英国进行宗教改革以脱离罗马天主教会开始,天主教小册子作家就与新教小册子作家之间展开了激烈的论争。西方学者普遍认为马丁·马普勒雷特(Martin Marprelate)是煽动性言论的"源泉",当时关于宗教改革进行争论的小册子作家还有坎皮恩(St. Edmund Campion,1540—1581)和罗伯特·珀森斯(Robert Persons,1546—1610)。珀森斯甚至被叫作"阴险的散播丑闻者",他的小册子经常被传阅。其实,马普勒雷特之前就已经出现了许多天主教小册子作家,他们的作品给他提供了创作灵感,于是他将这一新的信息传播方式发挥到极致,甚至深刻影响了后人对小册子这一文学形式的定义。马普勒雷特创作的小册子数量很大,在英国早期现代时期的小册子论战中占有一席之地,而他本人甚至成为小册子效能的象征,令很多人厌恶甚至怒骂。1589 年 2 月,英国王室发表《王家公告》,反对"蓄意煽动言论、支持教会分裂的书籍与诽谤文字",谴责马普勒雷特的"小册子"与"诽谤文字"。[①]

早在英国报纸得以定期刊出之前,英国的权力机构就已经严格而有效地制止无照印刷。部分已经发行的零散新闻册子(news-pamphlets)和新闻歌谣(news-ballads)会被处罚。一般来说,为了避免遭受政治迫害,这些小册子报导的并不是英国的国内要闻,而是翻译国外新闻作家的作品。例如,流行于 1611 年的《西班牙新闻》(*News from Spain*)就是由伦敦出版商纳撒尼尔·巴特(Nathaniel Butter,? —1664)出版的;另一份来自荷兰的报纸为《报纸或国外新闻周报》(*The Courant, or Weekly News from Foreign Parts*),上面注明的日期是 1621 年 10 月 9 日,也是由巴特出版的。巴特本人在英国报纸产生初期的至少前 30 年里是英国最繁忙的报纸供应商。[②]

17 世纪初最重要的小册子作家是德克(Thomas Dekker, c. 1572—

---

① Raymond, 38.
② H. R. Fox Bourne, ed., *English Newspapers: Chapters in the History of Journalism*, 2 vols., London: Chatto & Windus, 1887, 1: 3 - 4.

1632),他的小册子《神奇的一年》(*The Wonderful Year*,1603)表面上是为庆祝詹姆斯登基而作,但实际上着重描述的却是当年伦敦瘟疫盛行的恐怖情况。在《伦敦的七种致命的罪恶》(*The Seven Deadly Sins of London*,1606)、《地狱来的消息》(*News from Hell*,1606)和《笨人初级读本》(*The Gull's Hornbook*,1609)等小册子中,德克以生动而又充满了讽刺的笔触描绘了伦敦的市井状态。① 也就是说,德克描绘的情景至少间接地起到了启迪心智的作用。

手册文学经常被认为是英国早期现代社会中传播范围最广泛、最具有民主色彩的出版物。② 手册文学的兴起与迅速发展,意味着17世纪中叶英国社会生活中公共领域的出现,进而对英国社会政治的发展产生了重要影响。在论述手册文学对英国社会民主观念的形成所产生的影响时,亚历山大·哈拉斯(Alexandra Halasz)曾作过以下阐发:

> 从理论上说,小册子无处不在,形态多样。它们意味着大众对印刷话语的接近,进而建立起社会空间,其最终被概念化为公共领域(public sphere)。大众对印刷话语的接近,暗示着社会身份的消失,由此引发的焦虑"浇灌"着这初生的公共领域。③

这一评价可谓深中肯綮。就本节的主题而言,心智培育需要公共领域的保障,而手册文学恰恰在这方面发挥了很大作用。

如上所述,手册文学是当时最具有民主色彩的新生事物,而这跟心智培育也不无关系:传播民主思想,必然会促进民众心智的发展。如马库斯·内维特(Marcus Nevitt)所说,手册文学在英国社会文化平等主义与文本平等主义(a cultural and textual egalitarianism)先锋作用中处于中心地位。④ 伴随手册

---

① 王佐良、何其莘:《英国文艺复兴时期文学史》,北京:外语教学与研究出版社,1995年,第472页。

② Marcus Nevitt, *Women and the Pamphlet Culture of Revolutionary England, 1640-1660*, Aldershot: Ashgate, 2006, 1.

③ Alexandra Halasz, *The Marketplace of Print: Pamphlets and the Public Sphere in Early Modern England*, Cambridge: Cambridge University Press, 1997, 4.

④ Nevitt, 4.

文学发展的还有一个文化现象：在早期现代时期，英国市场对小册子的需求量巨大，而此时出版的小册子中都带有一些空白页，供小册子所有者做笔记。① 小册子所有者通过在空白区域书写自己的观点，凸显出基督徒在早期现代时期个体意识的增强，并逐渐形成一种针对任何事件——尤其是公共事件——抒发自己观点的文化传统。就是在这样一个阔大的文化背景下，手册文学得以发展，并促进了英国民众的心智培育。

三、新闻文化与民族共同体的形成

以手册文学和报刊为标志的早期英国新闻文化，在培育民众心智的同时，助推了民族共同体的想象。换言之，心智培育和共同体想象成了一种共生共长的文化现象。

16、17世纪英国人的阅读水平，与中世纪相比有了大幅度提高。文字与信息的广泛传播丰富了他们的想象。他们在想象的世界中，共同塑造着关于英格兰共同体的构建，这一想象既围绕英国国内的事务而展开，也伴随国外事务而丰富。早期报刊、小册子以及手册文学的广泛传播，对英格兰民族共同体的心智培育产生了重要影响，成为该时期英国公共文化塑造的主要渠道。

18世纪初，首位小册子历史学家迈尔斯·戴维斯（Myles Davies，1662—1715）对小册子的无处不在以及它对英国社会各层面的心智培育产生影响的方式进行了论述：

> 从小册子可以获悉当今的天才人物、学者的争辩、无知者的愚蠢……政客的失察、廷臣的过错……在手册文学中，商人可以读到利益得失，店主可以获知包裹清单，农夫可以获知季节更替……海员可以获知其所在经度，士兵可以得知盟友与对手；而在校学生则可以提高课业成绩，学者更新研究，牧师完善布道，科学狂人改进发明。手册文学能够装点情郎的神采，增加卖弄风情之女子的魅力；小册子不仅是装饰绅士衣服口袋的时尚品，也是装饰绅士盛衣袋的时尚品。小册子给随身携带他们的人带去智慧与学识：穷人通过在货摊上叫

---

① Elizabeth Clarke, "Diaries and Journals," in *A New Companion to English Renaissance Literature and Culture*, 2 vols. ed. Michael Hattaway, Oxford: Wiley-Blackwell, 2010, 2: 447.

卖小册子而赚钱；富人则通过小册子这种最简洁的方式得知教会和国家机密。总而言之，多少让人感到震惊的是，人们很可能都认为自己对小册子中出版的内容感兴趣……小册子对人们来说，实在是太熟悉，太容易得到了。①

确实，小册子、新闻信札等早期新闻载体与传统书籍相比，更容易在公共空间传播与流通，甚至一些目不识丁的人，也愿意出几便士去购买这种价格低廉的小册子。他们在买来小册子以后，邀请识字的朋友或邻居在当地的公共社交场合为他们朗读。② 这样，社会不同层次的消费者因为对新闻的共同趣味结合在一起，在朗读与交流中，早期现代时期的文化逐渐在这些公共领域孕育而生。

英国早期报刊、小册子以及手册文学的发展，与英语作为本国语的发展密切相关。如果没有本国语的发展，小册子也不能成为强大的传播媒介。自1066年诺曼征服以来，盎格鲁-诺曼法语成为英格兰贵族的语言；在文学文化领域以及精英界，大部分人仍然沿袭了拉丁语传统，用拉丁语进行文学创作与记录事件。盎格鲁-诺曼法语在英格兰发展成为官方语言时，在法律界则发展为法律法语，但是在经过了300年以后，盎格鲁-诺曼法语给不懂法律法语的英国大众在法庭上带来了困难，于是，1362年议会制定并通过了《1362年英语诉讼法案》(*The Pleading in English Act 1362*)，又名《诉讼条例》(*Statute of Pleading*)，这标志着英国现代法律英语的开端。该法案规定所有法律程序都必须用英语进行，但是做记录时仍然沿用拉丁语。虽然法律法语在英国逐渐衰落，但是一直到17世纪，在一些表格中仍然可见法律法语的踪影。1730年，《司法法庭诉讼法案》(*Proceedings in Courts of Justice Act*)才规定英语正式代替拉丁语，用来记载正史以及法律诉讼③；而宗教法庭的证词则必须用拉丁语书写。英文版《圣经》在出版以后也没有迅速被大众接受，而是经历了一段

---

① Myles Davies, *Eikon Mikro-Biblike: Sive, Icon Libellorum, or, A Critical History of Pamphlets*, London: Printed and sold by the booksellers of London and Westminster, 1715, 2-3.
② Cecconi, 140.
③ Wikipedia, "Legal English," https://en.wikipedia.org/wiki/Legal_English (accessed January 5, 2017); Wikipedia, "Pleading in English Act 1362", https://en.wikipedia.org/wiki/Pleading_in_English_Act_1362 (accessed January 5, 2017).

漫长的等待过程。直到 1552 年爱德华六世执政期间,教堂里的仪式活动才开始用英语举行;可是到了玛丽女王统治时期,又被迫中断了。①

中古英语向早期现代英语的演化,得益于斯宾塞、西德尼和莎士比亚等一批作家的努力。到 16 世纪 80 年代,早期现代英语作为本国语的地位才逐渐成熟。用英语写作成为一种常态,小册子作家用英语写作是因为他们希望能够拥有庞大的读者群,实现他们的文学理想。只有在这种双向互动中,才能进行大众的心智培育。印刷术的发展推动着"'读者同胞们'在其世俗的、特殊的和'可见之不可见'当中,形成了民族的想象的共同体的胚胎"。② 印刷术的发展使得价格低廉的报纸、小册子得以大量印刷,在这一过程中,早期现代英语在较短时间内体现出一定的固定性与稳定性。

新闻通过对大众心智的影响,具有调节社会结构的功能,这一点在现代早期尤其明显。新闻的传播,使得早期现代时期的英国人比中世纪先人更能在广阔的世界中想象自身的位置。③ 英文书写的报纸和小册子在 16、17 世纪作为书籍的"极端形式",在英国民众当中创造了"一个异乎寻常的、全新的群众仪式",④他们围绕报纸和小册子中的事件展开想象,无论其真实与否。这就形成了一种时代的共同想象,在此过程中,人们把自己想象为共同体主体的一分子。到 17 世纪时,英语成为英国最接近共同语的一种语言,因而为大众心智培育的实现奠定了基础。更具体地说,英语作为民族语言的地位得到了确立,英国大众的民族意识和民族情感在使用英语的过程中逐渐得到加强,人们开始根据英语来识别自己所归属的这个大不列颠民族共同体,并逐渐产生了一种对代表共同体利益的国家的特殊情感。这个过程始终伴随着大众心智的开发,也正是在这种心智开发的过程中,英国的民族特性逐渐形成。

1559 年,后来成为伦敦主教的约翰·艾尔默(John Aylmer,1521—1594)面对正在形成的英国新秩序,在流放中怀着坚定的民族意识写道:"哦,如果你知道作为英国人你过的生活是多么富足,你所居住的国家是多么富饶,

---

① Raymond,44.
② 本尼迪克特·安德森,第 42—43 页。
③ Conboy,8.
④ 本尼迪克特·安德森,第 31 页。

你将会一天七次跪拜在上帝面前,并感谢他让你生为一个英格兰人,而不是一个法国农民,也不是一个意大利人或者德意志人。"①不过,英国国家意识与英国民族特性的形成,并不是一蹴而就的。在好长一段时间内,英国民众的民族认同感因不同阶级而存在很大差异,这在16世纪晚期的诗人、小册子作家兼剧作家托马斯·纳什的如下评论中可见一斑:"在伦敦,富人蔑视穷人,朝臣蔑视市民,市民蔑视乡下人。一种职业看不起另一种职业:商人看不起零售商;零售商看不起手艺工匠;手艺高的工匠看不起地位低的工匠;制鞋匠看不起补鞋匠。"②显然,阶级歧视不利于民族认同感的形成,而阶级歧视的消除在很大程度上取决于心智的培育。正是在这一意义上,新闻文化在16、17世纪的崛起是英国文化史上的重大事件。

我们不妨以安德森(Benedict Richard O'Gorman Anderson,1936—2015)的话来引出本节的结束语:"尽管在每个民族内部可能存在普遍的不平等与剥削,但民族总是被设想为一种深刻的、平等的同志爱。"③安德森所说的不平等现象,在早期现代时期的英国社会其实还很严重,尤其是在经历种种剧变以后,社会各阶层之间的差异有时还会加大,但是这些差异最终无法削弱大众对英格兰这个国家与民族共同体的认可与接受,无法阻挡这个国家和民族对于共同体的想象,无法阻挡共同体想象对大众心智培育的呼唤。手册文学/新闻文化正好顺应了这一历史潮流。

第三节
弥尔顿《论出版自由》的心智培育计划

17世纪被认为是启蒙运动酝酿和产生的时期。启蒙开启心智,扫除陈腐

---

① 阿萨·布里格斯:《英国社会史》,陈叔平等译,北京:商务印书馆,2015年,第127页。
② 同上,第140页。
③ 本尼迪克特·安德森,第7页。

愚昧的思想，但启蒙同样依赖于长期而渐进的心智培育。所谓"心智培育"（the cultivation of the mind），指的是陶冶情操，调节情感，使人的举止优雅、心态开放，洞悉他人的利益，尤其指自我怀疑、自我约束和自我牺牲等精神的培育。① 弗朗西斯·培根曾提到"心智的栽培与施肥"，②说明心智的培育也像作物一样，需要悉心照料，需要添加文化的滋养成分。心智的培育从历时的角度上来说，必须借助传统的力量，在共时的层面上则需要政府、社会的协作。作为基督教人文主义者的弥尔顿，在其散文作品中完美地诠释了心智培育的必由之路。

诗歌大师弥尔顿的散文艺术同样受人称誉。布什认为："假如弥尔顿未写一行诗歌，他的散文作品在今天也仍不失为一位伟大的、不断成熟的思想家对一个风雷激荡的时代的复杂问题所作的重要评论。"③《论出版自由》（*Areopagitica: A Speech for the Liberty of Unlicensed Printing to the Parliament of England*, 1644）是他的散文著作中最负盛名的，形式上是一篇古典式的演说，发言对象是议会议员，但它是"不用嘴说的演说辞"④。

如布什所说，这本小册子原本是关于独立派和长老派之间有关信仰自由的论争，但抨击的目标却偏离到了长老派所把持的国会为控制出版事业而恢复文字检查的法令。⑤ 这也说明了出版自由与信仰自由的密不可分。威尔丁则把该书视作反主教制这一行动的持续，并认为弥尔顿的策略是把出版物的许可和控制呈现为一种从罗马教会输入的非英格兰的行动。⑥ 罗宾逊也认为弥尔顿的目的是揭露许可制异国的、天主教的根源，给英国的主教们打上一个天主教的标签，并把议会与宗教裁判所（Inquisition）联系到一起。⑦ 可见，弥尔顿在实施他的心智培育计划时，采取的是声东击西的隐晦手段。同时，弥尔顿

---

① 殷企平：《从自我到非我——〈丹尼尔·德隆达〉中的心智培育之路》，《外国文学研究》，2015 年第 2 期，第 75 页。
② 转引自特瑞·伊格尔顿：《文化的观念》，方杰译，南京：南京大学出版社，2003 年，第 1 页。
③ 道格拉斯·布什：《评弥尔顿的小册子》，冯国忠译，引自蒂里亚德等著《弥尔顿评论集》，殷宝书选编，上海：上海译文出版社，1992 年，第 393 页。
④ 马克·帕蒂森：《弥尔顿传略》，金发燊、颜俊华译，北京：三联书店，1992 年，第 93 页。
⑤ 道格拉斯·布什，第 396 页。
⑥ Michael Wilding, "Milton's *Areopagitica*: Liberty for the Sects," *Prose Studies: History, Theory, Criticism* 9, No. 2 (1986), 8.
⑦ Genelle Gertz-Robinson, "Still Martyred after All These Years: Generational Suffering in Milton's *Areopagitica*," *ELH* 70, No. 4 (Winter, 2003), 964.

在《论出版自由》中还假设了审查制度的必要性,这表明他并非完全支持无障碍表达。① 在他看来,维护革命的原则是必要的,但必须对有害书籍进行审慎检查,②这是因为有害的书籍无益于心智的培育,尤其是对那些尚不成熟的心灵来说。

印刷术于1476年引入英国后,国王们就开始颁布法令,对印刷物进行控制。1570年,伊丽莎白一世女王政府成立了星法院出版法庭,并制定了"星法院"敕令,授权伦敦出版公司实施对书本的控制。1586年的"星法院"敕令把坎特伯雷大主教和伦敦主教任命为所有书籍的许可证发放者。查理一世时期的主教劳德对清教徒处以各种酷刑,从1630年起,多位清教徒作者被处以割鼻、截耳、脸上刻字,以及罚款、坐牢等惨无人道的刑罚。③ 长期议会掌权后,废除了"星法院",铲除了宗教出版审查制度,并释放了被关押的清教徒。但在1643年,当权的长老派议会宣布恢复出版审查制度,颁布《议会所集合的贵族与议员的一项法令》,对书籍的检查依旧进行,只是由特派员而不是由大主教或伦敦主教实施了。过去被禁的是长老派的书籍,而在这之后,被禁的变成了天主教和国教的书籍。④ 该法令是弥尔顿写作此书直接的诱因。

《论出版自由》还有一个重大的文化意义:弥尔顿在该书中制订了心智培育的计划。前文提到,所谓"心智培育",指的是自我怀疑、自我约束和自我牺牲等精神的培育。不过,在具体的操作中,心智培育并不局限于上述方面。就《论出版自由》而言,弥尔顿在书中阐释了周详的心智培育计划,尤其体现在他对当轴者⑤和一般读者的期望和要求上。

一、当轴者应具备对于书籍的宽容意识和开放心态

弥尔顿意识到,要达到取消出版许可制的目的,只能采取自上而下的策略,说服议员,使他们觉悟到许可制的制定不合乎传统和习俗,是一种旁门左道,是为贤明的统治者所不屑的手段。

---

① Gertz-Robinson,965.
② 道格拉斯·布什,第396页。
③ Wilding,10.
④ 帕蒂森,第91页。
⑤ 当轴者:主要官员、要员,相当于当权者。

许可制是来自于异国的专制制度,弥尔顿援引的反对许可制的例子也大多来自异国,尤其是异国那些贤明的当轴者。

弥尔顿推举古希腊、古罗马的人文主义文化。他认为,英国人之所以没有变成野蛮民族,正是得益于古代高雅的学识和文学。古希腊时期研究学问和雄辩术的人极受尊敬,如果他们公开批评国政,就连暴君也会愉快而恭敬地倾听。① 古罗马的贺拉斯等人曾发表过公开的讽刺言论,但没有受到任何处罚。提图斯·李维虽然在书中称颂庞培,但庞培的死敌渥大维并没有封杀他的文字。然而,在那之后的暴政时代,对书籍的宽容意识就极其稀罕了(10)。可见,古典时代不乏贤明的当轴者,他们对批评持包容与开明的心态,因而作者即便冒犯了当权者,其作品也不会受到查禁,本人更不会受到迫害。这些当轴者开启了一个善待书籍、尊重学识的宽容与开放的令人尊敬的传统。

欧洲进入基督教时代以后,学术环境依旧比较宽松。宣扬异端邪说的著作虽然也会受到检查或批驳,但并没有被查禁或焚烧。然而,从公元8世纪开始,罗马教皇垄断政治权力,对于书籍的查禁越来越严,最后甚至还开列了禁书书目和删节索引。这种做法,按弥尔顿的描述,是"把许多古代优秀作者的五脏六腑都翻一个过"(11)。弥尔顿据此认为,英国的许可制是天主教的产物,而许可制正是用拉丁文写的。他讽刺说,这是因为在英文中找不到如此奴颜婢膝的文字来写出这条独断专横的制度。许可制这种法令在任何古代的国家、政府或教会中从未听说过,英国人的祖先们从没有过这种法令,"这是从最反基督的宗教会议和最专横的宗教法庭上发出的"(13)。可见,弥尔顿的出版自由思想带有鲜明的反天主教、反罗马教廷的色彩。

威尔丁认为,从最直接的一面来说,该书旨在为各教派的激进观点争取言论自由,但并非抽象意义上的绝对自由。② 唐海江也看出,弥尔顿所言的出版自由,是清教徒的自由,并非民主主义的自由。③ 不过,宗教意义上的出版自由是争取全面出版自由的必由之路,由于对书籍的大规模查禁始于罗马教皇,同

---

① 弥尔顿:《论出版自由》,吴之椿译,北京:商务印书馆,1958年,第4页。以下出自该书的引文只标出页码。
② Wilding, 31.
③ 唐海江:《弥尔顿出版自由思想的局限性剖析》,《国际新闻界》,2004年第3期,第72页。

时英国许可制检查官是长老派议会所任命的特派员,因此弥尔顿的出版自由思想自然离不开宗教这一背景。如果当轴者没有这种宽容意识,不但会导致宗教事业的倒退,也会导致文化的衰颓。弥尔顿指出,茹里安(东罗马帝国的皇帝、叛教者)曾经禁止基督徒研究外教学术,结果导致基督徒几乎陷入无知状态(15)。这说明基于信仰所实施的书籍审查是一种去智化的作为,会导致国民整体智力的衰退。

长老派议会所任命的20位许可制检查官本应是富有学识、公正清明的人士,然而由于检查工作的枯燥无聊,使得那些有能力、有德行的人不愿从事这种费力不讨好的事情,所以完全可以预测,未来的检查官"不是骄傲专横而又疏忽怠慢,便是卑鄙地贪图金钱"(30—31)。作者将会像小学生一样,呈上自己"精耕细作"的著作,让这些文墨不通、粗枝大叶的检查官决定作品的生死。弥尔顿不无讥讽地指出,检查官很可能是比作者小很多的晚辈,前者在判断上也远不如后者,在写作时可能一无所知,却能在标题页上签署审查结果。这种做法,对作者、书籍和学术的庄严与特权,都是一种莫大的侮辱(32)。

当轴者对书籍缺乏宽容意识与开放心态,不利于自由公民的心灵解放,因为许可制有一个极其严重的后果,即导致人民堕入奴隶境地。在古代以色列人被非利士人统治时期,任何铁器——一切锄、犁、斧、铲等金属农具——都要到非利士人那里去磨。弥尔顿通过这个典故,非常形象地描述了许可制的危害:"如果不许人们自己磨快斧头和犁刀而必须从四面八方赶到20个许可制的铸造厂中去磨,那就和非利士人所加上的奴役制没有什么两样了"(35)。在这里,弥尔顿把20个许可制检查官比作铸造厂,把作品比作必须要送到铸造厂打磨的斧头和犁刀,说明了许可制的荒谬和专制,而检查官就像非利士人一样,妄图剥夺人民争取自由的武器,这是对作者独立人格和自由思想的扭曲和摧残。从国家层面上来说,这种做法自然流毒甚广,不利于合格公民心智的培育。弥尔顿还强调,这些铸造厂一般的检查官不会让作品变得光彩夺目,反而会"把最优秀的书中最精彩的段落腐蚀掉"(34),使之沦为废铁。

弥尔顿赞颂英国人,认为"这不是一个迟钝愚笨的民族,而是一个敏捷、颖慧、眼光犀利的民族"(45)。他的褒奖包括了当时的议员,这是希望他们能理智而冷静地思考,从而意识到许可制的危害。换言之,弥尔顿明智地采用劝导方式,告诫当权者相信人民,因为后者是有眼光去发现真理的;如果不许人民自由地发表言论,自由地"寻找真理身上所缺乏的那些零星碎片"(45),而是强迫他们接受官方推行的"真理",那实际上意味着与真理隔绝。弥尔顿用生动的文学语言进行了如下阐述:"上天赐给我们光,不是要我们对着光注视,而是要我们利用光来发现我们还远不知道的事情"(45)。换言之,当轴者应意识到,对书籍的审查,就如同强迫国民直视太阳一样,将会使国民变得盲目而愚昧,并越来越不识真理的真面目。

在称颂古代的开明君主时,弥尔顿并没有简单地贬低制定许可制的英国议员们,反而给他们带上一顶"高帽",认为他们有深谋远虑的精神,愿意倾听并接受各个群体理智的建言献策,并乐于取消他们制定的不合适的法令。如果对于议员只是生硬地抨击,而不采取委婉的说辞,反而不利于对他们心智的培育,只会激化矛盾,达不到废除许可制的目的。这正是弥尔顿论辩艺术的体现。他从传统与现实的角度阐明出版自由的必要性,赞颂古代贤明的当轴者,激发英国议员们的宽容意识和开放心态,同时剖析许可制奴化人民和败坏真理的危害,抨击许可制检查官对作者和出版物的侮辱,从而实现了对当轴者进行心智培育的目的。从这一角度看,弥尔顿不仅酝酿了针对当轴者的心智培育计划,而且还直接实施了这些计划。

二、读者应具备的自我净化、自我约束的能力

如果弥尔顿只是对当轴者进行心智培育,却不能说服他们相信读者有免疫力,足以抗拒出版物的有害内容,那么他也难以达到废除许可制的目的。因此,他重点分析了读者所具备的自我净化和自我约束能力,并且强调:即便他们缺乏这些能力,也能通过接受心智的培育,形成对书籍毒素的抵抗力。

在探讨读者的自我净化、自我约束能力时,弥尔顿同样诉诸异国的传统,即援引古典时代的文人墨客来进行论证。他举了代昂·普鲁沙(公元一世纪时的雄辩家)的例子,后者每夜都研读阿里斯托芬(Aristophanes, c. 446—c. 386 BC)的"淫秽"作品,但他具有一种神奇的本领,能把污言秽语净化为动人心弦的说教(7—8)。弥尔顿还提到了公元240年的教会人士代奥尼苏·亚历山大尼权斯,他以精通异端的书籍来反对异端(16)。弥尔顿举出这些例子,都是为了说明读者能做出正确而理性的判断,并不会被异端邪说所迷惑,从而走上邪路。也就是说,正直而淳朴的读者有自我净化的能力,可以阅读任何书籍,包括那些坏书,因为他们的纯洁心灵使得他们不会被有害的内容所蛊惑,反而能够透过这些有害的内容,发现其中所暗含的真理碎片。此处,弥尔顿实际上提出了心智培育的一个特殊方法,即通过接触有害书籍(即我们通常所说的"反面教材")来消除危害。这不啻是一项大胆而有远见的计划。弥尔顿还举了另一个例子:"对坏的胃口来说,好肉也和坏肉一样有损坏"(17)。言下之意是:对于坏的心灵来说,好书和坏书同样有损害,而好的心灵却能从坏书中汲取养料,变废为宝。

按照弥尔顿的观点,读者之所以有必要阅读任何书籍——包括好书和坏书,是因为善与恶实际上是无法截然分开的。关于善的知识,以及关于恶的知识,往往盘根错节,难以分清,甚至在亚当吃的苹果皮上,善与恶的知识也是共生共在的(19)。可见,善与恶是对立统一、互相依存的一对"孪生子"。读者如果缺乏对于恶的认知,那么也会缺乏对于善的把握。读者只有通过不断地对善与恶进行对比,才能提高自我净化的能力,把坏书中的毒素剔除,提炼其中有益于身心的成分,强化心智的培育。如果读者没有经历过恶的考验,缺少"火眼金睛"来看穿千变万化、扑朔迷离的恶之真身,那么在阅读好书的时候,也会误入歧途,因为好书中也免不了会有毒素的存在。此外,善与恶之间的距离有时候为零,读者稍不留神,就会被毒化。为此,弥尔顿举出了一个极有说服力的例子——《圣经》里面常提到非常粗野的渎神事件,以及恶人们非常低俗的肉欲,那么《圣经》是否也应该列为有毒的禁书了呢?事实上,天主教徒的确把《圣经》列为第一类禁书,教徒们只能阅读注解过的《圣经》(20)。正因为如此,弥尔顿抨击了天主教会的做法,指出当时的天主教对信徒心智不信任,这会导致信徒因缺乏对恶的感知/认识,因而难以培养自我净化的能力。

弥尔顿进一步指出,书籍中会存在诱惑性的内容,这也是诱惑者撒旦毒害善良信徒的有力手段,但有着自我约束能力的读者是完全可以抵制的:"对于所有成熟的人来说,这些书籍并不是引诱或无用之物,而是有用的药剂和炼制特效药的材料,而这些药品又都是人生不可缺少的"(23)。正如鸦片一样,有些书籍可以用来治病,但对于那些意志薄弱的人来说,却成了毒品。任何药品都有毒性,但只要控制好剂量,就可以既治好疾病,又不至于对身体造成大的危害。书籍也是不可或缺的药品,可以治愈性格、心理、精神上的各种缺陷;书籍中必然存在各种各样的毒素、谬误,但只要在可控范围之内,同样也会达到培育心智、修炼人格的目的。鉴于小孩和幼稚的人无法甄别或抵制书中的毒素,弥尔顿的解决方案是:劝告他们自行节制,但是用强力来限制他们是许可制办不到的(23)。如果因为有幼稚的读者而封杀某些书籍,无异于因噎废食,或者相当于"把孩子和洗澡水一起倒掉"。成熟的读者——包括当轴者——应发挥引导作用,使他们从阅读毒性微弱的书籍开始,逐渐培养自我净化、自我约束能力,最终达到百毒不侵的地步。毒素与祛病素是一体的,消除其中之一,另一个也会一起消除。总之,弥尔顿旨在培养人们"内在的约束力",以抑制不良内容的毒害。他主张读者不应该被剥夺磨炼解毒能力的机会,否则在"无菌空间"中长大的他们,一旦遇到病菌和毒素,就会被轻易击倒。

为了达到废除许可制的目的,弥尔顿采取了非常灵活的以古喻今、褒贬结合但以褒为主的几种辩论手段,向议员们说明了针对书籍的宽容意识和开放心态的重要性和必要性。他把读者划分为各种类型:既有端正的,也有愚顽的;既有成熟的,也有幼稚的。端正的和成熟的读者已经具备了自我净化、自我约束的能力;愚顽的和幼稚的读者则可以通过心智的培育,修炼祛除书籍毒素的能力;而对于那些冥顽不化的心灵来说,好书也会被扭曲。弥尔顿还揭穿了许可制的阴谋,指出它阻挠了最有价值的东西——真理——的输入(43)。换言之,许可制是愚化并奴化人民的拙劣手段,是对文化和学术的压制与侵害。然而,许可制只能封杀图书,却不能阻止读者从其他渠道获得知识和信息,因此这一法令将是徒劳无益的。

《论出版自由》虽对长期议会的立法没有产生什么影响,但检查官在检查时越来越草率从事,这似乎可以归因于独立自主精神的日益高涨,而这又跟弥尔顿的影响不无关系。[①] 虽然《论出版自由》没有取得立竿见影的效果,但是它

[①] 马克·帕蒂森,第91页。

的文化意义却是非凡的。弥尔顿的心智培育计划即便没有立即打动议员们,也为他们和以后的当轴者们指明了对待书籍所应秉持的宽容与开放的理念。同时,他还描绘了理想读者所应具有的自我约束和自我净化能力,这实际上赋予了萌芽时期英国文化观念一个重要内涵:文化离不开心智培育。

第八章

宗教作用下的文化观念萌芽

英国文化观念的发展史离不开宗教的影响,在早期尤其如此。自由、平等、权利、正义、宽容、博爱等西方文化长期推崇的核心价值与精神特质,无一不与宗教有着千丝万缕的联系,其背后凝聚着伯顿、泰勒、弥尔顿、班扬等一代代基督教神学家和人文思想家持续不懈的努力。

泰勒生活在一个缺少宽容——尤其是宗教宽容——的时代。在天主教、国教和新教等各大教派的不断纷争中,泰勒《先见的自由》应运而生,此后出版《圣洁的生活》和《圣洁的死亡》。通过这样一系列作品,泰勒阐述了他的宗教宽容观、正义观和博爱观。凭借其多维度的包容性,泰勒的宽容精神在现代西方社会影响深远,对于文明冲突依旧不断的当今世界,他的宽容观依然闪烁着智性的光芒。

早在伯顿时代,欧洲各国便纷纷开启新教改革。改革者们虽然有着不同的实践准则和巨大分歧,但是他们的攻击目标都直指以罗马教皇为核心的天主教义。伯顿以《忧郁的解剖》一书,尖锐批判英国当时宗教体制对人性的戕害,提出新的宗教模式,为个体的自我救赎指明方向。这些思想对英国文化观念的萌发起到了推动作用。

班扬和弥尔顿都是把信仰融入生活的清教徒代表人物,他们各自的代表作《天路历程》和《复乐园》也都是英国文学史上深具影响力的作品。天堂和复乐园作为理想的社会共同体,寄托着班扬和弥尔顿对完美人性的追求,及其对理想的乌托邦空间的热切向往。班扬和弥尔顿所倡议的对上帝的忠实信仰,以及对自身行为的严格规约,都逐渐演化成了英国文化观念的内涵。

第一节
"牧师中的莎士比亚":泰勒与宽容精神

在英国文学史上,曾任英国国教会主教的杰洛米·泰勒(Jeremy Taylor, 1613—1667)名气似乎不大,但是他在英国文学和文化观念的互动史上,是一位不能不提的人物。泰勒的主要著作既是文学作品,也是神学作品。主要有《先见的自由》(*A Discourse of the Liberty of Prophesying*,1646)、《伟大的典范:耶稣基督的生活与死亡》(*The Great Exemplar of Sanctity and Holy Life According to the Christian Institution: Described in the History of the Life and Death of the Ever Blessed Jesus Christ the Saviour of the World*,1649)、《圣洁生活的规范及实践》(*The Rule and Exercises of Holy Living*,1650)、《圣洁死亡的规范及实践》(*The Rule and Exercises of Holy Dying*,1651)等。其中,《圣洁生活的规范及实践》和《圣洁死亡的规范及实践》(以下分别简称为《圣洁的生活》和《圣洁的死亡》)因其富有诗意的表达风格,被奉为散文的典范,这也为泰勒赢得了"牧师中的莎士比亚"(Shakespeare of Divines)的美誉。英国"湖畔派诗人"塞缪尔·泰勒·柯勒律治(Samuel Taylor Coleridge,1772—1834)对泰勒也颇为认同,把后者列为英国17世纪早期除莎士比亚、培根、弥尔顿之外的第四位大师。[①]

一、泰勒的宽容观

泰勒的作品思想深邃,文采斐然,在很多方面都影响到了后来的文学史和文化思想史。从文化的角度看,他的宽容精神最值得重视。早在约翰·洛克

[①] 参见 FlorenceBrinkley, "Coleridge's Criticism of Jeremy Taylor," *Huntington Library Quarterly* 13, No.3 (May, 1950), 313 - 332。

《论宽容》(A Letter Concerning Toleration，1689) 一书问世的几十年之前，①泰勒论及宽容的《先见的自由》一书就已经出版，其后还相继推出了多部相关著作。根据维基词条，英文 tolerance(宽容)包括几层意思：首先是指包容，它指对意见、做法不一者，以及对不同种族、宗教、国籍的人采取公正、客观、包容的态度；其次是指宽恕，即原谅别人的过错，②如耶稣宽恕迫害他的人。无论是包容还是宽恕，都是一种美德。下面阐释泰勒的宽容观，这涉及宗教宽容、正义和博爱等三个方面。

1. 泰勒的宗教宽容观

泰勒生活在一个缺少宽容——特别是宗教宽容——的时代。当时英国的宗教四分五裂，主要的教派有天主教、英国国教和新教(如清教、长老会等)。各种宗教派别之间经常争斗，互不相让。他们争斗的核心涉及神学、礼仪和教会管理方式等。对于英国国教徒来说，国王才是教会的领袖，而不是教皇。对于清教徒来说，英国国教对天主教的改革远不够彻底，因为许多天主教的仪式在英国国教中都有保留。就教会管理而言，长老会主张信徒选举长老，长老代表信徒治理教会，而不是像英国国教那样自上而下地任命。这种种的不同使得本来"一主，一信，一洗"的基督教陷入难以自拔的纷争之中。面对教派的纷争，泰勒写下《先见的自由》，书中的几个章节都详细讨论了宗教宽容。

泰勒认为，对待神学意见不同者，政府和教会均应持宽容的态度。世俗政权对神学意见不同者不应采取迫害手段，更不应该施以极刑。政府不应介入宗教事务，除非宗教活动中涉及国家稳定和违法的行为。除了伦理标准，不应用理性的标准来判断真理或信仰正确与否，因此，政府不应干涉所谓"先见者"(即意见不同的传道者)的生活。因为这些传道者或许掌握着真理，应该容许

---

① 约翰·洛克，英国哲学家，其第一部主要著作便是《论宽容》。洛克认为，政府没有提供灵魂救赎的责任，武力也不可能达到救赎的目标；以压迫方法传教的宗教也并不一定是真正善良的宗教，必须以说服的手段传教。政府可以出自政治上的目标而管制宗教，也可以出于令国民信守承诺、维护社会和平的需要，推动宗教的发展。继《论宽容》之后，洛克很快又推出了《论宽容第二篇》(A Second Letter Concerning Toleration，1690)、《论宽容第三篇》(A Third Letter for Toleration，1692)。洛克由非国教徒的新教徒转而信奉国教。虽然其宗教立场较为宽容，但仍认为拥有一个国教可以促进社会的和谐。详见 https://en.wikipedia.org/wiki/John_Locke (accessed January 6，2016)。洛克宽容论的不少观点在泰勒的著述中均有论述。

② http://en.wikipedia.org/wiki/Tolerance (accessed March19，2014).

他们的信息得以传播,只要这些信息不干扰社会治安。关于不同意见、教会和理性三者之间的关系,泰勒曾有过如下三个形象的比喻:(1) 不同意见代表先见的语言;(2) 教会代表身体;(3) 理性代表声音。[①] 泰勒的这三个比喻都很有启发性,它们有助于政府以宽容的态度来对待宗教及先见者,从而为个人在王室和教会的制衡中赢得更多的自由。

泰勒认为,教会同政府一样,也不应迫害或毁灭异端者。不过,由于异端会对信仰群体带来危害,教会应该限制异端的蔓延。泰勒多次强调不应迫害异端者,因为这种做法是一种暴君的行为。此外,对于教会内部的意见不一,也应看作教会组织内部的事情。对于宗教礼仪,泰勒也主张持宽容态度。再洗礼派(Anabaptist)是新教中的一个派别,它主张婴儿不能受洗。泰勒与之辩论,认为婴儿可以受洗。同时他也认为,应该宽容再洗礼派把受洗仪式推迟至成年的做法。泰勒进而认为,再洗礼派信徒在任何意义上都是基督徒——公正而有人性的基督徒,可以与之重新争辩,使之接受教导。不过,如果说服不了他们,就必须让上帝来做出判断。泰勒的观点在他那个时代属于激进的立场,因为那时再洗礼派信徒受到广泛的迫害。根据罗马天主教的化质说(Transubstantiation),当弥撒进行时,会有神迹发生:饼与酒会真实地变为基督的身体和血,尽管物品的感官特质——知觉、味道、气味——保持不变。因此,按天主教的教训,基督在圣餐中再一次将自己献为祭品,而参与者实际上是分领基督的身体和血。诚然,所有基督徒都认可耶稣在圣餐中的显现,只是对于如何显现有着不同的看法,但泰勒认为,这种看法的不同不能成为迫害的理由。泰勒主张,应该允许有不同版本的圣餐神学,反对不宽容的做法。必须承认,在当时英国国教视天主教圣餐"化质说"为异端说的社会环境下,泰勒的宽容精神是难能可贵的。

尽管《先见的自由》在当今的文学界没有得到足够的重视,但泰勒的宗教宽容观在现代西方社会依然意义深远。如今英国文化观念的内涵中就带有宽容精神,而这跟泰勒的影响不无关系。在现代西方,虽然表面上把信仰自由写进了法典,认为各种宗教应和平共处,但一个不容忽视的事实是:在宗教内部

---

① Schaeffer John D., "Prophecy, Orality, and the Rhetoric of Tolerance in Jeremy Taylor's *The Liberty of Prophesying*," *Studies in Philology* 101, No. 4 (Autumn, 2004), 454-470.

和宗教之间,歧视和偏见仍相当普遍。如今,自由和公正逐渐被视为一个"慈善、世俗政府的产品",①这无疑是忽视了它的宗教渊源。正如施密特所说,目前西方社会所指的自由和权利,在很大程度上是基督教影响的结果。更确切地说,是像泰勒这样的一代代基督教神学思想家所倡导并努力的结果。

2. 泰勒的正义观

《圣洁的生活》和《圣洁的死亡》是泰勒关于基督教实践和灵修的手册,出版后深深影响着英国文化。在《圣洁的生活》一书中,用一章的篇幅阐述了基督教的正义(Christian Justice)。从他关于正义的论述中,我们亦可窥见泰勒宽容精神之一斑。

泰勒认为,普通的基督徒能做到正义就难能可贵了,而像耶稣基督那种宽恕的大爱实属凤毛麟角。他认为正义有两种。第一种是交换正义(commutative justice),它要求交换利益:我提供你的需要,你也应该提供我的需要;如果你想自己获取安全感,就必须给人家安全感。另一种正义是分配正义(distributive justice)。分配正义可以用圣经《罗马书》中的一段话来说明:"凡人所当得的,就给他。当得粮的,给他纳粮;当得税的,给他上税;当惧怕的,惧怕他;当恭敬的,恭敬他。凡事都不可亏欠人,惟有彼此相爱,因为爱人的就完全了律法。"(13:7—8)泰勒对正义的这种理解,传达出人与人之间的相处之道:平等与仁爱。人们惟有相互尊重并相互包容,才能互利互惠,和谐共存。

泰勒对正义的论述涉及生活的方方面面,这些论述可以用来指导人们的生活。归结起来,泰勒从以下四个方面论述了如何进一步施行正义。

首先是顺服。泰勒这里指的是服从上司,不管后者是代表国家政权,还是代表教会神权。除了服从自己的上司,泰勒还强调要顺从权力机关所制定的法律,只要这些法律没有同上帝的法律相抵触。他把对上司的顺服归属为分配正义,而非交换正义。

其次是供应。泰勒特别提出两点:(1)当权者有义务做好公正的仲裁者;(2)当父母的有义务体谅自己的孩子。

再次是协商。泰勒所说的协商特别关涉民事合同的协商,所涉及的正义

---

① 阿尔文·J. 施密特:《基督教对文明的影响》,汪晓丹、赵巍译,上海:上海人民出版社,2013年,第207页。

直接依赖人为制定的法律，间接涉及上帝。这种民事法律所规定的义务简单明了，因此要求合同双方诚实、诚恳，协商时的动机应单纯，执行时应信守承诺。

最后是赔偿。赔偿所涉及的正义其实是一种履行合同时应尽的义务。比如，借者应偿还所借的东西，偷窃者应交还所偷的东西，这是天经地义的。偷窃所带来的后果更为恶劣和永久，因为这种行为让邻居遭受痛苦，违背了公平、正义和博爱的原则。

总之，无论是交换正义还是分配正义，都体现了"恕"的精神，并关涉如何在正义的原则下行使个人的权利和义务。就其对文化观念的影响而言，泰勒的贡献在于他使正义观的主导精神从宗教领域渗透到世俗生活，成了英国人民文化生活不可分割的部分。

3. 泰勒的博爱观

在《圣洁的死亡》一书中，泰勒专门讨论了博爱的重要性。他认为，博爱是灵魂的营养。人欲想善终，就应在活着的时候，根据自己的能力，行爱心之事。宗教是灵魂的生命，博爱则是宗教的生命。那些给予灵魂营养的行为值得提倡；那些有了博爱精神的人，哪怕是犯过错误，只要真心悔改，也可以从上帝那里获取饶恕；他们死亡时，博爱精神会给其身体提供营养，从而让灵魂顺利进入天堂。

在泰勒看来，博爱就是宽恕。人从上帝那里得到的宽恕，跟人宽恕自己的兄弟成正比。泰勒把施舍和宽恕视作博爱的"孪生姊妹"，认为施舍可减轻罪行。人们在获取上帝的宽恕时，施舍特别有效。上帝无限地要求人们洗净罪行，并进行忏悔，而忏悔就是要承认并确认自己不再犯罪。由于施舍是忏悔恩典的准备，因此它能有效地饶恕并终止罪行。

泰勒认为，死亡是对人的一种警醒，即提醒人们要施舍、忏悔并博爱。他还强调，宽容的核心要素是博爱，是宽恕、施舍和忏悔，是人们应终身实践的信条和行为。

从英国文化观念的角度来看，泰勒的宽容精神属于伦理道德关怀的范畴。反过来说，英国文化观念的伦理/道德内涵包括了泰勒提倡的宽容精神。我们知道，伦理的核心内容关乎人与人、人与社会以及人与自然之间形成的被接受和认可的伦理秩序,而泰勒的伦理则在此基础上多了"上帝"这一维度。伊格尔顿曾对伦理和文化的关系做过这样的描述:"文化是一种伦理教学法(ethical pedagogy),它把埋藏在我们每个人身上的理想自我或集体性自我解放出来,以此让我们在政治上具备公民资格;这种理想的自我在国家这一公共领域里找到了至高无上的表征。"① 对此,我们想补充的是,伊格尔顿所说的"理想自我"和"集体自我"这些文化观念的内涵,早就从泰勒的宽容精神中汲取了养分。

二、泰勒宽容观的意义及局限

泰勒的宽容观对当代人来说,其内容也许并无特别的新意,因为时至今日,随着社会的发展和时代的进步,宽容观也日渐丰富和完善。然而,若把泰勒的宽容观放在历史的坐标中,其意义就凸显出来了。

公元 4 世纪,基督教在东罗马皇帝君士坦丁的庇护下,由异教华丽转身,一举成为国教,但基督教并未因其曾经屡遭迫害的经历而变得宽容。直到 20 世纪后期,在漫长的历史岁月里,基督教迫害异教和异端的行径仍屡见不鲜,有的甚至极为血腥残忍。自产生的时候开始,罗马教廷就把异教视为教会同一和国家统一的大敌,对宗教自由的呼求极为仇视。

在基督教占据统治地位的一千多年间,异教徒轻则被没收财产,被剥夺继承权、集会权等,重则被残害致死。罗马教廷借助教权大肆敛财,日趋腐朽堕落,因此教会内外要求纯洁教会、提倡信仰自由和经济平等的呼声日益高涨。在 16 世纪宗教改革中崛起的新教为宗教走向宽容带来了一线生机。然而,无论是路德派,还是加尔文派,又都由宗教宽容回归到宗教迫害,②暴露出其伪宽

---

① Terry Eagleton, *The Idea of Culture*, Malden MA: Blackwell, 2000, 7.
② 在宗教改革之初,马丁·路德公开呼吁宽容犹太人、异教徒和基督教异端,反对天主教迫害异端的行为。他主张每个信徒都具有不经由教会权威的钦定而直接仰望上帝的信仰权利,在宗教内部开启了"个人主义"的滥觞。然而,当路德开创的新教得到了德国诸侯们的支持和广大教徒的信奉之后,他开始像他曾经反对过的历任天主教教皇一样,变成惟我独尊的信仰霸主,并借上帝之名迫害异端。因提倡新教而受过天主教迫害的加尔文,最初同样是迫害异端的坚决反对者,他从人道主义及基督教教义出发反对迫害。然而,一旦他被奉为精神教主并掌握权力之后,他对待异端的态度大变,由捍卫异端的权利变成必欲把异端置于死地。其他新教的大小领袖和新教国家,也在得到权力之后回归天主教的先例,模仿了天主教迫害异端的所有措施,如没收财产、关闭教堂、审查书籍、开除教籍、驱逐出境、逮捕监禁、实施极刑等。参见 http://www.antichristendomm.com/刘晓波:基督教历史上的迫害异端/?variant=zh-hans&wpmp_switcher=mobile&wpmp_tp=0 (accessed January 6, 2016)。

容的真面目。因此,在这一国际大背景下,泰勒的宗教宽容观尤为难能可贵。

当然,泰勒的宗教宽容观也与当时英国社会的时代背景有着密切的关联。不同于德、法等国,英国 16 世纪的宗教改革运动是一场自上而下的运动。因罗马教皇反对亨利八世离婚,又恰逢欧洲大陆宗教改革如火如荼,英国的宗教改革便由此拉开序幕。亨利将英格兰教会立为国教,并宣布国王为英国教会的最高首脑。经历了"血腥玛丽"短暂的天主教复辟后,伊丽莎白恢复了国教,但是她并不强求国民信奉国教,允许民众举行自己的宗教仪式,不会因信仰问题兴师问罪,只要不危及国家即可。伊丽莎白时代的国教教义反对教会强取豪夺,主张教徒能够与上帝直接相通,但不少天主教教义和教规仪式仍然得以保留。这也为清教徒"纯洁教会"的诉求埋下了伏笔。

英国宗教改革在方式上不同于德、法等国。由于历史等方面的原因,英国较早成为统一的民族国家,其改革的初衷并非出自宗教信仰,而是着眼于国家的现实利益,且英国国民对罗马教会的敌对情绪也不及德国那样强烈,因此,英国的宗教改革也不及德国那般激进和彻底。当然,伊丽莎白时代的宗教宽容也未能贯彻到底:其后的一百年间,继承王位的斯图亚特王朝君主们始终处于宗教纠纷的漩涡之中。① 于是,英国的宗教纷争与政治斗争交织在一起,从清教徒革命到共和政体的确立,再到查理二世复辟,清教与国教、议会与保皇党之间的势力此消彼长。在此期间,无休止的宗教纷争和迫害让人们感到厌倦,不仅国教内部持宽容意见的人日趋增多,甚至查理二世本人也曾声称:"12 年来的痛苦经验表明,所有强制性的措施都收效甚微。"②

基于上述背景,我们不难理解,缘何泰勒所论述的正义观颇受时人欣赏,而他的宗教宽容理念则愈加受到欢迎,其博爱观也成为医治时弊的一副良方。从历史上的实际情况看,真正的宗教宽容迟至三百多年后才得以实现。③ 因

---

① 参见王志:《英国宗教自由的特殊历程》,《云南大学学报》(法学版),2011 年第 5 期,第 30 页。
② 同上,第 32 页。
③ 延绵数世纪的宗教迫害,直到 20 世纪 60 年代才正式宣告结束,梵蒂冈于 1965 年颁布的《宗教自由宣言》,标志着罗马教廷走向真正的宗教宽容。自此以后,罗马教廷也开始致力于在世界范围内传播宗教自由,及至新旧世纪之交,罗马教皇不但公开承认宗教法庭审判异端和伽利略是错误的,为伽利略平反,而且向曾经遭受过罗马教廷迫害的所有异教徒道歉,以此来为中世纪教会的迫害异端赎罪。详见 http://www.antichristendom.com/刘晓波:基督教历史上的迫害异端/? variant = zh-hans&wpmp_switcher= mobile&wpmp_tp=0(accessed January 6, 2016)。

此，泰勒的宽容观因其时效性及前瞻性，在宗教文化史上留下了浓墨重彩的一笔，其作用是巨大的，其影响是深远的。

必须强调的是，泰勒所倡导的宗教宽容，并不是主张宽容一切，而是属于有限宽容。首先，泰勒倡导宗教宽容，并不意味着人们可以在宽容的名义下为所欲为。他认为，人们可以表达不同的神学观点，但一旦行为触犯法律，则将严惩不贷。无疑，泰勒倡导的这种有限度的宽容是有价值的。不过，由于受时代和自身条件的限制，泰勒的宽容观也是有缺陷的，这主要表现在他对主教制度的维护上。在英国内战时期，泰勒作为王室牧师，站在国王查理一世一边。查理一世主张"君权神授"并推广主教制，他在统治时期曾大力加强英国国教，残酷地迫害清教徒。到了克伦威尔执政时期，英国国教的主教制被废除，但是泰勒依然坚决支持主教制，为此他还多次被捕入狱。在其身陷囹圄的那段时间里，泰勒完成了他的大多数作品，涉及对礼仪形式的辩护，反对以圣灵的名义废除礼仪。[①] 泰勒对主教制的维护以及对宗教礼仪的辩护，都是与历史潮流背道而驰的，这说明了他的局限性。然而，瑕不掩瑜，泰勒为英国文化所作的贡献不容忽视。

第二节
"宗教的忧郁"：17世纪英国的宗教现状与伯顿的救赎努力

无论是出于弥补人性结构性缺陷的需要，还是出于人必然有精神层面的需要，信仰问题对文化的转型与建构来说，都是一个重中之重的问题。信仰的健康程度决定着一个国家/民族的文化质量。艾略特曾把宗教与文化描述为一种互为因果的生产关系，[②]并不无道理地指出："文化在本质上可以说是一个

[①] 泰勒在完成供夏季半年之用的《二十七篇传道集》(*Twenty-seven Sermons*, 1651)后不久，便完成了为冬季半年之用的《二十五篇传道集》(*Twenty-five Sermons*, 1653)。

[②] 艾略特，第85页。

民族的宗教体现。"①这一断言对17世纪的英国文化形态尤其适用：当时的英国正流行着一种文化层面的"忧郁症"（melancholy），而其实质则要从更具体的宗教角度去探析。当时的大文豪罗伯特·伯顿写下了《忧郁的解剖》一书，可谓恰逢其时。在该书中，伯顿指出迷信是导致上述忧郁症的起因，是"最可怕的瘟疫"。②本节重点分析伯顿在《忧郁的解剖》中对宗教的论述，审视他针对宗教忧郁提出的对策，进而寻觅作为信仰的文化在17世纪演变的轨迹。

一、伯顿时代的宗教背景

欧洲的17世纪被认为是从中世纪向现代社会转型的"加速"期，人们开始改变对外部世界的认知方式，并随之改变自己同外部世界的关系。人们对自我的认知也在迅速发生改变。印刷技术的诞生客观上促进了整个欧洲读写能力的提升，人们对文字与文本的理性批判能力随之迅速提高，"基督神学不再是重复过去传下来的公式"；"随着读写能力在欧洲的提升，词语让去教堂的人们有能力来重构他们的世界。在宗教改革的过程中，新发明的印刷术带来的《圣经》、书本与小册子让人们找到了新的基督词语。"③更重要的是，欧洲与英国的宗教体制结构与信仰实质都正在经历巨大的质变。伊拉斯谟、慈运理、路德和卡尔文共同开启的新教改革（Protestant Reformation），虽然在欧洲不同国家有着不同的实践准则，却都把矛头对准了天主教对《圣经》的唯一阐释权。他们最重要的改革成果可以归结为"人文主义"（humanism）：

从表面上看，在这一时期让基督教义逐渐失去功效的是"科学""现代主义"乃至"理性主义"，但事实上，学者们倾向于认为，所谓的"科学""现代主义"和"理性主义"都只是部分地起着推波助澜的作用，而真正在其中起主导作用的是"人文主义"。④

---

① 艾略特，第100页。
② Burton，2001，III：347.
③ Diana Bass, *A People's History of Christianity: The Other Side of the Story*, New York：Harper Collins，2009，152.
④ Martin D. Stringer, *A Sociological History of Christian Worship*, Cambridge：Cambridge University Press，2005，179.

人文主义让人们从"人"的角度来思考"神"的意义,而不是机械地从《圣经》中揣测神的旨意,并让人死板地适应这些旨意。

然而,就在宗教改革节节胜利的同时,伯顿发现,同胞们一个个因不合理的阅读方式而身患"忧郁"——这种阅读方式折射出当时英国宗教体制的危害性(戕害人性),更折射出神职人员与教会严重偏离真正信仰的状况。伯顿看到,在表面的宗教繁荣背后,人们被迷信蒙骗而远离真正的信仰,民众竟然因为自己的信仰问题而在精神上备受折磨。于是,伯顿凭着自己博览群书而积累的庞大知识体系,广征博引,对当时英国的宗教虚伪与迷信进行了尖锐批判,并积极倡导真正的信仰,进而提出了新的宗教模式,为个体的自我救赎指明方向。

按照伯顿自己的说法,他是第一个将"宗教忧郁"(religious melancholy)分门别类地进行解剖分析的学者。用彼得·哈里逊的话说,伯顿身上体现的是他那个时代的科学"探寻精神"(spirit of enquiries),即对一切问题努力寻找一种符合理性的而非感性或道德的感知;伯顿希望用科学的解剖精神来探究人类精神领域里的奥妙,这也就是他用"解剖"一词来命名自己著作的原因,而"忧郁"一词则是指撒旦对整个社会渗透的结果——撒旦的工具是"政客、牧师、邪教与盲目的向导",而撒旦使用的驱动力则是"节食、孤独、希望与恐惧"。[①] 在伯顿看来,撒旦的威力几乎不次于神,他说:"神有庙宇的地方,魔就有他的供堂;神有供奉的地方,魔就有他的祭祀;神有仪式的地方,魔就有他的传统;任何有信仰的地方,魔就植下迷信。"[②]换言之,迷信是导致人们宗教忧郁的唯一原因,而人们对自己的宗教迷信却全然不知,因而遭受了身心上的巨大危害。下面分析"宗教忧郁"与迷信之间的具体联系。

二、"宗教忧郁"与迷信

伯顿认为,迷信之所以如此盛行,首先是因为国家和城市的管理者可以有效地利用宗教迷信来作为施政的"管理工具"。对于政客而言,他们更愿意看

[①] Peter Harrison, *"Religion" and the Religions in the English Enlightenment*, Cambridge: Cambridge University Press, 1990, 102.
[②] Burton, 2001, III: 321.

到民众执迷于宗教,因为公众的迷信恰恰能让管理者从中牟利。在政客的眼中,谋取私利远比神性公平或正义重要。所以伯顿认为,对统治者而言,"如果宗教是错的,只要假定其是真实的,那也会驯服大脑的凶猛,控制淫欲,制造忠诚的臣民",统治者利用"错误宗教"的迷信来控制民众,"来恐吓人们的良知,让他们充满敬畏",①让宗教成为施政的工具。

更让伯顿无法忍受的是,神职牧师也沉迷于利用迷信的手段"把宗教作为政策",而不是追求真正的宗教信仰。民众对政客的臣服往往是出于对权威的恐惧,但他们对神职人员则是一种精神上的信任与依赖,因此,伯顿非常直接地总结说:"一切宗教的泛滥都是因为牧师们的贪婪。"②牧师整天浸染于经文之中,更应该懂得信仰的实质与经文中的真实信息。不过,牧师们也会为了自己的利益,即精神上或物质上的贪婪,以欺骗的简洁手段,以恐吓或仪式来简单地留住教民。伯顿指出,牧师们"大多数时候都是通过威胁、恐惧、惊吓,对那些痛苦的灵魂施以暴政,因为他们知道,恐惧是唯一让教民顺从的办法"。③伯顿的如下批评更是点中了要害:"如今的宗教仅仅是政策,一个全部由迷信与心机构成的政体,除了心机与迷信之外,不需要任何东西来维护……"④所有这些批评其实都服务于一个目的:呼唤真正的信仰。

伯顿无法容忍神职人员对经文随意解读,甚至将世俗的传统置于神性的圣经之上:"他们屠戮经文,将圣经变成符合他们目的的任人揉捏的蜡鼻。"⑤经文之所以被曲解,是因为教会和神职人员缺乏坚定信仰。用现代的眼光来看,伯顿反对曲解文字,其实是向世人传递了一个重要的文化信息,即文字腐败——曲解文字就是一种腐败——会导致人和体制的堕落。下面这段入木三分的刻画,其意义已经超出了宗教范畴:

趋炎附势的宗教徒专做表面文章,他们出于恐惧而低贱地阿谀奉承,像风向标一样随时调转方向。他们是一群乌合之众,为了一己之利而拥抱一切、维

---

① Burton, 2001, III: 329.
② Ibid., 331 - 332.
③ Ibid., 340.
④ Ibid., 332.
⑤ Ibid., 365 - 367.

护一切,同时又是一个享乐群体。他们如秃鹫般地盯着教会里的供品,等着别人倒下来成就自己的提升。①

这段描述除了讽刺统治者和神职人员之外,也狠批了民众自身缺乏信仰、相信迷信的弱点。也就是说,对经文不求甚解的现象跟迷信盛行的风气是分不开的:"福音书被肢解,黢黑一片,圣经被隐,传说附会被引入,宗教被弃,虚伪的迷信大行其道,教堂本身也惨遭迫害:耶稣与教堂成员越来越多地被钉上了十字架。"②不难看出,伯顿在批判迷信之风的同时,还在倡导人们积极主动地正确阅读经文,从而治疗"宗教忧郁"。

  伯顿的剖析并未停留在上述层面。他进一步指出,即便普通人认真读经,也仍然会陷入深深的迷信和恐惧,这是因为他们往往以功利的目的来看待自己的精神诉求。换言之,他们为了求得自身生活的幸福,将生活中的点点滴滴机械地与经文挂钩,这样他们就无法解读如下现象:在生活中,当人们遇到灾难时,好人与坏人、虔诚与不敬之人往往是一同赴难。这样一来,信仰的虔诚与否,跟神的佑护之间似乎不存在必然的因果关系。一些人因此而嗔怪并怀疑经文本身:人们无法感受到神的仁慈,神也似乎不愿意再像《旧约》所记载的那样,不时显现其救苦救难的无边威力。伯顿把这一现象归咎于人性本身结构上的缺陷,即在"有邪恶的时候,我们会生恐惧;安定下来了,我们又生绝望"。③ 这正是缺乏真正信仰的结果,或者说是迷信造成的伤害。

  在以上剖析的基础上,伯顿呼吁根除迷信,但是他承认迷信非常顽固,一旦染上,非常难以根除。他甚至说:"死神可以夺走生命,却夺不走迷信。"④不过,伯顿认为,只要方法对头,迷信还是可以破除的,"宗教忧郁"也是可以治愈的,"即使是染病至深的人也并非不可救药,只要他愿意接受帮助"。⑤ 伯顿特别强调,人在自我救赎途中,要培养正确阅读经典的方法,避免粗心大意。他认为,人只要懂得合理地阅读《圣经》,并从中找到对神的信心,坚信神会救赎

---

① Burton, Preface: 55.
② Ibid., III: 366.
③ Ibid., 392.
④ Ibid., 361.
⑤ Ibid., II: 5.

全体的人，而不仅仅是像传统教会所宣传的那样，只救宠儿和选民。伯顿的这些观点在当时可谓振聋发聩：当时的许多英国人只看到了印刷术带来的便利（大规模的阅读已经成为可能），可是伯顿却给那些额手称庆的国人"浇了一盆冷水"，指出许多人眼中的"进步"只不过是从无书可读时的愚昧偏执，走向了有书可读时的偏听偏信；而从偏听偏信，到"宗教忧郁"，其实只有一步之遥。伯顿的这一分析可谓鞭辟入里，其中渗透着文化忧思。

三、英国人文主义宗教的嬗变

伯顿为治疗"宗教忧郁"提出了一套完整的救赎方案，代表了英国当时人文主义宗教的倾向，即以人的终极福祉与精神关怀为最高目标，有选择性地阅读神学经典。伯顿强调神（的语言）与人合二为一的互助式努力。传统的宗教信仰所要求的虔诚是要信众把自己全部交给"万能的神"，并不主张个人的主观努力。伯顿自然不赞成这种拒绝让人承担应尽责任的做法，他认为人已经有了独立思考能力，必须为自己的选择负责。他治疗"宗教忧郁"的方案称得上特色鲜明，即神力、人力并用。[1] 这种观点代表了人文主义宗教思潮，标志着人们开始从依赖神助走向人助和神助的双向趋势。[2]

为消除忧郁，伯顿提出了许多具体的建议。其一是不让身患忧郁的人孤独，"或完全把他们交给自己，永远不要闲着，始终不能没有陪伴。要用到咨询、安慰，让他们看到归属；或是从起因来看，不管是丧失、恐惧、悲伤、不满，还是什么完全的意外、良心的不安，或是过于频繁的沉思所致……都要倾听或阅读《圣经》……用神的话抚慰他们痛苦的灵魂，使其得到纠正，得到平衡"。[3] 伯顿的"归属"，既是指人应该从宗教意义上回归到神的怀抱，回归到《圣经》的教义之中，也是指人际交流互动，让个体的人回归集体之人的怀抱。正是在这后一层意义上，伯顿对日后越来越世俗化的文化观念产生了影响。

需要指出的是，《忧郁的解剖》并非简单的说教，而是一部精美的文学作

---

[1] Burton, 2001, II: 8-9.
[2] Stanley W. Jackson, "Robert Burton and Psychological Healing," *Journal of the History of Medicine and Allied Science* 44, No. 2, (April 1989), 162.
[3] Burton, 2001, III: 409.

品、一部含有深刻文化内涵的作品,尽管伯顿并未直接使用"文化"一词。在传递文化思想时,伯顿善用生动的文学语言,如下面这句:"阅读之于灵魂,犹如吃肉之于身体,……无书而闲是另一种地狱,是活埋。"①他不仅把《圣经》比作精神食粮,还比作良药:"《圣经》是药剂师的药店,有治疗大脑各种疾病的药方、净化剂、安慰饮料、康复剂。……'灵魂的每一疾病,在《圣经》里都有对症之药,唯一的要求是患者要服用神为其调配好的剂量'。"②这些灵动的文字,不能仅仅看作对《圣经》的阐释,它们其实对世人的阅读方式——不仅是《圣经》阅读,而是所有阅读——的一种引导。也就是说,他的人文主义思想自然而然地从宗教领域溢出,渗入了世俗领域。这是他对处于萌芽时期的英国文化观念的重要贡献。

伯顿提倡的人文主义宗教有许多内涵,其中占显要位置的是自我的超越,以及对他人的宽容。更具体地说,就是要理解他人的不足,接纳别人的局限,宽容别人犯下的过错,给予犯错者改过的机会,并时时检讨自己的言行,不断宣讲人间正道,爱他人如同爱自己,追求干净、整洁、有秩序的自由生活,让自己的潜能在艺术的殿堂里得到全部释放。不过,由于人性和时空的局限,很难有人能够实现这些美好的目标。伯顿看到了人性的缺陷,所以他没有花太多的篇幅讨论大道理,而是在人们心智所及的范围内探讨行为准则。他确信,人可以在具备虔诚信仰的大前提之下,通过忏悔来走向救赎,而救赎的形式就是爱:"无爱的人,不认得神,因为神就是爱。"③伯顿同时看到,爱也是人类最复杂的感情。人的生物性决定了他有自爱的一面,但人性毕竟可以发展,可以爱及他人。那么,人的爱到底可以延伸多远? 是否可以爱及全人类? 这既需要大的心胸,也需要大的智慧,是时空局限下人生力所不能及的。于是,伯顿认为人需要神的力量来帮助自己实现大爱。不过,伯顿的阐述重点不是神的外显,也不是关于爱的机械说教。他主张从对经典的阅读中发现爱,强调"只有《圣经》才是智慧女神"。④ 这种对智慧的强调,在日后日趋成熟的文化观念内涵里

---

① Burton, 2001, II: 93.
② Ibid., 94.
③ Ibid., 318.
④ Ibid., Preface: 45.

有其重要的分量,由此我们可以看见伯顿与文化观念史的互动。

伯顿引导人们阅读经典的方式,不是呆板的说教,而是顺其自然的人性引导,代表了当时英国人文主义思潮中从基督神性到人文理性的"无痛分娩"。换言之,他相信人皆有爱美之心,会因美而产生爱,而爱本身就是美。把神从中世纪以降的天主教传统中的威严主宰,变成令人向往的美的化身,这是人文主义宗教的一大突破。在劝导并指导世人读书的过程中,伯顿擅长激发人的美感,常常能自然而然地达到以情动人的效果。例如,他把《圣经》比作神写给人类的一封情书。或许有人不太喜欢阅读道德说教的文字,但再不喜欢阅读的人,恐怕也不会不喜欢阅读情书。正因为看到了这一点,伯顿循循善诱地写道:"整个《圣经》就是启示,是训诫——是这个意义上的情书。用以激励我们,吸引我们……用爱充满我们。"①这种写法本身就是上文所说的"无痛分娩"。

伯顿的文化意义在于,他从《圣经》中找到了人存在的空间。他在经典中找到人必须从精神层面提升自己的理由,强调人只要愿意,就一定能够提升自己;而要提升自己,就必须有虔诚的信仰,必须不断地自我反省。所有这些都已经融入了如今英国文化观念的内涵。需顺带一提的是,伯顿提倡自我反省,是对当时已经兴起的技术潮流的重要反拨:一味追求技术进步的社会发展模式无法顾及个体的感受,也不以个体的意志为转移;个体的人在表面上享受着技术所带来的福祉,而实际上却精神堕落。针对这种情况,伯顿强调个体的自我反思,这体现了一种深切的文化关怀。

伯顿花大量的精力从宗教的文化教化角度阐述了信仰对于人、对于文明的重要意义。他努力对迷信与宗教进行区分,虽然未能真正地解决这两个共生概念之间的本质区别,却解决了一个如何读经的难题。拉丁文的解经方式是那种传统的"使由不使知"的武断方式,容不得人的主体怀疑性的积极介入,明显地带有"上智下愚"的思想痕迹,同时也反映了那个时期整体阅读能力与思辨能力偏低的状况。伯顿的贡献在于他促使了这种状况的改变,他从人文关怀的角度,以"经典注我"的方式紧扣经典的人文精神实质,让经文中充满矛盾的文字让步于人类自我福祉的建构,服务于统一的诗学共同体文化建设,在

---

① Burton, 2001, II: 314.

整体上与他那"诗意乌托邦"(参见本书第一章第三节)所体现的文化愿景形成了呼应。

第三节
《天路历程》与《复乐园》：清教徒的天堂向往

在早期近代英国，通过宗教题材的文学作品为文化观念输送内涵的代表人物还有班扬和弥尔顿。他们各自的代表作《天路历程》和《复乐园》既是英国文学史上的里程碑，又促进了整个社会的共同体想象，并在信仰、价值观和行为规范等方面对英国人的文化生活产生了深远的影响。从表面上看，这两部作品讲的都是清教徒的天堂向往，但是从文化层面看，它们都折射出广大英国人民的共同体冲动，以及对美好人类社会的憧憬。

一、作品创作的时代背景

《天路历程》(The Pilgrim's Progress, 1684)和《复乐园》(Paradise Regained, 1671)都是宗教题材的作品，前者以寓言的形式呈现了普通基督徒的朝圣之旅，后者则讲述了耶稣基督抵制诱惑、拯救人类重返伊甸园的故事。《天路历程》的作者约翰·班扬是个没有受过多少教育的补锅匠，但他熟读《圣经》，被人称为"读一本书的人"(man of one book)；而《复乐园》的作者约翰·弥尔顿，出生在富裕的中产阶级新教家庭，从小接受良好的教育，他嗜书如命，博学多才。尽管出生和教育背景相差甚远，但他们都是把信仰融入生活的清教徒代表人物，两部作品也都是在逆境中写就：《天路历程》是班扬的牢狱之作，《复乐园》则是弥尔顿双目失明后写就的。这两部作品创作时间接近，它们一经问世便大受欢迎。在许多教徒心目中，它们的地位仅次于《圣经》。

两部作品均诞生于17世纪后半期，恰逢英国历史上最动荡不安的时代。

这一时期，国王和议会间的博弈依旧存在，①宗教问题也参杂其中。17世纪前40年里，詹姆斯父子占据主导地位。詹姆斯一世（James I）鼓吹"君权神授"，试图以绝对君主制来取代混合君主制，以由国王控制的主教制来取代以共和自治为特色的长老制。詹姆斯父子不仅否决了清教徒的宗教改革主张，还强行征收非法捐税，并因与议会意见不合而多次解散议会。1640年起，国王查理一世（Charles I）迫于民愤和议会的压力，先是在税收和特权法庭等经济和法律领域做出了一些妥协，但很快就聚集起一支保王党军队，断然拒绝与议会和谈，并于1642年发动英国内战（English Civil War，1642—1651），这场内战又被称为"清教徒革命"（Puritan Revolution）或"英国资产阶级革命"（English Bourgeois Revolution）。1649年，查理一世被送上了断头台，不久英国宣布为共和国。弥尔顿和班扬都是革命的参与者：弥尔顿曾任共和国政府拉丁文秘书，写过不少捍卫共和政体的文章；班扬早在16岁时便参加了奥利弗·克伦威尔领导的议会军，在战争中九死一生，这也成为他日后笃信上帝的缘由之一。

1653年，克伦威尔在共和政体下开始了他的军事独裁统治。克伦威尔不仅是军事奇才，也是严格的清教徒和禁欲主义者，班扬正是在克伦威尔时代开始成为不从国教者的传道人。1658年，克伦威尔去世，复辟势力蠢蠢欲动。秉持自由共和国理想的弥尔顿刚刚丧偶，面对内忧外患，他再一次以文字为武器，大声疾呼，呼唤民众警惕王室复辟的危险。1660年，查理二世（Charles II）复辟，继而通过了一系列迫害清教徒的宗教法令。弥尔顿因反暴君、反王权复辟的政论而被捕入狱，虽在朋友帮助下保全了性命，但财产充公。在双目失明的状态下，弥尔顿完成了三大诗作《失乐园》（*Paradise Lost*，1667）、《复乐园》和《力士参孙》，他的革命意志和信念在这些作品中展露无遗。

---

① 程汉大曾从博弈论视角对17世纪英国宪政革命进行探讨。他认为，英国以议会制度为核心的独特的混合君主制在17世纪的形成，彰显出英国宪政革命浓厚的博弈色彩。从革命初期到"光荣革命"前的几十年中，先是国王对议会采取不合作策略；继而是革命阵营内部各派政治力量之间互不妥协；再后是议会妥协过度，君主专制复辟，博弈过程总是以零和博弈或负和博弈而结束；最后在"光荣革命"中，国王、辉格党、托利党以及两党内部各派，对各方利益要求理性地加以综合权衡，并在关键时刻和问题上适时地作出必要而适度的让步，终于取得了理想的正和博弈效果，完成了建立现代宪政的历史伟业（参见程汉大：《17世纪英国宪政革命的博弈分析》，《南京大学学报》（哲学·人文科学·社会科学），2004年第1期，第95页）。

弥尔顿入狱后不久，班扬也因"非法聚众罪"被捕。然而，班扬宁可蹲监狱、遭流放，也不肯停止布道。因为讲道，班扬曾几度入狱，他的《天路历程》就是他在牢狱中写下的。与弥尔顿不同，班扬对政坛风云兴趣不大，他只是一心传道；而弥尔顿的言行则直接体现了清教徒对"圣洁教会、自由国家"这一高远理想的追求。

尽管班扬和弥尔顿的身世不同，但作为清教徒，他们也具有一些基本的共同点。例如，天堂就是两人一生魂牵梦萦的追求，也成为其作品共同的精神基调。

二、天堂和乐园：从现实空间到理想空间

在《天路历程》和《复乐园》中，无论是基督徒执着前往的天堂（Heaven），还是耶稣力图重建的乐园（Paradise），都让人思考这样一个问题：在作者的心目中，天堂或伊甸园究竟是真实的存在（一种现实空间），还是像托马斯·莫尔（Thomas More，1748—1535）笔下的那种乌托邦——一种想象空间？① 他们究竟是确信天堂的真实存在，相信彼岸世界的真实性，还仅仅是试图在污秽腐败的现实世界中构想一个虚幻的空间，从而给自己的心灵寻找一丝慰藉呢？结合叙事文本，本节将对这个问题进行具体的分析。

1. 《天路历程》：以人间地狱反衬神圣天堂

《天路历程》采用了寓言题材和梦境形式来讲述一个看似离奇的故事：基督徒梦到自己所在的城市——毁灭城——将葬送于大火，因而备受煎熬；在传道者的指引下，他开始了自己通往锡安山的天路历程。他经过了绝望潭、道德村、西乃山、艰难山等凶险之地，遇到了形形色色的人。故事中的地点和人物并非班扬的杜撰，其中不少在其现实生活中都能够找到原型。如萨姆·韦尔曼所说，班扬在写作时总是从记忆中的生活现实里撷取素材："约翰搜寻着记忆中的河流、大小山岗，甚至武器和战斗场面。一直令约翰陶醉的沙盆侯附近

---

① 麦葛福（Alister McGrath）在谈到"想象天堂"这一概念时，认为它并不是在暗示天堂只是一个虚构的概念，而是上帝赋予人类之能力的肯定，这能力使人能够以圣经和随之而来的反省与思想发展为媒介，建构或进入关于神圣真实的心理图像。人们期盼着当自己最终进入这些影像所联结的更伟大的真实世界时，将会得到的喜乐（参见蓝迪·爱尔康：《天堂》，林映君、黄丹力、王乃纯译，兰州：甘肃人民美术出版社，2013年，第15页）。

的美丽山丘成了他故事中的愉悦山;他非常喜欢的霍顿居然成了他故事中的富丽宫。富丽宫非经千难万险就不能到达。所以约翰把它安置在一座名叫"艰难山"的陡峭山岗上。他亲爱的妻子玛丽曾向他描述,她孩童时期曾用双手和双膝艰难地爬上黑尔斯比山的经历,这正是艰难山的绝好写照。"①不仅作品中的人物、地点有据可查,甚至基督徒在朝圣之路上的犹豫、彷徨、困惑和挣扎,也是班扬所亲身体验过的,因此小说中基督徒的天路历程其实也真实地折射出了班扬的心路历程。

班扬对复辟时期英国社会种种流弊显然有着清醒的认识。当时,一切都和金钱有关,一切都是交易的对象,包括职位、荣誉、头衔、国家、欲望、享乐,甚至生命和灵魂,等等。盗窃,甚至谋杀等也都司空见惯。"那是一个经济和物质利益至上,所有的一切都可以用买卖的经济行为来衡量和操作的社会",②而这样一个社会又是由众多形形色色的小社会所构成的。班扬运用拟人化的人物和寓言化的场景,把它们命名为"享乐主义城""虚荣国""浮华城"等,生活于其间的人也是各有各的劣根性,如世故、死板、虚伪等。以上种种犹如人间地狱般的场景和现象,实则是当时英国社会的真实写照。

班扬强烈的阶级意识使其对社会现实有着深刻的洞察,③他对贵族资产阶级的态度,跟他对社会弱小群体的态度截然不同:《天路历程》一针见血地指出了作品中世故、守法、礼貌等人物狡诈伪善的本性,而对其中具有各种性格弱点的踌躇、迟钝、失望等人物则寄予深切的同情,后者在班扬的笔下最后都得以进入天堂。在《丰盛的恩典》一书中,班扬对"得救的身体和灵魂居住的地方"给出了如下的定义:

1. 它是一座城(来11:16;弗2:19、22);2. 它名叫天堂(来11:34);3. 它又称为上帝的家(约14:1—3);4. 它又称为一个国(路12:32);5. 它又称为荣耀

---

① 萨姆·韦尔曼:《班扬传》,朱文丽译,北京:华夏出版社,2006年,第150页。
② 陈丽著:《名家导读》,引自约翰·班扬著《天路历程》,黄文伟译,武汉:长江文艺出版社,2012年,第4页。
③ 作为一名身份卑微的手工业者,班扬非常"自觉地"将自己归入社会底层民众的群体,并成为他们的信仰代言人。他认为自己适合加入与等级森然的主流宗教团体截然不同的浸礼会,后者几乎完全是由劳动人民而不是由知识分子组成的(参见高健:《被遗忘了的"马厩里"的基督——从班扬作品的命运看英国保守主义文化传统》,《东岳论丛》,2011年第2期,第41页)。

(西 3：4；来 2：10)；6. 它又称为乐园(启 2：7)；7. 它又称为永存的帐幕。①

显然，与世俗社会的丑陋相比，天堂在班扬心目中是一个理想的社会共同体，"在那里，你们不会再看见你们在尘世所看到的一切，如悲伤、疾病、苦难和死亡"②，"在那里，你们还将穿上荣耀尊严的服装，坐上同样荣耀尊严的马车与上帝一起出行。当号角响起，你们将与上帝一起腾祥云乘风而降，当上帝坐上审判人类的宝座时，你们也将坐到他的身旁"。③ 在天堂，上帝、天使和义人的灵魂和谐共存，没有阶级差别，人人摆脱了身心的束缚，人人过着富足而快乐的生活。因此，天堂寄托着班扬的乌托邦理想，承载着班扬对劳苦大众的同情和祝福。

天堂是否真的存在？生活的严酷性使班扬不得不相信天堂的存在，否则"他所讲的道，他的生活就全是骗局"。④ 在班扬的青少年时期，母亲和妹妹就相继去世，中年时，妻子玛丽也去世了，而且他和玛丽生的长子是瞎子，第二个孩子则胎死腹中。生活的不幸遭遇，让班扬一生都不断地在信仰中挣扎。如果说他生活中的种种遭遇都是信教的结果，都是上帝的安排，那么，他还有什么理由继续信奉上帝、继续传播上帝的福音呢？因此，班扬唯一的选择便是把生活中的每件事当作检验上帝是否仁慈、是否存在的依据。他认为自己要做的只是去相信：相信自己的家人"会因过去的劳动而获得抚慰，因过去的悲伤而尽享欢乐"；"因过去的耕耘播种，因一路上所做的祈祷、所流的眼泪和为上帝所受的痛苦而收获幸福的果实"。⑤ 面对地狱般的现实生活，他必须相信世间的一切都是上帝的旨意，相信自己的家人死后能进入天堂，相信天堂里既没有悲伤和苦难，也没有疾病和死亡。总之，对班扬而言，天堂并非因其真而信，而是信故以为真。在班扬的心里，天堂岿然屹立。

2.《复乐园》：借世俗诱惑反衬人间乐园

弥尔顿前半生一帆风顺，后半生极为坎坷。他拥有三段婚姻，第一、第二

---

① 约翰·班扬：《丰盛的恩典》，苏欲晓译，北京：三联书店，2014 年，第 234 页。
② 约翰·班扬：《天路历程》，黄文伟译，武汉：长江文艺出版社，2012 年，第 137 页。
③ 同上，第 138 页。
④ 韦尔曼，第 100 页。
⑤ 约翰·班扬：2012 年，第 138 页。

任妻子均死于分娩,她们分别所生的一男一女也先后夭折。第一段婚姻因妻子好逸恶劳,她留下的三个女儿受其影响较大,对失明后的弥尔顿照料不周。亲情的沦丧令暮年的弥尔顿深感悲凉。在事业上他也频频受挫。另外,克伦威尔的独裁、王朝的复辟,以及革命人士遭受的迫害,这一切令弥尔顿本就不堪的处境雪上加霜。所幸的是,弥尔顿的第三任妻子贤良淑德,她照顾弥尔顿直至其生命的尽头。弥尔顿的三部巨著就是在此期间口述诞生的,它们也成为其晚年最大的精神慰藉。

革命的失败、共和国的瓦解并没有挫败弥尔顿的斗志,他把满腔的热情倾注到写作中。人类的乐园已不复存在,如何重建新的乐园——"比伊甸更快乐的乐园",[①]这正是弥尔顿写作《复乐园》的初衷。在《失乐园》中,弥尔顿曾经明确地指出伊甸园的地理位置:"从浩兰向东伸延,/直到希腊诸王所建筑的大都城/西流古的王塔,或古代伊甸/子孙们所住的提拉撒一带。"[②]他还洋洋洒洒地描述伊甸园的美丽、富饶、神奇和欢乐:"那碧玉清泉……流成/涟漪的小河,滚流着东方的/珍珠和金砂","森林中丰茂珍木沁出灵脂妙液,/芬芳四溢。"[③]一言以蔽之,伊甸园"展现出全部自然界的丰富宝藏,/比天上地下一切的幸福还多"。[④] 显然,《失乐园》中的伊甸园已经超越了天上和地上的一切乐园,如此极致的描写给复乐园或新乐园的建构带来了挑战。因此,在《复乐园》中,弥尔顿避开了对旧乐园的重复描写,也避开了对新乐园的正面描写,而是对种种世俗诱惑铺以浓墨重彩,借以衬托耶稣的坚定立场:在所有诱惑面前,耶稣都不为所动。这一手法确实有效地激发了人们对新乐园这一人间天堂的向往。

在《复乐园》中,撒旦不甘失去自己在人间的权势,对耶稣可谓百般诱惑:从饥肠辘辘之时丰盛的宴席,到财富、荣誉、安息帝国、罗马帝国和大卫的宝座。所有的利诱都用遍了,可是仍然无法打动耶稣。无奈之下,撒旦转而用精神层面的希腊文化来诱惑耶稣,但是仍然不能奏效。撒旦恼羞成怒,抛出了他的"杀手锏",即用狂风暴雨和恶鬼冤魂来威逼耶稣,可是仍旧无功而返。无计可

---

① 弥尔顿:《失乐园》,朱维之译,第 472 页。
② 同上,第 137 页。
③ 同上,第 138—139 页。
④ 同上,第 137 页。

施的撒旦最后把耶稣带到耶路撒冷神殿的尖塔上,迫使其亮出神子身份,然而耶稣淡然地警告撒旦不要试探上帝,说完便依然站着,而撒旦却惊恐地坠落。

在《复乐园》中,弥尔顿并没有从正面描写耶稣试图重建的人间乐园,但撒旦所抛出的一个个诱惑,却为人们想象新的人间乐园留下了广阔的空间。下面描述的景象是撒旦抛出的诱惑之一:

> 在辽阔的浓荫下,一处宽敞的地方,
> 摆着桌丰盛的宴席,气派奢华,
> 满桌子菜肴,尽是山珍海错,
> 香气四溢,有猎来的走兽、飞禽,
> ……
> 有清溪激流中出产的各类鳞甲,
> 名称极别致,捕捉它们竟搜遍
> 黑海、鲁克连湾以及非洲的海岸。
> 啊,比起这些珍肴来,那逗引
> 夏娃的天然的苹果何等素淡!
> 在芳香扑鼻的酒坛边,富丽堂皇
> 餐柜一侧,秩序井然站着些
> 高大小伙子,衣着华丽鲜艳
> 胜过嘉年美德或许拉斯;更远处
> 树荫下有时而奔忙,时而肃立的
> 侍从黛安娜的仙女,带来亚玛西
> 羊角上的水果、花卉的河泉女神,
> 以及看守金苹果园的贵妇们,似乎
> 美艳胜过古来遐想或盛传的
> 仙姑们,……①

---

① 弥尔顿:《复乐园》,金发燊译,桂林:广西师范大学出版社,2004年,第68—69页。

此处的繁盛得以正面描写,可这仅仅是撒旦的诱惑,而弥尔顿心目中的新乐园则需要我们去想象。换言之,纸面上虽是空白,用意却很明显:弥尔顿的新乐园远胜于可以用文字来形容的盛况,这就愈发增强了人们对新的人间乐园的向往。

在撒旦抛出的诱惑中,虚假的荣耀是他的利器,但是弥尔顿揭露了这种荣耀的实质:"人们误以为光荣在于征战,/到处进行征服,去蹂躏侵略/庞大的国家,战场上大战役奏凯旋。"[①]然而,其实质却是"掳掠、杀人、放火、奴役",这种光荣只会破坏和平、繁荣,其下场也只能是"暴死、屈辱和死亡"。[②] 弥尔顿借此对克伦威尔政府在革命取得阶段性胜利后的暴虐行径表示了强烈愤慨,继而表明,正当的荣誉靠的是和平、智慧、耐心和克制。在弥尔顿的笔下,这些特质都在耶稣身上发挥得淋漓尽致。尽管耶稣也向往"胜利的功绩"和"英雄的行动",[③]但他非常明确自己的神圣使命是拯救人类、复兴伊甸园,甚至于重建一个更美好的乐园,这一使命的实现有一个前提,即对诱惑的清醒识别和坚决抵制。可以说,耶稣和"复乐园"寄托着弥尔顿对完美人性的追求,以及对理想的乌托邦空间的热切向往。弥尔顿在其有生之年,尽管没有见证人间乐园的实现,但是他所倡议的忠贞信仰,以及对自身行为的严格规约,都足以在人们心中建立起一座天堂。

从上面的分析不难看出,无论是《天路历程》还是《复乐园》,作者都基于对现实空间的不满情绪而建构出了一个理想空间——天堂。这一理想空间承载着作家的社会、政治理想,也反映了当时的社会现实,以及人们对美好生活的向往。所以,班扬和弥尔顿的空间书写既是极其个人化的,也是高度社会化的;既有其现实的一面,也有其理想的一面;既写出了清教徒对"天堂"的追求,也反映了普通人对理想生活的向往。"天路"也好,"乐园"也罢,它们分别是作品中的核心意象,都昭示着一种共同体冲动、一种绚丽灿烂的文化遐思。

---

① 弥尔顿,2004年,第86页。
② 同上,第86—87页。
③ 同上,第67、69页。

三、普通人进入天堂的路径

在《天路历程》中,基督徒及其家人经历了种种艰难和凶险,最终到达了天国。主人公在面对困难和诱惑时所经历的心理挣扎,不仅是清教徒班扬的亲身体验,普通人在日常生活中或多或少也会有相似的体验。但是,作品中的基督徒所遭遇的多数艰难险阻普通人是不可能经历的。为了使自己的著作更具有普适性,从而为普通人进入天堂提供借鉴或路径,班扬多次从正反两方面予以阐述。

在作品中,基督徒曾经分析过堕落者故态复萌的原因:"第一步,他们先抛弃对一切有关上帝、死亡和将来的审判日等的思考;第二步……他们一步一步放弃了个人灵修,比如室内的祷告,对私欲的约束、警醒,为罪忧伤,等等……"[①]藉此,班扬指出清教徒得享天国福泽的唯一路径:坚定信仰,经由灵魂救赎以实现个人完善。所有的清教徒——无论其地位尊卑、性格如何,哪怕有着像踌躇、迟钝、失望这样性格缺陷的人——只要坚定信仰、知罪悔过,就能得到上帝的救赎和赐福。

《天路历程》给人们提供的天堂路径如此,那么《复乐园》呢?

在弥尔顿时代,大学生的理想职业之一便是神职,但教会的腐败,加上它的繁文缛节,着实有悖于他崇尚自由的思想。弥尔顿曾做过教师,在教育方面颇有心得。他认为:"完整而丰富的教育,应该造就这样的人才,即无论在战时或平时都能既公正,又熟练而高尚地行使各种个人的和公共的职责的人。"[②]在弥尔顿看来,教师的首要任务是培养学生的良好品德。他注重身教,"奋力工作而节约饮食",杜绝一日之欢愉享乐。[③] 若非政治和宗教斗争分散了他的时间和精力,弥尔顿本来是有望跻身英国杰出教育家之列的。他通过自己的作品表现出了对德行的高度重视:在《复乐园》中,耶稣的言谈举止从头至尾彰显了德行的重要意义,正是其"登峰造极的""完人"美德,使上帝将拯救人类的

---

① 约翰·班扬,2012 年,第 131 页。
② 安妮特·T. 鲁宾斯坦:《英国文学的伟大传统》(上),陈安全、高逾、曾丽明、陈嫱如译,上海:上海译文出版社,1998 年,第 188 页。少数文字作了更动。
③ 转引自梁实秋编著:《英国文学史》(第二卷),协志工业丛书出版股份有限公司,1986 年,第 595 页。

大任交付给了他。① 概而言之,耶稣"忍辱负重,含辛茹苦",以自己"孝顺的德行"抵御一切勾引或诱惑、怂恿或恐吓,②终于不辱使命。所有这些对品德的重视,都赋予了文化观念以重要内涵。

《复乐园》中耶稣历经百般考验,宁死不屈,从而助人类重返乐园。这一壮举较之《天路历程》中的基督徒,似乎离普通人更为遥远,但其不以神子自居、一心替人类赎罪的愿望和行为,以及在抵制撒旦时的慷慨陈词,更能贴近普通人的心。王冠尽管外表"金碧辉煌",但若没有与之相配的"王者之风",最终只能带来"危险、忧戚和不眠的长夜"③;而"王者之风"的获得,在于正确地崇拜上帝,以德服人,绝非打着上帝的旗号干着魔鬼的勾当。当撒旦以大卫的宝座为诱饵时,耶稣坚定地把自己的统治权限归于上帝的安排,认为自己必先在逆境中经受考验,忍辱负重,并毫无怨言地信靠上帝。每个人都有自己心目中的天堂,至于如何才能到达理想的彼岸,弥尔顿的"德行说"为普通人的天堂之路指明了方向。这种对普通人的关怀,也是日后英国文化观念所吸收的内涵。

总之,在班扬和弥尔顿看来,普通人得入天堂的路径就在于坚定信仰,完善自我。就完善自我而言,清教徒不以教会为中介的信仰把他们从国教的精神桎梏中解放出来,清教所崇尚的敬虔和勤俭让他们淡忘物质的匮乏,更多地寻求精神上的寄托,从而有利于抵制物质主义和道德的沦丧。这种精神给普通人也提供了很好的借鉴。就此而言,班扬和弥尔顿的清教思想是有文化意义的。尤其是弥尔顿,他在积极推进宗教改革的同时,还时刻警惕宗教令人麻木、消极避世的一面。他认为宗教信仰不仅有助于个人修身养性,而且有助于超越自我,教人以国家、民族、社会乃至全人类的福祉为己任,这分明是文化层面的宏大目标。相形之下,班扬在一定程度上忽略了宗教与经济、政治和社会的有机联系。例如,他把富足看作一种沉重的负担,认为人要学会知足,小富即安,不富尤佳,认为今生的贫穷能换来来世的幸福。④ 也就是说,班扬由于历史的局限性,未能意识到"天堂"这一理想空间的最终实现,还离不开国民的努

---

① 弥尔顿,2004 年,第 14 页。
② 同上,第 15 页。
③ 同上,第 76—77 页。
④ 约翰·班扬,第 209 页。

力、经济的发展和社会的进步,同时也离不开合理的制度来加以保障。然而,瑕不掩瑜,班扬和弥尔顿都用瑰丽的文笔描绘了天堂一般的乌托邦愿景,这愿景有助于当时乃至随后几个世纪的英国人化解社会转型焦虑,而这也正是他们在英国文化史上立足的根本原因。

第九章

法律、政治与荣誉：莎士比亚的思考

文化观念包含法律、政治与伦理道德共同体等内涵,而莎士比亚早就为这些内涵的确立打下了基础。换言之,莎士比亚戏剧与文化观念之间的互动,还须从法律、政治和伦理/道德价值的角度去考察。

莎士比亚出生于英国从中世纪传统社会向现代社会过渡的转型时代,或曰"早期现代"。一方面,英国历史上一种前所未有的、真正意义上的商业剧场恰在这一时期得以繁荣发展,也为莎士比亚的戏剧创作提供了百年不遇的创作环境;另一方面,莎士比亚凭借其高超的艺术才华,把英国戏剧领入了一个后世再难以企及的黄金时代。更重要的是,以莎士比亚为代表的早期现代英国剧场作为该时期英国最重要的公共文化和舆论空间,同时见证并参与了英国现代社会的法律、政治与伦理道德共同体的形塑。本章将以《威尼斯商人》《特洛伊罗斯与克瑞西达》(Troilus and Cressida,1602)和《一报还一报》(Measure for Measure,1603)等剧为文本和文化个案,从法律、政治与伦理的角度管窥莎士比亚对早期现代英国社会诸多重大问题——同样也是当今现代社会仍然面临的问题——的阐述与思考。

第一节
莎士比亚与早期现代英国的法律危机

从古希腊到早期现代英国,从柏拉图、西塞罗到理查德·胡克(Richard Hooker,1554—1600)、爱德华·柯克(Edward Cooke,1755—1820),从"永恒理性"到摩西律法,西方"法"的概念始终都具有某种超验特征,其"合法性"也是不言而喻、不证自明的。卡尔·施密特(Carl Schmitt,1888—1985)认为,"不证自明性"对于一个国家的政治统治至关重要。例如,民主制在现代人眼中是不证自明的;在传统社会,君主制则是不证自明的。① 保罗·卡恩(Paul Kahn,1952—)援引施密特的话解释说:"'不证自明'是每个时代人们思想意识的关键。……衡量任何一种政治'真理'的标准,必须是它在多大程度上解释那些不证自明的东西。"②然而,在早期现代英国,有关"法律是什么"的问题开始不再如白纸黑字一般确定无疑,或者说不证自明了。在某种意义上,当人们询问"法律是什么"的时候,大家关心的并不完全是对于法律之实然状态的客观描述;相反,"法律是什么"往往暗含着人们对于正义的理解与信仰。换言之,"法律是什么"背后的潜台词可能是"法律应该是什么",这既是法律问题,又是文化层面的重大问题。莎士比亚在其戏剧作品中展示了诸如法律"命令"说、"道德戒律"说、"契约"说、"永恒理性"说等多种法律/文化命题,但一如莎士比亚在几乎所有重大命题上的表现,上述问题绝非剧作家本人能一劳永逸地予以回答的。恰恰相反,就道德、正义、法律等抽象概念而言,莎士比亚使得那些看似不证自明的问题变得疑点重重。正是通过对这些疑点的一一拷问,莎士比亚为早期英国文化观念注入了丰富的内涵。

一、法律的"合法化"危机

在《威尼斯商人》中,莎士比亚将威尼斯的法律设置于一个极其戏剧化的两难情境:"一磅肉"的合约。倘若"按约执行",则会取人性命;如果废除,则危及威尼斯的法治秩序。一方面,当一项法律是"不道德"的时候,人们便可以出于自身的目的加以曲解,进而践踏法律的神圣性;另一方面,出于法治的目的,又要不惜余力地维护法律的庄严。我们固然无法获知夏洛克是否意识到,"一磅肉"的离奇案例和荒唐审判已然撼动了威尼斯赖以生存的法治基础。"你们的法律去见鬼吧!"(4:1)既是夏洛克对于法治社会的控诉和蔑视,也暴露了

---

① Carl Schmitt, *Political Theology: Four Chapters on the Concept of Sovereignty*, trans. George Schwab, Chicago: The University of Chicago Press, 2005, 45-46.
② Paul Kahn, *Political Theology: Four New Chapters on the Concept of Sovereignty*, New York: Columbia University Press, 2011, 120.

威尼斯共和国进退维谷的法政危机。在《一报还一报》中，如果仅从世俗法律的角度来看，安哲鲁克已奉公、严格执法，可谓是法治精神的完美体现。即便是在东窗事发以后，他也表现出了始终如一的守法精神："殿下，请您不用再审判我的丑行，我愿意承认一切。求殿下立刻把我宣判死刑，那就是莫大的恩典了。"(5：1)

也正因此，剧中真正的执法者文森修公爵在最终大审中，由于赦免了所有"罪人"（除路西奥以外），引来了众多评论家的哗然和非议。文森修也因此被指责为凌驾于法治之上，是人治大于法治的体现。颇为发人深省的是，按照基督教神学教义，耶稣乃上帝之子，与圣父和圣灵构成三位一体，因此有权赦免信徒的罪行。但在《圣经·新约》法利赛人眼中，唯有上帝才是最终的审判者，任何声称"上帝之子"，或者赦免他人罪行的无异于亵渎上帝。耶稣赦免了有罪的女人，令法利赛人无比震惊："这是什么人，竟赦免人的罪呢？"（路 7：49）从现代政治哲学的角度看，无论是教会、君王，抑或是詹姆士一世主张的政教合一，其核心焦点都在于权力的正当性。同样在《一报还一报》中，人们对于文森修公爵争议的焦点也在于他是否有权实行最终的"大赦"。究其根本，该剧留给现代读者的最大问题也许并非完全在于法治与法制，抑或法治与人治的难题，而是现代国家和法律体系在丧失了神学资源以后，何以证明自身正当性或合法性的理论问题。这一问题已经大大超出了法律范畴，是一个关乎伦理、治国理政和共同体秩序的文化问题。根据伯克（Edmund Burke，1729—1797）乃至伊格尔顿等许多学者的观点，"文化观念内涵"包括"国家的治理"，"以及社会秩序的维持和演进"。① 从这一角度看，莎士比亚戏剧与文化观念的互动是十分明显的。

如何治国理政的问题在《李尔王》（*King Lear*，1605）中也非常突出。在李尔王看来，无论财产分配基于怎样的考虑，只要他愿意，可以按照任何标准、以任何形式分割自己的土地，因为他具有不容置疑的至高权威。不过，在李尔王拱手让出自己的江山以后，仍然保留国王名号的幻想就变得荒诞滑稽了。更重要的是，当英格兰蜕变为李尔王的家产，王权蜕变为暴力以后，一个集政

---

① 殷企平：《作为秩序的文化：伯克对英国文学的影响》，《外国文学研究》2017 年第 1 期，第 42 页。

治、法律和道义于一身的重大问题浮现在人们面前：李尔究竟何以为"王"？法律与暴力有何异同？正义的基础是什么？正义与爱是何关系？诚如休谟（David Hume，1711—1776）所言，正义的首要作用是解决财产分配问题。① 在李尔王三分国土的背后，其实是诸如道德、正义、爱、死亡，以及生命的意义等若干重大文化命题。以剧中葛罗斯特伯爵的私生子爱德蒙为例：他不但一出生便背上了"私生子"的恶名，而且按照当时的长子继承法，他无权继承任何家产，更无法诉诸法律手段改变命运。如保罗·卡恩所说："对于爱德蒙来说，法律并没有提供改变现状的途径。不管程序法还是实体法，对既是私生子又是次子的人，没有任何保护。"② 必须指出的是，笔者无意在此替爱德蒙"翻案"，或者为他开脱罪名，就像我们同情夏洛克的境遇，并不意味着支持他那"割肉"的意图一样。关键问题是，无论是李尔王治下的英格兰，还是莎士比亚时代的英格兰，法律都远没有实现保障社会正义的功能。无家可归的李尔王呼唤暴风雨匡扶正义："战栗吧，你尚未被人发觉、逍遥法外的罪人！……撕下你们包藏祸心的伪装，显露你们罪恶的原形，向这些可怕的天吏哀号乞命吧！"（3：2）然而，暴风雨过后，一切如旧。衣不蔽体的人们依然"忍受着这样无情的暴风雨的袭击"（3：4），安享荣华的人们，也绝不会分一些自己"享用不了的福泽给他们"（3：4）。玛丽安·康斯特布尔（Marianne Constable）就正义与法律的关系有过一段精彩论述："这里发出了一个危险警告，即总有一天，万一正义不再被说起，我们可能就不再会记起它。……倘若现代法律停止言及正义，那么这种沉默会预示着法律的消亡吗？"③ 这里提出的问题，其实已经溢出了法律范畴，牵涉了正义、道德良心和文化记忆等命题，由此我们可以再次看到莎士比亚与文化观念史的互动。

二、法律的道德基础

尽管就法律的具体内涵而言，《威尼斯商人》与《一报还一报》中的"法律"

---

① David Hume, *A Treatise of Human Nature*, Oxford: Clarendon Press, 1978, 489-495.
② 保罗·卡恩：《当法律遇见爱：解读〈李尔王〉》，付瑶译，北京：法律出版社，2008年，第81—82页。
③ 玛丽安·康斯特布尔：《正义的沉默：现代法律的局限和可能性》，曲广娣译，北京：北京大学出版社，2011年，第9页。

几乎没有任何共性可言,然而威尼斯与维也纳的公民/臣民却都在不约而同地缔造或建构一个"法律帝国"的神话。更重要的是,两部剧本都向人们昭示:根本不存在纯之又纯的"法律"概念;恰恰相反,任何一个社会和共同体的法律都与道德、宗教、政治等诸多因素有着盘根错节的联系。丧失道德基础的法律注定是短命的,而以道德立法的社会同样是困难重重,举步维艰。如果说《威尼斯商人》从道德的角度促使人们反思守法主义,在《一报还一报》中,道德则常常与法律混为一谈,为我们对于守法主义问题的思考(即文化层面的思考)提供了另一种截然不同的视角。

不妨先看《威尼斯商人》。在签订契约的整个过程中,甲方安东尼奥和乙方夏洛克显然非常清楚:一旦违约,甲方安东尼奥违约的代价将是他的生命;"法官"鲍西娅对此其实也是心知肚明。但是作为合同纠纷的当事人,安东尼奥在法庭上面对鲍西娅曲解合同时,却始终保持了沉默。归根结底,这种沉默正是出于安东尼奥对契约的道德化(或非道德化)理解,从而默认了鲍西娅的"善意"辩护(对于合同的另一方夏洛克则是恶意的)。我们不妨从安东尼奥的角度考虑一下"一磅肉"的契约。首先,整个威尼斯(包括公爵在内)没有人能拒绝执行"一磅肉"契约,因为这不但超越了公爵的职能所在,而且关系到整个威尼斯的海上贸易和经济繁荣。另一方面,在契约签订之初,安东尼奥即认为放高利贷是不道德的行为,替巴萨尼奥担保完全是出自兄弟之间的手足情意。安东尼奥甚至可能偷偷认为:合约本身即见证了夏洛克的吝啬和残忍,因此"一磅肉"合同与其说是诺成契约,不如说是一种权宜之计,甚至是他的慷慨仗义和牺牲精神的见证。考虑到他在违约以后写给巴萨尼奥信中流露出的近乎矛盾的大无畏和自怜自艾,以及他对夏洛克坚决按约执行的道德谴责,这种猜测并非完全是空穴来风。从始至终,这份契约的签订只是一种道德行为,(至少对于安东尼奥来说)其法律效力根本无关宏旨。当法律与道德发生抵牾的时候,安东尼奥选择了后者。法官鲍西娅则一边高谈阔论着"仁慈",一边却毫无仁慈之心地剥夺了夏洛克的全部财产。当然,我们似乎对于安东尼奥、鲍西娅等人的守法和道德水平要求过高了。毕竟当个体利益与社会法律发生冲突,尤其是当个人生命受到威胁时,人们首先关心的是如何赢得官司,或免于法律制裁。在西方漫长的法律发展史上,用生命捍卫法律之尊严的,也只有如先贤苏格拉底者寥寥数人。

在《威尼斯商人》中,"一磅肉"的契约法因为未能以道德作为基础,导致威尼斯共和国经历了一场真正的法政危机。与之相对照的是,在《一报还一报》中,严峻苛刻的道德和宗教训诫成为法律,同样导致了该剧中的法律危机。"法律"秉承了一种道德至善论的伦理,其首要功能在于教化,而不是惩罚。同样,中国儒家传统主张"明刑弼教"以及"先教后罚,以罚辅教",因此当道德教化的方式失效,个人利益违背了公德和教化标准时,国家便运用法律或刑罚强制个人承担义务,法律不过是服务"善"的工具而已。然而,中国儒家与维也纳公爵对于法律教化功能的强调,其职能定位虽然相似,教化的内容却迥乎不同。前者强调父子有亲、君臣有义、贵贱有等、长幼有序的道德标准和是非观念,而《一报还一报》则在于验证基督教的神学教义:"因为世人都犯了罪,亏缺了神的荣耀"(罗 3:23)。这样的人性观在无形中取消了"君子"与"小人"的道德差别,君子也在道德上丧失了赖以安身立命的优越地位和独特品格。更重要的是,如果维也纳的城邦无一例外地成为有罪的"小人",那么法官的正当性何在呢?除了上帝,谁又有权审判犯"罪"(sin)者呢?失去了背后的上帝作为其合法性源泉,现代法官将如何自居?从这个意义上,《一报还一报》中文森修公爵的两难处境之根源就昭然若揭了。当然,需要指出的是,《一报还一报》中的法律除了作为一种道德义务以外,还是一种宗教诫命,因此有其神学基础。道德与神学双重意义上的"法律"杂糅,在一定程度上见证了早期现代欧洲法律从神权社会到权力社会的转型危机。

在表现法律与道德两者关系的问题上,《威尼斯商人》和《一报还一报》可谓互为参照,构成了无道德根基的法律与以道德取代法律的两极。此外,两部剧作还给现代读者带来了一个文化层面的思考:如何将法律变为社会公众的信仰?所谓对法律的信仰,是指对法律规则和制度之上或背后的超验价值,如真、善、正义的信仰。只有当法律内化为守法者自身的价值和精神追求,法律才具有真正的权威性和正当性,进而得到有效的实施。无论是在《威尼斯商人》还是在《一报还一报》中,法律都带有浓厚的工具主义和功利主义色彩。或者如康德(Immanuel Kant,1724—1804)所说,法律在以上两部剧作中,都充当了一种工具或手段,而不是终极目的。在某种意义上,法律的工具主义引发了现代法律社会的另一个问题：人们为什么要守法？守法主义背后的动机是什么？或者说，法律是目的，还是手段？也就是说，莎士比亚早早地预料到了现代法律社会将会面临的转型危机，并在文化层面予以思考，赋予了文化观念以新的内涵。

三、法律：目的，还是手段？

有学者指出：人们对于"法"的态度有时会完全不同，正如有人说到"法"，会"如骑士得到盔甲，为之兴奋"，而有人却会"如履薄冰，如临深渊"，"如从悬挂着的利斧下走过"。[①] 法律心理学家的研究也表明：人们对于法律的尊重，往往并不完全出于内心的认同，或守法主义的美德，而是畏惧法律的惩罚。以《麦克白》(Macbeth, 1606)为例，该剧虽然没有直接涉及法律和法治问题，但作品中不乏人们守法动机的思考。第一幕第七场中，麦克白在暗杀邓肯国王之前有一段著名独白，颇能反映犯罪者的守法心态："要是干了以后就完了，那么还是快一点干；要是凭着暗杀的手段，可以攫取美满的结果，又可以排除了一切后患；要是这一刀砍下去，就可以完成一切、终结一切、解决一切——在这人世上，仅仅在这人世上，在时间这大海的浅滩上；那么来生我也就顾不到了。可是在这种事情上，我们往往逃不过现世的裁判；我们树立下血的榜样，教会别人杀人，结果反而自己被人所杀；把毒药投入酒杯里的人，结果也会自己饮鸩而死，这就是一丝不爽的报应"(1:7)。在《哈姆雷特》中，阻碍主人公一再推迟复仇计划的原因之一也是对于"裁判"的恐惧，不过麦克白担心的是"现世的审判"和"一丝不爽的报应"，而哈姆雷特担心的则是来世的审判："死去，睡去……/但在睡眠中可能有梦，啊，这就是个阻碍:/当我们摆脱了此垂死之皮囊，/在死之长眠中会有何梦来临？/它令我们踌躇，/使我们心甘情愿地承受长年之灾，/……所以，理智能使我们成为懦夫，/而顾虑能使我们本来辉煌之心志变得黯然无光，像个病夫。/再之，这些更能坏大事，乱大谋，使它们失去魄力"(3:1)。可以说，无论是麦克白对"现世裁判"的顾虑，还是哈姆雷特对于末日审判的恐惧，其实都反映了人们对于法律的消极态度和功利心理，也就

[①] 范忠信：《中西法观念比较》，《比较法研究》，1987年第3辑，第10页。

是反映了当时社会①的文化形态,因而不失为一种隐性的文化批评。

在消极的守法行为之下,法律成为人们谈之色变的不祥之物。然而消极守法虽然是守法主义的最低境界,却是社会上最普遍存在的心理。此外,法律有时也可以成为人们捍卫自身权利的"护身符",因而守法是最明智的理性选择。不过,无论是哪一种情况,法律都不可避免地带有工具主义特征。在《威尼斯商人》中,无论就夏洛克而言,还是就安东尼奥和鲍西娅而言,法律都是一种复仇的工具。"一磅肉"契约是夏洛克复仇的利刃,是他只身反抗威尼斯主流社会的"政治护身符"。然而,作为一个完全意义上的他者,夏洛克已然威胁到了威尼斯社会的政治理念和价值准则,成为卡尔·施密特所定义的"敌人",并最终被"合法"铲除。在威尼斯,上至公爵和鲍西娅,下到夏洛克和安东尼奥,人们无不宣扬"守法"的重要性。无论是恪守法律文字的法条主义,还是兼顾正义与仁慈的衡平法律,守法都是公民的不二选择。然而其中的症结在于,威尼斯在建构"守法主义"核心价值的同时,城邦中的各色人物无不视法律为完成某种目的的手段,最后的法庭大审则更因其"惩恶扬善"的"大团圆"结局,彰显了法律的工具主义特征。莎士比亚不动声色地揭示了这种工具主义式的"大团圆",其批评含义不言自明:为好的结果而不计手段,会在道德等文化层面给社会带来危害。这种危害性到了 19 世纪经由边沁(Jeremy Bentham, 1748—1832)等功利主义者之手得以扩大,而阿诺德等人提倡的"超越工具手段"的"文化"②正是对功利主义思潮的反击。换言之,莎士比亚早就用文学故事/语言表达了跟后来阿诺德等人同样的文化忧思,也就是为文化观念注入了反工具主义/反功利主义的内涵。

众所周知,康德对于"善"作了精辟的诠释:"善"之所以为善,不是取决于好的结果,而是源自无条件的"善"的意志。③ 康德之所以如此界定"善",是因为看到了人们在日常生活中道德行为的功利主义特征。同理,一旦法律被当

---

① 虽然《哈姆雷特》表面上的背景是 12 世纪的丹麦,但是我们仍然可以把它看作对莎翁所处英国社会的影射。

② 马修·阿诺德:《文化与无政府状态:政治与社会批评》,韩敏中译,北京:三联书店,2002 年,第 30 页。

③ Immanuel Kant, *The Moral Law: Groundwork of the Metaphysic of Morals*, trans. H. J. Paton, New York: Routledge, 2005, 9.

作束缚或制约人们行动的准则,它背后一定存在着人们守法的利益考虑(无论是积极的还是消极意义上的"利益")。为了弥合实然世界与应然世界的巨大鸿沟,康德提出了感性世界与理性世界的概念。康德认为,感性世界的立法与理性世界的立法存在根本不同。遵守理性世界的法律本身即意味着主体的自由和自主。与理性世界所不同的是,任何感性世界的守法行为终究无法摆脱"他律"(heteronomy)的特征。显然,康德所说的守法个体的"他律"特征本身即为法律的工具主义体现。那么,法律如何才能摆脱工具主义的特征呢?在康德看来,在感性世界,这根本不可能。只有当守法者按照理性的原则,进入目的王国和理性世界中,个体才能成为立法者,从而摆脱工具性的特征。换句话说,只有当守法者同时也是立法者的时候,法律的应然世界和实然世界才会合二为一。在人们没有成为立法者之前,守法只能是达成某种目的的手段,而不是目的本身。

然而,康德的逻辑推理固然周密,他的概念区分固然严格,却无法囊括莎士比亚笔下文化形态的复杂性。《威尼斯商人》等戏剧所呈现的法律,牵涉了道德、信仰、责任心和价值观等诸多文化内涵。就如哈罗德·伯尔曼(Harold Berman,1918—2007)所说:"法律不只是一整套规则,它是人们进行立法、裁判、执法和谈判的活动。它是分配权利与义务,并据以解决纠纷、创造合作关系的活生生的程序。宗教也不只是一套信条和仪式,它是人们表明对终极意义和生活目的的一种集体关切,是一种对于超验价值的共同直觉与献身。"[1]守法亦源于对法律尊严的认可和信仰,自觉守法才是守法的最高境界。一个守法者如果能够用生命捍卫法律,那么一定是因为他是一个真正的立法者。否则,在财产、权力、宗教乃至生命与法律的取舍之间,他一定会抛弃法律而选择其他。在此意义上,苏格拉底并不是守(雅典)"法"的楷模,而是以行动证明:死亡并不可怕,人生中可能有比生命更重要的"存在"。苏格拉底代表了西方法治神话的极限情景,然而就安东尼奥而言,真正的守法应该是效仿狱中的苏格拉底——明明知道自己是无罪的,却甘愿慷慨赴死。苏格拉底做到了,但是《威尼斯商人》中的商人并未履行法律约定。犹太人夏洛克最终败诉,安东尼

---

[1] 哈罗德·伯尔曼:《法律与宗教》,梁治平译,北京:中国政法大学出版社,2002年,第11页。

奥的商船奇迹般地幸免遇难，鲍西娅与巴萨尼奥也终成眷属，但我们却无法盖棺定论：这是西方法治神话的胜利，还是失败？康德的目的王国固然充满了理论诱惑力，却无法回答如下问题：人为什么要用永恒法约束自己的行为？为什么这样做重于现实利益？人如何相信只有这样才能找到自己的尊严和价值？这些问题都是无法运用理性所能回答的，必须从文化层面去寻求答案。莎士比亚似乎已经预见到英国将来会陷入理性主义的麻烦，所以早早地把上述文化难题摆在了世人面前，敦促世人深入思考。

人们既无法建立一个完美的法治社会，也无法停止对于法律乌托邦的向往，这是西方近现代法律文明的一个两难处境。莎士比亚的戏剧创作植根于早期现代英国法律文化的土壤之中，然而莎士比亚在参与建构英国法治神话的同时，也对法制社会中的种种弊端不无忧虑。通过对于正义、权利、美德等抽象概念的表现与思考，莎士比亚戏剧促使我们不断地反思这些与人类命运息息相关的重大问题。如亚里士多德所主张的那样，所有人服从法律固然是法治的前提和保障。[①] 然而，同样需要发问的是：社会公民是出于何种动机和心态服从法律的？当一项法律丧失了其正当性基础的时候，人们是否应具有守法的道德义务？法律的正当性基础又是什么？法律是否等同于正义？或者说，法律在多大程度上可以帮助社会实现正义？对于这些重大文化命题，莎士比亚与其说提供了现成的结论，不如说是在引导世人作一次次的拷问。就在这样的拷问之中，莎士比亚为丰富文化观念的诸多内涵奠定了基础。

第二节
荣誉·爱欲·秩序：《特洛伊罗斯与克瑞西达》与早期现代英国的价值变迁

作为秩序的文化，其内涵早在莎士比亚时代就开始显现了。秩序的确立

---

① 亚里士多德：《政治学》，吴寿彭译，北京：商务印书馆，1983 年，第 199 页。

和维护,往往牵涉荣誉和爱欲等价值观,而这些在莎剧《特洛伊罗斯与克瑞西达》中都有体现。

对于早期现代英国剧作家而言,古代希腊和罗马是他们挥之不去的历史记忆。然而在《特洛伊罗斯与克瑞西达》剧中,作为"美"之象征的海伦、"勇敢"之象征的阿喀琉斯、"智慧"之象征的俄底修斯,以及"忠贞"象征的特洛伊罗斯,均无一例外地经历了形象蜕变。借历史和古人抒发现代人的情怀和幽思,这本是人之常情。特别是在社会转型时期,人们因为对明日生活充满疑虑和不安,过去被理解成简单、美好的,现在则被认为是复杂、人心不古的。这样的情结也在情理之中,而且亘古有之。然而,莎士比亚却拒绝将传统简单地等同于美好,或者简单地用二元对立观来看待过去与现在。在《特洛伊罗斯与克瑞西达》中,非但过去不是简单、美好的,而且充斥着现代价值观念,传统社会赖以存在的形而上学基础亦荡然无存。《特洛伊罗斯与克瑞西达》所展现的不仅是社会秩序变迁中的价值更迭,同时也浸透着浓厚的文化悲观主义,即"文化悲剧是人的永恒命运——既非特定历史阶段的罪恶使然,也非重塑某个历史阶段的文化精神所能够逃逸"。[①] 一言以蔽之,《特洛伊罗斯与克瑞西达》所承载的是超越了政治和道德批判的文化忧思。

一、"荣誉"的价值重估

"荣誉"是莎士比亚戏剧中反复出现的一个重要主题,然而如果对莎士比亚的戏剧作整体考量,我们就会发现:荣誉时而意味着一种尚武精神或骑士风度,时而意味着高贵的出身或体面的生活方式,时而又意味着社会财富的占有;荣誉有时代表勇敢、守信、忠贞、忍耐、节制、爱共同体等个体美德,有时却是一种流动易变、虚无缥缈的舆论名声。作为西方文化史上的核心价值观念之一,"荣誉"更早可以追溯到古希腊、古罗马和基督教早期时代,因而经历并见证了漫长的社会价值变迁。到了莎士比亚的早期现代英国,"荣誉"的传统话语依然在延续,但其词义内涵正在悄无声息地经历一场变革。可以说,对于"何为荣誉"这一"老问题"的讨论往往是解决新问题的需要。

---

① 西美尔:《货币哲学》,陈戎女、耿开君等译,北京:华夏出版社,2002年,第16页。

乔纳森·多利莫(Jonathan Dollimore, 1948—)在其名作《激进的悲剧：莎士比亚及其同时代者戏剧中的宗教、意识形态与权力》(*Radical Tragedy: Religion, Ideology and Power in the Drama of Shakespeare and His Contemporaries*, 2004)中指出，《特洛伊罗斯与克瑞西达》剧中有两场文化/哲学大辩论：一场有关秩序，在希腊军营展开（第一幕第三场）；另一场有关价值，在特洛伊阵营展开（第二幕第二场）。① 不过，无论是希腊人的秩序话语，还是特洛伊人的价值主张，都不约而同地指向特洛伊战争本身。希腊人关心的是如何重整秩序，赢得这场旷日持久的远征战；而特洛伊人则必须统一思想，就如下问题达成共识：是否归还海伦，尽快结束战争？在荷马史诗《伊利亚特》(*Iliad*, c. 800 BC)中，战争具有无可争议的合法性；而在《特洛伊罗斯与克瑞西达》中，战争的正义性却变得十分可疑。在古希腊世界，战争是人类生活中的必要组成部分，因此荣誉作为一种基本的价值标准，作为指导希腊英雄们生活行动的金科玉律，无任何含混或可质疑的余地，愤怒、神明、英雄是史诗的三大主题②；而在《特洛伊罗斯与克瑞西达》中，神明隐退，阿喀琉斯的愤怒可以忽略不计，英雄更是无从谈起，而战争则毫无意义：

> 争来争去不过是为了一个忘八和一个婊子，结果弄得彼此猜忌，白白损失了多少人的血。(2：3)

在上文提到的第一场辩论中，俄底修斯发表了著名的有关秩序的演说(1：3)，慷慨激昂地针砭时弊，大讲特讲秩序、等级、和谐之于共同体的重要作用。然而雄辩归雄辩，俄底修斯有关秩序的演说诚乃醉翁之意不在酒，充其量只是一种政治上的权宜之计和空洞辞令，其真正用心不过是把矛头转向"骄矜自负"(1：3)的阿喀琉斯。

在荷马史诗《伊利亚特》中，阿喀琉斯是改变并决定特洛伊战争的关键，就如下面这段评论中指出的那样：

---

① Jonathan Dollimore, *Radical Tragedy: Religion, Ideology and Power in the Drama of Shakespeare and His Contemporaries*, New York: Palgrave MacMillan, 2004, 42-43.
② 程志敏：《荷马史诗导读》，上海：华东师范大学出版社，2007年，第160页。

在人与神的冲突中，激情是必要的，然而这却威胁着共同体。阿喀琉斯从凡人的共同体走出，又返回这一共同体。他又食人间烟火了，又承认限度了：限制愤怒，限制悲哀，限制他对正义之可能的期待……阿喀琉斯的故事是一个经过转换的传说，经过反思和节制，并没有引向放弃应得之物这一观念，而是引向理解这一概念的限度。①

史诗中的阿喀琉斯退出战场，是由于荣誉受到不公正的侵犯，而返回战场的直接动因则是好友帕特洛克罗斯之死，因此无论是阿喀琉斯退出战场还是重返战场，都具有至关重要的政治和伦理意义。与之相反，在莎士比亚戏剧中，阿喀琉斯重返战场，完全是俄底修斯一人的计谋所致，与正义及城邦共同体观念几乎"风马牛不相及"。如该剧中涅斯托所说："制伏两条咬人的恶犬，最好的办法是请它们彼此相争，骄傲便是挑拨它们搏斗的一根肉骨。"(1：3)通过极力吹捧傲慢而愚蠢的埃阿斯，俄底修斯成功地打消了阿喀琉斯的气焰，而且令后者不堪羞辱，重返希腊军营参加战斗。尽管俄底修斯吹嘘这一计谋为"运筹帷幄的智谋"(1：3)，但它与荷马、柏拉图笔下的美德和智慧完全是两码事，反而更接近马基亚维利主义式的"权谋"(policy)。② 阿兰·布鲁姆(Allan Bloom，1930—1992)对此有过这样的评价：

俄底修斯的引导使阿喀琉斯成了贪恋荣誉的怪物，取得荣誉靠的都是德行带来的名声，而非靠美德本身。俄底修斯的引导还表明，他的荣誉必须在希腊社会内部的权力语境之内获得。③

这一评价无疑是中肯的。莎士比亚对荷马和柏拉图笔下"荣誉"和"美德"所作的改写，其实是折射出莎士比亚所处时代的政治/伦理价值观——这些价

---

① 萨克逊豪斯：《阿基琉斯传说中的血气、正义和制怒》，尚新建译，引自刘小枫、陈少明编《血气与政治》，北京：华夏出版社，2007年，第15页。
② William M. Hamlin, *Tragedy and Scepticism in Shakespeare's England*, New York: Palgrave MacMillan, 2005, 167-183.
③ 阿兰·布鲁姆：《莎士比亚笔下的爱与友谊》，马涛红译，北京：华夏出版社，2010年，第108页。

值观关乎社会秩序——的变迁，而这种思考为日后文化观念的进一步演变注入了丰富的内涵。

更为重要的是，俄底修斯在挑起阿喀琉斯与埃阿斯之间纷争的同时，把柏拉图哲学体系中的"荣誉"偷换成为现代人更加关注的"名声"或"名誉"。究其实质，莎士比亚笔下的俄底修斯是一个披着希腊人外衣的伊丽莎白时代人。[①] 当"名声"成为"荣誉"的代名词，对荣誉的竞争随之成为一种"零和游戏"：一旦有人获得某些名誉头衔，就会有人因此无法得到名誉，就像剧中阿喀琉斯或埃阿斯注定只有一个人才配得上希腊第一勇士的名声，而阿喀琉斯与赫克托也必须分出高下一样。换言之，游戏的结果注定是"几家欢喜几家愁"，而不是俄底修斯口中的"和谐"景象。下面这段忠告恰恰反映出一种不和谐的反文化现象：

不要放弃眼前的捷径，光荣的路是狭窄的，一个人只能前进，不能后退，所以你应该继续在这一条狭路上迈步前进，因为无数竞争的人都在你的背后，一个紧追着一个；要是你略事退让，或者闪在路旁，他们就会像汹涌的怒潮一样直冲过来，把你遗弃在最后。（3：3）

剧中的另一场大辩论在特洛伊阵营中展开。主帅赫克托坚决主张特洛伊人把海伦归还给希腊人，并摆出了两个理由：（1）海伦本不属于特洛伊人；（2）每个特洛伊战士的生命都与海伦一样宝贵（2：2）。赫克托的话音未落，特洛伊罗斯便反唇相讥："伟大尊严的父王的荣誉"岂能"和微贱的生命放在一个天平里称量"？（2：2）。当赫克托再次反驳时，特洛伊罗斯把话题转向了有关价值的讨论：

特洛伊罗斯：哪一样东西的价值不是按照着人们的估计而决定的？
赫克托：可是价值不能凭着私心的爱憎而决定。一方面这东西的本身必须确有可贵的地方，另一方面它必须为估计者所重视，这样它的价值才能确

---

① Jonathan Gil Harris, *Sick Economies: Drama, Mercantilism, and Disease in Shakespeare's England*, Philadelphia: University of Pennsylvania Press, 2004, 106.

立。要是把隆重的祭礼去向一个卑微的神祇献祭,那就是疯狂的崇拜;偏执着私人的感情而不知辨别是非利害,那也是溺爱不明。(2:2)

特洛伊罗斯认为,所谓"价值",并非事物的固有属性或禀赋,而是"按照人们的估计而决定的"。换言之,价值不是一种先验的存在,而是人类的后天建构,价值与本体无关。必须在此指出的是,尽管这段辩论后来每每被莎士比亚研究者当作价值相对论(绝对论)的经典案例,但剧中特洛伊罗斯与赫克托其实无意于形而上的思辨,他们更加关心是否"放海伦回去"(2:2)。因此,当赫克托指出特洛伊罗斯的"价值"完全抛开了本体对象,有可能堕落为一种"疯狂的崇拜"时,后者即便理亏,也仍然固执己见,其立论又引出了另外一个话题,即责任与荣誉。为了说明保卫海伦是特洛伊人的责任与荣誉所在,特洛伊罗斯打了两个比方:人们不能因为把绸缎污毁了以后再向商家退换,也不能因为吃饱了"就把剩余的食物倒在肮脏的阴沟里"(2:2)。这两个比方无疑进一步加强了剧中海伦的娼妓形象,更把特洛伊人曾经珍视的荣誉价值贬低为形而下层面上的口腹之欲。不过,特洛伊罗斯似乎并没有意识到此中的反讽和悖论,继续指责赫克托和特洛伊人"变成一个胆小怕事的懦夫,汩没了他的英勇的气概"(2:2):

  啊!赃物已经偷来了,我们却不敢把它保留下来,这才是最卑劣的偷窃!这样的盗贼是不配偷窃这样的宝物的。(2:2)

至此,荷马史诗中的英雄叙事已经完全演变为一个强盗故事。然而,彻底撕掉特洛伊战争最后一块"道德遮羞布"的是帕里斯,即整场事件的始作俑者。作为"既得利益者",他当然主张誓死捍卫海伦,其理由也十分简单:世界上没有什么比为美人而战能够给人带来更大的荣誉了;相反,把海伦归还给希腊人将是特洛伊人的耻辱,会让特洛伊人永远蒙羞。尽管帕里斯满口"荣誉"之类的话语,其逻辑却是漏洞百出:为海伦而战是光荣的,而拐骗海伦却是不光彩的;为了洗刷由此带来的羞耻,特洛伊人不应归还海伦,而应不惜一切代价留住她,因为这是特洛伊人的"荣誉"。面对如此自相矛盾的论辩,赫克托忍不住说：

> 可是你们对于我们现在讨论的问题只作了一番文饰外表的诡辩，正像亚里士多德所说的那种不适宜于听讲道德哲学的年轻人一样。你们所提出的理由，只能煽动偏激的意气，不能作为抉择是非的标准，因为一个耽于欢乐或是渴于复仇的人，他的耳朵比蝮蛇更聋，是听不见正确的判断的。(2：2)

赫克托无非是说，帕里斯真正关心的其实并不是所谓特洛伊人的"荣誉"，而是完全为了满足个人的享乐和复仇欲望。而在赫克托看来，人一旦受制于血气和情欲，所谓的"荣誉"不过是自欺欺人而已。通过赫克托和帕里斯之间的辩论，莎士比亚在多个文化层次上追问了"荣誉"的意义，即荣誉的伦理含义，它为社会秩序带来的后果，它所涉及的责任和权利，它所依据的是非标准，以及它所倚赖的理智与情感之间的平衡。这些都构成了盘根错节的文化命题，显然可以看作英国文化观念的先声。

再回到赫克托：他明知特洛伊战争既有悖于道德，又危害国家秩序，但是就在他即将以压倒优势赢得辩论时，却突然话锋一转，出尔反尔地说：

> 可是虽然这么说，我的勇敢的兄弟们，我仍旧赞同你们的意思，把海伦留下来，因为这是对于我们全体和各人的荣誉大有关系的。(2：2)

细心的读者会发现：赫克托从辩论一开始就认为，这场战争压根儿就是一场不道德的、违背自然法的无妄之灾，可是他早在那场辩论之前就已经向希腊人发出战书："我已经向这些行动滞钝、党派纷歧的希腊贵人们提出挑战，惊醒他们昏睡的灵魂"(2：2)。也就是说，无论辩论结果如何，他都会昧着良心去战斗。他并非"听不见正确的判断"（见上文中的引文），但是他的认知能力跟他的道德良心脱节了，这不啻为一种文化悲剧。

二、欲望剧场："这是克瑞西达，又不是克瑞西达"

从一开始，特洛伊罗斯的"爱情"就被潘达洛斯比喻成"吃面饼"，因此与口腹之欲紧密相连。为了吃到面饼,特洛伊罗斯不但要"先等把麦子磨成了粉",还要有足够的耐心等"面粉放在筛里筛过",然后"再等它发起酵来",之后"还要等面粉搓成了面团,炉子里生起了火,把面饼烘熟;就是烘熟以后,还要等它凉一凉,免得烫痛了嘴唇"(1:1)。勒内·吉拉德(René Girard,1923—2015)认为,潘达洛斯是该剧中真正的一号人物,他仿佛是一个现代资本主义社会的广告商,无休止地制造着欲望。① 作为一个经验老到的皮条客,潘达洛斯深谙人类欲望的悖论:欲望来源于拖延和求而不得,实现的过程越迟缓,欲望激起的动力就越大。《罗密欧与朱丽叶》中劳伦斯神父撮合罗密欧与朱丽叶,是为了化解蒙太古和凯普莱特两大家族的世仇,而潘达洛斯从事的则是寡廉鲜耻的皮肉生意。挑起特洛伊罗斯与克瑞西达彼此的欲望,这不但是潘达洛斯唯一能做的事情,也是他在剧中唯一所做的事情。

第三幕第二场,潘达洛斯成功安排特洛伊罗斯与克瑞西达两人幽会。在特洛伊罗斯等待克瑞西达出现、初尝禁果之前,有一段独白,堪称英国文学中情欲描写的绝唱:

> 我觉得眼前迷迷糊糊的,期望使我的头脑打着回旋。想象中的美味是这样甘芳,它迷醉了我的神经。要是我生津的齿颊果然尝到了经过三次提炼的爱情旨酒,那该怎样呢?我怕会死去,昏昏沉沉地倒下去不再醒来;我怕那种太微妙、太渊深的快乐,调和在太芳冽的甘美里,不是我粗俗的感官所能禁受的;我怕,我更怕在无边的幸福之中,我会失去一切的知觉,正像大军冲锋、敌人披靡的时候,每个人忘记了自己一样。(3:2)

特洛伊罗斯的欲望话语让我们可以清楚地看见欲望和幻想之间的隐秘关联。与此相呼应的,是克瑞西达形象的突变:戏剧开始时,她俨然是贞洁的象征,后来突然变成了荡妇。评论者们往往对此感到手足无措,甚至会把克瑞西达的性格不一致归咎为莎士比亚创作中的瑕疵。然而,在另外一层意义上,克瑞西达忠贞与否根本无关该剧的主题宏旨。在特洛伊罗斯的想象中,克瑞西达

---

① René Girard, *A Theatre of Envy: William Shakespeare*, New York: Oxford University Press, 1991, 122-123.

的美貌远超过被帕里斯拐走的海伦，或者说代表着完美女人的另一个"海伦"。作为特洛伊罗斯"完美女人"的幻想投射，也许该剧自始至终只有一个克瑞西达，而不是后来特洛伊罗斯所说的两个克瑞西达。特洛伊罗斯在目睹了克瑞西达与狄俄墨得斯调情之后，说了这样一番话：

> 这是她吗？不，这是狄俄墨得斯的克瑞西达。美貌如果是有灵魂的，这就不是她；灵魂如果指导着誓言，誓言如果代表着虔诚的心愿，虔诚如果是天神的喜悦，世间如果有不变的常道，这就不是她。……这是克瑞西达，又不是克瑞西达。(5：2)

当事人克瑞西达同样深谙此理，但同时也把自己当作"被渴望"的对象：

> 女人在被人追求的时候是个天使；无论什么东西，一到了人家手里，便一切都完了；无论什么事情，也只有正在进行的时候兴趣最为浓厚。……既得之后是命令，未得之前是请求。虽然我的心里装满了爱情，我却不让我的眼睛泄漏我的秘密。(1：2)

此处男欢女爱中的"情欲"，与前文所提俄底修斯的"名声"，遵循的是同一种逻辑：为了持久的拥有，那就需要不断获得，否则就难逃被遗忘的命运。正是这样一种逻辑，折射出一种文化/生命价值意义上的空虚。揭示"情欲"和"名声"的空洞，这可以看作莎士比亚的文化使命：唯有揭穿虚假的价值，才有可能追求真实的价值。

《特洛伊罗斯与克瑞西达》的双重颠覆意义在于，它一方面彻底暴露了情欲满足后的虚空，另一方面则揭示出欲望对象本身的空虚。必须指出的是，莎士比亚从未表现过任何纯之又纯、超越政治和意识形态之上的爱情。无论是《罗密欧与朱丽叶》和《安东尼与克莉奥佩特拉》(*Antony and Cleopatra*, 1607)中，还是《仲夏夜之梦》乃至《暴风雨》(*The Tempest*, 1611)中，爱情必定与城邦和政治生活息息相关。这并不是说，莎士比亚将他的"爱情"故事设置于种种政治或价值空间和情境之中，或者说政治、战争、王权充当了爱情故事的"背景",而是说爱情本身就是文化政治。即便是所谓的超越一切世俗束缚之上的"爱情",也未尝不是表现为一种价值判断或道德立场。这一立场隐含着文化层面的深思熟虑,而这正是莎士比亚为文化观念所注入的内涵。如果说《罗密欧与朱丽叶》等爱情悲剧讴歌的是誓死不渝的"爱",那么《特洛伊罗斯与克瑞西达》则描写了与爱如影相随的"欲";罗密欧与朱丽叶的爱超越于世仇暴力,而特洛伊罗斯与克瑞西达的"爱"和"欲"则是暴力和价值虚无主义的源泉。在《罗密欧与朱丽叶》中,剧作家是一个神话制造者;而在《特洛伊罗斯与克瑞西达》中,莎士比亚成了一个偶像破坏者。从爱到欲的变迁,同时也是一种价值变迁。爱情常常被当作批判战争、超越世俗利益,甚至赋予生命以意义的一种价值准则。正如卢梭所说,男人不再决斗,是因为他们不再相信女人的贞洁及其贞洁的重要性。① 作为一种文化和价值建构的"爱",其实隐含着若干伦理观念:爱意味着与短暂、多变的欲望相对立的永恒时间观和超验的生命体验;爱超越平庸、功利、琐碎的日常生活经验;通过生命审美化的独特方式,爱在政治生活的疆界之外开辟一片权力辖制之外的道德和伦理世界。也就是说,莎士比亚描写爱,就是在进行文化建构。他展现的文化图景似乎是当代法国思想家阿兰·巴迪欧(Alain Badiou,1937—)如下阐述的先声:

> 但是爱也不能简化为相遇,因为爱首先是一种建构。爱的思想的秘密,就在于这种最终完成'爱'所经历的绵延岁月。……相遇仅仅解除了最初的障碍、最初的分歧、最初的敌人;若将爱理解为相遇,是对爱的扭曲。一种真正的爱,是一种持之以恒的胜利,不断地跨越空间、时间、世界所造成的障碍。②

巴迪欧此处说的"建构",显然就是一种文化建构———一种超越"相遇"的文化。特洛伊罗斯与克瑞西达之爱充其量是一种"相遇",而《特洛伊罗斯与克瑞西达》的文化意图则是超越"相遇"。

---

① 阿兰·布鲁姆,第97页。
② 阿兰·巴迪欧:《爱的多重奏》,邓刚译,上海:华东师范大学出版社,2012年,第63页。

三、早期现代社会的秩序观念变迁

早期现代英国有关秩序、正义、美德等重大文化问题的讨论,均不是以社会制度的方式,而是以"人性"和"欲望"等话语方式提出的。《特洛伊罗斯与克瑞西达》中的"荣誉"话语和"爱欲"话语正是莎士比亚用来讨论秩序问题的方式。

说到爱情与荣誉/战争,学界有一个广为接受的观点,即《特洛伊罗斯与克瑞西达》全剧由两条主线组成:一是特洛伊战争,二是特洛伊罗斯与克瑞西达的爱情故事。然而,如哈罗德·戈达德(Harold Goddard,1878—1950)所说,这两个故事其实是一个故事:爱情与战争、情欲与暴力只是一枚硬币的两面,或者说不同视角下的同一主题。[①] 阿兰·布鲁姆也认为,"爱欲生活与最严肃的政治活动(即战争)之间的对立"是该剧的核心主题。[②] 该剧中,希腊人与特洛伊人因为争夺海伦而刀兵相见,但战争开始以后,战争又因为战士的恋爱而陷入僵局。特洛伊罗斯在全剧开始时称,"自己心里正在激战",所以根本无法"到特洛伊的城外去作战"(1:1)。全剧接近尾声时,特洛伊罗斯经历情变,赫克托阻止其参战,却被反驳说:"除了我自己的毁灭以外,我不怕任何的阻力"(5:3)。前文提到,荷马笔下的阿喀琉斯拒绝参战,以及后来重返希腊军队,乃是出于一种原始的荣誉和正义观念,而在莎士比亚剧中,阿喀琉斯这个象征着尚武精神的勇士竟然也为情所困,进而拒绝参战:"伟大的赫克托的妹妹征服了阿喀琉斯"(3:3)。纵观全剧,莎士比亚几乎赋予了剧中所有人物以情欲与荣誉双重动机,忒耳西忒斯的愤世嫉俗之语不幸言中了该剧的悲剧内核:

> 我希望整个的军队都遭到灾殃;或者让他们一起害杨梅疮,因为他们在为一个婊子打仗,这是他们应得的报应。(2:3)

这句话看似只关乎荣誉和情欲,其实关乎秩序和正义。如韦尔斯(Robin Headlam Wells)所说,文艺复兴时期的人文主义者秉承着一个重要信念,即:

[①] Harold Goddard, *The Meaning of Shakespeare*, Chicago: The University of Chicago Press, 1954, 5.

[②] 阿兰·布鲁姆,第89—90页。

人们若希望建立一个公正社会,就必须回到现实的人性本身。这种普世人性观不但对莎士比亚影响至深,而且广泛植根于每个文艺复兴作家的心中。① 培根在《学术的伟大进展》(*The Advancement of Learning*,1605)中就批评传统道德哲学家:"在上帝、美德、职责和幸运的眷顾下,他们给出了构思巧妙、美好的范例和范本;……但如何调整驯服人类的欲望,并使之与这些追求相一致,他们则完全忽略了。"② 马基雅维利(Niccolo Machiavelli,1469—1527)虽未系统讨论过人性问题,但已经开始意识到现实的国家理论离不开人性的知识;霍布斯则在《利维坦》(*Leviathan*,1651)中用了10个章节讨论人性问题;斯宾诺莎(Baruch Spinoza,1632—1677)更是在《神学政治论》(*Tractatus Theologico-Politicus*,1670)中抨击某些哲学家"不是按人的真实存在想象人,而是随心所欲地想象人",并高调宣称:"我将要考察人类的行为和欲望,像我考察线条、平面和体积一样。"③ 无独有偶,对人类激情的挖掘和表现贯穿了莎士比亚的创作生涯,以至于哈罗德·布鲁姆干脆将其著作的题目定为"莎士比亚:人性的发明"。诚然,人类激情与城邦正义关系的探讨,早在柏拉图《理想国》(*The Republic*,c. 380 BC)中即已蔚为大观,而《特洛伊罗斯与克瑞西达》可谓莎士比亚以戏剧诗学的方式对早期现代社会价值建构——一种文化建构——的回应和参与。所不同的是,莎士比亚在该剧中没有像柏拉图那样把人类划分为不同的灵魂类型,而是采用了一种"价值夷平"的方式,破除了高贵与自大、勇敢与野蛮、爱情与情欲等伦理规范的本质差异,人成了血气与情欲的混合体。

剧中有一人物叫忒耳西忒斯,其形象颇能说明莎士比亚对(荷马和柏拉图等人的)古典美德和价值观念的改造。忒耳西忒斯的原型可以在《伊利亚特》中找到,即提尔塞特斯。后者是荷马史诗中唯一平民声音的代表,但是荷马出于对平民阶层作乱本能的憎恶,将其丑化成了一个猥琐、无耻之徒。柏拉图也在其著作中提及过忒耳西忒斯,同样对他没有任何好感。在《高尔基亚斯篇》

---

① Robin Headlam Wells, *Shakespeare's Humanism*, New York: Cambridge University Press, 2005, ix.
② 转引自艾伯特·奥·赫希曼:《欲望与利益:资本主义走向胜利前的政治争论》,李新华、朱进东译,上海:上海文艺出版社,2003年,第17页。
③ 艾伯特·奥·赫希曼,第7—8页。

(Gorgias)中,忒耳西忒斯是被苏格拉底斥责的罪犯;在《理想国》中,忒耳西忒斯也是作为丑角出现的,藏在猿猴的躯体里准备去转世。[①] 荷马歌颂的是贵族和英雄的勇气与武力,提尔塞特斯是一个犯上作乱者,自然与荣誉无缘。在莎士比亚笔下,忒耳西忒斯扮演了一个类似《李尔王》中的"弄人"(jestor)角色,既参与到故事发展之中,又超越于戏剧之外。《伊利亚特》中的提尔塞特斯只有寥寥数语,而在《特洛伊罗斯与克瑞西达》中,忒耳西忒斯的评论几乎充斥全剧,成为该剧中唯一"不偏不倚"的道德观察者。总之,荷马美化贵族,丑化了平民;而莎士比亚则既丑化了平民,也丑化了贵族。

必须澄清的一点是,尽管忒耳西忒斯的视角常常被当作该剧的"价值"基点,还被用来讽刺挖苦剧中的各路"英雄",但这并不代表忒耳西忒斯的视角是一个可以信赖或褒奖的"全知视角";恰恰相反,忒耳西忒斯本身未尝不是人性建构或欲望话语中虚构的"自然人"。人类共同体应该建立在等级秩序的基础之上,这本来无可厚非。关键问题在于:这一"自然"的等级秩序又应该建立在何种"自然"的基础之上? 在荷马的世界里,城邦的自然秩序建立在"荣誉"之上,而在亚里士多德看来,雅典奴隶制才是"自然"的。进入早期现代社会,霍布斯则把人与人彼此为战看作人类社会的"自然"状态,洛克、马基雅维利等哲学家也分别设想了各自的"自然"概念。莎士比亚跟他们不同,他建构了另一种"自然":在《特洛伊罗斯与克瑞西达》中,无论是希腊人的阵营,还是特洛伊人的阵营,其秩序都建立在血气与情欲之上。换言之,莎士比亚捕捉到了时代价值观——关于秩序的价值观——的变迁。在他的作品中,我们仿佛能听到对于礼崩乐坏的哀叹,而这哀叹本身就是一种文化情怀。

查尔斯·泰勒(Charles Taylor)指出,在前现代社会,等级秩序不但是稳固不变的(任何僭越的行为都将受到谴责),而且更为重要的是,不同等级因其功用的不同而被赋予内在的价值。与此相反,在现代社会,尽管社会成员之间会为了彼此的需求而互相合作,但这种合作所带来的专业性本身缺乏内在的价值,利益和交换原则成为一种新的想象社会的方式。[②] 在《特洛伊罗斯与克

[①] I. F. 斯东:《苏格拉底的审判》,董乐山译,北京:生活·读书·新知三联书店,1982年,第42页。

[②] 查尔斯·泰勒:《现代社会想象》,林曼红译,南京:译林出版社,2014年,第9页。

瑞西达》中,因功用不同而被赋予不同价值的社会等级秩序受到了严重的破坏。自我不再是生存链上的组成环节,而是一个欲望的集合载体;荣誉的原则不再是对于原来社会秩序的继承和肯定,而是成为个体对名声和地位的"私欲"。在旧秩序中,顺服和忠诚是最大的美德;而在新秩序中,所有成员彼此之间都是竞争和替代关系,整个社会秩序表现出极大的流动性。哈蒙(A. G. Harmon)在《永恒的契约,真正的合同:莎士比亚问题剧中的法律与自然》(*Eternal Bonds, True Contracts: Law and Nature in Shakespeare's Problem Plays*, 2004)中指出,契约具有面向未来的时间指向性,因此不可避免地推崇一种超越时间的确定性,然而在《特洛伊罗斯与克瑞西达》中,"时间"成为流变的代名词,这几乎表现在剧中所有主题内容上:情欲、荣誉、名声、价值。时间不再划分为"过去""现在"与"未来",只有当下的瞬间,而"瞬间"则始终在消逝的过程之中。① 俄底修斯对阿喀琉斯的"激将法"之所以奏效,是因为它恰好戳中了后者内心深处的身份焦虑:"怎么!难道我的威风已经衰落了吗?"(3:3)

  古希腊和中世纪荣誉与爱情叙事背后实际上是对"忠诚"和"勇敢"等传统美德的礼赞。按照巴迪欧的说法,爱是对忠诚的训练,而特洛伊罗斯与克瑞西达的爱情故事展现的却是"忠诚"品质的陨灭。如果战争是对勇敢、克己、守信等美德的训练,那么《特洛伊罗斯与克瑞西达》展现的战争则是一场毫无意义的消耗。"荣誉"和"爱情"等这些曾经赋予个体生命意义的价值信念分别变成了转瞬即逝的名声和永远无法真正满足的情欲,随之而来的是个体灵魂深处对生命本身的幻灭感和无聊感。西美尔(Georg Simmel,1858—1918)对资本主义商品社会曾经做出过非常深刻的形而上学批判:从前宗教虔诚、对上帝的渴望才是人的生活中持续的精神状态,而如今对金钱的渴望成了"持续不断的刺激",然而导致"生命本身的无聊感"的并不是货币本身,而是价值"错位",即货币被误认为生命意义。② 换言之,莎士比亚所关注的是人类生存和价值世界本身。在他看来,一种理想的社会秩序,除了调解社会成员内部的利益关系

---

  ① A. G. Harmon, *Eternal Bonds, True Contracts: Law and Nature in Shakespeare's Problem Plays*, Albany: State University of New York Press, 2004, 67.
  ② 西美尔:《金钱、性别、现代生活风格》,刘小枫编、顾仁明译,上海:学林出版社,2000年,第13页。

以外,一定要同时满足人们对于"意义"的渴望;或者说,一个利益共同体还要成为一种价值共同体。

综上所述,莎士比亚把秩序命题跟"荣誉"和"爱欲"这两个命题融为一体,其用意是在大文化层次上表达人类对于价值和生命意义的诉求。《特洛伊罗斯与克瑞西达》中对于社会等级秩序遭受严重破坏的描写,以及对于价值失落的哀叹,都带着作者深深的文化忧思。这均表明:至少就秩序这一内涵而言,英国文化观念在他那个时代已经萌发。

第三节
《一报还一报》与早期现代英国的德政思想

作为秩序的文化,还表现为一个国家/共同体的德政思想。莎士比亚的戏剧《一报还一报》正好体现了早期现代英国的德政思想,因而可以看作与文化观念史的一种互动。

《一报还一报》开场时,维也纳公爵就代理公爵的人选问题征求爱斯卡勒斯的意见,后者的回答是:"在维也纳地方,要是有人值得受这样隆重的眷宠恩荣,那就是安哲鲁大人了"(1:1)。不过,无论就从政经验还是治理才能而言,似乎爱斯卡勒斯才是接替公爵掌权的理想人选,但公爵为何偏偏看中了安哲鲁呢?原因无外乎两点:(1)安哲鲁品德高尚;(2)他恪守律法。[①] 作为城邦治理者,个人的道德品行自然是为政的首要和必要条件,正如中国古人所谓"天下,非一人之天下也,天下之天下也",故而有德者居之。[②] 培根在《论高位》

---

① Conal Condren, "Unfolding 'the Properties of Government': The Case of *Measure for Measure* and the History of Political Thought," in *Shakespeare and Early Modern Political Thought*, eds. David Armitage, Conal Condren and Andrew Fitzmaurice, New York: Cambridge University Press, 2009, 160.

② 陆玖译注:《吕氏春秋·贵公》,北京:中华书局,2013年,第22页。

("Of Great Places",1612)中也说:"权位是,或者应该是,德能之所在。"①据此推理,安德鲁上位似乎是名正言顺。然而,一贯"持身严谨、屏绝嗜欲"(1:3)的安哲鲁刚一执政,就暴露出自己原来是"虚有其表"(2:4)。看似恪守律法主义的安哲鲁以审判他人始,却以遭受"审判"终,诠释了全剧"一报还一报"的伦理隐喻。

从治国理政的角度看,安哲鲁在执政和执法中所暴露的最大问题其实并非完全在于他的伪善或道德败坏,而是他以狂热的道德激情企图改造社会风尚,重建道德乌托邦的激进做法。安哲鲁以道德至善者自居,将个人冷峻的道德激情和律法主义融入国家治理之中,从而打破了城邦政治和社会道德的分界。如何在美德与义务的政治基础之外另辟新径,是早期现代英国文化政治中的核心问题,也是解读《一报还一报》的关键所在。另一方面,剧中维也纳城邦真正的统治者其实是幕后的文森修公爵,他的"哲学家王"和基督教君王形象自始至终都保持了完整和统一。然而,与其自我建构的"贤明君主"的形象恰恰相反,文森修公爵是该剧中最令哈罗德·布鲁姆等现代批评家反感的人物之一。② 我们认为,维也纳的政治体制决定了它始终需要建构和维护一个道德至善者或"哲学家王"。文森修公爵真正引起现代读者担忧甚至憎恶的,也许并不完全在于其马基雅维利主义式的"计谋"或自相矛盾的执法尺度,而是他"像天上的神明一样"(5:1)深入到维也纳的各个角落(包括维也纳臣民的内心和灵魂),从而把政治领域无限扩大,最终混淆了社会领域中必要的群己分界。

一、圣徒与浪荡子

事实上,文森修在"隐退"之前对于安哲鲁的"禁欲"倾向也不无疑虑:"安哲鲁这人平日拘谨严肃,从不承认他的感情会冲动,或是面包的味道胜过石子,所以我们倒要等着看看,要是权力能够转移人的本性,那么世上正人君子的本来面目究竟是怎样的"(1:3)。随着剧情的发展,我们看到安哲鲁确非仁

---

① 弗朗西斯·培根:《培根论说文集》,水天同译,北京:商务印书馆,2005年,第40页。
② Harold Bloom, *Shakespeare: The Invention of the Human*, New York: Riverhead Books, 1998, 370-380.

人君子,他不但垂涎依莎贝拉的美貌,犯下比克劳狄奥更加严重的"通奸"之罪,而且为掩盖自己的罪行,滥用职权,草菅人命,几乎成为一个"魔鬼"(3:1)。他的英文名"Angelo"一词既有"天使"的含义,又让人联想到堕落的天使"撒旦"。除了安哲鲁以外,莎士比亚在《一报还一报》中对于维也纳民众"本性"的表现上,远远没有如卢梭等启蒙主义哲学家想象的那样乐观。① 与17世纪初的英国伦敦一样,文森修治下的维也纳同样是瘟疫横行、色情猖獗、性病泛滥。这似乎是验证了老子在《道德经》(第18章)中的断言:"故大道废,焉有仁义;智慧出,焉有大伪。"②值得注意的是,在充斥着形形色色的嫖客、酒鬼、老鸨和浪荡子的维也纳,还生活着一群偏执狂热的道德完美主义者。在第一幕第四场,剧中女主角依莎贝拉刚一上场便宣誓要加入以禁欲苦修而闻名的圣克莱尔(St. Clare)修道院,但仍唯恐律法不够严厉:

依莎贝拉:那么你们做修女的没有其他的权利了吗?
弗兰西丝卡:你以为这样的权利还不够吗?
依莎贝拉:够了够了!我这样说并不是希望更多的权利,我倒希望我们皈依圣克莱尔的姊妹们,应该守持更严格的戒律。(1:4)

除了依莎贝拉,新上任的代理公爵安哲鲁也"从不承认他的感情会冲动"(1:3)。剧中另一人物路西奥说,安哲鲁"这个人的血就像冰雪一样冷,从来不觉得感情的冲动、欲念的刺激,只知道用读书克制的工夫锻炼他的德性"(1:4)。全剧一开场,如果说依莎贝拉以近乎狂热的道德激情即将宣誓进入修道院,那么安哲鲁则是刚一上任,便着力将维也纳城邦变成一个巨大的修道院。

在某种意义上,无论是文森修隐退,还是安哲鲁出任代理公爵,都预示着维也纳城邦在执法和执政方面将出现重大变革,而克劳狄奥与未婚妻朱丽叶则成为这次变革的牺牲品。莎士比亚运用"极简化"的戏剧结构,使安哲鲁和

---

① Jean-Jacques Rousseau, *Emile, or On Education*, trans. Alan Bloom, New York: Basic Books, 1979.
② 李零:《人往低处走:〈老子〉天下第一》,北京:生活·读书·新知三联书店,2012年,第72页。

克劳狄奥分别在第一幕的第一场和第二场亮相——前者作为审判者,而后者则作为被审判者。不过,安哲鲁与克劳狄奥的对峙却并非道德意义上的善恶对峙,莎士比亚讲述的也不是执法者匡扶正义、作奸犯科者罪有应得的法律故事。相反,作品借用基督教《圣经》中关于"一报还一报"的典故,打破了法官与罪犯、圣徒与浪荡子、修女与妓女,乃至圣洁与世俗之间本不可逾越的界限。更具体地说,莎士比亚在作品中探讨的德政命题其实是一个文化命题。

在我国思想家孔子看来,一个理想的政府不应该实行严酷的律法,而应该实行德政:"为政以德,譬如北辰,居其所而众星共之。"①在某种意义上,《一报还一报》中的文森修最接近于中国孔子所推崇的君主形象:品德高尚,心怀仁慈,智慧过人,克己奉公,为了维也纳城邦公民的幸福甘愿放弃了隐退的生活。他坦言道:"神父,你是最知道我的,你知道我多么喜爱恬静隐退的生活,而不愿把光阴消磨在少年人奢华靡费、争奇炫饰的所在"(1∶3)。然而在维也纳,贤明的君主和仁慈的政治并不必然带来全体城民的福祉。相反,在文森修执政的"十四年来",法纪涣散,嫖娼成风,维也纳的法律"因为从不施行的缘故,变成了毫无效力的东西"(1∶3)。

如果按照儒家君子的概念,那么安哲鲁身上的"美德"根本无法称其为美德,因为真正的君子"非礼勿视,非礼勿听,非礼勿言,非礼勿动",②而安哲鲁不仅垂涎依莎贝拉的美色,而且在满足自己的淫欲以后滥用职权,草菅人命,"这个外表俨如神圣的摄政,板起面孔摧残着年轻人的生命,像鹰隼一样不放松他人的错误,却不料自己正是一个魔鬼。他污浊的灵魂要是揭露出来,就像是一口地狱一样幽黑的深潭"(3∶1)。然而从另一角度看,"貌似正人君子,实乃羊皮虎质"的安哲鲁却并非儒家意义上的伪君子(3.1)。相反,剧中种种迹象表明,安哲鲁对于美德和法律的追求不但是真诚的,而且几乎带有某种狂热的激情。且看他的独白:"呸!呸!呸!安哲鲁,你在干些什么?你是个什么人?你因为她的纯洁而对她爱慕,因为爱慕她而必须玷污她的纯洁吗?……我从前看见人家为了女人发痴,总是讥笑他们,想不到我自己也会有这么一天!"(2∶2)也许正如依莎贝拉在剧终时所说,安哲鲁在受到诱惑之前,"他的行为

---

① 杨伯峻:《论语译注》,北京:中华书局,1980年,第11页。
② 同上,第123页。

的确是出于诚意的"(5：1)。仅就《一报还一报》剧本而言,摄政公爵安哲鲁冷峻的道德激情似乎无法实现克己的政治理想,或完成某种"超越"目标,而是导致了他的自我膨胀。高高在上的权位和内在的道德优越感不但使他无视人性的软弱,而且最终让他从审判者堕落为被审判者。安哲鲁的摄政生涯则表明,在个体层面上,缺乏仁爱之心的自我修养无法完成作为道德主体的"君子"之道德升华和超越。莎士比亚没有停留在这一简单的道理上,而是用文森修公爵的例子与之形成对照,揭示了事物的复杂性,即实施德政的艰难性:虽然文森修公爵道德高尚,可是单凭君王的德行,恐怕也无法确保维也纳城邦的社会和谐。透过文森修公爵和安哲鲁的两相对照,我们可以看出莎士比亚对治国理政诸多文化要素的思考。

二、文森修公爵的德政

有评论家认为,文森修公爵是一个马基雅维利式的政治阴谋家,在整顿维也纳社会秩序过程中,他通过种种伎俩既保全了自己,又惩罚了声望甚高的安哲鲁,最后还赢得了依莎贝拉的芳心,是剧中最大的"赢家"。[①] 然而在对待道德和政治的关系上,文森修与马基雅维利却存在着根本的不同。马基雅维利试图把伦理道德彻底从现实政治中清除掉;而文森修公爵则恰恰相反,他始终强调道德是政治必不可少的因素。换言之,文森修公爵这一形象本身就是一种文化象征,其意义在于说明:一个好的统治者一定同时也是一个好人。

作为德政的文化,自然会牵涉共同体想象,尤其是关于共同体秩序——秩序的建立和维系——的想象。莎士比亚在这方面的思考,其渊源似乎可以追溯到亚里士多德。后者曾经指出:"所有城邦都是某种共同体,所有共同体都是为着某种善而建立的。很显然,由于所有的共同体旨在追求某种善,因而所有共同体中最崇高、最有权威并且包含了一切其他共同体的共同体,所追求的一定是至善的。这种共同体就是所谓的'城邦'或'政治共同体'。"[②]亚里士多德认为,伦理学与政治学、个人幸福与城邦幸福并无本质不同,两者之实现均

---

① 贝内加:《〈一报还一报〉中的政治——神学心理学》,郭振华译,载《政治哲学中的莎士比亚》,刘小枫、陈少明主编,北京:华夏出版社,2007年,第64页。
② 亚里士多德:《政治学》,颜一、秦典华译,北京:中国人民大学出版社,2003年,第1页。

有赖于个人和城邦的美德:"最优良的生活对于个人或城邦共同体而言,是具备了足够的需要的德性以至于能够拥有适合于德性的行为的生活。"① 按此逻辑推理,文森修公爵的一切手段,甚至权力"滥用"都是为了实现个人乃至城邦至善生活这一伦理和政治目的。对于维也纳人民而言,根本不存在"是什么使权力成为道德上是对的"这一理论疑问。《一报还一报》在表现维也纳政治和法律问题的同时,探讨最多的莫过于安哲鲁、依莎贝拉、路西奥乃至文森修公爵本人和维也纳公民的德性问题了。维也纳城邦的存在,是为了实现某种至善的生活。小到个人,大至城邦,都是为了追求美德生活这一目的。从剧情来看,公爵至少在理论上被认为是神圣的,是至善的,或者说是"自然的"。公爵在道德上亦几乎无可指责。文森修让安哲鲁代为执法这一政治"手腕"并非马基雅维利式的"计谋"(policy),而是为政者之尴尬处境的真实写照:

因为我对于人民的放纵,原是我自己的过失;罪恶的行为,要是姑息纵容,不加惩罚,那就是无形的默许。既然准许他们这样做了,现在再重新责罚他们,那就是暴政了。所以我才叫安哲鲁代理我的职权,他可以凭藉我的名义重整颓风,可是因为我自己不在其位,人民也不致对我怨谤。(1:3)

文森修所面对的难题,在亚里士多德的《政治学》(*Politics*, c.384—322 BC)中有专门的讨论。亚里士多德认为,一个城邦的执法者职位是最不可或缺的,但同时也最容易招人憎恨的。谓其"不可或缺",是因为有法不依,则法律将如同虚设;谓其"招人憎恨",是因为执法即意味着惩罚,而惩罚必然不受欢迎。因为没有人愿意担当执法者的职位,城邦甚至应该以重金吸引此类官员:

随后的一种官职在所有官职中最为必需也最为艰难,它执行各种司法判决和登记在册的种种惩罚,并且负责监管犯人。其艰难之处在于,它招致了许多憎恶,以致如果没有高薪厚酬就没有人愿意出任此职,也没有人愿意严格执行法律。可是这种官职是必要的,因为倘若对于讼案的判决一点也不能生效,

---

① 亚里士多德,2003年,第229页。

它们就什么作用也起不到；……因为执行刑罚招致的憎恶愈少，其执行就愈能见效。要是让同一些人既是判决者又是执行者，就会招致双倍的憎恨，倘若让他们负责所有的事务，他们就要招致所有公民的憎恶了。①

上引阐述似乎在《一报还一报》中找到了一个生动的脚注。文森修公爵本人也非常清楚：维也纳的法律极其严酷，以至于他不忍执行，最终导致了市民目无法律，城邦内法律制度涣散的恶果。在某种意义上，文森修的做法与亚里士多德的论点其实是不谋而合。

虽然文森修公爵在一开场就表明自己十分喜爱恬静的生活，但他却一刻也不曾真正隐退。相反，他在乔装打扮成神父以后，不但利用安哲鲁完成了严格执法的政治目的，而且进入维也纳臣民的内心和灵魂深处，实现了真正意义上的"精神政治"。② 也就是说，文森修的隐退其实是一种政治策略，他的隐退、伪装、说教，以及"引君入瓮"等一系列谋略，都是为了全剧最后一幕戏的"城门"大审，进而导演出了一幕"王者归来"的精彩大戏，或者说，实现了德政回归的文化理想。

全剧的文化意义还由安哲鲁在大审后的自白得到了体现："啊，我的威严的主上！您像天上的神明一样炯察到我的过失，我要是还以为可以在您面前掩饰过去，那岂不是罪上加罪了吗？殿下，请您不用再审判我的丑行，我愿意承认一切。求殿下立刻把我宣判死刑，那就是莫大的恩典了"（5：1）。这一自白表明，莎士比亚倡导的秩序和正义远远超出了法律范畴，远远不止对人身/行为的规范和惩罚，而是以人心为旨归的。正是在这一意义上，莎士比亚实现了政治、法律、仁义和道德的统一，这分明是一种共同体想象、一种文化想象。

当然，体现上述文化理想的不仅仅是全剧的圆满结局。剧中有许许多多的小插曲都可看作这一理想的铺垫，或者说是伏笔。例如，第三幕第二场中，公爵文森修与爱斯卡勒斯有一段耐人寻味的对话：

---

① 亚里士多德，第 223 页。
② 赵汀阳：《坏世界研究：作为第一哲学的政治哲学》，北京：中国人民大学出版社，2009 年，第 195—210 页。

爱斯卡勒斯：可是我的同僚是这样的铁面无私，我不能不承认他是个严明的法官。

公爵：他自己做人倘使也像他判决他人一样严正，那就很好了；要是他也有失足的一天，那么他现在已经对他自己下过判决了。(3：1)

上面这段交谈貌似"对话"，实际却是两人自说自话，心中各有所指。爱斯卡勒斯称安哲鲁是一个"严明的法官"，仅仅是针对后者对于克劳狄奥案件的审理而言，属于法律"技术"层面，虽然安哲鲁执法过于苛刻，但只是执法尺度问题，这正如此前安哲鲁所说："法律判你兄弟的罪，并不是我"(2：2)。相反，公爵自始至终强调的都是法官的道德品质。正如公爵在接下来的著名独白中所说："欲代上天行惩，/先应玉洁冰清；/持躬唯谨唯慎，/孜孜以德自绳"(3：1)。维也纳的法律尊严不容践踏，所以文森修请出安哲鲁严格执法，但统治者的善良和道德权威同样不可或缺，因为唯有这样的执政者和执法者才有资格执政和执法，才有可能"代上天行惩"。剧中形形色色的"罪"人都接受了不同程度的惩罚和宽恕，但惟独路西奥所受的惩罚最为严厉，其原因也许并不是"过度的饱食有伤胃口，毫无节制的放纵，结果会使人失去了自由"(1：2)，而是因为"人间的权力尊荣，总是逃不过他人的忌惮；最纯洁的德性，也免不了背后的诽谤"(3：2)。"欲代上天行惩"的文森修公爵绝不容许统治者"最纯洁的德性"受到"背后的诽谤"，因为关乎其统治的正当性和秩序的正当性，这难道不是一种文化？

莎士比亚的德政思想，让人想起柏拉图的理想国，更让人想起他的《法律篇》(*The Laws*)。在《法律篇》中，柏拉图表达了一个重要观点："一切法律的目的都在于美德。"① 此处的"美德"接近于亚里士多德所说的自我克制：人应该控制自己的欲望选择善，因此如何管制享乐构成了法律的关键。在某种意义上，美德是柏拉图最为关心的法律问题，他的一切理论都是为了促进公民和国家的至善："立法的目的是为了促进全体人民的至善。"② 这种把法律和道德

---

① Plato, *The Laws*, trans. Trevor J. Saunders, London: Penguin Books, 1979, 481.
② Plato, *The Laws*, 12.

联系在一起的思想,显然在莎士比亚那里得到了继承和发展。在《一报还一报》中,无论是立法还是执法层面,文森修公爵自始至终都在强调道德的重要性。整个故事因未婚夫妇克劳狄奥和朱丽叶的"通奸案"而起,但剧中除了唯一能够提供些许线索的只言片语,莎士比亚对于维也纳法律的具体内容却语焉不详。达里尔·格莱斯(Darry J. Gless)认为,莎士比亚在剧中对于维也纳法律的模糊表现既不是粗心遗漏,也并非由于该法律对于故事发展无关紧要。相反,莎士比亚不仅在该剧中有意省略了维也纳城邦的具体法律条款,而且这种含混的处理方式对于全面理解剧作有着举足轻重的意义。[①] 格莱斯的点评可谓深中肯綮。莎士比亚之所以有所含混,是因为他要清楚地传达他那超越了法律范畴的文化思想。

综上所述,莎士比亚通过他的戏剧和诗性语言,给后人留下了融政治、法律和道德于一体的秩序话语,而这正是他为文化观念在其萌芽时期所作的贡献。

---

① Darry J. Gless, *Measure for Measure, the Law and the Convent*, Princeton: Princeton University Press, 1979, 35—36.

结 语

"文化"观念的扎根与后续影响

在中古时期的欧洲，不列颠的文化虽然取得了一定的成就，但并没有傲视列国。古希腊罗马文化过了巅峰期后，意大利、法国等国开始在文化方面后来居上，奥古斯丁、阿伯拉、阿奎那等人是中世纪基督教神学思想的代表性人物。诺曼征服之后，被压抑的英国民族文化处于蛰伏态势，文化思想上自然乏善可陈。文艺复兴在英国开始得比较晚，但通过对意大利、法国等国的学习和效仿，英国文化渐入佳境。从15世纪末开始，英国出现了第一批人文主义作家。同时，随着英国在宗教上脱离了天主教的统治，在语言上摆脱了法语的控制，确立了英语的国语地位，英国的文化面貌就越发焕然一新了，尤其是以莎士比亚戏剧为代表的文学作品为英伦文化注入了丰富的养分。

从16世纪40年代开始，英国文艺复兴运动逐渐步入繁荣期。大量古希腊、古罗马和当代其他国家的文学文化名著被译成英语，这种翻译的热潮在其他国家是极其少见的，因此使英国迅速赶上了文艺复兴的主流。英国文学的成就达到巅峰，后来居上，超越了其他曾经领先的西欧国家，将欧洲的文艺复兴运动带入高潮。文学创作的繁荣带来了文化观念的丰富，高水平的文学必须反映高规格的文化观念，而文化观念的发展也有助于文学事业的进步。

本卷各章通过对相关文学文本的解读，分别从"转型焦虑""民族趣味""生活方式""共同体形塑""现代个人观念""公共领域""心智培育""宗教影响"和"秩序/德政思想"等九个方面入手，循着早期英国社会文化演进与文学创作这两条相互交织的主线，进而揭示英国文学典籍与文化演变互为驱动力的根本原因。我们的所有分析都证明了本卷的一个核心观点，即从中世纪起，一直到文艺复兴运动，这一时期可以看作文化观念在英国文学典籍中的萌芽时期。虽然文化观念的成熟是在卡莱尔之后，但是要把握文化观念发展的全过程，就得追根寻源，至少得追溯到中世纪。在这一时期，上述关键词（如"秩序""共同体"和"转型焦虑"）所代表的文化内涵已有不少开始萌发。例如，因田园文明向商业文明过渡而产生的"转型焦虑",早在乔叟的作品里就已经初现端倪;又如,17世纪的培根等人已经开始谈论"心智的培育"。一言以蔽之,文化观念的内涵已经在这一时期渐现雏形。

本卷的分析从转型焦虑,到用以化解焦虑的愿景描述,再到体现德政思想的秩序话语,正好完成了一次"文化巡礼"。本卷的所有关键词中,"愿景描述"可以看作连接其他关键词的中心环节。愿景描述既化解转型焦虑,又是对共同体/秩序的想象和幻构,虽然是精神层面的断想,但与现实是紧密相连的;虽然貌似虚幻,无为而治,但其实却包含着行动主义的召唤。这种乌托邦想象不只是"仲夏夜之梦",也是"复乐园"的具体行动;既包含着罗伯特·伯顿的诗意乌托邦,但也有着对"沛蒙堆大屠杀"的控诉。① 愿景描述提出化解转型焦虑的路线图,以期踏上最终的目的地——理想的共同体,而在这个过程中,早期现代时期文学经典中的文化悄然播下种子,并萌生出嫩芽。

第一节
转型焦虑、愿景描述与文化观念的扎根

愿景描述在与转型焦虑的对立中产生,早期现代时期的转型焦虑来自转型时期的资本主义与封建主义的对立以及商业文明与田园文明的对立,所以愿景描述必然要涉及与意识形态、思维模式、劳动交换方式等方面有关的冲突。托马斯·莫尔的《乌托邦》(*Utopia*,1516)即是一个典型的例子。

《乌托邦》一书分成两个部分,第一部分可以说是对转型期社会所抒发的焦虑,第二部分则是对一个理想国度的愿景描述。第一部分描述了失序颠倒的现实国度,抨击其中存在的种种黑暗现象。莫尔讽刺贵族说:"这些人像雄蜂一样,一事不做,靠别人的劳动养活自己。"②他特别抨击英国特有的"羊吃

---

① 此处指弥尔顿创作的十四行诗,《最近的沛蒙堆大屠杀》。
② 托马斯·莫尔:《乌托邦》,戴镏龄译,北京:商务印书馆,1997年,第19页。

人"现象,把羊比作像饿狼一样凶狠的猛兽,不但吃人,还把田地、家园和城市糟蹋成废墟。莫尔批评商业文明对田园文明的破坏,以及统治阶层的"圈地运动"对农民的剥削,正是转型焦虑在经济领域的体现。另一个让莫尔痛心疾首的现象是,教堂作为寄托着信徒愿景的精神领地,竟然被作为羊栏使用。因此,他诅咒地主阶层:"曾有许多头羊死于一场瘟疫,好像老天在羊身上降瘟,作为对贪婪的惩罚,其实在羊的主人的头上降瘟才更公道些。"[1]莫尔公开谴责了英法等国掠夺式的发展模式。跟第一部分形成对照,第二部分的乌托邦是一个理性的共和国,书中描绘了他所憧憬的美好社会,那里一切生产资料归全民所有,生活用品按需分配,人人从事生产劳动,而且有充足的时间从事科学研究和娱乐;那里没有酒店、妓院,也没有堕落和罪恶。在战争时期,它雇佣邻近好战国家的雇佣兵,而不使用本国的公民。

受历史条件所限,莫尔在乌托邦中,赞誉那位贤明的开国君主,甚至达到崇拜的地步,所以他的乌托邦仍是一个君主制国家。莫尔继承了前辈兰格伦、乔叟等人的传统,对秩序和安定的期盼仍旧寄托在明君贤主身上,他的愿景不是一个有机民族共同体,而是机械的王朝聚合体。由于乌托邦中奴隶的存在,这个理想国甚至还留有奴隶社会的遗迹。不过,莫尔对上层社会的揭露和谴责也具有召唤作用,使得统治者反思乃至改正其不公正的政策,庶民也会意识到他们受剥削的根由,并通过各种渠道表达自己的诉求,采取各种措施督促上层瞩目于民瘼,尽力消除阶层不平等。

文艺复兴时期的艺术家们为了争得艺术存在的权利,必须为文艺的合法性辩护,为文艺的社会作用扬声,[2]而这种辩护常常寄寓着作家们对更好的社会秩序的期望和对真理的追求。薄伽丘认为,诗能"唤起懒人,激发蠢徒,约束莽汉,说服罪犯",[3]这是文学的召唤功能,能起到心智培育的教化作用。新文学形式的产生,同样反映了作家的新诉求。比如悲喜混杂剧,以及市民形象和贵族形象的混合,打破了长期以来戏剧类型和人物类型的严格界限,反映了新

---

[1] 托马斯·莫尔,第22页。
[2] 马新国:《西方文论史》,北京:高等教育出版社,2003年,第80—81页。
[3] 转引自马新国,第81页。

兴市民阶层反对封建等级观念的民主要求。① 文学内容和形式的社会功用得到极大的张扬,这种对文学功能的肯定是愿景描述的起点,只有文学获得了较高的社会地位,并在文化观念中争得了一席之地,才能有资格去描绘理想的蓝图,有能力去消除社会转型所带来的焦虑。

这种为文学辩护的观念在英国也得到了菲利普·锡德尼(Philip Sidney,1554—1586)的呼应。针对守旧人士对世俗文艺的攻击和污蔑,在《为诗辩护》(*An Apology for Poetry*,1582)一书中,锡德尼予以回击并指出,诗"曾经是'无知'的最初的光明给予者,是其最初的保姆,是它的奶逐渐喂得无知的人们以后能够食用较硬的知识"。② 诗所代表的文学仿佛上帝一样,给蒙昧无知的人带来光明,而光明即意味着启蒙,意味着理性的产生。无知的人就像婴儿一样,养大他的就是文学这位哺育者,是文学给予无知者以心智培育,使其循序渐进地从接受肤浅知识开始,到最终能够领悟较深刻的知识。

锡德尼也从基督教教义角度来谈诗的作用,认为人生来"堕落",虽有"智力",但意志"不纯",因而必须以诗进行教化。③ 他赞颂悲剧对君主的震慑作用,"揭开最大的创伤,显出被肌肉掩盖的脓疮,使帝王不敢当暴君,暴君不敢不披露自己的暴虐心情"。④ 锡德尼在此强调文学的政治功能——暴露政治的腐败,对君主进行心智培育,使其意识到做暴君的危害,或者对已经成为暴君的君主进行感化,让其忏悔自己的残暴心理。这种对君主的批判正是以文化批评化解转型焦虑的具体体现,是现代早期的资本主义人文学者对以君主为代表的封建专制统治的警示。锡德尼进而认为,诗人不仅指明道路,而且画出道路所通往的远方景物,既吸引人们,又使他们有所遵循。⑤ 他不只展示了文学的批评功能,也阐明了文学的愿景描述功能。转型焦虑、文化批评和愿景描述相辅相成:在批评中人们向往愿景描述中的理想共同体,愿景描述则通过对转型焦虑的批评式化解变得更加完善。

柏拉图在《理想国》中,对文艺进行"清洗",驱逐诗人,理想国里剩下的文

---

① 转引自马新国,第86页。
② 同上,第93页。
③ 同上。
④ 同上。
⑤ 同上,第94页。

艺主要是歌颂神和英雄的颂诗,而这种颂诗只能歌功颂德,不能批评指责。文艺必须服务于政治,文艺的好坏首先必须从政治标准来衡量。① 柏拉图的理想国和莫尔的乌托邦都是愿景描述,然而他贬低文学的地位,使文学成为政治的奴仆,这是他在奴隶社会的历史局限性所导致的。

莫尔和锡德尼等人的思想契合于柏拉图对共同体的愿景描述,但与他的理想国不同的是,他们把诗人重新迎回了理想共同体,甚至给诗人以君王的地位,文学不再是君主的"应声虫",而是转型焦虑的畅所欲言的表达者。他们给文学争得了应有的地位,文学不再仰政治的鼻息,反而成了政治的监督者。这种文学民主思想保障了文学的独立、自由地位,也使得文学的文化观念完成了从萌芽到繁茂的过程,并成为独立、自由的存在物。

第二节
早期现代的文化观念对后世的影响

以文艺复兴为主体的英国早期现代时期是文学中文化观念的萌芽时期。英国文艺复兴虽然出现较晚,但在文学创作和文化观念的生成上却足以彪炳史册,不遑多让。这个时期的文化观念吸收了古希腊罗马时期优秀的人文主义思想,学习其他国家文艺复兴运动的先进理念,对于宗教改革后的新教思想也多有发扬光大。英国作家在进步的文艺观支配下,把真实地反映生活作为己任,重视文艺的社会功用,并以文学创作为武器参与了反封建、反教会的伟大斗争,创作出一批闪耀着人文主义精神的优秀作品。② 他们的成果促成了文学中文化观念的萌芽,并对后世的作家以及文化观念的生长具有启迪意义。

文艺复兴重振古典时期的人文主义,以张扬人性来弥补中世纪过分强调神性导致的对人性的压抑,从而促成了基于唯理主义的新古典主义的产生。

---

① 朱光潜:《西方美学史》,北京:人民文学出版社,1979年,第55—56页。
② 马新国,第98页。

唯理主义以理性反对宗教迷信,反映了资产阶级的历史要求。① 新古典主义在法国仍为封建统治服务,但在英国,由于英国革命打破了植根于王权和神权的封建专制统治,理性主义和人文主义的思想发展更为成熟,因而文学家"发展出一种带有民族色彩、冲淡了的新古典主义文学"。② 受文艺复兴以及清教徒与专制斗争所培育的民主理念的影响,光荣革命后的英国文学受转型焦虑的影响相对较少。正如论者所言,英国的新古典主义文论淡化了宫廷色彩,教条主义也没有法国那么严谨,在内容上具有一定程度的现实主义内涵,③这极可能就是朱光潜的"冲淡了的新古典主义文学"的意指。

这种"冲淡的文学"影响泽被后世。例如,莎士比亚的范例激发了英国人敢于冲破古典传统的公式和规则,大胆创新,④因而新古典主义时期的文坛领袖约翰逊就大胆摆脱新古典主义的理论束缚,否定"三一律"中的两条,只承认情节一致是必需的。⑤ 弥尔顿的《失乐园》和《斗士参孙》,则反映了资产阶级革命和民族独立的理想,⑥有助于后世作家的愿景描述和共同体想象。文学中的观念和思潮同步反应在文化观念中,使得英国的新古典主义和启蒙运动成果更加丰硕。

早期现代时期的文化观念还惠及浪漫主义时期及以后的时代。例如,浪漫主义诗人雪莱所创作的文学批评著作《诗辩》,既明显地来自锡德尼《为诗一辩》以及文艺复兴传统的影响,又可以看作对柏拉图的观点的反拨。"诗是一柄闪着电光的剑,永远没有剑鞘,因为电光会把藏剑的鞘焚毁"。⑦ 这意味着文学有无穷的力量,可以粉碎专制保守势力的羁绊和封锁。雪莱这样赞美诗歌改造社会的巨大文化力量:"一个觉醒中的伟大的民族在舆论和制度上实现有益的转变时,最可靠的先驱、伙伴和追随者就是诗。"⑧可见文学称得上是民族共同体最得力的先锋和干将,而在应对转型焦虑时,文学也是一件最有效的利

---

① 马新国,第99页。
② 朱光潜,第196页。
③ 马新国,第115页。
④ 朱光潜,第195页。
⑤ 马新国,第115页。
⑥ 朱光潜,第195页。
⑦ 马新国,第217页。
⑧ 王佐良:《英国诗史》,南京:译林出版社,1997年,第300页。

器。雪莱把自己所处的浪漫主义时代和英国革命时代视为文学史上并峙的两座高峰:"我们身边的哲学家和诗人的成就之高,是上一次(指 17 世纪)为人身和宗教自由进行了全国性斗争以后所出现的任何人不能比拟的。"[1]他还赞颂弥尔顿敢于冲破查理二世时代的"王权战胜自由"的戏剧模式,成为巍然独立的伟大诗人。[2] 浪漫主义诗人华兹华斯和济慈同样继承了弥尔顿的人文主义传统,并相应地在自己的作品中表达了具有时代特色的文化观念。弥尔顿的创作在现代主义时期也是文坛热议的话题,虽然艾略特等人力图贬低弥尔顿的影响,但终归于失败。

早期现代时期的文学虽然为文化观念的萌芽奠定了基础,但由于历史条件的局限,还不能提出成体系的、成熟的文化观念。它对共同体各个领域的反映还没有达到很深的程度,或者说,因为共同体在政治、经济、宗教等领域刚刚度过了转型阶段,还处在资本主义体系的草创时期,一切都处在整合、调节之中,所以文学也面临着很多新的社会现象和社会问题。文学既要消化、吸收这些现象,也要思考如何反映、解决这些新的问题。在面对更加细化、更加具体的转型焦虑时,文学也需不断重新描述愿景,提出更有针对性的方略来消解焦虑,而在这个过程中,文化观念也不断地变得成熟。总之,是早期现代时期的英国文学为文化观念的萌发扎下了根基。正是有了这一根基,才有了随后文化观念的生长、成熟、拓展和裂变。

---

[1] 王佐良,1997 年,第 299—300 页。
[2] 马新国,第 217 页。

主要参考文献

Abernathy, George R. Jr. "The English Presbyterians and the Stuart Restoration, 1648 – 1663." *Transactions of the American Philosophical Society*, Vol. 55, Part 2 (1965): 1 – 101.

Abrams, M. H. *A Glossary of Literary Terms*. Beijing: Foreign Language Teaching and Research Press, 2004.

Adams, Joseph Quincy. *Shakespearean Playhouse: A History of English Theatres*. Gloucester: Peter Smith, 1960.

Allen, John William. *English Political Thought 1603 – 1644*. London: Methuen, 1938.

Alpers, Paul. "Spenser's Late Pastorals." In *Critical Essays on Edmund Spenser*. Ed. Mihoko Suzuki. New York: G. K. Hall, 1996, 237 – 255.

Anderson, Graham. *The Earliest Arthurian Texts: Greek and Latin Sources of the Medieval Translation*. Lewiston: The Edwin Mellen Press, 2007.

Appelbaum, Robert. *Literature and Utopian Politics in Seventeenth-Century England*. Cambridge: Cambridge University Press, 2004.

Armitage, David, et al., eds. *Shakespeare and Early Modern Political Thought*. New York: Cambridge University Press, 2009.

Astington, John H. "Playhouses, Players, and Playgoers in Shakespeare's Time." In *The Cambridge Companion to Shakespeare*. Ed. Margreta de Grazia and Stanley Wells, Cambridge: Cambridge University Press, 2001.

Augustine of Hippo. *The Confession of Augustine*. Trans. Albert C.

Outler. http://religion.wikia.com/wiki/Text:The_Confessions_of_Augustine_(Outler) (accessed 2018/5/7).

Austin, Frances. *The Language of the Metaphysical Poets*. New York: St. Martin's Press, 1992.

Babb, Lawrence. *Sanity in Bedlam*. Michigan: Michigan State University Press, 1959.

Backscheider, Paula R. *A Being More Intense: A Study of the Prose Works of Bunyan, Swift, and Defoe*. New York: AMS Press, 1984.

Bacon, Francis. *The Works of Francis Bacon*. 14 vols. Eds. James Spedding, Robert Leslie Ellis and Douglas Denon Heath. Boston: Houghton, Mifflin and Company, 1858.

—. *The New Organon*. Ed. Lisa Jardine. Cambridge: Cambridge University Press, 2003.

—. *The Advancement of Learning*. London: Dodo Press, 2006.

Bass, Diana. *A People's History of Christianity: The Other Side of the Story*. New York: Harper Collins, 2009.

Becker, Adam H. "Augustine's Confession." In *The Cambridge Companion to Autobiography*. Ed. Maria Dibattista and Emily O. Wittman. Cambridge: Cambridge University Press, 2014.

Bede. *Ecclesiastical History of the English People, with Bede's Letter to Egbert and Cuthbert's Letter on the Death of Bede*. Trans. Leo Sherley-Price, R. E. Latham and D. H. Farmer. Revised Edition. London: Penguin Books, 1990.

Benson, D. L., ed. *The Riverside Chaucer*. New York: Houghton Mifflin, 1987.

Bernard, John D. *Ceremonies of Innocence: Pastoralism in the Poetry of Edmund Spenser*. Cambridge: Cambridge University Press, 1989.

Bernstein, William. *Masters of the Word: How Media Shaped History*. London: Atlantic Books, 2013.

Bevan, Jonquil. *Izaak Walton's* The Compleat Angler: *The Art of Recreation*. Briton: The Harvest Press, 1988.

Bhatta, S. Krishna. "Deserted City, Deserted Village." *Indian Literature* 16 (July-December 1973): 153 – 156.

Blake, Kathleen. "Pure Tess: Hardy on Knowing a Woman." *Studies in English Literature, 1500 – 1900* 22 (Autumn, 1982): 689 – 705.

Bloom, Harold. *Shakespeare: The Invention of the Human*. New York: Riverhead Books, 1998.

—. *The Western Canon: The Books and School of the Ages*. New York: Harcourt Brace & Company, 1994.

Boccaccio, Benoit de Sainte-Maure Giovanni, Geoffrey Chaucer and Robert Henryson. *The Story of Troilus*. London: J. M. Dent, 1934.

Bothwell, James, P. J. P. Goldberg and W. M. Ormrod. *The Problem of Labour in Fourteenth-Century England*. Woodbridge: Boydell & Brewer, 2000.

Bottrall, Margaret. *Izaak Walton*. London: The British Council and the National Book League, 1955.

Bourne, H. R. Fox. *English Newspapers: Chapters in the History of Journalism*. 2 vols. London: Chatto & Windus, 1887.

Brandenburg, Alice S. "The Dynamic Image in Metaphysical Poetry." *PMLA* 57, No. 4 (1942): 1039 – 1045.

Breitenberg, Mark. *Anxious Masculinity in Early Modern England*. Cambridge: Cambridge University Press, 1996.

Brinkley, Florence. "Coleridge's Criticism of Jeremy Taylor." *Huntington Library Quarterly* 13, No. 3 (May, 1950): 313 – 332.

Brook, G. L. and R. F. Leslie, eds. *Layamon: Brut*. 2 Vols. Ed. British Museum MS. Cotton Caligula A. ix and British Museum MS. Cotton Otho C. xiii. London: Early English Text Society (Original Series) No. 250, 277, 1963, 1978.

Brower, Reuben A. "An Allusion to Europe: Dryden and Poetic Tradition." In *Dryden: A Collection of Critical Essays*. Ed. Bernard N. Schilling. New Jersey: Prentice-Hall, 1963.

Browne, Matthew. *Chaucer's England* (Vol. 2). London: Hurst and Blackett, 1869.

Bruckhardt, Jacob. *The Civilization of the Renaissance in Italy*. Trans. S. G. C. Middlemore. London: Phaidon Press, 1937.

Buber, Martin. *I and Thou*. Trans. Ronald Gregor Smith. New York: Scribner, 2000.

Bunyan, John. *Grace Abounding to the Chief of Sinners*. Oxford: Clarendon Press, 1962.

—. *The Pilgrim's Progress*. Ed, and introd. N. H. Keeble. Oxford: Oxford University Press, 1984.

Burnley, David. *A Guide to Chaucer's Language*. London: The Macmillan Press, 1983.

Burns, William E. *A Brief History of Great Britain*. New York: Facts On File, 2010.

Burton, Robert. *The Anatomy of Melancholy*. Oxford: Oxford University Press, 1622.

—. *The Anatomy of Melancholy*. London: Chatto and Windus, 1881.

—. *The Anatomy of Melancholy*. New York: The New York Reviewed Books, 2001.

Bush, Douglas, et al., eds. *Complete Prose Works of John Milton*. Vol. I. New Haven: Yale University Press, 1953.

Bush, Douglas. *English Literature in the Earlier Seventeenth Century 1600 – 1660*. 2nd ed. Oxford: Oxford University Press, 1962.

Butterfield, Ardis. *The Familiar Enemy: Chaucer, Language, and Nation in the Hundred Years War*. New York: Oxford University Press, 2009.

Calvin, John. *The Institutes of the Christian Religion*. Trans. Henry

Beveridge. Edinburgh: Calvin Translation Society, 1846. 2 volumes in 1. http://oll.libertyfund.org/titles/calvin-the-institutes-of-the-christian-religion (accessed 2018/5/7).

Campbell, Gordon. *Bible: The Story of the King James Version 1611 – 2011*. Oxford: Oxford University Press, 2010.

Carlson, Marvin. "The Theatre as Civic Monument." *Theatre Journal* 40, No. 1 (1988): 12 – 32.

Carter, Ronald and John McRae. *The Routledge History of Literature in English: Britain and Ireland*. London: Routledge, 1997, 2002.

Catechism of The Catholic Church. London: Geoffrey Chapman, 1999. http://zh.wikipedia.org/wiki/%E5%81%B6%E5%83%8F%E5%B4%87%E6%8B%9C (accessed 2014 6/6).

Cecconi, Elisabetta. "Comparing Seventeenth-century News Broadsides and Occasional News Pamphlets: Interrelatedness in News Reporting." In *Early Modern English News Discourse*. Ed. Andrews H. Jucker. Philadelphia: John Benjamins Publishing Company, 2009, 137 – 158.

Chambers, Robert. *Chamber's Cyclopedia of English Literature*. London & Edinburgh: W. & R. Chambers, 1910.

Cheney, Patrick. "Spenser's Pastorals: The Shepheardes Calender and Colin Clouts Come Home Againe." In *The Cambridge Companion to Spenser*. Ed. Andrew Hadfield. Cambridge: Cambridge University Press, 2001, 79 – 105.

Chesterton, G. K. *Chaucer*. London: Faber and Faber, 1932.

Clark, John Willis. *Libraries in the Medieval and Renaissance Periods*. Cambridge: Macmillan & Bowes, 1984.

Clarke, Elizabeth. "Diaries and Journals." In *A New Companion to English Renaissance Literature and Culture*. 2 vols. Ed. Michael Hattaway. Oxford: Wiley-Blackwell, 2010, 447 – 452.

Cole, Andrew W. "Trifunctionality and the Tree of Charity: Literary and

Social Practice in Piers Plowman." *English Literary History* 62, No. 1 (Spring, 1995): 1 - 27.

Collins, John Churton. "Memoir, Introduction and Notes." In *The Satires of Dryden*. London: Macmillan, 1923.

Conboy, Martin. *Journalism: A Critical History*. London: Sage, 2004.

Condit, Blackford. *The History of the English Bible: Extending from the Earliest Saxon Translations to the Present Anglo-American Revision*. New York and Chicago: A. S. Barnes & Company, 1882.

Condren, Conal. "Unfolding 'the Properties of Government': The Case of *Measure for Measure* and the History of Political Thought." In *Shakespeare and Early Modern Political Thought*, Eds. David Armitage, Conal Condren and Andrew Fitzmaurice, New York: Cambridge University Press, 2009, 157 - 175.

Corns, Thomas N., ed. *The Cambridge Companion to English Poetry, Donne to Marvell*. Cambridge: Cambridge University Press, 1993.

Crotch, W. B. J. *The Prologues and Epilogues of William Caxton* (Early English Text Society, original series). London: Oxford University Press, 1928.

Cummings, Robert, ed. *Seventeenth-Century Poetry: An Annotated Anthology*. Blackwell Publishers, 2000.

Davies, Myles. *Eikon Mikro-Biblike Sive, Icon Libellorum, or A Critical History of Pamphlets*. London: Printed and sold by the booksellers of London and Westminster, 1715.

Davis, J. C. *Utopia and the Ideal Society: A Study of English Utopian Writing 1516 - 1700*. Cambridge: Cambridge University Press, 1981.

Defoe, Daniel. *Serious Reflections during the Life and Surprising Adventures of Robinson Crusoe*. Ed. G. A. Starr. London: Pickering & Chatto, 2008.

—. *The Farther Adventures of Robinson Crusoe*. Ed. W. R. Owens.

London: Pickering & Chatto, 2008.

—. *The Life and Strange Surprising Adventures of Robinson Crusoe*. Ed. W. R. Owens. London: Pickering & Chatto, 2008.

DiSalvo, Jackie. "'Spirituall Contagion': Male Psychology and the Culture of Idolatry in *Samson Agonistes*." In *Altering Eyes: New Perspectives on Samson Agonistes*. Ed. Mark R. Kelley and Joseph Wittreich. London: Associated University Press, 2002, 253 – 282.

Dixon, William Hepworth. *The Story of Lord Bacon's Life*. London: John Murray, 1862.

Dobson, R. B. *The Peasant's Revolt of 1381*. London: MacMillan, 1970.

Dollimore, Jonathan. *Radical Tragedy: Religion, Ideology and Power in the Drama of Shakespeare and His Contemporaries*. New York: Palgrave MacMillan, 2004.

Donne, John. *John Donne's Poetry*. Ed. Donald R. Dickson. New York: W. W. Norton, 2007.

Dryden, John. *The Critical and Miscellaneous Prose Works of John Dryden*. Vol. 3. London: Baldwin and Son, 1800.

—. *The Satires of Dryden*. Ed. John Churton Collins. London: Macmillan, 1923.

Dunton, John, Richard Sault, John Norris, and Samuel Wesley. *The Athenian Oracle: Being an Entire Collection of All the Valuable Questions and Answers in the Old Athenian Mercuires*. 3 vols. London: Printed, for Andrew Bell, 1704 – 1706.

Eagleton, Terry. *Literary Theory: An Introduction*. 2nd ed. Oxford: Blackwell, 1996.

—. *The Idea of Culture*. Oxford: Blackwell, 2000.

Early Church Texts: Canons of the Council of Carthage (418) on sin and grace. http://www.earlychurchtexts.com/public/carthage_canons_on_sin _and_grace.htm (accessed 2018/5/7).

Ebner, Dean. *Autobiography in Seventeenth-Century England: Theology and the Self*. The Hague & Paris: Mouton, 1971.

Edwards, Frederic. *The History of Our English Bible*. London: Judd & Glass, 1860.

Ellis, Frank H. "'Legends no Histories' Part the Second: The Ending of 'Absalom and Achitophel'." *Modern Philology* 85 (1988): 393–407.

Ellis, Robert P. *Francis Bacon: The Double-Edged Life of the Philosopher and Statesman*. Jefferson: McFarland & Company, 2015.

Ellrodt, Robert. "Scientific Curiosity and Metaphysical Poetry in the Seventeenth Century." *Modern Philology* 61, No. 3 (1964): 180–193.

Elton, Geoffrey. *The English*. Oxford: Blackwell, 1992.

Erasmus-Luther. *Discourse on Free Will*. Trans. Ernst F. Winter. New York: Frederick Ungar Publishing, 1961.

Fish, Stanley Eugene. *Self-consuming Artifacts: The Experience of Seventeenth-Century Literature*. London: University of California Press, 1972.

Fleming, John V. "Medieval European Autobiography." In *The Cambridge Companion to Autobiography*. Ed. Maria Dibattista and Emily O. Wittman. Cambridge: Cambridge University Press, 2014.

Florio, John. *Florios Second Frutes: To Be Gathered of Twelve Trees*. London: Printed by T. Orwin for Thomas Woodcock, 1591.

Fox, Ruth A. *The Tangled Chain: The Structure of Disorder in the Anatomy of Melancholy*. Berkeley: University of California Press, 1976.

French, A. L. "Dryden, Marvell and Political Poetry." *Studies in English Literature, 1500–1900* 8 (1968): 397–413.

French, J. M. "Milton's Annotated Copy of Gildas." *Harvard Studies and Notes*, XX, 1938, 76–80.

Garbaty, T. J. "Satire and Regionalism: The Reeve and His Tale." *Chaucer Review*, 8 (1973): 1–8.

Gertz-Robinson, Genelle. "Still Martyred after All These Years: Generational Suffering in Milton's *Areopagitica*." *ELH* 70, No. 4 (Winter 2003): 963–987.

Gibbons, Brian, ed. *The New Cambridge Shakespeare: Measure for Measure*. New York: Cambridge University Press, 2006.

Girard, René. *A Theatre of Envy: William Shakespeare*. New York: Oxford University Press, 1991.

Glass, S. A. "The Saxonists' Influence on Seventeenth-Century English Literature." In *Anglo-Saxon Scholarship: The First Three Centuries*. Boston: G. K. Hall, 1982.

Gless, Darry J. *Measure for Measure, the Law and the Convent*. Princeton: Princeton University Press, 1979.

Goddard, Harold. *The Meaning of Shakespeare*. Chicago: The University of Chicago Press, 1954.

Gowland, Angus. *The Worlds of Renaissance Melancholy: Robert Burton in Context*. Cambridge: Cambridge University Press, 2006.

Hadfield, Andrew. "Introduction: The Relevance of Edmund Spenser." In *The Cambridge Companion to Spenser*. Ed. Andrew Hadfield. Cambridge: Cambridge University Press, 2001, 1–12.

—. "*The Faerie Queene*, Books Ⅳ–Ⅶ." In *The Cambridge Companion to Spenser*. Ed. Andrew Hadfield. Cambridge: Cambridge University Press, 2001, 124–142.

Hager, Alan. *Encyclopedia of British Writers: 16th, and 17th Centuries*. New York: Facts On File, 2005.

Halasz, Alexandra. *The Marketplace of Print: Pamphlets and the Public Sphere in Early Modern England*. Cambridge: Cambridge University Press, 1997.

Halewood, William. *The Poetry of Grace: Reformation Themes and Structures in English Seventeenth-Century Poetry*. New Haven, Conn. : Yale University

Press, 1970.

Hamlin, William M. *Tragedy and Scepticism in Shakespeare's England*. New York: Palgrave MacMillan, 2005.

Hammond, Gerald. "The English Bible." In David S. Kastan. *The Oxford Encyclopedia of British Literature*. Oxford: Oxford University Press, 2006.

Hanford, J. H. "The Chronology of Milton's Private Studies." *PMLA*, XXXVI. (1921): 297–301.

Hardyment, Christina. *Malory: The Knight Who Became King Arthur's Chronicler*. New York: Harper Collins, 2005.

Harmon, A. G. *Eternal Bonds, True Contracts: Law and Nature in Shakespeare's Problem Plays*. Albany: State University of New York Press, 2004.

Harris, B. *Politics and the Rise of the Press: Britain and France 1620–1780*. London: Routledge, 1996.

Harris, Jonathan Gil. *Sick Economies: Drama, Mercantilism, and Disease in Shakespeare's England*. Philadelphia: University of Pennsylvania Press, 2004.

Harrison, Peter. *"Religion" and the Religions in the English Enlightenment*. Cambridge: Cambridge University Press, 1990.

Harvey, Richard. *Philadelphus, or a Defence of Brutus, and Brutans History*, London: J. Wolfe, 1593.

Harwood, Britton J. "The Plot of Piers Plowman and the Contradictions of Feudalism." In *Speaking Two Languages: Traditional Disciplines and Contemporary Theory in Medieval Studies*. Ed. Allen J. Frantzen. Albany: State University of New York Press, 1991, 91–113.

Hastings, Adrian. *The Construction of Nationhood: Ethnicity, Religion and Nationalism*. Cambridge: Cambridge University Press, 1997.

Hattaway, Michael. *A New Companion to English Renaissance Literature and Culture*. 2 vols. Oxford: Wiley-BlackWell, 2010.

Herbert, George. *George Herbert: The Complete English Poems*. Ed. John Tobin. London: Penguin Books, 2004.

—. *The English Poems of George Herbert*. Ed. C. A. Patrides. London: J. M. Dent & Sons, 1991.

—. *The Poetical Works of George Herbert*. Ed. Rev. George Gilfillan. Edinburgh: James Nichol, 1817.

—. "George Herbert." http://www.poetryfoundation.org/bio/george-herbert (accessed 2013/8/8).

Herrick, Robert. *Works of Robert Herrick*. Vol. II. Ed. Alfred Pollard. London: Lawrence & Bullen, 1891.

Hesse, Mary, "Francis Bacon's Philosophy of Science." In *Essential Articles for the Study of Francis Bacon*, ed. Brian Vickers. Hamden: Archon Books, 1968: 114–139.

Hill, Christopher. *Milton and the English Revolution*. London: Penguin Books, 1979.

Hodgkins, Christopher. "'Betwixt This World and That of Grace': George Herbert and the Church in Society." *Studies in Philology* 87 (Autumn, 1990): 456–475.

Horobin, Simon. *Chaucer's Language*. New York: Macmillan, 2007.

Hughes, Merritt Y., ed. *John Milton: Complete Poems and Major Prose*. New York: Macmillan, 1985.

Hume, David. *A Treatise of Human Nature*. Oxford: Clarendon Press, 1978.

Hunter, J. P. *The Reluctant Pilgrim: Defoe's Emblematic Method and Quest for Form in Robinson Crusoe*. Baltimore: The Johns Hopkins Press, 1966.

—. *Before Novels: The Cultural Contexts of Eighteenth-Century English Fiction*. New York: Norton, 1990.

Hunter, John C., ed. *Renaissance Literature: An Anthology of Poetry and Prose*. 2nd ed. Oxford: Blackwell, 2010.

Jackson, Stanley W. "Robert Burton and Psychological Healing." *Journal of the History of Medicine and Allied Science* 44, No. 2 (April 1989): 160-178.

Johnson, Samuel. *Preface to Shakespeare*. Guternberg Ebook, 2002.

Jones, P. F. "Milton and the Epic Subjects from British History." *PMLA*, XLII. (1927): 901-909.

Joseph H. Summers. "Marvell's Nature." *ELH* 20, No. 2 (June 1953): 121-135.

Kahn, Paul. *Political Theology: Four New Chapters on the Concept of Sovereignty*. New York: Columbia University Press, 2011.

Kant, Immanuel. *The Moral Law: Groundwork of the Metaphysic of Morals*. Trans. H. J. Paton. New York: Routledge, 2005.

Keeble, N. H. "Introduction." *The Pilgrim's Progress*. By John Bunyan. Oxford: Oxford University Press, 1984.

Keech, Dominic. *The Anti-Pelagian Christology of Augustine of Hippo, 396-430*. Oxford: Oxford University Press, 2012.

Kermode, Frank. *The Argument of Marvell's "Garden."* London: The University of Chicago Press, 1984.

Kitzes, Adam H. *The Politics of Melancholy from Spenser to Milton*. London: Routledge, 2006.

Knowles, Gerry. *A Cultural History of the English Language*. London: Arnold, 1999.

Kornstein, Daniel J. "Breath of an Unfee'd Lawyer." *Kill All the Lawyers?: Shakespeare's Legal Appeal*. Princeton: Princeton University Press, 1994.

Kumar, Krishan. *The Making of English National Identity*. Cambridge: Cambridge University Press, 2003.

Lacy, Norris J. *The New Arthurian Encyclopedia*. New York: Garland, 1991.

—, ed. *Lancelot-Grail: The Old French Arthurian Vulgate and Post-Vulgate in Translation*. Cambridge: D. S. Brewer, 2010.

Lindberg, Carter. *A Brief History of Christianity*. Oxford: Blackwell, 2006.

Lisa Gorton. "John Donne's Use of Space." *Early Modern Literary Studies*. Special Issue 3 (Sept., 1998): 9. 1–27.

Liska, Vivian. *When Kafka Says We: Uncommon Communities in German-Jewish Literature*. Bloomington: Indiana University Press, 2009.

Long, William J. *English Literature*. Boston: Ginn and Company, 1909.

Lund, Mary Ann. *Melancholy, Medicine and Religion in Early Modern England*. Cambridge: Cambridge University Press, 2010.

Lynch, L. Kathryn, ed. *Chaucer's Cultural Geography*. New York: Routledge, 2002.

Lynch, William T. *Solomon's Child: Methods in the Early Royal Society of London*. Stanford: Stanford University Press, 2001.

Macfarlane, Alan. *The Origins of English Individualism: The Family, Property and Social Transition*. Oxford: Basil Blackwell, 1978.

Malory, Sir Thomas. *Le Morte D'Arthur*. 4 vols. London: Philip Lee Warner Press for the Medici Society, 1910–1911.

—. Ed. with an Introduction and Notes by Helen Cooper. *Le Morte D'Arthur: The Winchester Manuscript*. New York: Oxford University Press, 1998.

Marcovitz, Hal. *Life in the Time of Shakespeare*. San Diego: Reference Point Press, 2015.

Marcuse, Herbert. *Negations: Essays in Critical Theory*. Trans. Jeremy J. Shapiro. Boston: Beacon Press, 1968.

Masson, David. *The Life of John Milton*. I. Rptd. Gloucester, Mass.：

Peter Smith, 1967.

Matthews, Steven. *Theology and Science in the Thoughts of Francis Bacon*. Aldershot: Ashgate, 2008.

McCloskey, Mark and Paul R. Murphy. *The Latin Poetry of George Herbert*. Athens: Ohio University Press, 1965.

McColley, Diane Kelsey. *Poetry and Ecology in the Age of Milton and Marvell*. Aldershot: Ashgate, 2007.

McComb, Samuel. *The Making of the English Bible*. New York: Moffat, Yard and Company, 1909.

McEwen, Gilbert D. *The Oracle of the Coffee House: John Dunton's Athenian Mercury*. San Marino, California: The Huntington Library, 1972.

Mcgrath, Alister. *Christianity's Dangerous Idea: The Protestant Revolution — A History from the Sixteenth Century to the Twenty-First*. NY: Harper One, 2008.

McKitterrick, David. *Print, Manuscript and the Search for Order 1450-1830*. Cambridge: Cambridge University Press, 2003.

Mcquail, Denis. *Journalism and Society*. London: Sage, 2013.

Merrill, Thomas F. ed. *William Perkins 1558 - 1602: English Puritanist*. Hague: Nieuwkoop & B. De Graaf, 1966.

Mersand, Joseph, E. *Chaucer's Romance Vocabulary*. New York: the Comet Press, 1939.

Moynahan, Brian. *Book of Fire: William Tyndale, Thomas More and the Bloody Birth of the English Bible*. London: Little, Brown Book Group, 2002.

Mueller, William R. *The Anatomy of Robert Burton's England*. Berkeley and Los Angeles: University of California Press, 1952.

Nesler, Miranda Carno. "'What Once I Was, and What Am Now': Narrative and Identity Construction in *Samson Agonistes*." *Journal of*

Narrative Theory 37, No. 1 (Winter 2007): 1-26.

Nevitt, Marcus. *Women and the Pamphlet Culture of Revolutionary England, 1640-1660*. Aldershot: Ashgate, 2006.

Nicolson, Adam. *God's Secretaries: The Making of the King James Bible*. New York: Harper Perennial, 2005.

Nielson, Jon, and Royal Skousen. "How Much of the King James Bible Is William Tyndale's?" *Reformation* 3 (1998): 49-74.

Norman, Marc and Tom Stoppard. *Shakespeare in Love*. New York: Miramax Films, 1998.

Norton, David. *A Textual History of the King James Bible as Literature*. Cambridge: Cambridge University Press, 2003.

Novak, Maximillian E. *Economics and the Fiction of Daniel Defoe*. New York: Russell & Russell, 1962.

Novarr, David. *The Making of Walton's Lives*. New York: Cornell University Press, 1958.

Nussbaum, Felicity A. *The Autobiographical Subject: Gender and Ideology in Eighteenth-Century England*. Baltimore and London: The Johns Hopkins University Press, 1989.

Oxford English Dictionary. 2nd ed. on CD-Rom (v. 4.0). Oxford: Oxford University Press, 2009.

Parins, Marylyn, ed. *The Critical Heritage: Sir Thomas Malory*. New York: Routledge, 1987.

Patrick, J. Max. "Robert Burton's Utopianism." *Philological Quarterly* 27 (Jan., 1948): 345-358.

Patrides, C. A. ed. *George Herbert: The Critical Heritage*. London: Routledge & Kegan Paul, 1983.

Patterson, Annabel. "Dryden and Political Allegiance." In *The Cambridge Companion to John Dryden*. Ed. Steven N. Zwicker. Cambridge: Cambridge University Press, 2004, 221-236.

Patterson, F. A., et al., eds. *The Works of John Milton*. X. New York: Columbia University Press, 1938.

Paulson, Roland. "Dryden and the Energies of Satire." In *The Cambridge Companion to John Dryden*. Cambridge: Cambridge University Press, 2004, 37–58.

Paxman, Jeremy. *The English: A Portrait of a People*. Woodstock, New York: Overlook Press, 2000.

Peltonen, Markku. *The Cambridge Companion to Bacon*. Cambridge: Cambridge University Press, 1996.

Peters, Kate. *Print Culture and the Early Quakers*. Cambridge: Cambridge University Press, 2005.

Pickering, Michael, Emma Robertson and Marek Korczynski, "Rhythms of Labour: The British Work Song Revisited." *Folk Music Journal* 9 (2007): 226–245.

Plato. *Symposium and the Death of Socrates*. Trans. Tom Griffith. London: Wordsworth, 1997.

—. *The Laws*. Trans. Trevor J. Saunders. London: Penguin Books, 1979.

Poetry Foundation. "George Herbert". http://www.poetryfoundation.org/bio/george-herbert (accessed 2011/6/20).

Pooley, Roger. Introduction. *The Pilgrim's Progress* by John Bunyan. London: Penguin, 2008.

Posner, Richard. *Law and Literature*. Cambridge: Harvard University Press, 2009.

Quarles, Francis. *The Complete Works in Prose and Verse*. 3 vols. Ed. Alexander B. Grosart. New York: AMS Press, 1967.

Quinton, Anthony. *Francis Bacon*. Oxford: Oxford University Press, 1980.

Randall, Dale B. J. "The Ironing of George Herbert's 'Collar'." *Studies in Philology* 81 (Autumn, 1984): 473–495.

Ray, Robert H. "The Herbert Allusion Book: Allusions to George Herbert in the Seventeenth Century." *Studies in Philology* 83 (Autumn, 1986):

Raymond, Joad. *Pamphlets and Pamphleteering in Early Modern Britain*. Cambridge: Cambridge University Press, 2003.

Reynolds, Susan. *Kingdoms and Communities in Western Europe 900 – 1300*. Oxford: Clarendon Press, 1997.

Richetti, John. *The Life of Daniel Defoe: A Critical Biography*. Oxford: Blackwell Publishing, 2005.

Robertson, H. M. *The Rise of Economic Individualism*. London: Routledge/Thoemmes Press, 1996.

Rousseau, Jean-Jacques. *Emile, or on Education*. Trans. Alan Bloom. New York: Basic Books, 1979.

Rudd, Gillian. *Geoffrey Chaucer (Routledge Guides to Literature)*. London: Routledge, 2001.

Rugoff, Milton A. *Donne's Imagery: A Study in Creative Source*. New York: Russell & Russell, 1939.

Ryken, Leland. *The Legacy of the King James Bible: Celebrating 400 Years of the Most Influential English Translation*. Wheaton: Crossway, 2011.

Sansom, Dennis. "Can Death Be a Moral Educator: A Response to Stanley Hauerwas." *Christian Scholar's Review* 38, Issue 3 (Spring 2009): 335–340.

Schaeffer, John D. "Prophecy, Orality, and the Rhetoric of Tolerance in Jeremy Taylor's The Liberty of Prophesying." *Studies in Philology* 101, No. 4 (Autumn, 2004): 454–470.

Schaff, Philip. *History of the Christian Church*. Vol. III. Grand Rapids, Michigan: Wm. B. Eerdmans Publishing, 2006.

Schmitt, Carl. *Political Theology: Four Chapters on the Concept of Sovereignty*. Trans. George Schwab, Chicago: The University of Chicago

Press, 2005.

Scott-Warren, Jason. *Early Modern English Literature*. Cambridge: Polity Press, 2005.

Shaaber, Matthias A. *Some Forerunners of the Newspaper in England 1476-1622*. Philadelphia: University of Pennsylvania Press, 1929.

Shaheen, Naseeb. "The Taverner Bible, Jugge's Edition of Tyndale, and Shakespeare." *English Language Notes* 38, No. 2 (2000): 24-29.

Sharrock, Roger, ed. *The Pilgrim's Progress: A Casebook*. London: Macmillan Press, 1976.

Shawcross, John T. *The Uncertain World of Samson Agonistes*. Cambridge: D. S. Brewer, 2001.

Sherwood, Terry G. "Tasting and Telling Sweetness in George Herbert's Poetry." *English Literary Renaissance* 12 (September, 1982): 319-340.

Shuger, Debora Kuller. *Political Theologies in Shakespeare's England: The Sacred and the State in Measure for Measure*. New York: Palgrave, 2001.

Simpson, Alan. *Puritanism in Old and New England*. Chicago: University of Chicago Press, 1955.

Skinner, Quentin. *The Foundations of Modern Political Thought*. Cambridge: Cambridge University Press, 2002.

Smith, Miles. "The Translators' Preface." In *The Authorized Version*. Oxford: Oxford University Press, 1870, 105-122.

Sobosan, Jeffrey G. "Call and Response: The Vision of God in John Donne and George Herbert." *Religious Studie* 13 (December, 1977): 395-407.

Sprat, Thomas. *The History of the Royal Society of London for the Improving of Natural Knowledge*, London: Printed by T. R. for J. Martyn at the Bell without Temple-bar, and J. Allestry at the Rose and

Crown in Duck-lane, Printers to the Royal Society, 1667.

Staines, David, trans. *Chrétien de Troyes*. Bloomington & Indianapolis: Indiana University Press, 1993.

Starr, G. A. *Defoe and Casuistry*. Princeton: Princeton University Press, 1971.

—. *Defoe and Spiritual Autobiography*. New York: Gordian Press, 1971.

—. Introduction. *Serious Reflections during the Life and Surprising Adventures of Robinson Crusoe*. By Daniel Defoe. London: Pickering & Chatto, 2008.

Stauffer, Donald A. *English Biography before 1700*. New York: Russell & Russell, Inc., 1964.

Steiner, Emily. *Reading Piers Plowman*. Cambridge: Cambridge University Press, 2013.

Stone, Rochelle. "Metapoetics and Structure in Boleslaw Lesmian's Russion Poetry." In Nicholas V. Riasanovsky (ed). *California Slavic Studies*. Berkeley: University of California Press, 1977, 137-172.

Streeter, Burnett Hillman. *The Chained Library: A Survey of Four Centuries in the Evolution of the English Library*. Cambridge: Cambridge University Press, 2012.

Strier, Richard. *Love Known: Theology and Experience in George Herbert's Poetry*. Chicago: The University of Chicago Press, 1983.

Stringer, Martin D. *A Sociological History of Christian Worship*. Cambridge: Cambridge University Press, 2005.

Sutherland, James. *English Literature of the Late Seventeenth Century*. Oxford: Clarendon Press, 1969.

The Book of Concord: The Lutheran Confessions: Solid Declaration of the Formula of Concord, Article II, Free-Will: 89. http://www.bookofconcord.org/sd-freewill.php (accessed 2015/5/8).

Thomas, Walter Keith. *The Crafting of Absalom and Achitophel: Dryden's "Pen for a Party."* Waterloo, Ontario: Wilfrid Laurier University Press, 1978.

Timperley, C. H. *Encyclopaedia of Literary and Typographical Anecdote.* London: Henry G. Bohn, 1842.

Tipton, C. L., ed. *Nationalism in the Middle Ages.* New York: Holt, Rinehart and Winston, 1972.

Todd, Richard. *The Opacity of Signs: Acts of Interpretation in George Herbert's The Temple.* Columbia: University of Missouri Press, 1986.

Tonkin, Humphrey. *Spenser's Courteous Pastoral: Book Six of the* Faerie Queene. Oxford: Clarendon Press, 1972.

Traherne, Thomas. *Centuries of Meditations.* New York: Cosimo, 2007.

Trevor, Douglas. *The Poetics of Melancholy in Early Modern England.* Cambridge: Cambridge University Press, 2004.

Turville-Petre, Thorlac. *England the Nation: Language, Literature and National Identity, 1290 – 1340.* Oxford: Oxford University, 1996.

Tuve, Rosemond. *Seasons and Months: Studies in A Tradition of Middle English Poetry.* D. S. Brewer: Rowman and Littlefield, 1974.

Tyndale, William. *An Answer to Sir Thomas More's Dialogue, the Supper of the Lord.* Cambridge: University Press, 1851.

Tyndale, William, and John Frith. *The Works of Tyndale.* Ed. Thomas Russell. London: Ebenezer Plamer, 1831.

Vendler, Helen. *The Poetry of George Herbert.* Cambridge, Massachusetts and London: Harvard University Press, 1975.

Verrall, A. W. *Lectures on Dryden.* Ed. Margaret de G. Verrall. Cambridge: Cambridge University Press, 1914.

Vickers, Brain. *Francis Bacon.* Harlow: Longman Group, 1978.

—. Ed. *Essential Articles for the Study of Francis Bacon.* Hamden: Shoe String Press, 1968.

Wallace, John M. "Dryden and History: A Problem in Allegorical Reading." *ELH* 36 (1969): 265-290.

Walton, Izaak. *The Complete Angler*. London: J. M. Dent & Sons, 1958.

Wansbrough, Henry. "History and Impact of English Bible Translation." In *Hebrew Bible/Old Testament: The History of Its Interpretation*. Christianus Brekelmans, MagneSæbø (Hg.), Menahem Haran (eds.) Göttingen: Vandenhoeck & Ruprecht, 2008, 536-552.

Watt, Ian. *The Rise of the Novel: Studies in Defoe, Richardson and Fielding*. Berkeley: The University of California Press, 1957.

—. *Myths of Modern Individualism: Faust, Don Quixote, Don Juan, Robinson Crusoe*. Cambridge: Cambridge University Press, 1996.

Weber, Max. *The Protestant Ethic and the Spirit of Capitalism*. Trans. Talcott Parsons. London: Routledge, 2001.

Weinbrot, Howard D. "'Natural Holy Bands' in 'Absalom and Achitophel': Fathers and Sons, Satire and Change." *Modern Philology* 85 (1988): 373-392.

Wells, Robin Headlam. *Shakespeare's Humanism*. New York: Cambridge University Press, 2005.

Wikipedia, "Works by Francis Bacon", https://en.wikipedia.org/wiki/Works_by_Francis_Bacon#cite_note-The_Great_Instauration-3 (accessed 2016).

Wilding, Michael. "Milton's Areopagitica: Liberty for the Sects." *Prose Studies: History, Theory, Criticism* 9, No. 2 (1986): 7-38.

Williams, Raymond. *Keywords: A Vocabulary of Culture and Society*. Flamingo: Fontana Press, 1983.

Willmott, Richard. *Metaphysical Poetry*. Cambridge: Cambridge University Press, 2002.

Wilson, F. P. *Seventeenth Century Prose*. Cambridge: Cambridge University

Press, 1960.

Wilson, R. M. *Early Middle English Literature*. London: Methuen, 1939.

Zietlow, Paul. "Thomas Hardy and William Barnes: Two Dorset Poets." *PMLA* 84, (Mar., 1969): 291-303.

Žižek, S. *Organs without Bodies: Deleuze and Consequences*. London: Routledge, 2004.

Zwicker, Steven and Derek Hirst. "Rhetoric and Disguise: Political Language and Political Argument in *Absalom and Achitophel*." *The Journal of British Studies* 21 (1981): 39-55.

阿尔文·J. 施密特:《基督教对文明的影响》,汪晓丹、赵巍译,上海:上海人民出版社,2013年版。

阿兰·巴迪欧:《爱的多重奏》,邓刚译,上海:华东师范大学出版社,2012年。

阿兰·布鲁姆:《莎士比亚笔下的爱与友谊》,马涛红译,北京:华夏出版社,2010年。

阿兰·布鲁姆、哈瑞·雅法:《莎士比亚的政治》,潘望译,南京:江苏人民出版社,2012年。

阿萨·布里格斯:《英国社会史》,陈叔平等译,北京:商务印书馆,2015年。

埃德蒙·斯宾塞:《斯宾塞诗选》,胡家峦译,桂林:漓江出版社,1997年。

埃伦·G. 杜布斯:《文艺复兴时期的人与自然》,刘源译,杭州:浙江人民出版社,1988年。

艾伯特·奥·赫希曼:《欲望与利益:资本主义走向胜利前的政治争论》,李新华、朱进东译,上海:上海文艺出版社,2003年。

艾弗·埃文斯:《英国文学简史》,蔡文显译,北京:人民文学出版社,1984年。

艾略特:《基督教与文化》,杨民生、陈常锦译,成都:四川人民出版社,1989年。

艾伦·麦克法兰:《现代世界的诞生》,管可秾译,上海:上海人民出版社,2013年。

安德鲁·桑德斯:《牛津简明英国文学史》,谷启楠、韩加明、高万隆译,北京:

人民文学出版社,2000/2006年。

安妮特·T. 鲁宾斯坦:《英国文学的伟大传统》(上),陈安全、高逾、曾丽明、陈嬿如译,上海:上海译文出版社,1998年。

奥古斯丁:《忏悔录》,周士良译,北京:商务印书馆,1981年。

保罗·卡恩:《当法律遇见爱:解读〈李尔王〉》,付瑶译,北京:法律出版社,2008年。

贝内加:《〈一报还一报〉中的政治——神学心理学》,郭振华译,载《政治哲学中的莎士比亚》,刘小枫、陈少明主编,北京:华夏出版社,2007年,第39—64页。

本尼迪克特·安德森:《想象的共同体——民族主义的起源与散布》,吴叡人译,上海:上海世纪出版集团,2011年(增订版);上海:上海人民出版社,2016年。

伯顿:《忧郁的解剖》,冯环译注,北京:金城出版社,2012年。

伯特兰·罗素:《西方的智慧》,北京:世界知识出版社,1992年。

查尔斯·泰勒:《现代社会想象》,林曼红译,南京:译林出版社,2014年。

陈西军:《笛福笔下的中国》,《外国文学评论》,2014年第1期,第169—187页。

—.《〈论神圣的权利〉:笛福的君权神授与自然法政治思想》,《外国文学评论》,2016年第1期,第204—209页。

陈晓律、于文杰、陈日华:《英国发展的历史轨迹》,南京:南京大学出版社,2009年。

陈玉聃:《国际政治的文学透视:以莎士比亚〈亨利五世〉为例》,《外交评论》,2015年第4期,第82—106页。

成芳霞、王渊:《〈威尼斯商人〉之法律悖论》,《世界文学评论》,2010年第1期,第268—271页。

程汉大:《17世纪英国宪政革命的博弈分析》,《南京大学学报》(哲学·人文科学·社会科学),2004年第1期,第95—103页。

程立等编:《英汉文化比较辞典》,长沙:湖南教育出版社,2000年。

程志敏:《荷马史诗导读》,上海:华东师范大学出版社,2007年。

道格拉斯·布什：《评弥尔顿的小册子》，冯国忠译，载《弥尔顿评论集》，蒂里亚德等著，殷宝书选编，上海：上海译文出版社，1992 年，第 392—402 页。

范忠信：《中西法观念比较》，《比较法研究》，1987 年第 3 辑，第 10—21 页。

斐迪南·滕尼斯：《共同体与社会：纯粹社会学的基本概念》，林荣远译，北京：北京大学出版社，2010 年。

冯伟、徐艳辉：《〈威尼斯商人〉中的法律双重视角》，《解放军外国语学院学报》，2014 年第 3 期，第 128—133 页。

弗兰克·克蒙德：《莎士比亚：时代的灵魂》，韦玫竹译，合肥：安徽人民出版社，2012 年。

弗朗西斯·培根：《新大西岛》，何新译，北京：商务印书馆，1959 年。

—.《培根论说文集》，水天同译，北京：商务印书馆，1983/2005 年。

—.《新工具》，许宝骙译，北京：商务印书馆，1986 年。

高健：《被遗忘了的"马厩里"的基督——从班扬作品的命运看英国保守主义文化传统》，《东岳论丛》，2011 年第 2 期，第 40—45 页。

耿占春：《隐喻》，开封：河南大学出版社，2007 年。

宫志刚：《社会转型与秩序重建》，北京：中国人民公安大学出版社，2004 年。

哈里·布拉迈尔斯：《英国文学简史》，濮阳翔、王义国等译，成都：四川人民出版社，1987 年。

哈罗德·伯尔曼：《法律与宗教》，梁治平译，北京：中国政法大学出版社，2002 年。

哈罗德·布鲁姆：《西方正典》，江宁康译，南京：译林出版社，2011 年。

海伦·加德纳：《宗教与文学》，沈弘、江先春译，成都：四川人民出版社，1989 年。

韩敏中：《谈兰格朗和乔叟》，《国外文学》，1985 年第 2 期，第 34—48 页。

汉斯·维尔纳·格茨：《欧洲中世纪生活》，王亚平译，北京：东方出版社，2002。

胡家峦：《建立在大自然中的巴别塔——亨利·沃恩的宗教冥想哲理诗》，《国外文学》，1993 年第 2 期，第 4—10 页。

—.《文艺复兴时期英国诗歌与园林传统》，北京：北京大学出版社，2008 年。

黄梅：《推敲"自我"——小说在 18 世纪的英国》，北京：三联书店，2003 年。
霍布斯：《利维坦》，黎思复、黎廷弼译，北京：商务印书馆，1986 年。
基思·托马斯：《人类与自然世界》，宋丽丽译，南京：译林出版社，2008 年。
基佐，F.：《一六四零年英国革命史》，伍光建译，北京：商务印书馆，1985 年。
杰弗雷·乔叟：《坎特伯雷故事》，方重译，上海：上海译文出版社，1983 年。
金东雷：《英国文学史纲》，长春：吉林出版集团有限责任公司，2010 年。
肯尼斯·摩根主编：《牛津英国通史》，王觉非等译，北京：商务印书馆，1993 年。
莱茵霍尔德·尼布尔：《光明之子与黑暗之子》，赵秀福译，北京：北京大学出版社，2011 年。
兰格伦：《农夫皮尔斯》，沈弘译，北京：中国对外翻译出版公司，1999 年。
蓝迪·爱尔康：《天堂》，林映君、黄丹力、王乃纯译，兰州：甘肃人民美术出版社，2013 年。
雷蒙德·威廉斯：《漫长的革命》，倪伟译，上海：上海人民出版社，2012 年。
李霁野译：《妙意曲》，成都：四川人民出版社，1984 年。
李零：《人往低处走：〈老子〉天下第一》，北京：生活·读书·新知三联书店，2012 年。
理查德·德·伯里：《书之爱》，肖媛译，沈阳：辽宁教育出版社，2000 年。
理查德·卡尤珀：《文学与历史：质疑中世纪英国宪政制度》，孟广林、李家莉译，《历史研究》，2010 年第 3 期，第 82—88 页。
梁实秋编著：《英国文学史》（第一卷），台北：协志工业丛书出版公司，1985 年。
—.《英国文学史》（第二卷），台北：协志工业丛书出版股份有限公司，1986 年。
林纯洁：《马丁·路德天职观研究》，北京：人民出版社，2013 年。
刘炳善编著：《英国文学简史》（新增订本），郑州：河南人民文学出版社，2007 年。
陆玖译注：《吕氏春秋·贵公》，北京：中华书局，2013 年。
罗伯特·金·默顿：《十七世纪英格兰的科学、技术与社会》，范岱年等译，北京：商务印书馆，2002 年。

罗兰·斯特龙伯格：《17世纪英国政治思想革命》(《欧洲近代思想史》节选，1975年)，李宏图、叶文郁译，《淮北煤师院学报(社会科学版)》，1987年第2期，第67—82页。

罗纳德·德沃金：《法律帝国》，李常青译，徐宗英校，北京：中国大百科全书出版社，1996年。

罗素：《西方哲学史》(下卷)，马元德译，北京：商务印书馆，2006年。

马克·帕蒂森：《弥尔顿传略》，金发燊、颜俊华译，北京：三联书店，1992年。

马克斯·韦伯：《新教伦理与资本主义精神》，于晓、陈维刚译，北京：三联书店，1987年。

马新国：《西方文论史》，北京：高等教育出版社，2003年。

马修·阿诺德：《文化与无政府状态：政治与社会批评》，韩敏中译，北京：三联书店，2002年。

玛丽安·康斯特布尔：《正义的沉默：现代法律的局限和可能性》，曲广娣译，北京：北京大学出版社，2011年。

麦格拉斯：《基督教文学经典选读》(上册)，苏欲晓等译，北京：北京大学出版社，2004年。

弥尔顿：《复乐园·斗士参孙》，朱维之译，上海：上海译文出版社，1981年。

——.《复乐园》，金发燊译，桂林：广西师范大学出版社，2004年。

——.《论出版自由》，吴之椿译，北京：商务印书馆，1958年。

——.《失乐园》，朱维之译，上海：上海译文出版社，1984年。

米歇尔·霍斯金主编：《剑桥插图天文学史》，江晓原等译，济南：山东画报出版社，2003年。

尼古拉斯·A. 巴斯贝恩：《为了书籍的人：坚忍与刚毅之一》，杨传纬译，上海：上海人民出版社，2011。

诺尔曼·庞兹：《中世纪城市》，刘景华、孙继静译，北京：商务印书馆，2005年。

钱乘旦、陈晓律：《在传统与变革之间——英国文化模式溯源》，杭州：浙江人民出版社，1991年。

钱锺书：《管锥编》，北京：三联书店，2007年。

乔叟:《乔叟文集》,方重译,上海:上海译文出版社,1980年。

乔伊斯·卡罗尔·欧茨:《浮生如梦:玛丽莲·梦露文学写真》,周小进译,北京:人民文学出版社,2002年。

乔治·巴塔耶:《色情史》,刘晖译,北京:商务印书馆,2003年。

萨克逊豪斯:《阿基琉斯传说中的血气、正义和制怒》,载《血气与政治》,刘小枫、陈少明编,北京:华夏出版社,2007年。

萨姆·韦尔曼:《班扬传》,朱文丽译,北京:华夏出版社,2006年。

莎士比亚:《哈姆雷特》,《莎士比亚全集》(第9卷),朱生豪译,吴兴华校,北京:人民文学出版社,1984年。

—.《威尼斯商人》,《莎士比亚全集》(第3卷),朱生豪译,方平校,北京:人民文学出版社,1984年。

沈弘编译:《英国中世纪诗歌选集》,台北:书林出版有限公司,2009年。

施脱克马尔:《16世纪英国简史》,上海外国语学院编译室译,上海:上海人民出版社,1958年。

斯蒂芬·格林布拉特:《俗世威尔——莎士比亚新传》,辜正坤译,北京:北京大学出版社,2007年。

—.《含沙射影、暗箭伤人:论莎士比亚历史剧〈亨利四世〉(下)》,胡继华译,《文化与诗学》,2012年第2期,第298—322页。

斯东,I. F.:《苏格拉底的审判》,董乐山译,北京:生活·读书·新知三联书店,1982年。

唐海江:《弥尔顿出版自由思想的局限性剖析》,《国际新闻界》,2004年第3期,第69—73页。

陶东风:《阿伦特式的公共领域概念及其对文学研究的启示》,《四川大学学报》(哲学社会科学版),2010年第1期,第30—39页。

特瑞·伊格尔顿:《文化的观念》,方杰译,南京:南京大学出版社,2003。

托马斯·卡莱尔:《论英雄、英雄崇拜和历史上的英雄业绩》,周祖达译,北京:商务印书馆,2007年。

托马斯·马洛礼:《亚瑟王之死》,黄素封译,北京:人民文学出版社,2005年。

托马斯·莫尔:《乌托邦》,戴镏龄译,北京:商务印书馆,1997年。

托尼,I. H.:《宗教与资本主义的兴起》,赵月瑟、夏镇平译。上海:上海译文出版社,2006年。

汪民安主编:《文化研究关键词》,南京:江苏人民出版社,2007年。

王志:《英国宗教自由的特殊历程》,《云南大学学报》(法学版),2011年第5期,第28—38页

王卓:《别样的人生历程,不同的情感诉求——解读赫伯特诗歌中上帝与人之间的情人关系》,《阜阳师范学院学报》(社会科学版),2011年第5期,第60—62页。

王佐良、何其莘:《英国文艺复兴时期文学史》,北京:外语教学与研究出版社,1995年。

—.《英国文学史》,北京:商务印书馆,1996年。

—.《英国诗史》,南京:译林出版社,1997年。

威廉·葛德文:《政治正义论》,何慕李译,北京:商务印书馆,1980年。

维柯著:《新科学》,朱光潜译,北京:人民文学出版社,1986年。

沃尔顿:《钓客清谈:沉思者的娱乐》,张传军译,海口:海南出版社,三环出版社,2004年。

吴玲英:《堕落与再生——论〈斗士参孙〉中的"大利拉之悖论"》,《外国语文》,2012年第4期,第5—9页。

吴兆凤:《论英国文艺复兴时期的三种基督教教派》,《湖北经济学院学报》(人文社会科学版),2011年第6期,第22—24页。

西美尔:《货币哲学》,陈戎女、耿开君等译,北京:华夏出版社,2002年。

—.《金钱、性别、现代生活风格》,刘小枫编,顾仁明译,上海:学林出版社,2000年。

肖明翰:《试论弥尔顿的〈斗士参孙〉》,《外国文学评论》,1996年第2期,第110—116页。

—.《英语文学传统之形成》(下册),北京:社会科学文献出版社,2009年。

—.《中世纪英语道德剧的成就》,《解放军外国语学院学报》,2011年第1期,第84—90页

休·塞西尔:《保守主义》,杜汝楫译,北京:商务印书馆,1986年。

雅克·勒戈夫：《中世纪的知识分子》，张弘译，北京：商务印书馆，1996年。

亚里士多德：《政治学》，吴寿彭译，北京：商务印书馆，1983年。

——.《政治学》，颜一、秦典华译，北京：中国人民大学出版社，2003年。

杨伯峻：《论语译注》，北京：中华书局，1980年

杨周翰：《十七世纪英国文学》，北京：北京大学出版社，1996年。

——.《忧郁的解剖》，刘洪涛选编，天津：天津人民出版社，1998年。

杨子，《表演上海：剧场转型、文化重构与城市想象》，《河南社会科学》，2014年第22卷第9期，第83—88页。

姚冬莲、陈才宇：《朗格兰和他的〈农夫皮尔斯〉》，《浙江学刊》，2007年第2期，第218—220页。

殷企平：《"文化辩护书"：19世纪英国文化批评》，上海：上海外语教育出版社，2013年。

——.《从自我到非我——〈丹尼尔·德隆达〉中的心智培育之路》，《外国文学研究》，2015年第2期，第73—82页。

——.《作为秩序的文化：伯克对英国文学的影响》，《外国文学研究》，2017年第1期，第41—49页。

袁先来：《弥尔顿散文对圣经的政治阐释》，《圣经文学研究》，2015年第10辑，第202—220页。

——.《天路历程》，黄文伟译，武汉：长江文艺出版社，2012年。

约翰·班扬：《丰盛的恩典》，苏欲晓译，北京：生活·读书·新知三联书店，2014年。

约翰·但恩：《英国玄学诗鼻祖约翰·但恩诗集》，傅浩译，北京：北京十月文艺出版社，2006年。

约翰·加尔文：《基督教要义》，钱曜诚译，北京：生活·读书·新知三联书店，2010年。

约翰·弥尔顿：《为英国人民声辩》，何宁译，北京：商务印书馆，1958年。

赵汀阳：《坏世界研究：作为第一哲学的政治哲学》，北京：中国人民大学出版社，2009年。

周家斌、王文明：《〈圣经〉对英美文学的影响》，武汉：武汉大学出版社，

2013年。

周小仪:《从形式回到历史:20世纪西方文论与学科体制探讨》,北京:北京大学出版社,2010年。

邹赞:《从文学研究到文化研究——以英国文化主义为参照》,《社会科学家》,2011年第1期,第151—156页。

朱光潜:《西方美学史》,北京:人民文学出版社,1979年。

附录1 圣杯故事

  少播种者少收获。谁要想收成好,就得在有百倍收益的良田播种,因为好种子遇上薄田,会枯萎死亡。克里斯蒂安播了一颗罗曼司的种子,他正开始写这个故事。他播种的土地如此肥美,定会带来累累丰收,因为他是为罗马帝国最可敬的人播种。这个人是佛兰德斯伯爵菲利普,他比亚历山大更高贵。人们说,亚历山大无比伟大。但我将证明,伯爵在亚历山大之上。亚历山大有种种恶行,伯爵却无一沾染。

  伯爵不听低俗的插科打诨,也不听愚蠢的絮絮叨叨;对任何人的诽谤都令他不适。伯爵喜爱公平正义、忠诚不渝还有神圣的教堂,鄙视一切卑劣行径。谁都不知伯爵有多慷慨,因为他赐予时不存虚伪,也不存欺诈,谨遵《福音书》的教诲:"右手行善,左手毋知。"伯爵的慷慨只有受惠者和上帝知道。上帝知晓人心的所有秘密,洞察他们存在本身的一切隐蔽之处。

  为什么《福音书》说"左手毋知汝之善举"呢?因为《圣经》说,左手象征虚荣,它源自卑劣的伪善。那右手象征什么呢?仁爱。仁爱不张扬善行,而是隐藏善行。于是,除既是上帝又是仁爱的他外,无人知晓。《圣经》说,上帝即仁爱——这是圣保罗说的,我重复了圣保罗的话——居于仁爱的人居于上帝,而上帝居于他。

  所以,你可以确信,好伯爵的赏赐是仁爱的赏赐,因为没有人就这事向伯爵谏言,只有伯爵那高贵而慷慨的心灵,它建议伯爵要行善事。难道伯爵不比全无仁爱、毫无善行的亚历山大更高贵吗?没错,毋庸置疑。

  因此,克里斯蒂安的辛劳不会付之东流。那时,依照伯爵的指令,克里斯蒂安竭尽所能,要将宫中最好的故事改作韵文。这就是《圣杯故事》,取自伯爵给他书籍。且听克里斯蒂安如何执行使命。

在那树木抽芽,灌木生叶,草地吐翠,小鸟用各自语言唱着甜美晨歌,万物兴高采烈的季节,遥远的荒凉森林中寡妇的儿子起身下床,迅速给猎马装上马鞍,手持三杆标枪。他带着这番装备,立刻离开母亲的庄园,想去看看母亲的农夫们,他们正在田里播种燕麦;这些农夫有六架犁和十二头牛。于是,少年步入森林,温和的季节和快乐小鸟们的歌声,立即使他满心欢喜。一切都令他心满意足。

这个季节是那么温和平静。少年解下猎马的辔头,让它在鲜绿的草地上吃草。他知道怎么投掷带来的标枪,于是边走边向后、向前、向地上、向空中投掷,直至听见五位全副武装的骑士骑马穿越森林。他们靠近时,盔甲发出一阵喧哗,因为栎树与角树的枝条常撞击装备。所有的锁子甲都叮当作响;长矛敲打盾牌;木矛杆发出回响;盾牌与锁子甲回声阵阵。

少年听见却没看见这些迅速逼近的骑士。他惊叹道:"凭我的灵魂起誓,我的母亲大人说的是实话,她说世上最可怕的莫过于魔鬼。妈妈教我,要画十字抵御魔鬼。但我才不听她的。我绝不画十字。我要用一杆手里的标枪,飞速击中最强壮的骑士。我相信,那样再无人敢靠近我身。"

少年就这样自言自语着,直到看见这些骑士。当他在没有森林遮蔽的空地看见他们时,他注意到叮当作响的锁子甲和璀璨夺目的头盔,看见绿色、猩红色、金色、天蓝色和银色在阳光下闪闪发亮。这时,他发现一切都无比高贵美丽。"啊,上帝啊,饶恕我吧!"他呼喊起来,"我看见的这些人是天使。唉,我真罪过,刚才我的行为太恶劣了,竟把他们叫做魔鬼。妈妈说的并非无稽之谈。她告诉我,天使是上帝之外最美丽的造物,而上帝在万物中最美丽。我现在一定看见了上帝,因为上帝保佑我,他们中的一位看起来美丽非凡,其他人的美丽还不及他的十分之一。妈妈自己说,人必须信仰上帝、敬拜上帝、尊敬上帝、向上帝祈祷。所以,我要敬拜这位上帝还有他的所有随从。"

少年立刻扑倒在地,吟诵起母亲教给他的信条和所有他知道的祷文。

骑士中的首领打量着这位少年。"退后,这少年见到我们,吓得跌倒在地,"首领对其他人说道,"要是我们一起冲过去,我想他会吓得丢掉性命,回答不了我的任何问题。"

骑士们止步,首领策马向少年奔去。他用安抚的语气招呼少年,说道:"别害怕,少年。"

"凭着我信仰的救世主起誓,我一点儿不怕,"少年答道,"你是上帝吗?"

"我发誓,我不是。"

"那么你是谁?"

"我是一名骑士。"

"我从不认识骑士,也从没见过或听说过任何骑士,"少年说,"但你比上帝还要美丽。我想像你一样,那么闪闪发光,那么装备齐全。"

少年说这话时,首领骑近了他。"今天你在这荒野上可曾见过五名骑士和三位姑娘?"首领问少年。

少年一心只想知道更多信息。他伸手握住骑士的长矛。"尊敬的先生,名叫骑士的先生,你握住的是什么?"少年问道。

"现在我成见多识广的人了!"骑士说,"亲爱的朋友,我想向你打听消息,你倒想向我打听。让我告诉你。这是我的长矛。"

"投长矛是不是就像我投标枪一样?"少年问道。

"完全不一样。少年,你笨极了。你直接用长矛进攻。"

"那么你看见的这三杆标枪中的一杆更有用,因为我能用它杀死任何东西,无论是飞禽还是走兽。我能从一个石弩射程外杀死它们。"

"少年,我不关心这个。告诉我那些骑士的消息。要是你知道的话,告诉我,他们在哪里。还有,你可曾见过那些姑娘?"

少年握住首领盾牌的边缘。"这是什么?用来做什么的?"少年满脸真挚地问道。

"少年,"首领答道,"你是在耍诡计,回避我的提问。上帝保佑,我是期望你指点我,而不是你向我学。而你要我教你这个!无论如何,我会告诉你的,因为我愿意满足你的要求。我拿的东西叫盾。"

"这叫盾?"

"没错,"首领答道,"我不会轻视它,因为它无比可靠,如果任何人对我拔剑或挥剑,它都能一一抵挡。这就是它的用处。"

这时，那些留在后面的骑士们纷纷骑向首领。"先生，这个威尔士人告诉你些什么？"他们齐声问道。

"上帝保佑，他完全不懂礼貌，因为无论我问什么，他从不给出恰当的回答，"首领答道，"他倒是看见什么，就要问这东西的名字和用途。"

"先生，毫无疑问，所有的威尔士人天生都比吃草的牛还要愚蠢。这个人就是这样一头畜生。跟他耽搁的人是傻瓜，除非他要虚掷光阴。"

"上帝保佑，我不知道，"首领说，"但上路前，我要回答他的任何问题。只有这样，我才会离开这儿。"接着，首领又问少年。"少年，"他说，"别生气，告诉我，你可曾见过或遇到过那五名骑士和姑娘们？"

少年握住首领的锁子甲的边缘，拽了一下。"现在告诉我，亲爱的先生，你穿的这个是什么？"他问道。

"少年，你不知道？"首领惊呼。

"不知道。"

"少年，这是我的锁子甲，它跟钢铁一般坚硬。"

"这是钢铁做的？"

"你看得很清楚。"

"我对这个一无所知，不过，上帝保佑我，它非常漂亮，"少年说，"它是怎么用的？它对你有用？"

"少年，这很好解释。你要是向我投枪或射箭，你伤不到我。"

"骑士先生，上帝可别让雌鹿牡鹿有这锁子甲，不然我再也赶不上杀不死它们了。"

骑士又问他："少年，上帝保佑你，你能告诉我那些骑士和姑娘们的消息吗？"

但这没头脑的少年对首领说："你一生下来就是这般模样吗？"

"并不是这样，少年。这是不可能的事，没有人一生下来就长这样。"

"那谁把你打扮成这样的？"

"少年，我当然会告诉你是谁。"

"那么告诉我。"

"我很乐意。还不到五整天前，亚瑟王把我封作骑士，赐给了我这整副盔甲。但现在告诉我,那些护送着三位姑娘经过这里的骑士们怎么样了?他们走得慢吗?还是在奔跑?"

"先生,看那座山脊上高耸的树木。那是瓦尔多讷之径,"少年说。

"亲爱的朋友,那又怎么样?"首领问。

"我母亲的农夫们在那儿犁地、耙田。要是那些人路过那里,农夫们看见了,他们会告诉你的。"

骑士们说,他们愿意跟少年一同前往,要是他能带他们去种燕麦的农夫那里。

少年跨上猎马,骑至农夫们跟前。农夫们正在撒了燕麦的地方耙着犁过的田。他们见到领主,都吓得浑身颤抖。你知道他们为什么颤抖吗?因为他身边有全副武装的骑士。农夫们知道,要是骑士们告诉了领主他们的职业和生活方式,领主也会想成为骑士,那么他的母亲会忧心如焚,因为她一直想让孩子永远见不到骑士,永远不曾听说他们的职业。

"你们见过五名骑士和三位姑娘路过这儿吗?"少年问赶牛的农夫们。

"他们一整天都在这些林子里穿,"赶牛的农夫们答道。

于是,少年对那位和他说了那么多话的骑士说:"先生,那些骑士和姑娘确实经过了这里。但现在跟我说说那册封骑士的国王,还有他通常住在哪里。"

"少年,我会告诉你的,"首领答道,"国王住在卡莱尔。不到五天前,他还在那儿,因为我在那儿见过他。要是你在那儿没见到国王,那儿一定有人能告诉你他去哪儿了。无论国王走到哪里,你总能听到他的消息。不过,现在请你告诉我该怎么称呼你。"

"先生,"少年说,"让我告诉你。我叫亲爱的儿子。"

"亲爱的儿子?我想你一定还有个名字。"

"先生,我发誓,我叫亲爱的兄弟。"

"好,我相信你。但要是你愿意说真话,我想知道你的真名。"

"先生,"少年说,"我当然可以告诉你。我的真名是亲爱的小主人。"

"上帝保佑,这是个好名字。你还有别的名字吗?"

"先生,没有了。我真没有其他名字了。"

"上帝保佑,这是我听过最大的奇事。我相信,以后也听不到这等奇事。"

这骑士立即飞驰而去,急着赶上其他骑士。

少年立刻到庄园。母亲正为他迟迟不归而满面忧愁。一见到他,母亲喜形于色。她像一位富有爱心的母亲,跑去迎接孩子,把"亲爱的儿子,亲爱的儿子"叫唤了上百遍。"亲爱的儿子,你这么晚回来,真让我发愁。我都要急死了。你今天去哪儿了?"

"去哪儿了,夫人?我当然要老老实实地告诉您。我今天看到了让我很高兴的东西。妈妈,你不是常说,我们的主的天使无比美丽,自然从没造过那么美丽的造物,世上再没有什么东西那样美丽?"

"亲爱的儿子,我仍会这么说。我说的是真话,我现在也会这么说。"

"妈妈,听我说。我刚才不就看见了最美丽的造物,那些正骑马穿过荒凉森林的人们?我相信,他们比上帝和所有天使都要美丽。"

他的母亲搂住他。"亲爱的儿子,"她说,"我要让上帝保护你,因为我为你害怕极了。我确信,你看见了受人控诉的天使。他们见什么杀什么。"

"我真没有看见那些天使,妈妈,我真没有。不,他们说自己是骑士。"

他的母亲一听见骑士这个词,就昏倒在地。再站起来后,她像一位愤怒的女人般喊道:"啊,我真可怜,我真不幸!我亲爱的宝贝儿子,我那么细心地保护你,不让你接触骑士的世界,还以为那样你就绝不会听见或看见骑士世界的任何东西。亲爱的儿子,要是上帝让你父亲和其他亲戚们训练你,你本会成为一名骑士。亲爱的儿子,在这整个海岛,没有任何骑士像你父亲那么受人尊敬,那么让人敬畏。你完全可以夸耀,你不用为你父亲的家族和我的家族感到任何羞耻。我也是骑士的后代,我的祖先是这个国家最好的骑士。但在万恶的时代,最好的骑士陨落了。在很多地方,人们都知道,那些受人尊敬、勇敢无畏的好人们遭遇了不幸。邪恶、羞耻和懒惰不会衰落,因为它们不可能衰落。但在万恶的时代,好人注定不幸。"

"你父亲——这你还不知道——两腿之间受了伤,身体残废了。他凭勇力获取的广袤土地和巨大财富都毁于一旦,自己穷困潦倒。尤瑟王,也就是好亚瑟王的父亲死后,那些可敬的人们被不义地剥夺继承权,他们变得贫困不堪,流落四方。他们的土地被劫掠,穷人们一贫如洗。能逃走的都逃走了。你父亲拥有荒凉森林里的这所农舍。他没法逃走,就让人用担架把他迅速抬到这里,因为他不知还能去哪里避难。你那时候还小,有两个漂亮的哥哥。你还是个小不点儿,才两岁,还在我怀里吃奶。"

"你的两个哥哥长大后,他们听父亲的话,去两个王宫接受了武器和马。你大哥投奔了埃斯卡瓦隆国王,一直在那里服役,直到被封为骑士。你二哥那时才九岁,为戈梅雷特的邦国王效力。就在同一天,这两位年轻人都被封为骑士,被赐予了武器。就在当天,他们启程回家,急着要给我和你父亲带来欢乐。你父亲没能再见到他们,因为他们在沿途的战斗中战败。兄弟俩的遇害让我痛苦不堪、悲伤不已。你大哥还遭遇了一桩奇事:渡鸦和乌鸦啄走了他的两只眼睛。之后,人们发现了他们的尸体。

"你父亲为儿子们悲伤过度,撒手人寰。你父亲死后,我就过着不幸的生活。你是我所有的安慰、所有的福祉,因为我失去了整个家庭。上帝再没有留下任何人,来带给我欢乐和幸福。"

少年对母亲的话充耳不闻。"给我点吃的,"他说,"我不知道您在说什么。但我要去册封骑士的国王那里。不管谁会不高兴,我就要去那里。"

他的母亲尽可能久地挽留他。她让他穿上一件大帆布衬衣和一条威尔士风格的马裤,我想那马裤和绑腿是一体的。他还穿上一件鹿皮大衣和一顶系得紧紧的兜帽。这是母亲给他做的准备。母亲只迫使他呆了三日,再不能留他更久了,因为怎么哄骗都无济于事。

接着,他的母亲感到一阵莫名的悲痛。她泪流满面,不停地搂抱又亲吻孩子。"亲爱的儿子,看到你离开,我真难过,"她说,"你要去王宫,让国王赐给你武器。国王不会拒绝你的,因为我确信他会给你武器。但等到试验你的装备的时候,会发生什么?你怎么能做成你从未做过,也从未见别人做过的事?我真的非常担心。你不会武艺。在我看来,一个人不会他从未学过的东西,这并不足为奇。但要是一个人没学会他耳濡目染的东西,那就怪了。"

"亲爱的儿子,我要给你一条忠告,你要仔仔细细地听。要是你牢记在心,它会给你带来莫大的好处。儿子,要是上帝愿意,不出一会儿,你就会成为一名骑士。这是我给你的忠告。要是你遇到需要帮助的女士或痛苦的姑娘,无论远近,只要她们向你求助,你就要热心地帮助她们。这是一切荣誉的根基。不尊敬女士的人,会发现他的荣誉已经死亡。要是你渴望博得她们中任何一位的芳心,要注意别唐突无礼。别做任何让她不高兴的事。能赢得一位姑娘的亲吻,就赢得了一切。要是她愿意亲吻你,我禁止你做剩下的事。你要为了我,放下那些事情。要是她手指上有一枚戒指,腰带上有一只荷包,她出于爱意或礼貌把它给了你,我认为你可以带上她的戒指;我允许你接受戒指和荷包。"

"亲爱的儿子,我还要告诉你更多事情。在路上或客栈里,千万不要和同伴相处很久却还没问他的名字。你要知道别人的名字,因为你凭名字认识这个人。"

"亲爱的儿子,要与可敬的人交谈,要与可敬的人同行,因为可敬的人不会给同伴误导性的建议。最最重要的是,我恳求你要去教堂和修道院的教堂,向我们的主祈祷,让他赐予你欢乐和荣誉,让他指引你的生活,那样,你会有好的结果。"

"妈妈,什么是教堂?"少年问道。

"向创造天地并在天地中放进人和野兽的主做礼拜的地方。"

"那什么是修道院的教堂?"

"和教堂一样。那是一个美丽又神圣的屋子,里面尽是圣物珍宝,人们在那里供奉耶稣基督的身体。耶稣基督是先知,但犹太人可耻地对待他。他被背叛,被冤判,为了男男女女经受了死亡的痛苦。在那之前,灵魂脱离身体后会下地狱。是耶稣把灵魂救出地狱。耶稣被绑在柱子上,受人鞭打,然后被钉上了十字架,头戴荆棘王冠。我建议你去修道院的教堂听弥撒和晨祷,去敬拜上帝。"

"那从现在起,我会很乐意去教堂和修道院的教堂,我答应您,"少年答道。他不再停留,别过母亲,母亲泪流不止。少年的马鞍已经备好,他一身威尔士装扮,大生皮靴做绑腿。通常他走到哪里,都会带三杆标枪。虽然他想带上标枪,他的母亲却让他留下两杆,因为他看上去太像威尔士人了。要是可能的话,他的母亲倒希望他把三杆标枪都留下。他右手拿着一根驱马的棍子。

离别之时,深爱他的母亲边吻他边流泪。她祈求上帝保护孩子。"亲爱的儿子,无论你走到哪里,愿上帝都赐给你很多欢乐,多过赐给我的欢乐,"她说。

少年仅走了一箭之遥,回头一看,只见母亲倒在桥头不省人事。她躺在那儿，仿佛已没了气息。少年用鞭子抽打猎马的臀部，马儿利索地一跃而起，载着他全速穿过这大片黑暗森林。少年从清晨骑至日落，当晚睡在林中，直到拂晓时分。

  清晨，小鸟吱吱欢唱，少年起身上马。他继续骑行，直到看见一座凉亭立于一片美丽的草地，草地边上是一条小溪的源头。凉亭美得令人惊异，一边朱红色，另一边绣着金色镶边，顶上栖息着一只镀金的鹰。深红又明亮的太阳照射着金鹰，整个草坪都在凉亭的照耀下熠熠生辉。这世上最美丽的凉亭周围，是两处树荫笼罩的住所，两间威尔士风格的小屋。少年向凉亭骑去。"上帝，我看见您的屋子了，"少年在抵达凉亭前惊叫，"要是我没有敬拜您，那我该犯下多大的错误。母亲说得没错，这屋子是最美丽的东西。母亲告诉我，要是我见到教堂，我必须去那里敬拜我相信的造物主。我发誓，我要去那里，我要祈求上帝今天给我一点儿食物，因为我太需要食物了。"

  接着，少年抵达了凉亭，发现门开着。凉亭中央有一张床，上面铺着丝绸锦缎，床上睡着一位姑娘，无人陪伴。她的女仆们去采新鲜的小花了，按照惯例，她们要把花儿撒在亭里。少年走进凉亭时，他的马重重地绊了一跤。姑娘听见声响，惊醒过来。

  "姑娘，我按母亲说的向你问好，"天真的少年说，"母亲告诉我，无论在哪里遇到姑娘，都要向她们问好。"

  姑娘害怕这个少年，以为他是个傻子。她浑身颤抖，怪自己愚蠢，让他发现自己只身一人。"少年，快走开！快跑，小心我爱人看见你，"她说。

  "以我的生命起誓，我不走，除非——不管谁会不高兴——我先吻了你，因为这是母亲教给我的，"少年答道。

  "要我说，只要我能躲开，我绝不会吻你，"姑娘说，"快跑，小心我的爱人看见你，因为要是他看见你了，你就死定了！"

  少年用他强壮的胳膊，笨拙地抱住姑娘，因为他不知还能怎么做。他将姑娘压在身下，姑娘竭力抵抗，挣扎着想逃脱，却都无济于事。据说，这少年不管姑娘愿意与否，连吻了她二十下。接着，他发现姑娘手指上有一枚闪亮的祖母绿戒指。"我妈妈还告诉我，要取走你手上的戒指，但不能对你有其他行为，"他说，"现在，给我那枚戒指。我要它。"

"你绝不会得到我的戒指,你死心吧,除非你用蛮力从我手指上抢走,"姑娘答道。

少年握住姑娘的手,用蛮力掰开她的手指,从她手指上取下戒指,套到自己的手指上。

"姑娘,我祝你一切安好,"他说,"现在我要走了,我很满意。你吻起来舒服极了,比我妈妈家的任何一位女仆都好,因为你的嘴唇不苦。"

姑娘泪流满面地对少年说:"别拿走我的小戒指。要是你拿走了,我会受到虐待,而我向你保证,你迟早会为此丧命。"

少年对这些话毫不上心。由于很久没吃东西,少年感到饥肠辘辘。这时,少年发现一个桶里盛满着葡萄酒,边上有一个银质高脚杯,一堆芦苇上有一条全新的白毛巾。少年掀开白毛巾,发现下面有三个新鲜精致的鹿肉饼。这顿伙食没有让少年不悦,因为他正饱受饥饿的煎熬。少年掰开面前的一个肉饼,狼吞虎咽起来。接着,他向银质高脚杯里倒了葡萄酒,这酒的品质并不差,而后他大口大口地喝。"姑娘,"少年说,"我不想今天浪费掉这些肉饼。一起来吃吧。味道很不错。我们俩都吃一点儿,还能剩下一整个。"

少年再三请求,姑娘都哭泣不止。姑娘只字不答,只是泪如雨下,绞拧着双手。少年尽情地大吃大喝。接着,他盖上没有吃过的食物,立即起身告辞,向上帝赞美姑娘,但姑娘却一点也不欢喜。"上帝保佑你,亲爱的朋友,"少年说,"看在上帝的份上,别为我拿走的戒指发愁。我死前定当报答。要是你允许的话,我要告辞了。"

姑娘在泪水中发誓,她永远不会向上帝赞美他,因为正是由于他,她得比任何她所知道的不幸女人经受更多的折磨,更多的耻辱;而且,只要他活着,他永远不会来帮助她。姑娘说,他要知道自己玩弄了她。

于是,姑娘留在那儿哭泣不止。几乎就在这个时候,她的爱人从林中归来。看到已经上路的少年的行迹,他心乱如麻。当他看见自己的姑娘满脸泪水时,他说:"姑娘,从我看到的这些迹象判断,我想来了一名骑士。"

"不,先生,我向你保证,没有来过骑士。但来了一个年轻的威尔士人,一个无礼又可鄙的傻瓜,他畅饮了你的葡萄酒,吃了你三个肉饼。"

"亲爱的夫人,你是为这个哭成这样吗?我乐意让他吃掉喝光所有东西。"

"先生,还不止这些。"她说,"他还抢我的戒指。他把戒指拿走了。我宁愿死,也不愿让他就这样拿走戒指。"

只见这爱人垂头丧气,内心烦闷。"我发誓,这真是太过分了!"他喊道,"不过,既然他拿走了,就让他留着吧。但我怀疑他还做了别的事。要是还有别的,不要隐瞒。"

"先生,他吻了我,"姑娘答道。

"他吻了你?"

"是的,我已经告诉你了,但这不是我愿意的。"

"不,这正合你心意。你根本没有反对,"他说,内心正被嫉妒苦苦折磨,"我还不了解你吗?我当然了解;我很了解。我还不至于斜眼或眼瞎到看不见你的虚伪。你走上了一条糟糕的路。你要开始受苦。在我复仇前,你的马永远不能吃燕麦,永远不会被放血。要是蹄铁掉了,它绝不会有新蹄铁。要是它死了,你就徒步跟着我。你永远不能换衣服。没错,你要徒步,光着身子,跟着我,直到我砍下他的脑袋。我决不接受其他形式的审判。"接着,他坐下吃了起来。

少年继续骑行,直至看见一个烧炭人赶着一头驴向他走来。"农夫,赶驴的农夫,告诉我去卡莱尔最近的路。我要去见亚瑟王,听说他册封骑士。"

"少年,那儿有一座海边的城堡,"农夫答道,"亲爱的朋友,你去那座城堡,就能看见又喜又忧的亚瑟王了。"

"要是你愿意的话,告诉我。为什么国王又喜又忧?"

"我这就告诉你。亚瑟王带着所有骑士打败了海岛之王里翁王。这就是他为什么喜悦。但亚瑟王生同伴们的气。这些人回了自己的城堡,他们觉得在那儿更舒服。国王不知他们过得如何。这就是他为什么忧愁。"

少年觉得这消息一文不值。他只是沿着烧炭人指的道路骑行。他一路骑行,直到在海边看见一座坚固、雄伟、地势险要的城堡。只见一名武装骑士手持金杯,正穿过城门;这骑士左手握着盾牌、长矛和缰绳,右手举着金杯;通身朱红的装备与他颇为相配。

少年一见这些簇新的漂亮武器,就满心欢喜。"我发誓,我要向国王要这些武器,"他说,"要是国王给我了,我会很高兴。想要任何别的东西的人都该死!"

于是,少年迫不及待地要抵达王宫。他向着城堡疾驰,直到来到那骑士跟前。骑士挡住少年。"少年,你要去哪里?"骑士问道。

"我要去王宫,向国王要那些武器,"少年答道。

"少年,你说得不错,"骑士说,"那么快去快回。告诉那该死的国王,要是他不想占有我的土地,那么就让他交出土地,要么派个人来与我决斗,保卫他的土地,因为我宣布这是我的土地。以我手里的杯子为证。这杯子斟满酒,国王正举着它喝酒时,我抢了过来。"

让这骑士找别人带话吧,因为少年只字不懂。他马不停蹄,一路骑至王宫。王宫里,国王和骑士们正坐着用餐。大厅与地面齐平,铺着石砖,宽敞幽深。少年骑马进了大厅。亚瑟王坐在桌首,满面忧愁。所有骑士都在交谈,自得其乐,除了那忧心忡忡、一言不发的人。

少年走上前来。他不认识国王,于是不知该向谁致敬。约内特手握餐刀走了过来。"年轻人,"少年说,"手握餐刀走过来的年轻人,告诉我哪位是国王。"

约内特彬彬有礼。"朋友,他在那儿,"约内特答道。

少年骑到国王跟前,用他学过的方式向国王致敬。国王仍一言不发。少年再次向国王致敬。国王仍埋头思索,对少年不理不睬。"我发誓,"少年于是说道,"这国王从未册封过骑士。他一言不发,怎么可能册封骑士?"

少年立即准备回去,掉转马头。但他像个没脑子的人一般,让他的马太挨近国王——我说的是真真切切的事实——把国王的帽子撞到了面前的桌上。国王抬头转向少年,抛开了所有思绪。

"亲爱的先生,欢迎你,"国王说,"我没回答你的问候,请别放在心上。我刚才没有回答,是因为极度愤怒。我最大的敌人——那个最恨我、最令我惊恐的人——吵着要我的土地。他是个傻瓜,他宣布要毫无来由地占有一切,无论我愿意与否。他叫五王林的朱红骑士。"

"王后刚来这儿,坐在我对面,她来看望并安抚受伤的骑士们。朱红骑士的话不怎么惹我生气,但他当面拿走了我的杯子,无比傲慢地把杯里的葡萄酒洒到了王后身上。这是奇耻大辱。王后已经回房间去了,她怒火中烧,伤心欲绝。上帝保佑,我不信她能挺过去。"

少年毫不关心国王说的任何东西或任何与国王有关的东西,也毫不在意王后的悲伤或羞耻。"国王,册封我为骑士,我要上路了,"他说。这狂野少年的眼睛神采奕奕,饱含笑意。旁观者中,没有一人觉得他聪明,但都觉得他英姿飒爽,仪表堂堂。

"朋友,"国王说,"请下马,把猎马给这位侍从。他会按你的要求照看好你的马。我向上帝发誓,我会满足你的愿望,为了我的荣誉,也为你好。"

"我在荒野上遇到的人从不下马,你却叫我下马,"少年答道,"我发誓,我决不下马。快点,我要出发了。"

"啊,亲爱的朋友,我很愿意册封你,为了你好,为了我的荣誉,"国王答道。

"亲爱的国王,看在我对造物主的信仰的份上,"少年说,"我决不要成为骑士,除非我是一位朱红骑士。给我城外那人的装备,那个拿走你金杯的人。"

听闻此言,受伤的总管顿时大怒。"朋友,你说得没错,"他说,"这就去拿武器吧,它们是你的。你来这儿要那些武器,你并不傻。"

"凯,上帝宽恕,你迫不及待地羞辱人,也不看看在侮辱谁,"国王说,"对于一个可敬的人,那是可耻的行为。即便这个少年傻里傻气,但他可能出身高贵。即便他的举止是一个粗鲁的老师教的,他却可能高贵而聪明。嘲笑他人并空许诺不给予,是可鄙的行为。可敬的人不会许下实现不了或不想实现的诺言。不然他就会疏远别人:没有这个诺言,别人是朋友,而一旦有了诺言,别人就期待他会信守诺言。因此,毫无疑问,宁可拒绝别人,也强于让别人空希望一场。说实话,出尔反尔的人,欺骗并嘲弄了他的朋友,会因此失去友情,"国王对凯如是说道。

少年离开时,发现了一位美丽迷人的姑娘。他向她致敬,姑娘用笑声回敬。她边笑边说:"少年,只要你活在世上,我真心相信,全世界从没有过、将来也不会有比你更优秀的骑士,也不会有你这般名声的骑士。这是我的看法、信念和期望。"

这姑娘已经六年多没笑了。她说这话时,声音嘹亮,所有人都听见了。听闻此言,凯大为不悦,跳将起来,极度无礼地在她柔软的脸上扇了一个巴掌,把姑娘扇倒在地。打完姑娘后,凯在回来的路上看见火炉旁站着一个傻子。凯一怒之下,把他踢进了熊熊燃烧的炉火,因为这傻子常说:"这姑娘不会笑,直到她见到具有至高骑士品德的人。"傻子尖叫着;姑娘哭泣着;而少年并不停留,也不征求他人的意见,就径直去追朱红骑士。

约内特知道所有的大路,乐意将消息带回王宫。他只身一人,跑过大厅前的花园,向左穿过一道后门,一直骑到全副武装的朱红骑士在等待比武的大路。少年正冲向朱红骑士,想夺取骑士的武器。等候少年时,骑士已将金杯放在一块灰石上。少年足够靠近骑士,两人能听见彼此时,少年喊道:"放下那些武器。不要再拿它们。这是亚瑟王的命令。"

"少年,是不是没人敢来这儿捍卫国王的权利?"骑士问他,"要是没人来,就别遮遮掩掩了。"

"见鬼,你在逗我吗,骑士先生?你难道没拿走我的武器?我命令你放下。"

"少年,我问你是不是没人来这儿为国王作战?"骑士说。

"骑士先生,立即卸下武器,不然我要自己动手了。我不会允许你再持有这些武器。毫无疑问,要是你再让我说一个关于这些武器的词,我就要出击了。"

朱红骑士愤怒地双手举起长矛,用长矛尾部重击少年的肩膀,使得少年蜷伏在马颈上。少年一摸骑士打在脖子上的伤口,勃然大怒。他竭尽全力,瞄准对手的眼睛,掷出一根标枪。标枪穿过骑士的眼睛,刺入大脑;鲜血和脑子从骑士后颈的另一边溢出。少年的对手再不能听见、看见,全无知觉。剧痛之下,骑士没了心跳,翻身落马,手脚摊开倒在地上。

少年下马,将骑士的长矛放在一边,取下骑士脖子上的盾牌。但他无法取下骑士头上的头盔,因为他不知如何握住头盔。他想打开剑的搭扣,却不知如何下手,也不知如何从剑鞘中抽剑。他握住剑鞘,又拉又扯。约内特见少年如此忙乱,笑了起来。"朋友,这是什么?你在做什么?"约内特问道。

"我也不知道。我想你的国王给了我这些武器。但我得把这尸体全部剁碎才能御下这些。它们紧紧贴着他的身体,里外似乎完全黏在了一起。"

"别慌张。要是你愿意的话,我能轻轻松松地把它们分开,"约内特答道。

"那么快动手吧,然后立刻交给我,"少年说。

约内特立即剥光了尸体，将绑腿一直卸到脚趾，锁子甲、绑腿、头盔及盔甲上的其他物件一个不剩。

尽管约内特再三敦促，少年也不愿丢下自己的衣物。他不愿穿上舒适的加垫丝绸外衣，那件骑士生前穿在锁子甲下的外衣。约内特也没法让少年脱下生牛皮靴子。少年反倒说："见鬼，你在逗我吗？你让我用妈妈刚给我做的好衣服换这个骑士的衣服？你要让我丢下厚帆布衬衣，换上他单薄的衣服吗？要我丢下防水的小外衣，换上那禁不起一滴水的外衣？谁现在或将来用自己的好衣服换别人的差衣服，让他去死吧！"

开导傻瓜，实属不易。一切恳求都毫不奏效。除了盔甲，少年一概不要。约内特替他系好绑带，再给他穿上锁子甲。这般装扮后，再无人比他更英姿飒爽。接着，约内特给他戴上头盔，这头盔也颇合他的脑袋。至于剑，约内特帮他佩上，松松地挂着。而后，约内特把少年的脚放进马镫，让他跨上战马。少年从未见过马镫，也完全不知何为马刺，他只认识马鞭和马棍。约内特拿来盾牌和长矛，递给了少年。

约内特离开前，少年说："朋友，收下我的猎马，把它带走吧。这是匹好马，我把它给你，因为我不再需要它了。把国王的杯子带给他，替我向国王致敬。告诉挨了凯一巴掌的姑娘，要是我死前有望，我要彻底挫败凯，她会认为自己大仇已报。"

约内特回答，他会把金杯带给国王，会如实传达他的口信。两人当下告辞，各奔东西。

约内特带着金杯，步入大厅，贵族们纷纷在场。"陛下，现在可以欢喜了。您那刚才在这儿的骑士把圣杯还给您，"他说。

"你说的是哪位骑士？"国王问道，依旧怒气未减。

"陛下，看在上帝的份上，我说的是刚离开的那位少年，"约内特答道。

"你说的是那威尔士少年，问我要那竭力羞辱我的骑士的朱红色武器的少年？"国王问道。

"陛下，我说的正是他。"

"还有我的杯子，他怎么拿到的？那个人是不是太喜欢或太尊敬他，愿意拱手相让？"

"不。少年让他付出了沉重的代价,他杀死了那个人。"

"亲爱的朋友,这是怎么一回事?"

"陛下,我也不知道。但我看见骑士用长矛打少年,让少年生气。他用标枪回击骑士,标枪穿过骑士的脸,鲜血和脑浆从颈后溢出,骑士倒地而亡。"

国王于是对总管说:"凯啊,你今天害我不浅!今天你那满口胡言的毒舌,赶走了这个少年,而他今天对我是那么忠心耿耿。"

"陛下,"约内特对国王说,"凭我的生命起誓,少年让我带话给王后的姑娘——那位凯因为对少年愤怒、轻视和怨恨,对她打了一巴掌的姑娘。少年说,要是他还活着并恰逢良机,他会替她复仇。"

火边的傻子听见了这些话,一跃而起,快乐地跑到国王跟前。他高兴得又蹦又跳。"陛下,"傻子说,"上帝保佑,您要迎接种种挑战,您将看见奸诈残酷的事时有发生。我向您保证,凯百分百会后悔自己的手脚和那愚蠢卑鄙的舌头。不到一周,那骑士就会为凯踢我这一脚、给姑娘的那一巴掌报仇。凯要付出惨重的代价,因为那骑士会在凯的肘关节和腋窝之间,打断他的右臂。半年里,凯都要用挂在脖子上的悬带支撑手臂。让他到时候扛好他的手臂吧!因为他逃脱不了,就像他逃脱不了死亡。"

这些话让凯大为光火,差点就要爆发。他几乎忍不住要当着所有人的面杀掉傻子。但他克制住自己,没攻击傻子,因为他生怕国王不悦。

"凯啊凯,你今天太让我生气了,"国王说,"能训练并教导这少年用盾牌、长矛和武器,能让他自己使用一二的人,无疑是优秀的骑士。但这少年对武器一无所知,就像他对其他任何东西都一无所知。需要之时,他甚至抽不出剑。"

"现在他全副武装坐在马上。他会遇见某个奴仆,想伤害他、夺走他的马。那人很快就会打伤或杀死他,因为这少年太愚蠢笨拙,都不知该如何自卫。他很快就会黔驴技穷。"

国王就这样垂头丧气地为少年哀叹。但如此也无济于事,他便不再言语。

少年马不停蹄地穿过森林,直到抵达一片沿河的开阔土地,河面比一石弩射程还要宽阔。周围所有水流都注入它宽大的河床。少年穿过一片草地,骑向眼前的这条大河。眼见这河流幽深漆黑,远比卢瓦尔河湍急,少年便不敢涉水,只得沿着河岸骑行。

河对岸是一座高耸的石崖,水流拍打着石崖底部。悬崖斜向大海的一边,矗立着一座坚固而又壮观的城堡。少年转向左边,河水在那注入一个河湾。少年在那儿看见,城堡的塔楼正在出现,而他觉得塔楼正从城堡上方出现。

城堡中央耸立着一座巨大的主楼。在那河流抗拒着潮水的河湾对面,有一座坚固的碉堡,海水拍打着碉堡底部。用沉重的方石建造的城墙四角,有四座低矮的塔楼,美观而又结实。城堡不仅地势险要,内部还舒适宜人。圆形的小城堡前面,一座用石头、沙子和石灰建造的桥横跨河面。这桥坚固高大,侧面尽是城垛;桥中央有一座塔楼,尽头有一座吊桥。建造这吊桥的用途是:白天作桥,夜晚作门。少年向着桥骑去。

一个可敬的人,穿着貂皮大衣,正沿着桥行走,一边自得其乐,一边等着少年骑向桥面。他手里握着一根用来消遣的短棍。两个未穿披风的侍从跟在他身后。少年靠近他时,想起了母亲的教导,便向那人致敬。"先生,这是我妈妈教我的,"少年说。

"上帝保佑,亲爱的朋友,"那个可敬的人说。他从少年的谈吐看出,这是个愚蠢的人。"亲爱的朋友,你从哪里来?"他问道。

"从哪里来?我从亚瑟王的王宫来的。"

"你在那里做了什么?"

"国王让我成为一名骑士。愿他有好运!"

"骑士?上帝保佑我,没想到他这时候还记得这些事情。我还以为国王会关心其他事情,而不是册封骑士。现在告诉我,天生高贵的朋友,谁给你那些武器的?"

"是国王给我的,"少年答道。

"给你的?怎么给你的?"

于是少年讲述了你已经听过的故事。再讲一遍会毫无意义,惹人厌烦,因为没有一个故事喜欢重复。

这个可敬的人接着问他,他会什么骑术。"我能骑马上下山,就像我从前在妈妈家骑猎马一样。"

"再说说你的武器,亲爱的朋友。你能用它们做什么?"

"我能把它们背上或卸下,就像那位先生给我杀死的骑士卸掉武器后,再给我背上。这盔甲对我来说太轻了,我穿着一点不疼。"

"看在上帝的灵魂的份上,我很欣赏你,我很高兴,"可敬的人说,"要是你不介意的话,现在告诉我,你为什么来这里?"

"先生,我妈妈让我请教可敬的人,听他们的话,因为相信可敬的人,能受益匪浅。"

"亲爱的朋友,上帝祝福你的母亲,她给了你好建议,"可敬的人说,"但你还有什么想要的吗?"

"有。"

"想要什么?"

"只有一件事,我希望你今天能留宿我。"

"我很乐意,但你要帮我一个忙,你会发现,这事对你大有好处,"可敬的人答道。

"什么忙?"少年问道。

"你要听你母亲和我的建议。"

"我发誓,我可以保证,"少年说。

"那么下马吧。"少年于是下了坐骑。

来这儿的一位侍从牵走了他的马,另一位侍从给他卸下了盔甲。少年身上只剩下了他那可笑的外套、生牛皮靴和母亲给他的劣质鹿皮外衣。

这个可敬的人将少年的锋利铁质马刺系在自己的脚后跟上。他跨上少年的马,用带子把盾牌挂在颈部,拿过长矛。"朋友,"他说,"现在来上一堂武艺课。注意怎样拿长矛,怎样让马快跑,怎样让马停下。"

接着,他展开旗帜,手把手教少年怎样握盾。他让盾略略前倾,抵在马脖子上,然后将长矛放进托架,踢了踢马刺。这马值一百马克,因为没有任何马像它一样那么渴望奔腾,跑得那么朝气蓬勃,那么风驰电掣。这个可敬的人能娴熟地摆弄盾牌、长矛和马,因为他自小就学会了这些技艺。

这个可敬的人做的一切都让少年满心欢喜。当他在少年面前出色地表演了所有技艺,少年认真看过后,这个可敬的人举着长矛,回到少年边上。"朋友,你也想知道怎样用盾牌、长矛,怎样用马刺刺马,引导马前进吗?"

少年立即答道,要是他能学这些,他愿意只活到今天,愿意不要土地或财富。

"亲爱的朋友,只要愿意付出努力,一个人就能学会他不懂的东西,"这个可敬的人说,"每一项技能都需要意愿、努力和练习。一切知识都源于这三样东西。既然你还从未做过这些事,也从没见别人做过,你不会这些,就不应受责备,也不用感到羞耻。"

这个可敬的人接着让少年上马。少年握着盾牌和长矛,他的动作是那么娴熟,仿佛一生都在比武和战争中度过,曾周游世界寻找战斗和冒险。一切都易如反掌。当天性是老师,心灵全神贯注时,天性和心灵齐心协作,便没有做不成的难事。有着这般的天性和心灵,少年表演得出类拔萃,可敬的人满心喜悦,他告诉自己,即便这少年一生都努力习武,他今天的展示也技艺精湛。少年练完后,骑回这位可敬的人面前,像他一样举起长矛。"先生,"少年问,"我做得好吗?要是我愿意下苦功,你觉得我会有进步吗?我的眼睛还没见过比这更令人渴望的东西。我想像你一样掌握那么多技艺。"

"朋友,要是你有这份愿望,你会掌握你必须掌握的东西。不用担心,"这个可敬的人答道。

可敬的人三次上马,三次指导少年,教给了少年他能展示的一切有关武器的知识。他让少年三次上马,跟随练习。"朋友,"可敬的人最后对少年说,"要是你遇到一名骑士,他打了你,你会怎么做?"

"我会回击。"

"要是你的长矛碎了呢?"

"那我就只能冲过去,用两只拳头打他。"

"朋友,你不该这么做。"

"那我该怎么做呢?"

"你该拔剑回击。"

可敬的人于是想全副武装,教少年如何在有人袭击时用剑自卫,或在必要时用剑出击。他将自己的长矛垂直插在前方的地面上,接着握住剑。"朋友,别人袭击时,你要这样自卫,"他说。

"上帝保佑,"少年说,"就这个而言,没有人比我知道得更多。我在妈妈家学了很多,我用垫子还有木头做盾牌,常把自己累坏了。"

"那么我们进城堡吧,因为没有别的可做了,"这可敬的人说,"不管谁会不高兴,你今晚的房间会无比尊贵。"

接着,正当他们并排离开时,少年问他的主人:"先生,母亲教导我,跟一个人旅行或跟他结伴时,一定要知道那人的姓名。既然妈妈教我了解这个,我就想知道你的姓名。"

"亲爱的朋友,我叫戈霍特的古内曼特,"这个可敬的人说道。

于是,两人手牵手走进城堡。一段楼梯上,一位侍从主动拿来了一件短上衣。侍从跑上前,将上衣套在少年身上,以免少年出汗后着凉。这个可敬的人有着豪华的宅邸,华丽而又宽敞,还有一流的仆人。晚餐布置好了,食物极为丰盛,制作精美,菜肴诱人。

骑士们沐浴后,便坐下用餐。这个可敬的人让少年坐在身边,让少年和他吃同一个盘子。关于食物的品种或数量,我没有更多细节要说,也不想对此絮絮叨叨,只会说他们有着足够的食物和饮品。

骑士们离开餐桌后,这个可敬的人十分友好,请刚才坐在身边的少年留住一个月。要是少年愿意的话,他很乐意留少年整整一年;在这一年里,只要少年愿意,他可以学习各种技能,各种在需要之时能帮到他的技能。

"先生,"少年对他说,"我不知道我是否在妈妈的庄园边上,但我祈求上帝带我到妈妈身边,让我再见到妈妈。我看见她昏倒在家门口的桥头。我不知她是死是活。我明白,我离开她时,她是为我悲伤才昏倒的。所以,我不能一直待在这儿而不知道妈妈的情况。不,我明天一早就要出发。"

这个可敬的人听见请求无用;他不知道再说什么。既然床已铺好,他就不再恳求。于是,两人上床歇息。

翌日清晨,这个可敬的人起身下床。他发现少年还躺在床上。他让人给少年送去礼物:一件衬衣、亚麻马裤、苏木染的绑腿和一件在印度织制的丝绸上衣。他把这些礼物带给少年,这样他就能穿戴起来。"朋友,要是你相信我,就穿你见到的这些衣服,"可敬的人对少年说。

"亲爱的先生,你本该说得更悦耳些,"少年答道,"我妈妈给我做的衣服难道不比这些更好吗?而你却要我穿这些?"

"以我的生命起誓,少年,你妈妈的衣服不如这些衣服,"这个可敬的人说,

"亲爱的朋友,我带你来这儿时,你告诉我,你会百依百顺。"

"那么我会穿上它们,"少年答道,"我绝不在任何事情上同你作对。"

少年不再迟疑,立即穿上了这些衣服,丢下了母亲给的衣服。这个可敬的人弯下腰,给少年系上右边的马刺。那时的习俗是,谁把一个人封为骑士,谁就要为那个人系马刺。有很多侍从在场,他们都尽心尽力地帮少年穿好装备。这个可敬的人拿过剑,给少年佩好,接着亲吻了他。他对少年说,凭借这把剑,他赐给了少年上帝创造并决定的至高荣誉。骑士制度要求,骑士不能有任何卑劣行径。

"亲爱的兄弟,"可敬的人说,"要是你不得不和一位骑士作战,记得我要说的话,记得我要你做的事。要是你战胜了他,迫使他求饶,因为他再不能自卫或站立,那么别特意杀他。"

"还有,注意别多嘴或过于好奇。说个不停必然对自己不利。聪明的人会一再说:'言多必失。'所以,亲爱的兄弟,我警告你别说太多话。"

"还有,我建议你,要是遇上处在困境中的妇女或女士,无论她是否已为人妻,只要你知道该怎么帮助,只要你有办法帮助,你都要帮助她。你这么做就是对的。"

"我还要告诉你一件事,你不能轻视这件事,因为它不容轻视。你要常去教堂向万物的造物主祈祷,让他怜悯你的灵魂,让他保护你尘世的生活,把你当作他的信徒。"

少年对这可敬的人说:"愿罗马的所有使徒保佑你,亲爱的先生,因为我听见妈妈说的一模一样。"

"现在,亲爱的兄弟,再别说你的妈妈教导你了什么,"这个可敬的人说,"我到现在都没有责怪你。但从此以后,愿你原谅,我请你改口。要是你再这么说,人们会认为你很愚蠢。因此,我请你千万注意。"

"那么我该怎么说呢,亲爱的先生?"

"你可以说,帮你系马刺的封臣这么教导你。"

少年向这个可敬的人保证,只要他活着,他就再不这么说,除非是说这可敬的人教导他的,因为他觉得这人的教导很不错。接着,这个可敬的人在少年头上画了个十字,高高举起少年的手,说:"上帝保佑你,亲爱的先生。既然呆在这儿使你烦恼,你就走吧,让上帝做你的向导。"

新骑士离开了主人,急着见到母亲,希望看到她健康安好。相比开阔的地带,少年对森林远为熟悉。于是,他进入荒凉的森林,一路骑行,直到看见一座坚固结实、地势险要的城市。城墙外空无一物,只有河流、大海和荒无人烟的土地。少年向着这城市飞驰,直骑到城门面前。但抵达城门前,他得先过一座桥。这桥摇摇欲坠,他觉得几乎支撑不了自己。少年骑过桥面,没有遇到可恶的灾祸或羞耻。抵达城门时,他发现城门紧闭。他用力敲打门;继而大喊。接着,他重击城门,这时一位瘦弱苍白的姑娘跑向厅堂的窗户。"谁在那叫喊?"她问道。

少年抬起头,见到了这姑娘。"亲爱的朋友,我是一名骑士,我求你让我进城,借宿一晚,"他说。

"先生,你可以借宿,虽然你永远不会感谢我们,"她说,"但我们会尽可能给你一间好屋子。"

接着,这姑娘回去了。等在门口的人担心他得在那儿站很久。于是,他又开始重击城门。当下来了四个士兵,肩上扛着大斧,身上佩着宝剑。他们打开门后,说:"先生,进来吧。"

要是生活曾仁慈地对待这些士兵,他们本该英俊美丽。但守夜和挨饿使他们饱尝痛苦,以致他们看起来可怜不堪。

骑士看到城外的土地贫瘠荒凉。城内的景象也无甚改观。无论走到哪里,街道都空空如也,房屋老旧坍塌,周遭不见一个男女。城内有两座教堂,原本都是修道院,一座住着受惊的修女,另一座住着无助的僧侣。教堂里全无精美的装饰或挂毯,只有开裂的墙壁和无顶的塔楼。这些房子白天黑夜都大门敞开。整座城市里,没有一个磨坊在磨面,没有一台烤炉在烘焙,见不到面包、蛋糕或任何出售的东西,连仅值一便士的东西都没有出售。他发现,这个城镇是那么荒凉,没有面包、糕点、葡萄酒、苹果酒和麦芽酒。

这四个士兵把他带到一间石板瓦屋顶的宫殿。他们让骑士下马,接着帮他卸下武器。立即有一位侍从下了楼梯,来到厅堂,手持一件灰色大衣。这侍从把大衣套上骑士的脖子时,另一位侍从把骑士的马安顿在一个马厩,马厩没有小麦和干草,只有一点点稻草;其他侍从跟在骑士后面登上楼梯,走进一间漂亮的大厅。两位可敬的人和一位姑娘从那里出来迎接骑士。这两位可敬的人都上了年纪,虽然头发还没有全白。要是他们不是饱受痛苦和忧愁,他们本该年富力强。

姑娘走近骑士,她是那么亲切,那么优雅,装扮得美过雀鹰或鹦鹉。她的披风和长裙用黑色丝绸制成,上面点缀着带斑点的皮毛;披风既不过长,也不过宽,里面是全新的貂皮衬里,上面是黑白相间的紫貂皮衣领。要是我曾描述过上帝赐予女性的身材或脸蛋的何种美,那么现在我想换一个方式描述,其中没有半句谎言。这位姑娘的头发飘逸。任何人只要见过她的头发,一定会认为这头发,如果可能的话,都是纯金,因为它们是那么金黄,那么闪亮。她高高的额头雪白而又平滑,仿佛有人用石头、象牙或木头雕出了这件作品。她有着棕色的眉毛,双眼距离很远;眼睛本身是灰色的,笑意盈盈又清澈如水,鼻子细长笔挺;她白皙脸上的红晕于她那么般配,胜过了银器上的朱红色彩。为了撩拨人心,上帝把她打造成了奇迹中的奇迹。在此之前,上帝从未创造过这等作品,之后也再不会有。

骑士见过姑娘,向她问好。姑娘和这两位在场的骑士也向他问好。姑娘庄重有礼地拉住骑士的手。"亲爱的朋友,"姑娘说,"你今晚的房间显然配不上一个高贵的人。要是我现在告诉你我们整个国家的状况,你可能会以为,我是心怀恶意,故意这么说,要赶你走。但请留下来,接受现有的这个住处。愿上帝明天赐给你一个更好的住处。"

于是,姑娘牵着骑士的手,带他走进了一个美丽、幽深而宽敞的房间,天花板上有个拱顶。两人在一张铺着锦缎被子的床上坐下。骑士们四人、五人、六人一组地走进房间,一起入座。他们不发一言,注视着这位默默坐在夫人边上的人。这位年轻的骑士牢记那位可敬的人的建议,克制自己,一声不吭。所有骑士都开始窃窃私语。"上帝啊!这个骑士恐怕是个哑巴。那太可惜了,因为世上还从没有过这么英俊的骑士,"他们每个人都如是说,"他坐在我们夫人边上多么般配,她坐在他边上也多么般配。要是他们不这样沉默就好了!他是那么英俊,她是那么美丽,从没有过那么般配的骑士和姑娘。从他们的外貌看,上帝似乎有意为他们创造了彼此,为了让他们彼此结合。"

姑娘等着年轻人开口。最终,她明白了,除非她先开口,不然这骑士绝不会吐一个词。"先生,你今天从哪里来?"她问道,谈吐高雅。

"年轻的夫人,我昨晚住在一位可敬的人的城堡,他给我提供了最宽敞美丽的住处,"他回答道,"那城堡有精美、坚固、建造优良的塔楼,一座高塔和四座小塔。我不知道该怎么概述所有的建筑,也不知道城堡的名字,但我知道这个可敬的人叫古内曼特。"

"啊,亲爱的朋友,"姑娘说,"你用词得当,谈吐有礼。愿上帝奖赏你,因为你称他是一个可敬的人。你说得太准确了,他是一个可敬的人,里西耶作证,我敢为此发誓!我是他的侄女,虽然我很久没有见到他了。我确信,你离开家后,还没见过比他更可敬的人。他让你愉快又舒适,他很清楚该怎样款待你,因为他是一个出生高贵、值得尊敬的人。他实力雄厚、家境兴旺而又十分富有。但我这宫殿里只有六小块面包,是我一个叔叔给我的。他是一位修道院院长,是个非常虔诚的教徒,他给我这些面包作晚餐,还给了一小桶烫酒。除了我一个仆人今早射杀的一头小鹿外,再没有别的食物了。"

姑娘立即吩咐摆好餐桌。桌子摆好后,人们坐下就餐。虽然他们都饥肠辘辘,但都只坐着吃了一小会儿。

饭后,人们便散了:昨晚守夜的人留下就寝,今天要守夜的人离开了。当晚有五十名武装士兵和侍从守夜,另一些人尽心尽力地照料客人。那些负责客人卧具的人铺开精美的床单和一条昂贵的被子,在床头放了一个枕头。那天夜里,骑士有着床上能有的一切舒适和愉悦,唯独少了姑娘陪伴的欢乐——要是他喜欢的话;或者说少了夫人陪伴的欢乐,要是他被允许的话。但他对这种乐趣还一无所知。所以,我可以确切地告诉你,他很快进入了梦乡,了无牵挂。

但他的女主人却没有睡着。她关在自己的房间里,骑士睡得香甜,可她却思绪万千,无力地抵抗着内心的一场战争。她翻来覆去,屡屡受惊,焦躁不安地辗转反侧。她在内衣外披上一件猩红色的丝绸上衣,勇敢而大胆地决定要孤注一掷,虽然她的决定非同小可。她决意去找她的客人,告诉他一些自己的情况。于是,她离开床,走出自己的房间。她是那么害怕,四肢都在颤抖,浑身冒着热汗。她泪流满面地离开房间,来到骑士的床边。她又是哭泣,又是长叹,弯腰跪下;她哭得那么伤心,泪水润湿了骑士的整张脸庞。她不敢再靠近骑士。

她哭得太过伤心,惊醒了骑士。骑士惊讶地发现自己的脸庞湿了,看见这姑娘正跪在床前,紧紧搂着自己的脖子。这骑士的行为是那么彬彬有礼,他立即将姑娘搂入怀中。"美丽的夫人,你怎么了?你为什么来这儿?"他问道。

"啊,高贵的骑士,怜悯我!看在上帝和基督的份上,请你别因为我来这而看不起我。我虽然近乎一丝不挂,却绝没有任何愚蠢、邪恶或卑鄙的念头。这个世界上,没有任何活着的人比我更悲伤、更可怜。我拥有的东西无一令我高兴。我从未见过没有不幸的日子。所以,我痛苦万分。我过了今晚就不指望有明晚;过了明天,我从不指望还有下一天。相反,我想自绝于世。驻扎这座城市的三百一十名骑士,只剩下了五十名。一个残忍的骑士,他叫安吉格罗,是群岛之王克拉马迪奥的管家,已经带走继而囚禁或杀死了二百六十名骑士。我为那些被囚禁的骑士和被杀害的骑士忧伤;我知道,那些因犯会死在那里,因为他们永远不可能离开。为了我,很多可敬的人死了。我理应为此悲伤。"

"整个冬天和夏天,安吉格罗都包围着这座城市,一直不撤军。这整段时间,他的队伍与日俱增,我们却每况愈下。我们的供给已经耗尽;剩下的还不够喂一只蜜蜂。我们已经到了这般田地,除非上帝助力,否则这城市明天就要投降,我会束手就擒。这城市再也守不住了。但毫无疑问,我要在他活捉我前先自绝于世。他到时候只能得到我的尸体,我不会在意他是否要把尸体带走。克拉马迪奥想得到我。他永远得不到我。他只会得到我没有生命或灵魂的身体。我在一个盒子里放了一把锋利的铁刀,我会把它插进心窝。我就跟你说这么多。现在我要回去了,让你好好休息。"

这骑士要是有勇气,很快就能收获名声,因为无论姑娘对他说什么,她之所以走过来对着他的脸哭泣,正是因为她要激励他作战——只要他有这份胆量——来保卫她和她的家园。

"亲爱的朋友,"骑士对姑娘说,"今晚开心一点。你放心。别哭了。过来,擦掉眼里的泪水。要是上帝愿意,他明天会给你一个更好的结局,好过你向我描述的光景。躺在我身边吧,这床够我们两个人睡。今晚就别离开我了。"

"要是你高兴,我会这么做,"姑娘答道。

骑士搂住姑娘,亲吻了她。接着,他用一个个满是温柔和慰藉的动作,为她盖好了被子。姑娘允许骑士亲吻她,我想骑士也没有不悦。于是,漫漫长夜直至天明,他们都躺在彼此身边,亲吻着对方。那个夜晚,姑娘获得了这些安慰:他们彼此相拥,亲吻对方,一直睡到了天明。

拂晓时分,姑娘独自回到自己的房间。她没有让女仆们帮忙,自个儿梳妆打扮,不曾惊醒任何人。

当晚守夜的卫士一见到天亮,就叫醒了那些沉睡中的人们,把他们从床上唤醒。于是,那些人迅速起床。

姑娘未作耽搁,回到她的骑士身边。"先生,愿上帝今天赐给你美好的一天!"姑娘对骑士说,举止优雅,"我知道你今天不会再待在这里了,再待着毫无意义。我不反对你离开,因为我要是反对,就会失礼。我们没有带给你任何舒适和愉悦。但我祈求上帝赐给你比这儿更好的屋子,还有更多的面包、葡萄酒和盐。"

"亲爱的夫人,"骑士说,"今天还不是我离开这儿另寻住处的时候。不,我今天不走,如果可能,我要给你的所有国土带来和平。要是我发现你的敌人在外面,要是他继续在那儿待着,我会火冒三丈。他没有理由让你悲伤。但要是我打败并杀死了他,我想要的回报是你的亲密。除此之外,我别无所求。"

姑娘的回答聪慧过人。"先生,你问我要的是一个楚楚可怜东西。但要是我拒绝你,你会认为我无比高傲。所以,我不打算拒绝你。但别说只要你答应为我赴死,我就要成为你的恋人。那就太可惜了。因为你无疑不够强壮,也不够年长,面对如此冷酷的骑士,你敌不过他,经不起和他搏斗或争斗。"

"你今天拭目以待,因为我要去迎战这位骑士。任何警告都拦不住我,"骑士说。

姑娘是为他故设此计,有意责备他的计划,实则希望他按计划行事。常有的情形是,眼见别人一心要达成自己的意愿,人们会巧加掩饰,为了让那人更想付诸实施。所以,姑娘的行为聪慧过人,为了她自己安在骑士心中的计划,她对骑士严加责备。

骑士让人取来自己的盔甲。城门替他打开了。人们给他戴好装备,让他上马,挽具已为他套好。在场的人无不忧心忡忡,纷纷说道:"先生,愿上帝今天保佑你,让管家安吉格罗遭受巨大的不幸,这个安吉格罗蹂躏了这整片国土。"

所有男男女女都流着泪水,将骑士送至城门。见到骑士已在城外后,他们齐声喊道:"亲爱的先生,愿真十字——那个上帝让他自己的儿子死在上面的十字——保佑你今天免受不幸、囚禁和致命的危险,带你平安地回到有着欢乐、喜悦和舒适的地方。"他们祈祷着。

围军中的人见到这骑士来了,指给安吉格罗看。安吉格罗正坐在帐前,以为夜幕降临前这城市就会向他投降,或有人会来跟他肉搏。他已经束紧绑腿,手下们兴高采烈,以为已战胜了这座城市和整个国家。安吉格罗一见到骑士,就立刻戴好武器,骑着一头健马向骑士奔来。"少年,谁派你来的?"他问道,"告诉我你来干什么。你是来求和的吗?还是来交战?"

"那么你在这土地上做什么?"少年答道,"你先告诉我。你为什么一直屠杀骑士,踩躏这整个国家?"

安吉格罗一脸傲慢,轻蔑地答道:"我要这城市清空,城堡主楼今天向我投降。这城市已经守得太久了。还有,我的主人要那位姑娘。"

"让这些话和说这话的人去死吧,"少年说,"不,你必须放弃对这姑娘的一切索求。"

"凭圣彼得起誓,你是在说谎。常常是无辜的人受罚,"安吉格罗说。

听闻此言,少年大怒,他将长矛放进托架,两人不再多说,即策马向对方冲去,手握粗大但灵便的白蜡树长矛,顶端锋利。两匹马向前冲去。两位强壮的骑士有着不共戴天之仇。他们打得不可开交,盾牌劈啪作响,长矛碎裂,两人都被掀倒在地。但他们都翻身上马,话不多说,以马儿的最快速度,向彼此冲去,比两头野猪还要凶猛。他们击打彼此盾牌的中心,打穿了紧贴身体的锁子甲。他们怒火中烧,势不可挡,长矛的碎片上下飞溅。

安吉格罗一人倒地,手臂和体侧的伤口疼痛难忍。少年翻身下马,他不知如何在马上追杀;跃下马后,少年抽剑袭击安吉格罗。我不知该怎么向你形容那一阵阵的重击,还有两人境况如何。这些重击野蛮残忍,战斗持续了好一会儿,直到安吉格罗倒地不起。少年凶猛地袭击安吉格罗,直至对手向他求饶;少年答道,他会毫不留情。但他想起那位可敬的人曾告诉他,一旦打败了某位骑士,占据了上风,就别故意杀害骑士。

"尊贵的先生，"安吉格罗对少年说，"别那么高傲，不肯怜悯我。我向你保证，你现在什么都有了。你是一位非常出色的骑士，但最好是让认识我俩却没能目睹今天决斗的人相信，你在武装决斗中单枪匹马杀死了我。要是我在帐篷前，向我的手下证明，你在战斗中打败了我，你会因此获得更多荣耀。再无骑士会有如此荣耀。我要说的是，如果有哪位领主曾帮助过你或为你做过好事，而你还没有报答他的恩情，就把我带去他那儿吧。我会替你去他那儿，告诉他你如何在武装战斗中打败了我。我会做他的囚犯，对他俯首听命。"

"让对你有更多要求的人去死吧！那么，你知道你要去哪里吗？去那座城市，告诉我心爱的美丽夫人，你要恳求她宽恕，这一生绝不伤害她。"

"那么杀死我吧，因为她也会杀死我的，"安吉格罗答道，"她最想要的就是折磨我、要我死，因为我是其中一个杀死她父亲的人。她已经对我有着深仇大恨，这一年我囚禁、杀死了她的所有骑士。让我做她的狱卒会糟糕透顶。没有比这更糟了。但你要是还有别的朋友，不论男女，只要他不想害我，就把我送到他那里去吧，因为要是我在这夫人手里，她肯定会要我的命。"

少年于是叫他去一位可敬的人的城堡，告诉了他城堡主人的名字。世上没有任何石匠能像少年一样，那么精准地描述这城堡的设计。他向安吉格罗赞美了那里的河流、桥、塔楼、主楼，还有四周坚固的城墙，直到安吉格罗明白，少年想让他去一个痛恨他的地方为囚。

"亲爱的先生，你要我去的地方不安全，"安吉格罗说，"上帝保佑，你要让我走上一条死路，让我落入凶神的手里，因为我在这场战争中杀死了他的一个兄弟。亲爱的朋友，杀死我吧，不要逼我去他那里。因为要是让我去那儿，我会性命不保。"

"说实在的，那么你去亚瑟王的监狱吧，"少年说，"你要替我向国王致敬，让你认识那位因为见我就笑而被总管凯扇了一巴掌的年轻夫人。你要做她的囚犯，立即告诉她，我决不会步入亚瑟王的任何朝廷，除非我已替她报仇。"

安吉格罗回答，他能很好地完成这一任务。打败他的骑士接着转身向城池奔去，安吉格罗则让人撤掉旗帜，走向监狱。围城的军队离开了；没有人还留在那儿——无论是棕发人还是金发人。

骑士归来时，市民们纷纷跑出去迎接。虽然人们因为少年没能砍下那骑士的脑袋或把那人交给他们而有些不痛快,但他们还是喜悦地欢迎骑士,让骑士站在站台上,卸下了他的装备。"先生,你没把安吉格罗带过来,你为什么不砍掉他的头呢?"他们问道。

"先生们,我发誓那样做对我不好,"少年答道,"你们会不顾我的要求,杀了他,因为他杀了你们的很多亲戚,而我不能保证他的性命。要是我占了上风,却不宽恕他,我就一文不值。你们知道我怎么宽恕他的吗?要是他信守诺言,他会自己去亚瑟王的监狱。"

就在这时,年轻的夫人到了,她为了骑士喜不自禁,带他去自己的房间休息。姑娘忍不住拥抱并亲吻他。他们没有去饱餐一顿,而是尽情享受着亲吻、爱抚和甜言蜜语。

但克拉马迪奥的想法愚蠢至极,他正向这儿赶来,以为毫不费力就能占领这座城池。一位愁眉苦脸的少年在半路遇到了克拉马迪奥,向他讲述了总管安吉格罗的消息。"以上帝的名义起誓,先生,现在情况相当糟糕,"这个年轻人喊道,他悲痛不已,用手撕扯着头发。

"怎么糟糕了?"克拉马迪奥问道。

"是这样,"这个年轻人答道,"你的管家在武装决斗中被打败了,去给亚瑟王做囚犯了。"

"谁干的,少年?告诉我,这是怎么一回事?哪来的骑士这么厉害,能在武装决斗中让这么可敬、这么勇敢的人投降?"

"亲爱的先生,"他答道,"我不知道这位骑士是谁,但我见他穿着朱红盔甲离开了博雷佩尔。"

"那么,少年,你有什么建议?"克拉马迪奥说,他几乎就要精神错乱。

"什么建议,先生?回去吧,因为我相信,要是继续前进,你会一无所获。"

听闻此言,一位骑士走上前来,头发有些发白,他是克拉马迪奥的谋士。"少年,"他说,"你的建议并不好。他应该听从更英明、更好的建议。要是他听你的,他会干下蠢事。我建议他继续前进。"这位骑士接着说:"先生,您想知道怎样才能拥有那位骑士和那座城吗?让我明明白白地告诉您,这事易如反掌。博雷佩尔城城内没有食物和水,那些骑士虚弱不堪,我们却身强体健。我们不用忍受饥渴,要是城里的人敢出来与我们交战,我们能发动猛攻。我们要派二十名骑士去城门前作战。那个和他心爱的布朗什弗洛尔寻欢作乐的骑士会自不量力，过分表现自己的勇武。于是，他会在那儿被拿获或被杀死，因为他虚弱的骑士们无力支援。然后，我们的二十名骑士只需佯装作战，直到我们从山谷里发起突袭，把他们团团围住。"

"我发誓，我要采纳你的建议，"克拉马迪奥说，"我们有精兵锐将，有五百名武装骑士和一千名装备精良的战士。我们打败敌人，如入无人之地。"

克拉马迪奥派二十名骑士前往城门，他们迎风展开了五颜六色的三角旗和军旗。城里的人一见他们，就按少年的要求，大开城门。少年一马当先，与这些骑士们交战。他是位那么勇敢、强壮而高傲的骑士，同时向所有敌人进攻，面对任何敌人都毫不示弱。那一天，多少肠子挨了他的矛头。他刺穿了一人的胸口、另一人的胸脯；打断了这人的手臂、另一人的锁骨；杀死了这人，打伤了那人。他交出所有俘虏，把俘获的马立即给了没有坐骑的人。

接着，城门前站了一大片的市民们发现，敌人的大军正从整个河谷逼近，有五百骑士和一千战士。这些敌人看见他们的军队已经战败，或死或伤；于是，他们列队向城门进发。市民们紧密地驻扎在城门，英勇应敌。但他们虚弱不堪、寡不敌众，而随着后方军队的跟进，敌人的力量愈发强大。最终，市民们抵挡不住敌人的进攻，逃回了城内。城门上，弓箭手正向那些急着挤进城门的敌人们放箭。最后，一支骑兵队强行挤进了城门。对着那些城门下的敌人，城门上的市民们推下了一扇吊门。这吊门落下时，砸死了它撞到的所有人。克拉马迪奥从没见过如此伤心的场景：吊门砸死了他的大批人马，把他关在了城外。他只得在一旁观望：仓促进攻只会徒劳一场。

他的谋士向他谏言。"先生，"他说，"可敬的人遭遇不幸并非奇事。我们都知道，依据主的意志，善和恶会降到每个人头上。您失去了一些部下，但凡圣徒皆有斋日。您遇上了灾难，您的手下经受了巨大的痛苦，城里的人得胜了。但毫无疑问，他们失败的时候就要到了。要是他们还能在城里再坚持五天，挖掉我的双眼。这座城和主楼会是您的，因为所有人都会出来求饶。您只要今天和明天都还在，这座城池就是您的。那位拒绝您的姑娘会以上帝的名义求您收下她。"之后，一些人搭起帐篷和凉棚，另一些人则尽快安置好自己。

城内的人给俘获的骑士们缴械。他们没有将俘虏关进塔楼，或戴上镣铐，只要那些人身为忠诚的骑士,许诺终身为囚,绝不伤害俘获他们的人。于是,他们全都进了城。

当天,海上刮起一阵大风,之后来了一艘驳船,满载粮食和其他供给。在上帝的眷顾下,这艘船平安无损地抵达了这座城市。城内的人见到这艘驳船,派人询问来者的身份,以及他们为何而来。于是,城内的人下到海边,想见见这些来客,想知道他们是什么人,从哪儿来,又想要什么。

"我们是商人,带着要出售的食物:有面包、葡萄酒还有盐渍猪肉。要是你们需要的话,我们还有足够的牛和猪,可以卖给你们,"他们答道。

"感谢上帝,是他给风助力,让你们漂到了这儿。欢迎你们!下船吧,你们已经以你们理想的价格卖掉了商品。所以,过来收钱吧。为了这些小麦,你们免不了要数数一根根金条和银条。至于葡萄酒和肉,我们会给你们一整车金银,要是需要的话,我们还可以给更多。"

接着,买卖双方很好地履行了义务。他们开始卸货,把所有货物带给了城内的人,用来救济他们。你可以想象,市民们看到那些人带来了供给该有多兴高采烈。他们以最快的速度准备好了食物。

现在,一直待在城外的克拉马迪奥可以休息好一阵子了,因为市民们有了足够的牛、猪和盐渍猪肉,还有面包、葡萄酒和鹿肉。仆人们升起厨房的火,用来烹饪食物。厨师们忙得不亦乐乎。

现在,少年可以全然舒适地待在爱人身边。姑娘拥抱少年,少年亲吻姑娘,两人其乐融融。

大厅里并非寂静一片,而是回响着欢乐的喧嚣。所有人都在久久等待食物,现在有了食物,他们都喜气洋洋。厨师们加快准备食物,直到能让挨饿的人们坐下用餐。用完餐后,人们离开了桌边的位子。

克拉马迪奥和手下们得知市民们的好运后,大为光火。他们宣布,既然这座城饿不死,那他们只得撤军。他们的围攻一无所获。

克拉马迪奥气得发疯,他不征求任何人的意见,即向那座城池传信,声称要是朱红骑士有这胆量,这骑士在明天中午前都能在平原上见到他,他要单枪匹马与这骑士战斗。姑娘听见这消息传给她的爱人时,她悲愤不已,因为她的爱人回答克拉马迪奥,无论会发生什么,既然他要的就是战斗,那么他会参加战斗。于是,姑娘变得愈发悲伤,虽然我相信姑娘的悲伤绝不可能让骑士放弃。所有男男女女都劝骑士,别去同这个从未有任何骑士打败过的人决斗。"先生们,"少年说,"你们安静下来就好。世上没有人或事能让我放弃决斗。"

于是,人们不再说话,不敢再和骑士提这个话题。他们都上床歇息,直到第二天天亮。但他们为自己的主人忧虑万分。他们难过极了,自己的请求毫不奏效。那天晚上,骑士的爱人再三恳求骑士别去参加战斗,而是去同克拉马迪奥求和,因为人们已经再不用担心克拉马迪奥或他的手下们了。但姑娘只是白费口舌,而这是令人惊异的奇迹,因为少年发现姑娘对他的关照是那么甜蜜可爱,姑娘每说一句话都要百般温柔地亲吻他,姑娘就这样将爱的钥匙插进了他的心灵之锁。但姑娘没法不让心爱的人不去参加战斗。

少年让人取来他的装备,负责看管的人以最快速度为他取来了装备。骑士在沉重的哀悼声中披挂,因为所有男男女女都内心悲痛。少年向万王之王赞美他们所有人,登上了他那已经被牵出来的挪威坐骑,接着几乎未作停留,即留下哀悼的人们,当下骑马而去。

克拉马迪奥见到自己的对手靠近时,愚蠢地期望能一举把这骑士掀下马鞍。这平原平平坦坦,风景优美,上面只有这两个人,克拉马迪奥已经解散了所有兵力。两人话不多说,即将长矛置于马鞍前的托架,杀向对方。他们手握的白蜡树长矛粗大但灵便,顶端锋利。马儿向前冲去。两位强壮的骑士有着不共戴天之仇。他们打得不可开交,盾牌劈啪作响,长矛碎裂,两人都被掀倒在地。但他们都立即跃起,向对方用力刺去。两人挥剑作战,不相上下,僵持良久。我可以详细地讲述这个故事,但我不想在此费力,因为一句话无异于二十句话。最终,克拉马迪奥不得不向这少年求饶。

克拉马迪奥就像他的管家一样,接受了少年的所有条件。但正如他的管家,他无论如何都不愿关进博雷佩尔的监狱,并且,哪怕整个罗马帝国都给他,他也不愿去那个拥有地势险要的城堡的可敬的人那里。但他同意去亚瑟王的监狱,去给被凯无礼地扇了一巴掌的姑娘传信,告诉那姑娘,要是上帝赐予少年力量,他会如愿以偿地为姑娘报仇。接着,少年让克拉马迪奥承诺,明天一早天亮前,他就要释放塔楼里的所有囚犯,让他们重返家园;只要他还活着,他就得解散城外的所有军队;而且,他和手下们永远不能骚扰那位年轻的姑娘。

于是,克拉马迪奥回到了自己的领地。到那儿后,他命令释放所有囚犯,让他们畅通无阻地离开。这道命令立即得到了执行。且看那些狱卒们已被释放出狱。他们即刻离开,带上了自己的所有装备,因为克拉马迪奥没有扣留他们的任何东西。

　　克拉马迪奥只身一人向另一个方向进发。我们根据原始资料发现,那时的惯例是,战败的骑士去做囚犯时,得穿戴当时的装备,不得有任何增减。于是,克拉马迪奥就穿戴着这番装备,沿着安吉格罗走过的路行进。那位安吉格罗正径直赶向迪纳斯达罗,而亚瑟王正主持那个朝廷。

　　在另一边,城内一片欢腾,那些久久待在阴森的监狱中的人们现在回到了家园。整个大厅和骑士们的住所都回荡着欢乐的声响。教堂和修道院的教堂里,钟声齐鸣,没有一位修士或修女不在祷文里感谢上帝。男男女女转着圈儿跳舞,他们穿过街道,又穿过广场。市民们在庆祝,现在没有人围攻他们,也没有人发动战争。

　　安吉格罗还在路上。紧随其后的是克拉马迪奥,克拉马迪奥连续三晚住在安吉格罗住过的地方。他紧跟安吉格罗的足迹,终于抵达了威尔士的迪纳斯达罗,亚瑟王正在那里的大厅隆重上朝。克拉马迪奥只身一人走进王宫,身着先前的装备。安吉格罗认出了主人。他早一天抵达迪纳斯达罗,已经完整转达了口信,他被留在宫中,作为家中和议事会的一员。他看见自己的主人满身猩红血迹,仍一眼认出了主人。"先生们,先生们,来看奇迹吧!"他立即喊道,"相信我,那位朱红盔甲的少年送来了你们面前的这位骑士。我百分百确信,那少年战胜了这位骑士,因为这个人满身血迹。我还认出了这些血迹和这个人,因为他是我的领主,我是他的手下。群岛之王克拉马迪奥是他的名字。我曾以为,整个罗马帝国再没有比他更厉害的骑士。但不幸常常降临到可敬的人身上。"安吉格罗如是说道。接着,克拉马迪奥抵达了王宫。两人都跑向对方,在王宫碰面。

　　这一切都发生在某个圣灵降临节。王后挨着亚瑟王坐在桌首。不少伯爵和国王都在场,还有很多王后和伯爵夫人。骑士和夫人们在修道院的教堂做完弥撒,来到了王宫。凯没穿披风,穿过大厅,头戴一顶帽子,亚麻色的长发编成一根辫子,右手握着一根棍子。世上再没有比凯更俊美的骑士,但他的恶意取笑有损他的英俊和勇敢。他身穿一件色彩昂贵的丝绸上衣,腰间系着一根有着刺绣装饰的腰带,腰带的搭扣和链环都用金子做成。我对此记得极为清楚,因为故事就是这么说的。凯步入大厅时,所有人都闪开了;他们害怕凯的恶意取笑和他那恶毒的舌头,于是都纷纷给他让路。胆敢公开表达恶意的人并不聪明,无论他是当真或只是玩笑一场。在场所有人都太害怕凯的恶意取笑,没有人敢跟他说一句话。凯在所有人面前走向国王。"陛下,如果您愿意,您现在可以用餐了,"他说。

"凯,"国王答道,"别管我吧。我看见朝廷宾朋满堂,我无意在如此盛大的节日用餐,除非我的王宫有什么消息。"

说话间,克拉马迪奥走进了王宫。他要来王宫投降受俘,身上穿着先前的装备。"上帝保佑并祝福世上最好的国王,他最高贵,出身最好,所有听过他英勇事迹的人都能为我作证,"克拉马迪奥说,"亲爱的陛下,现在听我说,"他接着说道,"我要带给您消息。虽然这样做让我忧伤,但我得承认,一位派我来这儿的骑士打败了我。我不得不以他的名义向您投降受俘,因为我别无他法。但要是任何人问我是否知道他的名字,我会回答,我不知道。但我会告诉您有关他的这一音讯:他的武器是朱红色的,而且他声称,是您赐给了他那些武器。"

"朋友,上帝保佑我!"国王说,"说真的,他是不是体格强壮、身体健康?"

"是的,亲爱的陛下,他确实如此,这点毫无疑问,"克拉马迪奥答道,"他是我认识的最勇敢的骑士。他交代我,要和曾对他微笑的那位姑娘说话。凯扇了她一巴掌,让她丢尽脸面。但那骑士宣称,要是上帝允许,他会替这姑娘报仇。"

傻子听见这些话后,高兴得手舞足蹈,大喊道:"上帝保佑我,国王陛下。现在,有人要为这个巴掌报仇了。别以为我是在嘲笑,因为凯免不了手臂要被打断,锁骨要脱臼。"

凯听见这些话,觉得愚蠢至极。他忍住没打那傻子的脑袋。毫无疑问,这不是因为他懦弱,而只是因为国王在场,还有他自己羞愧难当。国王摇了摇头。"凯啊,"国王说,"我很遗憾,那骑士不在我身边。因为你说的蠢话使他离开了这里,这很让我伤心。"

说这话时，格雷弗里特依国王的命令站了起来，乌文英骑士也站了起来，他比周围所有人都显得高大。国王命令他们带这骑士去王后的姑娘们正在里面嬉戏的房间。这骑士向众人鞠了一躬。接着，按照国王的旨意，格雷弗里特和乌文英把他领到了那些房间，指给他那位姑娘。骑士告诉了姑娘这条她乐意听到的消息。姑娘仍为那个巴掌心有余悸；虽然她的伤痛已经痊愈，但她还未忘却或摆脱这份耻辱。忘记耻辱或他人施加的伤害的人是真正的懦夫。在强大的人身上，伤痛会过去，但耻辱仍在；在懦夫身上，耻辱变得麻木，直至死亡。克拉马迪奥传完消息后，国王把他一辈子留在自己的家里，待在宫中。

那个少年曾为了名叫布朗什弗洛尔的姑娘的国土战斗。现在，他享受着这位美丽的心上人在他身边。要是少年的心思不在别处，姑娘和她的国土会完全属于他。但少年惦记着另一件事；他想起了母亲，他看到她昏倒在地。所以，抛开一切，他最想见的是母亲。但他不敢离开自己心爱的人。姑娘不让他走，命令所有手下都恳求少年留下。但他们的话无济于事。少年只答应，要是他发现母亲还活着，他会带母亲一起回来，之后他将统治这个国家；他们可以百分百放心。要是母亲死了，他会回来的。于是，带着这个会回来的诺言，少年离开了这座城市，这让他那天生高贵的心上人和所有陪着她左右的人都悲愤不已。

少年离城时，遇到了耶稣升天日或某个礼拜日会出现的那种队伍。所有的修士们都来了，身着质地昂贵的丝绸长袍；所有的修女们也都来了，头戴有面纱的兜帽。"先生，"他们都喊道，"您把我们从流放中解救出来了，把我们带回了家园。所以，您这么快就要离开，我们自然会落泪。我们理应非常悲伤。事实上，没有比这更悲伤了。"

"放心吧，你们什么也不用担心，"少年答道，"你们不也认为我该去见我的母亲吗？她独自一人住在叫"荒凉森林"的林子里。无论她是死是活，我都会回来的，因为我决不会背弃诺言。要是她还活着，我会让她在你们的教堂里戴上修女的面纱；要是她死了，你们每年都要为她的灵魂做礼拜，那样上帝也许会把她安在好人的灵魂中，安在圣亚伯拉罕的怀里。而你们这些修士和修女们，你们不应悲伤，因为要是上帝让我回来了，我会捐一大笔钱，让你们安置我母亲的灵魂。"随后，修士、修女和其他所有人离开了。少年继续赶路，他的长矛放在托架里,全身的装备一如他抵达时的模样。

这一整天,少年都在路上,没有遇到任何能给他指路的人——无论是男基督徒或女基督徒。少年不停地向荣耀之王——他真正的父亲——祈祷,恳求他能让自己见到母亲。正当祈祷时,他抵达一条淌下山的河流。他仔细地端详这条幽深湍急的河流,不敢涉水。"啊,伟大的上帝,我相信,趟过这条河的人,会发现对面的母亲健康安好。"

于是,少年沿着河岸骑行,直到抵达一座石崖。河水冲刷着石崖底部,他无法继续前进。他望向汹涌的河水,发现一条小船正顺流而下。船内坐着两人,一人划船,另一人用鱼钩钓鱼。他停下脚步,等候这两人,希望他们会划向自己。这两人停下了,把锚稳稳地抛在他们所在的河水中央。船头的那人正用鱼钩钓鱼,做鱼饵的是条小鱼,比米诺鱼大不了多少。少年不知如何是好,也不知哪里能渡河,便向这两人问好。"先生们,请告诉我,河上是否有浅滩或桥?"少年问他们。

那个钓鱼的人答道:"亲爱的兄弟,我发誓没有浅滩或桥。相信我,上游或下游二十里格内,再没有比我们坐的更大的船,但这条船载不了五个人。你也不能骑马过河。这里没有渡船、桥或浅滩。"

"看在上帝的份上,请告诉我,我能在哪里找到住处?"少年问道。

"我相信,你需要的不只是住处。"那人答道,"我今晚能留宿你。沿着石头的那条裂缝向前骑。骑到山顶后,你会在面前山谷中靠近河流和森林的地方,见到我住的房子。"

少年立即骑到山顶。到那儿后,少年放眼望去,却一无所见,只有天地茫茫。"我来这儿找什么?真是愚蠢透顶!"他说,"愿上帝今天给那个让我来这儿的人报应吧!他确实给我指了条路,告诉我一上山顶就能见到一所房子。告诉我这个的渔夫啊,要是你说话心怀恶意,那你真是心怀鬼胎。"

接着,少年发现,眼前的一座山谷里现出了一个塔楼的塔顶。从这里到贝鲁特,没有比这更美丽、位置更好的塔楼。塔楼由灰石砌成,形状呈正方形,两侧是一些小塔。大厅在塔楼的前方,一个个房间在大厅的前方。少年向那个方向骑去,边骑边断定,那个让他来这儿的人给他指了一条好路。他就这样向着大门行进。

在大门前，少年发现一座吊桥已被放下。骑过吊桥时，有四位年轻的侍从前来迎接。两位侍从给他卸下了盔甲；第三位侍从牵走了他的马，让马儿享用稻草和燕麦；第四位侍从给他披上了一件崭新的披风，披风用新鲜的厚羊毛制成。侍从们接着带少年前往住所。毫无疑问，从这里到利摩日，任何寻找住所的人都找不到或看不见如此豪华的地方。少年一直待在那里，直到主人派来两位侍从，请他过去。少年跟着侍从走进大厅。这个大厅呈四方形，幽深而又宽敞。

他看见大厅中央有一位可敬的人坐在床上。这个人形貌英俊，头发灰白，头上用丝带系着一顶黑如桑葚的紫貂皮帽子，长袍也是同一质地。在这个人面前的四根柱子中间，一堆干柴正燃着一团熊熊烈火，旁边可以容纳四百人。高大宽阔的实心柱子支撑起烟囱的挡烟罩，这些柱子都用厚重的青铜制成。侍从走过来，一边一个在客人身旁，将客人引向主人。主人一见客人走来，就招呼起来。"朋友，"他说，"要是我没起身迎接你，别见怪，因为我一动身子就疼。"

"先生，看在上帝的份上，别提这个了，"少年答道，"愿上帝赐给我快乐和健康，我并不见怪。"

这位可敬的人为了这少年竭尽全力，把自己撑了起来。"朋友，别害怕。过来，"他说，"我请你坐在我身边。"

少年在主人身边坐下。这位可敬的人问他："朋友，你今天从哪里来？"

"先生，"少年答道，"我今天早上离开了那个叫博雷佩尔的地方。"

"上帝保佑，你今天走了很长一段路啊！"这位可敬的人感叹道，"今天早上，你一定是在守夜人吹响黎明的号角前就出发了。"

"不，我走的时候，六点的钟已经响了，我向你保证，"少年答道。

说话间，一位年轻的侍从走进厅门，项圈上挂着一把剑。他把剑交给这位富人。后者将剑抽出一半，看清了剑的产地，那就刻在剑刃上。富人还注意到，这把剑用极为上等的钢铁制成，它不会碎裂，除非遇到了一种特别的危险，这种危险只有铸剑的人才会知道。带剑来的侍从说："先生，那位金发碧眼的姑娘——您无比美丽的侄女——送给您这份礼物。您从未见过这般大小却如此上等的剑。把它赐给任何您想赏赐的人吧。但要是您赐给了一个擅长剑术的人，我的夫人一定会十分高兴。铸剑的人只铸了三把，他就要死了，他再不能铸这种剑了。"

主人将剑赐给了这位年轻的陌生人，他用剑环握住剑，这剑环价值连城。剑柄用阿拉伯或希腊最上好的黄金制成，剑鞘的材质是威尼斯的金织锦。主人把这把装饰无比昂贵的剑递给少年。"亲爱的先生，这把剑注定是你的。我希望你收下它。扣好剑，试试看，"他说。

少年谢过主人，扣好了剑，没有系得过紧。接着，他抽出剑，举了一小会儿后又放回了剑鞘。你可以确信，这把剑在他身边，于他极为相配；握在手中，更是般配有加。危急之时，他无疑会像一位贵族，用上这把剑。

少年发现，他那燃烧的火炉旁有一位侍从爵士。他认出这是看守他盔甲的人。少年把剑托付给了他保管。而后，少年又在主人边上坐下，主人对他无比尊敬。大厅里灯火通明，如烛光之夜。

正闲聊时，一位年轻的侍从走进房间，手握一根闪亮的长矛，手放在矛柄中央。他从炉火和那些坐在床上的人之间穿过，在场所有人都看见了这把闪亮的长矛和它那闪亮的矛头。一滴鲜血从长矛顶端滴落，这滴猩红的血珠一直流到侍从手里。当晚来的少年注视着这神奇的一幕，克制住自己，没有发问。他记起了那位封他为骑士的人的警告。那人曾教导他，别多嘴多舌。少年担心，要是他好奇去问，他会被当作一个农民。于是，他没有提任何问题。

接着，又进来了两位侍从，手里端着嵌黑金的枝状大烛台。端烛台的侍从英俊过人。每座烛台上至少有十根燃烧的蜡烛。和侍从一起进来的是一位美丽动人、衣着雅致的年轻女子，双手捧着一只碗。她端着这只上菜的碗进来时，碗发出夺目的光芒，所有蜡烛都变得暗淡无光，正如太阳出现时，星星月亮也失却了光芒。这位女子身后是另一位年轻女子，端着一个银质雕刻盘。先进来的碗用上等纯金制成，装饰着各式各样的珍贵珠宝，它们是水里或地上最昂贵的珠宝，无疑比其他任何珠宝都要珍贵。正像刚才过去的长矛一样，这个碗和盘子经过床前，从一个房间端到另一个房间。

少年看着他们经过，不敢问这碗是给谁吃的，因为他总是记起那位智慧并可敬的人的忠告。我担心这会酿成灾祸，因为我常听人说，太沉默一如太多嘴。无论是好是坏，少年都没有问任何问题。

主人吩咐侍从们铺好桌布，准备好洗手的水。负责这项任务的侍从们遵照执行。主人和少年正用温水洗手时，两位侍从抬进来一张宽大的象牙桌，据说，这张桌子质地坚固。两位侍从在主人和少年面前举了一会儿桌子；接着，又有两名侍从抬来两个支架。做这支架的木头有两个优点，能让木头永远不朽：由于这支架是用乌木做的，谁也不用担心木头会腐烂或着火；这木头不会有这两重危险。侍从们把桌面放到支架上，铺好了桌布。我该怎么形容这桌布呢？从未有任何使节、红衣主教或教皇曾在如此雪白的桌布上用餐。

第一道菜是脂油烹制的胡椒鹿腿。那里有各种等级的酒，用金杯品尝。上胡椒鹿腿的侍从在他们面前将鹿腿切至银盘，再将肉片放在一大块扁平面包上，供两人享用。

就在这个时候，那个碗又经过了他们面前。少年没有问这碗是给谁吃的。他不敢问，因为那位可敬的人曾温和地警告他，别多言多语。少年牢记在心，于是执意缄默不语。但他沉默得太久，已经毫无必要。每上一道菜时，他都看到那个碗经过他们面前，完全没有遮盖。他不知这碗是给谁吃的，很想一探究竟。他告诉自己，一定要在离开前询问宫里的某位侍从，不过这要等到早上，那时他要向主人和主人全家道别。于是，这事就此搁置。少年也开始边吃边喝。

一道道美酒佳肴被端至桌上。这顿饭极尽奢华。当晚，那位可敬的人和少年享用的尽是伯爵、国王和皇帝餐桌上常有的食物。饭后，两人聊着天，消磨晚上的时光。侍从们备好床褥，准备了一些十分昂贵的水果做夜宵：海枣、无花果、肉豆蔻、梨子和石榴，最后还有香甜的消化饼干和亚历山大生姜。晚些时候，他们喝了很多不掺蜂蜜和胡椒的甜酒、上等的桑葚酒和清澈的糖浆。少年从没吃过所有这些东西，震惊不已。

"朋友，现在该上床睡觉了，"可敬的人对少年说，"要是你不介意，我要睡在我的房间里。要是你愿意，你可以躺在这外面。我动不了身子，得有人来抬我。"

从一个房间里立即出来了四位强健又敏捷的仆人。他们扯住这可敬的人身下的床单一角，依照他的要求，把他送进了自己的房间。另一些侍从留下陪伴少年，细心照顾少年。少年想休息时，他们帮他卸去绑腿，褪去衣物，让他躺在一张床上,床上铺着精美的白色亚麻布床单。

少年一觉睡到翌日清晨。那时,屋里所有人都该起床了。少年睁开双眼,环顾四周,不见任何人,只得自个儿起床。无论他有多么惴惴不安,他都得起来,因为别无选择。他没等任何人侍候就自己穿好了绑腿,接着去取他的武器。他发现,武器放在那张为他搬出来的桌子的前面。穿好所有盔甲后,他走向那些昨晚开着的房门。但他一无所获,因为他发现门关得严严实实。他高声呼喊,使劲敲门,但没人为他开门或出声应答。接着,他向大厅的门走去,发现这扇门开着,于是径直下了楼梯。他见自己的马已上了马鞍,长矛和盾牌斜靠在墙上。他翻身上马,四处张望,不见任何先生、侍从或仆人。他径直骑向大门,只见吊桥已被放下来了。吊桥有意放在这个位置,以便他抵达后就能畅通无阻地穿过吊桥。

见到吊桥放了下来,他便以为侍从们去森林检查捕猎的陷阱和夹子了。他无意久留,决定跟随侍从们,看看他们中间是否有人能告诉他——这样打听并不轻率——为什么长矛在滴血,金碗又被送去了哪里。于是,他穿过大门。正要过完吊桥时,他感到马蹄一跃而起。马儿跳了一大步,因为要是这马没有跃起,它和它的骑手都会重重摔下。少年转过头,想弄清楚发生了什么,只见吊桥已被升起。他高声呼喊,却无人应答。"来说话啊!"他喊道,"升吊桥的人,跟我说话!你在哪里?我看不到你。出来吧,我要见见你,问你一些我想知道的消息。"他就这样傻傻地一个人说话,因为无人理睬。

少年骑向森林,踏上了一条小径,他发现上面有马刚经过的足迹。"我想那些我要找的人往这个方向去了,"他说。于是,他策马穿过森林,一路沿着那些足迹。这时,他偶然发现,一棵橡树下有一位姑娘。这姑娘又是悲叹,又是呻吟,宛若一个悲伤的可怜人。

"唉,我真可怜!"姑娘哭喊道,"我真是生不逢时!我的命运多么悲惨!再没有比这更糟糕的事了!上帝啊,要是我抱着的心上人没死该多好。死神,你这毁灭我的死神,要是我心爱的人活着,我死了,你这样安排会更好。为什么夺走了他的灵魂却没有夺走我的灵魂?我眼睁睁看着我最爱的人死了,我的生命还有什么意义?不消说,没有他,我对自己的身体或生命毫不关心。死神,把我的灵魂从身体里赶走吧,让它成为他的灵魂的侍女或伴侣,只要我心爱的人乐意。"

姑娘就这样对着怀里抱着的一位无头骑士哀叹。发现这姑娘后，少年径直骑到姑娘跟前。他走近姑娘向她致敬。姑娘低下头，向少年回礼，仍不住地哀叹。"姑娘，谁杀死了你怀里的骑士？"少年问道。

"今天早上一名骑士把他杀死了，先生，"姑娘答道，"但有一件事太让我吃惊了。上帝保佑，人们说，朝你来的方向骑二十五里格都找不到一所漂亮、干净又像样的住处。但你的马的肋腹那么光滑，长鬃毛梳得那么整齐，即便有人给这马洗了澡、梳理了毛发、喂了一捆稻草和燕麦，这马的肚子都不可能这么饱满，脸和脖子也不可能有这般光泽。而你看起来度过了一个舒适惬意的夜晚。"

"亲爱的夫人，我发誓，我昨晚过得不能再舒服了，"少年答道，"要是这显而易见，那么这是本该如此。要是有人在这里大吼一声，我昨晚住的地方的人能清楚地听见他的声音。你还没有好好探索过这块地方，还不够熟悉这里。毫无疑问，我从没住过那么好的地方。"

"啊，先生，那么你是住在富裕的渔王家里了？"

"凭救世主的名义起誓，姑娘，我不知道他是渔夫还是国王，但他彬彬有礼，智慧过人。我只知道，昨晚我见到两个人坐着一条船，在水里轻轻地划。其中一人在划船，另一人在用鱼钩钓鱼。后面这个人给我指了他的屋子，留宿了我。"

"亲爱的先生，他是个国王，我敢这么告诉你，"姑娘说道，"但他确实在一场战斗中受伤残废了，所以动不了身子。一根标枪击中了他的屁股。他依然饱受折磨，都上不了马。但要是他想有一些消遣，他就让人把他放到船上，用鱼钩钓鱼；所以，人们叫他渔王。他就这么自得其乐，因为他做不了其他任何运动。他不能在平原或河边打猎。但他有捕鸟人、弓箭手还有猎人，他们在他的林子里打猎。所以，他很喜欢住在这所房子里，因为他觉得，整个世界再没有比这更舒服的地方了。于是，他造了一所房子，这房子配得上一个富有的国王。"

"我发誓，姑娘，你说得没错，"少年说，"昨晚，我一到他跟前，就为这惊讶不已。我在远处站了一会儿。他让我过去坐在他身边。他站不起来，所以让我别因为他没起身迎接而认为他骄傲自大。我见他身体虚弱,就走了过去,坐在他身边。"

"他让你坐在身边,无疑给了你莫大的尊荣。现在告诉我,你坐在他身边时,有没有看见顶端滴血的长矛,虽然那里并没有肉或血管。"

"我有没有看见?我发誓我看见了。"

"那你有没有问长矛为什么滴血?"

"我一直没问。"

"上帝保佑,你要知道你糟糕透了。那么你有没有看见那个碗?"

"我的确看见了。"

"谁端着它?"

"一位年轻的姑娘。"

"她从哪里出来的?"

"从一个房间里出来的。然后她进了另一个房间,从我面前经过。"

"有没有人走在碗的前面?"

"有人。"

"是谁?"

"两位侍从,没有别人了。"

"那么他们手里拿着什么?"

"插满蜡烛的枝状大烛台。"

"谁走在碗的后面?"

"一位年轻的姑娘。"

"那么她拿着什么?"

"一个小银盘。"

"你有没有问她们要去哪里?"

"我一个字也没说。"

"上帝保佑我,这更糟糕了。朋友,你叫什么名字?"

这个不知自己名字的少年突然灵光一现,说他是威尔士人帕西瓦尔。他不知道自己说得是否正确。虽然他自己不知,他倒是说得没错。姑娘听见后,在他对面站起身,愤怒地告诉他:"朋友,你的名字变了。"

"怎么变了？"

"你现在叫可怜人帕西瓦尔！啊，不幸的帕西瓦尔，你没问这些问题，真是不幸啊！你本可以治愈这虚弱的好国王。他本可以重新用他的四肢，重新治理他的国家。但现在你和其他人必将遭到厄运。你要知道，事情变成这样，是因为你对你母亲犯下了罪过，因为她为你伤心过度，已经死了。我很了解你，比你更了解我，因为你不知道我是谁。在很长一段时间里，我和你一起在你母亲的屋子里长大。我是你的第一位表姐，你是我的第一位表弟。没打听那碗怎么样了，要送给谁，你真不幸，我真为你悲伤。这不亚于我为你死去的母亲悲伤，也不亚于我为这位骑士悲伤。这位骑士把我叫做他心爱的人，我深爱着他，他像一位高贵又忠诚的骑士一般陪伴着我。"

"啊，表姐，要是你说的是真的，告诉我你是怎么知道的，"帕西瓦尔说道。

"我知道得清清楚楚，因为我见证了她的葬礼。"

"仁慈的上帝怜悯她的灵魂！"帕西瓦尔说，"你告诉了我一个残酷的消息。既然母亲已经被埋葬了，我还继续赶什么路呢？我只是为了她才来了这里；我想见她。我得走另一条路了。但要是你愿意与我同行，我会很高兴。我向你发誓，死在这里的人对你毫无价值！死人和死人一起，活人和活人一起！让我们一起出发吧，就我和你。你在这儿一个人看着尸体真是愚蠢。让我们去追赶杀死他的人。我向你保证：要是我追上他了，不是他逼我求饶，就是我逼他求饶。"

这位夫人无法抑制心里的忧伤，对他说："先生，我还没埋葬他前，无论发生什么，我都决不会跟你走，或把他留在这里。要是你听我的建议，你就沿着这条铺着石头的路走。那个邪恶无礼的骑士、那个夺走我心上人的骑士就是沿着这条路骑走了。上帝保佑，我这样说，是因为我希望你追赶他。你左边挂着的剑哪来的？这把剑没溅过人血，也从没在需要时抽出来过。我很清楚这把剑是哪里造的，也很清楚是谁造的。你要小心，绝不要相信这把剑。你作战时，它势必会背叛你，它会在你手上折成，碎片，四处飞溅。"

"亲爱的表姐，这剑是昨晚我主人的一个侄女给他的。主人把剑给了我，我以为是件精美的礼物。但要是你说的是真的，那我要焦虑万分了。要是你知道的话，告诉我，要是这把剑碎了，它还能修好吗？"

"可以，但非常困难。要是有人知道怎么去科塔特兰上面的那个湖，他可以在那里修好这把剑，再把它锻打、回火。要是你有幸到了那里，你就去找叫特拉布歇特的铁匠，别找别人，就找他，因为是他造了这把剑，他能修好这把剑；其他任何人都永远修不好这把剑。你要小心，别让其他人尝试，因为他不会成功。"

"要是剑断了，我肯定会非常难过，"帕西瓦尔说。

接着，他策马离去。姑娘留在原地，不想丢下心上人的尸体，心上人的死让她悲痛万分。

帕西瓦尔沿着小路骑行，紧紧跟着足迹。他偶然发现，前面走着一头瘦小疲惫的马。这小马瘦弱不堪，帕西瓦尔心想，它一定落入了坏人手中。它看起来劳作辛苦，还没喂饱，像雇来的马一般，白天辛苦劳作，夜晚照料不周。它看起来是这般模样：无比瘦弱，浑身发抖，仿佛已经冻僵。所有毛发都被剃了，耳朵耷拉着。由于它皮包骨头，所有獒和看门狗都垂涎欲滴，等着享用这个战利品。马背上有个马鞍，马头上套着缰绳，两个配件都很适合这个动物。骑着这匹小马的是一位姑娘，这是有史以来最可怜的姑娘。不过，要是生活对她仁慈相待，她本该美丽动人。但她的生活是那么糟糕透顶，裙子没一片是完整的，胸前衣不遮体，布料到处都用绳结和拙劣的补丁系在一处。她的肌肤伤痕累累，仿佛被柳叶刀划过，这是因为受到霜冻、冰雹和雪的侵袭下，她的皮肤已然开裂灼伤。她散着头发；没穿披风；脸上有大量难看的泪痕，眼泪不住地流下胸脯，流过裙面，一直流到膝盖。任何遭受这般痛苦的人都会心情沉重。

帕西瓦尔一见到这姑娘，就向她飞奔过去。姑娘拉紧衣服遮住自己。可是，更多的口子开了，因为她裹紧自己时，遮住的每个破洞都撕成了百余个小洞。姑娘就这样面色苍白，可怜不堪。帕西瓦尔向姑娘骑去。他走到姑娘身旁时，听见姑娘正在哀叹自己的苦难和不幸。

"上帝，让我继续这般境遇，愿你永远不会高兴！"姑娘喊道，"我凄惨度日了太久，遭受了太多不幸，全都无缘无故。上帝，既然你知道我不该遭受这些，要是你愿意的话，就派一个人到我身边，解脱我的痛苦吧。或者，你自己把我救出来，让我远离这个逼我过着这般可悲生活的人。我发现他毫无怜悯之心。我不能活着逃走，但他也不杀死我。我不知道他为什么要我这样的可怜虫陪着他,除非他喜欢看着我丢脸,看着我受辱。要是他确信我罪有应得,那即便我一点不讨他喜欢,他也该手下留情,因为我已经为他付出了这么多。但他显然一点也不爱我,他逼我苟延残喘,艰苦度日,自己却毫不在意。"

已经到姑娘身边的帕西瓦尔对她说:"上帝保佑你,美丽的姑娘。"

姑娘听见脚步后,低下头,小声说:"先生,你那招呼我的人,愿你心想事成。但我不该这么说。"

帕西瓦尔羞红了脸。"等等,姑娘,为什么不该这么说?"他问道,"我当然不认为,也不会相信,我曾见过你或亏待过你。"

"不,你见过我,亏待过我,"姑娘说,"所以我才那么可怜、那么悲伤,都没有人理睬我。有人拦住我或看着我时,我无比痛苦,汗流浃背。"

"说实话,我不知道我对你做错了什么,"帕西瓦尔说,"我当然不是来这儿伤害或羞辱你的;恰恰相反,我顺路就到了这里。我一见你这么受人讥笑,这么一无贫困,这么衣衫褴褛,我的心中就没了欢乐,除非我能知道真相。是什么使得你这么悲伤、这么痛苦?"

"啊,先生,怜悯我,"姑娘说,"别说了,快逃,别管我。你在这里停留是罪过。快走,那样是明智之举。"

"这我就要弄清楚了:有什么危险或威胁得使我逃跑,都没有人追赶我?"

"那荒野上的骄傲骑士,那个一心战斗和决斗的骄傲骑士就不会发现我们在一起。要是他看见你在这儿,他毫无疑问会立即把你杀死。只要有人拦住我,他就怒火冲天。要是他及时赶到,任何和我说话或拦住我的人都保不住自己的脑袋。就在刚才,他还杀了一个人。但他会先告诉每个人,他为什么让我过得如此悲惨。"

说话间,骄傲骑士冲出森林,闪电般飞抵跟前,一路卷起漫天沙尘,高声大叫:"你那停在这儿、站在姑娘边上的人该死!要知道,只要你拦下哪怕一步,你的死期就近了。但杀你前,我要先告诉你她犯下了什么可耻的罪过,得遭受这般深重的耻辱。现在听我道来。

"有一天,我去了森林,把这姑娘留在我的一个凉亭里。我不爱其他任何人,只爱这姑娘。那时,一个威尔士少年碰巧到了那里。我不知道他要去哪里,但这是他做的事:他强吻了我的姑娘,她向我承认了这。但要是她撒谎,对她又有什么坏处？既然那少年强吻了她，难道他之后就不会得到他想要的一切？没错。没有人会相信这少年强吻了她却没做别的。这一行为之后会有其他行为。要是一个男人和一个女人独处时，吻了这个女人，却没有再做别的，那么我想这是这个男人的事。一个轻易把自己嘴交给别人的女人不会拒绝其他的事，只要这个男人真有这要求。她确实可能自卫了。但众所周知，女人无疑总想在每个地方得胜，但唯有一场比赛是例外。这场比赛中，她勒住男人的脖子，对他又抓又咬，竭力挣扎，而她其实想被征服。她声称自己不愿意，实际上渴望不已。她不敢主动就范，而要别人强迫她这样，从不表现出是自己愿意或是心怀感激。所以，我相信他们睡在一起了。这少年拿走了我的一枚戒指——她戴在手上的戒指；我对此痛苦万分。这少年先尽情地喝了一些烈酒，吃了我留给自己的三个肉饼。但现在显而易见，为了这件事，我心爱的人得到了全部的报应。让任何做蠢事的人付出代价吧，那样他就会小心不再堕落了。我回来知道这件事后，我当然要发怒。我怒不可遏，我也理应怒不可遏。我那时宣布，这姑娘的小马不会有燕麦吃，不会再上蹄铁，不会被放血，她也不会有大衣或披风，只能穿着她那时穿的衣服，直到我征服那个侵犯她的人，杀死他，砍掉他的脑袋。"

帕西瓦尔听完后，给了一个让那人心满意足的回答。"朋友，这姑娘无疑已经忏悔了。我就是那个强吻她，给她带去痛苦的人。还有，我拿走了她手上的戒指。但仅此而已：我没有再做其他事。我向你保证，我确实吃了一个半肉饼，豪饮了你的酒。我没做任何蠢事。"

"凭我的生命起誓，你讲了一个了美妙的故事，"骄傲骑士喊道，"现在你理应去死，因为你承认了真相。"

"没有你想象的那么快，"帕西瓦尔说。

于是，他们不再多言，策马冲向对方。他们猛烈交锋，长矛碎裂，两人都落下马鞍，将对方掀倒在地。但他们很快一跃而起，抽出剑，凶猛地刺向对方。

这场战斗无比激烈。我不想做更多描述，那样毫无意义，我只想说，最后，荒野上的骄傲骑士认输求饶。少年从未忘却可敬的人的劝告，那人曾告诫他，别杀任何讨饶的骑士。"我发誓，骑士，"帕西瓦尔说，"我绝不饶恕你，除非你先饶恕你心爱的人。我发誓，她不该过你迫使她过的残酷的生活。"

这位爱姑娘胜过爱自己眼睛的人答道："亲爱的先生,我愿意依你所愿补偿她。我愿意对你唯命是从。让她过着这残酷的生活,我的心灵忧伤、黑暗。"

"那么,去你在这儿最近的庄园,"帕西瓦尔说,"让她洗浴、休养,直到恢复健康。然后,给她穿戴整齐,让她漂漂亮亮地去见亚瑟王。代我问候亚瑟王,向亚瑟王求饶,身上要穿着你离开这儿时的装备。要是国王问你是代谁问候,你要说,你代表那位依据管家凯爵士的建议、国王册封的朱红骑士问候。你要向国王讲述,你迫使你的姑娘忍受的苦行和残酷的生活,你要向在场的所有人讲述那样,所有男男女女,包括王后和她无比美丽的姑娘们,都能听见。王后的姑娘中,有一位姑娘我最尊敬。那姑娘见到我后微笑,为此,凯扇了她一巴掌,让她瞠目结舌。我令你找到这位姑娘,代我转告她:我决不会踏进亚瑟王的任何朝廷,除非我已替她报仇,让她心满意足。"

骄傲骑士回答帕西瓦尔,他乐意去亚瑟王那里,讲述帕西瓦尔要求的一切。他不会有片刻耽搁,他继续说,但他得花些时间让姑娘稍事休息,做好准备。他也很乐意带帕西瓦尔去休息,为他处理刀痕和伤口。

"现在去吧,愿你好运,"帕西瓦尔说,"我要考虑别的事,所以会另觅住处。"接着,交谈结束。两人都没有继续逗留,不再多言,便各奔东西。

当晚,骑士让心爱的姑娘洗净身子,穿上华服。他让姑娘无比舒适,姑娘又重现了美丽。接着,两人动身上了去卡莱尔的大路,亚瑟王正在那里上朝。这次的庆祝亲密无间,只有三千可敬的骑士在场。众目睽睽下,这位骑士带着姑娘向亚瑟王投降受俘。抵达亚瑟王跟前时,骑士说:"陛下,我是您的狱卒,来按您的意愿行事。我理应这么做,因为这是那位少年的命令,他从您这儿求得了朱红色的武器。"

国王一听这话,就明白了骑士的意思。"亲爱的先生,卸下武器吧!"国王说,"愿那个让你来见我的人有欢乐和好运。我们也欢迎你。因为他的缘故,你在我家会受到尊重和厚爱。"

"陛下,他还有一个命令。卸下武器前,我要请您让王后和她的姑娘们来听我讲述。只有那个因为微笑而挨了一巴掌的姑娘在场,我才能讲述。那姑娘只有这点错,"骑士说。

国王听闻要召唤王后,即派人唤来王后。于是,王后带着所有姑娘来了,她们手牵手，一对对走来。

王后在亚瑟王身边坐下。荒野上的骄傲骑士对王后说："夫人，某位我敬重的骑士、某位在武装决斗中打败我的骑士，向您致敬。关于他，我只知道这些。他让我把心爱的人交给您，也就是这位姑娘。"

"朋友，多谢那位骑士，"王后说。接着，骄傲骑士向王后讲述了他很久以来给心上人施加的耻辱，姑娘忍受的折磨，还有他为什么要这么做；他告诉了王后一切细节，毫无保留。之后，王后指给他那位挨了管家凯一巴掌的姑娘。

"姑娘，"骄傲骑士对她说，"派我来这儿的人，令我代他向你致敬。他命令我一定要最先告诉你这些。上帝保佑他，他决不会踏进亚瑟王的任何朝廷，除非他已经为你遭受的那一巴掌洗雪沉冤。"

傻子一听这话，就一蹦而起。"上帝保佑我，凯爵士，你真要为此付出代价了，而且用不了多久，"傻子叫喊道。

国王接着傻子说道："凯啊，你嘲笑这少年时真是太失礼了！你这一讥笑就让我失去了他，我想我再也见不到他了。"

接着，国王让他的被俘骑士坐在面前。他宽恕了骑士，让他不用做囚犯，而后令他卸下武器。坐在国王右手边的高文爵士问道："陛下，看在上帝的份上，是谁在武装决斗中单枪匹马地打败这么优秀的骑士？海上诸岛上，我从没见过，也不认识或听说过任何骑士，能在武艺和胆识上与这位骑士媲美。"

"亲爱的外甥，我不了解他，但我见过他，"国王答道，"我见到他时，我觉得没有必要问他任何问题。他当时就让我封他为骑士。我见他一表人才、英俊魁梧，就对他说：'我很乐意，兄弟。但请你先下马，直到为你取来了镀金的武器。'但他宣称绝不要这些武器，也绝不下马，他只要朱红色的武器。他还愈发语出惊人，称他只要那位夺走我金杯的骑士的武器。凯，这个永远都出言不逊，从不愿说一句好话的凯对他说：'兄弟，国王给你这些武器。它们是你的。立即去拿吧！'这个少年把玩笑当真，以为凯是认真的，便跟着那朱红骑士，而后投标枪杀死了那个骑士。我不知道他们怎么起了冲突。我只知道五王林的朱红骑士不可一世，不知何故用长矛攻击这少年。少年用标枪射中了骑士的眼睛，杀死了骑士，夺走了他的武器。自那以后，这少年就功勋卓著地为我效劳。凭在威尔士广受崇拜、人们向他祈祷的圣大卫起誓，我见到他前，我每隔一天要换一间卧室或厅堂,只要他还活着,无论在海上还是陆地。我要立刻动身,去寻找这位骑士。"

国王一起完誓,所有人就都明白,他们只得动身出发,别无选择。

于是,只见人们打包起枕头和被褥,装好箱子,驮马上放好行囊,一长串的手推车和马车装着大大小小的帐篷和凉亭。哪怕聪明绝顶、博览群书的牧师,用一整天的时间,也记不全正在装车的所有装备和供给。于是,国王就像要奔赴战场一般,离开了卡莱尔,身后跟着所有贵族。王后以与身份相符的尊荣与庄严,带走了所有女仆。

当晚,这些人在森林边的一片草地上安营扎寨。夜里寒气逼人,飘起了鹅毛大雪。翌日清晨,帕西瓦尔像往常一样早早起床,急着要寻找冒险,展示勇武。他一直骑到那片冰雪覆盖的草地,皇家一行正在此扎营。还没到那些帐篷前,他看见有一群野鹅飞过,雪花刺眼,它们看不清去处。这些野鹅想甩掉一只紧随其后的猎鹰。终于,猎鹰发现了一只离群的野鹅。它猛扑过去,向这只鹅袭击,把它撞倒在地。但猎鹰晚到一步。于是,它没有再去攻击,自行飞走了。

帕西瓦尔冲向他看见野鹅落下的地方。野鹅伤了脖子,滴了三滴鲜血。这鲜血就像一道自然的色彩,渗在白雪上。野鹅伤势不重,还能从地面飞起。于是,还没等帕西瓦尔赶到,野鹅就已飞走。

帕西瓦尔望着野鹅压过的雪地和那依稀可见的鲜血。他靠着长矛,凝视着这番景象。鲜血和白雪使他想起了心上人脸上的红晕。他陷入沉思,直到忘记了自己。他想到,心上人白皙的脸蛋衬出的玫瑰色红晕,正像白雪上的这几滴鲜血。这番凝视让他无比快乐,他相信自己正注视着爱人脸上的新鲜红晕。

整个清晨,帕西瓦尔都深陷冥想。不久,帐篷里出来的侍从们见他在沉思,还以为他在打盹。躺在凉亭里的国王还没醒来。这时,这些侍从们先在国王的凉亭前,遇到了萨格雷姆。萨格雷姆被称作"**任性之人**",因为他性格任性。"过来说说,别遮遮掩掩,"萨格雷姆说道,"你们为什么这么早过来?"

"先生,我们在营地外看见一名骑士在战马上打盹,"他们答道。

"他身上有武器吗?"

"是的,他有武器。"

"我要过去和他谈谈,把他带回王宫,"他说道。

萨格雷姆立即赶向国王住的凉亭,叫醒了国王。"陛下,荒野上有一名酣睡的骑士,"他喊道。

国王命令他过去,马上把骑士带到自己这儿。

不消一会儿工夫,萨格雷姆就下令牵出他的马,取出他的武器。这条命令立即得到了执行,萨格雷姆迅速将自己装备得当。他全副武装地离开了营地,径直骑到那位骑士跟前。"先生,"萨格雷姆宣布,"你必须去王宫。"

少年一动不动,仿佛没有听见。萨格雷姆又说了一遍,少年仍纹丝不动。萨格雷姆怒火冲天地喊道:"凭使徒圣彼得起誓,你得去那里,不管你愿不愿意。我后悔我在求你,因为我只是白费口舌。"接着,他展开军旗,在一边站定,让少年做好防卫,因为少年若不自卫,他就要开始进攻。

帕西瓦尔望向萨格雷姆,见他正冲向自己。少年抛开所有思绪,策马向萨格雷姆骑去。两人交锋时,萨格雷姆击碎了长矛;帕西瓦尔没有弯折或击碎他的长矛,奋力向萨格雷姆刺去,一举把他掀下了马背。萨格雷姆的马昂着头,飞奔回了帐篷。

马的这番模样,令贵族们忧伤不已。而凯,那个从不吝惜刻薄话的凯,却向国王讥讽萨格雷姆:"亲爱的陛下,看看萨格雷姆回来是什么模样!他用缰绳勒住骑士,把那骑士强行带回来了!"

"凯,你不该嘲笑可敬的人,"国王说,"你自己去那,我们要看看,你是不是比萨格雷姆厉害。"

"陛下,"凯说,"我很高兴您让我去。我肯定会把那骑士带回来,管他愿不愿意。我还会让他招出姓名。"

接着,凯去全副武装。装备得当后,他跨上马,骑向那位少年。少年正全神凝思着那三滴鲜血,其他什么都没在意。凯从远处对少年吼道:"奴仆,奴仆,去国王那里!听我的,你要立刻去国王那里,不然你要付出惨重的代价。"

听到这威胁后,帕西瓦尔掉转马头,用钢马刺踢了踢坐骑,马儿飞奔起来。两位骑士都竭尽全力向对方冲去。凯向帕西瓦尔刺去,由于他使了全身气力,他击碎了自己的长矛,仿佛这长矛就是一块树皮。帕西瓦尔也没有半心半意:

他攻击凯盔甲凸面的下方位置，把凯掀到了一块石头上，使得凯锁骨脱臼，在肘关节和腋窝间断了右手臂，仿佛这手臂就是一片干柴。这便是傻子常说的预言，它确实准确无误。

凯痛得昏厥过去，马儿一路跑回了帐篷。

不列颠人看见这马回来了，却不见管家。侍从们赶紧上马，骑士和姑娘们一齐出发。他们看见管家不省人事时，所有人都以为他已经丧命。国王为凯伤心不已，所有男男女女都悲痛万分。帕西瓦尔又靠着长矛，凝视着三滴鲜血。

国王为受伤的管家伤心不止。有人告诉国王，他不用担心，凯会痊愈，只要有医生能接好手臂里的断骨，重新装好锁骨。国王对凯无比珍爱，派去了一位有经验的医生和三位在医学院受过训练的姑娘。他们接好了手臂里的断骨，重新装好了锁骨，绑好了手臂；接着，他们把凯带到了国王的帐篷，让凯在里面舒舒服服地待着。他们告诉国王不必担心，因为凯会痊愈。

"上帝保佑我，"高文爵士对国王说，"陛下，这样做不合适——您很清楚，您自己就常常这样正确地判断——一位骑士不应像这两个人一样，打断另一位骑士的思绪，无论那骑士在思考什么。我不知道他们做得对不对，但他们显然遭了厄运。也许这骑士在想他遭受的打击，或因为有人偷了他的心上人而痛苦不堪。但要是您愿意的话，我想过去观察这骑士的举动。要是我发现他不再沉思，我会请他来这儿见您。"

这些话让凯怒不可遏。"哦，高文爵士，就算这骑士不乐意，你也会牵着他的手过来！"他喊道，"你会成功的，只要你拥有——他也允许你拥有——那种力量。你就这样俘获了很多囚犯。骑士们个个因激烈的战斗疲惫不堪时，接着就有人跑到国王跟前，请求获准出征！见鬼，高文，要是你没那么聪明，别人还可以向你学点什么！你会用花言巧语。你会辱骂他，恶毒地羞辱他吗？要是有人会信真是见鬼！你可以穿着丝绸上衣参加这场决斗，决不用打断长矛或抽出刀剑。你可以洋洋得意，只要你会说：'先生，上帝保佑你，愿上帝赐予你生命和健康！'那人就会听你的话。我不是来教导你的。你很懂得怎么哄骗他，就像抚摸一只猫。然后人们会宣称：'高文爵士打得真英勇啊！'"

"哦，凯爵士，你应该和我说话友善点，"高文答道，"你现在是想把气撒到我头上来吗？我发誓，亲爱的朋友，只要我可能，我会把他带过来的。我绝不会因此断了胳膊，锁骨脱臼，因为我不喜欢付出这些代价。"

"既然你说了这么多，以我的名义去那里吧，外甥，"国王说，"如果可能的话，把他带过来。带上你的全部武器，不要赤手空拳。"

这位因各种美德著称的高文立即披上装备，骑上了一头强壮的骏马。他径直骑向那位骑士。那骑士倚着长矛，仍不厌倦那迷人的思绪。但太阳已经消融了白雪上的两滴鲜血，第三滴鲜血也快消失。因此，这骑士不像先前那么全神贯注。高文爵士悄然骑向这位骑士，没有显示任何敌意。"先生，"高文说，"要是我知道你的心思正如我知道自己的心思，我早该迎接你。但我可以告诉你，我是国王的信使。他让我传话给你，命令你过去和他谈谈。"

"已经来过两个人了，"帕西瓦尔说，"他们驱赶了我的快乐，想把我带走，好像我是他们的囚犯。我正在想一个最愉快的事。任何想让我离开这里的人，都不是为我好。因为在我面前，就在这儿，有三滴鲜血，这鲜血照亮了白雪。我盯着它们看时，感觉就在看我美丽的爱人脸上的红晕。我永远也不想挪开双眼。"

"你想的事一点不卑鄙，而是友善且甜蜜，"高文爵士说道，"打乱你思绪人真是愚蠢又鲁莽。但我很想知道你的计划。要是你不反对的话，我很乐意带你去国王那里。"

"那么对我说实话，亲爱的先生，管家凯是否在那里？"帕西瓦尔问道。

"没错，他确实在那里，刚才和你比武的正是他。你可能有所不知，这场比武他损失惨重，因为他断了右臂，锁骨脱臼。"

"那么挨凯一巴掌的姑娘大仇已报，"帕西瓦尔答道。

高文爵士一听这话，吃了一惊。"先生，上帝保佑，国王要找的正是你。"他说，"先生，你叫什么名字？"

"帕西瓦尔，先生。你呢？"

"先生，我的洗礼名叫高文。"

"高文？"

"是的，亲爱的先生。"

帕西瓦尔满心喜悦。"先生，我在多地都久仰大名，"他说，"若不介意，我想和你结识。"

"我当然和你一样高兴,我甚至还要乐意,"高文爵士答道。

"那么,我发誓,我乐意去你要带我去的地方,因为理应这么做,"帕西瓦尔对他说,"我现在更有信心了,因为我是你的同伴。"

接着,他们冲向对方,紧紧相拥。两人都开始解下头盔和下颚护具,从头上扯下锁子甲。而后,他们高高兴兴地折返。

山顶上的侍从看见这两人开心地结交,立即跑去禀告国王。"陛下,陛下,"他们喊道,"高文爵士把那骑士带回来了。他们见了彼此都兴高采烈。"听见这消息的人无不离开帐篷,前去迎接。

凯对国王陛下说:"现在,您的外甥高文爵士得到了尊重和荣誉。这场本应艰险的战斗却没有艰险,因为他毫发无损地回来了。他没挨一击,也没人挨他一击。而且,连挑战之词都没有。因此,他确应享有赞美和荣誉。人们会说,他做了我们两个都做不成的事,虽然我们都竭尽全力。"就这样,对也好,错也罢,凯像往常一样吐出了心声。

高文爵士想把他的同伴带去王宫,但他不希望同伴穿着盔甲,而是要他卸完装备。于是,他把同伴带去自己的帐篷,在那里给他卸去了武器。一位管家从箱子里取来了一套最得体华美的上衣和披风。管家把衣服递给帕西瓦尔,让他穿上;于是,帕西瓦尔就这样打扮得当。接着,两位骑士手牵手一起去见国王,国王正坐在帐篷前方。"陛下,陛下,"高文爵士对国王说,"我带来的这位骑士,我相信,正是您这两周急着寻找的骑士。您常说起的正是他,您四处搜寻的也是他。我把他带给您。他就在这儿。"

"非常感谢,亲爱的外甥,"国王说,他立即起身欢迎,"欢迎你,亲爱的先生,"国王喊道,"请告诉我,该怎么称呼你。"

"我绝不会向您隐瞒姓名,亲爱的陛下。我叫威尔士人帕西瓦尔,"帕西瓦尔答道。

"哦,帕西瓦尔,亲爱的朋友,既然你进了我的王宫,只要我在位,你就再不用离开这里了。自我第一次见到你,我就深感遗憾,不知上帝为你安排的这一切。但挨管家凯打的那位姑娘和那个傻子都准确预言了你的命运。于是,整个王宫无人不晓。你已经完完全全兑现了预言。现在,无人再心存疑惑了。

关于你的勇敢冒险,我已有所耳闻。"

国王正说话间,王后到了,她已经听说帕西瓦尔来了。帕西瓦尔一见到王后,得知来者的身份,注意到王后后面跟着那位曾对他微笑的姑娘,就立即上前迎接。"愿上帝将欢乐和荣誉赐给世间最美丽出众的女子。所有见到她和见过她的人都这么希望,"帕西瓦尔说道。

"欢迎你,你确实是一位高贵、勇敢的骑士,"王后答道。

接着,帕西瓦尔向那位曾向他微笑的姑娘致敬。他拥抱了姑娘,对她说:"亲爱的姑娘,只要你有需要,我这骑士随时效劳。"姑娘为此谢过帕西瓦尔。

国王、王后和贵族们兴高采烈地欢迎威尔士人帕西瓦尔。当晚,他们把他带回了卡莱尔。整个晚上,他们都在欢庆,第二天又欢庆了一整天。到了第三天,他们看见来了一位姑娘,骑着一头黄褐色的骡子,右手挥着一根鞭子。姑娘的头发扎成了两根又黑又粗的辫子。要是书上说的没错,世上再没有如此难看的造物,即便在地狱也寻觅不见。你还从没见过像她脖子和手一般黑的铁块,但相比她的其他外表,这还最不令人厌恶。她的眼睛是两个小洞,宛若鼠眼;她有着一只猫或猴子的鼻子,一对驴或奶牛的耳朵。她牙齿蜡黄,颜色一如蛋黄。她还长着山羊胡子。她胸脯中间隆起,脊柱弯成一个钩子。她肩膀和屁股的形状适合领舞。再加上她的驼背和像两根树枝般晃动的弯腿,她正是跳舞的理想人选。

这姑娘让她的骡子一路小跑到骑士们跟前。皇家宫殿中还从未出现过这等姑娘。姑娘向国王和所有贵族致敬,唯独没有理会帕西瓦尔。她坐在黄褐色的骡子身上,叫喊道:"哦,帕西瓦尔!命运女神前面是浓发,后面是秃头。向你致敬、祝福你的人都去见鬼吧。你为什么不在见到命运时抓住她?你去了渔王家,见了滴血的长矛。你那时张嘴说话就这么费力吗?你就不能问问为什么那滴血从长矛闪亮的顶端滚落?你看见了碗,却不问问是哪位富人在用这个碗。这种人真可怜,他看见了很可能是最好的时机,却还等着更好的时机。可怜虫,你知道那时那刻该说话,却仍保持沉默。你愚蠢的头脑真不幸啊!你的沉默真不幸啊!要是你问了,这个病痛缠身的富有国王就能痊愈,他的国土就会和平安宁,但现在他没了家园。你要知道,要是国王医不好伤,不能统治,王国会怎么样呢?女人会失去丈夫;不幸的姑娘会成为孤女;太多骑士会丧生；土地会沦为荒野。这些恶果都是因你而起。"

姑娘接着对国王说："请息怒，陛下，我这就走。我今晚得在离这很远的地方过夜。不知您是否听说过骄傲城堡。那就是我必须去的地方。城堡里有566名尊贵的骑士。我敢保证，每位骑士身边都有他的心上人——一位高贵、有礼、美丽的姑娘。我告诉您这个，是因为去那儿前，人人都要经历比武和决斗。任何想做骑士之举的人，只要他去那儿，就定能做出骑士之举。而对于任何想拥有世间至高荣誉的人，我想我也知道他该去哪儿。在那里，只要他有勇气，他最有可能赢得至高荣誉。蒙特斯克拉勒城下有一座小山，山上困着一位姑娘。谁能冲破重围救出姑娘，谁就能赢得伟大的荣誉。他会拥有一切赞美。上帝愿意赐予此等好运的人，可以无所畏惧地佩上"神奇佩饰"之剑。"姑娘说完想说的话后便沉默不语。她转身离开，再无它言。

高文爵士一跃而起，大声说，他要全力解救姑娘。接着，多的儿子格雷弗里特说，他要带着上帝的护佑去骄傲城堡。"我的话，"卡赫丁喊道，"我要攀上危险之峰，不到那里，誓不罢休。"

帕西瓦尔的话与众不同。他宣称，自己一生中从不在同一个地方多住一晚；从不怕穿越任何险径；从不会畏惧与任何勇猛过人的骑士甚至两位骑士一起决斗。不管多大的磨难，他都要弄明白谁在用那只金碗，弄清楚长矛流血的真正原因。

总共有五十人起身。他们彼此宣誓，一定要去迎接刚听说的任何战斗或冒险，无论那里多么险象环生。

说话间，只见吉冈布雷歇尔从大厅门口进来，手握镶着天蓝条纹的镀金盾牌。吉冈布雷歇尔认出了国王，按照礼节向国王致敬。他没有招呼高文，而是指控他犯下了叛国罪。"高文，"吉冈布雷歇尔说，"你杀了我的领主，连话也没说就把他杀了。因为这个事，你名誉扫地，应受谴责。所以，我指控你犯了叛国罪。愿所有贵族知道，我没说一句谎话。"

听了这话，高文义愤填膺，一跃而起。他的弟弟、骄傲的阿格拉文飞快地拉住高文。"看在上帝之爱的份上，亲爱的爵士，"阿格拉文喊道，"别毁了你的家世。我会捍卫你，我向你保证，我会帮你洗雪这骑士给你的奇耻大辱。"

"先生，只有我自己能洗雪这奇耻大辱，"高文答道，"我必须亲自出马，因为他指控的不是别人，而是我。要是我知道，我在任何地方对这骑士不公，我乐意与他和解，给他补偿，让他的所有朋友还有我自己心满意足。但既然他已经说了这等狂言，我会在这儿或其他地方或任何他指定的地方迎战。请应战。"

吉冈布雷歇尔宣布，他会在埃斯卡瓦隆王面前，证明他的指控。在他看来，这位国王比阿布萨隆还要英俊。

"我此时向你保证，我就跟随你，"高文宣布，"让我们看看正义属于谁。"

吉冈布雷歇尔立刻离开。高文爵士做好准备，随即动身跟随。在场的人无论是谁，只要有精良的盾牌、长矛、头盔或剑，都纷纷把这些装备献给高文。但高文不愿带上别人的装备。他带走了七位侍从、七匹战马和两面盾牌。他离开王宫前，王宫上下都为他悲痛不止；很多人捶打胸口；很多人撕扯头发；很多人抓挠脸腮。再理智的姑娘都忍不住为他面露忧伤。高文出发时，不少男男女女都为他垂泪。

现在，我要告诉你高文的冒险经历。高文先见到了一队骑士。这些骑士正骑马穿过荒野，后面跟着一位孤零零的侍从，脖子上挂着一面盾牌，右边牵着一匹西班牙马。"侍从，告诉我，经过这里的是什么人？"高文问道。

"先生，这是利斯的梅利昂特，他是一名英勇的骑士，"侍从答道。

"你是他的人吗？"

"不，先生。我的主人是阿内的特雷茨，他和梅利昂特一样可敬。"

"我很熟悉阿内的特雷茨，"高文答道，"他要去哪里？别对我隐瞒。"

"他要去参加一场比武，先生。利斯的梅利昂特要与廷塔杰尔的蒂博特比武。要是如我所愿，你也去那里，帮助城堡里的人抗击城堡外的人。"

"上帝！利斯的梅利昂特不是在蒂博特家长大的吗？"高文爵士问道。

"没错，先生，上帝保佑我。梅利昂特的父亲很喜爱蒂博特这位部下，对他信任有加。临死前，这位父亲让蒂博特抚养自己的小儿子。蒂博特倾其所有，对他关爱保护，把他抚养成人。一段时间后，梅利昂特向蒂博特的一个女儿求爱。这个女儿宣称，她绝不会爱梅利昂特，除非他是一名骑士。梅利昂特为了尽快得到姑娘的爱，便让自己受封为骑士，接着又回来向这姑娘求爱。

"'我发誓，'姑娘答道，"这事绝无可能，除非你在我面前展现了百般武艺，参加了不计其数的比武,为我的爱有所付出。不劳而获的东西,不如辛苦换得的东西那么甜美。要是你想赢得我的爱,你就去和我父亲比武。我要确认,我的爱是否会给对了人。"

"于是,梅利昂特依这姑娘的话,宣布要进行比武,因为爱能完全驾驭受它掌控的人,他们都不敢拒绝爱的任何指令。而你的话,要是你不去帮助那些城里的人,你就无所作为。"

"朋友,跟随你的主人吧,你就做了明智的事,"高文爵士对他说,"不用多说了。"

这侍从立即离开。而高文爵士继续向那座城池进发,因为除此之外,别无他路。

蒂博特召来了所有贵族和邻居,唤来了所有亲戚。人们无论地位高低、老老少少,都到了那里。但城内蒂博特的谋士们担心,梅利昂特想打败他们所有人。于是,他们私下建议蒂博特别去同梅利昂特比武。

蒂博特随即令人筑墙封住所有进城的入口。大门用砖石和水泥封得严严实实,只开了一个入口,一道小后门。这个小门不是用赤杨木做的,而是用铜铸成,上面还用了一根铁栅加固。这铁栅无比结实,用了整整一车铁。

高文爵士来到大门前,所有装备都挂在胸前。他不得不经过这座城市,不然他就得折返,因为其他的路还要走七天。他看见后门已关,便骑向一片草地,草地四周用木桩围住,位于城堡塔楼下方。他在一棵栎树下下马,把两面盾牌挂在树上,市民们看得清清楚楚。

一些市民很高兴比武被取消了。城里有位年长的封臣,这人是位智者,人人敬畏。他拥有肥沃的土地,显赫的世系。他对做某件事的意见,人们都坚信不疑,无论结果如何。这两个人还没走进围住的草坪,市民们就指给他看。但他早已看见他们来了,已经跑去禀告蒂博特。"上帝保佑,先生,"他说,"我相信,我看见来了两位骑士,他们是亚瑟王的人。我们应当重视这两位可敬的骑士,因为其中一个人就能赢得比武。要我说的话,我建议你,信心满满地去参加比武。你有优秀的骑士、优秀的士兵和优秀的弓箭手,他们会杀死对手的战马。我敢肯定敌人会来这城门前比武。要是他们不可一世地来了这里,我们会得胜,他们会遭殃。"

蒂博特听从封臣的建议，准许了所有人全副武装、出城迎战。于是骑士们心满意足。侍从们争着去取装备，给马套上马鞍。夫人和姑娘们坐在塔顶，观看比武。她们向下张望，高文爵士的装备一览无遗。她们看到树上挂着两面盾牌，便以为有两名骑士。上楼后，她们说，能看见这两位骑士在她们面前披甲上阵，真是生而有幸。

说话间，另有一些人说道："上帝！我主！这骑士的马具和马够两个人用，却没有其他骑士跟他一起。他要两面盾牌做什么用？从没见过一名骑士同时带着两面盾牌。"她们于是惊讶不已，见这骑士只身一人，却带着两面盾牌。

她们正这么交谈时，骑士们出发了。蒂博特的大女儿是引发这场比武的人，她登上了塔顶。她的妹妹陪着她。妹妹的衣袖精美绝伦，人们称她"小袖子姑娘"，因为她的袖子于她是那么般配。所有夫人和姑娘们也和蒂博特的两个女儿们一起，登上了塔顶。现在，比武的人马在城门前集合。

梅利昂特的心上人宣称，没有人像利斯的梅利昂特那么英俊。她对周围的所有姑娘说："说实话，姑娘们，我从没见过任何骑士像利斯的梅利昂特一样，那么让我满心欢喜。我不会对你们说假话。看着这么英俊的骑士，难道不令人欢心吗？他坐在马上，扛着长矛和盾牌，举止多么风度翩翩。"

但坐在她身边的妹妹宣称，还有人更俊美。这话惹恼了姐姐，她站起来要打妹妹。旁边的夫人拉住了她。大女儿怒不可遏。

比武开始了。许多长矛被击碎，许多剑在挥舞，许多骑士摔下了马背。可以肯定的是，谁与梅利昂特比武，谁就损失惨重。没有人能抵挡他的长矛，因为他将所有对手都掀下了马。长矛断了，他就用剑重击。于是，各个军营无人能敌。

他的心上人高兴地难以自持。"夫人，夫人，看看这奇迹！"她叫喊道，"你们从没见过或听说过跟他不相上下的人。看看你们眼前那最优秀的侍从骑士。他比在场所有人都要英俊勇猛。"

"我看到一个可能比他还要英俊勇猛的人，"她的妹妹说道。

这姐姐立即站到妹妹跟前，怒火冲天地吼道："你么鲁莽、刻薄的孩子，竟敢批评我赞美的人？你这么做是自讨苦吃。挨这一巴掌，下次记住。"

接着，她打向妹妹，在妹妹脸上留下了五指印。边上的姑娘们责备她，把她拉了回来。

接着,她们自己开始议论高文爵士。"上帝!"其中一位年轻夫人喊道,"那个骑士,那个站在角树下的骑士,他为什么在那里?他为什么不戴盔甲?"

另一位更年幼的姑娘告诉她们,这骑士要讲和。

第三位姑娘接过话头:"他肯定是位商人。"

"不,他是位货币兑换商,"第四位姑娘说,"他今天不想和这些穷骑士分享他带来的财富。别以为我在说假话。这些箱子和袋子里面装着钱和银器。"

"说实话,你们可真毒舌,"那位妹妹说,"你们错了。你们以为一位商人会扛着这么重的长矛吗?你们今天这些恶毒话可要了我的命。凭我对圣灵的信仰起誓,他看起来更像一个来比武的人,而不是商人或货币兑换商。从外表看,他是一名骑士。"

姑娘们一齐答道:"虽然他看起来像骑士,亲爱的朋友,但他不是骑士。他把自己打扮成这般模样,来蒙混过关从这里通过。他是个傻子,还以为自己何等聪明。这等聪明会让他像贼一样被捉住,被指控犯了愚蠢又卑鄙的盗窃罪。最后,他的脖子会被套上绳套。"

高文爵士清楚地听见了这些人的谈话,知道她们在议论自己。他又羞又恼。但他有理由相信,他这样被指控叛国罪,只是为了赶路去迎战。要是他不冲进战斗,他会先让自己乃至整个家世丢脸。他担心受伤或被俘,便没有参加战斗。但眼见比武愈演愈烈,他又跃跃欲试。这时,梅利昂特要了一根更粗的长矛,那样他就能打得愈发凶猛。

这一整天直到夜幕降临,城门外都在比武。谁赢得了战利品,谁就把它们带到他自以为安全的地方。

姑娘们看见来了一位侍从——高个子秃头——举着长矛柄,脖子上挂着头盔。其中一位姑娘叫他傻瓜,对他说:"上帝保佑,侍从先生,你是个没脑子的傻瓜。你冲进人群去抢头盔和矛头,还有长矛的断柄和军旗。你这么做像个好侍从吗?这么冲进去的人不为自己考虑。谁能考虑自己的利益,却不为自己考虑,这人就是傻瓜。看那史上最高贵的骑士,你就算拔掉他的所有胡须,他都会纹丝不动。现在别抢这些便宜货了。拿走所有的马和财富,那样你就聪明了,因为没有人会拦住你。"

这侍从立即进了草地,用长矛柄打了其中一匹马。"奴仆,"他对那骑士喊道,"你是不是病了,在这里守了一整天,啥也不做,既没有击穿盾牌也没有折断?"

"来看这里,"骑士说道,"我为什么站在这里,跟你有什么关系?也许你以后会知道。但凭我的生命起誓,现在我不想告诉你。走开吧,去走你的路。少管闲事。"

侍从立即离开了骑士,不敢再说什么来惹恼骑士。

比武结束了。许多骑士被俘,许多马匹被杀。梅利昂特一方获得了今天的荣誉,但城里的人搬走了战利品。两军分开时,他们向彼此宣誓,第二天还要重整人马,全天继续比武。

于是,他们分头过夜,离开城市的人们都骑回了城内。高文爵士也在那里,跟着人群进了城门。在城门前,他遇到了那位封臣,建议领主开始比武的那位可敬的人。这封臣很彬彬有礼地邀请高文同住。"先生,这城里有给你准备好的住处,"他说,"今晚请在这里住下吧。你要是继续上路,今天就找不到好住处了。所以,我劝你留步。"

"谢谢你,亲爱的先生,我会留下来的,"高文爵士答道,"因为这比我今天听到的其他建议要好。"

封臣把高文带回家,对他问东问西,问他为什么没披甲上阵,同他们一起比武。高文告诉了封臣原委:因为他被控叛国,所以他得避免受伤或被俘,他要证明自己的清白。要是他路上耽搁,而不能按时参加战斗,他就可能使自己和所有朋友蒙羞。封臣不无敬佩地说,他支持高文的行为,他因为这个原因没去比武,做得完全正确。接着,封臣把高文带回家,两人在那里下马。

市民们一心想痛斥高文,他们讨论着领主怎样才能拿下高文。领主的大女儿竭尽所能地诋毁妹妹。"大人,"她说,"我很清楚,您今天毫发无损。相反,我相信您今天收获很大,甚至您自己都有所不知。让我告诉您原因。您不该不让人去捉拿那个人。那个带他进城的封臣不敢保护他,因为那人靠邪恶的骗术谋生。他带着盾牌,扛着长矛,右边牵着马,打扮成自由民模样,其实却在做商人买卖。但现在让他罪有应得吧。他在贝尔泰的儿子加林的家里,加林留宿了他。那人刚才经过了这里,因为我看见加林带他回家了。"她就这样竭力贬毁高文。

领主立即上马。他想亲自前往,于是一直骑到高文爵士入住的屋子。他的小女儿见父亲要这样去加林家,便从后门悄悄溜出,然后沿着捷径,到了高文爵士的住处,也就是贝尔泰的儿子加林家里。加林有两个美丽的女儿。姑娘们见她们的小夫人来了,难掩内心的喜悦。她们一人牵起小夫人的一只手,快乐地领她进屋,亲吻她的双眼和嘴唇。

加林大人的家境不算贫寒,他已经上马,带上了儿子波特兰。两人像往常一样,骑向宫廷,想去禀告他们的领主。他们在街上遇到了领主。这封臣向领主致敬,问他要去哪里。他们的领主告诉他,他要去封臣家消遣。"这不会让我有任何不悦,"加林大人答道,"您能在那里看到世上最俊美的骑士。"

"我发誓,我不是为这个去的,"领主答道,"我要去捉住他。他是个想卖马的商人,却装作一个骑士。"

"哦不!您的这些话太卑鄙了,"加林大人说道,"我是您的臣下,您是我的领主。以我个人和我全家的名义起誓,我在这儿向您致敬。但我不能允许您羞辱我的客人,此时此刻我要反驳您。"

"上帝保佑,我没那个意思,"领主答道,"我只会尊敬你的客人和你的全家。但我发誓,别人不是这么告诫我这么做的。"

"非常感谢!"封臣说,"您来见我的客人,让我无比荣幸。"

他们立刻并肩骑行,骑到了高文爵士待着的屋子。一见这两人,彬彬有礼的高文爵士就向他们致意,欢迎他们到来。两人也向高文致意,在高文身边坐下。

这位可敬的人,也就是这个国家的领主,接着问高文,为什么他那天去了比武现场却退在后面,没上场比武。高文没有向领主否认,他确实羞愧难当。但他也告诉领主,有骑士指控他犯了叛国罪,所以他正要去一个王宫为自己洗雪冤屈。

"毫无疑问,先生,你理由正当,"领主说,"但这场决斗将在哪里举行?"

"先生,"高文说,"我必须去艾斯卡瓦隆国王面前,我相信我要沿着那边的大路走。"

"我会让人护卫你去那里,"领主说,"你要经过贫穷的地方,所以,我会给你备好供给,还有运载的马匹。"

高文答道,他用不上这些,要是他能买到充足的粮食和马匹,还有旅途所需的一切东西。所以,他不需要领主给他的东西。

高文说完这话,领主起身离开。正要离开时,他看见小女儿从另一个方向赶来。姑娘立即扑倒在高文爵士脚前,抱住他的腿。"听我说,先生,"她说道,"我来找你申诉打我的姐姐。请帮我伸张正义。"

高文爵士沉默不语,他不知姑娘在说什么,便把手放到了姑娘头上。女孩扯着高文。"我是在对你说,亲爱的先生,"她说,"我向你申诉我姐姐。我不喜欢她,也鄙视她,因为今天她无缘无故地羞辱我。"

"美丽的姑娘,这跟我有什么关系?我能为你伸张什么正义?"高文问道。

刚准备要走的领主听见了女儿的请求。"女儿,谁让你来找骑士们的?"领主问道。

"亲爱的先生,她是您的女儿?"高文问领主。

"是的,但别理会她的话。"领主答道,"她是个孩子,一个愚蠢的傻瓜。"

"要是我不弄明白她的要求,那我当然就太可鄙了,"高文爵士说道,"现在告诉我,我可爱高贵的孩子,"他继续说道,"对你的姐姐,我怎样才能为你伸张正义?"

"先生,求求你,请你就在明天,为了对我的爱,全副武装地去参加比武。"

"那么告诉我,亲爱的朋友,你从前在危急的时候请求过骑士吗?"

"从来没有,先生。"

"别理她!"领主说,"不管她说什么,都不要理她的蠢话。"

"上帝保佑,先生,她年纪这么小,就能说这些美妙的话,我绝不能拒绝她,"高文爵士对领主说,"既然她希望我这么做,那明天,就这一次,我会成为她的骑士。"

"谢谢你,亲爱的先生,"女孩说道。她快乐极了,对着地面鞠了一躬。

随后,他们未再多言。父女俩离开了。领主把女儿放到小马的脖子上。回家路上,他问女儿,这场争执因何而起。女孩如实讲述了事情的来龙去脉。"大人,"她说道,"我听见姐姐宣称,利斯的梅利昂特是最俊美、最优秀的骑士。这让我心里不安。我见到美丽的草地那边有一名更俊美的骑士。于是,我忍不住要反驳姐姐。因为这个,姐姐称我是个愚蠢刻薄的孩子,还扯我的头发。让所有赞同她这么做的人见鬼吧!我愿意把我的两根辫子剪到脖子后面——这真让我痛苦——只要明天清晨那位骑士会在决斗中打败利斯的梅利昂特。那样,姐姐就没法再赞美他了。她今天滔滔不绝地讲梅利昂特,所有夫人都烦透了。"

"亲爱的女儿,"这位可敬的人说,"你可以出于礼貌,送给骑士一个有价值的信物——你的袖子或是你的头巾。"

这个天真的女孩说道:"大人,既然您这么说,我很乐意。但我的袖子太小,我不敢送给他。要是我送他这个,他可能一点也看不上。"

"女儿,我会考虑这件事的,"女孩的父亲说道,"现在安静点,因为我对这件事满意了。"领主边说边把女儿揽入怀中,高兴地搂着她,直到抵达宫殿前方。

另一个女儿见父亲抱着妹妹来了,内心烦闷。"大人,"她问道,"我妹妹这小袖子女孩从哪里来的?她年纪这么小就知道骗人了。您从哪里把她带来的?"

"这跟你有什么关系?"领主说,"你该闭嘴。她比你有价值多了。你扯她的辫子,还打她。你行为无礼,真让我忧伤。"

父亲的这番责怪和辱骂让大女儿心烦意乱。领主从胸口取下一块深红色的锦缎,立刻把它裁成了一条又长又宽的袖子。接着,他唤来女儿。"女儿,"他对她说,"明天早上,你要早早起床。骑士出发前,就去见他。把这个新袖子给他,作为爱的信物。他会带着它去参加比武。"

女孩回答父亲,她希望天一亮就醒来准备好,然后梳妆打扮。

说这话时,父亲离开了。女孩兴高采烈,请求她的所有同伴们,要是她们想要受宠,就别让她早上睡过头,而是天一亮就要立刻叫醒她。大家都很乐意这么做:第二天清晨,她们一见到天亮,就让女孩起床,穿衣打扮。

女孩早早起来,独自去了高文爵士的住处。但她还是晚了一步,因为他们已经起床,去修道院的教堂听为他们唱的弥撒去了。他们祈祷了许久,听完了想听的弥撒。这整段时间,女孩都待在封臣的屋子里。他们一从教堂回来,女孩就跳起来迎接高文爵士。"愿上帝今天保佑你,赐给你欢乐!"女孩说,"作为我爱的象征,戴上这只袖子吧。"

"我很乐意,朋友,谢谢你!"高文爵士答道。

接着,骑士们立马穿戴好装备,在城外集合。城里的姑娘和所有夫人又登上了城墙,她们在那里望着一队队勇敢的骑士在集结军队。利斯的梅利昂特走在所有人马的最前面。他疾驰而来,把同伴远远抛在后面。那个姐姐一见到心上人,就管不住自己的舌头。"姑娘们,快来看,声名显赫、勇猛威武的人来了!"她喊道。

高文爵士以最快速度,策马冲向梅利昂特,他对梅利昂特毫无惧色。梅利昂特的长矛碎裂了。高文爵士对梅利昂特重重一击,梅利昂特伤势惨重,立刻被掀倒在地。高文把手伸向梅利昂特的马,握住了缰绳,把马交给了一名侍从。高文让侍从去找为其比武的女孩,告诉那女孩,他送来了今天的第一批战利品,他希望女孩能收下。侍从牵着这匹备好马鞍的马去寻找女孩。

女孩已经从塔楼的窗户里,见到了梅利昂特大人跌倒在地。"姐姐,"女孩说,"现在你可以看见那个被你捧上天的梅利昂特正倒在地上。你可知道该怎么正确判断了!我昨天说的明摆在眼前。现在,可以清清楚楚地看到,上帝保佑我,还有比他更厉害的骑士。"

女孩就这样故意驳斥姐姐,直到姐姐难以自制。"闭嘴,你这刻薄的孩子!"姐姐吼道,"要是我今天再听你提他一句,我要狠狠地把你打翻在地。"

"住手,姐姐!要记得上帝!"小女孩说道,"你不该因为我说真话就打我。我发誓,我确实看见他打败了梅利昂特,你也看见了,和我看得一样清楚。我不相信他还能爬起来。就算你气炸了,我也会说,在场的人都看见了,他平躺在地,四脚朝天。"

要不是有人阻拦,姐姐会扇她一巴掌,但周围的姑娘们不许她打妹妹。这时,他们看见那侍从来了,右侧牵着那匹马。侍从发现女孩坐在窗边,便把马献给了她。女孩谢了又谢,之后让人把马牵走了。侍从回头向他的主人传达女孩的谢意,而那位主人看起来在整场比武中独占鳌头。

武艺再精良的骑士都无法在高文的长矛攻击下而不落下马镫。高文从未如此渴望获胜。这一天,他单枪匹马地俘获了四头战马,把它们作为礼物送了出去:第一匹马送给了小女孩;出于尊敬,他将第二匹马送给了封臣的妻子,这位夫人很喜爱这份礼物;第三匹马送给了封臣两位女儿中的一位,另一位女儿得到了第四匹马。

比武解散了。人们回到了城中。从一个军营到另一个军营,高文爵士都荣誉满满;他结束战斗时还不到中午。等他回来时,有一群骑士跟着他,整条街都人头攒动。所有见到他的人都想问他是谁,是哪国人。他在住处门口遇到了那位女孩。女孩立即拦住了高文。她立刻抱住马镫向高文致敬,对他说:"谢谢你,先生。"

高文明白了女孩想说什么,于是高贵地答道:"小姑娘,无论我在哪里,除非年老体衰、须发皆白,否则一定忠心耿耿地效劳。只要听到你的需要,一定立马赶来,无论天涯海角。"

"感激不尽!"女孩答道。

正说话间,女孩的父亲到了。领主再三恳请高文爵士在他家过夜。高文婉拒了邀请,告诉领主他不能留下。领主请他告知姓名,如果他乐意的话。"大人,我叫高文。只要有人问我名字,我从不拒绝。别人不先问起,我也不说姓名。"

领主一听他是高文爵士,心里满是喜悦。"先生,"他说,"来我家过夜吧。我还没招待过你。我发誓,我这一生中,从没见过这么想向他表示尊敬的骑士。"

领主恳请他留下,但高文爵士仍谢绝了邀请。那个并不愚蠢的小女孩握住高文的脚,亲了一下,接着向上帝赞美他。高文爵士问她为什么这样做。女孩告诉他,她亲过了他的脚,那样无论他走到哪里,他都会将她牢记。

"别害怕,亲爱的朋友,"高文告诉女孩,"无论我离你多远,上帝保佑我,我都绝不会忘记你。"接着,高文向主人和其他人一一告辞。所有人都向上帝赞美高文。

那天晚上,高文爵士在一座修道院过夜,那里应有尽有。翌日清晨,高文继续赶路。在路上,他看见一些动物在森林边上吃草。他让牵着匹马——是最好的一匹马——扛着一根坚固长矛的约内特停下,把长矛递给自己,把他右手牵着的马套上马鞍。约内特立即把马和长矛交给高文。高文转身追捕一群雌鹿。一番周折后,高文在一片荆棘边追上了一只雌鹿。他对着雌鹿的脖子把长矛横劈过去。但这头雌鹿闪到一边,跟着一群牡鹿逃走了。高文继续追赶这只雌鹿,就要追上时,他的马掉了一只蹄铁。眼见捕不到雌鹿,高文令约内特下马,因为他的马瘸得厉害。约内特听从高文的命令,抬起马脚,发现少了一块蹄铁。"先生,"约内特说,"这马需要钉蹄铁。现在没有别的办法,只能慢慢走,直到找到铁匠,装上新蹄铁。"

接着,他们继续赶路,直到看见有人从一座城里出来,准备去远足。前面的人穿着短外套,男孩子们牵着狗步行;接着是扛着锋利标枪的猎人,后面是弓箭手和扛着弓箭的仆人;再后面是骑士。所有骑士的后面跟着两位骑战马的人。其中一位是少年,比其他所有人都要英俊。惟有这少年向高文爵士致敬,拉住了高文的手。"先生,我要挽留你,"这少年说,"回我今天来的地方,在我家下马歇脚吧。要是你乐意的话,今天这时候住下最为合适。我有一个妹妹很懂礼貌,她会让你宾至如归。我前面的这位大人会带你过去,先生。"少年接着对这位大人说:"亲爱的同伴,我派你陪这位大人过去,带他去见我的妹妹。先问候她;然后告诉她我有话对她讲,凭借她和我之间的爱与信任,要是她曾爱过一位骑士,她就应当重视这位骑士,像对待我这位亲哥哥一般对待他。直到我们回来前,让她好生招待、陪伴他,讨他开心。她把他安排妥当后,你要立刻回来,我也想尽快回去陪伴这位骑士。"

这骑士接着离开了,他把高文爵士带到了所有人都深恨他的地方。但那里没人认出高文爵士,因为之前没人见过他。于是,高文爵士没有察觉到危险。

高文审视着这座城市,发现它靠着狭长的海湾,城墙和塔楼无比坚固,不怕任何进攻。他看了看整座城市,里面尽是俊男靓女,货币兑换商的桌子上摆满了金币、银币和各种钱币。广场和街道上到处是各式各样的工匠,做着各色活计:一个在造头盔,另一个在造锁子甲;一个在造长矛,另一个在造纹章;一个在造缰绳,另一个在造马刺。一些人在擦亮宝剑,一些人在漂洗布料,一些人在编织布料;还有一些人在梳理布料,另一些人在裁剪布料。一些人在融化金银;另一些人把它们铸成美丽的工艺品:杯子和碗、珐琅首饰、戒指、腰带和搭扣。完全有理由相信,这座城市每天都有集会,里面的东西琳琅满目:蜡、胡椒、谷物、带斑点和灰色的皮毛,还有各色商品。高文驻足观赏,一路走走停停。

他们一直走到塔楼。侍从们取走了他们的所有装备和行李。骑士独自陪着高文爵士走进塔楼,拉着高文的手进了姑娘的房间。"亲爱的朋友,"他对她说,"你的哥哥向你问候。他让你招待这位先生,为他效劳。不要不情不愿,而是要高高兴兴地招待他,就好像你是他的妹妹,他是你的兄长。注意,要满足他的一切需求,别心存吝啬。要慷慨大方、优雅得体、举止高贵。现在照顾他吧,因为我要走了。我得跟着你哥哥去森林。"

这位夫人满心喜悦。"感谢赐给我这位伙伴的人!"她喊道,"让我拥有这么英俊伙伴的人没有瞧不起我。我要感谢他!亲爱的先生,来坐到我身边。"她继续说道,"我见你英俊又高雅,遵照哥哥的旨意,我要好好陪你。"

那位骑士立即上马走了,没有再和他们一起。高文爵士留了下来。能与如此美丽迷人的年轻姑娘独处,他没有任何怨言。这位姑娘教养极好,她一点不觉得与高文独处会受人监视。两人开始谈情说爱,因为要是他们谈其他事,他们都会十足地浪费时间。高文爵士向这姑娘求爱,他告诉她,自己永生都是她的骑士。姑娘没有拒绝,欣然满足了他的心愿。

这时,一位封臣来了。这人对他们十分不利,因为他认出了高文爵士。他见他们正在亲吻,正在无比欢乐地相处。一见他们无比幸福,他就管不住舌头,大声喊道:"女人,真是丢脸!愿上帝诅咒你、毁灭你!整个世界上,你最该恨这个人,但你却让他开心,让他拥抱、亲吻你。可怜又愚蠢的女人,你由着性子,做得真漂亮啊!你应该用手撕掉他的心,而不是亲吻他的嘴。要是你的吻触动了他的心,你就已经让他的心飞走了。而你应该用手撕掉他的心。要是女人能做好事的话,这是你该做的事。但疾恶扬善的人身上没有任何女人味。因为要是她只追求善,就不应把她称作女人。但你是一个女人,我看得一清二楚。坐在你身边的这个人杀死了你的父亲,而你却在亲吻他!女人只要能享乐,就对别的一概不管。"

这封臣说完就转身走了,高文爵士还来不及说一句话。姑娘瘫倒在石头地上,许久不省人事。高文爵士抱起姑娘,她吓得脸色又白又青。姑娘醒后,说道:"啊!现在我们完了!因为你,我要被冤枉死。我知道,你也要因为我被冤枉死。现在,我确信,城里的平民们要来这里了。你会看到,上万人会聚集在塔楼前面。但这里有足够的装备，我能很快给你穿戴好武装。正义之士能保卫这座塔楼，抵御所有敌人。"

姑娘立即惊慌失措地去取装备。她给高文穿好盔甲后，两人都镇定了不少。但唯一的不幸是，他们没找到盾牌。于是，高文把一张棋盘当作盾牌，说道："朋友，你不用再为我找盾牌了。"接着，他把棋子倒在地上，这些棋子用象牙和硬骨做成，比普通的棋子要重十倍。从现在起，无论发生什么，他都相信自己能守住大门和塔楼入口，因为他佩有胜利之剑。这是世上最好的剑，它劈起钢铁来，一如劈木头般易如反掌。

那封臣下了塔楼，发现一群当地人并排坐在一起，有市长、市议员还有很多其他市民。他们没有服用催泻药，所以他们身体臃肿。封臣向他们跑去，大叫道："大家快拿上武器！让我们去捉叛徒高文，他杀了我们的领主！"

"他在哪里？他在哪里？"人们纷纷问道。

"我发誓，"封臣说，"我见到了高文那个名副其实的叛徒，他在那座塔里。他在那里寻欢作乐呢，对我们夫人又摸又亲。夫人什么也没拒绝他。相反，她还高高兴兴、心甘情愿。现在我们要去捉住他。要是你们能把他交给领主，领主一定分外高兴。这个叛徒应当得到最可耻的下场。而且，你们要活捉他，我们的领主肯定希望他被活捉。这是有道理的，因为死人无所畏惧。尽快动手，然后通知全城。"

市长随即站了起来，所有市议员们也跟着站了起来。你可以看见，愤怒的农民们抓过斧头和戟；一个人拿了一面没有肩带的盾牌，另一人拿了一扇摇门，还有一人拿了一个柳条筐。市里的传告员发布了召集令，所有人都集合了。城里响起钟声，无人闪退一旁。再穷的人也能抓起一根权子或连枷、镐或狼牙棒。在伦巴第，杀死一只蜗牛都没引起这么大的骚动。再胆小的人也扛着兵器赶去塔楼。眼见高文爵士就要死了，除非上帝出手相救。

年轻的姑娘勇敢地帮助高文。她开始向平民们喊话。"走开！走开！卑鄙的人！疯狗！粗鄙的农奴！"她高喊道，"什么恶魔把你们召来的？你们在找什么？你们想要什么？愿上帝永远不会赐给你们欢乐！上帝保佑我，你们不可能把这骑士从这里带走。但要是上帝愿意，你们中会有很多人死伤，虽然我不知道具体会死多少。这骑士不是飞过来的，也不是沿着什么秘密小路溜过来的。我哥哥把他当作客人,让他来见我。哥哥请我好好对待他,就像对待他自己一样。你们以为我依照哥哥的要求陪伴他、让他开心就是粗俗吗?听着:我没有因为别的原因喜欢他,我心里一点不傻。所以,我更加厌恶你们,因为你们大大冒犯了我:你们在我卧室门口对我抽出刀剑。而且,你们说不出原因。或者,你们有理由也没告诉我。你们对我不屑一顾。"她就这样直抒胸臆。

正当时,人们用斧头砸开了房门,将门劈成了两块。里面的门房成功地把他们堵在门外:他双手握剑,重重地回击第一个进攻者。后面的人都吓得魂飞魄散,没有一人敢继续前进。每个人都只顾着自己,担心自己的脑袋。没有人敢靠近这位骇人的门房;没有人敢对他抬手,或前进一步。

年轻的姑娘拾起地上的棋子,愤怒地将它们砸向进攻者们。她卷起裙子,像个疯女人般大骂,似乎只要一息尚存,就要将他们悉数打死。

平民们退下了。他们宣称,要是这一对不投降,他们要砸掉塔,压死这两个人。这两人防御得愈发完备,他们用大棋子砸向这些平民。许多人撤退了,抵挡不住他们的进攻。接着,这些人开始用钢镐挖塔楼,想把塔楼砸倒。他们不敢在门口进攻,这门防卫得严严实实。请相信我,这扇门又窄又低,两个人要颇费一番力气才能一起进去。所以,一位勇士可以轻易地守门。面对那些赤手空拳的人,现有的这个门卫就将他们的脑袋劈成两半,脑浆四溢。

对于所有这些情况,那位留宿高文爵士的领主都一无所知;他正从狩猎场拼命往回赶。这时,人们仍在用钢镐攻打塔楼。现在,只见古根布雷西尔——我不知道他怎么来的——冲进了这座城市。平民们的喧闹和捶打声令他震惊不已。他不知道高文爵士正在塔内。但听说这事后,他禁止任何惜命的人再扔石头。但他们称,他们不会因为他就停止进攻。相反,他们要在当天将塔砸倒,要是古根布雷西尔也进塔和高文一起,他们要把他也压在塔下。

眼见他的命令毫不奏效,古根布雷西尔决定去找国王,带国王来看市民们的暴动。国王正从森林回来。见到国王时,古根布雷西尔说:"陛下,市长和市议员们让您丢尽脸面。从今天早上开始,他们就在围攻您的塔。要是他们没有为此付出惨重代价,我会对您怨恨难平。没错,我指控高文犯了叛国罪,而正是您把他留在家里。既然您把他当作客人,您理应保证他不受任何伤害或羞辱。"

"一旦我们赶到那里,他就不会受到伤害或羞辱,"国王向古根布雷西尔答道,"他的这番遭遇,让我心烦意乱、怒不可遏。我毫不奇怪,我的市民们对他怀着深仇大恨。但我会尽力保护他,让他不用下监狱或受到伤害。既然我留宿了他,我就要百般尊敬他。"

于是,他们抵达了塔楼,那里正一片喧嚣。国王让市长离开,令他解散平民。他们全都撤了,因为这是市长的命令。

城内有一位封臣,一个本地人。整个国家里,他的建议都无人不听,因为他智慧过人。"陛下,"这位封臣对国王说,"现在您应该听听忠告。人们袭击这个杀死您父亲、犯下叛国罪的人,这并不稀奇。人们对他恨之入骨,您也知道,这是理所当然。但您留宿了他,您就得保护他,保证他在这里不会被监禁,也不会受伤害。说实话,古根布雷西尔——这个我在这里看见的人——应当保护这个人,因为是他向国王指控高文犯下了重大叛国罪。事实无需隐瞒:高文爵士来您的王宫证明自己的清白。我的建议是,推迟这场决斗,先让高文爵士去找那根滴血的长矛——那长矛即便擦掉了这滴血,也总还会再流下一滴血。让高文把那把长矛交给您,不然就像现在一样再把他监禁起来。那时,您就更容易俘虏他。我相信这是对他最残酷的监禁。一个人应当用各种办法去损害敌人。这是折磨敌人的最佳建议。"

国王听从了这一建议。他去塔楼见妹妹,发现她义愤填膺。妹妹起身迎接,高文也同样起身,毫无惧色;他既不浑身颤抖,也不面色苍白。古根布雷西尔走上前来,说了几句没有用的话:"高文爵士,高文爵士,我已经保证了你的安全。但我警告过你,别胆敢闯进任何属于我领主的城堡或城市。你应当避开。至于你在这儿遭遇的一切,现在还不是你抱怨的时候。"

智慧的封臣说:"先生,上帝保佑我,所有这一切都能被平息。平民们袭击他,能让谁去弥补呢?到末日审判前,这场纠纷都不会终止。但要是照我说的办,这场纠纷可以了结。在这儿的我王陛下给我下了命令,我要宣布这道命令:要是你和高文不反对,他命令你们俩都将决斗推迟一年。高文爵士要去找那根尖端一直流血的长矛,那是最纯澈的血凝成的泪珠。书上说,那根长矛会毁掉整个洛格雷斯王国,也就是从前的洛格雷斯之地。所以,我王陛下望你许下誓言。"

"毫无疑问，我宁愿死在这里，或在这里受八年苦，也不愿向您发誓或做出保证，"高文爵士答道，"我没那么怕死，相比背弃诺言、耻辱一生，我宁愿光荣地忍受死亡。"

"亲爱的先生，"封臣说，"你绝不会背负耻辱，我发誓，你也不会因此遭遇更大的不幸。我会向你解释我的意思。你要发誓尽全力寻找长矛。要是没有找到，就回到这座塔楼，你的誓约当即解除。"

"既然你这么说，我愿意发誓，"高文答道。

有人立即捧来了一个珍贵的圣物箱。高文发誓，他会不遗余力地寻找流血的长矛。于是，他和古根布雷西尔的决斗推迟了一年。

高文爵士逃过了一场巨大的劫难。他向姑娘告辞，让所有侍从回到他的家乡，带回所有的马，只留下格林格雷特。侍从们眼泪汪汪地别过主人，转身出发。关于这些侍从和他们的忧伤，我无意做更多描述。至于高文爵士，他的故事在此告一段落。我们要说帕西瓦尔。

故事里说，帕西瓦尔完全没了记忆，不再记得上帝。4月和5月相继过去了五次；距他上一次在教堂或修道院的教堂敬拜上帝或上帝的十字，已经过去了整整五年。他就这样过了五年。

但他的勇武之举没有减退。他寻找奇异的冒险——那种残酷且艰难的冒险。他经历了各种冒险，经受住了种种考验。他还从未遇到能难倒他的挑战。五年内，他俘虏了五万名骑士献给亚瑟王。他就这样度过了这五年，不记得上帝。

这五年快结束的一天，帕西瓦尔正穿过一片荒野，像往常一样全副武装。这时，他看见五名骑士在护送十位女士，女士们的脸都藏在头巾里。所有人都光着脚，穿着破旧的羊毛衣服。看见一个身着盔甲、带着盾牌和长矛的人，女士们都惊讶万分。为了赎罪，他们徒步行进，希望能救赎自己的灵魂。五名骑士中的一位拦住帕西瓦尔，说道："别过来！你不信耶稣吗？你不信那个写下'新约'，把'新约'交给基督徒的人吗？在耶稣死的这一天带上武器，这大错特错。"

这个对每一天、每个时辰和日子都没有概念的人，心里忧虑不安，答道："那么今天是什么日子？"

"什么,先生?你不知道?今天是耶稣受难日。这一天,人们要用纯洁的心敬仰十字架,为自己的罪过哭泣。这一天,因为三十块银币被出卖的他,被绞死在十字架上。他自己全无罪过,却成了为整个世界赎罪的人,因为毫无疑问,整个世界都是邪恶的。他确实既是上帝,也是人,他是圣灵感孕,处女所生。在他身上,上帝有了血肉,他的神性藏在肉身之下。这点毫无疑问,不信这个的人从不会看他的脸。他是圣母所生,是神与肉体的合一。他确实在这一天上了十字架。接着,他把所有朋友救出了地狱。那场死亡最是神圣,拯救了活人和死人,让他们从死亡中复活。那些邪恶的犹太人——那些应该像狗一样被杀死的犹太人——仇恨他,让他钉上了十字架,他们犯下了罪恶,却拯救了我们。这一天,所有信仰他的人都要忏悔。"

"那么你们从哪里来?"帕西瓦尔问道。

"先生,从那里来,那里有个好人,他是一位神圣的隐士,住在林中。他无比神圣,只靠上帝的荣耀生活。"

"看在上帝的份上,先生,你们在那里找什么?问了什么?做了什么?"

"做了什么,先生?"一位女士答道,"我们去那里,是为了寻求赎罪的方法,然后扪心忏悔。我们做了能让上帝满意的基督徒能做的最了不起的事。"

帕西瓦尔听后哭了。于是,他想去找那位好人谈谈。"要是我知道路的话,我想去见那位隐士,"他说。

"先生,想去那里的人,就沿着笔直的小路走,寻找我们来时打起结的树枝。我们做了这些记号,那样去拜访这位圣隐士的人就不会迷路。"

接着,他们没有再问什么,向上帝赞美了彼此。

走上小路时,帕西瓦尔感到心灵深处在哀叹,因为他知道自己对上帝犯下了罪过,内心悔恨不已。他流着泪走向森林。抵达隐士的居所时,他下马卸去了盔甲。他将马系到一棵角树上,接着走进了隐士的居所。他在一座小教堂里看见了那位隐士,还有一名牧师和一位年轻的教士,这些是千真万确,他们正要开始仪式,那是神圣的教堂里最温馨、最美丽的仪式。

帕西瓦尔一进教堂,就跪倒在地。那位好人向他呼唤。他看见帕西瓦尔天真无辜又泪流满面,发现泪水正从他的眼里流至下巴。帕西瓦尔尤为害怕已经冒犯了上帝。于是,他先抱住隐士的一只脚,接着向他鞠躬,然后双手合十,恳请隐士在这个危急的时候给他明智的建议。这位好人请他忏悔,因为除非他已忏悔并愿意悔改,他绝不能领受圣餐。

"先生,"他说道,"五年了,我都不知道自己在哪里。我没有爱过上帝,也没有信过上帝。从那时起,我干的尽是坏事。"

"哦,亲爱的朋友,"这位可敬的人说,"告诉我,你为什么这么做。我请求上帝原谅他的罪人的灵魂。"

"先生,我曾到过渔王家。我看见了那根尖端真在滴血的长矛。我没有问为什么闪亮的矛头会滴血。不消说,从那以后我没做任何补救。我在那里看见了金碗,却不知道谁在用那只金碗。从那以后,我痛苦不堪、生不如死。我就这样忘了上帝,因为从那时起,我从未恳请上帝原谅,据我所知,也从未做任何事来寻求宽恕。"

"哦,亲爱的朋友,现在告诉我你的名字,"这位可敬的人说道。

他回答道:"我叫帕西瓦尔,先生。"

一听到这名字,这位可敬的人就想起了这个名字,叹了一口气。"兄弟,"他说,"你之所以遭遇不幸,是因为你犯了一个自己不知的罪过。那就是,你离开母亲时,让母亲伤心不已。她倒在门外的桥头,不省人事,伤心过度地死了。因为这个罪过,你才没有询问那根长矛和那个碗。所以,你就遭遇了不幸。毫无疑问,要不是你母亲让上帝保佑你,你活不了这么久。她的祈祷力量无穷,为了她的缘故,上帝关照着你,保护着你,让你免受监禁,免于一死。罪孽割掉了你的舌头,所以你没问为什么那根在你面前经过的长矛永远在滴血。你也傻到没问是谁在享用金碗。那个用金碗的人是我的兄弟。我们的姐姐是你的母亲。至于那位富有的渔王,我相信,他是那位用金碗的人的儿子。别以为里面装着梭鱼、七鳃鳗或三文鱼。我们知道,给他送过去的碗里只有一片圣体面包,他就靠这片圣体面包维系生命。这个碗无比神圣,他自己的心灵无比纯洁,所以,他的生命不需要其他任何营养,只需要碗里的那片圣体面包。十五年来,他一直这么用餐,从不离开你看见端碗进去的房间。现在,我要教诲你,让你为这个罪赎罪。"

"亲爱的叔叔,我愿意做这个,诚心诚意,"帕西瓦尔说,"既然我的妈妈是你的姐姐,你应该叫我外甥,我应该叫你叔叔,应该更加爱你。"

"没错,亲爱的外甥。现在忏悔吧。既然遗憾占据了你的灵魂,就让忏悔也一道吧。每天,你去任何地方前,都要先去修道院忏悔。这对你有好处。别让任何事情阻拦你。要是你在的地方有修道院、小教堂或大教堂,钟声一响,你就要去那里。要是你已经起来了,钟声还没响,就要过去。这绝不会给你带来坏处,而是为了净化你的灵魂。要是弥撒已经开始了,去那里就更好了。你要一直呆在那里,直到牧师所有的祈祷和吟唱结束。要是你乐意这么做,你的功德就会增长,你就会在天堂有一个位置。要相信上帝,爱上帝,敬仰上帝。尊重可敬的男人和善良的女人。要和牧师们在一起。这些是教规,不难做到,但上帝真心喜欢,因为它们源自谦卑。还有,要是有寡妇、姑娘或孤女向你求助,你要帮助她们,那样对你更好。这是最高尚的慈善。所以,要帮助她们,那样你就表现得很好。要注意,无论如何都要做到。我希望,你要为了你的罪行这么做,只要你希望像从前一样,拥有上帝的恩典。现在,告诉我你是否愿意。"

"我愿意,十分愿意!"帕西瓦尔答道。

"现在,我请你在这儿和我住两整天。为了忏悔,你要和我吃得完全一样。"

帕西瓦尔同意了。接着,隐士对着他的耳朵低语了一句祷文。隐士反复吟诵,直到帕西瓦尔学会了这句祷文。这句祷文里有许多我主的名字,所有最高贵、最伟大的名字都包含在内,没有人敢说这些名字,除非面临着死亡的危险。隐士教过帕西瓦尔这句祷文后,他不许帕西瓦尔随意念诵,除非是遇到了巨大的危险。

"我不会随意念诵的,先生,"帕西瓦尔说道。

于是,帕西瓦尔愉快地留在那里,聆听了这场仪式。仪式结束后,他敬拜了十字架,一边为自己的罪过哭泣,一边谦卑地忏悔。他就这样在那儿待了许久。

当晚,他吃了隐士爱吃的,食物只是些甜菜和山萝卜、生菜、水芹、小米、大麦、燕麦做的面包和清泉水。他的马被喂食了稻草和一整槽大麦,而后按照惯例被关进了马厩,擦洗了身子。

帕西瓦尔就这样得知,上帝在星期五被钉上十字架,死在了那里。复活节那天,帕西瓦尔怀着纯洁的心,领受了圣餐。

帕西瓦尔的故事暂告一段落。继续讲帕西瓦尔的故事前,要再多讲讲高文爵士的故事。

从平民袭击他的塔楼逃走后,高文爵士继续上路。一天,在早上九点至正午间,他骑向一座山坡,看见那里有一棵高大的栎树,繁茂的树叶形成了一大片树荫。他发现树上挂着一面盾牌,边上有一根笔直的长矛。他向栎树冲去,看见树边有一只挪威小马。高文震惊不已,因为他觉得,同时发现盾牌、武器和小马似乎并不合理。要是那小马是匹战马,他会认为有一位封臣上了这座小山,穿过这里是要赢取荣誉和名望。接着,他向树下望去,看见那里坐着一位姑娘。要是这姑娘当时快乐又幸福,她一定美丽动人。她把手指插进长发,撕扯着头发,悲痛得几近疯狂。她在为一名骑士忧伤,她不断地亲吻这骑士的双眼、额头和嘴唇。高文爵士走近她,不知这骑士是死是活。"年轻的夫人,"高文问道,"你抱着的骑士是你的心上人吗?"

"先生,"姑娘答道,"你看他伤势惨重,最小的伤口都可能要命。"

"我亲爱的朋友,"高文对姑娘说,"叫醒他。别让他这样。我想向他打听这里的消息。"

"先生,我不会叫醒他,"姑娘答道,"我宁可自己被活剥了皮!我从没有这么爱过一个人,只要我活着,我再也不会这样爱一个人。我见他在睡觉休息,我要是做了任何让他生气的事,那我就是傻得可怜。"

"我发誓,我要叫醒他。"

高文用长矛的顶端轻碰骑士的马刺,他不想打搅骑士,只想叫醒他。这触碰无比轻柔,没有伤到骑士。相反,那骑士点了点头,说:"先生,你这么优雅地触碰来叫醒我,没让我有任何不适,我感谢不尽。但我求你,为了你自己,别再往前走。因为要是你继续往前走,你就太愚蠢了。听我的话,停下你的脚步。"

"我要停下,先生?为什么?"

"我发誓,先生,我会告诉你的,要是你愿意听。穿过田野或沿着大路去那里的骑士,没有一个能回来的。这是加洛韦的边境,最凶险残酷的地方,这里的人背信弃义。去那里的骑士没有一个能活着回来。没有人能从那里逃走,只有我是个例外,而我也这么奄奄一息,想来是熬不过晚上了。我遇到了一位骑士,那人英勇无畏,强健无比。我从没见过这么勇敢的人,也从没与这么强健的人交手。所以,我建议你,最好掉头回去,不要再下山。"

"我发誓,掉头回去令人鄙视,"高文爵士说,"我来这不是歇息的。既然我上了这条路,要是掉头回去,就会被当作十足的懦夫。我要继续前行,直到弄清楚为何无人归来。"

"我很清楚,只得这样,"受伤的骑士说,"既然你执意如此,你就骑马去吧。但我对你有个请求。要是你有好运——我相信,任何时候都没有骑士有这等好运,未来的骑士也不会有,无论是你还是其他人——回到这里,看看我是死是活,好转了还是更糟了。要是我死了,出于仁慈之心,还有看在圣三位一体的份上,我请你可怜这位姑娘,不要让她遭受耻辱或痛苦。愿你乐意这么做,因为上帝从没创造过,也从不曾想创造一位比她更高贵或家世更好、更懂礼貌、更有教养的姑娘。我看她为了我痛苦万分。她没有错,因为她见我奄奄一息了。"

高文爵士同意了他的请求,答应会按这条路折返,除非被人监禁或遭遇了其他不幸。并且他会竭力帮助姑娘。

接着,他离开了这对人儿,继续上路。他越过平原,穿过森林,一路马不停蹄,直到看见一座防守坚固的城市。这座华丽的城市拥有的财富,几乎要赶上帕维亚。城的一边是一个大海港,泊地很深,另一边是葡萄园和一片迷人的森林,林中长满了茂密的灌木丛。城的低处有一条河流,这河环绕着四周城墙,注入大海。城市和城堡的四周都筑着坚固的围墙。

高文爵士跨过一座桥,进了城市。骑到城中防守最坚固的地方时,他发现草坪上的一棵榆树下有一位孤零零的姑娘。这姑娘在镜子里欣赏自己的脸和头颈,这脸和头颈比雪还要洁白。她用一小圈薄薄的金色锦缎做了一顶宝冠,戴在头上。高文爵士踢了踢马刺,向姑娘慢慢骑去。

"慢一点,慢一点,先生!"姑娘对他喊道,"悠着点,因为你这样太愚蠢了。无事瞎忙的人是个傻瓜。"

"上帝保佑你,姑娘,"高文爵士说,"现在告诉我,亲爱的朋友,是什么想法让你急着让我慢一点?你没有理由这么做。"

"不,骑士,我发誓我有理由,因为我很清楚你在想什么。"

"那么我在想什么?"他问道。

"你想把我抱到你的马脖子上,把我从这里带走。"

"你说得没错,姑娘。"

"我很清楚,"姑娘答道,"让有这个念头的人去死吧!永远别想把我拉上你的马。我不是那种骑士们去冒险时驮在马背上的傻姑娘。你是驮不走我的!但要是你有勇气,也许你可以把我带走。要是你愿意花一番力气,把我的小马从那个花园里牵过来,我就和你一起骑马走,而最后因为我同行,你会遭遇各种艰难、困苦、忧伤、耻辱和折磨。"

"亲爱的朋友,除了勇气,还需要别的什么吗?"高文问。

"据我所知,没有了,奴仆,"姑娘说。

"哦,亲爱的朋友,要是我去那里了,我的马待在哪里?我看它跨不过这块木板。"

"没错,先生,把马交给我,走路过去吧。我会帮你看管它——只要我能管住它。但快点回来,因为你回来前,它可能会逃跑或被人牵走。"

"你说得没错,"高文说,"要是它被人牵走或跑了,那不是你的错。我也不会提这件事。"

于是,高文把马交给了姑娘,走过姑娘身旁。他决定带上所有装备,以防花园里有人拒绝给他小马或不让他带走小马。那样,他把小马带回来前,会有一场混战。

高文随即跨过木板,只见一大群人惊讶地望着自己。"愿魔鬼烧死你,你这姑娘,你做的事坏透了!"这些人齐声喊道,"愿你的身子遭厄运,你从不敬重可敬的人,让这么多人掉了脑袋。这是奇耻大辱。骑士,你想牵走小马,你怎么不知道,要是你用手碰了那匹小马,你会遭受何种厄运?哦,骑士,你为什么要靠近它?要是你知道,你若把它牵走,你就会遭遇莫大的耻辱、可怕的不幸和巨大的痛苦,你自然绝不会碰它。"

在场的男男女女都这么说,因为他们想警告高文,别靠近那匹小马,快掉头回去。高文听见了他们的话,完全理解了他们的意思,但他不愿放弃计划。高文继续向前靠近,一边向人群致敬,在场的男男女女也向他回礼,但从他们的回礼看,他们似乎都一直痛苦又绝望。高文爵士靠近小马,伸出一只手,想握住缰绳,因为这匹马有缰绳和马鞍。但一位坐在繁茂的橄榄树下的高个子骑士喊道："骑士，你来要这匹小马，只会徒劳一场。即便向它伸出一根手指也最为冒失。但要是你真的想要它，我也无意阻拦你。但我建议你离开，因为要是你把它带走了，你会在别处遇上艰难险阻。"

"我不会因此放弃，亲爱的先生，"高文爵士答道，"树下那位照镜子的姑娘让我来牵马。要是我现在不把马牵给她，我来这儿干吗？我会在全世界颜面尽失，成为一个无用的懦夫。"

"亲爱的兄弟，牵走它会给你带来厄运，"高个子骑士说，"看在上帝那至高无上的父亲、那我愿向他献出灵魂的人的份上，我还从未见过有骑士能把它牵走，就像你打算做的一样，结果惨遭不幸，掉了脑袋。这就是我为你担心的厄运。我警告你别牵走马，并没有心怀恶意。你想牵走就牵走吧；我和任何人都不会阻拦你。但要是你敢用手碰它，你前方的道路会险象环生。我建议你别这么做，因为你会丢掉脑袋。"

这些话对高文爵士毫不奏效。高文让这头脑袋半边黑半边白的小马先跨过前方的木板。这头小马知道怎么轻轻松松地跨过木板：它受过细心的指导和训练，常常跨这块木板。高文爵士牵着丝绸缰绳，径直走向了那棵姑娘在下面照镜子的榆树。姑娘的披风和头巾滑落在地，脸和身子裸露在外。

高文爵士把备好马鞍的小马交给姑娘。"来吧，年轻的姑娘，"他说，"我来帮你上马。"

"无论你去了哪里，愿上帝永远不准你说曾抱过我，"姑娘喊道，"要是你裸露的手摸了我的任何地方，我会认为自己遭受了耻辱。我的命运会太糟糕，要是有人说起或有人知道你摸了我的身体。我宁愿皮开肉裂。我发誓，我要自己上马，不要你帮忙。愿上帝保佑，让我今天就看到我想看到的一切。那样，我今晚就会有莫大的欢乐。你想去哪就去哪吧。你的手不能挨近我的身体和衣服。我会一直跟着你，直到因为我，巨大的挫败、羞耻或不幸降到你头上。我百分百确信，我会看到你遭遇不幸。你逃不了，就像你难逃一死。"

高文爵士听了骄傲的姑娘对他说的一切，但他一言不发。他把小马交给姑娘，姑娘让他骑自己的马。高文爵士弯下腰，想拾起姑娘的披风，披到姑娘身上。这位羞辱起骑士从不迟疑也从不害怕的姑娘，定睛看着他。"奴仆，我的披风或头巾关你什么事？"她说，"看在上帝的份上，我一点也没你想象的那么简单。我不要你效劳。你的手不够干净,不能碰我穿在身上或围在头上的任何东西。你不该碰任何接触我额头、眼睛、嘴唇或脸的东西。愿圣子答应,我永远不要你效劳。"

于是,这姑娘穿上并系紧衣服后,上了马背。"骑士,"姑娘说,"现在去你想去的任何地方,我会跟着你走每一条路,直到看见你因为我而遭受耻辱。要是上帝愿意,那就会是今天。"

高文爵士仍沉默不语,不回答姑娘一个字。他满脸羞愧地上了马,两人一起出发。高文低着头,骑马返回那棵栎树。方才,他将那位姑娘和那位急需医生医治伤口的骑士留在那里。高文爵士特别擅长医治伤口。他在一排树篱里发现了一株能给伤口止痛的草药。于是,他骑去采了这株草药。采好草药后,他继续骑行,回到那位满脸忧愁的姑娘身前。姑娘一见高文,就对他说:"亲爱的先生,我想这骑士已经死了,因为他什么也听不见,也没有回应。"

高文爵士下了马,发现骑士的脉搏很强,脸颊和嘴唇还没有完全冰冷。"夫人,毫无疑问,这骑士还活着,"高文说道,"因为他脉搏很强,呼吸顺畅,他的伤口并不致命。我给他采了一株草药,我想这对他有用。这草药只要一碰到他,就能缓解伤痛。医治伤口,没有比这更好的草药了。书上说,这种草药药效神奇,要是有一棵树受了感染但还没完全枯死,把这种草药放到树皮上,这棵树就会重现生机,枝繁叶茂、鲜花盛开。姑娘,要是把这株草药敷到骑士的伤口上,再用一根绷带系紧,你的心上人就不会有性命危险。但做一条牢固的绷带,需要一条非常好的头巾。"

"我这就把我头上的这条给你,"姑娘毫不迟疑地说,"我身边没有别的头巾了。"

姑娘从头上取下洁白精美的头巾。高文爵士剪开头巾,他不得不这么做。接着,他用手中的草药敷了骑士的每一处伤口,姑娘竭尽所能地帮助高文。高文爵士纹丝不动,直到那位骑士叹了一口气后开始说话。"愿上帝赏赐那让我重新说话的人,"他说,"因为我害怕还没忏悔就得死去。魔鬼们已经成群结队地过来,追捕我的灵魂。我想在身体下葬前先忏悔。我知道附近有一位牧师;要是我有个坐骑,我想去他那儿忏悔罪过,领受圣餐。要是我忏悔过了,并领受了圣餐,我就再不怕死了。现在帮我一个忙,如果不嫌麻烦。给我那个侍从的老马吧,这马正一路小跑过来。"

高文听后,扭头看见骑来了一位丑陋的侍从。这侍从何等模样呢?且听我道来。他有一头蓬松的红发,毛发坚硬直立,就像豪猪的鬃毛;眉毛也是这般模样;这些毛发遮住了脸颊、鼻子,连着鬈曲的长须;嘴巴是一大道裂缝,宽大的胡须分成两撇,再往回卷;脖子短小,胸膛前凸。高文爵士迫不及待去见这位侍从,询问能否用他的老马。但他先向这位骑士致敬。"上帝保佑,先生,我不知这位侍从是谁,但要是我右手边有马的话,我宁愿给你七匹战马也不愿把他的马给你,无论他是何方人士。"

"先生,"那骑士说,"要知道只要有机会,他就一心只想害你。"

高文爵士去见这位正在朝这边过来的侍从,问他要去何方。这位出身贫贱的侍从对高文说:"奴仆,我从哪儿来又到哪儿去,关你什么事?不管我走哪条路,都愿你惨遭厄运!"

高文爵士立即予以恰当回击:他用手掌击打侍从。高文的手戴着盔甲,出手又急,于是把侍从打下了马鞍。侍从想爬起来,摇摇晃晃,又倒了下去,昏倒了近十次。终于站起身后,他大吼:"奴仆,你打了我!"

"没错,我确实打了你,但没怎么伤到你,"高文答道,"不过,上帝作证,我后悔打了你,但你说话极度愚蠢。"

"现在,我一定要告诉你,你会为此付出代价,"侍从说,"你会失去打我的那只手臂,因为你打我的行为绝不会得到饶恕。"

这时,那个很虚弱的骑士对高文爵士说:"别管那侍从了,亲爱的先生。他绝不会对你说一句好话。别管他就对了。把他的老马给我吧。然后,带上我身边的这位姑娘,替她系好马的肚带,扶她上马,因为我不想再待在这儿了。要是可以,我想骑着这匹老马,找个能忏悔的地方。我想一口气做好忏悔,领用圣餐,接受最后的抹油礼。"

高文爵士立即牵来那匹老马,把它交给骑士。现在,这骑士恢复了视力。骑士看了一眼高文爵士,第一次认出了来者的身份。高文爵士牵着姑娘,像一位彬彬有礼的高贵骑士,帮她跨上了挪威小马。高文正帮助姑娘时,那骑士牵来高文的马,骑了上去,让这马四面奔腾。眼见这骑士在整座山上飞奔,高文爵士惊异地大笑。他边笑边对骑士说:"骑士先生,听我说,你这样很傻。下来吧，把马还给我。你很容易伤到自己，让伤口重新撕裂。"

"高文，安静点！"骑士答道，"你骑那老马就对了，因为你已经没有马了。你的马是我的了，我要当作自己的马，把它骑走。"

"等下！我来这儿是为了你好，你却对我做这等恶事？别把我的马骑走。那是背叛。"

"高文，无论我会遭遇什么，现在我都想用双手把你的心从肚子里掏出来。"

"这让我想起那句老话'帮了别人，害死自己'，"高文答道，"但我想知道你为什么抢我的马，为什么要掏我的心。我从未想害你，也从没害过你。我不相信该受到这般对待。就我所知，我从没见过你。"

"不，你见过我，高文。你在那个你羞辱我的地方见过我。你不记得你曾折磨过一个人，把他的手捆在背后，逼着他同猎狗们同吃同喝一个月吗？？要知道你做得很愚蠢。现在，你要为此忍受耻辱了。"

"那么你是那个格雷奥雷阿斯，拐走了那位姑娘，尽情享乐的人？但你很清楚，在亚瑟王的国土上，姑娘们受人保护。国王赐给她们护卫，保护她们。我不认为也不相信你为此记恨或谋害我，因为我是遵照真正的正义这么做的，国王的整片国土都奉行这真正的正义。"

"高文，你用正义对付我，我记得很清楚。那么现在你必须忍受我要带给你的磨难。我要带走格林格雷特，眼下我没法进一步复仇。必须换你骑那匹从侍从那抢来的老马，没有其他东西和你交换。"

接着，格雷奥雷阿斯离开了高文，追赶他那正飞奔而去的心上人，全速跟着那姑娘。那可恶的姑娘大笑，对高文爵士说："奴仆，奴仆，你要怎么办？现在，确实可以这么说你，邪恶的傻瓜还没死。上帝保佑我，我很清楚，我注定要跟着你。你无论走到哪里，我都会高高兴兴地跟着你。但愿你从侍从那抢来的老马是头母马！要知道，那会让我高兴，因为你会更觉得耻辱！"

高文爵士立即跨上这匹小跑的老马，他知道自己别无选择。这头老马形态丑陋，细脖子大头，大耳朵耷拉着。年老的所有缺点都显而易见：下嘴唇垂着，距上嘴唇有两指远，眼睛浑浊，视力不佳，马蹄上尽是伤口，僵硬的侧腹被马刺划成了碎片。身子又长又细，臀部精瘦，脊柱很长。缰绳和马勒的带子极细；破旧的马鞍没有遮盖。高文发现，马镫又长又不结实，他都不敢放上双脚。

"哦，现在，事态确实发展得不错！"这无礼的姑娘叫嚷道，"现在，我会高高兴兴地跟你去你想去的任何地方。现在，我确实应该高高兴兴地跟你走一周、两周、三周或一个月。现在，你装备齐全了。现在，你骑着一匹精良的战马。现在，你看起来像一名护卫少女的骑士了。从现在开始，我要欢欢喜喜地见你倒霉。刺刺你的老马，试一下。别害怕，这马强健敏捷。我要如约跟着你，绝不离开你，直到耻辱降临到你头上，它当然毫无疑问会降临。"

"亲爱的朋友，"高文对姑娘说，"随你怎么说，但哪怕十几岁的姑娘都不该这么毒舌。她应该彬彬有礼，教养良好，举止得当。"

"我不喜欢听你教训，厄运骑士。骑上马，闭上嘴吧，你现在享有的这等舒适，正是我想看到的。"

于是，他们一直骑到夜晚，两人都沉默不语。高文在前，姑娘在后。高文不知该怎么对付他的驮马，他竭尽全力，也不能让这马小跑或飞奔。无论他喜欢与否，这马慢慢地走。要是他用马刺刺它，它就小跑起来，跑得令人无比厌恶，它的内脏摇晃不止，让高文忍无可忍，宁愿慢走。高文就这样骑着这驮马，穿过一片片荒芜的森林，直到抵达一片沿河的平地。这条河幽深宽阔，连投石器或弹弓都不能将石头掷到对岸。河面比一石弓的射程还要宽广。对岸矗立着一座地势险要的城堡，固若金汤，无比宏伟。我无意在此撒谎。城堡立在悬崖之上，无比壮观，没有人曾见过如此壮观的堡垒。一块天然的巨石上，安稳地坐落着一座宫殿。宫殿上至少开着五百扇黑灰色玛瑙制成的窗户。其中一百扇窗户内，有夫人和姑娘在观赏鲜花盛开的草地和花园。不少姑娘身着锦缎，大多数姑娘穿着各色绸裙，裙上都有金子做的浮花织锦。姑娘们就这样站在窗边。从外面能见到她们美丽的身段，从腰身到金发都一览无遗。

陪伴高文爵士的姑娘是世上最邪恶的人。她直接向河骑去，接着勒住马，跨下了她的小花马。岸上有一艘船锁在一个石块上。船内有一支桨，石头上有锁船的钥匙。这个内心邪恶的姑娘爬上船，她的小马也跟上了船。她这是很多回这样了。

"奴仆，"姑娘说，"下马跟我进船吧。带上你那比母鸡还要瘦的驮马。解开船锚。除非你能迅速过河，或快速逃跑，否则就要遭遇不幸。"

"等等,姑娘。为什么?"

"我看到了而你没看到吗?"姑娘问,"要是你看见了,骑士,你会撒腿就跑。"

高文爵士立即转过头,只见一位全副武装的骑士正骑马穿过平原。"要是你愿意,现在告诉我,是谁骑着我的马?"高文问那姑娘,"就在今天早上,我治好伤的那个背信弃义的人抢走了我的马。"

"凭圣马丁起誓,我会告诉你的,"姑娘高兴地说,"但你要清楚,要是我认为这对你有利,我是绝不会告诉你的。但既然我确信他来这儿是要让你不幸,我就不会对你隐瞒。他是格雷奥雷阿斯的外甥,格雷奥雷阿斯派他跟着你。既然你问我了,我就告诉你原因。他的叔叔命令他追杀你,献上你的首级。所以,我建议你下马,除非你想在这里等死。快上船逃走吧。"

"姑娘,我肯定不会因为他逃跑的,我要等着他。"

"我肯定不会再劝你了,我会保持沉默,"姑娘说,"你会在窗前这些美丽姑娘面前,展现冲锋和刺杀的武艺。因为你来了,她们才高兴现在站在那个位置;因为你来了,她们才来到这里。她们一见你跌倒,定会满心欢喜。现在,你看起来像一位要不惜任何代价去和别人比武的骑士了。"

"姑娘,我绝不会溜走。我会迎战他。要是我夺回了马,我会很高兴。"

高文立即掉转马头,朝平地骑去,迎向飞驰穿过沙滩的那人。高文爵士等着那人,在脚蹬上使劲绷紧身子,以致撑破了左脚蹬,只好把右脚蹬也丢了。他就这样等着那骑士,因为这驮马纹丝不动,踢马刺也挪它不动。"上帝啊,"高文喊道,"一个骑士即将比武,却发现自己上了一匹老马,这多糟糕啊!"

这时,另外那名骑士策马飞奔而来,马步伐稳健。那骑士用长矛重击高文,以致长矛向后弯曲,悉数碎裂,留下了矛头陷在盾牌里。高文爵士直击那骑士的盾牌上方,奋力冲向那骑士,长矛同时击穿了盾牌和锁子甲,那骑士被掀倒在沙滩上。高文爵士伸手牵住自己的马,一跃上马。他觉得这场冒险是那么大快人心,他的心欢喜异常。一生中,他还从未如此欢乐。

高文爵士回头去找和他一起来的姑娘,却发现那姑娘和船都不见踪影。他倍感失望,自己就这样丢了姑娘,也不知姑娘遭遇了什么。

正想着姑娘时,他看见一个船夫划着船,从城堡所在的对岸过来。船夫上岸后说："先生，我给你带来那边姑娘们的问候。她们请你不要夺走我的合法财物。请屈尊把它交给我。"

"上帝保佑姑娘们和你，"高文答道，"你不会因为我而失去应该属于你的东西。我无意伤害你。但你在问我要什么财物？"

"先生，你在这个路口打败了一名骑士。他的战马应当属于我。除非你想害我，不然你就该把战马给我。"

"朋友，"高文答道，"要我失去这马就太令我痛苦了，因为我将被迫步行。"

"等等，骑士。如果你不归还我，你看见的那些姑娘们现在认为你最不忠诚，你的行为最是邪恶。在这个码头，没有骑士被翻下马后，而我听到消息，却不能得到他的马，这种事情还从未发生，也从未有人说起。要是我得不到马，那我一定要带走这名骑士。"

"朋友，"高文爵士对他说，"没问题，把这骑士带走吧。"

"我发誓，他还没有彻底残废。"船夫说，"我想，要是你敢等他的话，你要费很大力气才能拿下他。但要是你有这番勇气，你就去把他拿下，把他带给我。那样，你的债就还清了。"

"朋友，要是我下马了，我能把马放心地托付给你吗？"

"当然了，"他说，"我会忠诚地为你照看马，高高兴兴地把它还给你。只要我活着，我绝不会用任何方式伤害你。我向你保证。"

"那么我相信你的承诺和誓言，"高文答道。

高文立即下马，把马交给了船夫。船夫说他会信守诺言，照看好马，于是便牵走了马。高文拔出剑，走向那个人。那人已经伤得够重了，因为他身体一侧的伤口已经失血太多。高文爵士靠近那人。"先生，"那骑士害怕地说，"不瞒你说，我伤势惨重，不能再受折磨了。我已经失去了太多血，所以我向你求饶。"

"那么起来吧！"高文答道。

那骑士费了很大力气站了起来。高文爵士把他交给船夫，船夫感激不尽。高文爵士请船夫告诉他，是否认识一位他带过来的姑娘，是否知道这姑娘的行踪。

"先生，别惦记那姑娘和她的行踪了，"船夫答道，"她不是什么姑娘，她比撒旦还邪恶,因为她让好多骑士在这个岸上掉了脑袋。要是你听我的建议,你现在就住到我家里去。待在河的这边对你不利,因为这是蛮荒之地,险象环生。"

"朋友,既然你这么建议,我愿意采纳你的建议,无论我会遭遇什么。"

高文听从了船夫的建议,他的马跟着他上了船,划向了对岸。船夫的房子坐落在河边,这房子无比舒适,富丽堂皇,连伯爵都会在那下船。船夫把他的客人和囚犯带进房子,让他们尽情享用一切。晚餐时,高文爵士品尝了所有招待尊贵客人的美食:珩、野鸡、山鹑、鹿肉,还有浓烈而清澈的美酒——既有新酒也有陈酒,既有白葡萄酒也有红葡萄酒。船夫高高兴兴地招待着他的客人和囚犯。

晚餐结束了。饭桌被撤走了,他们洗净双手。当晚,高文爵士愉快地接受了船夫的安排,一切都令他满心欢喜。他的主人和房子都合他心意。第二天,天一亮他就下了床,这是他久有的习惯。船夫由于喜爱高文,也下了床。两人倚靠在一座塔楼的窗边。高文爵士凝视着外面,风景美不胜收,他望着森林、平原和悬崖上的城堡。

"主人,"高文说,"要是你不介意的话,我想问问,谁拥有这片土地和上面那座城堡?"

"先生,我不知道,"主人立即答道。

"你不知道?这太奇怪了,因为你告诉过我,你是那城堡的军士,这个职位给你带来大笔财富。但你却不知道谁是主人?"

"我向你保证,我不知道,也从没听说过,"船夫说。

"亲爱的主人,那么告诉我谁在守卫这座城堡。"

"先生,城堡防卫森严。有五百张弓和石弓随时准备发射。要是城堡受袭,守卫们会无休止地射箭,因为他们的设防格外巧妙。那边的情况我只能告诉你这么多。那里有一位女王,她是一位高贵聪明的夫人,地位显赫,来自一个最有声望的家族。她带着所有金银财宝来这里居住。正像你在这儿能看见的,她建造了这座坚固的宅邸。她还带来了另一位女子,她很爱这位女子,称她女王和女儿。那位女子也有一位女儿,这女儿没有让这个家丢脸;我不信天下还有比她更美丽、更有教养的女子。"

"这座宫殿有魔法护卫,要是你希望我告诉你的话,你很快就会知道。女王带来了一位精通星天文的教士。这位教士在精美的宫殿里设下魔法,这等魔法你闻所未闻。没有一个骑士能在这里活过一个时辰,只要他是个懦夫,或有一丝诽谤或贪婪的恶行。没有一个懦夫或背信弃义者能在那里幸存,违背诺言或发假誓的人也不能。这些人在那里很快死去,他们没法幸存,不能活命。"

"但城堡汇集了从很多国家来的侍从,帮助城堡里的那些人习武。总共有五百名侍从,有些蓄着胡子,有些没有胡子。一百人没有胡子或八字须;一百人刚开始长胡子;一百人每周修剪一次胡子;一百人的头发比羊毛还要洁白;一百人的头发正要变得花白。"

"那里还有一些年长女子,她们失去了丈夫或领主。丈夫死后,她们被不公正地剥夺了土地和荣誉。孤女们也和两位女王待在一起,两位女王对她们无比尊敬。这些人在城堡进进出出,他们在期待一件永远不可能发生的事,这就是他们的愚蠢。他们在等待一名骑士来帮助他们,赐给姑娘们夫君,让夫人们重获土地,给少年们册封骑士。"

"找到这样的宫殿骑士前,海水都会结冰,因为这骑士必须绝对聪慧慷慨、高贵英俊、忠诚勇敢、毫无邪念,也无一丝贪婪。这骑士要是来了,他就会成为宫殿的主人:他会让夫人们重获土地,让许多战争和平收场;他能让姑娘们出嫁,给少年们封为骑士;他会立即为这座宫殿解除魔法。"

这些消息让高文爵士十分高兴。"主人,"他说道,"我们下去吧。立即把我的武器和马给我。我不想再待在这里了。我要上路了。"

"去哪里,先生?上帝保佑你,今天留下吧,明天也别走,再多待些时日。"

"主人,现在不是时候。愿你家好运。上帝保佑我,我要去看看夫人们在做什么,这些魔法又是什么。"

"先生,别说了!上帝不会让你这么愚蠢。听我的建议,待在这里吧。"

"主人,"高文说,"你把我当作一个背信弃义的懦夫了。要是我听从这等建议,愿上帝彻底抛弃我。"

"我发誓,先生,我不会再说了,因为说再多也是白费口舌。既然你这么想去,那就去吧。我感到非常不安,但又必须把你带去那里,因为要知道,没有别的向导能像我对你这么有用。但我要请你帮一个忙。"

"什么忙,主人? 我想知道。"

"你答应我了,我才告诉你。"

"亲爱的主人,我一定答应,只要这不让我蒙羞。"

接着,高文让人从马厩牵出他的战马,这战马已经套好挽具,准备出发。高文又让人取来武器。而后,高文披上盔甲,上马出发。船夫准备骑上他的小马,他愿意信守诺言,把高文带到那个他自己不愿去的地方。他们一路骑到宫殿前的台阶下。在那里他们遇见了一个独腿人,这人独自坐在一丛灯芯草上。他的假腿用纯银或镀银做成,上面镶着金子和宝石。这独腿人的手没有闲着,而是握着一把小刀,在刻一根白蜡木棍子。独腿人没有对经过他面前的人说一句话,他们也没有招呼这独腿人。

船夫把高文爵士拉到一边,对他说:"先生,你怎么看这个独腿人?"

"我发誓,他的假腿不是用云杉木做的,"高文爵士说,"我觉得那假腿非常漂亮。"

"看在上帝的份上,这个独腿人很富有;他财源滚滚,"船夫说,"要不是我在这给你带路,你会听见让你很不开心的消息。"

两人继续前行,一直抵达宫殿高耸的入口。大门华丽而又壮观,像书里说的那样,所有铰链和门闩都用纯金制成。一扇门用的是雕刻精美的象牙,另一扇门用的是同样雕刻精美的黑檀木,每扇门上的金子和宝石都闪闪发亮。宫殿的石头地面是一幅精心制作并打磨的镶嵌图案,上面色彩纷呈,有绿色、深红色、靛蓝色和蓝绿色。

宫殿的中央有一张床,床上见不到任何木头,每个部分都用金子做成,唯有床绳用银子做成。关于这张床,我没有胡诌。每个绳结上都挂着一个小铃铛,床上铺着锦缎铺盖。每根床柱上都镶着一颗红宝石。它们璀璨夺目,比四根燃烧的蜡烛还要闪亮。这张床安在四头鼓着腮帮子的畸形狗身上,这四条狗又安在四个轮子上。这些轮子灵活机动,只要用一根手指轻推床的任何部位,这张床就能从房间的一头滚向另一头。这张床就是这般模样,说实话,没有一位伯爵或国王有过或会有这样的床。这张床放在宫殿的正中央。

宫殿——希望人们能相信我——没有一处用白垩制成:墙是大理石做

的,墙上的窗户是那么清澈透亮,只要穿过大门,任何人透过玻璃都能看见所有进入宫殿的人。窗上涂饰着世上最鲜艳、最精美的色彩。眼下,我无意详述并描绘一切事物。

宫殿里至少有四百扇紧闭的窗户和一百扇敞开的窗户。高文爵士在宫殿里四处走动,好奇地注视着一切。参观完后,高文唤来船夫。"亲爱的主人,"他说,"我看不出这宫殿有什么东西让人不敢进入。现在你说说,你竭力警告我别来这儿看宫殿是什么意思。我想坐在这床上休息一会儿,我从没见过这么华丽的床。"

"哦,亲爱的先生,愿上帝保佑你别走近那张床。要是你碰到它了,你会死得比任何一位骑士都要悲惨。"

"主人,那我该怎么做呢?"

"该怎么做,先生?既然我看你想活命,让我告诉你。你在我家就要来这里时,我请你帮一个忙,虽然你不知道是什么忙。现在,我要请你帮那个忙。回到你自己的家乡,告诉你的朋友和同胞,你见到了你和别人听说过的最华丽的宫殿。"

"我会说,那样上帝会憎恨我,而我把脸丢尽了。不过,主人,我看你这么说是为我好。但无论如何,我都不会放弃我的决心,我要坐到床上,见见那些昨晚倚在这些窗户上的姑娘们。"

主人退后了一步,想更好地表达他的意思。"你说的姑娘们你一个也见不到,"他答道,"回去吧,怎么来就怎么回去,因为你无论如何都见不到她们。上帝保佑,但另一侧房间里的姑娘们、夫人们和王后们正透过玻璃窗户注视着你。"

"我发誓,"高文说,"要是我见不到姑娘们,那我至少要坐到这床上。我不信会有这么一张床,除非有个贵人靠在上面歇息。凭我的灵魂起誓,无论我会遭遇什么,我都一定要坐到床上。"

船夫眼见阻拦不了高文,便不再多言。但他不想待在宫殿,眼看着高文坐到床上。于是,船夫告辞,对高文说:"先生,我为你的死焦虑不安。从没有骑士坐到这床上却不因此丧命,因为这是神奇之床。没有人能在上面睡觉或打盹、休息或坐过后仍安然无恙。真是太可惜了,你要把你的脑袋抵押在这里,却不可能把它赎回。既然我用情用理都无法让你离开这里,愿上帝可怜你的灵魂。"

船夫立即离开了宫殿。高文爵士坐到床上,仍旧像刚才一样全副武装,脖子上挂着盾牌。他坐下时,床绳叮当直响,所有的小铃铛都响了。整座宫殿发出阵阵回响。所有的窗户都打开了,奇迹出现了,魔法现身了。一支支箭从窗外飞进来;我不知有多少支箭射中了高文爵士的盾牌,他也不知是谁在射这些箭。这便是魔法,没有人能看见箭从哪里来,也没有人能看见射箭的弓箭手。你可以想象,弓和石弩发射时发出了巨大的声响。此刻就算给高文爵士再多钱他也不愿待在那儿。

但很快,窗户就自己关上了。高文爵士拔出了一根根击中盾牌的弩箭,他身体的多个地方受伤,鲜血喷涌而出。他还没来得及拔出所有弩箭,又一轮考验来临了:一个农夫用一根木桩撞开了门,一头神奇的狮子从门口跳了进来。这狮子凶猛无比,饥肠辘辘,它野蛮又凶残地袭击高文爵士。它把所有爪子扎入高文的盾牌,仿佛这盾牌就是一块软蜡,然后击倒了高文,逼得他跪倒在地。高文立即跃起,抽出宝剑猛击狮子,一举割下狮子的头和两只爪子。这时,高文爵士满意了,因为这两只爪子的爪尖还挂在他的盾牌上,一只挂在外面,另一只可以从盾牌内侧看见。

杀掉狮子后,高文又坐到床上。他的主人喜形于色地回到了宫殿,只见高文正坐在床上。"先生,"他说道,"你不用再害怕了,我向你保证。卸掉你的所有装备吧。你的到来永远解除了这座宫殿的魔法。老老少少将发自内心地崇敬你、效劳你。赞美上帝!"

就在这时,一大群侍从来了,各个身着束腰外衣,十分得体。他们双膝跪下,齐声说道:"尊敬的先生,我们愿意为您效劳,您是我们等了很久的人。您姗姗来迟,这种等待对我们来说无比漫长。"其中一位侍从立即帮高文卸下武器,另一些人把他的马关进宫殿外的马厩。高文正卸下武器时,来了一位美丽标致的姑娘,头戴一顶金色的王冠,她的头发像金子一般闪亮,或许比金子还要闪亮。她脸颊白皙,大自然赋予的深色红晕让脸颊光彩照人。这姑娘漂亮极了,身材匀称,高挑苗条。她身后来了更多美丽迷人的姑娘。一位侍从独自走来,脖子上披着一件披风、一件无袖上衣和一件短外套。披风的内衬是貂皮和黑如桑葚的紫貂皮，布料本身是一种昂贵的猩红色羊毛。这些走过来的姑娘们令高文爵士惊叹不已。他不禁一跃而起，迎接她们。"欢迎你们，姑娘们！"高文喊道。

第一位姑娘向高文鞠躬。"尊贵的先生，"姑娘说，"我的夫人女王陛下向您问好，她命令我们把您当作这里真正的领主来服侍您。我带头许诺，我会为您效劳。来这儿的所有姑娘们都视您为领主，她们期待您很久了。她们很高兴见到您，您是所有可敬的人中最出类拔萃的人。我没有什么别的要说了。我只想说，我们都准备为您效劳。"

所有人都立即向高文鞠躬，双膝跪下，发誓要尊敬并服侍高文。高文立刻让她们起身坐下。见到她们，高文十分欣喜，这部分是由于她们无比美丽，但更多是因为她们让他成为她们的国王和领主。上帝赐予他的这份荣耀，令他感到前所未有的欢乐。

接着，最先进来的姑娘上前一步，向高文爵士致敬。"我的夫人在见您前，先给您送来了这件长袍，请您穿上，"她说，"她十分英明，相信您肯定经受了太多的劳苦和艰辛。请穿上这件长袍，看看是否合身。身体发热后，明智的人会御寒，因为很多人受凝血之苦。所以，女王陛下带给您一件貂皮披风，那样寒气就伤不到您。因为正像水会凝结成冰，人的身体先发热后颤抖时，血液也会凝结变硬。"

高文爵士以世上最彬彬有礼的骑士风范回答："愿至善之主保佑我的夫人女王陛下，也愿他保佑你，因为你的话是那么有礼得体。我相信，夫人智慧过人，因为她的信使们是那么彬彬有礼。她很清楚一名骑士最需要什么，必须有什么，承蒙她的恩泽，让我穿上一件长袍。替我谢谢她。"

"我发誓，先生，我很乐意！"姑娘说，"现在您可以穿上长袍，然后透过这些窗户看看这片土地。要是您乐意的话，在我回来前，您可以登上那座高塔，遥望森林、平原和河流。"

姑娘随即离开了。高文爵士穿上了这件无比华美的长袍，用挂在领口的扣钩系紧了脖子。接着，他急着去探寻高塔。他和主人一同前往，两人登上了圆拱形宫殿边的一座旋转楼梯。抵达塔顶后，他们观赏着周围的土地，风景美得无法形容。高文爵士注视着河流、平川和生物繁多的森林。高文看着主人，说:"看在上帝的份上,主人,我很乐意待在这里,然后去我们面前的森林里打猎。"

"先生,别提这个!"船夫说道,"因为我常听人说起,任何被上帝尊奉为这里的领主、主人和保护者的人,都永远不能离开这所房子。不管对错,这是定好的规矩。所以,你不该提打猎或射击,因为这是你的住所。你永远不能离开这里。"

"主人,安静点!"高文答道,"要是你再说下去,你会把我逼疯了。上帝保佑我,要是我不能随意离开,我在这儿七天也待不住,那就如同几十个七天。"

高文随即离开高塔,回到宫殿大厅。他内心愤懑,思绪万千,脸上愁云密布。他就这样坐到床上,直到先前来过的姑娘返回。高文虽然十分不悦,但一见到姑娘,就起身致意。姑娘注意到高文的脸色变了,她从高文的外表发现,有什么事激怒了他,但姑娘不敢声张。"先生,您愿意的时候,我的夫人会来见您,"姑娘说,"饭已经准备好了。要是您愿意的话,您可以用餐,可以在这儿也可以去上面用餐。"

"亲爱的夫人,"高文爵士答道,"我不想吃东西。要是我还没打听到我迫切想知道的让我欢心的消息,我就用餐或尽情享乐,愿厄运降临到我头上。"

姑娘听了忧伤不已,立即回去了。女王把她唤来,向她询问消息。"亲爱的姑娘,"女王说,"你看那位上帝赐给我们的好领主,现在是什么心情?"

"哦,尊贵的女王,这位高贵又出身名门的骑士让我伤心难过极了。听到的都是气话。我没法告诉你这是为什么,因为他没有告诉我,我也不知道,也不敢问他。但就这位骑士,我可以肯定地告诉你,今天我第一次见到他时,他是那么彬彬有礼,他的谈吐是那么令人愉悦,他非常有教养,让人永远听不厌他说话,永远看不厌他英俊的脸庞。现在,他突然性情大变。我相信,他恨不得死了,因为没有一样东西不让他心烦。"

"我年轻的姑娘,现在别担心,因为只要见到我,他就会平复心情。无论他有多大怒火,我都能让怒火消散,转怒为喜。"

接着,女王就来到了宫殿大厅,和她一起来的还有另一位女王,这位女王很乐意一同前往。有一百五十位姑娘随行,还有至少同等数量的侍从。高文爵士一见这女王牵着另一位女王的手进来,便心里猜测这就是他听人说起的女王。但他很容易从女王的模样判断,因为她白色的长发一直散到臀部,带有花纹的白绸裙上精美地绣着金线。高文爵士一见到她,就立即上前迎接。高文向女王致意,女王也回敬了高文。

"先生,我仅次于你,是这座宫殿的女主人,"她对高文说,"我请你做领主,因为你最配得上这个头衔。但你是不是亚瑟王的家人?"

"没错,夫人。"

"那么,我想知道,你是不是那些功勋卓著的守望骑士中的一员?"

"我不是的,夫人。"

"我相信你。告诉我,你是不是世上最优秀的圆桌骑士中的一员?"

"夫人,"高文说,"我不敢说我是最受人尊敬的骑士之一。我不认为自己是最优秀的骑士之一,也不认为自己是最糟糕的骑士之一。"

"亲爱的先生,"女王答道,"我听你谈吐彬彬有礼,既不争最优秀骑士的荣耀,也不把自己贬为最差的骑士。但现在和我说说洛特王。他的妻子给他生了几个儿子?"

"四个儿子,夫人。"

"现在告诉我他们的名字。"

"夫人,长子叫高文。次子叫骄傲的硬手阿雷格威。加埃里耶和盖雷埃特分别是最后两个儿子的名字。"

女王又对他说:"先生,上帝保佑,我想这正是他们的名字。上帝啊,但愿他们能和我们都在这里!现在告诉我,你认识尤里安王吗?"

"我认识,夫人。"

"他在王宫里没有儿子吗?"

"不,夫人,他有两个声名远播的儿子。一个叫乌文英骑士,彬彬有礼,很有教养。要是我在早上见到他,我一整天都会更愉快。我发现他是那么智慧过人,那么谦恭有礼。另一个儿子也叫乌文英,他不是前一个乌文英骑士的同父同母兄弟,所以他叫私生子。这个乌文英能在比武中打败所有骑士。这两人都在王宫,都极为聪慧、有礼,也无比勇敢。"

"亲爱的先生,"女王说,"亚瑟王现在怎么样了?"

"他比以前还要好,他更健康、更快乐,也更健壮。"

"我发誓,你说得不错,"女王说,"因为亚瑟王是个孩子。他一百岁了,他当然也只不过一百岁,不可能超过一百岁。要是你不介意,我还要你告诉我一件事:王后怎么样了?"

"夫人,说真的,王后是那么聪慧、那么谦恭、那么美丽,没法用上帝创造的任何语言或宗教来形容这么聪慧的夫人。自从上帝用亚当的肋骨做了第一个女人,就从未有女子有如此声望,而她理应如此,因为正如聪慧的老师教导年幼的孩子,我的夫人王后陛下也这样教导整个世界。一切美德都源自她,因为她是起源,并引领美德。没有人见到我夫人后会闷闷不乐,因为她深谙每个人的优点,知道该怎么做来让那个人高兴。没有夫人的教诲,无人能有辉煌壮举,也没有人见到夫人后还愁眉苦脸。"

"你见到我后也不会这样,先生。"

"夫人,我相信你,"高文说,"我见到你之前,对自己做的事毫不在意,我是那么忧愁、那么沮丧。现在,我是那么快乐、那么喜悦,已经到无以复加。"

"先生,凭赐予我生命的上帝起誓,"披着白色长发的女王说,"你的快乐还会加倍。你的喜悦会一直增多,绝不会消失。既然你是那么快乐、那么喜悦,晚餐已经准备好了,你可以在你喜欢的任何时间和地点用餐。要是你乐意的话,你可以在这里用餐。或者要是你喜欢的话,你也可以来楼下我的房间用餐。"

"夫人,我不想用任何房间来换这间大厅,因为我听说,还从未有骑士在这里坐下或用餐。"

"是的,先生,离开这里的人没有人能活过一个小时甚至半个小时。"

"夫人,那么我要在这里用餐,要是你允许的话。"

"先生,我很乐意。你会是第一个在这里用餐的骑士。"

女王随即离开了,留下了一百五十名最美丽的姑娘。她们在高文身边用餐,细心照料着他。有超过一百位侍从在服侍,一些侍从的头发已经灰白,一些侍从头发还未发白,还有一些人满头白发,另有一些侍从没有胡子或八字须。两位侍从跪在高文跟前,一位切肉,一位斟酒。

高文爵士让他的主人在身边用餐。这顿晚餐用时不短,而是比三一节中的一天还要漫长,因为这是一个漆黑的夜晚。晚餐结束前,烧尽了很多根粗大的火把。用完晚餐后，人们欢庆有了这位他们珍爱的领主，直到筋疲力尽。随后，人们上床入睡。

高文爵士想睡觉时，躺在这神奇之床上。一位姑娘在他的耳朵下放了一个枕头，让他枕着睡觉。翌日清晨，高文醒来时，一件貂皮锦缎长袍已经为他备好。早上，船夫来到床前，帮他起床、更衣、洗手。他起床时，克拉丽莎特到了，就是那位聪慧可敬、美丽迷人且谈吐优雅的姑娘。接着，她走进房间，跪在女王跟前。女王搂着克拉丽莎特，问她："小姑娘，看在你对我的忠心的份上，你的领主起来了吗？"

"是的，夫人，起来有一会了。"

"那么他在哪里，我亲爱的小女孩？"

"夫人，他去塔上了。我不知道他有没有下来。"

"小女孩，我要去见他。要是上帝愿意的话，他今天将只有快乐、愉悦和好事。"

女王接着站了起来，急着要去见高文。终于，她在高高的塔楼窗前看到了高文，他正注视着一位姑娘和一名武装骑士沿着草坪骑行。

两位女王从另一个方向并排来到了高文倚窗眺望的地方。她们发现，高文和他的主人分别站在两扇窗前。"先生，愿你起床后愉快。"两位女王说，"愿你今天快乐又喜悦。愿让他的女儿成为母亲的荣耀父亲赐予这一切！"

"愿把他的儿子送到世间尊奉基督教的他赐给你极大的欢乐，夫人。但要是你愿意的话，请你来这扇窗边，告诉我来这儿的这位姑娘会是谁。一名扛着四分盾的骑士正陪着她。"

"我很乐意告诉你，"女王望着他说，"这是昨天晚上带你来的姑娘。愿邪火烧死她！但不要担心她，因为她太邪恶、太卑鄙。而且，我求你别理会她带来的这名骑士，因为他无疑是天下最勇敢的骑士。与他比武并非玩笑，因为在这个上岸口，我已经看着他击败并杀死了很多骑士。"

"夫人，"高文说，"要是你准许我离开的话，我想去和那姑娘说话。"

"上帝啊，先生，我不许你离开去做会伤到你的事。至于那个讨厌邪恶的姑娘，别管她。要是上帝愿意的话，你绝不能离开宫殿去做这种徒劳之举。除非你要伤害我们，否则你绝不能离开这里。"

"哦,出身高贵的女王,现在你让我忧伤了。要是我不能离开这座城池,我会认为自己遭到了恶报。拜托上帝,别让我这么久在这里为囚。"

"哦,夫人,让他做他想做的所有事情吧,"船夫说,"别违抗他的意愿,不然他会忧郁而死。"

"我准许他离开,"女王说,"但条件是,要是上帝让他免于一死,他今晚必须再回来。"

"夫人,"高文说,"别担心,要是我能回来,我会回来的。但我要恳请你帮一个忙。要是你乐意并不反对的话,八天内请不要问我的名字。"

"先生,既然这是你的心愿,我答应你,"女王说,"因为我不想让你恨我。若不是你不让我问,我最想知道的就是你的名字。"

于是,他们走下塔楼。侍从们跑上前来,给高文递来了武器,让他穿好装备。他们也牵来了高文的马。高文全副武装地上了马,骑到了岸边,船夫一路陪同。他俩上了船,船工们奋力划桨,把他们送到对岸。高文爵士在那儿下了船。

那另一位骑士对那无情的姑娘说:"亲爱的,这位武装骑士正向我们骑来。告诉我,你认识他吗?"

"我不认识他,"姑娘答道,"但我知道,昨天是他把我带到这里来的。"

"那么上帝保佑我,我要找的正是这个人!"那骑士答道,"我真担心他逃走了。任何母亲所生的骑士若是越过了加洛韦边境,只要我碰巧看见他或发现他在我面前,他就别敢在别处吹牛他能从这个地方回去。既然上帝让我看见他,我就要拿住这个人。"

于是,这个骑士不发一句挑战或威胁就向前冲去,他的手穿过盾牌,用马刺刺着马。高文爵士向他冲去,对他重重一击,这骑士的手臂和肋部当下受了重伤。但这伤口并不致命;锁子甲防卫得当,矛头无法穿透盔甲,只有一个指头长度的矛头刺进了身体,使得这骑士掀倒在地。负伤的骑士站了起来,惊恐地看见了自己的鲜血,因为鲜血正沿着他的手臂和肋部流淌。他举剑冲向高文爵士,但很快就筋疲力尽,无法站立。他不得不向高文求饶。高文爵士接受了他的请求,接着把他交给了在等候自己的船夫。

那个邪恶的姑娘下了小马。高文爵士走近她,向她问候。"再上马吧,亲爱的朋友，"高文说，"我不会把你留在这里。我要带你过河，去我必须去的地方。"

"哦，骑士，你现在表现得多么勇猛啊！"姑娘喊道。"要不是我的心上人因为有旧伤，体力不支，你会面临一场恶战。你的吹牛也就到此为止了；你再不能这么絮絮叨叨。你会比被将死的棋手还要沉默。但现在跟我说实话吧。因为你打败了他，你是不是以为自己比他更可敬？你很清楚，弱者常常打败强者。但要是你离开这个岸口，和我骑到那棵树下面，做一件我的心上人——那个你放在船上的人——曾顺着我的心意为我做过的壮举，那我就会证明，你比他更可敬，我也再不会瞧不起你。"

"只要走这么点路的话，姑娘，那我绝不会拒绝你，"高文说。

"愿上帝再不要让我看到你从那里回来，"姑娘说道。

接着，他们上路了，姑娘在前，高文在后。宫殿里的夫人和少女们都拽着头发、撕扯着衣服，齐声喊道："唉，我们真是太可怜了，我们眼睁睁看着这个要成为我们领主的人去面对悲伤和耻辱，我们还活着干什么呢？他右边那位，出身卑鄙的邪恶姑娘要把他带去没有任何骑士能回来的地方。唉，我们这些生逢吉时的人心都碎了，因为上帝给了我们一个完美的人，他拥有勇敢和其他一切美德。"

她们就这样为她们的领主悲叹，注视着他跟着这邪恶的姑娘。这姑娘和高文爵士来到了树下。这时，高文对姑娘喊，"姑娘，"他说，"现在告诉我，我的使命是否已经完成，或者你还要我做更多事。只要我力所能及，我宁可做这些事，也不愿失去你的欢心。"

姑娘接着对高文说："你看见那条河水幽深、河岸无比陡峭的河了吗？我的心上人曾跨过那条河。"

"但我不知道从哪下水。我担心，从这下到河太深了，河岸太险了，没有人能下去。"

"你不敢去那里，我很清楚，"姑娘说，"我当然不指望你敢跨过这条河，因为这是危险之河。若非最出类拔萃的人，任何人在任何情况下，都不敢跨过这条河。"

高文爵士随即牵马下到河岸。他看见了底下幽深的水面和上面陡峭的河岸。但这条河很窄。看见这条河后，高文爵士告诉自己，他的马曾跃过很多更宽的沟渠。他想起，他曾在很多地方听人说起，跨过幽深的危险之河的人能举世闻名。于是，高文从河边退回，疾驰回来准备跃河。但他的马失败了，没有跳好，掉进了河水中央。马游到能四脚站立的地方，接着准备奋力一跳。这马跳得极好，跃到了陡峭的河岸上。抵达河岸后，这马稳稳站住了，动弹不得。

见这马筋疲力尽，高文只得下马。他立即下了马，接着准备取掉马鞍。他撤掉马鞍，把它斜放过来晾干。取掉腹带后，他擦干了马背、两侧和腿上的水珠。接着，他又安上马鞍，跨上马，骑了一段路后，看见一名骑士独自一人在用雀鹰打猎。骑士面前的草坪上有三条猎狗。这骑士无比英俊，没有语言能够形容。高文爵士走近骑士，向他致敬。"亲爱的先生，"高文说，"愿让你比世上任何造物都要俊美的上帝今天赐予你好运。"

骑士立即答道："你是好人。你是英俊的人。要是你不介意的话，请告诉我，你是怎样把那邪恶的姑娘一个人留在那里的。她的同伴去哪里了？"

"先生，"高文说道，"我遇到她时，一名扛着四分盾的骑士正陪着她。"

"那你做了什么？"

"我在武装决斗中打败了他。"

"那骑士怎么样了？"

"那个说他应当拥有这个骑士的船夫把他带走了。"

"他当然说得没错，亲爱的先生。那姑娘曾是我的心上人。但她不答应，从不愿屈尊爱我，或叫我心上人。我从没有享受过她的爱，即便强迫她也没用，因为我爱她是一厢情愿。我从一个曾陪伴她的心上人那里抢走了她。我杀死了那个人，把她带走了，一心一意服侍她。但我的服侍一文不值，因为她尽快找到了离开我的机会，然后让你刚才从她身边带走的骑士做了她的心上人。那个骑士不是个弄臣。不，上帝保佑我，虽然他非常勇敢，但他不敢来这个他认为能找到我的地方。今天你做了一件没有一位骑士敢做的事。因为你敢做这件事，所以你的无所畏惧使你赢得了全世界的荣誉与威望。你需要无穷的勇气才能跨越危险之河。要知道，事实是，没有一位骑士曾走出过这条河。"

"先生，"高文说，"那么那姑娘对我说谎了。她告诉我，还让我相信，她的心上人出于对她的爱,每天会跨越一次危险之河。"

"她这么说吗,那个骗子?哦,但愿她淹死在那里,她真是魔鬼附体,编出这么一套无稽之谈。她恨你,我不否认,这个恶魔——上帝诅咒她!——想让你淹死在这可怕的河里。但现在答应我——你向我发誓,我也向你发誓——要是你想问我任何问题,无论这会让我欢喜或是忧伤,我都绝不隐瞒真相,只要我知道这真相。同样,你也要告诉我,我想知道的任何东西。只要你能告诉我真相,你也绝不能对我说谎。"

两人都许下了这个誓言。高文爵士先开始提问。"先生,"他问道,"我要打听我在那儿见到的一座城市。它的主人是谁,它叫什么名字?"

"朋友,"骑士答道,"我会告诉你那座城市的真相。你看到的那座城市属于我。世上没有人能从我这拿走。我只从上帝手里得到了这座城市。它叫奥尔克勒纳斯。"

"那你的名字是?"

"我叫吉罗梅朗特。"

"先生,你是最英勇无畏的人,我常听人这么说你,你是一片伟大土地的领主。那个臭名远扬的姑娘又叫什么名字,正如你自己也可以证明?"

"我完全可以证明,她很令人畏惧,她是那么邪恶、那么目空一切。"吉罗梅朗特说。"因为这个原因,她被叫做洛格雷斯的傲慢姑娘。罗格纳斯是她出生的地方,她还是个孩子时被人从那里带走。"

"那么成为船夫囚犯的她的心上人,不管他是否愿意,他叫什么名字?"

"朋友,要知道他是一名出类拔萃的骑士。他叫狭路的骄傲骑士。他守卫着加洛韦的边界。"

"那座城堡叫什么名字?它是那么美丽,那么宜人。今天我从那儿过来,昨晚我在那儿用餐。"

一听这话,吉罗梅朗特面露忧伤,准备离开。高文对他喊道:"先生,先生,回答我。别忘了你的誓言!"

吉罗梅朗特停下脚步,转头对高文说:"真见鬼,让我见到你并对你许下誓言!你走吧。我宣布,你不用信守誓言了,你也解除我的誓言。我本想向你打听那儿的消息。但我相信,你很了解这座城市,就像你了解月亮一样。"

"先生,"高文说,"昨晚我待在那儿,睡在了神奇之床上。没有一张床是这般模样,没有人见过能与它媲美的床。"

"先生,"他说道,"你告诉我的消息很令我吃惊。你的谎话很让我开心,因为这就像听一个瞎编故事的人说话。你是个吟游诗人,我很清楚。但我还以为你是个骑士,在那儿大显身手。但现在告诉我,你有没有在那儿有过任何英勇之举。你在那儿看见了什么?"

"先生,"高文爵士答道,"我在床上坐下后,宫殿大厅发出了巨响。别以为我在说谎。床绳叮当作响,床绳上挂着的小铃铛响了,那些紧闭的窗户自己打开了,一支支箭击中我的盾牌。这盾牌上还嵌了一只巨狮的爪子。那头狮子威风凛凛,长时间被锁在一间屋子里。它被放了出来袭击我,它使劲扑向我的盾牌,爪子陷在了盾牌里,再也拔不出来。要是你不信这些,就看看还在这儿的爪子。感谢上帝,我割下了它的脑袋还有它的脚。你相信这些吗?"

听了这话,吉罗梅朗特当即下马。他双手合拢,向高文鞠躬,恳请高文原谅他刚才的蠢话。

"我完全原谅你了,"高文说,"请再上马。"

吉罗梅朗特一边对他的蠢话惭愧不已,一边又上了马。"先生,上帝保佑我。"他说,"我不相信远近能有骑士,拥有你的荣耀。但关于那白发女王,告诉我,你是否见到她了,你是否问过她,她是谁,从何处来。"

"我没想到问这个,但我见过她并和她说过话,"高文说。

"让我告诉你,"吉罗梅朗特说,"她是亚瑟王的母亲。"

"凭我对上帝的信仰和他的威力起誓,我相信亚瑟王在很久以前失去了母亲,据我所知,有六十年了,或许更久。"

"没错,先生。她是亚瑟王的母亲。亚瑟王的父亲尤瑟王安葬后,伊格赖因王后带上她的所有财产来到了这个国家,在那座悬崖上建起了城堡,还有我听你描述的那座富丽堂皇的宫殿。我相信,你还看见了另一位女王——另一位美丽高贵的夫人。她是洛特王的妻子,那位我希望他碰上一切厄运的人的母亲。她是高文的母亲。"

"亲爱的先生,高文?我对他很熟悉,所以我敢说,这个高文至少在二十年前失去了母亲。"

"她是高文的母亲,先生,用不着怀疑。她跟着她的母亲来到了这儿,当时她正怀着一个孩子。那个孩子是那位美丽又高贵的姑娘,她是我的心上人,也是那个人的姐妹——我不会说谎——愿上帝赐给那个人奇耻大辱!要是我拿住了他,要是他在我身边,就像你在我身边一样,我肯定让他人头落地。我就在这砍下他的头。"

"你不像我一样爱别人,"高文爵士说,"凭我的灵魂起誓,要是我爱一位女子,我会因为爱她而爱她的全家,为她的全家效劳。"

"你说的没错,我同意你的看法。但每当我想起高文,想起他的父亲杀死了我的父亲,我就无法祝福他。高文本人用他的双手杀死了一位勇敢无畏的骑士,那是我的一个表兄弟。我从没有机会报仇。现在请帮我一个忙。去那座城堡,替我带上这枚戒指,献给我的心上人。我希望你替我去那里,然后告诉姑娘,我相信她无比爱我,她会宁愿她的亲兄弟高文惨死也不愿我伤到小脚趾。给她带去我的问候。替我——她的心上人——带给她这枚戒指。"

于是,高文爵士把戒指套上了最小的手指。"先生,"他说,"凭我对你的忠心起誓,要是她赞同你对我说的话,你就有一位聪明有礼、出身高贵且美丽迷人的心上人。"

"先生,"他说,"我向你保证,要是你把我的戒指带给我亲爱的心上人,你就帮了我一个大忙,因为我深爱着她。为了感谢你,我要告诉你这座城堡的名字,因为你曾问过我。这座城堡叫坎古岩城。城堡印染许多漂亮的布料,有鲜红色的布料和深红色的布料,还有许多昂贵的羊毛。它们都销量很好。现在,我如实回答了你的问题,你也说得很好。你还有问题吗?"

"没有了,先生,我只想请你允许我离开。"

"先生,我允许你离开前,请告诉我你的名字,要是你不介意的话。"

于是,高文爵士回答了这骑士。"先生,上帝保佑我,我绝不隐瞒我的名字。我是那个你恨之入骨的人。我是高文。"

"你是高文?"

"是的,亚瑟王的外甥。"

"那么我发誓,你真是胆大包天,愚蠢透顶,你竟然告诉我你的名字,明知我恨你恨得咬牙切齿。现在,我万分痛苦,因为我没有戴上头盔,没有系上盾牌，也没有把盾牌挂在脖子上。要是我像你一样全副武装，那么毫无疑问，我要在此时此地砍下你的头。我决不会饶恕你。但要是你敢等我，我会骑马去取武器，然后回来与你决斗，带上三四个人观战。或者你想换种方式：我们且等七天，第七天再全副武装地回到这里。你派人去请国王、王后还有他的所有战士，我会集合全国的军队。我们不是悄悄地决斗。所有想见证这场决斗的人都能见证，因为两个可敬的人之间的决斗不应悄无声息。不，理应有许多骑士和夫人在场。要是我们中间有一个人筋疲力尽，所有人都亲眼所见，那会比只有他本人知道的胜利荣耀千倍。"

"先生，"高文爵士说，"我很乐意放弃这场决斗，要是你同意的话，我们可以不决斗。如果我伤害了你，我愿意补偿，让你的朋友和我的朋友都称心如意，那样一切都会公平公正。"

"要是你不敢跟我决斗，我不知还有什么公正，"他说，"我给了你两个选择。选一个你喜欢的吧。要是你有胆量，你且等我取来武器。不然你就在七天内，从你的国家集合所有军队。我听说，五旬节那天亚瑟王会在奥尔堪尼城设朝，离这儿只有两天的路程。你的信使会发现国王和他的战士们正准备出发。派信使过去是明智之举，因为一天也不能耽误。"

"上帝保佑我，亚瑟王确实会在那里上朝。你确实得到了消息，"高文答道，"我会派我想要的人过去。"

"高文，"吉罗梅朗特说，"我想带你去世上最好的岸口。那里水流湍急幽深，没有任何人能跨过这条河流或跳到对岸。"

高文爵士答道，无论会发生什么，他都绝不会寻找桥或浅滩。"我要信守诺言，骑回到邪恶的姑娘那里，免得她认为我怯懦不堪。"

于是，高文踢了踢马刺，马儿轻轻松松跃过了水流，没有遇到任何困难。当那位狠狠中伤高文的姑娘看见高文过了河，正向她走来时，她不再心存恶意。她立即向高文致敬，说她要乞求高文原谅自己的过错，因为为了她的缘故，高文忍受了巨大的痛苦。"亲爱的先生，"姑娘说，"现在听我说，为什么我那么傲慢地对待世上所有陪伴我的骑士。要是你不介意，让我告诉你。那位在河对岸和你说话的骑士——愿上帝毁灭他！——不该爱我，因为他爱我而我恨他。他让我痛苦万分，因为他杀死了——我不会对此撒谎——我的心上人。那个骑士想竭力讨好我,想赢得我的芳心。但他的努力都是徒劳。我一有机会就从他身边逃走了,和这个你今天把他从我身边带走的骑士一起。在我看来,这个骑士简直一文不值。但自从我和第一个爱人永别,我就发了疯,说话是那么傲慢,行为是那么卑鄙愚蠢,我都不管自己在和谁过不去。我是故意这么做的,我想要找一个暴躁的人,那样我就能激起他的怒火,让他把我千刀万剐。我早就想死了。先生,现在惩罚我吧,那样听说过我的姑娘就再不会无耻地对骑士说话。"

"亲爱的姑娘,"高文说,"我为什么要惩罚你呢?愿上帝之子永远不让我伤害你。快上马吧,我们要骑到那座雄伟的城堡里去。看那船夫正在上岸口等我们,要带我们过河。"

"我会对你百依百顺,先生,"姑娘说。接着,她骑上了她的长鬃小马。而后,他们骑向船夫,船夫将他们渡过了河,毫不费力,没有险阻。

那些为高文苦苦哀叹的夫人和姑娘们看见他们来了。宫中所有侍从们都为高文欣喜若狂。他们从未如此欢喜。女王坐在大厅前方等候高文。她让所有姑娘们携手起舞,开始欢庆。姑娘们欢乐地欢迎高文,唱着歌儿,绕着圈跳舞。高文到了,在她们簇拥中下马。在这场盛大的欢庆中,她们为高文卸下全身的盔甲。她们还为高文带来的姑娘欣喜不已,男男女女都为高文盛情款待这姑娘。这场欢庆中,所有人都进了大厅就坐。高文爵士带上他的妹妹,让她挨着自己坐在神奇之床上。高文低声对妹妹说:"姑娘,我从上岸口的那一边带来了一枚镶着深绿色翡翠的小戒指。一位骑士因为爱你,把它献给你,他向你致意,说你是他的心上人。"

"先生,我相信你,"姑娘答道,"但要是我对他有任何爱,我只是他远方的心上人。他从未见过我,我也从未见过他,我只看见他在河的对岸。他很久以前就向我表达了爱,我感谢他。他从未过来过,但他的信使们百般求我,于是我接受他的爱。我不会对此撒谎。我只是某种程度上是他的心上人。"

"哦,亲爱的姑娘,他吹牛说,你宁愿自己的兄弟高文死去,也不愿他伤到脚趾!"

"什么!先生,我真奇怪他竟然说这种蠢话。看在上帝的份上,我没想到他谈吐这么粗俗。现在,他告诉我这消息真是太过轻率。唉,我的兄弟都不知道我的身世,他也从没见过我。吉罗梅朗特说错了。凭我的灵魂起誓,我不愿我的兄弟受苦,就像我不愿自己受苦一样。"

两人这么说话时,夫人们听见了他们的交谈。年长的女王对坐在身边的女儿说:"亲爱的女儿,你怎么看那位坐在你的女儿——也就是我的小女孩——边上的领主?他已经和她私语了很久。我不知他们在说什么,但我很高兴。这表明他无比高贵,喜爱宫中最聪慧、最美丽的人儿,我没有理由不开心。他做得很对。愿上帝让他娶她为妻,让她给他带来幸福,就像拉维尼亚和埃涅阿斯。"

"哦,夫人,愿上帝使他们感到亲如兄妹,"另一位女王说,"让他们彼此深深相爱,宛若一体。"

夫人祈祷的是,高文会爱这姑娘,让她成为自己的妻子;夫人没有认出这是她自己的儿子。当高文和姑娘得知她是他的妹妹,他是她的哥哥时,他们会像兄妹一般,两人之间不存其他的爱。他们的母亲会倍感欣喜,但不是出于她期待的原因。

高文爵士和他美丽的妹妹说了许久,而后他站了起来,唤来右边的一位侍从。这位侍从看起来是厅中最可敬、最勤快、最得力、最聪慧且最体贴的侍从。高文进了一个房间,只有这侍从相陪。两人都到房间后,高文对侍从说:"侍从,我想你聪明乖巧。要是我告诉你一个我的秘密,我建议你保守秘密,那样你会得到好处。我要派你去一个你会受到热烈欢迎的地方。"

"先生,我宁愿被割掉舌头也不会泄露您的秘密。"

"朋友,"高文说,"那么去我的领主亚瑟王那里,因为我是高文——亚瑟王的外甥。去那儿的路既不遥远,也不艰难,因为国王五旬节会在奥尔堪尼城上朝。旅途的任何开销都由我承担。见到国王后,你会发现他很生气,但要是你以我的名义向他致敬,他又会感到莫大的欢喜,听见这消息的人也无人不会欣喜。你要对国王说,看在他对我守信的份上(因为他是我的领主,我是他的臣下),他无论如何都要在节日的第五天来在这座塔下见我;他要在草地上安营,带上上朝的所有贵族和平民。我要跟一名骑士决斗,这骑士既不敬重我,也不敬重国王,他认为国王一文不值。这骑士就是吉罗梅朗特,他对我恨之入骨。你还要对王后说,看在她和我之间无限信任的份上,她也要去那里,因为她既是我的王后,也是我的朋友。王后听到消息后,她不会拒绝,她会带上那天上朝的所有夫人和姑娘们。但我担心一件事。你有一匹可以骑的快马吗?"

侍从回答高文,他有一匹好马,那马高大、强健又善于奔跑,能供他使用。

"那我就放心了,"高文答道。

侍从立即把高文带到马厩,牵出了几匹膘肥体壮并已充分休整的猎马。其中一匹猎马已套上轭具,准备供人骑行,因为这侍从已经给它新钉了蹄铁。马鞍和缰绳一应俱全。"我发誓,侍从,你真是装备齐全,"高文爵士说,"现在上路吧,愿万王之王保佑你来回旅途平安,不会迷路。"

于是,高文送这侍从上了路,陪他走到河边,令船夫带他过河。船夫把侍从渡过了河。船夫并不疲惫,因为他有很多人划桨。

侍从过了路口,上了右边去奥尔堪尼城的路,因为一个会问路的人能走到天涯海角。

高文爵士回到了宫殿。宫殿笼罩着欢乐的气氛,所有男男女女都为他高兴。

女王准备了五百桶热气腾腾的洗澡水,让所有侍从洗净身子。他们出浴后,为他们定制的长袍已经备好了:长袍的布料是丝绸,内衬是貂皮。整个晚上,这些侍从都待在教堂,直到做完了晨祷。他们一直站着,不用跪下。早上,高文爵士亲手给每位侍从系紧了右边的马刺,扣紧了剑,给他们每个人册封了骑士。于是,高文至少了有五百名新骑士。

那侍从继续前行,直到抵达奥尔堪尼城。国王正在那里上朝,场面正适合这盛大的节日。那些病残者看见这少年,说道:"这人有急事。我想他带来了远方的消息。不管他有什么消息,他都会发现国王又聋又哑,因为他悲愤过度。况且他听见信使的消息后,现在又有谁能给他出谋划策呢?"

"住口!给国王出谋划策,关我们什么事?"其他人说道,"我们应该害怕、忧伤并且沮丧,因为我们失去了那个以上帝的名义为我们装扮的人,那个用施舍和善行带给我们一切善的人。"就这样,整座城市的穷人们都为高文哀悼,他们都深爱着高文。

侍从经过了这些人,一路骑到宫殿。侍从发现,亚瑟王正坐着,周围有一百名王权伯爵、一百名公爵和一百位国王。亚瑟王沉浸在忧思中,他见到了他的贵族们,却不见自己的外甥。他悲痛万分,晕厥在地。第一个赶到那儿的人立即把国王扶起,所有人都冲上去帮忙。洛尔夫人在一道走廊的座位上听见厅上尽是悲痛的声音。她心烦意乱,从走廊冲了下来,来到了王后跟前。王后见到她后,问她……

附录2 乡村牧师

致 读 者

因为上帝,我才是我,我才活着,他使我有追求和行动,并让我反思。因此,我万分感谢他。鉴于我牧师的身份,感谢他的方法就是勤勉而忠诚地为我的教民传输思想。救世主已经让这成为牧师之爱的理由,因此我决定就一位真实牧师的行为和品德制定标准,这样我就有了努力的方向:我将尽可能地设定高目标,因为瞄准月球的人要比瞄准树梢的人射得更远。如果人们并不能做到此处论述的所有要点,我也并不会认为他们有过错,也不会认为这会使上帝感到不悦。但是,我们要竭尽所能地让上帝满意,这么说可能会让人感到困惑,但上帝为我们做得实在太多了,如此要求毫不过分。主将他的意图呈现给我,而其他人也不会贬低我卑微的工作。本书将会是一首完备的心灵牧歌。

1632 年　乔治·赫伯特

第一章 论 牧 师

牧师代表的是基督,指引人归顺上帝。显然,这则定义包含了牧师的职责及其树立权威的具体步骤。首先,人因为违背上帝而堕落;其次,基督被上帝赋予召唤人类的光荣使命;再次,基督无法在世俗凡间永生,他在完成和解任务以后,被召回天国。不过,他已给自己组建了一批代理人,他们就是牧师。在《使徒书》开篇,圣保罗就已经表明这一点,他在《歌罗西书》开篇直言:"为基督的身体,就是为教会。"他要在他(保罗)"肉身上补满基督患难的缺欠"。此处包含了牧师的完整定义。由此可见,牧师宪章明确包含尊严与职责两项内容。牧师的尊严在于牧师可以做基督做过的一切,因为牧师的权威是基督赋予的;牧师的职责在于有义务去做基督曾经做过的一切,这既是为教义,也是为生活。

第二章　不同种类的牧师

在这些牧师(仅论述我国牧师,不包含教会中那些深受敬重的高级教士,对于他们而言,不用讨论这一话题)中,一些人居住在大学,一些人居住在贵族家里,一些人则居住在教区,履行其拯救灵魂的职责。那些居住在大学的在任牧师遵循的规则是使徒规则,《罗马书》第12章第6节写道:"我们所得的恩赐,各有不同。说预言的,就当满怀信心说预言;作执事的,就当专一执事;作教学的,就当专一教学……治理的,就当殷勤治理。"预备成为牧师的人不仅要致力于获得学识,还要克制欲望与激情;不要认为读了书后就成了神父、牧师、哲学家,万事大吉。预备牧师还要阅读《圣父书》或者《经院学者书》之类的经书。牧师预备工作中最重要、最艰难的一部分已经蕴含其中,因为"正如神对恶人说:你怎敢传说我的律例,口中提到我的约呢?"(见《诗篇》第50章第16小节)。那些居住在贵族家庭的牧师被称为"特遣牧师",他们对其家庭的职责与义务与那些教区的牧师对其教民的职责与义务一致,只要描述其中一个(这实际上是出于我对言语的热爱),另一个也就不言而明了。不要让特遣牧师以为他们像自己想象的那样自由,不要让他们因为称谓不同,就对自己的职责有不同的认识。毫无疑问,"特遣牧师"因为公开的或隐含的约而受到所住家庭的款待。在他们接受圣职委派以前,这些家庭邀请他们同住,谈话交流;但是一旦这人被任命为牧师,他必定是因履行职责而进入他人家庭,因而必须抛开过去的一切。因此,他们不应该过度地唯命是从、卑微恭顺,而应该跟上房屋男女主人的步伐,在与其交流时保持自信,必要时甚至可以当面批评,但是他们需要选择时机而且必须谨慎。他们应该自始至终鄙视唯命是从与卑躬屈膝,因此那些只记住世俗主人而几乎忘记天主的牧师是置圣职于不义。那些渴望升职而忽视任何必要的劝告与责备的牧师,与犹大一样,出卖了他们的恩主,出卖了他们的主人。

第三章　牧师生活

在生活方面,乡村牧师定然严谨得一丝不苟,他无论做什么都表现得圣洁、公正、慎重、节制、勇敢、严肃,因为牧师生活中最被人看重的两点是耐性与禁欲——耐性是就痛苦而言;禁欲是就欲望、激情以及削弱并制止灵魂中所有的喧嚣力量而言。因此,他认真学习这一切,有可能成为自己绝对的主人与掌舵人,因为上帝已经授予他一切。然而,他需要在那些可能使教区蒙受耻辱的事情上投入大量精力。首先,乡村居民生活艰难,乡村牧师要设身处地感受他们的艰辛,这样才会明白,如果增加他们的劳作,就是侵犯他们的劳动成果。乡村牧师必须非常小心地避开一切贪婪行为:既不能贪婪地去获得钱财,也不能吝啬地持有钱财,更不能因失去任何钱财而忧心忡忡;乡村牧师必须在言行上鄙视贪婪,甚至去探究世俗世界如此重视资财的原因,因为在灾难时资财并不能给我们带来些许舒适。其次,奢侈是一种明显的罪孽,因此牧师要非常小心地避开任何一种奢侈行为,尤其是饮酒这种最常见的恶习。人一旦酗酒,就会陷入耻辱与罪孽之中。他一旦沾上这徒劳无益的邪恶行为,就失去了责备他人的权利;因为罪孽对人不做区分,罪孽面前人人平等,那些本该是最高尚的人,却变成了最卑劣的人。基督的仆人既不该光顾小酒馆,也不该流连于啤酒店而使他本人和圣职蒙羞。乡村牧师不会这样做。相反,他的生活遵循的一种方式,就像死神来临时犹太人和犹大对待基督那样,他可能说得如同他曾经做过的那样:"我天天在殿里向你们布道。"再次,因为乡村居民(实际上像所有诚实的人一样)在日常购买、销售与经营中应坚守信诺,因此,牧师必须信守诺言。虽然诺言会成为一种累赘,但是他明白:如果他不遵守诺言,马上就会遭人蔑视;如果牧师失去了民众对他的信任,那么即使走上讲坛也不再会有人相信他。对牧师而言,诺言和衣着都异常重要。牧师说"是"就是"是",说"不是"就是"不是",牧师的衣着要庄重简洁,无污点或灰尘,无异味,他纯净的思想从中流溢出来,甚至得以滋养他的身体与居所。

第四章　牧师的学识

乡村牧师掌握各种学识。他们说,拒绝任何一个石块的石匠不是好石匠;

只有巧手才能发挥积极作用,抑或展示其他才能。乡村牧师甚至屈尊学习耕地与牧场知识,这样才能在教化过程中充分利用这些知识,因为按照人们理解事物的方式引导他们去掌握不懂的知识是最有效的教化方法。但是,他最主要、最首要的学识却存在于书之经典——生命与慰藉的仓储——《圣经》之中,他从中汲取养分并因此而活。他在《圣经》中发现了四个理念:生命训诫、知识学说、阐释范例以及慰藉许诺,对于这些内容他反复斟酌。但是,要理解这些内容,他首先可以运用的方式,就是铭记主的话语,过圣洁的生活。正如《约翰福音》第七节写道:"人若遵着主的旨意行事,就必知晓主的教诲。"同时,牧师还必须明白,无论邪恶的人学识有多么渊博,他们不能理解《圣经》,因为他们感受不到《圣经》的伟大,这是因为没经过圣灵书写的灵魂无法理解经文。其次,他可以运用祈祷的方式——如果在世俗世界中有必要进行祈祷,那么在另一个世界不是更有必要进行祈祷吗?那里有深奥的知识,我们无法仅依靠我们自己来掌握一切。因此,乡村牧师曾经以某种内心迸发的短暂热情诵读经文,例如:"主啊,请打开我的双眼,让我得见您按照律法创造的美好事物……"再次,牧师可以运用比较的方式阅读经文。由于真理本身具有一致性,且仅由同一只手和同一神灵书写,因此只要勤勉而审慎地比较章节内容,必定有益于正确理解《圣经》。此外,还要考虑经文文本的连贯性,体会文本前后的内容,就像考察圣灵的活动范围一样。当使徒要从天堂唤下火种的时刻,他们遭到指责,被认为对圣灵一无所知。上帝的律法有一种要求,而《福音》有另一种要求;虽然两种要求不同,但这两者并不矛盾。因此,对这两者的精神需要再次思考与衡量。第四种办法是通过释经师和神父,他们就一些道德教义展开争论。乡村牧师绝不会拒绝这些内容,因为研习他人的著述就是为了获得上帝的恩典,就是为了获得圣灵教给他的内容。他深信上帝的仆人遍布长幼各个群体,他曾向他们揭示上帝的真理,就像上帝曾向他揭示真理一样。一个国家并不生产可能成为商品的一切物品,上帝也不可能只将真理向一个人呈现。这样,为播撒爱与谦卑,上帝的仆人之间很可能传播知识。因此,对于《圣经》中的每一部分,牧师至少有一种评论观点,他带着这一观点努力前行、沉思冥想,走进上帝隐藏在圣典中的秘密。

第五章　牧师的辅助知识

乡村牧师要阅读神父、经院哲学家以及后来一些作家的著作，并对所有阅读内容的比例进行合理安排。他也编撰神学著作，记录其毕生的布道词，然而其著述涉及内容广泛并被不断阐释和扩展。虽然整个世界平静祥和，但是，对于牧师而言，每个人自身都是最适合、最灵慧、最芳香的。此外，这些事情都是在他年轻时期的准备阶段完成的，回顾年轻时期度过的快乐时光对他而言是一种纯正的喜悦。他将神学常识巧妙地提炼在教会的教义问答手册中进行讲解。因为不了解神学常识时，人们最愿意选择的方法就是选择最好的方法。教义问答法对上帝的教会来说是独一无二又值得赞扬的，扩展教义问答手册一定会成为最有用的形式。然而，除这件艰苦的工作以外，乡村牧师还有一种更加适合乡村教民且更加简单的教化形式，即可以根据听众自身的特点，选择某一种教义形式；如果其听众两种教民都有，他就同时使用这两种方法。乡村牧师也十分重视良知的培养，这也是他最擅长的。实际上，这就是乡村牧师带领教民正确地走在真理之路上的最伟大的能力，他们不仅拒绝极左，也拒绝极右。千万不要认为这是一桩小事。人们还有诸多事情尚未明白：什么情况下别人借钱未还而拿走他的东西是罪过，什么情况下不是；什么情况下揭露他人的过错是一种过失，什么情况下不是；什么情况下渴望财富和名誉是贪欲，什么情况下不是；什么情况下享受美食、美酒、睡眠是暴饮暴食、酗酒、懒惰，什么情况下不是；以此类推。如果牧羊人不知道哪种草有毒、哪种草没毒，他怎么适合做牧羊人呢？因此，乡村牧师要彻底了解人类行为的一切特性，至少要了解他已经观察到的教区人们的一切行为。

第六章　牧师祷告

乡村牧师朗读经文的时候，需要十分平静，昂首、挺胸、抬臂，用一切姿势表达忠心和虔诚。首先，乡村牧师这样做是因为他真切地被上帝的威严所触动并因此感到惊奇，在上帝面前，他仅代表他自己；然而，他并不是一个孤立的个体，而是代表了教堂会众，承担着所有人的罪过，与他自己的罪过一道被带到圣坛，在盛放上帝血液的器皿中接受沐浴与洗涤。其次，这是乡村牧师自己将内心恐惧能够尽最大可能表现出来的真正原因。他明白：只有先感化自己，才可能感化民众；只有让民众在教堂进行祷告时受布道真正感化，才能令他们产生崇敬之情。鉴于此，他说话谦卑，语音清晰而缓慢，又不至于慢到让祈求者的热情在言谈之间悬置乃至消逝。他履行职责布道宣讲，在恐惧与热情之间保持庄重的热烈，在停顿中孕育紧迫感。他不仅以身作则，还经常教导民众如何做礼拜，教导他们要尽其所能表达崇敬之情。他绝不容忍民众有倚靠、半跪等任何不虔诚的行为。他引导他们在坐、站、跪以及其他活动中保持挺立而稳定的姿态，就像他们在教堂参加宗教仪式一样。他还要求每一个人——无论成人还是儿童——在说"阿门"以及其他需要牧师及会众应答的时候，都要声音洪亮；在应答时不三心二意、乱作一团、目瞪口呆、抓耳挠腮或唾沫横飞，而是要文雅庄重、抑扬顿挫、边说边思考言语；这样在应答"就像在初始时一样……"时，他们会确信上帝曾经拥有那些像现在一样颂扬他的民众，而且永远都会拥有。

我们说话时不像鹦鹉那样没有理性，献祭也不像从前那样献上没有理性的动物作祭品，这就是使徒在《罗马书》第12章中所说的理性侍奉；我们运用理性与才能去侍奉上帝，因为他赋予我们才能。如果教区中有出身绅士、贵族家庭的人和他可怜的邻人一样使得做礼拜时迟到、在祷告中间才出席成为一种常态，那么，这不仅对他们自己无益，而且对那些在进来时停下来凝视的人而言也造成了损害。不管怎么看，均无人受益。因此，牧师会进行一番温和的劝诫。若他们仍坚持那样，他就强制他们做到，表明他对他们并无恶意，只是他们应该参加祷告，以履行遵从上帝的义务与责任。

第七章 牧师布道

乡村牧师的布道从不间断；教堂讲坛既是他的喜乐又是他的宝座；如果他在某一时间中断了布道，那必然是因为健康原因，也有可能是因为有大型节庆活动。每有节庆活动，他定要去参加，因为那里的听众来自各行各业。当他布道出现间断的时候，必然某位有才干的人来填补空缺，这人必然沿着他的足迹前行，不会废弃他已创造的一切；乡村牧师也会恳求他强调自己竭力主张但没有成功的某个观点，这样，经过一两位证人之口，这一真理就能被很好证明。

在布道时，他穷尽一切技巧吸引听众的注意。首先，他情感真挚，演说自然，值得倾听；其次，他用认真而全神贯注的目光注视听众，让他们知晓他已经察觉谁在他心中留下印象，谁没有在他心中留下印象；再次，他还因人而异调整演讲内容，以适合所有人——无论男女老少，贫富贵贱。他会确定好哪些内容适合谁倾听，因为有针对性的内容更具有感染力，更容易唤醒大众。因此，他自己也对上帝做出评判，就像古人对上帝做出评判一样，尤其是像近年来人们对上帝做出的评判那样；他最适合给那些住在他教区附近的人布道；因为当人们认为上帝距离他们如此之近甚至就在他们头顶时，他们就会异常专注且认为自己理应如此。有时，牧师会根据布道内容讲述他人的故事或者名言，因为与宗教训诫相比，故事与名言更容易被人们关注和记忆。牧师经常告诫会众，布道是危险的事；没有人走出教堂时和他进来时一样——要么变得更好，要么变得更糟。他经常告诫会众，上帝会对我们做出审判，审判时切勿心不在焉。乡村牧师通过运用诸如此类的方法来吸引教民的注意力，但是他布道的本质却是神圣的；他不仅机智诙谐、博学多才、巧言善辩，而且是神圣的。对于牧师布道的本质，赫莫杰尼斯从未思考过，因此他无法给出自己的看法。但是，首先，这可以通过选择没有争议、感人又令人陶醉的经文来获得。其次，我们在口述这些词语句子以前，要将其在我们心灵中浸润与滋养，这必将对我们的表述产生影响，我们的表述会显得更加诚挚感人，这样更能触碰到听众的灵魂。再次，通过转换或者运用多种不同的对上帝的呼语，例如，"我的主啊，保佑我的民众"，让他们理解这一点；或者"我的主人，因您的差遣，我来到这里，请您让我获得安宁，请您践行诺言；因为您就是爱，当您讲授时，所有人都是学生"。这些在布道中对上帝的虔诚评价会赋予其本身强烈的神圣特性。在这方面预言家尤为令人钦佩。《以赛亚书》第64章写道："愿你从天而降……"《耶利米书》第10章写道，在耶利米抱怨以色列的荒凉悲怆之后，他突然向上帝求助："耶和华啊，我晓得人的道路不由自己……"第四，虽然他自己与圣保罗在一起，甚至为维护信仰而牺牲，但在这其中他经常为教民祈求平安与幸福。因为帮助他人实现善行并因此而欣喜是最神圣的标志。鉴于此，圣保罗在保罗书信中表现最为突出。他在祷告中不断地提到罗马信徒（见《罗马书》第1章第9节）。他为以弗所信徒不住地感谢神（见《以弗所书》第1章第16节）。他为哥林多信徒作祷告(见《哥林多前书》第1章第4节)。他欣然地为腓立比信徒作祷告(见《腓立比书》第1章第4节)。他可以为他们而活,也可以为他们献身,他有望与基督在一起(见《诗篇》第23篇)。他抛开自己牧养羊群的责任,这是值得怀疑的狂热举动。这是仅次于《哥林多书》的令人钦佩的书信啊!这是多么饱满的情感!他高兴、遗憾、悲痛、荣耀;从没有一群信徒表达过这样的关切——除了那个伟大的、最初为耶路撒冷流泪的牧羊人以外,之后他流的都是血。因此,这种关切都会被效仿,然后被编入布道词,这样布道词就会显得特别值得尊敬、特别崇高。最后,通过经常强烈要求上帝显现威严,或者运用这样的语言:啊,我们要关注我们所做的一切,上帝知道我们的所作所为,他知道我是否说了自己该说的话,他能看到我们内心,就像我们看到他人的脸庞一样;他与我们同在;因为如果我们在此,他就必须在此,我们因他而在此;如果他不在,我们也不会在此。接下来,我们述说上帝的威严:他是万能的神,令人畏惧,正如他大能的仁慈与庄严的审判:他拥有水与火这两种吞噬一切的力量;他"声音如同众多河流的汇聚声"(见《启示录》第1章),而他自己"乃是烈火"(见《希伯来书》第12章)。这样的话语显得非常神圣。牧师掌控经文的方法包含两种:首先,清晰而明白地宣布经文的意义;其次,因为《圣经》经文本身是一个完整而又不可分割的整体,必须从中选择一些素材。他认为这样做自然、完美而且庄重。反之,另一种方法是将一个完整的文本拆分为若干碎片,就像日常交谈,主语与宾语混乱,根本毫无美好、庄重以及多样性可言,因为分离的词语并不属于《圣经》而属于词典,可能在所有的经文中都相差无几。牧师布道的时长不会超过一个小时,所有人都认为这是一种能力。如果牧师在这段时间内无法充分利用,那么在这之后这种能力就会弱化,牧师对布道的热情也是如此,如果当时不充分发挥,他只会变得疲惫不堪,不由得由热衷转为厌恶。

第八章 牧师过周日

乡村牧师在周日清晨刚一醒来,就立刻开始工作,他感觉自己就像集市日刚一开始就在市场上售货或购物的人一样,又感觉自己就像店主面对顾客上门时一样。他满脑子都在想如何充分利用这一天,努力创造最大的价值。为实现这一目标,他除了完成日常祷告以外,还要为这一天的赐福仪式举行特别的祷告。他将自己呈现在主跟前,让自己做的一切都无愧于主,但是,为了荣耀,他心怀崇敬去做这一切、去教化全体信徒,谦卑地恳求上帝不要在他担任牧师期间的某个时间以某种方式惩罚他;然后,他向信徒们求助,告诉他们上帝愿意涤去所有人的罪孽;他们可以带着一颗虔诚与敬畏之心加入会众;仁慈的主会原谅一切来时内心虔诚的人。在完成这件事情以后,他开始思考自己在那一天需要履行的职责:除按照惯例举行的仪式以外,是否还需要额外补充,或者基于那一年的特定时间,或者基于国家的某个事件,或者基于降生或死亡的事情,或者基于某个其他事件,设法运用一切可能的办法,以发挥布道的最大优势。接下来,到了做礼拜的时间,他与家人一起前往教堂。刚一踏入教堂,他就对万能的主无形的庄严表现出谦卑的崇敬与爱慕之情,真诚地为他的民众祈福,亦或悄悄地为他们祈福。牧师在晨间布道,在下午做祷告。在完整地读完两遍祈祷文之后,他认为,在那可怜与体弱的人来看,在某种程度上,他已经履行了社区全体教徒的公共职责。在这一天余下的时光中,他要么去调节乡邻之间的矛盾,要么去探望一些病患,要么去劝诫教民中那些不能来或者没来听他布道的人。每个人都会更加清醒。他发现这种方法特别有用,特别吸引人,他把这种类型的劝诫叫作自己的私人奖金,就像王子那样,不仅有公用金,也有自己的私用金。晚上是非常适合体会这一天快乐的时段,因为他不必受到公职的妨碍。他既可以款待一些邻人,也可以接受一些邻人的款待,这样他就有机会讲既有意义又令人开心的事情,让他们的心灵升华,帮助他们理解上帝对我们的教诲和对我们国家的美好祝福;这样既维持了秩序,又维护了安宁,丝毫不会扰乱公共神学事务。正如他这一天从祷告开始,也以祷告结束,他谦卑地恳求万能的主原谅并接受我们卑微的祷告,赐福于我们,这样我们就能够因此而成长。

第九章　牧师的生活状态

乡村牧师认为贞洁是比婚姻更高级的状态,因此牧师认为,不结婚比结婚更美好、更高尚。但是,因为他身份的特点以及他教会的特点,他可能有许多与女性谈话的场合。因此牧师最好结婚,以免落人口舌。他经常通过祷告向上帝讲述这件事，相信上帝的恩典将引领自己前行。如果他不结婚，家中就没有女性料理家务，必得事必躬亲。这样，他只能请男仆为自己调制肉食、做家务，清洗日用织品。如果牧师独居一处，那他绝不会单独与女性谈话，但是在少数有其他听众在场的情况下，他会严肃地与她交谈，但绝不会嬉笑玩闹。在有人陪同的情况下，他也非常注意自己的言谈举止以及外貌形象，因为他知道自己既遭人猜疑又遭人妒忌。如果他内心坚定而不动摇，没有任何迫切需要，且有能力控制自己，他就能在内心给自己下达命令，要求自己保持独身。他日夜禁食、祷告，以自己的贞洁之身称颂神，因为他知道最初获得贞洁的方法就是守护贞洁的最好方法，此外别无他法。据此，他认为参加教堂的斋戒日活动和按照教民的要求做日常祷告对他而言还不够，他认为做这一切是因为谦卑、恭顺与服从。为显虔诚，他还在其他的日子斋戒和在其他时间祷告，因此他的身体如鹰般活跃，年轻而健壮，他的内心却又温顺而有耐性。他经常阅读《原始僧侣、隐士以及童真圣女传》，但是对他们默默忍受国王的迫害而不惜献出生命的事迹（虽然这些事迹值得尊敬）并不了解。他更了解如何在安宁而又顺利的时期保持节制和清醒。他戒酒、禁欲并时常祷告。尽管世间纷扰，他也尽可能保持谦卑。他认为，在面对迫害和逆境时，无限的忍耐和无比的坚强即使很难做到，却十分必要。

他日夜保持警醒以免自己受到诱惑，当然，这主要指的是灵魂的骄傲与心灵的邪恶：为对付可怕的敌人，他不再幻想，而是准备行动，他穿上神所赐的全副盔甲，凭借信仰之盾，他不再害怕在黑暗中传播的瘟疫（肉体的不贞），不再害怕即将在午间夺命的疾病（灵魂的骄傲与自负）。他还要面对其他诱惑，这些诱惑有时搅得他内心不安，因为人类的灵魂被束缚在感官之内，受到才智的限制。原初的性欲如此强烈，一旦受到内在或者外在的诱惑，便会制造一两起事端。抱负——或者说对高位的觊觎——对于任何杰出男士，尤其是单身男士而言，是一种常见诱惑。想要弄清楚高深莫测而又毫无用处的问题的好奇心是阻碍学者发挥神圣特性的另一个绊脚石。这些灵魂祸患让乡村牧师感到害怕，或者说他深有体会；而独身牧师要比已婚牧师经历得更多，因为一般而言，这些接连不断的诱惑将要朝着贪婪和享乐等方向发展。如果牧师未婚，且有独身打算，那么他至少要照上面所说的做。如果牧师打算结婚，那么他选择妻子时要倾听他人对她的评价而不是光看外貌；他要根据判断而不是情感选择适合自己的妻子。出于慷慨，牧师能够使她在一切事务中取得收益。因为乡村牧师公正地处理所有事务，因此他的妻子也必然如此，他不会计较个人得失，因为任何计较都会使他有失公允。因此，在仆人与他人面前，他敬重她，和她共同持家，同时可以让很多其他事情用于调节身心；他绝不会放弃主控权，会对所有事务进行监督，凡事都需要一个理由，而不是简单陈述即可，具体情况要视妻子的行为而酌情对待。

第十章　牧师在家中

牧师在治家方面非常严格，他要使自己成为教区的榜样与楷模。他了解家中每个人的脾气与情感，同样也会知道他们的优缺点。他的妻子可以信教，也可以不信教。如若不信，则他要夜以继日劝她相信。他并不要求她很懂世故，而仅要求她具有三种能力：首先，她能够通过祷告、问答式讲授以及一切宗教仪式教育子女和仆人敬畏神；其次，她要懂得如何医治创伤——她可能早就有了这一能力，如若不然，亦可向信主的邻人学习；再次，扶持家庭的能力，这当然不是指充足的食物供应，更不是说要让丈夫背负债务。他的子女首先因为他成为信徒，而后成为国家的合法居民；前者是牧师对天国应该做的，后者是牧师对人世间应该做的。牧师不能占有这一切，他唯一能做的就是做对天国与人世间有益的事。因此，他以虔诚之心对待他们，这不仅体现在祈祷与阅读过程中语言的运用上，还体现在行动中，体现在他看望生病儿童的行动中，体现在他对他们的医治中，体现在他派他们把救济品送给穷人的行动中，有时他也给孩子们一点钱，让他们去做善事，他们因此而快乐并得到主的赏识，主将对孩子们的行为做出评价（见《列王纪上》第14章12、13节）。而后，他关心他们选择与性格相匹配的职业，当然他决不会不管长子，而是赋予他从事其父亲的行业的特权。对于他的其他子女，他并不会这么做。然而，为约束他们做好学徒（假使他认为自己能够胜任这份工作），他要注意不误导他们从事毫无意义且损害父亲行业尊严的职业，例如男性开酒馆和女性制作花边；因为这些行业在大多数情况下有伤风化或者用于满足人们的虚荣心，因此牧师要拒绝子女从事这些行业。然而，在考虑给子女留下财产的时候，牧师自己下定决心,不要遗漏当前他所能做的任何一件善事。他确信把钱财交给上帝是更好地为子女谋得利益,于是他捐赠给伦敦慈善堂。善良的行为与良好的教养是他给子女的两笔财富;如果上帝的给予远超所需,那么他不会把这些花费在子女身上,而是把这笔财富施舍掉,因为他知道一切财富皆源于上帝。他的仆人全都是信徒,如果说让他们信教不是他的职责所在,那么他们信教也会给他带来好处,因为只有信徒才能给人提供最好的照顾,一方面是因为他们照顾得好,另一方面是因为他们所做的一切都受到上帝的祝福,必将有美好前程。他教导仆人说,信教后有三件事能够造就完备的仆人,即忠诚、勤勉与整洁。他允许那些会阅读的人去阅读,教那些不会阅读的人阅读。住在他家的人既是老师,又是学生。他的家庭是信仰的学校,他们都把教授不识字的人识字看作是大的施舍,甚至就连家里的墙壁也没有闲置,上面写满了字,有的墙壁画满了画,这些都能激起读者虔诚之心——尤其是《诗篇》第101首,它以布告板的形式展示了一个家庭的行事准则。在他出门在外的时候,他的妻子总能创造良好的氛围,与邻居交谈甚欢,孩子和仆人亦是如此。在那些擅长音乐的人家里,所有人都是音乐家;在牧师的家里,所有人都是牧师。在他家里,他不许任何人说谎话,或者说模棱两可的话。他认为对任何人都坦诚相见是一种艺术,他的家人都知道,对于已经犯下的过错,除坦白外,别无他法。他和妻子会就今年的表现与上一年进行比较,分析布道是如何让每个人受益的。除日常祷告以外,他严格要求所有人睡前和醒后祷告,并且告知他们应该说祈祷文,然后他让他们跪在旁边,因为他认为这种私下里的祷告与他们被召集参加其他人的祷告相比,是一种更加自愿的行为,而且当他们离开家的时候,他们也随身携带祈祷文。他让仆人处于爱与怕之间。但是,一般来说,他让他们既爱又怕:对于子女而言,他更多的是爱,而不是让他们害怕;对于仆人而言,他更让他们惧怕他,但是对待年迈的仆人如同对待孩子一样。他家中的家具非常简朴,但是整洁、齐全,美好得如花园带给他的感觉;他并没有钱置办花园,施舍是他唯一需要成本的快乐。牧师的伙食平常普通,但是却有益健康,他吃得并不多,但是很合理,其中包含大部分羊肉、牛肉和小牛肉;如果因为特别重要的日子或者有客来访,需要增加其他食物,那么他的花园、果园、牲口棚或者后花园就可以供应;他没有更多的应酬,他认为太多社交是荒谬的,因为他教育他人要节制。但是,他不会拒绝自家生产的食物,因为这些既便宜又好。他崇拜并效仿世上英明户主的节俭。这主要涉及两类对人类无用的事:一类是渺小的事,如面包屑、散落的玉米等;另一类是肮脏的事,如洗衣水、灰土以及落入其中的物品。主创造了禽类和猪类两类生物与之相对应。家禽与猪为人类减轻了不少负担,做了许多人所不能做或者不适合做的事,而且它们为人类提供食物,长肥以后便被送上人类的餐桌。牧师在家中参加斋戒,特别是在周日的赞颂日和周五的耶稣受难日,他节食,独处,拒绝参加任何娱乐活动。此外,他还忏悔自己的罪过,行各种禁欲之举。斋戒日有三重限制:第一,那一天要比其他日子吃得少;第二,不吃美味的或者超营养的食物,就像曾经的以色列人只食用牧草一样;第三,不吃肉食,这一条是由第二条规则决定的。与第三条规则不同,前两条规则可谓是正统斋戒的最基本规则。在斋戒日,即使没有官方干预,人们也要严格遵守前两条规则:少吃且只吃难吃的食物,虽然这食物可以是肉类,但是这却是斋戒的必然法则。根据经文,斋戒就是要使我们的灵魂饱受痛苦。如果餐桌上的一片干肉对于我而言,要比餐桌上的鱼肉更难吃,那么选择吃肉于理而言就是斋戒。据观察得知,禁止食肉这一习俗来自气候炎热的国家,那里的肉食和葡萄酒要比寒冷地区的更有营养;在气候炎热国家,人们可能吃肉要少一些,这要比在别处更加安全。寒冷地区的人喝酒是因为气候严寒,同样,吃肉也是抵御严寒的良方,只不过脾胃不好的人在酒足饭饱之后就容易感冒,因为他们吃了太多的肉。简而言之,乡村牧师如果身体状况良好,就遵守斋戒的三条戒律,只吃少量的鱼,且味道不用鲜美。如果他和大多数学生一样身体虚弱且肠胃不适,那他就不必遵守第三条戒律,但如果家里的其他人没有遭受病痛之苦,那么他们仍需遵守第三条戒律。不过,前两条戒律只能是在身体虚弱(例如得了痨病)时才能打破,因为肉是为人类食用的,人类不是生而为吃肉的。不过需要补充说明的一点是,这当然不是为了鼓励那些不遵守斋戒规则的人,而是出于对身体虚弱者的关怀,不然则是违反人性的。不过,若病情已经很严重,那最好在斋戒期间限制饮食。一个很明显的例子是,部分英国人因过度食用肉类而导致肠道梗阻,而梗阻是引发大多数疾病的原因。

第十一章 牧师礼节

乡村牧师有对穷人做慈善的义务，必须礼貌对待教区居民，因此，他明辨是非，用自己的钱财帮助穷人，邀请那些并非经常领救济金生活的人就餐。他并非不愿意招待穷人，他有时特意把穷人带回自己家，让他们坐在自己旁边，为他们切肉，这既是他的谦逊之举，又是为他们舒适使然，他们因他的友好行为而倍感高兴。但是因为要兼顾这两方面，既要选择更好的办法，又要尽量表现得不吝啬，因此，他宁愿选择给穷人钱财这种方式，也不愿意请他们在餐桌上吃更多的肉。因为有了钱，穷人就可以充分利用这笔钱，满足自己所需。牧师每次都邀请不同的人，这样他就能在一年时间里邀请所有人与他共餐。他这样做，是因为乡村居民对此类事情非常敏锐，他们不相信牧师会邀请他们。在他们看来，牧师憎恨他们，根本不会邀请他们。鉴于此，乡村牧师避免运用一切可能用到的劝说方法，因为他知道，有这种想法的人很难听得进他的教义。然而，他经常邀请那些他认为功课学得最好的教民，这样，他们就会因得到鼓励而坚持不懈地学习，其他人在被激励后也会认真学习，争取得到类似的礼遇。虽然他渴望所有人都做善良而又品德高尚的人，但他希望他们是出于美德，而不是为了他的奖赏。可事实却远非如此。虽然我们因为上帝而爱上帝，但是他却因为无尽的怜悯而把天堂作为人们走上虔信之路的奖赏。如果他们因此而变得善良，上帝为此感到满足。牧师是上帝之路辛勤的观察者和追随者，尽自己所能尝试多种办法引导人们向善，这是为了荣耀、为了恩惠、为了盛名；既使这些办法不是最好的，但是至少在某种程度上他使教区变得善良。

第十二章 牧师的爱

乡村牧师心中充满爱；爱是他的主要特征，是无上的美德。爱能弥补罪过（见《彼得前书》第 4 章第 8 节）；爱能赦免罪过（见《马太福音》第 6 章第 14 节、《路加福音》第 7 章第 47 节）；爱能完善律法（见《罗马书》第 13 章第 10 节）；爱能让人对生活充满信心（见《雅各书》第 2 章第 26 节）；爱能让人生活得更加幸福（见《箴言》第 22 章第 9 节、《诗篇》第 41 篇第 2 节）；爱有所回报（见《马太福音》第 25 章第 35 节）。简而言之，爱是宗教的核心（见《约翰福音》第 13 章第 35 节）；爱在信徒的美好品德中位居首位（见《哥林多前书》第 1 章第 13 节）。基督徒的所有行为都应该彰显爱。他早上起床后，要思考这一天可以做哪些善事，而且马上行动；如果不能践行这些善举，那么他就会认为这一天虚度了。他首先想到自己的教区，关注教区内是否有乞丐或者无所事事的人，但是有办法让他们学会谋生。他可以通过赠予、劝说或者威望来达到这个效果，因为法律要求所有教民必须自食其力。如果他的教区富庶，他就要严格要求教民；如果他的教区贫穷，他要尽可能使他们安心。但是他不会将预备的救济金直接发给他们，因为这时发放会使其失去慈善的意义；教民会认为这是牧师欠他们的债务，而如果这笔救济金被取消——即使是合理的，他们也会因此埋怨牧师，好像他剥夺了他们的继承权一样。然而，乡村牧师却有两个目标，在行善的同时让他们依赖他。他不断变换形式进行施舍，这是教民所意想不到的。其实，他决心借此促使他们坚定信仰，过更加虔诚的生活。同时，他这么做也是希望教民能够埋头苦干，辛勤工作；若一直直接救济，只怕教民们会心生指望，最终变得懒惰。除这种一般意义上的救济以外，他还会借其他机会（例如圣餐日等重要节日）进行施舍，这样不至于让那些人在欢乐的节日无法享用一顿美餐。在遭遇饥荒时，他直接把谷物送给需要的人，或是以低价卖给其他人；当他的谷仓不再有粮食时，他就去动员那些有能力做慈善的人。他区别对待各类人，对承受痛苦最多的人给予的关注最多——牧师的爱即是布道。在完成他自己教区的事务之后，如果有可能，他就去帮助邻近教区的人，因为在某种程度上这也是一种义务；同样，他也帮助那些住在自己附近的人，因为是主让他们住在那里，与他为邻，但是他并不帮助那些游手好闲的人，除非有事实证明他们遭受了不幸。虽然那些证明也有可能是伪造的，但是只要证明是真的，法律就会承认。在没有证明的情况下，牧师绝不会帮助他们。牧师在行善中要有充分的依据，所以，一旦得到证实，他就会施以援手。人们总是竭力赞美他。但是他要求受助者不要感激他，而是颂扬上帝，只有上帝应该被赞美。因此，牧师总是在他们感谢他之前让他们说祷告词，吟诵《信经》和《十戒》，因为在他看来，这些内容是完美的。其他的话语都是世俗的，唯有这才是牧师应该说的。

第十三章 牧师的教堂

乡村牧师特别爱护自己的教堂,教堂里的物品必须得体且与教堂的名称相称。首先,他服从神的命令,让教堂里的所有物品都完好无损,如:墙面要涂抹平整,窗子要装好玻璃,地面要用砖铺平,椅子要完整、结实且样式统一,圣坛、讲道台、圣餐桌以及圣洗池更是要完好无损,因为那些重要的宗教仪式都在这些地方举行。其次,教堂要打扫得整洁,无尘土或蛛网。在重大节日期间,地面上撒上灯心草,教堂里插上树枝,并且要焚香,让教堂芳香四溢。再者,教堂任何有绘画的地方都要写上准确的经文。绘画不应有轻佻的色彩,也不能给人愚蠢荒唐之感。这样,绘画才会显得庄严而神圣。第四,教堂里必须有教会指定的所有经书,并且完好、整洁、装订整齐;教堂里还必须有用亚麻细布制作的漂亮圣餐桌布以及用昂贵布料制作的精美桌毯,还有高脚杯、杯盖、大酒杯、酒壶,以及用来布施或者盛放祭品的盆子,所有这些都要存放在结实且质量上乘的箱子中并保持芳香和清洁。此外,他还有一个济贫箱,放在方便的位置,便于有善心的人捐赠。里面的钱财皆用来帮助穷人和病人。他做这一切并不是出于需要,也不是要给这一切镀上神圣的光环,而是因为想在迷信与邋遢之间折中。他遵照的是使徒在处理类似事件时所遵循的两条伟大而又令人尊敬的原则:其一,"凡事都要规规矩矩地按着次序进行;"其二,"凡事都当造就人"(见《哥林多前书》第14章)。这两条规则包含了我们履行职责的两个对象——上帝与我们的邻居。前者是为了上帝的荣光,后者是为了我们邻人的好处。也正因如此,他们能够准确无误地选择那条该走的道路,让那些否认《圣经》是完美的人大感羞愧。

第十四章 牧师巡视

乡村牧师有时在某个工作日下午亲自去巡视教区中的一部分地区,这样他就能够充分参与教民事务,观察处于自然状态的教民。但一到周日,他们很容易让自己安心参加教会活动,他们穿上圣日服装,并且精神饱满地来到教堂,但是一般到了第二天,他们往往置这两者于不顾。当牧师来到一户家庭时,他首先为之祈福,然后找到房屋的主人并与他交谈。他赞扬那些花费时间学习宗教知识的人,并在离开时,引导他们深入学习,就好比他发现教民在阅读,他就给他们提供优秀读物一样;如果他给穷人看病,就把处方给他们并教他们如何用这个方法进行下一步的治疗,以此表明这样做是令上帝满意的,同时牧师也希望他们自己,而不是让仆人去为他们治疗。当他发现有人忙于自己的事务,他就赞扬他们,因为每个人各司其职不仅是好事,同时也是理所当然的。但是,他也警告他们两件事:首先不要过深地陷入世俗事务中,不要陷入焦虑之中,不要在疑虑中做事,不要在亵渎神中做事。当他们过度劳作时,他们就会焦躁不安以至于失去安宁与健康。当他们怀疑神的旨意时,他们会认为劳作才是自己兴旺发达的原因,他们认为美好的前程掌握在自己手中。如果他们让自己像野兽一样工作,从不祷告,那么他们就是在渎神中劳作。其次,他劝告他们说,如此这般为财富与生计的劳作不应该是生活的目的,而是因为他们可能因此而有财力去侍奉神,去行善事。如果他发现有人辛苦劳作却贫困交加,他就多少给予他们一些。他不仅用话语安慰他们,还要慷慨解囊,这样他们就能够更加愉快地继续他们的工作,而他自己也更受他们欢迎。对于那些无所事事或者不好好工作的人,牧师并不会一开始就责备他们,因为这样做既不礼貌,也不会取得任何效果,但是他会在离别之际劝诫一番。然而,对于不同性格的村民,乡村牧师会区别对待。如果村民性格坦率,那么他就直接谴责他,因为此时不必注重细枝末节;如果他们比较敏感,会对谴责很快表现出敏感的反应,那么他就要将谴责的话语放置一边,不慌不忙,旁敲侧击,拿另外一个人来说事,让他们自己谴责自己。无论如何,他用这种或那种办法谴责他们,同时,他保持纯洁,不陷入他人的罪过之中。但是,这样的事情是他不能容忍的:如果我的兄弟冒犯了我,我要遵循救世主的规则,把他拉到一边私下批评他;如果公开冒犯了上帝,那么我要遵循使徒的规则(见《提摩太前书》第5章第20节),在众人面前责备他所犯的罪。除这些偶然交谈以外,牧师还要询问他们在家中遵循哪些规则,问题涉及生活的方方面面,例如:是否会在清晨和傍晚下跪祷告,对经文和问答式教授法有无疑问,平时是否会唱赞美诗;哪些人识字,哪些人不识字。有时牧师亲自倾听孩子们朗读,并为他们祈福;他也鼓励仆人学习阅读,并且让他的仆人在圣日教教民的仆人阅读。如果牧师不愿意详述这些事,那么他就不适合做牧师,他需要秉承这样一个原则,即在侍奉上帝的过程中,没有事情可以说是小事:一旦事情本身与上帝联系在一起,它就立刻变得伟大了。因此,他不会不屑进入最贫穷的农舍,因为上帝与他们同在;他宁愿这样做,因为对他而言,接近穷人比接近富人更让他感到舒适。除此之外,还因为接近富人让他感受更多的耻辱。以上是牧师巡视时的主要目的,但是有时为了让谈话顺利,他还会穿插其他内容。但无论如何,都是为了更加容易地实现他的高层次目标。

第十五章 牧师的慰藉

当接受乡村牧师治疗的人中有人生病,或者因失去友人或遭受财产损失等事情而感到痛苦时,他一定要尽全力安慰他们,他宁愿亲自去看望他们,也不愿派人把他们接到家里,虽然他们可以而且必须向他求助。为此,他已经彻底掌握了安慰的所有要点并早已运用娴熟。例如,从他个人说到他的教会;从他的诺言,从过去所有圣徒的事迹说起;从基督自身为实现对我们的救赎而使他自己陷入痛苦之中说起;从痛苦的益处(它能感化固执的人)说起;从只要我们认真,就能得到救赎和奖赏说起。他把此刻的悲痛与今后的喜乐做比较,告诉对方上帝的旨意已经延伸至田间百合。此外,在拜访病人或其他方面不幸的教徒时,他会遵循教会的指引,劝说他们进行忏悔。他竭力让他们明白这种古老而虔诚的宗教仪式的无穷益处;他也劝说他们做虔诚的慈善工作;参加圣礼,对于所有有罪的灵魂来说,是无比惬意与美好;他显然是在提醒那些不专注的人或身体有病的人,圣礼给予力量、喜乐和安宁去抵制诱惑。这样,在牧师规劝之后,教民便会对此心生饥渴之感。

第十六章 作为父亲的牧师

乡村牧师不仅是教民之父,他自己也深信这一点,而且他的言行也处处显示似乎是他创立了教区。他充分利用这一点。不管何人犯错,他们都不会把他当作官员来憎恨,而是同情身为父亲的他。就算他们未按规定纳税或有什么不义之举,他也会原谅他们。他把罪人看作孩子,给予其矫正过错的机会;即使是屡教不改的人,他都不会轻易放弃。他要努力到最后才将其开除出教会,或者永远也走不到这一步,因为他知道有些人在最后时刻才接受神的召唤，因此，他仍然期待着，等待着，唯恐自己擅自决定上帝降临的时刻；他无法决定最后审判日何时到来，也无法判断人们什么时候会中途放弃信仰。

第十七章 牧师旅行

当乡村牧师因为某个正当的理由离开教区（在谨慎而认真地思考之后）的时候，他不会置自己的神职于不顾；无论他身在何处，他都是一名乡村牧师。因此，他为那些在路上遇到的人大声祈福。在交谈开始时，他可能说些有益于陶冶情操的话，中间穿插一些简短而真实的提神小故事，这样，他的话就会更受欢迎而且不会显得索然无味。当他来到客栈时，他也不会拒绝进入，他会把上帝的荣耀延伸到他的同伴身上，因为他们能够平安到达就是上帝的赐福。他在餐前祷告，并告诉店主他在就寝以前要在大厅里祈祷，并希望店主告诉其他房客：如果其他人愿意和他一起祷告，那么他也愿意为他们祷告。清晨，他也做诸如此类的祷告，并愉快地引用域外格言"祷告与用餐不会妨碍旅行"。当他来到亲戚家中，他会用心地思考这家人离上帝有多远，这主要体现在以下几点：首先，衣着是否得体，饮食是否正常，是否沉溺吃喝、阅读毫无价值的书籍、诅咒别人、未将孩子培养成才、虚度光阴。其次，是否虔诚，是否进行每日祷告，是否坚持谢恩祷告，是否坚持阅读经文，是否会庆祝礼拜日、圣日等宗教节日。同时，牧师会想方设法帮助他们弥补不足。首先，他会思考哪种方法最符合这家人的性格；然后，他就诚心诚意、大胆地运用这一方法。当然，他会在恰当的时候小心翼翼地把男女主人拉到一边单独交流，向他们表明，应该敬重那些祈祷他们好运的人。不过，他这么做并不是因为想插手他人事务，而是因为出自力行善事的虔诚之心。

第十八章 哨兵牧师

无论乡村牧师在哪，他都是上帝的守护者；也就是说，在牧师的陪伴下，没有什么话可以说，也没有什么事可以做，只能接受他的考验与批评。如果有人说得好或者做得好，那么他就要借机表扬并且诠释一番；如果有人说话有恶意或者做恶事，那么他就要马上控制这件事，唯恐这流毒悄悄传给一些年轻人和一些粗心大意的人，以免在他们自己意识到毒害之前被其掌控。牧师小心谨慎地处理这件事,语言温柔,让人感到十分舒服:这些话说得不是特别恰当,因为说话人在说的时候竭力克制自己;我们不能允许这样的事情发生;否则,如果说话时允许说明,那么你的意思就不是如此,而是另外一番含义了;或者说,到目前为止,你的话的确都是正确的,但这却行不通。这就叫做对神的守护。我们成功发现并避开敌人放在我们身边的诱惑,就是与上帝在一起,忠于他的陪伴。此外,如果牧师觉察到有人的谈话有恶意——可能是由邪恶或者好吵架引起的,那么他要设法转移其注意力,谨慎地将其打断。话语安排产生的愉悦具有重要作用,因为与欢乐相比,人们更愿意无偿接受他们语言的好处并参与其中;无论在哪,人的本性是,宁愿使自己失去荣耀,也要接受饱含爱意的提神故事。

第十九章 推荐信中的牧师

在所有亲友眼中,乡村牧师正直而诚实。首先,乡村牧师正直地对待民众。例如,如果他因为需要而征用一副盔甲或一匹战马,他不只是为了虚名、游走江湖,也不是敷衍了事、碌碌无为,而是赤胆忠心,以显赫战绩报效国家。但是,这些都是他身为牧师所应该做的。如果不这样做,就是欺诈。就各方面而言,乡村牧师都是真诚而正直的,他不会欺骗人,就像他的仆人不会欺诈他一样。同样,在其他乡村事务中,他要衡量任何一道命令所能产生的结果。其次,他区别对待教会的所有牧师,尤其是对待教区主教,乡村牧师用自己的言语与行为赞颂他,并且在管理教区遇到难题时向他求助。当有人来教区参观时,他仔细观察,并准备适时地利用他们,例如,利用牧师委员会为教区谋福利。因此,在他来教区以前,他会先仔细审视自身职责中的缺点,然后在布道、祷告那天,告之教民们怎样做才是恰当的。第三,他与自己周边的牧师保持良好的沟通,为他们履行教职,除非这会对他的教区产生危害。同时,他也欢迎其他牧师来他家里,无论贫富贵贱,他都面带欢容,好像他要招待某位身份尊贵的君主。第四,他对所有邻近的教区履行邻人的责任与义务。因为使徒的规则值得称赞且适用范围广大,"凡是真实的、公义的、清洁的、可爱的、有美名的,我们都应该做"(见《腓立比书》第4章)。我们的邻人甚至在异教徒中享有美名,如果我们把行善当作职责,那么,在处理其他事务时,不要忘记行善。如果上帝发怒,降下灾祸,他要带领自己教区的教民前往,让他们充分认识到世事无常,无法预料下次会是谁遭受不幸,然后,将帮助邻人的职责告之他们。他先自己慷慨捐赠,然后激励他们捐赠。他们一起捐赠一大笔钱,并一起选择某个适当的日子,亲自把这笔钱送过去,以帮助那些受苦的邻人。因此,如果邻村过于穷苦,而他的村子要比之优越,那么他要想办法缓解贫困,与邻村分享物资,并向他的教民说明上帝让他们过上了好生活,他们应该有仁慈之心。否则,上帝也会惩罚他们,让他们和邻村一样饱受贫穷之苦。

第二十章　代替上帝的牧师

乡村牧师代替上帝行使对教区的职责,尽他所能践行上帝许下的诺言。因此,只要有善恶之事,他要么给予奖赏,要么实施惩罚。如果他碰巧在另一个人那里读到了《圣经》的一段文字,那么,他就要给他进行解释。如果他发现有人给穷人一个便士,那么,他就要奖励赠予人半个先令;如果有人给穷人的是更好的礼物,那么,他就赠予一本书,或者减免他的税;如果赠予者忘记自己曾经做过的善事,那么他就告诉对方,自己之所以这么做是因为在某一时间看到过他行善。从某种程度上来说,这就是履行上帝的职责,因为上帝关心这个人今生的生活,许诺敬神就会有所得。然而,在其他人看来,上帝就是他的即时支付员,按照他们行的所有善事给他们奖赏。牧师对罪人进行的惩罚要么是拒绝他从其冒犯的团体中取得赠予或者礼遇;要么是私下或者公开酌情对他进行指责。乡村牧师总是带着真正神圣的热情,小心翼翼地看着他接受惩罚。他希望那个人在接受正义的惩罚之后也能渴求正义。在惩恶扬善方面,牧师代替上帝行事。他知道村民并没有受信仰引领,因此要引导他们,只能依靠赏罚。

第二十一章　牧师的教义问答

乡村牧师高度评价教义问答,因为这涉及他职责中的三项内容:其一,给他教民中的每一个人灌输足够多的关于拯救灵魂的知识;其二,增加学识,建造灵魂的圣殿;其三,激发人们学习这些知识,并极力付诸实践,促进变革。教义问答是第一点,但仅仅通过教义问答法,却无法完成第二项职责。然而,布道中也有一种状态，教义问答让他感觉自己拥有一颗非常适合基督徒灵魂重生的谦卑之心，这让他感到非常快乐，因为他举行宗教仪式和祷告的目的是督促自己苦修；在对他人的传道中，他不会忘记自己，而是先要为自己布道，然后再为他人布道，他因教区的成长而成长。他喜欢运用普通的教理问答，部分是因为要服从权威，部分是因为需要观点一致的缘故，因为那些同一的普遍真理应该被所有人掌握，尤其是因为许多牧师经常从一个教区迁到另一个教区，他们就像基督的卫士一样传递上帝的话语，用他们普遍熟悉的恰当回答满足会众。他要求所有人掌握教理教义，要求年轻人掌握那些话语，要求老年人掌握其本质。无论是在公开场合进行的教义问答还是私下里进行的教义问答，他都按照使徒的规则，以尊老为荣(见《提摩太前书》第5章第1节)。他要求所有人都参加教义问答。首先，这是因为教义问答的权威性使然；其次，村民的父母或主人会根据他们问答的情况进行赏罚；第三，那些年长而又基础不够扎实的可以抓住这个机会借用这一体面的方式再次接受教导；第四，那些宗教理论知识丰富的人也可以利用这个机会检验自己的理论基础，重温誓言。一旦所有人都学习了教义问答的话语，牧师就会改用其他词语表达。许多人说教义问答就像鹦鹉学舌，无法触及教义问答的意义。在这个过程中，应该坚持教义问答的顺序，但是，余下的内容可能会有所不同：世界是怎样形成的？世界是被创造的，还是偶然形成的？谁创造了世界？你看到上帝创造世界了吗？要相信不曾见过的东西吗？这就是信仰的本质吗？基督教中尽是这类看不见却要人相信的事情吗？你说上帝创造了世界，那么谁是上帝？接下来，需要回答所有问题，需要通过对比来简化问题以帮助答题人。对于一个答题者，可以运用这个顺序；对于另外一个答题者，则提问顺序可以稍有不同。这是一种绝妙的传教方式。这样，被提问的人能体会到乐趣，而提问人一旦掌握这种技巧，也能够让无知而又愚蠢的人理解宗教中隐晦而深奥的含义。苏格拉底的哲学就是如此，他认为，每一个人内心都有真理的种子，同样，通过提问设计好问题的顺序，他也能在糊涂的商人身上发现真理。基督教不会坚持这种立场，因为基督教本身包含一些超自然的事物，但是，一旦此后学会了教义问答法，就会发现哲学之于自然，就像教义问答法之于神学。为此，柏拉图的一些对话也值得阅读，而苏格拉底在这方面的非凡敏锐也可以借鉴模仿。综上所述，我们可以发现教义问答法的三个特点。首先,整个对话有一定的目标与标准。在提出任何问题以前,提问人在头脑中应该知道要怎样引导答题人,应该以哪些问题为基础,应该和哪些问题联系起来。其次,用最简单最容易的方法设计提问,尤其是对那些几乎没有学识的人,甚至要将答案隐含在提问中。再次,当答题人感到困惑时,要用他知晓的其他事解释这件事,用已知阐释未知。乡村牧师一旦要求答题人回答关于人类苦难的其他问题时,对方就会无比痛苦。那么,怎么办呢?当答题人不能回答这个问题时,他变换一种问法,比如,如果他陷深沟中,他应该怎么做呢?这些熟悉的阐释会把问题变得简单,这样,答题人不会因自己的无知而羞愧,因为他能够尽快完成这个问题。然后,牧师接着问他能否独自一人从深沟里出来或者他是否需要帮手,谁可以成为他的帮手。毫无疑问,这种技巧正是《圣经》的意图,在它给耕犁、短柄小斧、一蒲式耳酵母、吹笛跳舞的男孩恩赐命名的时候,就已经表明常用物品不仅是用来服苦役的,也是用来洗涤和净化的,甚至是为天堂真理的光明服务的。这就是乡村牧师推荐给所有乡村劳动者的灵性实践,其益处就在于:在布道、祷告的时候,人们可能睡着或者走神;但是当他被问及某个问题的时候,他一定要弄明白是怎么一回事。在教授方面,教义问答优于布道。关于布道中有两点值得一提:一个是传播知识,另一个是激发听众的强烈情感。从传播知识角度讲,布道在提问题方面显得欠缺,但是,在激发情感方面却远远超过提问。因为提问不能激发出强烈情感而使人心醉神迷,要激发强烈的情感,只有通过设计巧妙的、认真准备的长期演说才能实现。

第二十二章　圣礼中的牧师

因为要主持圣礼,乡村牧师常常感到困惑,不知道圣事应该以怎样的方式举行。特别是在举行圣餐礼的时候,他更是深感疑惑,因为他不仅要迎接主,还要打破主的权威而管理主。在这件事上,他自己无法发现任何问题,只能拜倒在恩典的宝座前,向上帝求助说,主啊,您知道该怎么做,因为正是您指派了这件事;现在看来,您自己执行了您指派的任务;因为您不仅是宴会,也是通往宴会的道路。在洗礼仪式上,他自己身穿白袍,要求所有人都出席,除非是在礼拜日或者重要的宗教节日,否则,他不予施洗。他不承认那些虚荣与懒惰的名义,而是认同那些平常的理由。他说,在虔诚的祷告中,人们感激上帝,因为他召唤我们去领略他的恩典,而洗礼则似乎是一种祝福,是我们这个世界所不曾拥有的。他乐意为孩子划十字架,认为这个仪式不仅纯洁而且神圣。他教导教父教母说,维护那个地方并不是值得恭维或者轻视的事,而是巨大的荣耀与负担,就像上帝与圣人做的那样,通过为基督徒的灵魂做出承诺这一方式。他建议所有信徒都要经常回忆他们的洗礼。智者认为,维持某种状态的最好方式就是将其还原为使其变得伟大的那些原则,同样,对于基督徒而言,经常冥想洗礼(作为他们伟大职业的第一步)、受洗条件和受洗誓约的过程就是最安全的过程。在举行圣餐时,他首先接受教会委员的委派,要求所有用具都必须是最好的,不能粗制滥造,不能有异味或者不卫生。其次,他要思考和探究教民无知和心不在焉的原因,同样,他要在举行圣餐礼之前准备好教义问答与生动的劝诫。如果一些没有接受过教义问答或者劝诫的人准备接受这项伟大的工作,那么他就要承受更多痛苦,当然,也可以就此为将来的福报奠定基础。每个人第一次领受圣餐的时间不是由年龄决定的,而是由理解能力决定的。规则可能就是这样。当一个人能够区别圣餐面包和一般面包的时候,他就已经知道了规则,无论他年纪几何,他都必须领受。儿童和青年总是以虔诚为借口,拖延很久才去参加圣礼,但这却是因为缺少教导;当他们成熟到足以理解邪恶的事情时,那个时候不是更好吗?但是父母和主人却应该赶快去做这件事,就像去为子女和仆人做一次有价值的采购一样。他们如果拖延,双方都将遭受损失:其中一方想要更多的恩典;另一方则没有被好好侍奉。教义问答的说教是必须的,但是这还不够,因为就形式而言,虽然解答能够让人认清自己,但是这些问题涉及的范围广阔。再次,乡村牧师自己非常虔诚,他只给予那些虔诚的人圣餐。实际上,圣餐要求坐着享用,因为这是一场筵席。但是,来参加圣礼的人毫无准备却要屈膝下跪,他却满怀信心来参加,跪下来便承认自己是个没有价值的客人,这与其他参加筵席的人不同。他们虽是坐着、躺着,但依然把自己交给使徒:在上帝之爱的筵席上的争论比任何态度都更耻辱。第四,在论及圣餐的频率时,乡村牧师说,如果不能每月举行一次圣餐,那么至少一年要举行五六次。例如在复活节、圣诞节等重大节日期间举行。他这样做,一是因为这项工作本身的益处,二是因为教会委员要履行自己的工作职责。如果一年中只举行三次圣餐礼,他就要观察哪些人三次都没有来。然而,不是所有人都能够在那些时间安排好工作来领受圣餐,教会委员也无法充分观察到底哪些人领受了三次圣餐,而哪些人一次也没有领受。

第二十三章 牧师的完整性

乡村牧师渴望成为他教区的多面手,他不仅是牧师,还是律师和医生。因此,他不能容忍自己的教民打官司;但是,一旦出现任何争端,他们都应该向他求助,请他当他们的法官。为此,他自己必须对一些日常事务或者有争议的问题具有洞察力,这些可以通过经验获得,也可以通过阅读一些初级法律读物来获得,例如多尔顿的《和平正义》和《法规节略》,也可以通过与那些谈论过案件的专业人士的对话来获得;那些专业人士坚信,人们与他们交谈他们最擅长的事情是最有收获的交流方式。然而,无论何时,当有人把争端提交给他的时候,他不会独自一人做决定,而是派人去请教区内的三四位能人来与他一起倾听这一案件,并且请他们先发表意见;他从中收集那些有用的观点,否则他就对此一无所知;这样,事情的解决就更具有权威性,招致的不满就更少。在对一起争端做出判断时,他坚持的原则是:如果教区内最穷的人不道义,从最富的人身上扣留一根别针,作为法官的他一定会要求其物归原主;之后,他便又继续他的牧师身份,开始慈善救助。有时候对于一些案件,他允许教民诉诸法律,而不是请他帮忙。例如,案件涉及某种晦涩阴暗的性质,连律师也很难做出决断;或者涉及严重后果的案件,例如确立遗产等;又或者,当不同的人之间有产生争议的倾向,无法达成一致,却又无法维持曾经的这种和解。但是,他会向他们展示如何以兄弟而非敌人的身份打官司,既然不能避免互相指责,就要避免彼此诋毁。牧师不仅要从事法律工作,还要照顾生病的人:如果他的教区中有人生病,他就要担任医生,或者让他妻子担任医生。在世界上的所有能力当中,他除渴望具有治愈创伤、帮助病人的能力以外,别无所求。如果他和他妻子都没有这些技能,那么他服务教区的唯一方法就是,让他家里某个年轻的执业医生为教区服务。牧师曾经告诫过他,不要超越他的责任边界,但是,在难以处理的情况下,可以请求帮忙。如果上述两点均无法满足,那么,牧师就要与附近的医生保持良好的沟通。如果他帮助治愈了教区的病人,就要款待他作为报答。然而,对于学者来说,掌握这类药物知识很容易。这些知识不仅对他有用,对其他人也有用。这些知识可以通过观看解剖、阅读医学书籍来获得。弗尼利厄斯的医书就是不错的选择——他的写作简洁而又有见地,尤其是要仔细研读他的治疗方法,因为这是实践部分,最有价值。这样一边阅读弗尼利厄斯的医书,一边学习草药知识对乡村牧师大有裨益,而且还能为他从事的神学研究作为调剂。承蒙上帝,自然既能提供舒适的消遣,又能根据需要发挥作用。救世主创造了植物与种子并教育人们:他是真正的一家之主,他创造了各种新旧宝物、已有的哲学以及新近的恩典,并让旧哲学为新恩典服务。我猜想救世主这样做有三个原因。首先,通过熟悉的物体,他可以让他的教义润物细无声般传入我们心灵。其二,劳动者(这是他主要考虑的)可能会到处为他的教义立碑,在花园中记住他的芥菜种子与百合花,在田野中记住好种与稗子的种子;不要全身心沉浸在自己的工作中,有时要提升思想追求美好,即使是在痛苦时分。第三,他也许可以为其他牧师树立榜样。在草药知识中,上帝的多重智慧巧妙地向世人展现。有一样事特别需要仔细观察,那就是,哪种植物用来做草药,哪种植物用来装点花园与店铺。自制的草药不会给牧师造成经济负担,并且都在人身上尝试过。因此,药剂师用大黄来缓释,用止血草药来包扎,而乡村牧师用大马士革玫瑰或者白玫瑰来缓释,用车前草、荠菜、两耳草来包扎,且效果更好。对于香料,他一方面喜欢家里自制的香料,另一方面又认为其没有价值。因此,他不再在自家菜园培植香料。他认为没有任何植物香料可以和迷迭香、百里香、香薄荷、薄荷相提并论。对于种子类香料,他认为茴香与香菜的种子最好。同样,对于软膏,他妻子也不必去城里,而是在她的花园与田野里各种奇奇怪怪的树胶中寻找。当然,牛膝草、缬草、水银、毒舌草、蓍草、黄香草木樨、圣约翰麦汁混合在一起,就可以做成软膏;而接骨木、洋甘菊、锦葵、聚合草以及块根芹混合在一起可以做成药糊,能够治疗很多疑难杂症。在给他人治疗的过程中,牧师和他的家人要首先进行祷告,因为这样才是牧师给人治疗时应该做的,这样就将治疗行为从商铺上升到了教会。尽管牧师尽可能做慈善,但是,在自己教区以外,牧师却不施行救助,除非那个人非常穷,无法给医生任何报酬。就牧师生活的国家而言,不越俎代庖是一种公义与职责,他需要依靠自己的职业谋生。正直就是慈善的基础。

第二十四章　牧 师 论 辩

如果乡村牧师的教区中有人坚持奇怪的信仰,他就要竭尽所能使他们回归共同的信仰。他用的第一种方法是祷告,祈求众光之父打开他们的双眼,并给予力量,这样,他的话语就能够让他们融会贯通并深入他们的内心,使他们重归信仰。第二种方法则美好而亲切:通过经常去拜访他们和派人请他们来,并略施恩惠,例如减免什一税等。第三种办法是观察,通过观察,发现引发他们转变信仰的原因,弄明白他们到底期望什么;如果他是天主教徒,教会就是他转变的关键;如果他是分裂教会分子,那么谣言就是他转变的关键。因此,乡村牧师要勤勤恳恳地检查这两点。例如,教会是什么?它是怎样开始的?它是怎样发展的?它是否应该有规则?它是否过去一直都有规则?它现在是否有规则以及它应不应该受到这个规则的引导?是否任何规则都是晦涩模糊的?怎样的规则才是最好的规则?教会仪式晦涩难懂,由于基本原则的导引,教会既需要证明,也需要检验。同理,就谣言这件事而论:谣言的内容是什么?何时开始散播?何时被人接受?关于谣言有两种认知,一种是服从权威,另一种是不散布谣言。这必然为人所不喜,尤其是在不服从权威也有谣言产生的情况下;曾经因为权威观念而让人漠不关心的事情是否更让人漠不关心,是由我们是否忽视或不愿关心这些事情来决定的。诸如此类的观点表明,牧师已经准确理解有两大助力及劝说能力强的人支持他,其中一项助力是严格的宗教生活;另一项助力是谦卑而真诚地探寻真理的生活,因此,在论辩中他根本不会被撼动,因为无可非议:这两大助力就是两盏明灯,照亮误入歧途的人的双眼,让他们相信,在信仰中上帝对他们来说是不可或缺的,上帝对每一个人都是宽厚仁慈的。

第二十五章　牧 师 惩 罚

乡村牧师无论是揭露还是惩罚违规行为,都需要有权威性。就像老百姓分析邪恶意图的迹象一样,牧师尽可能克制自己不惩罚违规者,因为抛却违规行为不说,在这之前违规者并没有做任何让人讨厌的事:牧师没把他当作敌人,而是当作兄弟一样对待。短暂的疏离可能对违规者来说是一种更好的约束方式,让其变得谦恭。如果这种方法能够很好地发挥作用,那么,牧师就会找到更快的方法,在与他疏远前尽可能为他做得更多,加倍关心他,一定要表明,违规者的回心转意对他自己有利。

第二十六章 牧师的观点

在业余时间无事可做的时候,乡村牧师站在小山上思考他的教民,发现有两种罪过和两种品行不端的人。有些罪过的本质总是显而易见,如通奸、谋杀、憎恨和撒谎等;而一些罪过的本质,至少初始晦暗不明,例如贪婪与贪食。有一些人知道自己有罪却无法克制;而另一些人,当他们清楚地知道自己的罪过为何时,他们就不会再犯。实际上,他们知道那些罪过早已经变成自身的一部分,因此他们巧妙地应对那些谴责自己的人。一个人可能贪婪而又无节制,但是,在听评判贪婪与节制的布道时,他会认真而诚挚地谴责自己。牧师之所以这样做,显然是因为人们还没有讨论过这两种罪过的本质,或者说,人们还没有普遍认识到这两种罪过的本质,因为其最初状态并不容易被察觉。很难被察觉的原因是因为在持续的行为中从刚刚过去的合法状态转移到当前的不合法状态的时间极其短暂。比如,一个人吃饭,当他开始吃的时候,他是正当的;但是如果吃个不停,就会转变为一种违背道德的行为,他无法及时意识到这一行为对他的束缚,也不知道他吃的行为从何时开始变得违背道德标准了。同样,当一个人开始积攒钱财用来购买生活必需品的时候,先是为了家庭,后是为了子女,但是他几乎无法意识到从什么时候开始,他的积攒行为开始违背道德标准。这里有一个临界点,在一段时间内他积累钱财是合乎道德标准的,然而,一旦过了那个临界点,马上就会从道德转变为不道德。忠于职守的牧师已经充分思考了美德和邪恶的概念,并在那些本质上最容易行偷窃行为的人以及最开始就让人感觉不可靠的人身上一探究竟。当然,并不是说这两种罪与他们的怪异性格有关,而是因为所举的这两个例子最常见。牧师持以下观点:首先,就贪婪而言,他的根本依据是,无论是谁,只要他不花一分钱或只花少量的钱就获得与之不相匹配的资源,那么,这个人就是贪婪的。其理由很明显,因为上帝给予我们财富是为了给我们提供生活必需品。现在,如果他违背了上帝的初衷,就是冒犯了造物主,颠倒了他给万物与理性创造的秩序。这放之四海皆准。简言之,穷人、祖国、朋友、餐桌、牧师服装等需要我的时候,我却省吃俭用或者吝啬到连上帝都不能接受的程度,那么我就是贪婪的。再具体一点,如果上帝给我安排了仆人,我给他们的却很少,还都是变质了的,例如有时是变质的肉,有时放了太多盐,致使食物没有充足营养,那么我就是贪婪的。我选择这个例子是因为人们经常认为仆人是他们花钱请的,就像他们买其他的物品一样,例如他们买来一段木头,可以切、可以砍,也可以扔进火炉里,因此,他们支付仆人工资,这样一切顺理成章。又比如,如果一个人有充足的资金去买一把锹,然而,他却用他邻居的锹,并且把锹用坏,那么,这个人就是贪婪的。从没有人将贪婪阐释得如此直白,思考得如此细致,然而,最渺小的事中也有公正,需要判断,所以这么做是必须的。乡村居民有大量细小的不公正行为。他们狡猾地利用他人为自己谋利。神职人员必须勤勉地观察这些行为,用神学院的普遍规则指导生活中最平常的行为。他们永远也不会在神学书籍中看到这些行为,但是生活在乡间,忠诚地履行他们的职责,他们很快就会发现这些行为,尤其是当他们高度警觉、集中精力履行职责而不是只关心个人喜好时。其次,就贪吃而言,他的理由是:如果一个人控制不住地追求美食,所吃量超出身体所能承受的范围,那么这个人就是贪吃者;如果一个人吃得太多,超出了他的健康或财力所能承受的范围,那么,这个人就是在挥霍;一个人吃东西时不守规矩,吃得太快或太慢让客人不开心,这个人就是让人讨厌的、毫无慈悲心的。总体而言,上述三条原则包括了吃的不端行为,其中蕴含的真理无需再去证明。因此,人们饮食不能危害自身的健康,不能影响自己的工作(因为吃得太多或者过度研究美食,他们不能更好地完成任务),不能有损他们的财产,不能侵犯他们的兄弟。在上述行为中,有一种行为是恶劣的,但是,它却是判定一个人贪吃与否的习俗与标准。许多人认为他们应该享有比现在更多的自由,就好像他们是自己健康的主人一样,他们能够容忍疼痛,这样一切都很好。而且,一个人吃东西吃到伤害自己,这有违理性,因为伤害自己是不正常的;这样他们就不再是自己的主人了。然而,在这些有害健康的行为中,我感觉有必要避免那些根据我的个人经验认为有害而按照惯例和一般性常识却受到称赞的行为。当然,这要说到有害健康的肉食以及有害健康的酒类。至于数量,凡是从事我们这一行业的人,都不许吃太多肉,避免无法正确履行神圣职责或者达到职业要求。因此,如果饭后他们感觉不适(或者不灵活),无法进行祷告或者履行职责,那么,他们就是贪食者。不是所有人都要在饭后马上开始工作(因为他们甚至不必工作,尤其是神学院学生以及那些体弱多病的人)。但是,他们必须马上离席,这样吃肉或喝酒就不会妨碍他们工作了。做到这点有三条指导原则。首先,基于习惯和他们对自己身体的了解,要弄清楚哪些食物好消化;其次,在吃东西的时候他们对自己身体的感觉,因为这有欺骗性(因为一个人在吃东西的时候,常常认为自己可以吃更多,但往往事后才发现事实并非如此);第三,坐下吃东西时观察他们自己的食欲。这条规则,与第一条规则一起用,从不会不奏效。因为一个人知道自己的消化功能,当他要吃肉的时候要知道自己处于什么状态,自己感觉是否饥饿,应该吃自己需要的量或者减少自己需要的量。然而,医生嘱咐那些健康人不要吃一成不变的食物,要饮食多样化,有时多一点,有时少一点;热尔松——一位唯灵论人士——希望所有人多吃,不要少吃;他的理由是,虚弱引发的疾病比饱食引发的疾病更危险。但是,牧师要根据他的双重目标进行判断,即节制饮食是一种道义上的美德行为,还是说禁食是一种神圣行为。当他应付任何一个粗壮而又重视肉欲的人时,他向后者提出那些更加自由的规则;当他遇到十分有教养且品性圣洁的人时,他能把后者带到更高处,甚至有时能够引导他们达到忘记自我的状态,因为他们知道,有一个人会在他们忘记时为他们记住一切。当人们饥渴神的教诲并因此而长久逗留等待的时候,如果他们空手而归,他们就会变得虚弱,而他却不会虚弱,也不会遭受错误引领的影响。

第二十七章 牧师在欢笑

一般而言,乡村牧师悲伤不断,因为他只了解基督的十字架,其余一概不知。他全神贯注主被钉在的十字架上。如果他将目光从十字架移开片刻,他就会看到那两只悲伤的眼睛,写满罪过与痛苦;主每日都蒙受耻辱,人则饱受痛苦。然而,他有时振作起来,就好像他知道本性不会承受永远的萎靡一样。愉快性情是行善的关键,这不仅仅是因为所有人都要避开永久痛苦的陪伴,而且是因为当他们有痛苦相伴的时候,伴有欢乐的教导才能更快地进入心灵,在灵魂深处扎根。由此,他谦卑地对待自己和他人身上人性的脆弱;偶尔他根据听众的情绪在话语中掺入快乐。

第二十八章 牧师被蔑视

因为人们对乡村牧师这一职业的普遍蔑视,而且更多是因为他决定遵守那些他选出来的在本书中已经描述的判断准则,乡村牧师清楚地知道自己一定会遭到鄙视,因为这也是他的主(上帝)以及他的兄弟(圣徒)遭受的一部分,这可以预见,而且会一直持续,直到万物消亡。然而,按照使徒规则,他努力做到没有人可以鄙视他,而且在他自己的教区,他有至高无上的权利,他不会被鄙视;为此,即使存在鄙视,也没有传播的空间。他获得了这一认知,首先是因为他神圣而无可指责的、远在蔑视之上而又令人敬畏的生活。其次,是因为谦恭的举止与可人的行为:应该受到尊重的人必须尊重,行善事不求回报,因为这说明思想的高度与优点是不容易被小看的,除非它堕落为傲慢。第三,当有必要时对教区内最优秀的人进行大胆而公正的谴责。因为这虽然容易引发那些被谴责的人的憎恨情绪,但是不会在他们或者其他人中引发鄙视情绪。第四,如果这种鄙视情绪一直存在,那么最终会引发受到法律制裁的事。因为鄙视情绪如果不被阻挠,就容易引发此类事件。乡村牧师对当事人以及引发管理者检查与审判整个事件的原因要给予恰当的尊重;这样,当审判的光照在一个人身上的时候,就有惩一儆百的功效。但是,不管这种蔑视行为是否应该受到法律的制裁,乡村牧师始终认为,根据他自己的裁量,与这些人辩论要么不适合,要么毫无用处。因此,当任何一个人蔑视他的时候,他既不用谦卑的方式说没关系,也不用稍微缓和的方式去责备。他人的鄙视对于他而言只不过是一个抛向主所在的天国的石块。他有时悲伤地对自己与他人的罪过感到悲痛,因为罪过不断地违背上帝的律法,让主蒙受羞辱。他有时又以一种教义的方式对蔑视者说:唉!你为什么这样呢?你伤害的是你自己,不是我;向别人扔石头的人最终砸到的是他自己。因此,在温和的说理与怜悯之间,他战胜了邪恶;最后,他以胜利者的姿态,高兴而自豪地因他遵奉主的旨意而感到安逸;因为生活在这个他生活过的世界上,他获得救赎的誓言不容置疑。敬虔的人有五面盾牌对抗邪恶的进攻,而尘世的子女只能将愤怒、报复交由另一个人掌管,正如俘虏不会做任何抵抗,即使抵抗,最终也是同样的毁灭。因为当他们抵抗那个辱骂人的人时,他们不是在抵抗掌控了他们的邪恶,而是在抵制更糟糕的敌人。

第二十九章 牧师与教堂执事

乡村牧师经常公开或者私下里指导他的教堂执事,告诉他们肩负的职责有多重大。实际上,教区内的秩序与纪律全都掌控在他们手中。如果要进行改革,那一定是因为他们良心发现,打算按照神的旨意、按照誓言进行。教区并不是仅仅从世俗法律获得尊严,由于按照普通法则,他们常常被看作一种合作关系,因为人们因着上帝的名义得到动产和不动产,并因这些财产在教区的使用与收益产生争议,继而诉诸法庭。基于这条法律,他们会因为不去教堂或者在礼拜仪式中不遵守秩序而被征收罚款。乡村牧师不能因为被列入社会下层而被诽谤、被贬低,他依然努力使善良的人相信,他们没有失去什么或者是变得更加渺小;相反,他们有所收获,因为能够为上帝和他的选民服务是今生最大的荣耀,正如大卫所说的"做神殿的守门人"。因为《教会法》是教堂执事的法规,所以乡村牧师建议他们经常去阅读或者倾听这一法规,这样他们就会更加明确自己的职责,更好地履行他们的誓言;就这方面而言,考虑到他们的职位以及他们的誓言所能产生的重大影响,他希望他们无论如何都要尽职尽责,不管责任多大。如果在经过温柔而又亲切的警告之后,他们依然坚持恶行,那么就要控诉他们,虽然他们是有过失的佃农或者其他成分。因为他们对上帝的职责,所以他们自己的灵魂远在现世的羁绊之上。好好做事,做个正直的人,任凭世界沉沦。

第三十章 牧师对天道的思考

乡村牧师认为,如果乡村居民认为万物顺其自然,那就是恰当的。如果他们播种施肥,他们的土地就一定会长出粮食;如果他们好好饲养牲畜,他们就一定会有牛奶和小牛犊,劳作使他们不总是见到上帝在操控万物,使他们相信万物并非永恒不变,而是主经常按照他认为合适的样式改变自然,有时是奖赏,有时是惩罚。因为这个原因,他告诫教民上帝拥有三种能力,掌控与人有关的万物。第一种能力是维持生存的能力,第二种能力是治理能力,第三种能力是精神动力。运用维持生存的能力,他能够维护和激励存在的任何一样事物。这样,作物生长,不是因为其他原因,而仅仅是因为作物需要生长。同时,他需要不断地供给,如果没有那种供给,作物立刻就会干涸,就像河流的源头被切断后河流立刻就会干涸一样。值得注意的一点是,如果说有任何一种事物的运作遵循必然进程并始终如一,那么它要么是天空中的太阳,要么是地球上的火焰,因其有着凶猛的、坚定的以及狂暴的本性。然而,当上帝高兴的时候,日头停留,而地火却不熄。就治理能力而言,是上帝维持事物与事物之间的联系并将这种规律运行,这样,虽然作物生长,但是它却依旧按照上帝维持生存的能力这一行为模式生长,然而,如果他不愿意使得他物适合作物生长,例如他掌控的季节、天气以及其他偶发事件,即使是大丰收也会变得颗粒无收。值得一提的是,上帝很高兴让人们感受到他的威力、承认他的威力、尊重他的威力,因此,当人们认为不再有危险时,他却将一切彻底翻转。那就是他进行干预的时刻。例如,在商人乘坐商船历经数次暴风雨成功返回到家时,上帝就将这个港湾摧毁;如果货物被存放进房屋,就会发生火灾吞噬一切。那么,人应该永远保持这项规则,不要停止他们对上帝的依赖,无论那些机会对他们来说有多美好。因此,如果农夫愿意一年四季依赖上帝,上帝将确保他粮食的安全。否则,上帝在看到所有人都对此无比自信时,就会在人们播种时送来这些极端天气,毁坏一切。如果一个人不愿意依赖上帝,甚至当他把所有粮食都放进谷仓,认为一切已经万无一失时,他也会引发一场火灾,烧毁他的一切财产。因此,要一直依赖主并敬畏主。第三种能力是精神动力,凭借它,上帝将一切公开祝福转化为内在优势。因此,如果一名农夫既有好收成,又信仰上帝,那他一定能一直安全地把粮食贮藏在谷仓里。然而,如果上帝不给予他恩典去享用和买卖,那么,他的优势就变成他的损失。粮食被烧要比精神堕落好很多。从中可以观察出上帝的善良与人的顽固之间是如何展开博弈的。当一个人愿意坐下来倾听时,上帝会恳求他卖掉粮食,然后买进更好的:就像一位父亲,他的手中有一枚苹果,而在下面放了一枚金币;孩子来了,拉扯着,从父亲手里拿来了苹果;他的父亲恳求他扔掉苹果,他会为此而给他一枚金币,可是孩子却断然拒绝了,吃下了苹果,却因里面的虫而生病;这样,人在这个世界上先是被欲望和固执所吞噬，随后又受到良心的折磨。

第三十一章　牧师的自由

乡村牧师观察撒旦各种各样的阴谋诡计（他有时扮演从上帝那里吸引他的仆人的角色，有时在他们侍奉神的时候迷惑他们），并坚信基督已经让我们获得了自由。他区分什么是必须的自由、什么是额外的自由。举个例子：对于基督徒来说，当他们身体健康时，每日祷告两次、礼拜日祷告四次是必须的。这对基督徒来说是最必要的，也是最基本的。如果他不这么做，那么他就无法维系自己的基督教徒身份。此外，敬虔的人额外还要增加祷告时间，例如在九点、三点、午夜，或者是在其他他们认为合适的时间，或者是当主引导他们进行祷告的时候。但是，这些祷告不是必须的，而是额外的。现在这样的事情发生了，即敬虔的请愿者因为一天中的某个突发事件，或者在夜里睡过头了而没能及时做额外祷告。因为这，他开始困惑和苦恼，而懂得这种迫切情绪的撒旦趁机挑唆他，竭力扰乱他，把他拖出基督徒的港湾，然后不断放大这种困惑，直到它传播并毒害其他的敬虔职责，没有人能够在困境中像在平静状态下一样好地履行敬神职责。这样，乡村牧师要对他的反常状态进行干预，告诉这名困惑的基督徒，这种不是因为命令而自发进行的额外祷告是没有必要的，因此，在这种状态下出现的疏漏无论如何也不该让他感到焦虑。上帝像他一样了解这一情况，他就像一位仁慈的父亲，更愿意接受常规的祈祷仪式，而不喜欢被偶然打断。鉴于此，他让自己安心，无需有所顾虑，而是愿意一直高高兴兴，就好像他从未被打断过一样。很明显，这种区别具有适用性而又有宽慰作用，尤其是对那些柔弱而又虔诚的灵魂而言。但是，有两点需要额外关注。第一，这种中断不是由懈怠或者冷漠造成的，虔诚的灵魂能够预见到懈怠和冷漠，能够在这种中断出现之前将其阻止，尽管如此，当祷告中断的时候，他稍微会受到一点影响，但并不会感到痛苦或者焦虑；如果他憎恨中断，他会把它当作一种令人厌恶的东西，而不是一种痛苦。第二，这种中断不是由于羞愧造成的。举个例子：一个敬虔的人不是由于迷信，而是由于对上帝住所的敬畏，决定无论何时进入教堂都要下跪祷告，他或者向上帝祷告，祈求自己能够快乐地与人相处，或者告知主无论何时在他修缮住所时，他都会规范自己的行为，使其与主的荣耀相符合,这一过程十分短暂。但是,主出现在他经常祷告的地方的附近,暗中监视某个嘲笑他的流氓,那流氓可能因为他的痛苦而嘲笑他:如果他现在因为恐惧或者羞耻感而打破自己的习惯,那么他就因此变得邪恶,既然如此,他还执意进行祷告,那么,他就使得自己的祷告蒙受了耻辱。另一方面,如果我仓促地去探视病人,而我最近的路是穿过教堂,那我会毫不犹豫地从教堂经过,并且我不会停下来祷告(但仅仅在我经过时在内心祷告)因为这种祷告是额外的,不是必要的。如果出现任何顾虑,我会抛下顾虑,满怀信心,上帝不会不喜欢。这种区别贯穿基督徒的所有职责,对信仰的灵魂而言,这是极好的歇息与安顿。

第三十二章 牧师的调查

乡村牧师不仅要对自己教区的弊病进行详细的调查,也要对时疫进行总体调查,这样,当因为某些原因他需要离开教区或者带回陌生人的时候,他可以有充分准备去见他们。他认为,这片土地上最严重,也是全国性存在的过错是懒惰;懒惰本身很可怕,其后果也非常严重,因为当人们无所事事的时候,他们就会酗酒、偷盗、嫖妓、嘲笑他人、谩骂以及从事各种类型的赌博。来吧,他们说,我们无事可做,让我们一起去酒馆、妓院等之类地方。因此,无论在哪,牧师都竭力反对这种罪过。懒惰有两种,其一是因为没有工作;其二是对自己所从事的工作漫不经心。所以,牧师首先向每个人表明从事某一行业的必要性。他强调这一点的原因是来自他对人类本性的认识,因为上帝赐给人两样伟大工具——一个是灵魂中的理性,另一个是双手,这些是从事工作必然需要的。这样,即使在天堂,人也有事情做,而在天堂之外的更多时候,人虽然受到罪恶的诱惑,但因忙于合理的事务,从而避免因诱惑而犯罪。此外,每种天分或者能力都要发挥作用,都必须为了主的利益而改进提高。然而,对我们国家而言,从事某种职业也是一种义务,这与全体国民密切相关,因此,任何人都不应该懒惰,而是应该忙碌起来。最后,财富就是上帝的赐福,是行善的要素。因此,当有人没有被雇佣做更好的工作时,他们都应该诚实而理性地获得财富。这并没有违背救世主允许我们出售所有物这一规律,因为当我们出售一切并把它送给穷人的时候,我们一定没有懒惰,而是按照圣保罗的守则,我们努力挣得更多,这样我们就能更多地赠予(见《以弗所书》第 4 章第 28 节和《提摩太前书》第 4 章第 11—12 节)。因此,我主的销售观念并没有否定圣保罗对工作的看法,而是证实了这一看法,因为那些一无所有的人最适合去工作。现在,因为这一原则的唯一反对者是那个诙谐地辱骂他人也辱骂自己的打扮时髦的人,有谁愿意去问他是否要修鞋或者他打算做什么呢?因此,乡村牧师坚定地表明,体面而又合适的工作对于那些努力寻找的人而言,永远也不会少。如果事实果然如此,那么,这一主张应该就是:所有人要么从事某种行业,要么准备从事某种行业。如果他真正认真地准备,却没有得到工作或者无法得到工作,那么他也是安全的,能够受到上帝眷顾的。因此,所有人要么现在从事某种行业,如果他们适合从事这个行业而且这个行业也适合他们;或者接受他人的关心与建议,弄清楚什么最适合他们,并且为此勤奋工作。但是在具体细节上也不要失误,因为精确在于细节。人要么结婚,要么单身。如果已婚而又操持家务的丈夫去做那些他必须做的事,他手头就有许多事情要做。他的工作有两类:首先,完善家人的修养,让他们在对上帝的敬畏中、在上帝的教养下成长;其次,改良他的土地,通过浸水或者排涝或者放养牲畜或者围上篱笆,使得土地能够给他自己和周围的人都带来最大收益。意大利人说:人追求自身利益,没有什么不对。只需要诚实和细心即可,因此,这没有界限,因为每个人都努力推进自己的工作,这样他就会有资金行善。但是,他的家庭得到最好的关照:他指导他们的灵性操练,提升他们灵魂的高度,甚至到达天堂;就像园丁挑选树锄草施肥、看着它们笔直成长一样,他在子女以及仆人的成长中获得欢乐。如果人们能体会这种乐趣,那么他们将很少离开家,然而现在,无论在任何地方,他们都很少待在家里,因为他需要照管的家庭这么小,而他又如此聪明,以至于他有空闲关注他生活的村庄或者是教区,或者是附近的村庄教区,或者是他受雇佣的村庄教区。他为那里的每一个人着想,帮助他们,或是给整个镇子或者村子提出扩大公共储备以及根据实际情况管理公共土地或者林地的总体性建议。但是,如果他是和平委员会成员,那么他便没有什么建议可以提。我们的王国拥有世界上最优秀的治安法官制度,这是对国王的安全负责,我们的国王在整个王国内拥有众多分散在各地、听从他吩咐、为公众服务的治安官;同时,这一制度也为居住在乡村的绅士或者贵族提供了荣耀的职业,使得他有权利维护公义、遏制所有那些妨碍公务以及整个国家安全的人。因此,我们所有人有责任认识到这一审判权利的庄严与完满,这一职位如此优越,不应该被拒绝,而应该努力争取。然而,有三种观点对这一职位不利。首先,滥用职权,接受乡村居民的小恩小惠;其次,让普通百姓掌握治安权利,尤其是在一些郡;最后一点是审判权力本身的问题,即不能阻止任何有优秀品质的人承担这一职位,更确切地说,因为这一职位将促使他们从真正的过失当中或者不公正的诽谤中拯救尊严。那么,单身男性,要么是继承人,要么是其弟弟,在具体实践中,继承人应该在上述所有几个方面做好准备。因此,他们在管理家庭和日常事务的时候要行使父亲的处置权,此外,当他们有任何可以接受优秀教育或者学习管理的时候,就立即学习,其用心程度就像人们看到了优质的果实,立刻嫁接这棵树,把它移入自己的果园,而暂时忽略了自己的房屋。此外,他们还应该阅读法律与司法书籍,尤其是要通读法律条文。至于那些更优秀的神学书籍,他们并没有这方面的打算,因为那是我们的职业要求我们事先有充分的准备。但关键是,他们要参加一系列规模不同的治安会议,因为参加这类会议不仅是对审判员与法官表现应有的尊重,而且对他而言也有好处,能帮他了解当地的实际状况,因为法律要付诸实践。他有时可能也去法院,因为那是集正义与邪恶于一体的地方。而在其他时间,他要走遍国王管辖的地域,他将国王的土地分成几个部分,每年逐个考察。在召开议会的时候,他用尽一切办法努力成为议会的骑士或者议员。当他在议会的时候,他不仅要早起,而且还要参加议会,因为一般来说,从地方向议会汇报的公文都是在那时进行讨论。除那些场合以外,他不能离开家。在家的那段时日,他早上必须骑马或者练武。除体质虚弱需要静养而不用打仗的人以外,所有体质强壮的绅士都应该知道如何使用武器,就像他们要会做农夫的工作一样,当需要时,他们必须拿起武器为保卫国家而战。这是每一个人必须履行的职责。牧师是公平正义的爱好者与激励者。就像施洗约翰明确告诉每一个人(甚至对士兵)该如何做的建议一样,对于那些继承者的弟弟们,当牧师发现有人散漫,没有继承他们父母的事业时,他认为他们的失职不仅对国家而且对他们自己家都是让人难以容忍的,是一种可耻的行为;在他向他们指出整日将时间浪费在打扮、恭维、串门以及嬉戏是违背道德准则的行为以后,他首先鼓励他们学习民法,因为掌握这一知识是令人钦佩而又明智的。鉴于此,伊丽莎白女王聘请了许多教授,因为这是从事商业经营的关键,也是了解他国法规的关键。其次,他推荐他们学习数学,因为这是创造奇迹的知识,需要最聪明头脑的人去研习。牧师在建议他们学习这些知识以后,还建议他们重点坚持学习防御学与航海学这两门适合贵族学习的分支学科,防御学适用于所有国家,航海学尤其适用于岛屿国家。如果这些雄心勃勃的青年人认为这些课程枯燥乏味,那么他可以让自己忙于那些新的种植园或者新发现的事物,这些不仅是贵族的事业,而且他们也可能被安排一项宗教事务。除了这些新领域外,他还能比这更有作为吗?或者让他去德国或法国旅行,观察那里的手工业与制造业,把这些知识带回国内,就像最近潜水员对我们国家所作的贡献一样。

第三十三章　牧师的图书馆

乡村牧师的图书馆是一种圣洁的生活,因为除了圣洁生活带来的福祉以外,上帝许下诺言,如果想要去天国,那么先要做好其他事,甚至是布道本身。由于正直的人经常被诱惑包围,并且他告诉过别人,过去他克服诱惑的办法是布道,这可以在私人谈话中进行,也可以在教堂中进行。他曾考虑过如何在饭桌上得体地吃东西,如果他要对其他人讲述这一点,那么,他只能讲道,而且要讲得比他写的关于节制的书更加富于感情、更睿智而审慎。乡村牧师研究并掌握了自己所有内在的欲望与偏好以及外在的所有诱惑,他已经写下了许多篇布道词,就像他获得那么多成功一样。这种经历就同他身体的经历一样,他曾经得过肺痨,知道是医生使他得以康复,这样,当他再次遇到相同病症以及特质的时候,与只掌握泛泛知识且从没有生过此病的人相比,他的治疗能够更快且更有针对性。如果这个人得过所有类型的疾病,并且都用他知道的那些物品治好了,那么,除了他以外,就技巧与敏感度而言,没有人比他更适合当医生了。在信仰方面,同样也是如此,其原因不言自明。对不同的基督教徒而言,诱惑也不尽相同,然而,抵制诱惑所取得的胜利却是一样的,是自我同一灵魂取得的胜利。不仅在战时如此,在和平时代也是如此;当上帝的仆人在免受诱惑的困扰时,他就能够在灵魂静谧的美好中探寻,做到让上帝满意。因此,牧师为了自己能够运用福音书而检验其本质,认为忏悔是福音书里的一大美德,是令上帝满意的第一步。有时他怀疑自己的忏悔并不真诚,或者说,至少在某种程度上他的忏悔并不真诚,因为他发现有时候自己更是因为失去一些身外之物而不是因为冒犯了上帝而哭泣。这样,他最终明白忏悔是思想行为而非身体行为,正如其词语本意所示。在《圣经》中,上帝主要是对人的心灵与灵魂有要求,要求人们用心灵与诚实敬拜他。因此,他发现了忏悔的本质,这对上帝的子女而言都是一样的(在涉及哭泣时却不一样,因为一些人比另一些人性格更脆弱),悔改在于灵魂真正地对罪恶感到厌恶,从而摒弃罪孽,转向上帝寻求心灵的真实与新生。上帝的所有仆人的忏悔行为都是如此,而且必须如此,在需要哭泣的时候哭泣才是有用的,这样,身体就能够感受到悲伤,就像身体犯有过错一样,但是,其他行为并没有这种必要。因此,当一个人泪流满面,且伴有其他忏悔行为时,他就是在真正地忏悔。乡村牧师这样教导和安慰自己,而当他把这讲述给他人的时候,就变成了布道。同样,关于基督徒的其他品德,例如信仰、爱以及良心问题都是这样(正如圣保罗暗示他必须如此,见《罗马书》第2章),他先给自己布道,然后给其他人布道。

第三十四章　牧师灵活运用纠正方法

乡村牧师知道基督徒有两种生活状态:一种是战斗状态,另一种是平和状态。战斗状态是受到内在或者外在诱惑攻击时的状态;而平和状态是魔鬼离开后的状态。众天使把他们自己的食物给予我们,甚至连圣灵中的喜乐、平和与安逸也给了我们。这两种状态贯穿于我们的救世主讲道的始终(见《马太福音》第22章第35节)。例如,法利赛人的律法师就受到了诱惑(见《路加福音》第10章第21节);他享受精神快乐;他们肯定也和他一样。乡村牧师发现他的教民要么处于战斗状态,要么处于平和状态,于是他就有了道德判断,并把自己的判断运用在他们身上。他建议那些灵魂处于平静状态的人时刻保持警惕,不要让灵魂信马由缰,而是要掌控住缰绳。他尤其是给他们提出两条忠告:首先,要注意不要让人把他们的冷静误以为是冷漠,把他们的尽职当成是一种失职,而是要努力对基督徒的责任充满热情,因此当痛苦来临,他们仍记得自己的身份。其次,这宁静有其限制:不要吃光餐桌上的所有食物,即使他们的身体状况允许;不要在家里塞满他们目前的财富允许他们购买的一切家具;不要让自己放纵在一切欢乐中,而是要有边界与限制。这样,他们的平和状态才能持久,当失去平和状态时,他们也能很快变得平静。如果我们要评判自己,我们就不应该由他人评判;如果我们要约束自己,我们就不应该受他人约束。但是,如果他们担心平和与快乐在这样或者那样的时刻超出适度的程度,那么就要采用约伯敬拜神的办法:担心孩子们纵情享乐而献祭。因此,让他们去找某个可怜痛苦的灵魂吧,对上帝进行慷慨的献祭,因为上帝欢喜这样。对于那些处于战斗状态的人,牧师要尽自己最大努力巩固与强化他们的信仰。现在,对于那些面对诱惑的人,有两种人会遇到自己难以驾驭的事。其中一种人认为没有人能够或者愿意改变事物。一切的发生都由于偶然,或者由万能的主掌管一切,然而,对他们而言,他却是迷失的,他们好像说主放弃他们、迫害他们,因此,没有人能够拯救他们。如果牧师怀疑第一种人,并发现有这种思想苗头,那么,牧师不用直接反驳(因为争论无法改变无神论),他只需要在对话中陈述三个论点:第一个来源于人之本性,第二个源于法律,第三个源于恩典。

第一,就本性而言,他认为,一所房屋如果没有建造者就无法建成;没有管家就无法修缮。他认为,无论狂风怎样肆虐,大海怎样咆哮,无论世间万物如何强大,如果没有正常的夏冬两季,播种和收获也无法实现。只要整体不存在,个体也就随之消失了。不管天气怎样,我们都有收获,虽然时多时少;即使谨慎的约瑟夫也是如此。如果在神创造万物的时刻他在,他是不可能相信神的,在他看到万物以固有状态存在时,他应该就没那么相信神了,因为维持也是一种创造,而且,更多时候,维持是一种持续性的创造,上帝的创造发生在每时每刻。

第二,就律法而言,很显然,无需神的证明,无神论者或者伊壁鸠鲁学说信奉者也没有反对意见。然而,众所周知,犹太人还活着,他们的律法与语言承载着证据,他们自身也承载着这证据;他们为了这一日行割礼,期待着《圣经》的许诺;他们的国家也为人所知,他人频繁地踏上他们的土地与河流,但是对于他们而言,这些都是无法穿过的大山与无法越过的沙漠。因此,如果犹太人活着,所有旧世界的伟大奇观就与他们在一起,那么,有谁能够否认万能的主伸展他的手臂了呢?尤其是考虑到这个民族的顽强不屈,那么,与他们目前的流放状态相比,在经历这许多奇迹之后他们仍然生活在他们的国家是一种更加奇特的事情。这是一种合理的怀疑。而且,可以明确的一点是,这件事是上帝有意如此,而犹太人应该就是其证据与见证,正如他对他们的称呼一样(见《以赛亚书》第 43 章第 12 节)。他们在各地的分散状态不仅仅是上帝有意对他们进行的惩罚,而且也是用他人的所见来震慑他们,让他们承认主的存在与主的能力(见《诗篇》第 59 篇第 11 节)。因此,这种惩罚是由主选择的,而不是由其他人决定的。

第三,再说恩典。除了那些生来就是为了见证真理(一个人没有任何理由不相信圣人路德、圣德尔图良、圣屈梭多莫,却相信塔利、维吉尔或李维)的圣人的连续不断的(始自《福音书》)涌现,显然,《福音书》中有两则预言成功论证了基督的神性:其中一则与一个在我们的救主身上涂抹香膏的妇女有关,她说人们永远也不应该忘记向每个年龄段的人传播《福音书》(见《马太福音》第 26 章第 13 节);另一则与毁灭耶路撒冷有关,对此,我们的救世主说那一代人不应该彻底毁坏这座城(见《路加福音》第 21 章第 32 节)。约瑟夫斯的历史著作也证实了这一点,而且这个结论明显还有后续。对此,还要增加一点,在所有国家都要传播福音(见《马太福音》第 24 章第 14 节),我们甚至看见这已经在新发现中奇迹般地产生了影响,上帝改变了人的贪婪与野心,让其受到上帝话语的影响。预言就是送给后代的奇迹,以免他们抱怨没有奇迹。这是一封密封的信件,对于送信人而言,这仅仅是纸张,而对于接收者与打开者而言却充满力量。那么,那个看到基督治好盲人双眼的人就如同他阅读福音书中香膏的故事或者看到耶路撒冷被毁灭时同样感受到的神性。乡村牧师在谈话中有时会抓住时机和场合编入一些故事,让这些人的头脑丰富起来,使之摇摆不定的心神安定下来。但是,如果他发现他们更接近于无助,而不是接近无神论,不那样怀疑上帝与他们同在时,他就讲述上帝大海般的爱以及这种爱之无比珍贵。他有一个无可辩驳的论点。如果上帝憎恨他们,那么,要么因为他们是创造物或尘土,要么因为他们有罪。作为创造物,他必须爱他们,因为从没有艺术家憎恨自己的作品。因为有罪,他必须更爱他们,因为尽管他极其憎恨罪,但是,他的爱代替了恨,他极成功地做到因为爱而给予他们爱,甚至他的爱之子也在他的爱之怀抱中,而这种成功他在创世时并不需要。因此,那个人,无论他变成谁,都一定会得到上帝的两种爱,通过两三个证人之口建立起来。一种爱关乎他的存在,另一种爱关乎他有罪的存在,这是因为,他的过错越多,上帝愈加变得荣耀。这一切当然归结于上帝爱他们的事实,除非他们贬低那份爱,或者对他的怜悯之心感到失望。其他过错都可得到上帝的爱,唯有贬低爱而得不到爱。推开他的手臂,我们便不再拥有他的怀抱。

第三十五章 牧师屈尊

如果旧有的习俗有益而无害,那么乡村牧师必定拥护,因为乡村居民沉迷于这些习俗,所以赞成这些习俗才能赢得他们的心,而反对这些习俗则会使他们感到沮丧。如果习俗中含有害内容,则取其有益部分,如同他要将苹果削皮以后,拿干净的给他们吃。牧师特别喜欢游行,主要原因是游行有四个明显的优点:第一,上帝赐福,田野里产出农作物;第二,维护法律范围内的公正;第三,热爱与邻人一同出行,在此期间,人与人之间如果有分歧都能得以和解,这是博爱;第四,怜悯穷人。在游行时应该而且必须慷慨赠予,因此,他要求所有人都参加游行,而对那些拒绝游行以及远离游行的人,他一点也不喜欢,谴责他们没有仁爱之心,没有睦邻友好的精神,如果他们不愿意悔改,他就告诉他们该怎么做。不过,他绝不是要谴责这些集会,而是要求他们经常参加,因为他知道,缺席会造成陌生感,而出席则表示友爱。这种爱既是他的事业,也是他的目标。因此,他愿意教区的人在合适的时机彼此邀请去各家做客,他要求他们做到这一点。哪里出现过分歧或正发生分歧,他就去哪里参加聚会,与他们一起用餐。在这些友好活动中进行布道。还有一个人们自古就有的说法,即当光出现的时候,上帝从天堂将光照亮我们。牧师恰好就是如此,他要一直赞美主、向主祈祷,从不会因此而害怕。光是上帝赐予我们的极大的福祉,如同食物一般重要,我们感激主赐予我们这一切。那些认为这是迷信的人根本不知迷信为何物,也不了解他们自己。有些人不愿意这样做,认为其过时、陈旧、已被淘汰,对于这些人,乡村牧师对他们进行改造和教育,使他们在洗礼上表示不再为基督的十字架而感到羞耻——或者因为行善而羞愧,因为一点小事就感到羞耻的人会将胆怯无限放大。基督教信徒应该抓住这样的机遇,坚定自己的信仰,进一步苦修。

第三十六章　牧师祈福

乡村牧师因人们很少为教友祈福而感到惊讶,他认为祈福不仅是庄重而令人尊重的,而且也是有益的。那些不为教友祈福的人,或者是因为出于友善,因为他们更喜欢问候、恭维以及其他一些世俗的话语,然而这种形式的遵从与时尚一点也不适合牧师,即使不被批驳,也应被责备;或者是因为他们认为这样做虚空而多余。然而,过去使徒们却常常在他们的写作中勤于为教友祈福,不仅如此,我们的救世主自己也是如此(见《马可福音》第10章第16节)。由此可见,这一点不虚空,也不多余。但是,这并不适合基督,也不适合使徒,这只是精神之父对他们的引领。如果现世的父为子女祈福,那么精神之父又要怎样为他们祈福呢?此外,《旧约》要求牧师要为人祈福,对祈福的形式也有具体要求。正如使徒圣保罗在其他场合辩论时说:如果定罪的执事应该祈祷,那么,属灵的执事怎么能不做得更好呢?善良的哈拿能够得到这祈祷的果实,高兴地收下它(见《撒母耳记上》第1章第18节),尽管这来自一个上帝不接受的人,但是祈祷重要的不是哪个人,而是布道,因此,即使是生病的牧师也可以祈祷。牧师不仅具有祈祷的权利,也具有诅咒的权利。因此,在《旧约》中,以利沙诅咒那些童子(见《列王纪下》第2章第24节),虽然我们的救世主因为自己在受难前表现出谦卑而谴责自己这样做不适合,然而他允许使徒们这样做。因此,圣彼得对占星师西门用了那可怕的诅咒:"你的银子和你一同灭亡吧!"(见《使徒行传》第8章),事实证明如此。圣保罗也见证如此(见《提摩太后书》第4章第14节和《提摩太前书》第1章第20节)。说到那个反对他布道的铜匠亚历山大,他说:"主啊,按照他所行的报应他。"还有一次,他说他已经"把他们(包括依默纳约和亚历山大)交给撒旦,为让他们学会不再渎神"。《公祷书》中已经详细说明了祈祷与诅咒的形式。其一写在《我主耶稣基督的荣耀》以及《主的安宁》等书中,另一个则写在《威吓书》中。现在可以确信祝福与祷告不同,因为它不是应要求而给予的,而是信心与力量使然,实际上,上帝赋予牧师威严、权力和职责,将其恩典赐予他人。如果牧师自己忽视这份职责,就会使得他的教民也忽视这份职责。因此,在上帝祝福他们以前,他们时常在离开教堂的时候不敢向他们灵魂之父渴望这份恩典。在罗马天主教时期,牧师的《万物颂》和他的圣水都备受尊崇,而现在我们却与之完全相反,甚至是从迷信状态转入冷淡状态甚至不信状态。但是,牧师却是十分珍视这神赐之礼,教育教民也要珍视之。可以看到,如果牧师与一位伟人在日常谈话中说称赞的话,他就会被当作喜欢称赞别人的人,但是,如果有人给他机会讲好话,他要常常在里面插入祝福语,这种不同寻常的方式能够获得他人的尊敬。同样,在信件书写中也可以发现这种情况。简而言之,如果所有人要按照场合祈福,就像在《罗马书》第12章第14节描述的那样,那么精神之父不是要更多地祈福吗?

第三十七章 关 于 诽 谤

乡村牧师认识到,当有些人空闲多的时候,他们就把他人的过错拿来消遣或谈资,甚至有一些正直的人认为,揭露他人的过错是在讲真话。乡村牧师发现,很难就这一点将谈话进行下去,因为如果他让人们都闭嘴,禁止人们揭露他人的过失,那么,不仅会出现很多恶行,而且这些恶行还会在自己的教区里蔓延,没有任何补救措施能够弥补对上帝荣耀的亵渎与对他信徒的腐蚀,也无法消除牧师的不安、名声的损毁以及遇到的阻挠。另一方面,如果揭露他人的过错是不道德的,那么让这种行为受益也不能使其合法:我们一定不能作恶,应除恶行善。因此,牧师要把这作为自己的任务,这特别有用,而且已经根深蒂固,牧师要把这作为对话的主体与精神支柱,这样,谈话才能更好地进行下去。任何违法行为都是自私的。臭名昭著的违法行为要么因为谣言(传播谣言的人知道他们可能会谈论违法行为,因此,他们在传播这些谣言时是从中寻乐而非带着怜悯与同情之心)而变得众所周知,要么在审判之后被鞭刑、监禁或者类似惩罚。对于这些惩罚行为,人们有话语权和知情权,因为使其声名狼藉本身就是法律惩罚坏人的一种方式,很明显,那些无赖和流氓会牢牢记住,他们的恶行会为人所知;或者他们可能会被戴上枷锁。但是,也许有人会说法律允许,但是福音书并不允许如此,因为《福音书》中有更大的仁爱之心,将背后诽谤者也归于恶人之列(见《罗马书》第1章第30节)。这一点容易解释:因为刽子手取走已定罪的人的性命并非毫无慈悲之心,除非他把私人恩怨掺杂其中,而且迫不及待地履行职责。因此,如果他不是出于仇恨而使那个受到法律指控的人名誉扫地,他就不是在诋毁那人。因为就恶行而言,所有人都是行刑者,而法律使得所有人都有权诋毁犯人。犯人可能被没收所有财产,甚至失去生命,声名狼藉。在他们被判刑之前,所有人已经对这一切了然于胸。所有人都是诚实的,除非有事实证明他们并非如此。此外,这也与国家安危有关,人们都应该知道哪些人是无赖和流氓,对社会的仁爱比个人的仁爱更重要。揭露违法犯罪分子根本就不是过错,而是职责,是行善,有利于减少损害。无论如何,如果有过失的人已洗心革面,那么,毫无疑问,人们的情感与话语也必须转变,不要再去议论那些主已经宽恕的事。

索 引

A

安德森(Anderson, Benedict) 119,145,275,276
奥古斯丁(Augustinus, Saint Aurelius) 162,165,166,186,351
　　《忏悔录》(Confessions, 394-400) 165,166,186

B

班杨(Bunyan, John) 114
　　《罪魁蒙恩记》(Grace Abounding to the Chief Sinners, 1666) 159,168,169,174,175,177,178
　　《天路历程》(The Pilgrim's Progress, 1678) 11,40,159,170,172,174,175,177,179,227,287,303,305—307,310—312
伯顿(Burton, Robert) 7,13,15,19,38—45,266,287,295—302,352
　　《忧郁的解剖》(Anatomy of Melancholy, 1621) 5,7,13,19,38,42,287,296,300
伯里(Bury, Richard de) 14,124,129,133,134,201,202,204,206,207,209,240—250
　　《书之爱》(Philobiblon, 1473) 240—246,248,249
柏拉图(Plato) 199,207,262,317,329,330,337,347,354—356
　　《理想国》(The Republic, c. 380 BC) 337,338,354
布鲁姆(Bloom, Allan) 229,237,329,335—337,341

C

财富 28,30,32,33,42,62,176—178,185,194,243,256,262,308,327

D

党派文化 160,200,202,208,211
道德 14,21,25,30,42,63,64,67,68,78,80—82,102,126,144,153,164,172,173,175,191,192,206,209,211,223,228,229,234,235,245,246,249,250,255,259,263—265,292,297,302,305,312,317,318,320—322,324—327,331,332,335,337,338,340—348
德莱顿(Dryden, John) 14,86,159,160,201—211
　　《押沙龙与亚希多弗》(Absalom and Achitophel, 1681) 160,201—211
德政思想 340,347,351,352
邓恩(Donne, John) 71,73,74,113,159,180—182,191,193—200
　　《世界的剖析：一周年》("An Anatomy of the World: The First Anniversary",

1611) 193
《告别词：哭泣》（"A Valediction：of Weeping", 1633) 198
《告别辞：节哀》（"A Valediction：Forbidding Mourning", 1611 or 1633) 196,198,200
笛福（Defoe, Daniel) 14,159,160,164,174,175,177,178,227
《鲁滨逊漂流记》（The Adventures of Robinson Crusoe, 1719) 159,161,174—177,179,227

F

反激情 102—105
分配正义（distributive justice) 291,292
非利士人（Philistines) 11,119,148—156,280

G

《高文爵士与绿骑士》（Sir Gawain and the Green Knight, 约1375) 5,63,98,126
共同体（community) 3,7—13,16,19,25,28,29,32,34,35,37,38,43,45,50,54,57,66—69,98,102,111,117,119,120,131,136—156,171,178,210,215,221—223,229,244—246,248—250,253,273,275,276,287,302,303,307,310,317,319,321,327—329,338,340,344—346,351—357
光明之子（child of Light) 119,149,150,153—155

H

赫伯特（Herbert, George) 7,50,51,69—82,159,180,182,185,186,188,196,256,257
《圣殿》（The Temple, 1633) 7,50,69—71,73,74,76,78—81,180,182,183
黑暗之子（child of Darkness) 149,150,153
霍布斯（Hobbes, Thomas) 175,201,337,338
《利维坦》（Leviathan, 1651) 175,337

J

加尔文（Calvin, John) 72,107,113,114,162—164,166,176,177,179,293
《基督教要义》（Institutes of the Christian Religion, 1536) 72,166
加尔文主义（Calvinism) 163—165,167,169,176,177
交换正义（commutative justice) 291,292
精神自传 159,160,164—173,177—179

K

康德（Kant, Immanuel) 322,324—326
科弗代尔（Coverdale, Miles) 113,114
克伦威尔（Cromwell, Oliver) 60,113,120,164,172,182,208—210,295,304,308,310

L

莱阿门（Layamon) 121,123,125—127
《布鲁特》（Brut, c. 1200) 121,123,125—128
兰格伦（Langland, William) 3,5—7,19—23,25—29,353
《农夫皮尔斯》（The Vision of Piers Plowman, 1370 - 1390) 5,6,19,20,22,94,98

M

马基雅维利主义 341
马洛礼（Sir Thomas Malory) 14,98,217,218,220—222,225

《亚瑟王之死》(Le Morte D'Arthur, 1485) 94,98,126,127,215—219, 221—229,242

马韦尔(Marvell, Andrew) 187,188,191, 192,196,199

    《阿普尔顿府邸》(Upon Appleton House, 1681) 187

    《致他的娇羞的女友》("To His Coy Mistress", 1681) 199

蒙默思的杰弗里(Geoffrey of Monmouth) 125,127,129,130,134

    《不列颠君王列传》(Historia Regum Britanniae, c. 1137) 125—127

弥尔顿(Milton, John) 9,11,12,14,15, 39,40,50,115,116,119—121,123, 127—132,134—136,148,151,153—156,227,253,276—284,287,288,303—305,307—313,352,356,357

    《曼索斯》("Mansus", 1638) 127

    《悼达蒙尼斯》("Epitaphium Damonis", 1639) 128

    《反驳一个谦卑的辩驳》(Apology Against a Pamphlet, 1642) 130

    《论出版自由》(Areopagitica, 1644) 135,227,276—279,283

    《失乐园》(Paradise Lost, 1667) 127,128,130,203,204,207,304, 308,356

    《不列颠史》(The History of Britain, 1670) 124,126,127,130,131, 134

    《复乐园》(Paradise Regained, 1671) 287,303—305,307—312

    《斗士参孙》(Samson Agonistes, 1671) 11,119,148—150,156,356

莫尔(More, Thomas) 107,109,110,128, 305,352,353,355

    《乌托邦》(Utopia, 1516) 225,352

O

偶像破坏者 120,148,153—155,335

P

培根(Bacon, Francis) 14,40,194,253—265,277,288,337,340,352

    《学术的伟大进展》(The Advancement of Learning, 1605) 254—256, 263,265,337

    《伟大的复兴》(Instauratio Magna, 1620) 257

    《论说文集》(Essayes or Counsels, Civill and Morall, 1625) 265

    《英译赞美诗诗集》(The Translation of Certain Psalmes Into English Verse, 1625) 257

    《林木集》(Sylva Sylvarum, 1626) 258,263

    《新大西岛》(New Atlantis, 1627) 259

    《英国普通法要素》(The Elements of the Common Laws of England, 1630) 264

    《叛国罪案例研究》(Cases of Treason, 1641) 264

Q

奇喻(conceit) 182,195,196

乔叟(Chaucer, Geoffrey) 6—9,19,21, 29—37,58,85—90,92—95,98,99,136, 222,246,249,352,353

    《众鸟之会》(The Parliament of Fowls, 1377) 88—90,94

    《坎特伯雷故事集》(The Canterbury Tales, 1387-1400) 5,6,19,29, 30,32—37,85,88,89,94,98,99, 215,222,242,246

钦定版《圣经》(the Authorized Version) 88,112—115

清教(Puritanism) 9,12—14,39,40,113,
114,146,152,164,165,171,174,181,
183,261,264,278,279,287,289,294,
295,303—305,310—312,356

清教徒革命(Puritan Revolution) 294,304

S

莎士比亚(Shakespeare, William) 7,9,
10,38,44,49,50,62—64,66—69,85,
88,94,95,99—106,113,115,116,136,
143,196,215,222,226,229—239,275,
288,315,317—320,323—340,342—
344,346—348,351,356

《罗密欧与朱丽叶》(Romeo and
Juliet, 1594) 99,100,102—105,
333—335

《仲夏夜之梦》(A Midsummer Night's
Dream, 1595-1596) 104,105,334

《威尼斯商人》(The Merchant of
Venice, 1596) 236,237,317,318,
320—322,324,325

《无事生非》(Much Ado About
Nothing, 1598) 105

《皆大欢喜》(As You Like It, 1599)
100,105

《哈姆雷特》(Hamlet, 1601) 226,
236,238,239,323

《特洛伊罗斯与克瑞西达》(Troilus and
Cressida, 1602) 317,326—328,
334—340

《一报还一报》(Measure for Measure,
1603) 317,319—322,340—346,
348

《李尔王》(King Lear, 1605) 319,
338

《麦克白》(Macbeth, 1606) 236,323

《暴风雨》(The Tempest, 1611) 334

《雅典的泰门》(Timon of Athens,
1623) 7,49,51,62,63

生活方式 6,7,19,29—31,52,85,94,99,
143,160,248,266,327,351

诗意乌托邦 38,43—45,303,352

手册文学(pamphlets) 14,253,265,266,
270—274,276

斯宾诺莎(Spinoza, Baruch) 337

《神学政治论》(Tractatus Theologico-
Politicus, 1670) 337

斯宾塞(Spenser, Edmund) 9,11,94,
119,129,136—147,226,227,275

《牧人月历》(The Sheperdes Calendar,
1579) 136,137,139

《仙后》(Faerie Queene, 1590) 119,
136—139,141,143—145,147,226,
228

T

泰勒(Taylor, Jeremy) 5,12,13,287—
295,338

《先见的自由》(A Discourse of the
Liberty of Prophesying, 1646)
12,287—290

《伟大的典范：耶稣基督的生活与死亡》
(The Great Exemplar of Sanctity and
Holy Life According to the Christian
Institution: Described in the History of
the Life and Death of the Ever Blessed
Jesus Christ the Saviour of the World,
1649) 288

《圣洁生活的规范及实践》(The Rule
and Exercises of Holy Living,
1650) 288

《圣洁死亡的规范及实践》(The Rule
and Exercises of Holy Dying,
1651) 288

唐顿(Dunton, John) 173

《雅典信使》(The Athenian Mercury,
1691) 173—175,179

特洛伊战争 328,331,332,336

滕尼斯(Tonnies, Ferdinand) 68,119,
149,152

天堂向往　303
田园诗　9,11,119,128,136—139,141—147
廷代尔（Tyndale, William）　39,85,105—116

W

文学语言　9,30,85—87,135,256,281,301
沃尔顿（Walton, Izaak）　7,50—62
　《钓客清谈》（*The Complete Angler*, 1653）　7,50—61

X

锡德尼（Sidney, Philip）　354—356
　《为诗辩护》（*An Apology for Poetry*, 1582）　354
心智培育（the cultivation of the mind）　3,13,14,85,251,253,254,256,259,261,263,265,266,268,270—273,275—278,281,282,284,351,353,354
许可制（licence system）　277—281,283
玄学派（the School of Metaphysics）　15,71,120,159,160,179—185,187—189,191—198,200

Y

亚里士多德（Aristotle）　64,151,199,209,257,326,332,338,344—347
　《政治学》（*Politics*, c. 384-322 BC）　326,344,345
《伊利亚特》（*Iliad*, c. 8000 BC）　328,337,338
英格兰特性（Englishness）　29,98,215,216,220,221,223,226,228,229,244—246,248,250
愿景描述　225,352,354—356
圆形剧场　15,215,229—236,238,239

Z

秩序观念　336
转型焦虑　3—8,11—14,17,19—21,26,27,29,34,37,38,43,50,51,56,59,60,66,68,69,147,225,226,313,351—357
宗教改革　12,13,60,78,107,111,114,159,161,164,175,178,222,247,271,293,294,296,297,304,312,355
宗教宽容　12,287,289,290,293—295
宗教忧郁（religious melancholy）　13,296,297,299,300